La compañía

La compañía

Joseph Finder

Traducción de Camila Batlles

Rocaeditorial

Título original: *The Company Man*

Primera edición: abril de 2006

Marquès de l'Argentera, 17. Pral. 1.ª
08003 Barcelona.
correo@rocaeditorial.com
www.rocaeditorial.com

Impreso por Industria Gráfica Domingo, S.A.
Industria, 1
Sant Joan Despí (Barcelona)

ISBN 10: 84-96544-29-X
ISBN 13: 978-84-96544-29-1
Depósito legal: B. 10.875-2006

Ésa es la ingrata situación del padre de familia: el proveedor de todos y el enemigo de todos.

AUGUST STRINDBERG, 1886

PRIMERA PARTE

Seguridad

1

El despacho del director general de la Stratton Corporation no podía considerarse un auténtico despacho. A primera vista podía describirse como «cubículo», pero en la Stratton Corporation —donde se confeccionaban los elegantes paneles de malla plateada que cubrían las mamparas que rodeaban la mesa de acero pulido modelo Stratton Ergon— esta palabra se consideraba obscena. Allí no se trabajaba en un cubículo en medio de una conejera, sino que cada uno desempeñaba sus múltiples tareas desde su «base» situada en una «planta diáfana».

Nicholas Conover, el director general de Stratton, se repantigó en su butaca de cuero ergonómica Stratton Symbiosis, tratando de concentrarse en el torrente de números que recitaba el jefe del departamento financiero, Scott McNally, un tipo menudo, apocado, inseguro, que tenía una increíble afinidad con los números. Scott era sardónico y agudo, en un sentido un tanto áspero y cortante. También era uno de los hombres más inteligentes que Nick había conocido jamás. Pero no había nada que Nick odiara más que las reuniones para hablar del presupuesto.

—¿Te aburro, Nick?

—¿Se nota mucho?

Scott se hallaba junto a la pantalla de plasma gigante, tocándola con el bolígrafo para hacer que avanzara la presentación en PowerPoint. Medía aproximadamente un metro sesenta de estatura, un palmo menos que Nick. Era propenso a tener tics nerviosos, a encogerse de hombros compulsivamente y se mordía las uñas casi hasta el hueso. También mostraba una avanzada calvicie, aunque no había cumplido los cuarenta; su coronilla estaba rodeada por un halo de pelo rizado y alborotado.

Tenía mucho dinero, pero siempre parecía llevar la misma camisa estilo Oxford de color azul con el cuello abotonado y raído, que se ponía desde sus tiempos en Wharton. Cuando hablaba, movía incesantemente sus ojos castaños, hundidos y rodeados por unas profundas y oscuras ojeras.

Mientras seguía perorando sobre las reestructuraciones de plantilla y lo que iban a costar ese año en comparación con lo que se ahorrarían al siguiente, no dejaba de tocarse los cuatro pelos que le quedaban con la mano que tenía libre.

La mesa de Nick había sido minuciosamente ordenada por su espléndida secretaria, Marjorie Dykstra. Lo único que había en el tablero era el ordenador (con el teclado y el ratón sin cables, para evitar que se formara un embrollo de hilos, y con pantalla plana), un camión rojo en miniatura con el logo de Stratton pintado en el costado, y unas fotografías enmarcadas de sus hijos. Nick observaba con frecuencia y de refilón las fotos, confiando en que Scott creyera que miraba hacia el infinito y se concentraba en la interminable presentación.

«¿Adónde quieres ir a parar, tío? —deseaba preguntar Nick—. Estarán contentos los de Boston, ¿o no?»

Pero Scott seguía hablando sobre recortes de gastos y costes de despidos, refiriéndose a los empleados como «unidades» y utilizando gráficos de barras en una pantalla PowerPoint.

—La edad media actual de nuestros empleados es de 47,789 años, con una variación de más menos 6,92 —dijo Scott. Tocó la pantalla con su bolígrafo de aluminio y esbozó una media sonrisa al observar la expresión ausente de Nick—. Pero la edad no es más que una cifra, ¿no es así?

—¿Tienes alguna buena noticia que darme?

—No es más que dinero. —Scott se detuvo—. Es broma.

Nick contempló la pequeña colección de marcos de plata. Desde la muerte de Laura, acaecida el año anterior, sólo le importaban dos cosas: su trabajo y sus hijos. Julia tenía diez años, y en su fotografía de la escuela mostraba su más radiante sonrisa, con su cabello castaño rizado y alborotado, sus enormes y brillantes ojos castaños chispeantes, sus grandes dientes un poco torcidos; una sonrisa tan espontánea y luminosa que parecía salir de la foto. Lucas tenía dieciséis años, el pelo oscuro como su hermana, y era increíblemente guapo; había heredado los ojos azules y la mandíbula pronunciada de su madre. El guaperas del instituto. Lucas posaba sonriendo ante la cámara, una sonrisa que Nick no había visto en persona desde el accidente.

Había tan sólo una foto de los cuatro, sentados en el porche de la casa antigua: Laura era el núcleo de la familia; estaba en el centro y todos los demás buscaban su contacto físico, apoyándole una mano en el hombro o en la cintura. Ahora había quedado un espacio vacío. Sus ojos azules socarrones e inteligentes miraban a la cámara con expresión franca y confiada, como si pensara en algo divertido. Y por supuesto *Barney*, su enorme y obeso perro mezcla de golden y labrador, sentado muy tieso delante de todos, esbozando una sonrisa perruna. *Barney* aparecía en todas las fotografías familiares, incluso en el retrato de familia de las últimas Navidades, en el que Lucas mostraba una expresión torva a lo Charles Manson.

—A Todd Muldaur le va a dar un síncope —dijo Nick, alzando los ojos para mirar a Scott. Muldaur era un socio en Fairfield Equity Partners en Boston, la empresa de capital privado que en ese momento era propietaria de la Stratton Corporation. Para decirlo sin rodeos, Todd era el jefe de Nick.

—Supongo que sí —convino Scott. Volvió la cabeza bruscamente, y al cabo de unos segundos Nick oyó también los gritos.

—Pero ¿qué demonios...? —exclamó Scott. Era una voz grave, masculina, cercana, que gritaba, y la voz de una mujer, que parecía la de Marge.

—¡No tiene usted una cita, caballero! —gritó Marge en tono alto y alarmado. El hombre farfulló unas palabras ininteligibles—. Además no está aquí, y si no se marcha usted en el acto, caballero, llamaré a seguridad.

Un tipo alto y corpulento irrumpió a través de uno de los paneles plateados que rodeaban el despacho de Nick, casi derribándolo. Era un gigante barbudo de treinta y tantos años, que lucía una camisa de franela a cuadros, desabrochada, sobre una camiseta negra Harley-Davidson. Tenía el torso amplio y poderoso y su aspecto le resultaba vagamente familiar. ¿Sería un obrero de la fábrica? ¿Un tipo al que habían despedido recientemente?

Marge le seguía agitando los brazos.

—¡No puede entrar ahí! —gritó Marge—. Salga inmediatamente o llamaré a seguridad.

—¡Vaya, hombre! —bramó el gigante con su vozarrón—. ¡El jefe en persona! El Verdugo está en su despacho.

Nick sintió un escalofrío de temor al comprender que la reunión de presupuestos podía convertirse en el punto álgido de su jornada.

El tipo, probablemente un obrero que acababa de ser despedido debido a la última reestructuración de plantilla, fulminó a Nick con la mirada.

Nick recordó algunas historias que había leído sobre empleados enloquecidos —«trabajadores insatisfechos», como los llamaban siempre—, que tras ser despedidos se presentaban en su antiguo lugar de trabajo y empezaban a disparar.

—Acabo de recordar que tengo que atender una conferencia telefónica —masculló Scott McNally al pasar junto al intruso—. Discúlpenme.

Nick se levantó lentamente. Medía un metro noventa de estatura, pero el otro individuo era considerablemente más corpulento.

—¿Qué puedo hacer por usted? —preguntó Nick educadamente, sin perder la calma, como si se dirigiera a un doberman rabioso.

—¿Que qué puede hacer por mí? Eso tiene gracia. No puede hacer nada más por mí, cabrón.

Marge, que se hallaba justo detrás del intruso, sin dejar de agitar las manos, dijo:

—Llamaré a seguridad, Nick.

Éste levantó la mano para detenerla.

—Estoy seguro de que no será necesario —dijo.

Marge le miró entornando los ojos para mostrarle su desacuerdo, pero asintió en silencio y se retiró a regañadientes.

El tipo barbudo avanzó un paso, sacando pecho, pero Nick no se movió. Había algo primigenio en la situación: el intruso era un babuino que mostraba sus colmillos, gritando y adoptando una pose agresiva para atemorizar a un depredador. Apestaba a sudor y a humo de tabaco.

Nick procuró reprimir la fuerte tentación de asestar un puñetazo al tipo, pero recordó que, como director general de Stratton, no podía hacer esas cosas. Además, si era uno de los cinco mil trabajadores de Stratton que habían sido despedidos durante los dos últimos años, tenía derecho a estar furioso. Lo prudente era hablar con él para calmarlo, dejar que se desahogara, que se desinflara lentamente como un globo.

Nick indicó una butaca, pero el tipo barbudo se negó a tomar asiento.

—¿Cómo se llama? —preguntó Nick, suavizando un poco el tono.

—El viejo Devries no habría tenido que preguntármelo —replicó el otro—. Él conocía a todo el mundo por su nombre.

Nick se encogió de hombros. Eso era un mito. El campechano y paternal Milton Devries, el predecesor de Nick, había sido director de Stratton durante casi cuatro décadas. El anciano había gozado de gran simpatía entre sus empleados, pero era imposible que conociera los nombres de diez mil trabajadores.

—No tengo tan buena memoria para los nombres como el viejo —dijo Nick—. ¿Podría recordármelo?

—Louis Goss.

Nick extendió la mano, pero en vez de estrechársela, Goss lo señaló con un dedo rollizo.

—Cuando se sentó ante el elegante ordenador de su elegante mesa y decidió echar a la mitad de los empleados de la fábrica de sillas, ¿se le ocurrió pensar siquiera en la putada que les estaba haciendo?

—Más de lo que imagina —respondió Nick—. Lamento que haya perdido el empleo...

—No estoy aquí porque yo haya perdido el empleo; de todas formas estoy a punto de jubilarme. He venido a decirle que usted no se merece el suyo. ¿Cree que porque se pasa una vez al mes por la planta sabe algo de esas personas? Son seres humanos, tío. Cuatrocientos cincuenta hombres y mujeres que se levantan a las cuatro de la mañana para cumplir el primer turno y poder dar de comer a sus familias, pagar el alquiler o la hipoteca y cuidar de sus hijos enfermos o de sus padres ancianos, ¿vale? ¿Se da cuenta de que por su culpa algunas de esas personas van a perder sus casas?

Nick cerró los ojos brevemente.

—Louis, ¿va a limitarse a soltarme un sermón o quiere escucharme?

—He venido para darle un consejo gratis, Nick.

—En este mundo todo tiene un precio.

El hombre pasó por alto el comentario.

—Le aconsejo que considere seriamente si va a seguir adelante con esos despidos. Porque si mañana por la mañana no ha cambiado de parecer, esta planta se paralizará.

—¿Qué pretende decir?

—Tengo a la mitad, o quizá a tres cuartas partes de la planta de mi lado. Más, cuando pasemos a la acción. Mañana nos ausentaremos todos por enfermedad, Nick. Y seguiremos estando enfermos hasta que usted les devuelva el puesto a mis compañeros. —Goss sonrió mostrando unos dientes manchados de nicotina, disfrutando de lo lindo—. Usted haga lo que tenga que hacer, y nosotros haremos lo propio. Y todos contentos.

Nick miró a Goss. ¿Se estaba marcando un farol o hablaba en serio? Una huelga salvaje podía paralizar la empresa, sobre todo si se extendía a otras plantas.

—¿Por qué no recapacita mientras regresa esta noche en su Mercedes a la urbanización vallada donde vive? —prosiguió Goss—. Pregúntese si está dispuesto a hundir la empresa.

«Es un Chevy Suburban, no un Mercedes», estuvo a punto de replicar Nick, pero le había chocado la frase «urbanización vallada». ¿Cómo sabía Goss dónde vivía? Los periódicos no habían publicado ese tipo de detalles, aunque lógicamente la gente hablaba… ¿Acaso era una amenaza velada? Goss esbozó una sonrisa forzada y despectiva al observar la expresión de Nick.

—Sí, sé dónde vive.

Nick sintió que estaba a punto de estallar de ira, como si alguien hubiera arrojado una cerilla encendida en un charco de gasolina. Se levantó de un salto y se plantó a pocos centímetros de Louis Goss.

—¿Se puede saber qué coño estás insinuando? —Nick tuvo que hacer acopio de toda su fuerza de voluntad para no agarrar al tipo por el cuello de su camisa de franela y retorcerle el pescuezo. Al contemplar a Goss de cerca se percató de que su corpulencia se debía a la grasa, no a la masa muscular.

La furia de Nick se disipó tan rápidamente como se había

encendido. Sintió una húmeda sensación de alivio; había calculado mal la gravedad de la amenaza que le había hecho Louis, y de pronto toda la situación le pareció ridícula. Nick se acercó más a él y le apoyó un dedo en el torso, dando unos golpecitos en el pequeño guión blanco que separaba las palabras «Harley» y «Davidson».

—Dígame, Louis, ¿recuerda la reunión general que celebramos en la planta de sillas hace dos años? ¿Cuando les dije que la empresa no nos daba más que problemas y seguramente se producirían unos despidos, pero que yo trataría de evitarlo? Usted no estaba enfermo ese día, ¿verdad?

—No, estuve presente —murmuró Goss.

—¿Recuerda que les pregunté si todos estaban dispuestos a trabajar menos horas a cambio de conservar sus puestos? ¿Recuerda lo que contestaron todos?

Goss guardó silencio y desvió la vista para no mirar a Nick a los ojos.

—Todos ustedes dijeron que no, que no estaban dispuestos a aceptar un recorte salarial.

—Para usted es muy fácil...

—Y yo les pregunté si estaban dispuestos a aceptar un recorte en el seguro médico, la guardería infantil y el gimnasio. ¿Cuántas personas levantaron la mano y se mostraron de acuerdo con esos recortes? ¿Lo recuerda?

Goss meneó la cabeza lentamente, con expresión resentida.

—Cero. Nadie levantó la mano. Nadie quería ceder ni una puñetera hora de trabajo; nadie estaba dispuesto a perder ni un solo incentivo. —Nick oyó un zumbido pulsátil en los oídos y sintió que su indignación iba en aumento—. ¿Cree que me he cargado cinco mil puestos de trabajo, colega? Pues la verdad es que he salvado cinco mil. Porque los de Boston, los dueños de esta empresa, no se andan con bromas. Tienen los ojos puestos en nuestro mayor competidor y ven que los otros ya no trabajan el metal, ya no fabrican sus sillas en Michigan. Ahora todo se fabrica en China, Louis. Por eso pueden vender a mejor precio que nosotros. ¿Cree que los de Boston no me lo recuerdan a la mínima de cambio?

—No tenía ni idea —farfulló Louis Goss, restregando el suelo con los pies. Era lo único que atinaba a hacer.

—Así que adelante, Louis. Adelante con esa huelga. Pero piense que al lado del director general que pongan en mi lugar, yo seré Papá Noel. Porque el tipo al que contraten cerrará todas nuestras plantas en cuanto ponga los pies en este edificio. ¿Quiere conservar su puesto, Louis? Pues le recomiendo que aprenda chino.

Louis guardó silencio durante unos segundos, tras lo cual dijo en voz baja y en tono adusto:

—¿Va a despedirme?

—¿Despedirle? —contestó Nick despectivamente—. No vale ni la indemnización que le correspondería. Regrese a su puesto y salga de mi… espacio de trabajo.

Unos instantes después de que Louis Goss se hubiera marchado con paso cansino, apareció de nuevo Marge.

—Tienes que ir a casa, Nick —dijo—. Ahora mismo.

—¿A casa?

—Es la policía. Hay un problema.

2

Nick salió de su plaza de aparcamiento a demasiada velocidad, sin molestarse en comprobar qué había detrás de él, y atravesó como una exhalación el aparcamiento que circundaba el edificio de la sede de la compañía. Incluso en plena jornada laboral, estaba medio vacío, como venía estándolo durante los dos últimos años, desde los despidos. Nick sabía que entre los empleados abundaba el descontento. La ventaja de haber perdido la mitad de la fuerza laboral era que siempre encontrabas sitio donde aparcar.

Nick tenía los nervios a flor de piel. Contempló las hectáreas de asfalto negro, rodeadas por un inmenso campo negro de hierba calcinada, los restos de un fuego. No era preciso segar esa variedad de hierba, pero cada pocos años había que quemarla. El aire olía a metal sobrecalentado.

Negro sobre negro sobre el negro de la carretera, un paisaje desolado. Nick se preguntó si el hecho de pasar todos los días junto a esa gigantesca extensión de tierra quemada, de contemplar el campo calcinado a través de las ventanas de la oficina, no dejaría una mancha negra como el carbón en la psique.

«Tienes que ir a casa. Ahora mismo.»

Cuando se tienen hijos, en lo primero que se piensa es en ellos. Incluso un tipo como Nick, poco dado a preocuparse, se temía lo peor cuando recibía una llamada de la policía.

Los policías habían asegurado a Marjorie que los dos niños estaban perfectamente. Julia había regresado de la escuela, y Lucas había ido a clase y estaría haciendo lo que fuese que hiciese siempre después de clase, lo cual era otro tema muy distinto.

No se trataba de eso.

Sí, se había producido otro allanamiento, según había dicho la policía, pero esta vez era preciso que Nick acudiera de inmediato. ¿Qué demonios significaba eso?

Durante el último año, Nick se había acostumbrado a recibir periódicamente unas llamadas de la compañía del sistema de seguridad o la policía. La alarma se disparaba en pleno día. Se había producido un allanamiento de morada. La empresa del sistema de seguridad comprobaba si se trataba de una auténtica alarma llamando a casa o al despacho de Nick y pidiéndole el código. Si ningún usuario autorizado afirmaba que era una falsa alarma, la compañía enviaba de inmediato a la policía de Fenwick. Una pareja de agentes se presentaba en la casa para comprobar lo ocurrido.

Ocurría indefectiblemente cuando no había nadie en casa, cuando los operarios que trabajaban en la cocina se habían tomado uno de sus frecuentes días de descanso, los niños estaban en el colegio y Marta, el ama de llaves, había salido a comprar o había ido a recoger a Julia.

Nunca robaban nada. El intruso forzaba una ventana o una de las contraventanas, entraba en el domicilio y dejaba un breve mensaje.

Un mensaje, literalmente: unas palabras escritas con un *spray* de color naranja, todas en mayúsculas, trazadas con la precisión de un arquitecto o un delineante: NO HAY ESCONDITE POSIBLE.

Cuatro palabras, una sobre la otra.

¿Existía alguna duda de que se trataba de un empleado que había sido despedido y se había vuelto loco? Las pintadas cubrían las paredes de la sala de estar, el comedor que no utilizaban nunca y las paredes recién enyesadas de la cocina. Al principio Nick se había llevado un susto de muerte.

El verdadero mensaje, claro está, era que no estaban seguros. Que alguien podía atacarlos.

La primera pintada había aparecido sobre la recia puerta principal de madera de fresno tallada, sobre la que Laura había estado discutiendo con el arquitecto durante semanas, una puerta que había costado la friolera de tres mil dólares, ¡una puñetera puerta, por el amor de Dios! Nick había expuesto su opinión al respecto, pero había cedido, porque por algún motivo esa puerta era importante para Laura. A Nick le gustaba la delgada puerta de paneles que tenía la casa que habían adquirido hacía poco. No quería cambiar nada de la casa salvo reducirla a la mitad de su tamaño. En Stratton había un dicho muy popular, que el viejo Devries solía repetir con frecuencia: «La ballena que arroja agua es arponeada». A veces Nick había pensado en colocar una de esas placas que parecían de bronce, que fabricaba para él la empresa Frontgate, como las que ponen en los pilares de entrada frente a las mansiones importantes, que dijera en letras en relieve de color cobrizo: CASA DE LA BALLENA QUE ARROJA AGUA.

Pero para Laura, la puerta principal era un símbolo: era donde recibías a tu familia y a tus amigos, la que impedía que entraran los que no eran bienvenidos. De modo que tenía que ser bonita e importante.

—Es la puerta principal, Nick —había insistido Laura—. Lo primero que ve la gente. No vamos a escatimar en eso.

Quizá Laura se sentía más segura con una puerta de ocho centímetros de grosor. El comprar esta casa disparatadamente grande en la urbanización Fenwicke también había sido idea suya. Laura quería gozar de la seguridad que ofrecía una urbanización vallada. Las dos llamadas anónimas amenazantes que habían recibido nada más anunciarse los despidos le habían metido el miedo en el cuerpo.

—Si van a por ti, van a por todos nosotros —había dicho Laura. Su tono denotaba una profunda ira dirigida contra Nick, que no había querido discutir con ella. Tenía que proteger a su familia.

Ahora, después de la muerte de Laura, Nick tenía la sensación de haberse contagiado de la neurosis de su mujer, como si le hubiera calado en los huesos. A veces Nick pensaba que su familia, lo que quedaba de ella, era frágil como un huevo.

También sabía que la seguridad de la urbanización vallada en la que vivían era poco más que una quimera. Era pura fachada, una vistosa farsa: la elegante garita de los guardias de seguridad privados, la elevada verja de hierro forjado negra con los barrotes rematados en punta de lanza.

El Suburban se detuvo bruscamente delante de la ornamentada verja de hierro junto a la garita del guardia de seguridad, la cual parecía un castillo en miniatura. Una placa de bronce sobre los barrotes rezaba: URBANIZACIÓN FENWICKE.

La pequeña «e» al final de la palabra Fenwick siempre le había parecido a Nick pretenciosa e irritante. Por lo demás, le irritaba la ironía de esta lujosa zona residencial equipada con una seguridad que costaba un ojo de la cara —la elevada verja de hierro forjado que la rodeaba, dotada de un cable sensor de fibra óptica oculto en la parte superior, las cámaras de seguridad CTV provistas de un potente zoom que enfocaban todos los rincones del lugar y las alarmas accionadas por un sensor que detectaba la presencia de intrusos— en la que no era posible evitar que un chalado atravesara el bosque circundante y saltara la verja.

—Otro allanamiento, señor Conover —dijo Jorge, el guardia de día. Era un hombre muy agradable. Todos los guardias de seguridad tenían un talante profesional, todos lucían unos uniformes impecables.

Nick asintió con expresión sombría y esperó a que la puerta accionada mecánicamente se abriera con absurda lentitud. El agudo pitido electrónico de advertencia era irritante. Hoy en día todo emitía un pitido: las furgonetas al retroceder, los lavavajillas, las secadoras de ropa y los hornos microondas. Era como para volverse loco.

—La policía está ahí —dijo Jorge—. Han venido tres coches patrulla.

—¿Sabes de qué se trata?

—Lo siento, señor, pero no sé nada.

La dichosa puerta tardó una eternidad en abrirse. Era ridículo. Por las noches a veces se formaba una larga cola de coches que esperaban para entrar. Había que hacer algo al respecto. ¿Y si alguna de las casas se incendiaba? ¿Tendrían que esperar los coches de bomberos mientras el edificio se quemaba?

Pisó el acelerador con impaciencia. Jorge se encogió de hombros en un tímido gesto de disculpa.

En cuanto la puerta se hubo abierto lo suficiente para que pasara el coche, Nick arrancó a toda velocidad —la facilidad de aceleración del Suburban nunca dejaba de asombrarle—, pasó sobre los pinchos afilados como cuchillas que obligaban a circular en una sola dirección, y atravesó el amplio patio enlosado con ladrillos antiguos, que formaban un diseño geométrico, instalados por unos albañiles artesanos italianos venidos de Sicilia, al doble de velocidad que los treinta kilómetros por hora que indicaba la señal.

El pavimento de ladrillos dio paso a una carretera asfaltada lisa como un espejo, en la que no había ninguna señal de tráfico. Nick circuló rápidamente entre los vetustos olmos y abetos y unos buzones del tamaño de casetas de perro. Los edificios quedaban resguardados de miradas indiscretas. Si alguien tenía curiosidad por saber qué aspecto tenía la casa de sus vecinos, tenía que esperar a que lo invitaran. En la urbanización Fenwicke no se organizaban fiestas multitudinarias.

Cuando Nick vio los coches de la policía aparcados en la calle y en la entrada de su casa, sintió que se le formaba en la boca del estómago un nudo frío y duro, un pequeño carámbano de temor.

Un policía de uniforme le detuvo a pocos metros de su casa, en mitad del camino de acceso. Nick saltó del coche y cerró de un portazo con un gesto ágil y armonioso.

El policía era un hombre bajo y fornido, de aspecto musculoso, que sudaba copiosamente pese a que hacía fresco. En la placa ponía su nombre: MANZI. El busca que llevaba colgado del cinturón no paraba de emitir sonidos.

—¿Es usted el señor Conover? —preguntó el policía, interceptando a Nick el paso.

Nick se irritó. «Ésta es mi casa, mi camino de acceso y mi alarma antirrobos: apártate de mi camino de una puta vez.»

—Sí, ¿qué ocurre? —Nick trató de reprimir su irritación y su ansiedad.

—¿Le importa que le haga unas preguntas? —La moteada luz que se filtraba a través de las elevadas ramas que flanqueaban el camino asfaltado se reflejaba en el rostro inescrutable del policía.

Nick se encogió de hombros.

—No. ¿De qué se trata? ¿Han vuelto a hacer unas pintadas?

—¿A qué hora salió de casa esta mañana, señor?

—Sobre las siete y media, pero los niños suelen marcharse a las ocho o a las ocho y cuarto a lo sumo.

—¿Y su esposa?

Nick miró al agente de hito en hito. La mayoría de policías tenían que saber quién era él. Nick se preguntó si ese tipo estaba tratando de provocarle.

—No tengo esposa.

Tras una pausa, el policía comentó:

—Bonita casa.

—Gracias. —Nick notó el resentimiento y la envidia que emanaba del policía, como el gas de un pantano—. ¿Qué ha ocurrido?

—La casa está intacta. Parece nueva. Aún no está terminada del todo, ¿no es así?

—Estamos haciendo unas obras —respondió Nick, bastante molesto.

—Ya. ¿Los obreros vienen todos los días?

—Ojalá fuera así. No se presentaron ni ayer ni hoy.

—En la compañía del sistema de alarma tienen un número donde pueden localizarlo en la Stratton Corporation —dijo el agente Manzi, mirando una carpeta con sujetapapeles. Tenía unos ojillos negros y hundidos que parecían unas pasas en un pudin de azúcar con mantequilla—. ¿Trabaja allí?

—Sí.

—¿Qué cargo desempeña en Stratton? —Transcurrieron unos segundos antes de que el policía alzara la vista y mirara a Nick. El tipo sabía muy bien la respuesta a esa pregunta.

—Soy el director general.

Manzi asintió con la cabeza, como si de pronto todo cobrara sentido.

—Comprendo. Durante los últimos meses han allanado su domicilio en varias ocasiones, ¿no es así, señor Conover?

—Cinco o seis veces.

—¿Qué clase de sistema de seguridad tiene?

—Una alarma antirrobo en las puertas, y también en algunas ventanas y contraventanas. Un sistema básico. Nada muy complicado.

—Es un sistema un tanto rudimentario para una casa como ésta. ¿No tiene cámaras de seguridad?

—Bueno, vivimos en esta urbanización vallada.

—Eso ya lo veo, señor. Pero no parece que eso impida que entre cualquier chalado.

—Cierto —respondió Nick casi sonriendo.

—Al parecer, la alarma no está conectada con frecuencia.

—Agente, ¿por qué han venido tantos coches patrulla por un simple allanamiento?

—Si no le importa, las preguntas las haré yo —replicó el agente Manzi. El tipo parecía gozar esgrimiendo su autoridad para incordiar al jefe de Stratton. «Como quieras —pensó Nick—. Adelante, si esto te divierte. Pero...»

Nick oyó que se aproximaba un coche y al volverse vio el Chrysler Town and Country que conducía Marta. Nick sintió esa reacción química de placer que sentía cada vez que veía a su hija, como la había sentido también al ver a Lucas, hasta que su relación con él se complicó. La furgoneta se detuvo junto a Nick y Marta apagó el motor. Luego se abrió y cerró una puerta del vehículo y Julia gritó:

—¿Qué estás haciendo en casa, papá?

La niña corrió hacia Nick, luciendo una sudadera con capucha color azul claro de Stratton, unos vaqueros y unas zapatillas de deporte. Se ponía el mismo tipo de atuendo cada día, con ligeras variaciones, una camiseta o un chándal. Cuando Nick asistía a la misma escuela primaria, hacía más de treinta años, los alumnos no podían llevar vaqueros, y las sudaderas no eran consideradas unas prendas apropiadas para la escuela. Pero esta mañana Nick no tenía tiempo para ponerse a discutir con Julia, aparte de que solía ser tolerante con ella, habida cuenta de lo que la niña había sufrido desde la muerte de su madre.

Julia le echó los brazos alrededor de la cintura y lo abrazó con fuerza. Nick ya no la levantaba en brazos, puesto que la niña medía casi un metro sesenta de estatura y pesaba cuarenta y tantos kilos, y ya no era tan fácil. En el último año había crecido mucho y mostraba un aspecto larguirucho, aunque todavía conservaba una capa de grasa infantil en el vientre. Julia había empezado a desarrollarse físicamente y tenía unos pechos incipientes, lo cual desconcertaba a Nick. Era un recordatorio constante de su torpeza como padre: ¿quién demonios iba a hablar con ella durante la adolescencia?

El abrazo se prolongó durante unos instantes, hasta que Nick la soltó. Los abrazos de su hija eran otra de las cosas que habían cambiado desde que Laura había muerto: Julia nunca quería separarse de él.

La niña alzó la vista y miró a Nick. Sus hermosos ojos castaños, capaces de derretir a cualquiera, reflejaban una expresión animada.

—¿Por qué ha venido la policía? —preguntó.

—Quieren hablar conmigo, tesoro. No pasa nada. ¿Dónde has dejado la mochila?

—En el coche. ¿Ha vuelto a entrar en casa ese tipo chiflado para escribir un mensaje de mal rollo?

Nick asintió con la cabeza y le acarició su brillante cabello castaño.

—¿Por qué has vuelto a casa? ¿No tienes clase de piano?

Julia le miró con una expresión entre divertida y burlona.

—Eso es a las cuatro.

—Creí que era a las tres.

—La señora Guarini cambió la hora hace meses, ¿no te acuerdas?

Nick negó con la cabeza.

—Vale, no me acordaba. Oye, mira, tengo que hablar con este agente. Marta, quédate aquí con la niña hasta que la policía nos dé permiso para entrar en la casa, ¿de acuerdo?

Marta Burell era de Barbados, una mujer de treinta y ocho años con la piel de color café, alta y delgada como una modelo, que en ocasiones mostraba un aire de profunda indiferencia, o quizá arrogancia. Llevaba unos vaqueros demasiado ceñidos y por lo general se ponía tacones altos, y no se mordía la lengua a la hora de criticar el atuendo diario de Julia. Expresaba su desaprobación sobre casi todo en la casa. Pero quería mucho a los niños y ellos la obedecían mucho más que a Nick. Marta había sido una niñera ejemplar cuando los niños eran pequeños, y actualmente era una excelente cocinera y un ama de llaves pasable.

—De acuerdo —respondió Marta. Se inclinó para tomar a Julia de la mano, pero la niña se escabulló.

—¿Decía usted? —dijo Nick, volviéndose hacia el policía.

Manzi alzó la vista y lanzó a Nick una mirada inquisitiva, casi impertinente, pero sus ojos chispeaban. Parecía reprimir una sonrisa.

—¿Tiene usted enemigos, señor Conover?

—Sólo unas cinco mil personas en la ciudad.

El policía arqueó las cejas.

—¿Cómo dice?

—Hace poco despedimos a la mitad de nuestra mano de obra, como sin duda ya sabe. Más de cinco mil empleados.

—Ah, sí —contestó el policía—. No es usted lo que se dice un hombre querido.

—Desde luego.

Hacía relativamente poco tiempo, pensó Nick, todo el mundo le quería. En el instituto, incluso alumnos a los que ni siquiera conocía le hacían la pelota. La revista *Forbes* había escrito un artículo sobre él. A fin de cuentas, Nick era un hombre joven que se había hecho a sí mismo, hijo de un obrero que se había dedicado toda la vida a trabajar el metal en la fábrica de sillas; a los periodistas de las publicaciones de negocios les encantaba este tipo de historias. Posiblemente, Nick nunca llegara a ser tan querido como el viejo Devries, pero durante un tiempo había sido muy popular, admirado y estimado. Un héroe local en la pequeña ciudad de Fenwick, Michigan, un tipo al que cualquiera reconocería en el supermercado y, si se atrevía, se acercaría a él y se presentaría en la sección de congelados.

Pero eso era antes, antes de que se anunciaran los despidos dos años atrás, cuando los nuevos propietarios de Stratton trazaron las líneas directrices durante la reunión trimestral de la junta en Fenwick. No quedaba más remedio. La Stratton Corporation se iría a pique si no recortaban costes rápidamente. Eso significaba prescindir de la mitad de los trabajadores, cinco mil personas en una ciudad con una población de cuarenta mil. Era lo más doloroso que Nick había hecho en su vida, algo que jamás había imaginado que tendría que hacer. Se habían producido varios pequeños despidos desde que se habían anunciado los primeros, hacía dos años. Era como la gota malaya. El *Fenwick Free Press*, que solía publicar unos artículos elogiosos sobre Stratton, ahora lanzaba unos titulares que decían: «Otros trescientos trabajadores se enfrentan al despido. Un enfermo de cáncer pierde las prestaciones concedidas por Stratton». Los columnistas locales siempre se referían a Nick como *el Verdugo*.

Nick Conover, un joven del lugar que había hecho fortuna, se había convertido en el hombre más odiado de la ciudad.

—Un hombre como usted debería instalar un sistema de seguridad más sofisticado. La seguridad depende de lo que uno esté dispuesto a pagar por ella.

Nick se disponía a contestar cuando oyó gritar a su hija.

3

Nick echó a correr hacia el lugar del que procedían los gritos y encontró a Julia junto a la piscina, sollozando entrecortadamente. Estaba arrodillada sobre el enlosado de arenisca gris que rodeaba la piscina, agitando el agua con las manos, moviendo su pequeña espalda de un lado a otro. Marta estaba junto a ella, con gesto impotente, horrorizada, cubriéndose la boca con una mano.

Entonces Nick vio lo que había hecho gritar a Julia, y sintió náuseas.

Una forma oscura flotaba sobre el agua rojiza, con los miembros extendidos e hinchada, rodeada por unas vísceras blancas y relucientes. La sangre estaba concentrada en una nube oscura en torno al cadáver; en el extremo más alejado de la masa peluda y castaña el agua presentaba un tono más claro, rosáceo.

El cadáver no era inmediatamente reconocible como *Barney*, el viejo perro de la familia. Nick tardó unos instantes en reconocerlo, pero no daba crédito a sus ojos. Sobre las losas de arenisca gris, no lejos de donde se hallaba Julia arrodillada, había un cuchillo Henckels de acero inoxidable, de la cocina de la casa.

En esos momentos cobraron sentido multitud de circunstancias: la insólita presencia policial, las preguntas, incluso el hecho de que *Barney* no le hubiera recibido como siempre, ladrando desordenadamente.

Una pareja de policías se afanaba en tomar unas fotografías, charlando entre sí mientras sus radios emitían sonidos ininteligibles. Charlaban animadamente, como si no hubiera ocurrido nada anormal. Para ellos era mera rutina. Nadie expresaba simpatía o compasión. Nick se enfureció, pero en esos momentos lo primero era consolar a su hija. Nick se dirigió apresuradamente hacia ella, se arrodilló a su lado y le apoyó una mano en la espalda.

—Cariño —dijo—. Cariño.

Julia se volvió, le echó los brazos al cuello y soltó un alarido. Respiraba entrecortadamente y su aliento era cálido y húmedo. Nick la abrazó con fuerza, como si quisiera extirpar de su cuerpecito el trauma que había sufrido, hacer que todo volviera a la normalidad, infundir seguridad a la niña.

—¡Lo siento mucho, cariño!

Julia sollozaba de forma espasmódica, como si tuviera hipo. Nick la abrazó más fuerte.

Nick sintió las copiosas lágrimas de Julia que le humedecían el cuello y le empapaban la camisa.

Diez minutos más tarde, después de que Marta se llevara a Julia a la casa, Nick habló con el agente Manzi. No hizo el menor esfuerzo por contener su ira.

—¿Qué coño piensan hacer al respecto? —le espetó Nick—. ¿A qué diablos están esperando? Hace meses que sufrimos estos allanamientos y ustedes no han hecho nada.

—Discúlpeme —respondió Manzi sin excesivo convencimiento.

—No han asignado a un agente para que se ocupe del caso, no han abierto una investigación, no han revisado las listas de empleados despedidos de Stratton. Han tenido varios meses para detener a ese maldito tarado. ¿A qué esperan? ¿Es que este psicópata tiene que asesinar a uno de mis hijos para que se lo tomen en serio?

La indiferencia de Manzi —¿era posible que Nick detectara cierto regocijo por parte del policía?— era indignante.

—Verá, señor, como le he dicho, debería mejorar su sistema de seguridad…

—¿Mi sistema de seguridad? ¿Y ustedes qué? ¿Acaso no les compete ocuparse de estas cosas?

—Usted mismo lo ha dicho, señor: ha despedido a cinco mil empleados de Stratton. Eso sin duda crea un buen número de enemigos contra los que no podemos protegerle. Insisto en que debería mejorar su sistema de seguridad.

—De acuerdo, ¿y ustedes qué piensan hacer? ¿Cómo van a proteger a mi familia?

—Para serle sincero, señor, estos casos de acoso son muy complejos.

—O sea, que no pueden hacer nada.

Manzi se encogió de hombros.

—Usted lo ha dicho. Yo no.

4

Cuando los policías se marcharon, Nick trató de consolar a su hija durante largo rato. Después de llamar para anular su clase de piano, se sentó junto a ella, hablándole de vez en cuando, pero sobre todo abrazándola. Cuando la niña pareció calmarse, Nick la dejó al cuidado de Marta y regresó al despacho, donde apenas había hecho nada de provecho en toda la tarde.

Cuando Nick regresó a casa, Julia se había dormido y Marta estaba en el cuarto de estar, viendo una película sobre un bebé que hablaba con la voz de Bruce Willis.

—¿Dónde está Julia? —preguntó Nick.

—Dormida —respondió Marta con tristeza—. Cuando se acostó ya se había calmado, pero ha llorado a mares, Nick.

—Mi pobre niña —dijo Nick, meneando la cabeza—. Esto va a ser muy duro para ella. *Barney* era en realidad el perro de Laura. Para Julia, *Barney*… —Pero no terminó la frase—. ¿Lucas está arriba?

—Llamó de casa de un amigo diciendo que estaban estudiando para el examen de historia.

—Sí, ya. Más bien jugando con la videoconsola. ¿Qué amigo?

—Creo que Siegler. Esto…, no me hace gracia quedarme sola en casa, Nick, después de lo de hoy.

—No te lo reprocho. ¿Has cerrado las puertas y las ventanas?

—Sí, pero ese loco…

—Lo sé. Mandaré que instalen un nuevo sistema de seguridad para que puedas conectar la alarma cuando estés en la casa. —El director de seguridad de Stratton había dicho a Nick que se pasaría más tarde, para echar un vistazo. Estaba dispuesto a hacer lo que fuera para el jefe. Llevaban demasiado tiempo viviendo con un sistema de seguridad rudimentario; era hora de instalar algo más sofisticado, con cámaras y detectores de movimientos extraños y esas cosas—. Ve a acostarte si quieres.

—No. Me quedaré a ver el final de la película.

—De acuerdo.

Nick subió y se acercó al dormitorio de Julia, abriendo la puerta sigilosamente y avanzando a oscuras. Por las cortinas se filtraba luz suficiente para que, cuando la vista de Nick se adaptó a la penumbra, distinguiera la forma de su hija, que estaba durmiendo. Julia dormía con varias mantas con las que se enroscaba, y a todas ellas les había puesto un nombre. También se llevaba a la cama una colección rotativa de peluches y ositos de su extensa colección de animalitos. Ese día dormía abrazada a Winnie the Pooh, que le habían regalado cuando la niña tenía sólo unos días, el cual estaba raído y manchado.

La elección de Julia era un fiel indicador de su estado de ánimo: Elmo cuando estaba contenta; George *el Curioso* cuando tenía un talante travieso; Eucalipto, su pequeño koala, cuando quería mimar a alguien que la necesitaba. Pero Winnie siempre significaba que se sentía especialmente frágil y necesitada del intenso consuelo de su más viejo amigo. Durante varios meses, después de la muerte de su madre, Julia había dormido cada noche con él. Recientemente había sustituido a Pooh por otros de sus peluches. Nick acarició los húmedos rizos de su hija, aspiró el dulce aroma a champú de bebé mezclado con el olor un tanto acre a sudor, y le besó su sudorosa frente. La niña murmuró unas palabras pero no se despertó.

Nick oyó abrir y cerrarse una puerta, seguido de inmediato por el ruido de un objeto al caer al suelo, y se alarmó. Unos pasos estrepitosos y apresurados indicaron que había llegado Lucas.

Nick atravesó la habitación sorteando el montón de libros y juguetes y cerró la puerta sigilosamente tras él. El largo pasillo estaba a oscuras, pero debajo de la puerta del dormitorio de Lucas se filtraba una franja de luz amarilla.

Nick llamó a la puerta, esperó unos instantes y volvió a llamar.

—¿Sí?

La gravedad y el timbre de la voz de su hijo le sorprendieron, junto con el tono adusto que empleaba desde hacía un año. Nick abrió la puerta y vio a Lucas tendido en la cama boca arriba, con las botas puestas, con los auriculares del iPod en los oídos.

—¿Dónde has estado? —inquirió Nick.

Lucas le miró, tras lo cual fijó la vista en un punto intermedio que le pareció más interesante.

—Te he preguntado dónde has estado, Luke —insistió Nick al cabo de unos segundos—. Mañana tienes clase.

—En casa de Ziggy.

—No me pediste permiso para ir.

—No pude hacerlo porque no estabas.

—Cuando quieras ir a casa de un amigo, tienes que pedirme permiso a mí o a Marta.

Lucas se encogió de hombros para demostrar su tácita aceptación. Tenía los ojos enrojecidos y vidriosos, y Nick tuvo la certeza de que había tomado algo. Era una novedad preocupante, pero aún no había hablado de ello con su hijo. Lo había pospuesto, porque representaba otra montaña que escalar, una escena que requería una firmeza que en esos momentos Nick no poseía. Tenía que ocuparse de un montón de cosas en el trabajo, y de Julia, a la que era mucho más fácil consolar, aparte de su propia tristeza, la cual le impedía ser un padre competente y comprensivo.

Nick miró a Lucas al tiempo que oía el sonido metálico y percutivo que procedía de sus auriculares. Se preguntó qué tipo de música horrible escuchaba Lucas en esos momentos. Percibió un ligero olor a humo rancio en la habitación, que le pareció de unos cigarrillos normales, aunque no estaba seguro.

Había una desconcertante desconexión entre el Lucas interior y el Lucas exterior. En apariencia, Lucas era un chico de dieciséis años bastante maduro para su edad, alto y guapo. Sus rasgos casi femeninos se habían hecho más acusados y habían adquirido un aire viril. Sus cejas, que enmarcaban unos ojos azules de largas pestañas, eran oscuras y espesas. El Lucas interior tenía varias facetas: era petulante, susceptible, experto en detectar una ofensa en cualquier detalle, capaz de sentir rencor hasta el día del Juicio Final.

—¿Has estado fumando?

Lucas dirigió a su padre una mirada despectiva.

—¿Has oído hablar de los fumadores pasivos? He estado con gente que fumaba.

—Ziggy no fuma.

Kenny Ziegler era un chico rubio, alto y fuerte, el mejor amigo de Lucas de cuando éste formaba parte del equipo de natación. Pero desde que Lucas había dejado de nadar, hacía unos seis meses, ya no salía tanto con Ziggy. Nick dudaba de que Lucas hubiera pasado la tarde y parte de la noche en casa de Ziggy. Probablemente había estado en otro sitio, con otro amigo.

Lucas miró a su padre fijamente. Su música sonaba chillona y sibilante.

—¿No tienes deberes? —inquirió Nick.

—No es necesario que me controles, Nick.

Nick. Eso de llamar a su padre por el nombre de pila era otra novedad. Algunos amigos de Lucas siempre habían llamado a sus padres por sus nombres de pila, pero Nick y Laura siempre habían insistido en los apelativos tradicionales de «mamá» y «papá». Nick creía que Lucas le estaba desafiando. Hacía aproximadamente un mes que le llamaba Nick.

—¿Quieres hacer el favor de quitarte los auriculares cuando te hablo?

—Te oigo perfectamente —replicó Lucas—. ¿Dónde está *Barney*?

—Quítate los auriculares, Luke.

Lucas se arrancó los auriculares de las orejas tirando del cable que pendía y los dejó caer sobre su pecho. El sonido metálico adquirió volumen y definición.

—A *Barney* le ha ocurrido algo espantoso.

—¿A qué re refieres?

—Lo encontramos... Lo han matado, Luke.

Lucas levantó las piernas y se sentó en el borde de la cama, como si se dispusiera a lanzarse contra Nick.

—¿Que lo han matado?

—Lo encontramos hoy en la piscina. Un loco... —Nick no pudo continuar, no pudo revivir la macabra escena.

—¿Ese tipo que entra en casa? ¿El de las pintadas?

—Eso parece.

—¡Es culpa tuya! —gritó Lucas con los ojos muy abiertos y llenos de lágrimas—. Es por toda esa gente a la que has despedido. Aquí todos te odian.

Nick no sabía qué responder.

—Los padres de la mitad de los chicos del colegio se han quedado sin trabajo por tu culpa. Es vergonzoso.

—Escucha, Lucas…

Lucas dirigió a su padre una mirada feroz, con los ojos desorbitados y mostrando los dientes, como si el propio Nick hubiera matado a *Barney*.

—Vete ahora mismo de mi habitación —exclamó con voz entrecortada.

La reacción de Nick le sorprendió incluso a sí mismo. Si él hubiera hablado así a su padre, éste le habría propinado una soberana paliza. Pero en lugar de enfurecerse, le invadió una serena y paciente tristeza. Se sintió apenado por su hijo, por lo que había pasado.

—Lucas —dijo Nick con voz tan queda que casi era un susurro—, no vuelvas a hablarme así.

Luego dio media vuelta y cerró la puerta silenciosamente a sus espaldas. No tenía ganas de montar una escena.

Julia estaba en el pasillo, frente a la puerta de la habitación de su adorado hermano mayor, mientras unos gruesos lagrimones rodaban por sus mejillas.

5

Poco después de haber logrado que Julia se durmiera de nuevo —tomándola en brazos, estrechándola contra sí y acostándose con ella en la cama de la niña—, Nick oyó llamar insistentemente con los nudillos a la puerta principal.

Eddie Rinaldi, el director de seguridad de Stratton, llevaba una sudadera de color marrón claro y unos vaqueros, y apestaba a cerveza y tabaco. Nick se preguntó si Eddie había estado en Victor's, el bar que frecuentaba, situado en Division.

—Joder, tío —dijo Eddie—. Lo del perro ha sido una putada.

Eddie era un tipo alto, desgarbado, nervioso y vehemente. Su cabello castaño y rizado estaba salpicado de canas. Tenía las mejillas y la frente cubiertas de cicatrices debidas al acné que había padecido en el instituto. Tenía los ojos grises, la nariz ancha y la boca flácida. Nick y él habían sido compañeros de instituto. Eddie jugaba de defensa derecha en el equipo de hockey en el que Nick, que era el capitán, jugaba de centro, pero nunca habían sido amigos íntimos. Nick era la estrella, en el equipo y también en el instituto, el tipo más importante del campus, el guaperas con el que querían salir todas las chicas. Eddie, que no jugaba mal al hockey, era un perdedor nato, medio chalado y con la cara llena de granos, lo cual no era precisamente lo más indicado para conquistar a la chica más guapa del instituto. Sus compañeros de equipo bromeaban diciendo que a Eddie le habían dejado de pequeño demasiado rato en el columpio. Lo cual era injusto. Eddie era un tipo raro que aprobaba los exámenes por los pelos, pero era muy listo. Admiraba a Nick, que para él era casi un héroe, aunque su idolatría siempre había estado teñida de cierta envidia. Después del instituto, cuando Nick fue a estudiar a la Universidad de Michigan, en East Lansing, Eddie ingresó en la academia de policía de Fraser, donde no tuvo suerte, consiguió trabajo en el departamento de policía de Grand Rapids y al cabo de casi dos décadas tuvo un grave problema. Según explicó a Nick, le acusaron de maltratar a un sospechoso —una acusación falsa, pero que él no pudo rebatir—, le dieron un trabajo administrativo, rebajándole de cargo y sueldo hasta que la publicidad negativa del caso remitiera, según le aseguró el jefe de policía. Pero Eddie sabía que su carrera había terminado.

Nick, que en aquel entonces era ya director general de Stratton, echó a Eddie un cable, ofreciéndole un puesto para el que quizá no estaba cualificado, de director adjunto de seguridad de la empresa, encargado de investigar cheques sin fondos, hurtos y ese tipo de cosas. Tal como Nick había asegurado al director de seguridad, un hombre de cabello canoso que llevaba desempeñando ese cargo desde que se había jubilado como oficial de policía de Fenwick, Eddie se había volcado en su trabajo, profundamente agradecido a Nick y ansioso de redimirse.

Dos años más tarde, cuando el jefe de seguridad se jubiló anticipadamente, Eddie pasó a ocupar su puesto. A veces Nick pensaba que era como en los viejos tiempos, cuando los dos jugaban al hockey: Nick era la estrella, el motor del equipo, capaz de darle a la bola a mil por hora, salir airoso de los cuerpo a cuerpo y colarse a través de nueve palos de hockey como quien inserta un hilo a través del ojo de una aguja; y Eddie, sonriendo como un bobo cuando le ponía la zancadilla a un adversario, cuando golpeaba a otros jugadores con el palo en la tripa o les machacaba la cara, mientras se deslizaba por la pista con movimientos nerviosos y espasmódicos, como un poseso.

—Te agradezco que hayas venido —dijo Nick.

—Antes de nada quiero echar un vistazo a la cocina.

Nick se encogió de hombros y le condujo por el pasillo. Encendió la luz y apartó un amplio y grueso plástico, sujeto al pomo de la puerta, que impedía que el polvo pasara de la cocina al resto de la casa. Nick entró seguido por Eddie, que emitió un prolongado silbido al contemplar los armarios con puertas de cristal y la cocina ultramoderna de la marca Wolf. Luego depositó en el suelo la pequeña bolsa de deporte que llevaba.

—¡Jo! —dijo—. Esto debe de haberte costado una fortuna.

—Un pastón.

Eddie encendió uno de los quemadores. Después de emitir un par de chasquidos se encendió, arrojando una potente llama de gas azul.

—Menuda presión. Y ni siquiera sabes cocinar.

—Tuve que instalar una nueva línea de gas. Arrancamos el césped y tuvimos que plantarlo de nuevo.

—¡Jo, tío! ¿Cuántos fregaderos tienes?

—Ése es para preparar las verduras y ensaladas, según creo, y ése es para fregar los platos.

—¿Eso es el lavavajillas?

—Sí.

Un Fisher & Paykel. Otro resultado de la búsqueda de Laura para conseguir los mejores electrodomésticos del mercado. «Tiene dos cajones —había dicho a Nick—, lo cual permite hacer unas cargas más reducidas.» «De acuerdo, lo que tú digas.»

Eddie tiró de un pomo y extrajo una bandeja de madera de arce.

—¿Es el cajón para los cuchillos?

—Una tabla para cortar empotrada.

—Genial. No me digas que elegiste tú mismo todos estos cachivaches.

—Laura se encargó de diseñarlo todo, de elegir los electrodomésticos, el color de las paredes y los muebles, los armarios...

—Es complicado cocinar sin una encimera.

—Enseguida la verás.

—¿Dónde guardas las bebidas?

Nick tocó la puerta de un armario. Éste se abrió, mostrando un magnífico surtido de botellas de vino y licor.

—Muy ingenioso.

—Es un resorte magnético. También idea de Laura. ¿Te apetece un whisky?

—Sí.

—¿Con hielo?

Nick sostuvo una copa debajo del expendedor automático de hielo instalado en la puerta del frigorífico Sub-Zero y observó cómo los cubitos caían tintineando en el vaso. Luego sirvió una generosa dosis de Johnny Walker, le entregó la copa a Eddie y le condujo fuera de la cocina. Eddie bebió un largo trago y emitió un suspiro de satisfacción.

—Hola, Johnny, papaíto ya está en casa. ¿No te tomas una copa?

—Es mejor que no. Me he tomado una pastilla para dormir y no conviene mezclarla con alcohol.

Al salir de la cocina enfilaron por el sombrío pasillo trasero, iluminado sólo por el resplandor anaranjado de las placas de los interruptores. Nick encendió la lámpara sobre la mesa del pasillo, otro de los millones de detalles de esa casa que le recordaban todos los días a Laura. Su mujer se había pasado meses buscando la lámpara de alabastro ideal, hasta que un día la encontró en un anticuario en el Upper East Side de Manhattan, cuando había acompañado a Nick en un viaje de negocios. Los de la tienda sólo trataban con gente de la profesión, decoradores e interioristas, pero Laura había conseguido convencerles para que le vendieran la lámpara. La base era de alabastro tallado, procedente de Volterra, en Italia, según había explicado Laura a Nick cuando éste le había preguntado el motivo de su elevado precio. A Nick le parecía tan sólo una piedra blanca.

—No tomes pastillas, hombre. ¿Sabes qué necesitas para dormir bien?

—A ver si lo adivino. —Las luces del estudio de Nick se encendieron automáticamente cuando entraron en la estancia: unos focos diminutos instalados en el techo derramaban unos pequeños chorros de luz que iluminaban las paredes pintadas a mano, el gigantesco televisor Sony de pantalla plana empotrado en la pared y las puertas correderas que daban al césped recién sembrado.

—Exacto, Nicky. Un buen chocho. ¡Menuda casaza tienes! ¡Es increíble!

—Fue cosa de Laura.

Eddie se dejó caer en una de las mullidas sillas de cuero Symbiosis, bebió otro trago de whisky y depositó la copa ruidosamente sobre la mesita con la superficie de pizarra. Nick se sentó junto a él.

—El sábado por la noche me ligué a una tía en Victor's. Debí de ponerme ciego de cerveza, porque cuando me desperté a la mañana siguiente y la vi… ¡Jo, tío! La chica era muy simpática, eso sí, pero era un callo. —Eddie emitió una risotada seca y ronca.

—Pero dormiste a pierna suelta.

—La verdad es que no pegué ojo en toda la noche. Tienes que empezar a salir con chicas, Nick. Volver a llevar una vida normal. Pero ojo, que está lleno de busconas.

—No me apetece.

Eddie procuró suavizar la voz, pero sonaba ronca e insinuante.

—Laura murió hace un año, Nick. Eso es mucho tiempo.

—No si llevas casado diecisiete años.

—Hombre no te digo que vuelvas a casarte. Eso ni se me ocurriría. Soy partidario de alquilar, no de comprar. Cambiarlas sistemáticamente por el último modelo.

—¿Por qué no hablamos de mi sistema de seguridad? Es tarde y he tenido un día muy pesado.

—De acuerdo. El especialista en sistemas de seguridad que he contratado es un genio. Fue el que me instaló el sistema de seguridad en mi casa.

Nick arqueó las cejas.

—Lo pagué de mi bolsillo, tío, te lo aseguro. Si el tipo consigue el material, te lo instalará mañana mismo.

—¿Junto con las cámaras?

—Pues claro. Estamos hablando de unas cámaras IP enfocadas hacia el perímetro y todos los puntos de entrada y salida, unas cámaras interiores, visibles e invisibles.

—¿Qué significa IP?

—Internet no sé qué. Significa que puedes hacer que la señal pase a través de Internet. Puedes controlar tu casa desde el ordenador de tu despacho. Una tecnología asombrosa.

—¿Se graba en una cinta?

—Nada de cinta. Todo lo que registran las cámaras queda grabado en un disco duro. Podemos instalar unos sensores de movimiento para ahorrar espacio en el disco duro. Podemos accionar las cámaras por control remoto para enfocarlas como queramos, obteniendo unos vídeos en color a siete fotogramas y medio por segundo o algo así. Hoy en día utilizan una tecnología que es la hostia.

—¿Con esto conseguiré impedir que el intruso entre en mi casa?

—Digamos que cuando vea esas cámaras enfocándole por

todos lados mientras se acerca al edificio, dará media vuelta y saldrá corriendo, a menos que sea un descerebrado. Y en cualquier caso, la próxima vez que trate de entrar obtendremos un montón de imágenes suyas de alta definición. Por cierto, al venir vi unas cámaras muy modernas instaladas alrededor de la garita de los guardias. Al parecer tenéis unas cámaras alrededor de todo el perímetro de la valla que rodea la urbanización, no sólo la entrada. Con suerte, quizá dispongamos de una foto de ese tipo. Mañana por la mañana hablaré con los guardias de seguridad.

—¿No crees que los policías ya lo habrán hecho?

Eddie soltó un bufido despectivo.

—Esos tíos no moverán un dedo por ti. Se limitarán a hacer lo justito, o menos.

Nick asintió con la cabeza.

—Creo que tienes razón.

—Puedes estar seguro. Te odian a muerte. Eres Nick *el Verdugo*. Has despedido a sus padres, hermanos, hermanas y esposas. Les encantaría que te llevaras un buen escarmiento.

Nick suspiró ruidosamente.

—¿A qué te refieres al decir «a menos que sea un descerebrado»?

—Los tipos que se dedican a allanar viviendas no siempre están en su sano juicio. Sólo hay una cosa que puede proporcionarte la seguridad que necesitas si vuelve a aparecer por aquí. —Eddie abrió la cremallera de la bolsa de nailon negra de gimnasia y sacó un objeto envuelto en un plástico. Al abrirlo mostró una pistola semiautomática, de color negro mate, cuadrada y compacta, de aspecto siniestro. El armazón de plástico presentaba unos arañazos, el cargador unas muescas.

—Una Smith & Wesson Sigma 38 —declaró Eddie.

—No la quiero —contestó Nick.

—Yo que tú no lo diría tan deprisa. Un tipo que le hace eso a tu perro es capaz de atacar a tus hijos. ¿Me estás diciendo que no vas a proteger a tu familia? Éste no es el Nick que conozco.

6

Nick entró en la oscura sala de proyecciones —lo llamaban el Laboratorio del Futuro—, y se sentó en una butaca de la última fila. En la gigantesca pantalla curvada, de alta resolución y proyección por transparencia, se proyectaba la película. La oscuridad de la sala fue un alivio para sus ojos irritados y legañosos.

Una estridente música *techno* emanaba de las docenas de altavoces empotrados en las paredes, el techo y el suelo en sonido *surround*. Al contemplar ese maravilloso documental, uno era transportado a través del desierto de Kalahari, por una estrecha calle en Praga y sobrevolaba el Gran Cañón, lo suficientemente cerca como para que las rocas le arañaran. Luego giraba vertiginosamente a través de unas moléculas de ADN y aparecía en una ciudad del futuro, en unas imágenes caleidoscópicas y futuristas. «En un mundo interconectado —aseguraba una meliflua voz de barítono—, el conocimiento reina soberano.» La película versaba sobre el futuro del trabajo, la vida y la tecnología. Era un filme totalmente abstracto, cerebral y alucinante. No aparecía ni un solo mueble.

La película sólo era mostrada a unos cuantos clientes. Algunos visitantes, en particular los del tipo de Silicon Valley, quedaban muy impresionados por ella y cuando se encendían las luces de la sala, se ponían a hablar sin cesar sobre la «integración total» entre el mobiliario de oficina y la tecnología, sobre el Lugar de Trabajo del Futuro, dispuestos a firmar enseguida, allí mismo.

Otros la encontraban pretenciosa e irritante, no captaban el mensaje. Éste era el caso del público de esa mañana, una delegación compuesta por nueve altos ejecutivos de Atlas McKenzie

Group. Se trataba de una de las mayores empresas de servicios financieros del mundo, cuyos tentáculos se extendían a bancos, tarjetas de créditos y aseguradoras, en más de cien países y territorios. Nick les vio rebullirse en sus asientos, susurrando entre sí. Entre ellos se encontraba el presidente de Real Estate y el presidente de Facilities Management, además de diversos empleados de los mismos. Habían volado desde Chicago el día anterior en el avión de la compañía Stratton, y el equipo de relaciones públicas les había conducido en una visita guiada por la planta. Nick había almorzado con ellos, les había mostrado los despachos de los directivos y les había largado la acostumbrada charla sobre la conveniencia de reducir la jerarquía piramidal empresarial y la necesidad de que el medio laboral dejara de ser una comunidad colectiva para convertirse en una comunidad individual.

Atlas McKenzie estaba construyendo un gigantesco rascacielos de oficinas en Toronto. Noventa mil metros cuadrados, un tercio de los cuales constituiría el nuevo cuartel general de la empresa, que había que equipar de arriba abajo. Eso significaba diez mil despachos como mínimo, al menos cincuenta millones de dólares, y un contrato de mantenimiento por diez años. Si Stratton cerraba el trato, representaría un beneficio inmenso para la compañía. Impresionante. Increíble. Además, estaban todas las oficinas de Atlas McKenzie repartidas por el mundo, que quizá fueran remodeladas por Stratton. Nick ni siquiera podía calcular lo que eso significaría.

De acuerdo. La película había sido un fracaso. Parecía como si los directivos estuvieran viendo un filme de arte y ensayo en una pequeña aldea de Bulgaria.

Por lo menos el día anterior por la tarde se habían quedado muy impresionados por la exposición del Lugar de Trabajo del Futuro, como les ocurría a todos los visitantes, sin excepción. Era inevitable. Era una maqueta funcional de un despacho, de dos metros y medio por tres metros, que parecía más el plató de los servicios informativos de televisión que un cubículo sacado de las tiras de Dilbert. Se entregó a los visitantes unas tarjetas de identificación que contenían un chip, conectadas a un sensor eléctrico que hacía que cuando entrabas en ese espacio, las luces cenitales pasaran de un color azul a verde. De esa forma, los empleados sabían que habías entrado en tu despacho. Tan pronto como te sentabas, los miembros del equipo recibían un mensaje electrónico —en este caso, en los ordenadores portátiles que habían suministrado a los visitantes— advirtiéndoles de que estabas conectado. Con frecuencia Nick se maravillaba de las cosas que se les ocurrían a los ingenieros de Stratton. Frente a la mesa del empleado en el Lugar de Trabajo del Futuro había un gigantesco monitor de casi dos metros de ancho, de altísima resolución, sobre el que aparecía una página de texto, una ventana de videoconferencias y una pantalla de PowerPoint. Al verlo los clientes ansiaban poseerlo, como a algunos tipos se les cae la baba al contemplar un Lamborghini.

Llevaban diez minutos de retraso, por lo que Nick tuvo que saltarse la charla. La pantalla se oscureció y las luces del laboratorio se encendieron muy lentamente. Sobre el estrado de aluminio pulido apareció la vicepresidenta de Investigación del Mobiliario de Oficina de Stratton, una mujer alta y delgada de treinta y tantos años, que llevaba unas gafas con montura de pasta y cuya melena rubia lisa con flequillo le otorgaba un aspecto severo. Era Victoria Zander, a quien nadie llamaba jamás Vicky ni Tori, sólo Victoria. Iba vestida muy extremada, de negro de pies a cabeza. Podía haber sido una *beatnik* de los años cincuenta, una colega de Jack Kerouac.

Victoria habló con una voz de soprano meliflua.

—La oficina central de su empresa es uno de los instrumentos de imagen más poderosos de que disponen —dijo—. Es su oportunidad para exponer ante sus empleados y sus visitantes quiénes son ustedes y qué representan. Es su «paisaje de marca». Esto es lo que denominamos «el despacho narrativo».

Mientras hablaba, Victoria escribía las frases clave, como «lugar de trabajo inteligente», «espacio íntimo» y «Era de la Ciencia» en un tablero blanco digital instalado en la pared frente a ella, y sus notas, transformadas al instante en un archivo de texto, aparecían en los ordenadores portátiles de todos los directivos de Atlas McKenzie.

—Nuestro modelo son unas caravanas instaladas alrededor de la hoguera del campamento. Vivimos nuestra vida privada en nuestra propia caravana, pero a la hora de cenar nos reunimos todos.

Incluso después de escucharla una docena de veces, Nick no entendía de qué hablaba Victoria, pero daba lo mismo, pues suponía que nadie la entendía. Desde luego, no esos tipos de Chicago, que probablemente se sentían desconcertados pero no querían reconocer su falta de sofisticación. La enrevesada charla de seminario estudiantil de Victoria resultaba apabullante y seguramente ninguno de esos directivos entendía ni una sola palabra.

Esa gente sólo entendía de infraestructuras modulares de cableado, componentes ensamblados y cables de datos empotrados en plantas de acceso. Ahí era donde vivían. No querían que les hablaran de paisaje de marca.

Nick esperó pacientemente a que Victoria terminara, consciente del aburrimiento de los visitantes. Lo único que tenía que hacer era apresurarse a saludarlos, asegurarse de que todos se sintieran a gusto y charlar con ellos un rato.

Desde que había asumido el cargo de director general, Nick no intervenía en las ventas, al menos no directamente. De eso se ocupaban las personas que llevaban las cuentas en el ámbito nacional. Nick se limitaba a ayudarles a cerrar el trato, a allanar el camino, a transmitir a los clientes importantes que el máximo responsable de la empresa se interesaba personalmente por ellos. Era asombroso lo rentable que resultaba el hecho de que el director general dedicara un rato a los clientes.

Nick dominaba el arte del apretón de manos firme y la palmadita en la espalda, la respuesta franca y directa que complacía a todo el mundo. Pero esa mañana sentía una insistente ansiedad, un dolor sordo en el estómago. Quizá fuera un efecto secundario del somnífero que había tomado la noche anterior, la minúscula pastilla que le permitía conciliar el sueño. Quizá se debiera a las tres tazas de café que había tomado en lugar de las dos de costumbre. O quizá se debiera al hecho de que Stratton necesitaba cerrar el trato.

Cuando Victoria concluyó su presentación, se encendieron las luces y los dos directivos principales de Atlas McKenzie se acercaron a Nick. Uno, el jefe del departamento de bienes inmuebles, era un hombre menudo, pálido, de unos cincuenta años, con unos labios carnosos, casi femeninos, las pestañas largas y una permanente expresión apocada. Apenas dijo nada. Su colega, el director de equipos, era un hombre fornido, de torso poderoso, con una espesa barba crecida, cejijunto y con el pelo teñido de negro azabache. A Nick le recordó a Richard Nixon.

—Creí que ustedes fabricaban sólo sillas y archivadores —dijo Nixon, sonriendo y mostrando unos dientes de un blanco inmaculado y un hueco entre los incisivos.

—Ni mucho menos —respondió Nick, sonriendo también. Los otros lo sabían perfectamente; los de Stratton llevaban cortejándolos desde hacía meses, ofreciéndoles sus servicios, celebrando con ellos numerosas reuniones fuera del despacho a las que por suerte Nick no había tenido que asistir—. Si quieren comprobar su correo electrónico o su buzón de voz o cualquier otra cosa, pueden hacerlo en la planta.

El hombre más pálido, que se llamaba Hardwick, se acercó a Nick y dijo suavemente:

—Espero que no le moleste que le haga una pregunta directa.

—Por supuesto que no.

El tal Hardwick, de rasgos delicados y gesto inexpresivo, era un *killer*, un auténtico asesino corporativo; podría haber pertenecido al aparato del viejo Politburó soviético.

Hardwick abrió su portafolios Gucci de piel y extrajo un recorte de prensa, que Nick reconoció. Era un artículo que se había publicado en el *Business Week* titulado «¿Ha perdido el rey Midas su toque mágico?». Había una fotografía del legendario Willard Osgood, el viejo cascarrabias fundador de Fairfield Equity Partners —el hombre que había adquirido Stratton—, con sus gruesas gafas y su rostro curtido. El artículo se centraba principalmente en «las pérdidas millonarias brutas en las que había incurrido Stratton, antiguamente la empresa de equipamiento de oficinas de mayor expansión en Estados Unidos». Se refería a «la conocida habilidad del rey Midas para adquirir compañías y lograr que crecieran sistemáticamente a largo plazo», y preguntaba: «¿Qué ha ocurrido? ¿Permitirá Osgood que una de sus inversiones se despeñe por un precipicio sin tomar medidas? Sus colaboradores lo niegan tajantemente».

Hardwick sostuvo el recorte de prensa unos instantes.

—¿Tiene problemas Stratton? —preguntó, fijando sus ojos acuosos en Nick.

—En absoluto —contestó Nick—. ¿Que si hemos tenido pérdidas? Pues claro, lo mismo que Steelcase, Herman Miller y otras empresas del sector. Hemos tenido que hacer unos ajustes de plantilla en los dos últimos años, como bien sabe, y las indemnizaciones por despido son considerables. Pero estamos haciendo lo necesario para conservar nuestra buena salud a largo plazo.

La voz de Hardwick era casi inaudible.

—Entiendo. Pero ésta ya no es una compañía familiar como era antiguamente. Ustedes no la dirigen. Estoy seguro de que Willard Osgood les marca la pauta.

—Osgood y su gente nos dejan actuar —replicó Nick—. Dan por sentado que sabemos lo que hacemos, por eso nos adquirieron. —Nick notó que tenía la boca seca—. Les gusta conceder a las empresas libertad de movimientos.

Hardwick parpadeó como un lagarto.

—Nosotros no sólo vamos adquirir un montón de despachos de esta empresa, Nick, sino un contrato de diez años. ¿Cree que dentro de un par de años seguirá aquí?

Nick apoyó una mano sobre el huesudo hombro de Hardwick.

—Stratton lleva casi setenta y cinco años en la brecha —respondió—, y le aseguro que seguirá existiendo mucho después de que usted y yo hayamos desaparecido.

Hardwick esbozó una media sonrisa.

—No me refería a Stratton. Me refería a usted.

—Cuente con ello —contestó Nick, apretando el hombro de Hardwick mientras observaba de refilón a Eddie Rinaldi, que estaba apoyado en la pared junto a la puerta del laboratorio, con los brazos cruzados—. Discúlpeme un momento —dijo Nick.

Eddie rara vez aparecía por allí, pero cuando lo hacía era por un motivo importante. Nick aprovechó la ocasión para tomarse un respiro de esa delicada conversación.

—¿Qué pasa? —preguntó al acercarse a Eddie.

—Tengo algo para ti. Te aconsejo que le eches un vistazo.

—¿No puede esperar?

—Se trata del tío que ha entrado en tu casa. ¿Esperamos o quieres saberlo ahora?

7

Eddie se sentó frente al ordenador de Nick como si fuera suyo y se puso a teclear con dos dedos. Lo hacía sorprendentemente bien teniendo en cuenta que no había aprendido mecanografía. Mientras navegaba a través de la red interna de la compañía hasta entrar en el área de seguridad, dijo:

—Como era de prever, los chicos que están en la garita de tu pequeño campo de concentración se mostraron más que dispuestos a echar una mano.

—Estás hablando de la urbanización Fenwicke.

Eddie olía a tabaco y a Brut, la colonia que utilizaba desde los tiempos del instituto. Nick ni siquiera sabía que seguían fabricando esa colonia.

—Han montado un dispositivo de seguridad de primera. Tienen unas videocámaras digitales Sony de alta definición y alta resolución instaladas en la entrada y en la salida: compensación de luz posterior, treinta fotogramas por segundo... Los policías ni siquiera echaron un vistazo a su grabadora de disco duro.

—Tú mismo lo has dicho.

—Ni siquiera se molestaron en hacer un mínimo esfuerzo, aunque sólo fuera para guardar las apariencias. Bien.

En el monitor apareció una fotografía en color de un tipo alto y desgarbado con gafas. Eddie hizo clic un par de veces con el ratón, para agrandar la imagen. Era un hombre de unos sesenta años con el rostro muy ajado, los labios delgados y apretados, el pelo corto y entrecano, los ojos grotescamente ampliados por los cristales de sus gruesas gafas de montura negra. Nick sintió que el corazón le latía aceleradamente. Después de hacer más clics con el ratón, el rostro huraño del tipo prácticamente llenó la pantalla. La resolución era aceptable. El rostro del hombre era claramente visible.

—¿Le conoces? —preguntó Eddie.

—No.

—Pues él sí sabe quién eres tú.

—Sin duda. ¿De modo que entró tranquilamente? Menuda seguridad.

—Saltó la valla en la zona boscosa. Las cámaras instaladas allí se accionan mediante unos sensores de movimiento. Allí no hay alarmas, para evitar que se disparen continuamente debido a los animales, pero hay varias cámaras enfocadas hacia ese pequeño zoológico.

—Genial. ¿Quién es ese tipo?

—Se llama Andrew Stadler.

Nick se encogió de hombros. El nombre no le sonaba de nada.

—He estado examinando las listas de varones despedidos de más de cincuenta años, especialmente los despidos improcedentes. He pasado casi toda la mañana mirando sus fotos. Me he dejado las pestañas. Pero para eso me pagas una pasta, ¿no?

Eddie hizo clic dos veces con el ratón y apareció otra fotografía en una pantalla partida junto a la imagen tomada por las cámaras de seguridad. Era el mismo hombre, aunque algo más joven: las mismas gafas negras y gruesas, los ojos saltones, la boca delgada. Debajo de la fotografía aparecía un nombre, Andrew M. Stadler, el número de la seguridad social, la fecha de nacimiento, el número de su tarjeta de empleado de Stratton y la fecha en que había sido contratado.

—¿Fue despedido? —inquirió Nick.

—Sí y no. Se la cargó por haber participado en la manifestación contra los despidos y se marchó. Dijo «después de lo que he hecho por esta compañía», «que les den», y cosas por el estilo.

Nick meneó la cabeza.

—Jamás había visto a ese tipo.

—¿Te pasas a menudo por el taller de los prototipos?

El taller de los prototipos era donde un reducido grupo de obreros —metalúrgicos, soldadores y carpinteros— fabricaban los prototipos de los nuevos productos Stratton, en partidas de uno, dos o tres, a partir de los bocetos dibujados por los diseñadores. Nick siempre había pensado que los empleados del taller de los prototipos eran unos tipos raros. Todos habían trabajado en la planta, en la sección metalúrgica, y eran excelentes artesanos. También tendían a ser huraños y perfeccionistas.

—Andrew Stadler —dijo Nick, escuchando el sonido de ese nombre mientras examinaba los datos que aparecían en el expediente—. Trabajó durante treinta y cinco años en la empresa.

—Sí. Empezó en la cadena de montaje de los antiguos archivadores verticales, y luego como soldador. Después se especializó y trabajó solo en la planta de las sillas reparando las piezas defectuosas. No quería trabajar en la sección de ensamblaje de muebles porque, según dijo, no soportaba la música de las radios de otros operarios. Siempre se peleaba con el encargado de su planta. Los otros decidieron dejarlo en paz y que hiciera su trabajo. Hace cinco años, cuando se produjo una vacante en el taller de prototipos, Stadler solicitó el puesto y sus colegas se alegraron de quitárselo de encima.

Eddie hizo otro doble clic con el ratón y aparecieron en la pantalla los informes sobre Stadler. Nick se inclinó hacia delante para leer la letra pequeña.

—¿Qué es eso de que estuvo hospitalizado?

Eddie se giró en la silla de Nick y lo miró fijamente.

—Ese tío está como una puta cabra. Es un tarado y un psicópata. Ha estado recluido varias veces en el pabellón de enfermos mentales del County Medical.

—¡Joder! ¿Por qué motivo?

—Esquizofrenia. Cada par de años deja de tomarse la medicación.

Nick expelió el aire lentamente.

—Ahora viene lo peor, Nick. Me he puesto en contacto con la policía de Fenwick. Hace unos quince años, Stadler fue interrogado por el posible asesinato de una familia que vivía al otro lado de la calle.

Nick sintió un escalofrío.

—¿Eso qué significa?

—Los Stroup, vecinos de aquí, solían contratar a ese hombre para que les hiciera alguna que otra reparación o arreglos de poca monta. Es un genio de la mecánica, capaz de reparar lo que sea. Quizá se peleó con ellos, quizá los otros le ofendieron, vete tú a saber, el caso es que una noche se produjo una fuga de gas en el sótano de los Stroup y la casa entera voló por los aires.

—Joder.

—Nunca quedó demostrado si fue un accidente o si lo hizo ese chalado, pero la policía sospecha que Stadler fue el responsable. Aunque nunca pudieron demostrarlo. Tuvieron que soltarlo por falta de pruebas. Sólo tenían sospechas. Ese Stadler es un auténtico hijo de puta, Nick y muy peligroso. Y te diré otra cosa que no creo que te apetezca oír. Ese tarado tiene una pistola.

—¿Qué?

—Existe un viejo certificado de inspección de seguridad a su nombre, lo encontré en los archivos del condado. Es de hace unos veinte años. Y no hay ningún documento de venta, lo que significa que sigue teniendo la pistola.

—Joder. Consigue una orden de alejamiento.

Eddie soltó un pequeño bufido.

—Venga, hombre; esas órdenes de alejamiento no sirven para nada. Son papel mojado.

—Pero si Stadler trata de entrar otra vez en mi casa…

—Puedes hacer que lo arresten por allanamiento de morada. No por rondar por los alrededores de tu casa. Con eso no conseguirías nada. ¿Crees que eso detendría a un psicópata como él? ¿Al tipo que destripó a tu perro? ¿A un tipo que oye voces y lleva una gorra de papel de aluminio?

—Joder, Eddie. Tenemos una fotografía de ese tarado saltando la valla, y la hora coincide con la del asalto a mi casa. Los policías tienen un cuchillo que quizá conserve unas huellas. Disponen de suficientes pruebas para acusarlo de haber matado a mi perro.

—Sí, ¿y qué es lo que han hecho? ¡No han hecho nada!

—¿Cómo podemos obligarles a tomar cartas en el asunto?

—No lo sé, tío. Habrá que presionarlos seriamente. Pero ellos procurarán cubrirse las espaldas, de modo que no se apresurarán. Yo propongo que en primer lugar le demos un buen susto a ese loco. Cuando la policía se implique de verdad en el caso, nosotros dejaremos tranquilos a Stadler. Pero mientras tanto, tenemos que asegurarnos que tus hijos y tú estáis a salvo.

Después de reflexionar unos momentos, Nick respondió:

—De acuerdo. Pero no hagas nada que me comprometa. No le pongáis ni un dedo encima. Sólo quiero que lo encierren.

—Muy bien. Trataré de localizar a ese tío. Entre tanto, Freddie, el empleado del que te hablé, irá esta tarde a tu casa para instalarte el nuevo sistema de seguridad. Le he dicho que es urgente.

Nick consultó su reloj. Tenía que asistir a la reunión mensual del comité de compensación.

—Perfecto.

—Si todo falla, recuerda que te presto mi pistola.

Nick bajó la voz, sabiendo que Marjorie estaba sentada ante su mesa al otro lado del tabique y podía oír la conversación.

—No tengo permiso de armas, Eddie.

Eddie meneó la cabeza lentamente.

—¿Permiso? Vamos, hombre. ¿Sabes lo que se tarda en resolver el papeleo, los trámites burocráticos? No hay tiempo para eso. Llevar una pistola sin permiso es una falta, ¿vale? Eso suponiendo que te pillen. Cosa que no harán, porque no tendrás que usarla. ¿No crees que merece la pone correr ese pequeño riesgo para proteger a tu familia de ese puto desgraciado?

—De acuerdo. Anda, vete, tengo que contestar unos mensajes y aún me quedan tres reuniones.

Eddie se levantó.

—Menudos ordenadores te has instalado aquí, tío. Ya me gustaría tener estos monitores en mi departamento.

—Eso no es cosa mía —contestó Nick—. Yo sólo soy un testaferro.

8

Scott McNally vivía en una casa espaciosa, pero absolutamente normal, en la sección de Forest Hills de Fenwick, donde vivían muchos ejecutivos de Stratton. Un contable de éxito podría haber vivido allí. Era una casa como tantas otras, de estilo colonial, con los postigos verdes, un garaje para dos coches y un buen sótano. La decoración también era anodina. Todo —el mobiliario del comedor, los sofás, las butacas y las alfombras— parecía haber sido adquirido en el mismo momento, en la misma tienda de muebles a precios económicos. Era evidente que Eden, la esposa trofeo de Scott, no compartía el interés de Laura por el diseño.

Nick y Laura habían hablado en una ocasión sobre la casa de Scott. Nick admiraba el hecho de que Scott, que había ganado un buen montón de dinero en sus tiempos en McKinsey, no tratara de alardear de ello como tantos otros en el mundo de los negocios. Scott consideraba que el dinero no estaba para gastarlo. Era como la bonificación que algunas compañías aéreas conceden a los pasajeros asiduos que uno no utiliza nunca. No obstante, la casa de Scott producía a Nick una extraña sensación, que él no conseguía descifrar hasta que Laura comentó que tenía un aire de provisionalidad, como esos apartamentos amueblados que algunos ejecutivos alquilan a corto plazo.

En cuanto llegaron, los niños salieron corriendo: Julia se metió en la habitación de una de las hijas gemelas de doce años de Scott, y Lucas en la sala de estar, donde se sentó a ver la televisión. Scott estaba trajinando frente a la gigantesca barbacoa de carbón vegetal, de acero inoxidable y del tamaño de un hombre, el único objeto remotamente costoso que parecía poseer. Lucía un mandil negro especial para barbacoas que tenía una señal amarilla en la parte delantera que decía: ¡PELIGRO! HOMBRES COCINANDO, y una gorra de béisbol a juego que decía también: ¡PELIGRO! HOMBRE COCINANDO.

—¿Cómo estás? —preguntó Nick a Scott, ambos envueltos en la densa humareda.

—No puedo quejarme —respondió Scott—. Y aunque lo hiciera, nadie me haría caso...

—¿Crees que esa barbacoa es lo bastante grande?

—Lo bastante para quemar sesenta y cuatro hamburguesas de golpe. Porque nunca se sabe. —Scott meneó la cabeza—. Ésa fue la última vez que dejé que Eden fuera de compras al Home Depot.

—¿Cómo está Eden?

—Más o menos igual, pero más exagerada. Es una adicta al ejercicio y la comida sana. Si dependiera de ella, nos alimentaríamos a base de tofu texturizado, espirulina y jugo de cebada. Su última obsesión es el curso avanzado del sistema Pilates que sigue. No sé muy bien cómo funciona. ¿Cada cursillo es más avanzado que el anterior? ¿Es posible graduarse en el sistema Pilates y acabar con un doctorado?

—Tiene un aspecto imponente.

—No se te ocurra decir que es un bombón, sino un pastelito de soja. —Scott comprobó que todos los botones estaban situados a la máxima potencia—. ¿Sabes?, siempre me siento un tanto avergonzado cuando vienes a vernos. Eres como el señor feudal que va a visitar a sus siervos. Deberíamos estar asando un jabalí. O un ciervo. —Scott miró a Nick—. ¿Te apetece una copa? ¿Una jarra de hidromiel, mi señor?

—Me conformo con una cerveza.

Scott se volvió y gritó a su corpulento hijo de nueve años, que estaba sentado en el porche trasero, solo, haciendo unas burbujas inmensas con un extraño artilugio, un palo largo del que colgaba una tira de tejido.

—¡Spencer! ¿Quieres hacer el favor de venir?

—¡Jo! —se lamentó Spencer.

—¡Ahora mismo! —gritó Scott. Luego, bajando un poco la voz, añadió—: Eden no ve el momento en que sea lo bastante mayor para enviarlo a Andover.

—Pero tú no.

—Apenas reparo en el chico —contestó Scott, encogiéndose de hombros.

Si Nick no lo hubiera conocido como lo conocía, no se habría percatado de que Scott estaba de guasa, gastándole una de sus bromas habituales. Cuando su hijo se acercó, dijo:

—Spencer, ¿quieres hacer el favor de traer al señor Conover una de esas botellas marrones de cerveza? —Luego se volvió hacia Nick y añadió—: Esta cerveza te encantará. Es una Abbey belga que elaboran en el estado de Nueva York.

—¿No tienes una Miller?

—Ah, el champán de las cervezas. Me gustaría encontrar la cerveza de los champanes. Creo que Eden ha comprado unas Grolsch. ¿Quieres una?

—Sí.

—Spencer, ve a por esas botellas verdes que tienen unos tapones de metal muy raros con unas arandelas de goma. ¿Lo has entendido?

—No es bueno comer carne hecha a la barbacoa, papá —dijo Spencer, cruzando los brazos—. ¿No sabes que al asar la carne a una temperatura elevada puede crear unos hidrocarburos aromáticos policíclicos, conocidos como mutagenes?

Nick miró al chico. ¿Dónde diablos había aprendido a pronunciar esas palabras?

—Ahí te equivocas, hijo —dijo Scott—. Antes pensaban que los hidrocarburos aromáticos eran perjudiciales. Pero ahora están convencidos de que son muy beneficiosos. Pero ¿qué os enseñan en el colegio?

Spencer se quedó bloqueado, pero sólo momentáneamente.

—No digas que no te lo advertí si luego tienes un cáncer.

—Para entonces ya estaré muerto, hijo.

—Pero papá...

—Vale, aquí tienes tu hamburguesa, chico —dijo Scott alegremente, sosteniendo una de las hamburguesas crudas—. Ve a buscar un panecillo y el ketchup. En lugar de cáncer, cogerás la salmonelosis y la bacteria *E. coli*. Con suerte, a lo mejor la carne procede de una vaca loca.

Spencer parecía haber captado el sentido del humor de su padre, pero insistió:

—Yo creía que el *E. coli* suele colonizar el intestino humano.

—Pero qué cabezón eres, hijo. Anda, vete a jugar entre el tráfico. Pero antes trae al señor Conover su cerveza.

El chico se alejó de mala gana.

—Hay que ver cómo son los chicos hoy en día —comentó Scott, riendo.

—Me he quedado impresionado —fue lo único que Nick atinó a decir.

—Lamento que no quieras probar esta cerveza belga —dijo Scott—. La descubrí en ese rancho para turistas al que fui con mis antiguos colegas de la universidad.

—No recuerdo que me hablaras maravillas del encuentro.

—¿Has olido alguna vez a un caballo de cerca? En cualquier caso, me gustó la cerveza.

—Ese chaval da miedo.

—Sí. Descubrimos lo inteligente que era cuando cumplió tres años y empezó a componer un haiku utilizando las letras de su rompecabezas de letras.

—Me parece que no valoras su buena actitud. Si yo pidiera a Luke que me trajera una cerveza, me mandaría a tomar viento.

—Es una edad complicada. Cuando Spencer cumpla dieciséis años probablemente lo veremos una vez al año, por Navidad. Pero sí, en general se porta bien y le gustan las matemáticas, como a su padre. Por supuesto, más adelante, cuando se convierta en un asesino en serie a lo Jeff Dahmer, hallaremos en el jardín restos desmembrados de perros y gatos. —Scott se echó a reír, pero de pronto se puso serio—. Mierda, no me acordaba de lo de tu perro. Lo siento, Nick.

—No te preocupes.

—Menuda metedura de pata.

—Cuidado con las hamburguesas. Se están quemando.

—Vaya, hombre. —Scott les dio la vuelta con una enorme espátula de metal—. ¿Se sabe quién lo hizo?

Tras dudar unos instantes, Nick meneó la cabeza.

—Lo atribuyen a un empleado que fue despedido. Pero eso se lo podría haber dicho yo.

—Lo cual reduce el número de sospechosos a cinco mil sesenta y siete. ¿No tienes instalado un sistema de seguridad?

—Al parecer no es lo suficientemente eficaz. Vivimos en una urbanización protegida por una valla.

—Dios mío, eso podría habernos ocurrido también a nosotros.

—Gracias por mostrarte tan sensible.

—No, quiero decir... Lo siento, pero como director financiero de la compañía soy tan responsable de los despidos como tú. Joder, debes de estar aterrorizado.

—Desde luego. Pero, sobre todo, estoy cabreado.

—¿Y la policía no hace nada?

—Todos conocen a alguien que fue despedido. Si suena la alarma de mi casa, no saltarán de sus asientos en el Dunkin' Donuts para venir a toda pastilla.

Spencer se acercó corriendo a través del césped, sosteniendo una cerveza en una mano y un vaso en la otra.

—Aquí tiene, señor Conover —dijo, entregando la cerveza y el vaso a Nick.

—Gracias, Spencer. —Nick dejó el vaso y trató de quitar el complicado tapón de la Grolsch. No había bebido nunca una de esas cervezas fuera de un bar, donde solían servírtelas.

Spencer rodeó con sus rollizos brazos la cintura de su padre. Scott abrazó a su hijo con la mano que tenía libre y emitió un sonido parecido a un gruñido.

—Hola, cariño —dijo. Tenía la cara encendida debido al calor y pestañeó para ver a través del humo.

—Hola, papá.

Nick sonrió. De modo que Spencer también era un crío, no sólo un campeón de *Jeopardy*.

—Mierda —exclamó Scott cuando una de las hamburguesas cayó a través de la parrilla al fuego.

—¿Haces esto con frecuencia?

—Es mi única afición. Aunque lo que más me divierte es hacer la declaración de la renta utilizando cifras romanas. —Scott dio otra vuelta a las hamburguesas con la espátula metálica—. Mierda —repitió cuando otra hamburguesa cayó entre las llamas—. ¿Te gustan bien hechas?

9

El arquitecto que se encargaba de las reformas de la cocina de los Conover era un hombre grueso pero afable que se llamaba Jeremiah Claflin. Llevaba unas gafas negras redondas al estilo de los arquitectos de renombre —como ese japonés y ese suizo, cuyos nombres Nick no lograba recordar nunca, suponiendo que los conociera realmente— y su cabello canoso contrastaba agradablemente con su rostro rubicundo y le rozaba el cuello de la camisa. Laura le había entrevistado a él y a otros arquitectos de Fenwick y de poblaciones cercanas con la misma intensidad con que había entrevistado años atrás a las candidatas para niñera de sus hijos. Para Laura era importante que el arquitecto que contratara no sólo tuviera una carpeta de proyectos que le gustaran, sino que no fuera demasiado terco, demasiado «artista» como para cumplir exactamente lo que ella le pidiera.

Nick se llevaba bien con Claflin, al igual que se llevaba bien con prácticamente todo el mundo, pero enseguida había comprendido que el arquitecto lo consideraba un caso perdido. Sin duda Claflin estaba encantado de trabajar en la casa del director general de Stratton —de lo que no se privaba de alardear—, y puesto que Laura había elegido los muebles y los electrodomésticos más ultramodernos y costosos, Claflin estaba ganando un montón de dinero por un trabajo que no requería un gran esfuerzo en materia de diseño. Pero a Nick no le interesaban los pequeños detalles que para Laura eran importantes, y desde luego había un millón de pequeños detalles que resolver. Las decisiones eran interminables. ¿Prefería Nick que las esquinas de la encimera fueran redondeadas, semiredondeadas, o que el borde estuviera recubierto por una regleta metálica?

¿Que la superficie formara un saliente? ¿Quería que el fregadero tuviera el borde alto para evitar salpicaduras, o lo quería encajado en la encimera? ¿A qué altura quería la superficie de trabajo? ¡Joder! Nick tenía que dirigir una empresa, no podía ocuparse de esas menudencias.

Claflin no paraba de mostrarle bocetos y listas de preguntas. Nick respondía invariablemente que hiciera lo que Laura le había indicado. Le tenía sin cuidado el aspecto que tuviera la cocina. Lo que le importaba —lo que le obsesionaba— era que todo se hiciera exactamente como Laura había deseado. Las reformas habían sido el último gran proyecto de Laura, era de lo único que hablaba y lo único que había ocupado sus pensamientos durante los meses anteriores al accidente. Nick sospechaba que una parte del motivo por el que Laura se había volcado en ese proyecto era que los niños se estaban haciendo mayores y que su papel de madre ya no le llevaba tanto tiempo como antes. Cuando había nacido Lucas, Laura había dejado su trabajo de profesora de historia del arte en el instituto Saint Thomas More. Cuando los niños fueron un poco mayores había tratado de recuperar su puesto, pero no lo había conseguido. El hecho de ser madre la había apartado del mundo laboral. Laura echaba de menos su puesto de profesora, el trabajo intelectual.

Laura era con mucho el miembro más inteligente de la pareja. Nick había asistido a la Universidad de Michigan State gracias a una beca de hockey que cubría todos sus gastos, se había dejado las pestañas para obtener buenas notas, mientras que Laura había conseguido sin el menor esfuerzo un *summa cum laude* en Swarthmore. Parecía como si Laura poseyera un profundo pozo de energía creativa que tenía que emplear en algo si no quería volverse loca, y las reformas satisfacían esa necesidad.

Pero había más: Laura había querido reformar la vieja y estéril cocina, que parecía como si nadie la hubiera utilizado nunca, y convertirla en un hogar, una acogedora estancia en la que pudiera reunirse toda la familia. Laura, que era una magnífica cocinera, podía preparar la comida mientras los niños hacían los deberes o charlaban sentados alrededor de la mesa de la cocina. Toda la familia podía sentirse a gusto allí.

Lo menos que podía hacer Nick para honrar su memoria era conseguir que la dichosa cocina tuviera el aspecto que Laura había deseado.

El matrimonio no había sido perfecto —Nick no olvidaría nunca que la noche antes de que Laura se matara habían discutido— pero Nick había aprendido que uno elige sus propias batallas. A veces había que llegar a acuerdos tácitos, ceder terreno. Laura, que se había criado en una destartalada mansión victoriana situada en la colina, hija de un pediatra, deseaba vivir bien, es decir, mejor de lo que había vivido de niña. Anhelaba la elegancia y el estilo de los que nunca había gozado al criarse en una casa que siempre estaba en un estado caótico y desvencijado. Era suscriptora del *Architectural Digest, Elle Décor* y otra media docena de revistas por el estilo, y siempre estaba recortando fotos y reportajes y añadiéndolos a la gruesa carpeta que podía haber etiquetado como «Casa de Ensueño». Para Nick, tener una casa con más de dos dormitorios, un jardín y una cocina en la que nadie comía nunca rayaba en un lujo inimaginable.

Cuando Nick llegó, con veinte minutos de retraso, Claflin estaba esperándole en la cocina. Nick oía en el cuarto de estar a Julia y a su mejor amiga, Emily, enfrascadas en un juego de ordenador llamado *Los Sims*, que consistía en que cada una creaba unos siniestros seres con aspecto humano y los sometía a su voluntad. Julia y Emily se reían como locas.

—¿Un día complicado? —preguntó Claflin con tono jovial, pero sus ojos delataban su enojo por haber tenido que esperar a Nick.

Nick se disculpó mientras estrechaba la mano del arquitecto y se fijó de inmediato en un detalle que le llamó la atención. Habían instalado las encimeras. Al acercarse a la isla formada por la cocina propiamente dicha y la mesa que la rodeaba en el centro de la habitación, se percató, pese a no ser un experto, de que algo no encajaba.

—Veo que han instalado una nueva alarma de seguridad —comentó Claflin—. Un trabajo rápido.

Nick asintió con la cabeza. Al entrar había reparado en los interruptores blancos instalados en la pared.

—Esa isla no es como quería Laura —dijo.

Laura había diseñado una inmensa isla en el centro de la cocina en torno a la cual toda la familia podía sentarse en unos taburetes mientras ella preparaba la comida. Pero era imposible sentarse en torno a esta mesa. Los lados eran de granito negro y medían aproximadamente un metro de alto, completamente rectas, sin un hueco para colocar los taburetes.

Claflin sonrió satisfecho.

—Ninguno de sus invitados verá los cacharros sucios desde la mesa —dijo—. Pero funciona perfectamente como sitio de trabajo. Muy ingenioso, ¿no le parece?

Nick vaciló unos instantes.

—No podremos sentarnos a esa mesa —replicó.

—Cierto —reconoció Claflin al tiempo que su sonrisa se disipaba—, pero así no tendrán que contemplar los detalles desagradables. La idea de una cocina abierta representaba un problema en el diseño de esta magnífica estancia, que, dicho sea de paso, nadie menciona. Tenemos esta impresionante cocina equipada con los mejores electrodomésticos, y esta gigantesca mesa rústica ante la que se sentarán sus invitados a comer, pero ¿qué contemplarán? Un montón de platos y cacharros sucios sobre la encimera y la isla. Esto resuelve el problema.

—Pero los niños no pueden sentarse a esa mesa.

—Créame, es un problema menor comparado con...

—Laura quería que todos pudiéramos sentarnos alrededor de la isla de la cocina. Quería ver a sus hijos aquí, haciendo los deberes, leyendo o charlando mientras ella preparaba la comida.

—Nick —dijo Claflin lentamente—, usted no cocina, ¿no es así? Y Laura... pues...

—Laura quería una cocina grande y abierta en la que nos reuniéramos todos —insistió Nick—. Eso era lo que ella deseaba y así se hará.

Claflin miró a Nick unos segundos.

—Yo le mostré los bocetos, Nick, y usted los aprobó.

—Probablemente ni los miré. Ya se lo he dicho, quiero que se haga todo tal como deseaba Laura.

—Esta encimera ya ha sido cortada. No podemos... devolverla. Es suya.

—Me importa un bledo —replicó Nick—. Haga venir al tío que la ha cortado y dígale que vuelva a cortarla como quería Laura.

—Nick, este diseño tiene una lógica que…

—Haga lo que le he dicho —insistió Nick en tono gélido—. ¿Queda claro?

10

En cuanto Claflin se fue, Julia entró en la cocina. Llevaba una sudadera de color gris con el logotipo en forma de arco de los Michigan Wolverines. Su amiga seguía sentada ante el ordenador en el cuarto de estar, afanándose en tiranizar las vidas de su familia Sims como una Hitler de alta tecnología.

—¿Eres el director general de Stratton, papá?

—El presidente y el consejero delegado, cariño, ¿no lo sabías? Dame un achuchón.

Julia corrió hacia su padre como si hubiera estado esperando a que le diera permiso y le arrojó los brazos al cuello. Nick se agachó y la besó en la frente, pensando: «¿Cómo se le ha ocurrido esa pregunta?».

—Emily comenta que has echado a la mitad de la gente de Fenwick.

Emily alzó la vista de la pantalla del ordenador y miró a Nick de reojo.

—Tuvimos que despedir a mucha gente válida —respondió Nick—. Para salvar a la compañía.

—Emily dice que echaste a su tío.

Conque era eso.

—No lo sabía —contestó Nick, meneando la cabeza—. Lo siento, Emily.

Emily le dirigió una mirada imperiosa, condescendiente, casi fulminante, bastante chocante en una niña de diez años.

—El tío John lleva casi dos años sin trabajo. Dice que lo dio todo por Stratton y que usted le ha destrozado la vida.

Nick estuvo a punto de contestar: «No fui yo, y en cualquier caso dispusieron de los servicios de una consultoría laboral en materia de despidos». Pero cuando uno se pone a discutir con críos de diez años, está perdido. En ese momento sonó el claxon de un coche, lo cual salvó a Nick del apuro.

—Recoge tus cosas, Em. No hagas esperar a tu madre.

La madre de Emily conducía un flamante Lexus LX 470 dorado, casi tan largo como una manzana urbana. Llevaba una camiseta de tenis Fred Perry de color blanco, unos shorts blancos, una cazadora del Club de Campo de Fenwick y unas costosas zapatillas deportivas blancas. Tenía unas bonitas piernas bronceadas, el cabello de color castaño, corto y peinado a la última moda, y lucía un anillo de compromiso con un brillante descomunal. Su marido era un cirujano plástico de quien se decía que se acostaba con su recepcionista, y teniendo en cuenta que hasta Nick, que nunca se enteraba de los chismorreos, lo había oído, probablemente era cierto.

—Hola, Nick —dijo la madre de Emily con brusquedad. Tenía la voz ronca de fumadora.

—Hola, Jacqueline. Emily no tardará en salir. Me ha costado lo mío apartarla del ordenador.

Jacqueline esbozó una estudiada sonrisa de compromiso. Nick sólo la conocía superficialmente; siempre había sido Laura quien se ocupaba de mantener amistad con los padres de los compañeros de escuela de sus hijos. Hasta hacía poco, Jacqueline Renfro saludaba a Nick con una radiante y cálida sonrisa cuando se encontraba con él en una función escolar o en las reuniones de padres, como si fuera un estimado amigo al que hacía tiempo que no veía. Pero la gente ya no le hacía la pelota.

—¿Cómo está Jim? —preguntó Nick.

—Bueno, ya sabes —contestó Jacqueline en tono despreocupado—, cuando la gente se queda en el paro no suele ponerse muchas inyecciones de Botox.

—Emily me ha dicho que su tío fue despedido de Stratton. ¿Es hermano tuyo o de Jim?

Tras una pausa, Jacqueline contestó en tono severo:

—Mío, pero Emily no debió decírtelo. Mi hija es una maleducada. Ya hablaré yo con ella.

—No, Emily dijo lo que pensaba. ¿Dónde trabajaba tu hermano?

—Yo no... —respondió Jacqueline con tono vacilante, tras lo cual gritó—: Emily, sal ya de una vez.

Ambos guardaron silencio durante unos tensos instantes, hasta que la hija de Jacqueline salió de la casa, cargada con una mochila del tamaño de la de un sherpa.

Julia no alzó la vista de la pantalla del ordenador cuando Nick se acercó a ella y preguntó:

—¿Dónde está tu hermano?

—No lo sé.

—¿Has terminado los deberes?

Julia no contestó.

—¿No me has oído?

—¿Qué?

Por lo visto su hija sólo oía lo que le interesaba. Nick sabía que bastaba con que él murmurara «Krispy Kreme» en la cocina para que Julia acudiera como un rayo.

—Tus deberes. Cenaremos dentro de media hora. Esta noche Marta sale. Apaga el ordenador.

—Es que estoy…

—Guarda el archivo y cierra el ordenador. Venga, cariño.

Nick se detuvo al pie de la escalera y gritó a Lucas que bajara. No hubo respuesta. La casa era innecesariamente grande, pensó Nick, el sonido no llegaba de un piso al otro. Nick subió la escalera, pasó frente al estudio de Laura, cuya puerta no habían abierto desde su muerte, y se dirigió a la habitación de Lucas.

Nick llamó a la puerta, que estaba entreabierta. La hoja cedió unos centímetros y Nick la abrió del todo.

—¿Luke? —llamó.

Pero no hubo respuesta; no había ni rastro de Lucas. La lámpara de su mesa estaba encendida y sobre la mesa había un libro de texto abierto. Nick se acercó para ver de qué libro se trataba y sin querer chocó con la mesa. La pantalla plana del iMac se encendió, mostrando abundantes fotografías en color de mujeres desnudas. Nick contempló los cuerpos en diversas posturas eróticas y se acercó para examinarlos más de cerca.

Toda la pantalla estaba ocupada por unas ventanas que aparecían sucesivamente en unos colores chillones rosas y anaranjados, mostrando a unas mujeres con aspecto de furcias y con grandes tetas. Una ventana decía «Auténticas aficionadas en pelotas»; la palabra «auténticas» parpadeaba como un letrero rojo de neón.

La primera reacción de Nick fue típicamente masculina: se aproximó más a la pantalla, intrigado, sintiendo una excitación sexual que no había experimentado desde hacía meses. Inmediatamente después, se sintió asqueado ante la crudeza de las imágenes. ¿Quiénes eran esas jóvenes que estaban dispuestas a hacer eso para que las contemplara cualquiera que navegara por Internet? De pronto Nick cayó en la cuenta de que era el ordenador de Lucas, que su hijo se dedicaba a contemplar estas cosas. Si Laura lo hubiera descubierto, se habría horrorizado y habría llamado a Nick al despacho exigiéndole que fuera a casa enseguida para darle una charla a su hijo.

Pero Nick no sabía qué pensar, ni cómo reaccionar. Estaba desconcertado. El chico tenía dieciséis años, y estaba bastante desarrollado para su edad. Era natural que le interesara el sexo. Nick recordó que, más o menos a la edad de Lucas, él y un amigo habían encontrado un ejemplar maltrecho y mojado de *Playboy* en el bosque. Después de secarlo bien, lo habían examinado como si se tratara de un pergamino del mar Muerto en el garaje de la casa de Nick. Al recordar ese episodio, Nick pensó en lo distintas que eran entonces las imágenes eróticas, casi inocentes, aunque por entonces no se lo había parecido. Las fotografías de *Playboy* estaban tan retocadas que Nick se había quedado pasmado cuando, poco tiempo después, había contemplado por primera vez unas tetas auténticas en el confortable sótano de su primera novia, Jody Catalfano, la chica más mona de la clase, quien llevaba meses persiguiéndole y estaba más preparada que él para esas cosas. Tenía los pechos bastante más pequeños que las sensuales mujeres que aparecían en *Playboy*, los pezones eran más grandes y oscuros, con unos pocos pelos alrededor de las aureolas.

Pero estas imágenes, descarnadas y chillonas, también eran reales en cierto sentido. Eran más crudas y depravadas que las que había contemplado Nick en su febril adolescencia. Y estaban allí, sólo había que hacer clic un par de veces con el ratón. No estaban semienterradas bajo las hojas muertas en el bosque, no requerían ningún esfuerzo de conservación ni ocultarlas en una caja vacía en el garaje. En cierto modo, eran casi nauseabundas. ¿Y si Julia hubiera entrado en la habitación de su hijo y las hubiera visto?

Nick descolgó el teléfono que había sobre la mesa de Lucas y llamó al móvil de su hijo.

Lucas respondió al cabo de cinco tonos, como si hubiera tardado un buen rato en sacar el móvil.

—¿Sí? —Al fondo se oía un griterío y una música estridente.

—¿Se puede saber dónde estás, Lucas?

Una pausa.

—¿Qué ocurre? —preguntó el chico.

—¿Cómo que qué ocurre? Es hora de cenar.

—Ya he cenado.

—Siempre cenamos todos juntos, ¿recuerdas? —Eso de «cenar todos juntos» se había convertido en una de las obsesiones recientes de Nick, sobre todo después de la muerte de Laura. A veces Nick tenía la impresión de que si no insistía, el resto de su familia se dispersaría impulsado por una fuerza centrífuga.

Otra pausa.

—¿Dónde estás, Luke?

—De acuerdo —contestó Lucas, y colgó.

Una hora más tarde, Lucas aún no había vuelto a casa. Julia tenía hambre, de modo que Nick y ella se sentaron a cenar en la pequeña mesa redonda que habían colocado provisionalmente en un rincón de la cocina, lejos de las obras. Marta había dispuesto tres cubiertos en la mesa antes de salir. En el horno había pollo asado envuelto en papel de aluminio. Nick depositó el pollo con arroz y brécol en la mesa, acordándose de colocar unos salvamanteles debajo de la fuente para no quemar la mesa. Supuso que su hija se resistiría a comerse el brécol, como en efecto ocurrió. Julia accedió sólo a comer arroz y un muslo de pollo, y Nick estaba demasiado rendido para discutir con ella.

—Me gustaba más cómo lo preparaba mamá —dijo Julia—. Este pollo está muy seco.

—Lleva un par de horas en el horno.

—El pollo frito de mamá estaba buenísimo.

—Es verdad, tesoro —respondió Nick—. Anda, come.

—¿Dónde está Luke?

—No tardará en volver. —«Ese dichoso hijo mío se lo está tomando con calma», pensó Nick.

Julia contempló el muslo de pollo en su plato como si fuera un escarabajo gigantesco.

—No me gusta estar aquí —dijo finalmente.

Nick reflexionó unos instantes, sin saber qué responder.

—¿A qué te refieres?

—A estar aquí —repitió Julia sin ofrecer más pistas.

—¿En esta casa?

—No tenemos vecinos.

—Sí que tenemos, pero...

—No los conocemos. No es un barrio. No hay más que casas y árboles.

—La gente vive un tanto aislada —reconoció Nick—. Pero tu madre quería que nos mudáramos aquí porque creía que esto era más seguro que nuestra antigua casa.

—No lo es. *Barney*... —Julia se interrumpió, con los ojos llenos de lágrimas, y apoyó el mentón en las manos.

—A partir de ahora, con el nuevo sistema de alarma que hemos instalado, estaremos más seguros —la tranquilizó su padre.

—En la casa de antes nunca ocurrió nada así —dijo la niña.

La puerta principal se abrió, haciendo que se disparara el agudo sonido de la alarma, y al cabo de unos segundos entró Lucas estrepitosamente en la cocina y tiró su mochila al suelo. Cada día parecía más alto y corpulento. Llevaba una vieja camiseta Old Navy de color azul marino, unos pantalones amplios que dejaban a la vista la cinturilla de los calzoncillos, y una especie de pañuelo blanco debajo de la gorra de béisbol, que llevaba con la visera hacia atrás.

—¿Qué llevas en la cabeza? —preguntó Nick por preguntar.

—Un pañuelo.

—¿La última moda hip-hop?

Lucas negó con la cabeza y puso cara de resignación.

—No tengo hambre —dijo—. Me voy a mi cuarto.

—Siéntate un rato con nosotros, Luke —le rogó Julia—. Venga, hombre.

—Tengo muchos deberes —contestó Lucas, y salió de la cocina sin volverse.

11

Nick siguió a su hijo al piso de arriba.

—Tenemos que hablar —dijo.

—¿Qué pasa ahora? —rezongó Lucas. Al llegar a la puerta de su habitación, que estaba abierta, preguntó—: ¿Has entrado aquí?

—Siéntate, Luke.

Lucas se sentó en el borde de la cama. Sus ojos azules y enfurecidos eran límpidos como el cristal, inocentes y puros. Nick observó que estaba dejando que le creciera la barba en el mentón. Durante unos momentos Lucas pareció dudar sobre si debía confesar su falta en vista de las apabullantes pruebas.

—No he visto nada que no supiera antes, Nick. Tengo dieciséis años.

—Deja de llamarme Nick.

—De acuerdo, papá —replicó Lucas malhumorado—. Al menos no visito páginas web para ver películas *snuff* o de tortura. No tienes ni idea de la mierda que circula por ahí.

—Si vuelves a hacerlo, te corto el acceso a Internet, ¿entendido?

—No puedes hacer eso. Necesito disponer del correo electrónico para el colegio. Nos lo exigen.

—Entonces te dejaré sólo los controles de AOL.

—¡Pero qué dices! Utilizo Internet para consultar cosas.

—Ya, seguro. ¿Dónde estabas esta tarde?

—En casa de un amigo.

—Más bien parecía que estabas en un bar.

Lucas miró a su padre como si no estuviera dispuesto a responder a esa ofensa.

—¿Qué ha pasado con Ziggy?

—Es un capullo.

—Es tu mejor amigo.

—Tú no le conoces, ¿vale?

—¿Quiénes son esos chicos con los que sales?

—Unos amigos.

—¿Cómo se llaman?

—¿A ti qué más te da?

Nick se mordió el labio y reflexionó unos momentos.

—Quiero que vuelvas a ver a Underberg. —Lucas había estado yendo a un psicoterapeuta durante cuatro meses después de la muerte de Laura, hasta que dejó las visitas porque dijo que Underberg era un «gilipollas integral».

—No pienso volver a verlo.

—Tienes que hablar con alguien, ya que no quieres sincerarte conmigo.

—¿Sobre qué?

—Por favor, Lucas, acabas de sufrir uno de los peores traumas que puede sufrir un adolescente. Es lógico que lo estés pasando mal. ¿Crees que es menos duro para tu hermana y para mí?

—Olvídalo —dijo Lucas, alzando bruscamente la voz—. No insistas en el tema.

—¿Qué quieres decir con eso?

Lucas miró a su padre como si se compadeciera de él.

—Tengo deberes —contestó, levantándose de la cama y sentándose a su mesa.

Nick se sirvió un whisky con hielo, se sentó en el cuarto de estar y miró la televisión un rato, pero no daban nada que le interesara. Empezó a sentir un ligero y agradable zumbido. Aproximadamente a medianoche subió a su habitación. Las luces de las habitaciones de Julia y de Lucas estaban apagadas. El interruptor del sistema de alarma recientemente instalado en su dormitorio emitía un resplandor verde y anunciaba «preparado» con letras negras. «¿Preparado para qué?», se preguntó Nick. El instalador le había llamado esa tarde y le había dado una charla de diez minutos sobre el funcionamiento del mismo. Si había una puerta abierta en la casa, el interruptor indicaría algo así como FALLO – PUERTA DEL SALÓN. Si alguien bajaba la escalera indicaría FALLO – SENSOR DE MOVIMIENTO, SALÓN o donde fuera.

Nick se lavó los dientes, se desnudó hasta quedarse en ropa interior y se acostó en su gigantesco lecho. Junto al lado que había ocupado Laura había la misma pila de libros desde la noche del accidente. Marta les quitaba el polvo, pero no se atrevía a recogerlos. Parecía como si Laura estuviera de viaje por asuntos de trabajo y fuera a aparecer en el momento menos pensado sosteniendo sus llaves en la mano. Uno de los libros, que al verlo Nick siempre sentía que se le encogía el corazón, era un viejo catálogo de cursos de la Universidad Saint Thomas More en el que figuraba el nombre de Laura en la clase de historia del arte. A veces, por las noches, Laura lo hojeaba entristecida.

Las sábanas estaban frescas y suaves. Al volverse Nick notó un bulto: un muñeco de Julia. Nick sonrió y lo apartó. De un tiempo a esta parte Julia dejaba uno de sus muñecos en la cama de Nick cada noche, un juego que la niña se había inventado. Nick suponía que lo hacía porque de alguna forma eso daba a Julia la sensación de que dormía con su papá, puesto que hacía tiempo que no la dejaban acostarse en la cama de sus padres.

Nick cerró los ojos, pero en su mente no dejaba de darle vueltas al asunto. El whisky no le había servido de nada. En su imaginación no dejaba de visualizar una película confusa, de mala calidad: el policía preguntándole: «¿Tiene usted enemigos, señor Conover?». Las lágrimas ardientes de Julia, abrazada a él junto a la piscina, empapándole el cuello de la camisa.

Al cabo de unos quince o veinte minutos Nick desistió de su empeño, encendió la luz del baño y sacó una pastilla de Ambien del frasco de plástico marrón. La partió en dos, se la tragó sin agua y guardó la otra mitad en el frasco.

Luego encendió la lámpara de la mesilla para leer un rato. Nick no era un lector ávido, nunca leía novelas, sólo le gustaban las biografías, pero últimamente no tenía tiempo de leer. Detestaba esos libros sobre gerencia empresarial que muchos de sus colegas ejecutivos tenían en sus estanterías.

Por fin, al cabo de un rato, Nick empezó a sentir algo de sueño y apagó la luz.

No sabía el tiempo que había transcurrido cuando de pronto le despertó un pitido agudo y rápido. Los operarios de Eddie habían instalado la alarma de forma que sólo sonara, y no muy fuerte, en el dormitorio o el estudio de Nick cuando él estuviera en casa.

Nick se incorporó en la cama. El corazón le latía con fuerza y tenía la mente embotada. Durante unos momentos no supo dónde se hallaba ni a qué obedecía el intenso e insistente pitido.

Cuando comprendió de dónde provenía, saltó de la cama y miró el mensaje luminoso que emitía el interruptor de la alarma.

Éste indicaba: ALARMA *** PERÍMETRO *** ALARMA.

Nick se dirigió a la escalera, procurando no hacer ruido para no despertar a sus hijos, y bajó a investigar.

12

Nick bajó la escalera descalzo; la casa estaba a oscuras y en silencio. Al llegar abajo miró uno de los nuevos interruptores situados al pie de la escalera, el cual indicaba también: ALARMA *** PERÍMETRO *** ALARMA.

Nick tenía la sensación de que su cerebro era una masa viscosa que funcionaba con lentitud. Le costaba pensar con claridad. Sólo los acelerados latidos de su corazón, la ansiedad provocada por la descarga de adrenalina, le permitían avanzar.

Nick se detuvo unos momentos, sin saber hacia dónde dirigirse.

En éstas se encendió una luz dentro de la casa, y lo asaltó una oleada de terror. Nick se encaminó rápidamente hacia la luz —¿era en su estudio?— hasta recordar que el *software* que accionaba las cámaras había sido programado para detectar cambios de píxeles, oscilaciones de luz o movimiento. Las cámaras no sólo comenzaban a grabar cuando se producía un cambio de luz, sino que el *software* estaba conectado a un relé que hacía que se encendieran automáticamente un par de luces dentro de la casa, para ahuyentar a posibles intrusos haciéndoles creer que se había despertado alguien, aunque no hubiera nadie en la casa.

Nick redujo el paso pero siguió adelante, tratando de ordenar sus ideas. El *software* de sensores de movimiento funcionaba por zonas. Esto significaba que quienquiera o lo que fuera que estaba allí se encontraba en la zona del jardín adyacente al estudio de Nick. El operario de Eddie había instalado el sistema para que la compañía de seguridad no fuera alertada a menos que un intruso penetrara en la casa, dado que cualquier animal de gran tamaño podía disparar la alarma situada en el perímetro. De lo contrario se producirían numerosas falsas alarmas. No obstante, si algo o alguien atravesaban el césped, las cámaras comenzaban a grabar y se encendían las luces.

Un ciervo. Probablemente sólo se trataba de eso.

Pese a ello, Nick decidió cerciorarse.

Atravesó el cuarto de estar y se dirigió por el pasillo hacia su estudio. Las luces estaban encendidas.

Al entrar en la estancia Nick aminoró el paso y empezó a ordenar sus pensamientos. Allí no había nadie, por supuesto. Lo único que se oía era el leve murmullo de su ordenador. Nick escrutó a través de las contraventanas la oscuridad del jardín. No había nadie, ni dentro ni fuera. Había sido una falsa alarma.

De pronto la habitación se quedó a oscuras, sorprendiendo a Nick momentáneamente, hasta que recordó que las luces también estaban programadas para apagarse al cabo de dos minutos. Atravesó el estudio, se acercó a las contraventanas y contempló el exterior.

No vio nada.

En el jardín no había nada más que el acuoso resplandor de la luz reflejándose en los árboles y los arbustos.

Nick se volvió para contemplar la esfera iluminada del reloj de sobremesa. Las dos y diez. Los niños dormían arriba, Marta probablemente había regresado y estaba acostada en su habitación situada en el ala de la cocina. Nick echó otro vistazo a través de las contraventanas, para asegurarse de que no había nadie.

Al cabo de unos segundos dio media vuelta, dispuesto a abandonar el estudio.

De golpe se encendieron unos focos en el jardín, asustándole. Se volvió rápidamente y al mirar por los cristales vio que una figura salía de entre los árboles y echaba a andar en dirección a la casa.

Nick se acercó a las contraventanas para verlo con más claridad. Era un hombre cubierto con una prenda semejante a una gabardina cuyos faldones se agitaban al caminar. El desconocido atravesó el césped lentamente y se encaminó hacia él.

Nick se acercó al interruptor y desactivó la alarma. Luego extendió la mano para asir la manecilla de la contraventana, cambió de parecer y se dirigió hacia su mesa. Buscó la llave en el cajón del centro, abrió el inferior y sacó la pistola.

A continuación le quitó el plástico que la envolvía.

Nick sintió el pulso martilleándole en las sienes y retumbando en sus oídos.

Pese a haberle asegurado que no tendría que utilizar nunca la pistola, Eddie la había dejado cargada. Nick empuñó el arma, tiró del percutor hacia atrás para alojar la primera bala en la recámara, tal como le había enseñado Eddie, y soltó el percutor.

Luego se volvió lentamente, sosteniendo la pistola junto a su muslo, con el dedo alejado del gatillo. Giró la manecilla de la puertaventana con la mano izquierda y salió al jardín. Al pisarla sintió la tierra fría del césped recién plantado.

—Deténgase ahora mismo —ordenó.

El hombre siguió avanzando. Nick distinguió sus gruesas gafas de montura negra, sus ojos saltones, su cabello corto y canoso, su figura encorvada. El hombre, cuyo nombre era Andrew Stadler, continuó su avance prescindiendo de la advertencia.

Nick alzó la pistola y gritó:

—¡Alto!

Debajo de la gabardina, cuyos faldones se agitaban al aire, Stadler llevaba un pantalón blanco y una camisa blanca. No cesaba de mascullar para sus adentros mientras seguía caminando sin perder de vista a Nick.

«Ese tío está como una puta cabra.»

El tipo siguió aproximándose a Nick, mirándole fijamente como si no hubiera visto la pistola, o si la había visto, como si le tuviera sin cuidado.

Nick recordó las palabras de Eddie. «Es un tarado y un psicópata. Ha estado recluido varias veces en el pabellón de enfermos mentales del County Medical.»

—¡No des un paso más! —gritó Nick.

El tipo empezó a murmurar de forma más audible. Alzó la mano y señaló a Nick con el dedo, con expresión malévola, furioso.

—Nunca estarás seguro —dijo con voz ronca. Luego sonrió, bajando las manos y palpándose los bolsillos. La sonrisa parecía un tic nervioso: aparecía y desaparecía alternativamente, sin la menor lógica.

«Stadler fue interrogado por el posible asesinato de una familia que vivía al otro lado de la calle.»

—¡Un paso más y disparo! —advirtió Nick, empuñando la pistola con ambas manos y apuntándola al centro del cuerpo del loco.

—Nunca estarás seguro —repitió el individuo vestido de blanco, llevándose una mano al bolsillo y echando a correr hacia Nick, hacia la puerta abierta.

Nick apretó el gatillo y todo sucedió al mismo tiempo. Sonó una detonación, potente pero no tanto como había supuesto Nick. La pistola retrocedió entre sus manos. Un casquillo de bala voló por los aires. Nick percibió el acre olor de la pólvora.

El psicópata trastabilló y cayó de rodillas. Una mancha oscura apareció sobre su camisa blanca, una corona de sangre. La bala le había penetrado en la parte superior del pecho. Nick le observó, con el corazón desbocado, sin dejar de empuñar la pistola con las dos manos, apuntando hacia el intruso hasta asegurarse de haberlo abatido.

De pronto el loco se puso en pie con sorprendente agilidad, y gritó «¡No!» en tono compungido, casi ofendido. Acto seguido se precipitó hacia Nick.

—¡Nunca estarás seguro!

El individuo estaba a menos de dos metros de él y Nick disparó de nuevo, apuntando más arriba, aterrorizado pero completamente resuelto. Logró estabilizar la pistola y sintió una rociada de pólvora en la cara. Entonces vio que el hombre caía hacia atrás y de lado, con la boca abierta, pero esta vez no pudo conservar el equilibrio. Aterrizó de costado, despatarrado, al tiempo que emitía un sonido gutural, como un animal herido.

Nick se quedó inmóvil, observándolo en silencio durante unos segundos.

La detonación aún retumbaba en sus oídos. Sosteniendo el arma con ambas manos, Nick avanzó un paso para mirar el rostro del intruso. El psicópata tenía la boca abierta y un chorro de sangre se deslizaba sobre sus labios y su barbilla. Se le habían caído las gafas de montura negra; sus ojos, mucho más pequeños sin las lentes que los agrandaban, estaban fijos en el infinito.

El hombre emitió unos estertores y enmudeció.

Nick le miró aturdido, invadido por la carga de adrenalina, más aterrorizado en esos momentos que hacía un minuto. Sin dejar de apuntar al hombre, casi con gesto acusador, se aproximó lentamente a él. Nick adelantó el pie derecho y lo apoyó en el pecho del intruso, para comprobar si estaba muerto.

El cuerpo del individuo cayó hacia atrás, con la boca abierta, mostrando varios empastes plateados y chorreando sangre. El sonido agudo y metálico que retumbaba en los oídos de Nick comenzó a remitir y se hizo un extraño e inquietante silencio. Nick creyó oír a lo lejos el susurro de las hojas. También oyó a lo lejos los ladridos de un perro, que luego cesaron.

El pecho del hombre no se movía, no respiraba. Nick se inclinó sobre él sosteniendo la pistola con la mano izquierda, perpendicular al cuerpo. Apoyó el índice de la mano derecha en el cuello del hombre, pero no sintió su pulso. Lo cual no le sorprendió; su mirada vidriosa confirmaba que el psicópata había muerto.

«Está muerto —pensó Nick—. Yo lo he matado.»

«He matado a un hombre.»

El pánico hizo presa en él. «He matado a este hombre.» Otra voz empezó a justificarse, con tono defensivo y atemorizado como la de un niño.

«Tenía que hacerlo. No me quedaba más remedio. No me quedaba más remedio, joder.»

«Tenía que detenerlo.»

«Puede que esté inconsciente», pensó Nick desesperado. Tocó de nuevo el cuello del hombre, pero no le latía el pulso. Tomó una de las manos ásperas y secas del individuo y oprimió la parte interna de la muñeca, en vano.

Nick le soltó la mano, que cayó al suelo.

Le tocó de nuevo en el pecho con el pie, pero a esas alturas ya sabía la verdad.

El hombre estaba muerto.

Ese psicópata, ese tipo que los había estado acosando, ese hombre que habría sido capaz de despedazar a sus hijos como había descuartizado a su perro, yacía muerto sobre el césped recién plantado, rodeado por pequeños brotes de hierba que asomaban a través de la tierra negra y húmeda. «¡Santo Dios! —pensó Nick—. Acabo de matar a un hombre.»

Al incorporarse sintió que le fallaban las piernas. Nick se arrodilló en el suelo, sintiendo que las lágrimas rodaban por sus mejillas. ¿Unas lágrimas de alivio? No, ni mucho menos, eran lágrimas de desesperación o de tristeza.

«¡Por favor, Señor! —pensó—. ¿Qué voy a hacer?»

«¿Qué voy a hacer?»

Durante un par de minutos, Nick permaneció arrodillado en la mullida tierra. Parecía como si estuviera en la iglesia, un lugar que no había pisado desde hacía décadas, rezando. Eso era lo que parecía. Nick rezaba arrodillado en el esponjoso césped, de espaldas al cuerpo sin vida del psicópata. Durante unos segundos temió perder el conocimiento, desmayarse sobre el césped. Esperó oír algún sonido, el sonido de alguien que se hubiera despertado al oír las detonaciones y saliera a comprobar qué había ocurrido. Los niños no debían presenciar el horrible espectáculo.

Pero no oyó nada. Nadie se había despertado, ni siquiera Marta. Haciendo acopio de todas sus fuerzas, Nick se incorporó, dejando caer el arma al suelo, y se dirigió hacia su estudio como en trance. Las luces se encendieron; el *software* de los sensores de movimiento había vuelto a funcionar.

Nick apenas se sostenía de pie. Se desplomó en la silla del escritorio, apoyó los brazos en la mesa y la frente en las manos. Los pensamientos se agolpaban en su mente sin orden ni concierto. Estaba aturdido.

Estaba aterrorizado.

«¿Qué voy a hacer ahora?»

«¿Quién puede ayudarme? ¿A quién puedo llamar?»

Nick levantó el auricular del teléfono sobre su mesa y pulsó tres números.

La policía.

«No, no puedo. Todavía no.» Nick colgó.

«Tengo que pensar con claridad. ¿Qué voy a decirles? Todo depende de esto. ¿Ha sido en defensa propia, lisa y llanamente?»

La policía, que lo detestaba, aprovecharía el menor motivo para colgarlo. Cuando se presentaran en la casa, le harían todo tipo de preguntas, y una sola respuesta inoportuna podía enviarlo a la cárcel durante una buena temporada. Nick sabía que, dado lo aturdido y débil que se sentía, dejaría que la policía lo atosigara hasta acorralarlo.

Necesitaba ayuda.

Nick descolgó de nuevo el auricular y pulsó el número de la persona que podía orientarlo.

«Dios mío», pensó Nick mientras el teléfono sonaba. «Ayúdame.»

—¿Sí? —respondió Eddie con voz seca y pastosa.

—Hola, Eddie, soy Nick.

—Nick... Joder, si son...

—Eddie, necesito que vengas a casa. Ahora mismo. —Nick tragó saliva. Una fresca brisa penetró a través de las contraventanas, haciendo que se estremeciera.

—¿Ahora? Pero ¿has perdido el...?

—Ahora, Eddie. Dios. Ahora mismo.

—¿Qué demonios ha ocurrido?

—El tipo que nos acosaba —contestó Nick. Tenía la boca seca y apenas podía articular las palabras.

—¿Está ahí? —Durante unos segundos Nick fue incapaz de contestar. Eddie prosiguió—: Joder, Nick, ¿qué ha ocurrido? ¡No me digas que ha atacado a los niños!

—Tengo que llamar a... a la policía, pero no sé qué decirles, y...

—¿Qué coño ha pasado, Nick? —bramó Eddie.

—Lo he matado —contestó Nick con voz queda. Se detuvo a pensar en cómo explicárselo, pestañeó un par de veces y guardó silencio. ¿Qué podía decir? Eddie deduciría lo que había ocurrido.

—Hostia, Nick...

—Cuando llame a la policía, me harán...

—Escúchame, Nick —le interrumpió Eddie—. No vuelvas a tocar el teléfono. Llegaré dentro de diez minutos.

El teléfono se escurrió entre los dedos de Nick como si los tuviera cubiertos de grasa. Sintió que estaba a punto de llorar.

Te lo ruego, Señor, pensó Nick. Haz que esto desaparezca.

13

Nick, de pie en las sombras del porche delantero, bebió a sorbos una taza de café instantáneo y esperó. Aparte de las sensaciones físicas —el frío de la noche y el calor de la taza contra las palmas de sus manos, las ráfagas de aire— no sentía nada. Estaba insensible. Era una simple carcasa, un cuerpo vacío en la noche, mientras sobre él flotaba Nick Conover, observándole en el porche con incredulidad. Nada de eso había ocurrido. Era una pesadilla. Aunque la vivía en tiempo real, se dijo que no era sino un mal sueño del que pronto se despertaría, pero no antes de haber avanzado a través del complicado y espantoso guión. Al mismo tiempo Nick comprendía que no se trataba de un sueño. Al cabo de unos minutos aparecería el coche de Eddie, y Nick, al contárselo a otra persona, al pedirle ayuda, lo convertiría en realidad.

En ese preciso instante el Pontiac GTO de Eddie subió suavemente por el camino de acceso a la casa, con los faros apagados. Eddie se apeó del coche, cerró la puerta con cuidado de no hacer ruido y se acercó apresuradamente a Nick. Llevaba un pantalón de chándal y una cazadora Carthart de color tostado.

—Cuéntame exactamente lo ocurrido, Nicky —dijo Eddie. Su rostro, habitualmente sereno, expresaba una gran preocupación. Tenía la espalda encorvada. Su aliento apestaba a alcohol rancio; parecía como si acabara de despertarse.

Nick se mordió el interior de la mejilla y desvió los ojos.

—Vale, ¿dónde está? —preguntó Eddie, ladeando la cabeza.

—De acuerdo, de acuerdo —dijo Eddie. Sus manos trazaron unos curiosos movimientos, como si cortaran el aire—. De acuerdo —repitió.

Se detuvo junto al cadáver. Los focos que se habían encendido a su espalda proyectaban una sombra larga y delgada.

—¿Crees que alguien puede haber oído algo? —fue su primera pregunta.

A Nick le pareció una pregunta un tanto extraña. Habría sido más lógico preguntar: «¿Qué ha ocurrido?».

Nick negó con la cabeza.

—Si Marta o los niños hubieran oído algo, se habrían levantado —respondió en voz baja, confiando en que Eddie hiciera lo propio.

—¿Y los vecinos?

—No lo sé a ciencia cierta. En cualquier caso, los guardias de seguridad que están a la entrada acuden enseguida si creen que hay algún problema.

—¿No se encendió ninguna luz en las casas de los vecinos?

—Puedes comprobarlo tú mismo. Nuestro vecino más próximo vive a centenares de metros. Entre las casas hay un montón de árboles y arbustos. Yo no les veo, y ellos no me ven a mí.

Eddie asintió con la cabeza.

—La Smith & Wesson 38 hace un ruido como el de un corcho al saltar de una botella. —Eddie se agachó para examinar más de cerca a Stadler—. ¿Entró en la casa?

—No.

Eddie asintió de nuevo. Nick no podía adivinar por su expresión si eso era un factor positivo o negativo.

—¿Te vio?

—Pues claro. Yo estaba aquí mismo.

—Le dijiste que se detuviera.

—Por supuesto, Eddie. ¿Qué demonios pretendes que yo...?

—Hiciste lo que debías —dijo Eddie en voz baja, con un tono casi tranquilizador—. No tenías más remedio.

—Ese tipo siguió avanzando hacia mí. No se detuvo.

—Si no le hubieras disparado, él habría atacado a tus hijos.

—Lo sé.

Eddie emitió un profundo y tembloroso suspiro.

—Joder, tío.

—¿Qué?

—Joder.

—Fue en defensa propia —dijo Nick.

—¿Cuántas veces disparaste? —preguntó Eddie, acercándose al cadáver de Stadler.

—Creo que dos.

—En el pecho y en la cabeza. En la boca.

Nick observó que el cadáver de Stadler había dejado de sangrar. A la luz de los focos la sangre parecía de color negro. La piel adquiría un tono blancuzco y cerúleo, los ojos una mirada vacía.

—Por aquí tiene que haber alguna lona de las obras.

—¿Una lona?

—Sí, o un plástico.

—¿Un plástico?

—Sí, hombre, ya sabes a qué me refiero. Un trozo grande de plástico. O las bolsas que utilizan los albañiles. Debe de haber alguna por aquí.

—¿Para qué las quieres?

—¿Para qué va a ser? ¿Tienes idea de lo difícil que es transportar un cadáver?

Nick sintió un espasmo en la boca del estómago.

—Tenemos que llamar a la policía, Eddie.

Eddie miró a Nick con incredulidad.

—¿Estás de broma? ¿Crees que tienes elección?

—Pero ¿qué otra cosa podemos hacer?

—¿Para qué diablos me has llamado, Nick?

—Yo... —Eddie tenía razón, por supuesto—. Esto es grave. Eddie. Muy grave.

—Has utilizado mi pistola para matar a un tío, ¿vale? ¿Me oyes? Mi pistola. No nos queda más remedio.

14

Nick le miró fijamente, sin saber qué decir, y entró de nuevo en su estudio, seguido por Eddie. Nick se sentó en una de las sillas fabricadas por la compañía y se frotó los ojos con las palmas de las manos.

—Fue en defensa propia —repitió.

—Quizá.

—¿Quizá? ¿Qué quieres decir con eso? Ese tío era peligroso.

—¿Iba armado?

—No. Pero ¿cómo iba yo a saberlo?

—No podías saberlo —reconoció Eddie—. Quizá viste relucir algo, una navaja o una pistola, y no estabas seguro de lo que era.

—Vi que se metía la mano en el bolsillo. Tú me dijiste que ese tío tenía una pistola, y deduje que iba a sacar un arma.

Eddie asintió en silencio, se volvió hacia la puerta con expresión sombría y se adentró de nuevo en la densa oscuridad. Al cabo de un par de minutos volvió a aparecer sosteniendo unos objetos que depositó sobre la mesita de café.

—La cartera y el llavero. Ese tipo no llevaba navaja, ni pistola ni nada parecido.

—Yo no lo sabía —replicó Nick—. No hacía más que repetir lo mismo: «Nunca estarás seguro».

—Joder, Nick, por supuesto que no lo sabías. A fin de cuentas, ese tío era un psicópata; tú hiciste lo que debías hacer. No se trata de eso.

—La verdad es que me prestaste tu pistola como protección —dijo Nick—. Temporalmente. Dijiste que es una falta.

Eddie se golpeó la palma de la mano con el otro puño.

—Sigues sin comprenderlo. Has matado a ese tipo fuera de tu casa, no dentro.

—Iba a atacarme, te lo aseguro.

—Ya lo sé. Estás autorizado a utilizar la fuerza física para impedir un allanamiento de morada. —Las palabras que Eddie articuló entrecortadamente, como si las hubiera memorizado durante sus tiempos de policía, sonaban artificiales—. Pero no estás autorizado a emplear la fuerza física mortal. Ésa es la premisa de la ley. Verás, Nick, la ley dice que sólo puedes emplear la fuerza física mortal para defenderte de la fuerza física mortal.

—Pero teniendo en cuenta el historial de ese individuo...

—No digo que no logres salirte del apuro. Pero ¿qué crees que te va a ocurrir?

Nick apuró su taza de café. La cafeína sólo consiguió contrarrestar el efecto del somnífero; era la adrenalina y el temor lo que le mantenía en pie.

—Soy el director general de una importante empresa, Eddie. Soy un miembro respetado de la comunidad.

—¡Eres el maldito Nick *el Verdugo*! —le espetó Eddie—. ¿Qué coño crees que os va a ocurrir a ti y a tu familia? Piénsalo. ¿Crees que los polis van a tratarte con benevolencia?

—La ley es la ley.

—¡Y una mierda! No me hables de la ley, Nick. Sé cómo funciona. Sé que la policía puede manipularla a su antojo. Yo mismo lo he hecho.

—No todos los policías son iguales —contestó Nick.

Eddie le dirigió una mirada de clara hostilidad.

—Te lo diré sin rodeos: la policía local no tendrá más remedio que acusarte del crimen, ¿comprendes?

—Es posible.

—Tenlo por seguro. Y cuando llegue el juicio (que llegará, puedes estar seguro de ello), quizá consigas salvarte, no lo niego. Es posible. Después de diez meses de pesadilla. Sí, es posible que tengas suerte y te toque un fiscal razonable, pero van a estar sometidos a todo tipo de presiones para condenar a Nick *el Verdugo*. Te enfrentarás a un jurado compuesto por doce personas que te odian a muerte, para quienes la perspectiva de meterte entre rejas... En una población como ésta, no habrá un solo jurado que no tenga a un conocido, un amigo o un pariente a quien hayas despedido. Ya viste lo que el jurado hizo a Martha Stewart por abuso de información privilegiada. Has asesinado a un viejo, ¿entiendes? Un viejo enfermo.

—En cualquier caso, soy inocente. —Nick volvía a sentirse mareado, de modo que alzó la vista y trató de localizar su papelera metálica por si tenía que utilizarla.

—A ti no te corresponde decir qué ocurrirá en cualquier caso.

—¡Pero fue en defensa propia!

—¡Eh, no te pongas a discutir conmigo! Estoy de tu parte. Pero se trata de un homicidio, Nick. Como mínimo de un homicidio involuntario. Tú dices que fue en defensa propia, pero no tienes testigos, no has sufrido heridas, y has matado a un tipo que no iba armado. Aunque te gastes una fortuna en un abogado, te juzgarán aquí, en Fenwick. ¿Y cómo crees que lo pasarán tus hijos durante el circo mediático que se montará? ¿Tienes idea de lo que representará para ellos? Si ya les resulta difícil encajar la muerte de Laura, los despidos y todo lo demás, imagina cuando te juzguen por asesinato. La gente irá a por ti, Nick. ¿Quieres que tus hijos pasen por eso?

Nick no respondió. Permaneció inmóvil en su silla, sin saber qué decir.

—Lo más probable es que acabes en la cárcel, Nick. Cinco, diez años si tienes suerte. Con ese tipo de sentencia, te perderás la infancia de tus hijos. Y ellos crecerán con el estigma de tener a su padre en la prisión. Han perdido a su madre, Nick. Sólo te tienen a ti. ¿Estás dispuesto a jugar a la ruleta rusa con tus hijos, Nick?

Eddie lo miró furioso, con una expresión implacable.

—¿Qué propones que haga? —preguntó por fin Nick.

SEGUNDA PARTE

Indicios

15

El busca de Audrey Rhimes emitió unos pitidos agudos en la penumbra.

Audrey se despertó sobresaltada de un delicioso sueño referente a su infancia, un cálido día veraniego, deslizándose por un tobogán que no terminaba nunca, en el jardín trasero de la casa de sus padres, cuyo suelo describía una pronunciada pendiente. Por lo general, las seis de la mañana era una hora demasiado temprana para Audrey, pero había concluido su turno a medianoche y después había tenido que soportar la habitual y desagradable escena con Leon, por lo que apenas había dormido cuatro horas.

Audrey se sentía aturdida y vulnerable, como un pollito recién salido del cascarón.

Era una mujer a la que le gustaba la rutina, el horario, el método. Era un rasgo de su carácter que no encajaba con su trabajo de inspectora en la Unidad de Casos Prioritarios de la policía de Fenwick, en la que se producían llamadas a cualquier hora del día o de la noche. Aunque Audrey ya no recordaba el motivo, era el trabajo que había elegido voluntariamente, un puesto por el que había tenido que luchar. No sólo era el único miembro afroamericano de su unidad, sino también la única mujer, lo cual había supuesto un tremendo obstáculo.

Leon gruñó, se volvió y ocultó la cara en la almohada.

Audrey se levantó de la cama y atravesó sigilosamente la habitación en penumbra, sorteando el montón de latas de cerveza vacías que Leon había dejado en el suelo. Desde el teléfono de la cocina llamó a la central.

Habían hallado un cadáver en un contenedor de basura en el barrio periférico de Hastings. Una zona donde se concentraba todo el vicio de la ciudad: prostitución, drogas, violencia y tiroteos. Un cadáver allí podía significar numerosas cosas, incluyendo un asunto de drogas o un ajuste de cuentas entre pandillas criminales, pero lo triste era que, en realidad, apenas significaba nada. ¿Era una cínica por pensar eso? Audrey prefería creer que no. Al principio le habían asombrado las reacciones de los supervivientes, incluso las madres, que parecían casi resignadas a perder a un hijo. Ya habían perdido a sus hijos. Pocas de ellas reivindicaban la inocencia de sus hijos. Sabían que era inútil.

Cuando Audrey se enteró de quién iría a recogerla esta mañana, quién sería su compañero en este caso —el odioso Roy Bugbee—, sintió que se crispaba de ira. Era más que ira, reconoció Audrey. Era una emoción más intensa. No era un sentimiento digno, un impulso generoso.

Mientras se vestía en silencio —guardaba un traje limpio en el armario de la sala de estar— Audrey recitó uno de sus versículos favoritos de la Epístola a los Romanos: «Y que Dios, fuente de paciencia y de consuelo, os conceda tener entre vosotros un mismo sentir, de conformidad con Cristo Jesús». A Audrey le encantaba esta frase, aunque tenía que reconocer que no la entendía del todo. Pero sabía que significaba que el Señor nos enseña en primer lugar lo que significa el consuelo y la paciencia, y luego nos lo inculca en el corazón. El hecho de recitar este versículo le permitía soportar el frecuente mal humor de Leon, los problemas de éste con el alcohol, le daba la serenidad que necesitaba para asumirlo. Audrey se había propuesto volver a leer de nuevo la Biblia antes de fin de año, pero la irregularidad de su horario laboral se lo impedía.

Roy Bugbee era también inspector en la Unidad de Casos Prioritarios, y sentía un inexplicable odio hacia Audrey. No la conocía. Sólo la conocía por su aspecto, su sexo y el color de su piel. Sus palabras siempre conseguían herirla, aunque no tan profundamente como las de Leon.

Audrey recogió su equipo, su Sig-Sauer, las esposas, las tarjetas con el texto de los derechos, y su radio portátil. Mientras esperaba, se sentó en la butaca favorita de Leon, una desvencijada BarcaLounger de color teja, y abrió su manoseada Biblia del rey Jacobo, encuadernada en cuero, que había sido de su madre. Pero apenas tuvo tiempo de localizar la página donde había interrumpido su lectura cuando apareció el inspector Bugbee en un turismo.

Bugbee presentaba un aspecto desaliñado. El turismo que tenía la suerte de disponer —a Audrey no le habían facilitado ninguno— estaba lleno de latas de refresco y cajas de hamburguesas. Apestaba a patatas fritas y a humo de tabaco rancio.

Bugbee no se molestó en saludar. No obstante, Audrey le dio los buenos días, decidida a prescindir de la mezquindad de su colega. Guardó un tenso silencio, sentada entre toda aquella basura, observando los sobrecitos de ketchup diseminados en torno a sus pies y confiando no haberse sentado sobre ninguno. Jamás conseguiría quitar la mancha de la falda de su traje chaqueta color ciruela.

—Estás de suerte —comentó Bugbee al cabo de unos minutos, al tiempo que ponía el intermitente tras detenerse ante un semáforo.

Bugbee era rubio y llevaba el pelo largo y ahuecado en la parte superior de la cabeza. Tenía los ojos de un color tan pálido que eran casi invisibles.

—¿Cómo dices?

Bugbee emitió una estridente risotada.

—No me refiero a tu marido. Si Owens no hubiera estado como una cuba cuando lo llamaron de la central, te lo habrían asignado de compañero. Pero has tenido suerte de que te tocara yo.

—Ya —respondió Audrey con tono afable. Al principio de trabajar en la Unidad de Casos Prioritarios, sólo dos de los hombres le dirigían la palabra, y uno de ellos era Owens. Los otros se comportaban como si Audrey no estuviera presente. Cuando Audrey saludaba, ellos no contestaban. Por supuesto, no había un lavabo de mujeres —no iban a instalar uno para un solo caso—, de modo que Audrey tenía que utilizar el de los hombres. Uno de los policías manchaba sistemáticamente el asiento del retrete para fastidiarla. A sus compañeros les parecía de lo más gracioso. Audrey había oído decir que era Bugbee, y a ella no le cabía la menor duda al respecto. Bugbee le había jugado bastantes bromas pesadas de las que Audrey prefería ni acordarse. Por fin, Audrey había decidido utilizar el lavabo que había en el piso de abajo, en la Unidad de Mandamientos Judiciales.

—Han encontrado un cadáver en un contenedor de basura

en Hastings —prosiguió Bugbee—. Envuelto como un burrito mexicano en unas bolsas de plástico.

—¿Cuánto tiempo llevaba allí?

—Ni idea. No te hagas la lista conmigo, ¿vale?

—Lo procuraré. ¿Quién lo encontró, un sin techo que buscaba comida en el contenedor?

—Un basurero. Como metas la pata, como te pasó con aquella niña negra, me aseguraré de que te retiren del caso.

La pequeña Tiffany Akins, de siete años, había muerto en los brazos de Audrey hacía unos meses. Arrestaron a su padre, pero su madre y el novio de su madre habían muerto a causa de las heridas de bala que presentaban cuando habían llegado los inspectores de policía de Casos Prioritarios. Audrey no pudo reprimir las lágrimas. Esa preciosa niña, vestida con un pijama Bob Esponja, podría haber sido su hija, si ella hubiese podido tener hijos. Audrey no comprendía cómo un padre podía estar tan ciego de furia y celos para no sólo matar a su mujer, de la que estaba separado, sino al amante de ésta y a su propia hija.

Audrey recitó para sus adentros: «Y que Dios, fuente de paciencia y de consuelo, os conceda tener entre vosotros un mismo sentir, de conformidad con Cristo Jesús…».

—Lo intentaré, Roy —contestó.

16

El escenario del crimen era un pequeño aparcamiento cubierto con un techado negro, situado detrás de un restaurante de mala muerte llamado Lucky's. El área estaba acordonada por una banda amarilla de plástico, que impedía que se acercaran los consabidos curiosos. Era asombroso, pensó Audrey, no sin cierta tristeza, que este vagabundo anónimo obtuviera estando muerto el tipo de atención que no había recibido cuando le habría sido útil. Un hombre vaga por las calles sin que nadie repare en él, solo y desesperado. Luego, cuando ya está muerto en el suelo, una multitud se agolpa a su alrededor para presentarle sus respetos, un respeto que nunca había conseguido en vida.

No había cámaras de televisión. No estaba la furgoneta del Newschannel Six. Quizá ni siquiera estaba presente un reportero del *Fenwick Free Press*. A nadie le apetecía acercarse hasta ese barrio de mala muerte a la seis de la mañana para informar sobre el hallazgo del cadáver de un vagabundo.

Roy Bugbee aparcó en la calle, entre dos coches patrulla. Él y Audrey se apearon sin cambiar ni una palabra. Audrey se fijó en la furgoneta blanca perteneciente a la oficina de identificación, lo que significaba que los técnicos en el escenario del crimen ya estaban allí. Pero el forense aún no había llegado. El jefe del equipo de policías, que había llamado a la central, se paseaba con aires de superioridad, manteniendo a raya a los curiosos del vecindario, evidentemente gozando del primer caso importante que le habían asignado en toda la semana. Quizá en todo el mes. Se acercó a Audrey y a Bugbee con una tablilla con sujetapapeles y les pidió que firmaran.

Audrey se percató de un destello de luz, seguido de otro. El técnico del departamento de identificación, encargado de recoger pruebas en el escenario del crimen, era Bert Koopmans. A Audrey le caía bien. Era inteligente y minucioso, tan obsesivo como los mejores técnicos especializados en el escenario del crimen, pero en absoluto arrogante ni conflictivo. Era el tipo de policía que Audrey admiraba. Koopmans también eran gran entendido en armas, incluso tenía su propia página web sobre armas de fuego y pruebas forenses. Era un hombre delgado de cincuenta y tantos años, con una incipiente calvicie, que llevaba unas gruesas gafas Polar Gray. En ese momento estaba tomando unas fotografías, utilizando alternativamente una Polaroid, una cámara digital de 35 milímetros y una videocámara como un *paparazzo* enloquecido.

El jefe de Audrey, el oficial Jack Noyce, director del equipo de Casos Prioritarios, hablaba a través de su teléfono Nextel. Al ver que ella y Bugbee pasaban por debajo de la cinta amarilla, alzó un dedo para pedirles que aguardaran. Noyce era un hombre corpulento, con la cara redonda y los ojos melancólicos, afable y simpático. Él era quien había convencido a Audrey para que solicitara el traslado a Casos Prioritarios. Le había dicho que deseaba tener a una mujer en su equipo. Nunca había reconocido que quizá se hubiera equivocado. Noyce era el gran paladín de Audrey, y ésta le hacía el favor de no quejarse a él de las mezquinas ofensas que le dedicaban sus colegas. De vez en cuando, cuando Noyce se enteraba de algo, llamaba a Audrey y le prometía hablar con ellos. Pero nunca lo hacía. Noyce prefería evitar cualquier enfrentamiento, cosa que nadie podía reprocharle.

Cuando colgó, Noyce dijo:

—Varón blanco adulto, no identificado, de unos sesenta y tantos años, que presenta heridas de bala en la cabeza y el pecho. El empleado de la limpieza municipal lo encontró después de haber cargado el contenedor en la plataforma del camión. Era el primer contenedor que vaciaba. ¡Menuda forma de comenzar la jornada!

—¿Antes o después de verter la basura en la tolva? —preguntó Audrey.

—Se fijó en él antes. Dejó el contenido intacto y buscó a un coche patrulla.

—Podría haber sido mucho peor —comentó Bugbee—. Podría haberlo echado en la trituradora —añadió, riendo y guiñándole el ojo a su jefe—. En lugar de burrito tendríamos una quesadilla. ¿Has visto alguna vez un cadáver así, Audrey? No creo que lo soportaras.

—Tienes razón, Roy —respondió Noyce, sonriendo secamente. Audrey siempre había sospechado que su jefe compartía su antipatía hacia Roy Bugbee pero era demasiado educado para manifestarlo.

Bugbee apoyó una mano en el hombro de Noyce, en un gesto de camaradería, y se adelantó.

—Lo lamento —murmuró Noyce.

Audrey no comprendía muy bien de qué se lamentaba su jefe.

—Bugbee tiene un peculiar sentido del humor —se aventuró a decir Audrey.

—Según me informaron en la central, Owens estaba bebido. Bugbee era el siguiente de la lista. No te lo habría asignado como compañero, pero... —Noyce se encogió de hombros, sin terminar la frase.

Noyce saludó a alguien con la mano. Audrey se volvió para comprobar quién era. Curtis Decker, el encargado de trasladar el cadáver, se apeó de su vieja furgoneta negra Ford Econoline. Decker. Un hombre menudo y pálido como un fantasma, tenía una funeraria en Fenwick y era también el especialista en mudanzas de la ciudad. Hacía veintisiete años que se dedicaba a trasladar cadáveres del escenario del crimen al depósito de Boswell Medical Center. Decker encendió un cigarrillo, se apoyó en su furgoneta y se puso a charlar distraídamente con su ayudante, esperando que le tocara el turno.

El teléfono de Noyce sonó y éste atendió la llamada.

Audrey se disculpó con un gesto y se alejó.

Bert Koopmans estaba aplicando minuciosamente un poco de polvo con una brocha en el borde del desvencijado contenedor de basura de color azul oscuro.

—Buenos días, Aud —dijo sin volverse.

—Buenos días, Bert. —Al acercarse al contenedor, Audrey percibió un hedor acre, que se mezclaba con el olor a beicon que emanaba a través de la puerta abierta del restaurante.

El asfalto estaba sembrado de colillas. Aquí era donde los ayudantes de los camareros y los pinches de cocina fumaban. Había unos fragmentos de vidrio de color marrón de una botella de cerveza. Audrey sabía que no era probable que hallaran ninguna pista en este lugar, ni unos casquillos de bala ni ningún otro objeto, puesto que el cadáver había sido arrojado al contenedor.

—Veo que te han asignado a Bugbee de compañero en este caso.

—Humm.

—El Señor pone a prueba a los justos.

Audrey sonrió y observó el cadáver que había en el contenedor, envuelto en unas bolsas de basura negras. Debía admitir que recordaba vagamente la forma de un burrito. El cadáver yacía sobre un pestilente montón de lechugas y pieles de plátano podridas, un sándwich «submarino» a medio comer, junto a una gigantesca lata vacía de margarina Kaola Golden Solid Vegetable Griddle Shortening.

—¿Estaba ahí encima? —preguntó Audrey.

—No. Enterrado debajo de un montón de basura.

—Deduzco que no has encontrado casquillos de bala ni nada por el estilo.

—Aún no he terminado. En este contenedor hay seis metros cúbicos de basura. Supongo que ese trabajo les corresponde a los de uniforme.

—¿Has tomado las huellas de las bolsas?

—Anda, no se me había ocurrido —contestó Koopmans, lo cual significaba: «Pues claro, ¿por quién me tomas?».

—¿Y qué has encontrado, listillo?

—¿Dónde?

—¿Has abierto ese paquete?

—Fue lo primero que hice.

—¿Y qué? ¿Un atraco? ¿Has encontrado una cartera o algún otro objeto?

Koopmans terminó de aplicar un poco de polvo en una zona y guardó la brocha en su estuche.

—Sólo esto —respondió, y mostró a Audrey una bolsita de plástico.

—Crack —dijo Audrey.

—Una bolsa que contiene una sustancia compacta y blanquecina, para ser más precisos.

—Que parece crack. Calculo que debe valer unos ochenta dólares.

Koopmans se encogió de hombros.

—Un hombre blanco en este barrio... —dijo Audrey—. Tiene que tratarse de un asunto de drogas.

—Si el negocio se complicó, ¿cómo es que el tipo se quedó con el crack?

—Buena pregunta.

—¿Dónde está tu compañero?

Al volverse Audrey vio a Bugbee fumando, riendo estentóreamente con uno de los policías de uniforme.

—Allí, ocupadísimo entrevistando a testigos. Pide que analicen esto cuanto antes, Bert.

—Como de costumbre.

—¿Cuánto tardarás en obtener los resultados?

—Unas cuantas semanas, teniendo en cuenta el montón de trabajo acumulado. —Todos los análisis de pruebas se hacían en el laboratorio de la policía del estado de Michigan.

—¿Has traído uno de esos equipos portátiles para examinar pruebas?

—Supongo que debo de tener alguno.

—¿Me prestas unos guantes? Me he dejado los míos en el coche.

Koopmans sacó de su mochila de nailon una caja de cartón azul, de la que extrajo unos guantes de látex.

—¿Me pasas esa bolsa? —preguntó Audrey, enfundándose los guantes.

Koopmans la miró con cierta extrañeza, pero le pasó la bolsa de crack. Era una de esas bolsas con cierre, para los bocadillos. Audrey la abrió, sacó uno de los paquetes de crack —observó que había cinco o seis envueltos separadamente— y retiró el envoltorio de plástico.

—No te pongas a hacer mi trabajo —dijo Koopmans—. Acabarás examinando pruebas a través del microscopio y quejándote de los policías.

Audrey rascó con el índice enguantado un trocito de la sustancia blanquecina. Qué extraño, pensó. Era una pieza demasiado redonda, de una forma demasiado perfecta. Sólo un lado presentaba una pequeña hendidura. Audrey se lamió ligeramente el índice.

—¿Qué diablos estás haciendo? —preguntó Koopmans alarmado.

—Es lo que suponía —contestó Audrey—. No me ha dejado la lengua dormida. Esto no es crack. Son caramelos de limón.

Koopmans sonrió lentamente.

—¿Aún quieres que vaya a por el equipo portátil?

—No, déjalo. Ayúdame a subir por este lado del contenedor. ¡Tenía que ponerme mis mejores zapatos de tacón justamente hoy!

17

Otra mañana anodina en el despacho. Llegar al aparcamiento de Stratton a las siete y media. Examinar el correo electrónico y el buzón de voz. Responder a algunas llamadas, dejar unos mensajes para personas que no llegarán a sus despachos hasta al cabo de una hora como mínimo.

Has matado a un hombre.

Otro día normal y corriente. Todo transcurre sin novedad.

El día anterior, domingo, Nick incluso había pensado en ir a la iglesia para confesarse, algo que no había hecho desde que era un niño. Sabía que al final se echaría atrás, pero de todas formas ensayó mentalmente su confesión, imaginando la penumbra del confesionario, el olor húmedo a cedro y vainilla, los pasos vacilantes frente al confesionario. «Perdóneme, padre, pues he pecado —dice Nick—. Hace treinta y tres años que no me confieso. He cometido estos pecados: he pronunciado el nombre del Señor en vano. He deseado a otras mujeres. He perdido la paciencia con mis hijos. Ah, y también he matado a un hombre.» ¿Qué le diría el padre Garrison sobre eso? ¿Qué le habría dicho su propio padre?

Nick oyó la voz de Marjorie atendiendo las primeras llamadas de la mañana con su habitual destreza profesional.

—Sí, está en su despacho, pero en estos momentos se encuentra reunido...

¿Cuántas horas había dormido en los dos últimos días? Nick se encontraba en uno de esos extraños e imprecisos estados de insomnio, entre la calma y la desesperación, y pese a los cafés que había tomado sintió una repentina sensación de cansancio. Sintió deseos de cerrar la puerta del despacho y apoyar la cabeza en la mesa, pero su despacho no tenía puerta.

En realidad, ni siquiera podía considerarse un auténtico despacho. Desde luego, no era lo que Nick había imaginado que sería el despacho de un director general. Lo cual no significa que hubiese pasado mucho tiempo soñando con llegar a ser el director general de Stratton, ni director general de nada. De niño, cuando estaba sentado a la mesa de formica de la cocina en la casa de sus padres, percibiendo el rancio olor a aceite de máquina que emanaba del pelo y la piel de su padre incluso después de que éste se hubiese duchado al llegar del trabajo, Nick se imaginaba trabajando un día junto a su padre en la fábrica de Stratton, ante la plegadora de chapas. Le fascinaban los dedos gruesos y deformados de su padre, con unas medias lunas de grasa negra debajo de las uñas. Eran los dedos de un hombre que sabía reparar cualquier cosa, que era capaz de abrir un tarro de Mason cuya tapa estaba tan oxidada que se había atascado, de construir una cabaña con unos troncos, una cabaña firmemente instalada en el roble del pequeño jardín trasero que era la envidia de todos los chavales del barrio. Eran las manos de un obrero, un hombre que llegaba rendido de la fábrica, pero en cuanto se daba una ducha se ponía de nuevo en marcha, recorriendo la casa con un vaso de whisky en la mano: había que reparar el grifo que goteaba, la pata coja de la mesa, un portalámparas estropeado. A su padre le gustaban las reparaciones porque era como restaurar el orden, hacer que las cosas funcionaran de nuevo. Pero lo que más le gustaba era que le dejaran en paz. El hecho de reparar cosas en su casa le concedía lo que más quería: una zona de silencio a su alrededor, guardarse sus pensamientos para sí, no tener que hablar con su esposa o su hijo. Nick Conover no había comprendido ese rasgo del carácter de su padre hasta más tarde, cuando lo reconoció en sí mismo.

Nick nunca había pensado que un día dirigiría la compañía de la que hablaba su padre, las pocas veces que hablaba de ella, con temor reverencial y cierto descontento. Casi todos sus conocidos trabajaban en Stratton. Todos los chicos de los vecinos, todas las personas adultas que los padres de Nick conocían y sobre las que hablaban, trabajaban en Stratton. El padre de Nick se quejaba del viejo, obeso y chepudo Arch Campbell, el antipático gerente de la fábrica, un hombre que tiranizaba a los obreros del turno de día. Quejarse de Stratton era como quejarse del tiempo: te gustara o no, había que soportarlo. Era como una numerosa y odiosa familia de la que no podías escapar nunca.

Cuando Nick tenía catorce o quince años, su clase hizo la visita guiada de rigor a Stratton, como si cualquiera de los chicos necesitara ver de cerca la empresa que presidía la conversación de sus padres a la hora de cenar, la empresa cuyo logotipo estaba bordado en rojo en sus gorras de béisbol, en los uniformes del equipo, que resplandecía en luces de neón sobre el arco de la entrada al estadio del instituto. Recorrer la fábrica de sillas, cavernosa e invadida por un ruido ensordecedor, quizá habría sido divertido si los padres de la mayoría de los chicos no los hubieran llevado allí alguna vez. Fue el edificio de la sede central lo que fascinó a los revoltosos alumnos de octavo curso, quienes lo contemplaron impresionados y cohibidos en un respetuoso silencio.

El momento álgido de la visita se produjo cuando los condujeron a la antesala de las gigantescas estancias que constituían el despacho de Milton Devries, el presidente y director general. Éste era el sanctasanctórum, el corazón palpitante de la empresa que gobernaba sus vidas, algo que los chicos, pese a su corta edad, sabían perfectamente. Resultaba tan misterioso, fascinante e imponente, que era como penetrar en la tumba de Tutankamon. Allí, Mildred Birkers, la aterradora secretaria con cara de mastín de Devries, les ofreció de mala gana la breve charla que tenía memorizada, amenizada por algún que otro gesto displicente propio de una persona que padece dispepsia, sobre la importantísima función del director general de Stratton. Estirando el cuello, Nick captó una imagen ilícita de la mesa de trabajo de Devries, media hectárea de caoba pulida, desnuda salvo por un juego de pluma y lápiz de oro y un montón de papeles, perfectamente ordenados. Devries no estaba presente: eso habría sido excesivo. Nick vio unos ventanales inmensos y un balcón privado lleno de plantas.

Cuando Milton Devries murió, años más tarde, Nick —que se había convertido en el vicepresidente favorito del anciano— fue convocado por la viuda de Milton, Dorothy, para que acudiera a su oscura mansión en Michigan Avenue, donde le informó de que había sido nombrado director general de la compañía. Su familia era la propietaria de Stratton, por lo que estaba autorizada a hacerlo.

Muy a regañadientes, Nick se había mudado al despacho de dimensiones mussolinianas del anciano, con sus gigantescos ventanales, alfombras orientales, la inmensa mesa de caoba y el antedespacho anexo, donde su secretaria, Marjorie Dykstra, custodiaría celosamente su intimidad. Era como vivir en un mausoleo. Por supuesto, Stratton había cambiado. Ahora todo el mundo quería meter a tantos empleados como fuera posible en un edificio, y Stratton había optado por el sistema de planta diáfana, un término moderno que aludía al sistema de cubículos y el sofisticado equipo con que eran amueblados. A nadie le gustaba trabajar en una especie de conejera, pero al menos los diseños de Stratton eran elegantes, modernos y acogedores, con ángulos de 120 grados, unos paneles no excesivamente altos y todos los cables e hilos eléctricos de los ordenadores ocultos en los suelos y paredes divisorias.

Un día un visitante echó un vistazo a la zona de trabajo de Nick e hizo una broma al respecto. Era el jefe internacional de compras de IBM, un hombre de aspecto agobiado con una lengua muy afilada, que al contemplar el despacho de caoba de Nick había comentado secamente:

—De modo que usted está instalado en este elegante despacho mientras todos los demás ocupan unos cubículos.

Al día siguiente Nick había ordenado que la planta que alojaba los despachos de los ejecutivos fuera completamente remodelada y adaptada también al sistema de planta diáfana, pese a los alaridos de protesta de todo su equipo de ejecutivos. Éstos se lo habían trabajado a pulso durante años para obtener por fin un espacioso despacho con balcón privado, y no estaban dispuestos a meterse en unos cubículos. Debía de ser una broma. El jefe no podía hacerles eso.

Pero Nick no dio su brazo a torcer. Por supuesto, todos los ocupantes de la quinta planta consiguieron lo mejor de lo mejor: el elegante y vanguardista sistema de despacho ambiental con sus paneles de malla plateada montada sobre unos marcos de aluminio pulido, las paredes divisorias que absorbían el sonido, y las magnífica sillas de cuero Stratton Symbiosis, unas auténticas obras de arte ergonómico con el respaldo curvado que habían sustituido a la silla Aeron en los despachos elegantes de todo el mundo, una pieza muy codiciada que acababa de incorporarse a la colección permanente del Museo de Arte Moderno.

Al cabo de un tiempo la gente acabó acostumbrándose a los nuevos despachos. Las quejas cesaron. La situación se suavizó cuando *Fortune* publicó un amplio reportaje sobre los despachos de los ejecutivos de Stratton, recalcando que se habían modernizado sin perder un ápice de elegancia. Y se suavizó aún más cuando delegaciones de estudiantes de escuelas de diseño empezaron a acudir para visitar las oficinas, maravillándose de su estilo vanguardista.

Los nuevos despachos eran magníficos, sin duda. Si había que trabajar en un cubículo, ése era el mejor tipo de cubículo que existía en el mercado. De modo que en ese momento, tal como pensaba Nick a menudo, sus empleados que trabajaban en cubículos se dedicaban a pensar en... cubículos.

Por supuesto, ya no existía la intimidad. Todo el mundo sabía dónde estabas, cuándo salías a comer o para acudir a una cita de trabajo, o con quién estabas reunido. Si le echabas la bronca a alguien por teléfono, todo el mundo se enteraba.

En definitiva, cuando Steve Jobs de Apple Computer acudía para asistir a una reunión, o Warren Buffet llegaba en avión desde Omaha, comprobaban que los altos mandos de Stratton no eran unos hipócritas. Todos ellos consumían lo que vendían. Ésa era la mejor estrategia de ventas.

Así pues, el despacho de Nick Conover se había convertido en su «espacio de trabajo» o «base»; era menos grandioso y se adaptaba mejor a los gustos de Nick. El cambio no le supuso un gran sacrificio. En general se sentía satisfecho.

Pero no en esta ocasión.

—¿Te encuentras bien, Nick?

Marjorie había entrado para cerciorarse de que Nick tenía su agenda para la reunión prevista para las ocho y media de la mañana con su equipo ejecutivo. Iba elegantemente vestida, como de costumbre; llevaba un traje sastre de color lavanda y el collar de perlas de una vuelta que Nick le había regalado hacía unos años. Emanaba un ligero perfume a Shalimar.

—¿Quién, yo? Estoy perfectamente, Marge, gracias.

Marjorie no se movió. Permaneció quieta, mirándole con la cabeza ladeada.

—Pues no lo parece. ¿Has dormido bien?

«Llevo varias noches sin pegar ojo», estuvo a punto de responder Nick. Y de inmediato oyó a Marjorie repitiendo esas palabras en la sala del tribunal. «Dijo que llevaba varias noches sin pegar ojo, pero no me dio más detalles.»

—Tengo problemas con Lucas —dijo Nick.

Marjorie sonrió como si supiera de qué iba el tema. Había criado a dos varones y a una bonita jovencita prácticamente sola, y por lo tanto se consideraba una experta.

—El pobre está pasando por una época difícil —comentó ella.

—Sí, se llama adolescencia.

—¿Quieres que hablemos de ello?

—Me encantaría, pero más tarde —contestó Nick, aunque sabía perfectamente que no lo haría.

—Bien, ¿estás preparado para la reunión con tu equipo ejecutivo?

—Sí.

¿Era posible adquirir el aspecto de un asesino? ¿Se le notaba en la cara? Era una estupidez, no tenía sentido, pero en el estado de confusión mental en que se hallaba, a Nick le preocupaba la cuestión. Durante la reunión con sus ejecutivos apenas abrió la boca, porque le costaba concentrarse. Recordó el día en que había ido de acampada con su familia a Taos y una serpiente entró en la tienda. Laura y los niños gritaron. Laura le había suplicado que matara a esa alimaña, pero Nick no había podido hacerlo. No era una serpiente venenosa —era una chirrionera—, pero Laura y sus hijos insistieron en que la aplastara con la pala. Al final Nick se agachó, tomó la serpiente, que luchó y se retorció, y la lanzó hacia el desierto.

«Fui incapaz de matar a una serpiente», pensó.

Lo cual no dejaba de ser irónico.

Nick abandonó la sala en cuanto concluyó la reunión, evitando los acostumbrados enredos que se producían al término de las mismas.

De vuelta en su despacho, Nick entró en la red interna de Stratton y echó un vistazo a Concertación de Citas *on-line* de Eddie Rinaldi para ver cómo tenía la agenda. Los dos hombres no se habían visto desde que Eddie se había marchado con el cadáver en el maletero de su coche. Cada vez que había sonado el teléfono, el sábado y el domingo, Nick se había llevado un pequeño sobresalto. Pero Eddie no le había llamado y él no había llamado a Eddie. Nick dedujo que todo iba bien, pero de todas formas quería cerciorarse. Pensó en enviar a Eddie un correo electrónico diciéndole que quería hablar con él, pero decidió no hacerlo. Todos los correos electrónicos, mensajes instantáneos y correos de voz quedaban registrados en alguna partc. Todo eran pruebas.

18

La única razón por la que Audrey asistió a la autopsia fue porque no había tenido más remedio. Era la política del departamento. La oficina del forense requería que al menos uno de los policías que investigaban el caso estuviera presente. Audrey lo consideraba una norma absurda, dado que sabía que podía preguntar al patólogo lo que quisiera, cualquier dato que no constara en el informe.

A decir verdad, era lógico que estuviera un policía presente. En una autopsia descubrían todo tipo de detalles que no aparecían en las asépticas líneas de un informe. Con todo, Audrey lo consideraba el aspecto más desagradable de su trabajo. La disección de cadáveres le provocaba náuseas. Siempre temía ponerse a vomitar, aunque nunca lo había hecho: desde la primera vez que asistió a una autopsia, que en aquella ocasión fue el cadáver de una mujer que sufrió quemaduras atroces.

Pero eso no era lo que Audrey más detestaba de las autopsias. Le parecían profundamente deprimentes. Se trataba de un cuerpo humano despojado de su espíritu, su alma, un montón de carne medido en gramos y litros. Para Audrey, los casos de homicidio significaban remediar una situación. Solventar el crimen no siempre restañaba las heridas de la familia de la víctima —con frecuencia no lo hacía—, pero era una forma de restaurar cierto orden moral en un mundo desquiciado. Audrey había pegado en el ordenador de su despacho una cita de un tal Vernon Geberth, un nombre conocido por todos los policías que investigaban homicidios, que era autor de un texto clásico titulado *Investigación práctica de homicidios*. La cita decía: «Recuerda que trabajamos para Dios». Audrey lo creía a pies juntillas. Estaba convencida de que, por más que su trabajo la disgustara —lo cual ocurría las más de las veces—, estaba trabajando para Dios en la Tierra. Estaba buscando a una oveja descarriada. Pese a ello, las autopsias requerían un distanciamiento que Audrey prefería no tener.

Audrey entró a regañadientes en la sala de azulejos blancos que apestaba a cloro, formol y desinfectantes, mientras su compañero se encargaba de las llamadas telefónicas y entrevistas de rigor, aunque Audrey se preguntaba hasta qué punto iba a esforzarse Roy Bugbee en resolver un caso de lo que él llamaba «la escoria de la sociedad». No mucho, dedujo Audrey.

El depósito y la sala de autopsias estaban en el sótano del Boswell Medical Center, detrás de una puerta con un cartel que decía SALA DE CONFERENCIAS DE PATOLOGÍA. Todo lo relativo a ese lugar hacía que a Audrey se le pusiera la piel de gallina, desde la mesa de acero inoxidable sobre la que reposaba el cuerpo desnudo de la víctima, con la cabeza ligeramente más elevada que los pies para facilitar el drenaje de los fluidos corporales, hasta el Stryker, el aparato para serrar huesos que descansaba sobre la balda de acero, los recipientes para los detritos en la pila de acero inoxidable y la bandeja de órganos cuyo tubo de drenaje de plástico, en un principio transparente, presentaba ahora un color marronáceo.

El ayudante del forense, uno de los tres adjuntos al departamento, era Jordan Metzler, un joven médico extraordinariamente atractivo, algo que él sabía. Tenía una espesa mata de pelo negro y rizado, los ojos grandes de color castaño, la nariz romana, los labios carnosos y una sonrisa deslumbrante. Todo el mundo sabía que no permanecería mucho tiempo allí, pues últimamente le habían ofrecido un puesto en el departamento de patología en el Hospital General de Massachusetts, en Boston. Al cabo de unos pocos meses estaría sentado en un elegante restaurante de Beacon Hill, divirtiendo a una bonita enfermera con anécdotas sobre aquel pueblo de mala muerte en Michigan, donde había tenido la desgracia de vivir durante los dos últimos años.

—¡Mira a quién tenemos aquí! ¡Pero si es Audrey! —exclamó Metzler con tono de rechifla cuando ella entró—. ¿Le han tendido una trampa, inspectora?

¿Por qué se empeñaban algunos blancos en expresarse como los negros cuando estaban en presencia de una persona afroamericana? ¿Acaso creían que eso les daba un aire más moderno, en lugar de ridículo? ¿O creían que de ese modo conectaban mejor con los negros? ¿No se había percatado el doctor Metzler de que Audrey no se expresaba así?

—Buenos días, doctor Metzler —dijo Audrey, sonriendo con dulzura.

Metzler la encontraba atractiva, según había deducido Audrey por la forma en que le sonreía. Sus antenas seguían funcionando, a pesar de llevar ocho años casada con Leon. Al igual que la mayoría de mujeres, Audrey era una experta en interpretar a los hombres; a veces estaba convencida de que los conocía mejor de los que ellos mismos se conocían. Ocho años de matrimonio con Leon no habían logrado mermar su autoestima, ni siquiera los últimos y espantosos años. Audrey sabía que los hombres siempre se sentían atraídos por ella debido a su atractivo personal. No se consideraba en absoluto una belleza, pero sabía que era bonita. Se cuidaba, hacía ejercicio, nunca salía sin haberse maquillado y sabía elegir el tono de barra de labios más acertado para su cutis. Le gustaba creer que su atractivo se debía a su profunda e inquebrantable fe, pero Audrey había visto en la iglesia a suficientes mujeres tan piadosas como ella, cuyo aspecto sólo podía complacer a Dios, para saber que su tesis no era cierta.

—¿Ha encontrado alguna bala? —preguntó Audrey.

—Tiene que haber dos, según las radiografías. No se aprecian salidas de bala. Ya lo comprobaré. ¿Han identificado el cadáver?

Audrey procuró no mirar el cuerpo, la carne arrugada y las uñas de los dedos de los pies de color marrón. Esto implicaba que debía seguir mirando a Metzler, y ella no quería transmitirle un mensaje equivocado a un tipo tan obsesionado por el sexo como él.

—Quizá tengamos suerte y obtengamos algún resultado con la identificación de huellas —respondió Audrey.

Los técnicos del escenario del crimen acababan de tomar las huellas dactilares de la víctima, recogiendo todas las pruebas que habían hallado en el cadáver, raspando y recortando las uñas y demás. Puesto que el cadáver no había sido identificado, habían enviado las huellas de inmediato al AFIS, el sistema automático de identificación de huellas dactilares de Michigan, en Lansing.

—¿Ha encontrado indicios de consumo de drogas? —inquirió Audrey.

—¿Se refiere a marcas de agujas hipodérmicas y demás? No, no he encontrado nada de eso. Veremos lo que el análisis de toxicología indica sobre la sangre.

—¿Le parece un vagabundo sin techo?

Metzler crispó la mandíbula y frunció el ceño.

—Yo diría que no. Su ropa no olía exageradamente mal, y el cuidado de su persona, higiene o estado de su dentadura tampoco apuntan a eso. De hecho, este tipo presenta un aspecto bastante limpio. Podría tener las uñas más cuidadas, pero parece más un enfermo hospitalario que un delincuente.

—¿Alguna señal de pelea?

—No, que yo haya observado.

—Parece haber recibido un golpe contundente en la boca —comentó Audrey, obligándose a mirar el cadáver—. Tiene unos dientes partidos. ¿Es posible que le golpearan con la culata de una pistola?

A Metzler pareció divertirle su hipótesis.

—¿Posible? Todo es posible. —Al percatarse de que su respuesta sonaba un tanto arrogante, Metzler se apresuró a suavizar el tono—. Los dientes están rotos y desportillados, no desprendidos. Lo cual puede deberse a una bala. Y los labios no están hinchados o amoratados, como lo estarían de haber recibido un golpe violento. Además, el paladar presenta un orificio de bala.

—Ya. —Audrey dejó que el forense gozara de su momento de superioridad. El frágil ego masculino necesitaba su dosis de halagos. Audrey no tenía problemas con eso; venía haciéndolo durante toda su vida adulta—. ¿A qué hora calcula que se produjo la muerte, doctor? Encontramos el cadáver a las seis…

—Llámeme Jordan. —Otra sonrisa deslumbrante. El chico no regateaba esfuerzos—. Es difícil de precisar. En estos momentos está en pleno rígor mortis.

—En el escenario del crimen usted dijo que no había rígor mortis, y puesto que éste no comienza hasta al cabo de tres o cuatro horas después de la muerte, deduzco que…

—No, Audrey, hay que tener en cuenta muchos otros factores, como la complexión de la víctima, el entorno, la causa de la muerte, si el tipo estaba corriendo o no... En realidad no nos dice gran cosa.

—¿Y la temperatura corporal? —preguntó Audrey, adoptando un tono tentativo. Quería obtener respuesta del patólogo; no le interesaba ponerlo en evidencia.

—¿Qué quiere saber?

—Cuando tomaron la temperatura en el escenario del crimen, ésta era de treinta y tres grados. Lo cual significa que había disminuido unos seis grados, ¿de acuerdo? Si la temperatura corporal disminuye entre un grado y medio y dos grados cada hora después de producirse la muerte, calculo que la víctima fue asesinada entre tres y cuatro horas antes de que hallaran el cadáver. ¿Le parece un cálculo correcto?

—En un mundo perfecto, sí. —El doctor Metzler sonrió, pero esta vez miró a Audrey como un padre miraría a su hija de cinco años al preguntarle ésta si la luna estaba hecha de queso—. No es una ciencia exacta. Existen demasiadas variables.

—Entiendo.

—Parece más familiarizada con la medicina forense que muchos de los policías que pasan por aquí.

—Bueno, es una parte importante de mi trabajo.

—Si le interesa, estaré encantado de proporcionarle algunos datos, para echarle una mano. No tiene sentido que guarde esta información en mi cabeza si no puedo compartirla con alguien que tiene ganas de aprender.

Audrey asintió con la cabeza, sonriendo educadamente. «Es el problema de ser tan listo», estuvo a punto de contestar.

—Me pregunto si los de Casos Prioritarios la valoran como es debido —dijo el doctor Metzler, fingiendo ajustar el tubo perforado de acero inoxidable alrededor del perímetro de la mesa, el cual drenaba los fluidos corporales durante la autopsia.

—Nunca me sentido infravalorada —mintió Audrey. Observó por primera vez la etiqueta sujeta al pie izquierdo del cadáver, que decía: «Juan Nadie desconocido n.º 6». ¿No era eso un...? ¿Cómo se decía? Un «Juan Nadie» era por definición un desconocido, ¿no?

—Sospecho que su belleza no representa una ventaja en su trabajo.

—Es muy amable, doctor —respondió Audrey. Se esforzó por encontrar una pregunta que le permitiera cambiar de tema, pero en ese momento tenía la mente en blanco.

—Nada de eso. Es la pura verdad. Es usted una mujer muy guapa, Audrey. Belleza e inteligencia, una combinación envidiable.

—Habla usted como mi marido —contestó Audrey como de pasada. Leon jamás le había dicho nada remotamente parecido, pero Audrey quería que el patólogo captara el mensaje sin que tuviera que ponerse seria, y eso fue lo primero que se le ocurrió.

—Ya me había fijado en su alianza, Audrey —dijo Metzler, dirigiéndole una sonrisa más que insinuante.

¡Por el amor de Dios, ese hombre estaba desmembrando un cadáver! Esto no era un bar para solteros.

—Es usted demasiado amable —dijo Audrey—. ¿Las heridas de bala le permiten calcular la distancia entre el agresor y la víctima, doctor?

Metzler sonrió un tanto turbado mientras examinaba el cadáver que yacía sobre la mesa. Tomó un bisturí de acero de la balda metálica adherida a la mesa y practicó, acaso con excesiva fuerza, una profunda incisión en forma de «Y» desde los hombros hasta el hueso del pubis. Era evidente que trataba de aceptar su derrota lo más airosamente posible.

—No hay desgarros, ni quemaduras de pólvora, ni tatuajes, ni hollín —dijo. Su voz había cambiado; había adoptado un tono profesional.

—De modo que no son heridas de contacto.

—Ni de contacto ni causadas a una distancia media. —El patólogo empezó a levantar la piel, el músculo y el tejido.

—Entonces, ¿qué nos indican con respecto a la distancia?

Metzler guardó silencio durante unos treinta segundos mientras trabajaba. Luego dijo:

—En realidad, inspectora, no nos indican nada salvo que el cañón de la pistola se hallaba a más de diez metros de la herida. Para tener más datos habría que determinar el calibre de la bala, el tipo de munición y disparar la pistola para comprobar los resultados. Podrían haberla disparado a diez metros de distancia, o a cien. Es imposible precisarlo.

Después de abrir la caja torácica, Metzler situó la hoja redonda dentada sobre los huesos y accionó el interruptor para ponerla en marcha.

—Apártese un poco, inspectora —dijo el patólogo, alzando la voz para hacerse oír entre el agudo sonido mecánico—. No vaya a ensuciarse.

19

Por más que lo deseara, Nick no podía anular su encuentro semanal con Scott McNally para revisar los números, pues la reunión trimestral de la junta era inminente. Se sentía febril, sudoroso, con náuseas. Se sentía antisocial, lo cual era poco frecuente en él. Su habitual dinamismo había mermado. Sentía los primeros síntomas de una jaqueca de campeonato, y eso que hacía años que no sufría migrañas. Se sentía como si tuviera resaca, una opresión en la boca del estómago. El café le había sentado fatal, pero lo necesitaba para permanecer despierto y poder concentrarse.

Un cocinero de la cafetería de la empresa había dispuesto el almuerzo para ambos en una pequeña mesa redonda junto al despacho de Nick. Era el menú habitual: un sándwich de berenjena y queso parmesano con una ensalada para Scott, y un sándwich de atún y una taza de crema de tomate para Nick. Había unas servilletas de hilo dobladas, unos vasos de agua helada, una jarra de agua y unas coca-colas *light* para los dos. Normalmente Nick sólo comía un bocadillo en su despacho a menos que tuviera un almuerzo de trabajo. Y hasta la muerte de Laura, ésta siempre le preparaba el almuerzo —un sándwich de atún, una bolsa de Fritos y unas zanahorias— y se lo metía en la cartera. Era una pequeña tradición que se remontaba a sus primeros tiempos juntos, cuando no tenían dinero, y Nick se había acostumbrado a esta rutina. Era una de las cosas que a Laura le complacía hacer por Nick, incluso cuando impartía clases en la universidad y apenas tenía tiempo por las mañanas de prepararle el almuerzo antes de clase. Laura siempre incluía una pequeña nota de amor en la bolsa del almuerzo, que siempre hacía sonreír a Nick cuando la encontraba, como si se tratara del premio en una caja de sorpresas navideñas. A veces, cuando Nick tenía un almuerzo informal con Scott u otro de sus ejecutivos y la nota de Laura salía volando de la bolsa, Nick se sentía a la vez turbado y orgulloso. Había guardado todas las notas de Laura, sin que ella lo supiera. Después de su muerte, había estado a punto de tirarlas a la papelera o quemarlas, porque era un suplicio conservarlas. Pero no había sido capaz de hacerlo. De modo que el cajón inferior de su mesa de trabajo contenía una ordenada pila de notas de color amarillo, escritas con la bonita caligrafía de Laura, sujetas con una cinta elástica. A veces Nick había tenido la tentación de sacarlas y leerlas, pero al final no lo había hecho. Era demasiado doloroso.

—Pareces agotado —dijo Scott, atacando su sándwich—. ¿Estás enfermo?

Nick negó con la cabeza y bebió un sorbo de agua helada. El gélido líquido le hizo estremecerse.

—No me pasa nada.

—Confío en que esto te alivie —comentó Scott—. Sé lo antipáticos que te resultan los números. Coge una almohada por si acaso. —Scott extrajo un par de documentos encuadernados en plástico y depositó uno de ellos frente a Nick, junto a su plato.

Nick lo miró. Era el informe de beneficios, el informe sobre la liquidez de la empresa y la cuenta de resultados.

—Échales un vistazo —dijo Scott—. Chico, me encanta cómo tuestan el pan. Quizá lo tuestan en la parrilla, no sé. —Bebió un trago de coca-cola *light*—. ¿No comes nada?

—No tengo hambre.

Nick echó un vistazo a los informes distraídamente mientras Scott examinaba la lata de refresco.

—Según he oído, el edulcorante de estos refrescos provoca trastornos anímicos en ratas —dijo éste.

Nick emitió un gruñido, sin prestar atención.

—¿Has visto alguna vez a una rata deprimida? —prosiguió Scott—. ¿Hecha un ovillo? Algunos días piensan que no vale la pena seguir luchando, ¿sabes? —concluyó, dando un bocado al bocadillo.

—¿Qué es Stratton Asia Ventures? —inquirió Nick.

—Lee las notas a pie de página. Una excelente empresa subsidiaria que he formado para invertir en las operaciones de

Stratton en el Pacífico asiático. Necesitábamos una subsidiaria local para permisos y para sacar provecho de ciertos tratados fiscales con Estados Unidos.

—Suena bien. ¿Es legal?

—Qué escrupuloso eres —contestó Scott—. Por supuesto que es legal. Ingenioso no significa ilegal, Nick.

Nick alzó la vista.

—No lo entiendo. ¿Nuestros beneficios han aumentado?

Scott asintió con la cabeza, masticando un enorme bocado de su sándwich y emitiendo unos ruidos guturales para indicar que quería responder, pero no podía.

—Eso parece —dijo enseguida, sin haber terminado de masticar la comida.

—Pensé que... Joder, Scott, me dijiste que nos íbamos a pique.

Scott se encogió de hombros y esbozó una tímida sonrisa.

—Por eso me has contratado. Sabes que siempre estoy dispuesto a intervenir en el juego. Y hay que reconocer que mi juego ha mejorado mucho, ¿no crees?

—¿Tu juego? Pero si no has practicado un deporte competitivo en tu vida, Scott.

Scott ladeó la cabeza.

—¿De qué estás hablando? Jugué de defensa en el equipo Stuyvesant de matemáticas.

—Un momento. —Nick comenzó a leer el informe de nuevo desde el principio, examinando los números más detenidamente—. De acuerdo, según este informe, nuestros negocios en el extranjero han aumentado un doce por ciento. ¿A qué se debe?

—Lee los números. Los números no mienten. Ahí está todo bien clarito.

—La semana pasada hablé con George Colesandro en Londres y no dejó de quejarse en todo el rato. ¿Pretendes decirme que Colesandro no había sabido interpretar bien las cuentas? Ese tío tiene un cerebro que parece un microprocesador.

Scott meneó la cabeza.

—Los informes de Stratton en el Reino Unido están expresados en libras esterlinas, y la libra se ha disparado con respecto al dólar —explicó, esbozando su inquietante sonrisa de oreja a oreja—. Hay que aplicar el último tipo de cambio, ¿vale?

—Así que todo esto es un amaño. Un lío de divisas. —Nick

sintió que tenía los nervios a flor de piel, pero era grato pensar en otro tema que no fuera lo ocurrido el viernes por la noche. No obstante, lo que Scott hacía era algo impensable, turbio—. Nuestros beneficios no han aumentado, sino que han disminuido. Has manipulado los números.

—Según el GAAP, se supone que debemos utilizar los tipos de cambio correctamente. —Las siglas GAAP significaban Generally Accepted Accounting Principles, o Principios de Contabilidad Generalmente Aceptados, pero por rebuscado que sonara, tenía la fuerza de la ley.

—Oye, Scott, esto no cuadra. Has utilizado un tipo de cambio distinto del que utilizaste el último trimestre para que parezca que nuestros beneficios han aumentado. —Nick se frotó los ojos—. ¿Has hecho lo mismo en el Pacífico asiático?

—Pues claro, en todas partes. —Scott achicó los ojos y miró a Nick preocupado.

—¡Esto es ilegal, Scott! —exclamó Nick, arrojando el informe sobre la mesa—. ¿Qué estás tratando de hacerme?

—¿A ti? Esto no va contigo. —Rojo de ira, Scott fijó la vista en la mesa al hablar—. En primer lugar, aquí no hay nada ilegal. Digamos que he maquillado los datos. Pero permíteme que te diga una cosa. Si no retoco un poco los números, nuestros amigos de Boston van a arrojarse sobre ti como unas tropas de asalto. Van a lanzarse en paracaídas sobre este lugar y lo destrozarán. Te aseguro que esta táctica es perfectamente legítima.

—Esto es como vestir la mona de seda, Scott.

—Digamos que es adecentarla un poco. Escucha, cuando invitas a unos amigos a cenar en tu casa, lo ordenas todo, ¿no es cierto? Antes de vender tu coche, lo llevas a un túnel de lavado. Ninguno de los miembros de la junta va a examinar estos informes con lupa.

—¿Pretendes decir que podemos engañarles? —dijo Nick.

Scott volvió a encogerse de hombros.

—Lo que digo, Nick, es que todos nos exponemos a quedarnos sin trabajo aquí, ¿comprendes? Tú y yo también. De esta forma, al menos podemos ganar un poco de tiempo.

—No. Nada de eso —contestó Nick, tamborileando sobre el tapete de plástico—. Les diremos la verdad, ¿entendido?

Scott se sonrojó aún más, como si se sintiera avergonzado

o furioso, o ambas cosas. Era evidente que trataba de conservar la calma, como si le costara un esfuerzo tremendo no levantarle la voz a su jefe.

—Vaya, y yo que confiaba en que pusieran mi nombre a un resquicio legal en materia de fiscalidad corporativa.

Nick asintió con la cabeza y sonrió a medias. Pensó en Hutch, el antiguo director del departamento financiero. Henry Hutchens era un contable brillante, de la vieja escuela, de los que utilizaban una visera verde y un puñado de alubias. Nadie conocía los entresijos de una cuenta de resultados como él, pero apenas sabía nada sobre estructuración de finanzas y derivados y demás instrumentos financieros que había que utilizar hoy en día para permanecer a flote.

Hutch jamás habría optado por algo semejante. Claro que probablemente no habría sabido cómo hacerlo.

—Me dijiste que esta noche cenas con Todd Muldaur, ¿lo recuerdas?

—A las ocho —respondió Nick. Temía ese encuentro. Todd había llamado hacía unos días para decirle que iba a pasar por Fenwick, como si alguien «pasara» alguna vez por Fenwick, y que cenaría con él. No auguraba nada bueno.

—Le he dicho que le presentaremos los últimos informes financieros antes de cenar.

—De acuerdo, pero asegúrate de que no metemos la pata.

—¿En las cuentas? —Scott meneó la cabeza—. Eso es imposible. Es como la historia del famoso científico que pronuncia una conferencia sobre astronomía, y más tarde se le acerca una anciana y le dice que está equivocado, que el mundo es un inmenso plato llano que descansa sobre el caparazón de una gigantesca tortuga. Y el científico pregunta: «Pero ¿sobre qué descansa la tortuga?». Y la anciana contesta: «Es usted muy inteligente, joven, pero no se esfuerce; de la primera tortuga para abajo todo son tortugas».

—¿Me lo dices para tranquilizarme?

Scott se encogió de hombros.

—Quiero que muestres a Todd los números reales, sin retocar, por horrorosos que sean.

—De acuerdo —respondió Scott, fijando la vista en la mesa—. Tú mandas.

20

Cuando Audrey se dirigió a su puesto de trabajo, el teléfono empezó a sonar. Audrey comprobó quién llamaba y se alegró de haber sido precavida, porque era una llamada que no quería atender.

Reconoció de inmediato el número de teléfono. Era una mujer que la llamaba una vez por semana, sin falta, desde hacía unos meses. Una vez por semana desde que habían asesinado a su hijo.

Se llamaba Ethel Dorsey, era una mujer encantadora y cristiana, una señora afroamericana que había criado sola a cuatro hijos y se sentía lógicamente orgullosa de ello, convencida de haber hecho un buen trabajo, y no sabía que tres de sus retoños estaban involucrados en pandillas criminales, drogas y tráfico de armas. Cuando su hijo Tyrone fue hallado muerto a tiros en Hastings, Audrey comprendió enseguida que se trataba de un asunto de drogas. Y como muchos asesinatos por asuntos de drogas, no se había resuelto. A veces la gente hablaba. Otras, no. Audrey tenía un expediente abierto, un caso más sin resolver. Ethel Dorsey tenía un hijo menos. Pero lo cierto era que Audrey se sentía incapaz de decir a la piadosa Ethel Dorsey la verdad, que su hijo Tyrone había sido asesinado por un asunto de drogas. Audrey recordaba los ojos húmedos de Ethel, su mirada directa y cálida durante las entrevistas. Le recordaba a su abuela. «Mi hijo es un buen chico», repetía la mujer sin cesar. Audrey no tenía valor para decirle que su hijo no sólo había muerto asesinado, sino que había sido un pequeño traficante. ¿Para qué? ¿Qué necesidad tenía de destrozar las ilusiones de esa pobre mujer?

De modo que Ethel Dorsey llamaba una vez por semana y

preguntaba educada y tímidamente si habían averiguado algo sobre Tyrone. Y Audrey tenía que decirle la verdad: «No, lo siento, no sabemos nada. Pero no nos hemos rendido. Seguimos trabajando en ello, señora».

Audrey no lo soportaba. Porque comprendía que probablemente nunca hallarían al asesino de Tyrone Dorsey, y aunque dieran con él, eso no aportaría ningún consuelo a Ethel Dorsey. No obstante, incluso los camellos tienen madre. Todo el mundo es importante, o nadie es importante. Jesús se refirió al pastor que buscaba insistentemente a la oveja descarriada, dejando atrás a su rebaño. Por este motivo, dijo Jesucristo, estoy aquí.

Audrey no se sentía con ánimos de descolgar el teléfono y hablar con esa mujer. Miró la foto de Tyrone que había pegado en la pared de su cubículo, junto a las fotografías de las otras víctimas en cuyos casos estaba trabajando o había trabajado. Mientras esperaba a que el teléfono dejara de sonar, reparó en un papel doblado en cuatro que alguien había dejado sobre el archivo de acordeón de color marrón que había en el centro de su mesa. Audrey había escrito en mayúsculas grandes y claras sobre el archivo: «VARÓN DESCONOCIDO N.º 03486».

El rectángulo blanco de papel, doblado descuidadamente a modo de tarjeta. En la parte delantera había una imagen en blanco y negro de una iglesia, un gráfico de baja calidad que parecía haber sido descargado de Internet. Debajo de la imagen, escritas con letras góticas en un ordenador, aparecían las palabras JESÚS TE AMA.

Audrey lo abrió, imaginando lo que se encontraría. Dentro decía: «Pero todos los demás piensa que eres una cretina».

Audrey arrugó el papel, la estúpida bromita que le había gastado Roy Bugbee, con error incluido, y la tiró a la papelera metálica. Luego miró por enésima vez la tarjeta pegada en el monitor de su ordenador con cinta adhesiva, la cual empezaba a mostrar un tono sepia en los bordes, escrita con su pulcra y fervorosa letra: «Recuerda que trabajamos para Dios». Audrey se preguntó para quién creía Roy Bugbee que trabajaba.

Bugbee se presentó al cabo de una hora aproximadamente y Audrey y él se sentaron en la sala de interrogatorios vacía.

—Ya podemos descartar al AFIS —declaró Bugbee casi con orgullo—. No han encontrado nada.

De modo que las huellas dactilares del anciano no se correspondían con ninguna de las que tenían en Lansing, ni con las de las bases de datos que contenían los casos resueltos y los pendientes. En realidad, no era de extrañar. Las huellas dactilares de la víctima sólo estarían en los archivos del AFIS si le hubieran arrestado por algo.

—Las balas que fueron disparadas son de calibre 38, según Bert Koopmans. Blindadas.

—Eso es una gran ayuda —dijo Bugbee con sarcasmo—. Reduce las posibilidades aproximadamente a un millar de armas.

—No es cierto. —Audrey pasó por alto el tono de Roy, dando por supuesto que éste no sabía lo que decía—. Cuando los del MSP de Grand Rapids examinen las pruebas, reducirán las posibilidades mucho más.

El laboratorio de ciencias forenses de la policía estatal de Michigan, en Grand Rapids, se ocupaba de analizar las armas de fuego para la policía de esa parte del estado. Sus expertos eran excelentes, formados para identificar armas y municiones utilizando todo tipo de instrumentos, incluyendo el IBIS, la base de datos del sistema integrado de identificación de balística, que estaba controlado por el departamento de alcohol, tabaco y armas de fuego.

—Lo cual no les llevará más de seis meses —adujo Bugbee.

—Yo confiaba en que cuando vayas allí en el coche, les presiones para que agilicen los trámites.

—¿Yo? —contestó Bugbee, riendo—. Creo que deberías de ir tú, Audrey. Una mujer guapa no tendrá más que hacerles una carantoña para que den preferencia a este caso.

Audrey soltó un bufido.

—Me acercaré a Grand Rapids en el coche —dijo—. ¿Y los informadores?

—Ninguno de los chivatos habituales sabe nada sobre un viejo que fue a La Perrera para comprar crack —respondió Bugbee a regañadientes, como si le enojara compartir esta información. Audrey no recordaba, suponiendo que lo hubiera sabido alguna vez, por qué llamaban a ese sector de la ciudad «La Perrera». Siempre se había llamado así.

—Pero el crack que encontramos en el bolsillo de ese hombre era falso.

—Sí, sí —contestó Bugbee, haciendo un gesto ambiguo con la mano—. Es el truco más viejo del mundo. Un tipo blanco, un incauto, va a La Perrera para comprar crack, y un camello le vende droga hecha con cera de velas y levadura.

—Unos caramelos de limón medio deshechos, para ser precisos. —De modo que Bert Koopmans se lo había dicho a Audrey.

—Bueno, da lo mismo. El tipo blanco discute con el camello, y éste dice, a mí no me vengas con ésas, y se lo carga. De paso le quita la cartera y se larga. Asunto resuelto.

—Y le deja los caramelos de limón.

Bugbee se encogió de hombros como diciendo «no me atosigues». Luego se repantigó en su silla de acero hasta apoyar la cabeza en la pared.

—Y en lugar de abandonar el cadáver en un callejón, se toma la molestia de envolverlo en unas bolsas de basura y arrojarlo a un contenedor, lo cual no es que sea una tarea fácil, precisamente.

—Quizá fueron dos tíos.

—Que llevan guantes quirúrgicos.

—¿Qué? —preguntó Bugbee, volviéndose.

—En el laboratorio hallaron restos de talco, como el que se encuentra en los guantes de látex quirúrgicos.

Bugbee deslizó perezosamente el dedo índice por una junta en la pared revestida de pladur.

—Probablemente los dejaron los mismos empleados del laboratorio —dijo.

—Creo que los del laboratorio son demasiado meticulosos para que eso ocurra —replicó Audrey, pensando: «Venga, Roy, ¿cómo se te ocurre semejante estupidez? ¿Estás trabajando en este caso o no?». Estaba enojada, pero se esforzó en contenerse—. No creo que muchos drogadictos se pongan guantes quirúrgicos.

Bugbee suspiró lentamente.

—¿Está Noyce en esta habitación?

—¿Cómo dices?

—No veo al oficial Noyce por aquí, de modo que si tratas de hacerte la lista, pierdes el tiempo.

Audrey tragó saliva y oyó que su voz interior decía: «Y que Dios, fuente de paciencia y de consuelo, os conceda...». Audrey interrumpió a esa voz sensata y dijo con un tono incluso más meloso que de costumbre:

—No trato de impresionarte, Roy. Sólo quiero cumplir con mi obligación.

Bugbee empujó su silla hacia delante, se incorporó y dirigió a Audrey una mirada somnolienta.

Audrey sintió que el corazón le latía aceleradamente.

—Sé que no te caigo bien, por el motivo que sea, pero no voy a disculparme contigo por ser quien soy y ser como soy. Me temo que tendrás que apechugar con ello. No pretendo juzgarte, y tampoco quiero que tú me juzgues a mí. Tú no firmas mi nómina los viernes. Si quieres abandonar este caso, habla con Noyce. De lo contrario, procuremos comportarnos como profesionales, ¿de acuerdo?

Bugbee parecía dudar entre arrojarle la mesa o levantarse y salir dando un portazo. Transcurrieron unos segundos de silencio. Luego dijo:

—Así que no me juzgas, ¿eh? Los meapilas como tú es lo único que sabéis hacer. Siempre estás controlando las pequeñas faltas de los demás, como una maestra de escuela. Te sientes superior, ¿verdad, Audrey? Como si tuvieras al Gran Jefe de tu parte. Te pasas la vida rezando al Gran Jefe para darle coba y asegurarte un puesto en el cielo.

—Basta, Roy —respondió Audrey.

De pronto llamaron a la puerta y ésta se abrió bruscamente. El oficial Noyce entró, se detuvo ante ellos y los miró fijamente.

—¿Puedo preguntaros una cosa? —dijo—. ¿Alguno de vosotros ha consultado la base de datos de personas desaparecidas?

—Esta mañana llamé a servicios familiares —contestó Audrey—, pero no tenían nada.

—Debéis seguir insistiendo —dijo Noyce—. A veces tardamos más de un día en recibir estos datos.

—¿Tienes algo? —inquirió Bugbee.

—Es una pista bastante buena —contestó Noyce—. Creo que merece la pena echarle un vistazo.

21

Nick llamó a Eddie, en lugar de enviarle un correo electrónico, pues seguía temiendo que ese tipo de mensajes quedaran archivados en el servidor de la compañía.

Se encontraron en la entrada sur del edificio, frente a las oficinas de seguridad, como había propuesto Eddie. Éste no quería hablar en el interior del edificio. Nick se preguntó si eso significaba que su jefe de seguridad no se sentía seguro hablando allí.

Echaron a andar por el camino pavimentado que rodeaba uno de los aparcamientos. En el aire se percibía cierto hedor a estiércol, debido a las granjas que había en las inmediaciones, que se mezclaba con el olor a chamuscado de la hierba que habían quemado.

—¿Qué ocurre? —preguntó Eddie, encendiendo un Marlboro—. Pareces preocupado, tío.

—¿Quién, yo? —contestó Nick, torciendo el gesto—. No tengo nada de qué preocuparme.

—Venga, hombre. Todo está controlado.

Nick miró a su alrededor para cerciorarse de que no había nadie remotamente cerca de donde estaban ellos.

—¿Qué has hecho con... él?

—Es mejor que no lo sepas.

Nick guardó silencio, escuchando el sonido de las suelas de los zapatos de Eddie sobre el pavimento.

—Sí, es mejor que no lo sepa.

—Créeme, Nick, es por tu bien.

—¿Te has deshecho de la pistola o todavía la conservas?

Eddie meneó la cabeza.

—Cuanto menos sepas, mejor.

—De acuerdo, escucha. Le he dado muchas vueltas y creo

que… debo informar a la policía. No hay otra salida. Lo que ocurrió fue legalmente defendible. Puede que yo esté hecho un lío, pero con un abogado inteligente creo que podré salirme del apuro.

Eddie emitió una risotada grave y seca.

—De eso nada —dijo—. No puedes volver a meter esa pasta de dientes en el tubo.

—¿Qué quieres decir?

—El viernes por la noche querías hacerlo desaparecer —respondió Eddie, esforzándose por no perder la compostura—. A estas alturas los dos estamos involucrados en un serio delito de encubrimiento de un crimen.

—Que se nos ocurrió en un momento de pánico…

—Escucha, Nick —dijo Eddie—. Yo no me baño en tu retrete y tú no te orinas en mi piscina, ¿de acuerdo?

—¿Qué?

—Yo no te digo cómo debes dirigir Stratton. Tú no me des lecciones sobre crímenes y polis y demás. En este terreno el experto soy yo.

—No pretendo darte lecciones —replicó Nick—. Me limito a decirte lo que pienso hacer yo.

—Cualquier decisión que tomes me afecta a mí también —contestó Eddie—. Y mi voto es no. Lo que significa que no vas a hacer nada. Lo hecho, hecho está. Es demasiado tarde.

22

Se detuvieron frente a una modesta vivienda en West Sixteenth, en Steepletown. Audrey sentía una opresión en la boca del estómago, como le ocurría siempre que conocía al familiar de una víctima de asesinato. No soportaba el torrente de desesperación, incredulidad, de infinito dolor. Hay que distanciarse de eso o acabas enloqueciendo. Noyce se lo había advertido desde el principio. Todos tenemos que hacerlo. «Lo que el observador ajeno interpreta como cinismo, insensibilidad, es exactamente eso. Una coraza protectora. Ya aprenderás.»

Pero Audrey no había aprendido.

Le gustaba la labor de investigación, incluso los trámites rutinarios que a individuos como Roy Bugbee les resultaban irritantes. Pero esto, no. A Audrey le horrorizaba sentir de cerca el suplicio de otro ser humano y saberse incapaz de hacer nada al respecto. Encontraré al asesino de tu padre, daré con los jóvenes que mataron a su hija, descubriré al individuo que mató a tu padre de un tiro en el 7-Eleven... Eso era todo cuanto Audrey podía prometer, lo cual era en cierta medida un paliativo, pero no curaba sus heridas.

Una mujer había llamado a la policía para denunciar la desaparición de su padre, que no había vuelto a casa el viernes por la noche. La descripción física —edad, estatura, peso, indumentaria— coincidía con la víctima de asesinato que habían hallado en el contenedor de basura en Hastings. Audrey comprendió que se trataba de la misma persona. Los del departamento de servicios familiares habían llamado a la hija, siguiendo el protocolo, para comunicarle de la forma más diplomática y compasiva —eran expertos en eso— que habían hallado un cadáver y que era posible, sólo posible, que se tratara de su padre, y que hiciera el favor de presentarse en el depósito de la policía en el Boswell Medical Center para ayudarles a identificar el cadáver y descartar esa posibilidad.

La puerta de rejilla de aluminio se cerró y la mujer se dirigió hacia ellos antes de que Audrey se apeara del Crown Vic. Era una mujer muy menuda, y a diez metros casi parecía una niña. Llevaba una camiseta blanca, unos vaqueros desteñidos y manchados de pintura, y una cazadora tejana raída. Tenía el cabello castaño y peinado de punta, un estilo que Audrey asociaba con roqueros y cantantes punk. Mientras caminaba hacia ellos no cesaba de agitar las manos, lo cual le hacía parecer una muñeca de trapo abandonada.

—Ustedes deben de ser la policía —dijo la mujer.

Tenía los ojos castaños, grandes y húmedos. Vista de cerca resultaba muy hermosa e incluso más frágil. Audrey calculó que tendría veintitantos años, casi treinta. Mostraba una expresión aturdida, incrédula, que Audrey había contemplado docenas de veces en los rostros de familiares de víctimas. Su voz era más grave de lo que Audrey había supuesto, con un timbre curiosamente cadencioso.

—Soy Audrey Rhimes —se presentó ésta, ofreciéndole la mano y mirándola con expresión compasiva—. Y mi compañero, Roy Bugbee.

Roy, de pie junto a la puerta abierta del conductor, no se acercó para estrechar la mano de la mujer, probablemente porque consideraba que sería excesivo. Se limitó a saludarla con un breve ademán y una sonrisa forzada. «Mueve el culo y acércate», pensó Audrey. Ese hombre no tenía modales, ni compasión. Ni siquiera era capaz de disimular.

—Cassie Stadler —dijo la mujer. Tenía la palma de la mano tibia y húmeda, y el rímel se le había corrido. Ella se sentó en el asiento de atrás y Bugbee arrancó.

El propósito de la visita era minimizar la tensión, reducir la ansiedad en la medida de lo posible. «Le han pedido que acuda al depósito para identificar un cadáver que quizá sea el de su padre —pensó Audrey—; lo más seguro es que nada pueda reducir su ansiedad.» Probablemente Cassie Stadler también era consciente de ello. Sin embargo, Audrey le habló durante todo el trayecto, volviéndose para mirar a la pasajera, que iba sentada en el centro del asiento trasero, con la mirada fija en el infinito.

—Hábleme de su padre —dijo Audrey—. ¿Suele salir por la noche? —Audrey confiaba en que el tiempo presente que había deslizado disimuladamente sirviera para tranquilizar a la mujer.

—No —contestó Cassie Stadler, tras lo cual guardó silencio.

—¿Se siente alguna vez desorientado?

La mujer pestañeó.

—¿Qué? Lo siento. ¿Desorientado? Sí, supongo que sí, a veces. Su... estado...

Audrey esperó a que la mujer terminara la frase. Pero Bugbee la interrumpió torpemente con su voz estentórea.

—¿Sabe si su padre frecuentaba la zona de Hastings Street?

Los ojos oscuros de la hermosa joven reflejaron una sucesión de expresiones, como en una serie de diapositivas: perplejidad, irritación, dolor. Turbada, Audrey apartó la mirada y se volvió en su asiento, mirando hacia el frente.

—Es él, ¿verdad? —preguntó por fin la hija—. Mi padre.

Entraron en el aparcamiento del hospital en silencio. Para Audrey era la primera vez. Identificar un cadáver en el depósito no era frecuente, gracias a Dios, a pesar de lo que se suele ver por televisión. En el depósito no había cajones deslizantes ni esos macabros toques góticos. Pero la muerte era inevitablemente siniestra.

El cadáver yacía sobre una mesa de acero, cubierto con una sábana verde del hospital; la habitación tenía un aire aséptico, el aire acondicionado era gélido y olía a formalina. Jordan Metzler, educado pero distante, retiró la sábana verde con naturalidad, como si abriera una cama, para mostrar la cabeza y el cuello.

La carita perfecta de muñeca de Cassie Stadler, enmarcada por su peinado de joven rebelde, se contrajo en una mueca de dolor, y nadie tuvo que decir ni una palabra.

23

Audrey encontró en el sótano del hospital una habitación vacía para poder hablar los tres. Era una sala de descanso de los empleados: una colección de butacas tapizadas en diversos tejidos con el estampado del hospital, un pequeño sofá, una cafetera eléctrica que parecía que nadie la utilizaba y un televisor. Audrey y Bugbee juntaron tres butacas. En una mesa situada en una esquina había un par de latas de refresco abiertas. Audrey encontró una caja casi vacía de pañuelos de papel. Los finos hombros de Cassie Stadler no dejaban de sacudirse mientras la mujer sollozaba en silencio, con todo su cuerpo. Bugbee, que por lo visto sí había aprendido a distanciarse, se sentó sosteniendo una carpeta con sujetapapeles en el regazo, claramente molesto. Audrey, que no soportaba más esa situación, rodeó los hombros de la mujer con un brazo.

—Ya sé que es muy duro —murmuró.

Cassie respiraba entrecortadamente, con la cabeza agachada. Por fin alzó la vista, vio la caja de pañuelos y sacó unos cuantos para sonarse.

—Lo siento —dijo—. No pensé…

—No se disculpe, cielo —dijo Audrey—. Es un momento tremendo para usted.

Cassie sacó un paquete de cigarrillos y extrajo uno.

—¿Puedo fumar?

Audrey asintió con la cabeza y miró a Bugbee de refilón. Estaba prohibido fumar en esa sala, pero no pensaba insistir sobre este punto en vista de lo mal que lo estaba pasando esa pobre mujer, y por fortuna tampoco lo hizo Bugbee, que también asintió con la cabeza. Cassie sacó un encendedor barato de plástico y encendió el cigarrillo, tras lo cual exhaló una nube de humo.

—¿Le dispararon... en la boca?

En una funeraria habrían reconstruido hábilmente el rostro de la víctima, le habrían maquillado. El rostro habría presentado un aspecto artificial, como todos los cadáveres en las funerarias, pero al menos su hija no habría contemplado aquel atroz espectáculo.

—Sí —respondió Bugbee. No añadió más detalles, no lo repitió, no dijo que a Stadler le habían disparado en el pecho. Seguía el procedimiento habitual, que consistía en ofrecer la mínima información posible, por si un detalle que se reservaran pudiera ayudarles a confirmar la identidad del asesino.

—¡Dios mío! —exclamó la mujer—. Pero ¿por qué? ¿Quién le hizo eso a papá? —Dio otra calada al cigarrillo, tomó una lata de coca-cola vacía de la mesa y echó la ceniza en la pequeña abertura.

—Es lo que queremos averiguar —contestó Audrey. El oír de labios de una mujer adulta el apelativo «papá» le suscitó un profundo dolor. Pensó en su propio padre, recordó su olor a tabaco, a sudor y a Vitalis—. Necesitamos su ayuda. Sé que es un momento muy difícil, y probablemente no quiera hablar de nada, pero cualquier cosa que nos diga puede ayudarnos.

—Señorita Stadler —terció Bugbee—, ¿su padre tomaba drogas?

—¿Drogas? —La mujer le miró perpleja—. ¿Qué tipo de drogas?

—Por ejemplo crack.

—¿Crack? ¿Mi padre? Jamás.

—Le asombraría comprobar la cantidad de personas que toman drogas como crack —se apresuró a añadir Audrey—. Personas que jamás imaginaría que se drogaban, de todas las extracciones sociales. Incluso personas importantes.

—Mi padre no sabía nada sobre ese mundo. Era un hombre sencillo.

—Pero es posible que le ocultara a usted ese tipo de cosas —insistió Audrey.

—Claro, es posible, pero... ¿crack? Yo lo habría notado —respondió Cassie, expulsando dos columnas de humo a través de las fosas nasales como un dragón que exhala fuego—. He vivido con él durante casi un año, me habría dado cuenta de algo.

—No necesariamente —dijo Bugbee.

—Oiga, mire, yo no me drogo, pero conozco a gente que sí lo hace. Soy pintora, vivo en Chicago, es algo bastante corriente. Mi padre no mostraba síntomas de… Él… eso es absurdo.

—¿Es usted de Chicago? —preguntó Audrey.

—Nací aquí, pero mis padres se divorciaron siendo yo niña y fui a vivir con mi madre a Chicago. Vengo… venía aquí con frecuencia para visitar a mi padre.

—¿Por qué decidió quedarse?

—Mi padre me llamó y me dijo que había dejado su trabajo en Stratton, lo cual me preocupó. No está bien de salud y mi madre murió hace cuatro o cinco años. Comprendí que mi padre necesitaba que alguien cuidara de él. Temí que no pudiera arreglárselas solo.

—Cuando el inspector Bugbee le preguntó hace unos momentos si su padre se drogaba, usted vaciló antes de responder —dijo Audrey—. ¿Tomaba algún tipo de medicación?

La mujer asintió con la cabeza y se pasó la mano por los ojos.

—Tomaba bastantes medicamentos, entre ellos Risperdal, un antipsicótico.

—¿Psicótico? —soltó Bugbee—. ¿Su padre era un psicópata?

Audrey cerró brevemente los ojos. Ese tío nunca dejaba de meter la pata.

Cassie se volvió lentamente hacia Bugbee al tiempo que apagaba el cigarrillo en la parte superior de la lata de coca-cola y metía la colilla por la abertura.

—Era esquizofrénico —dijo distraídamente—. Padeció esta enfermedad durante buena parte de mi vida. —Luego se volvió hacia Audrey y añadió—: Pero la tenía más o menos controlada.

—¿Desaparecía a veces durante unos días? —preguntó Audrey.

—No. De vez en cuando iba a dar un paseo. Yo me alegraba cuando salía de casa. Este último año ha sido muy duro para él.

—¿En qué trabajaba en Stratton? —inquirió Bugbee.

—Construía prototipos.

—¿Eso qué significa?

—Trabajaba en el taller construyendo prototipos de los productos que la compañía iba a lanzar, el último modelo de sillas y esas cosas.

—¿Lo despidieron? —preguntó Bugbee.

—Estaban a punto de hacerlo, pero mi padre se hartó y se fue antes de que lo echaran.

—¿Cuándo le vio usted por última vez? —preguntó Audrey.

—El viernes por la noche a la hora de cenar. Yo... acababa de preparar la cena. Mi padre siempre mira la tele después de cenar. Yo me metí en el cuarto que utilizo como estudio y me puse a pintar.

—¿Es usted pintora?

—Más o menos. No pinto tan en serio como antes, pero aún me dedico a ello. No tengo una galería ni nada de eso. Me gano la vida dando clases de yoga.

—¿Aquí?

—En Chicago. No he trabajado desde que llegué a Fenwick.

—¿Vio a su padre antes de acostarse? —preguntó Audrey.

—No —respondió la mujer con tristeza—. Me quedé dormida en el sofá de mi estudio, cosa que me ocurre con frecuencia. Cuando un cuadro no me sale bien y quiero pensar en ello, a veces me quedo dormida y no me despierto hasta la mañana siguiente. Eso fue lo que ocurrió el sábado por la mañana. Me levanté y desayuné, y a las diez, al ver que mi padre no bajaba, empecé a preocuparme. Cuando entré en su habitación, comprobé que no estaba. Yo... discúlpenme, tengo sed, necesito...

—¿Qué le apetece beber? —preguntó Audrey.

—Lo que sea, tengo mucha sed.

—¿Agua? ¿Un refresco?

—Algo que contenga azúcar. —La mujer sonrió con gesto de disculpa—. Necesito una dosis de azúcar. Sprite, 7-Up, da lo mismo. Me pongo muy nerviosa.

—Roy —dijo Audrey—, hay una máquina expendedora en el pasillo, ¿podrías...?

Bugbee arqueó las cenas al tiempo que esbozaba una cínica sonrisa. Parecía a punto de decir algo desagradable. Pero Audrey deseaba pasar un rato a solas con esa mujer. Intuía que Cassie se mostraría más abierta si hablaba con ella en confianza.

—De acuerdo —contestó Roy al cabo de una prolongada pausa—. Será un placer.

Cuando se cerró la puerta, Audrey carraspeó para aclararse la garganta, pero Cassie se le adelantó.

—Ése no la traga.

¡Santo cielo! ¿Tanto se notaba?

—¿El inspector Bugbee? —preguntó Audrey, fingiendo asombro.

Cassie asintió con la cabeza.

—Le tiene manía, y no puede disimularlo.

—El inspector Bugbee y yo mantenemos una buena relación profesional.

—Me sorprende que usted le soporte.

Audrey sonrió.

—Preferiría que habláramos de su padre.

—Desde luego. Lo siento, es que… me ha llamado la atención. —La mujer se echó a llorar de nuevo y se enjugó los ojos—. Agente, yo… no tengo la menor idea de quién pudo matar a mi padre. Ni por qué. Pero tengo la sensación de que si alguien puede averiguarlo, es usted.

Audrey sintió que se le humedecían los ojos.

—Haré lo que esté en mi mano —respondió—. Es lo único que puedo prometerle.

24

Terra era el mejor restaurante de Fenwick, el lugar donde se celebraban las ocasiones especiales como cumpleaños, ascensos o la visita de un amigo muy querido. Tenía ese aire propio de los sitios caros que cohíben un poco, a los que se da por supuesto que no se acude con frecuencia. Los hombres tenían que llevar corbata. Había un *maître* y un sumiller que lucía un vistoso catavino de plata suspendido de una cinta alrededor del cuello como si se tratara de una medalla olímpica. Los camareros molían la pimienta para los comensales que lo solicitaban con un molinillo del tamaño de un bate de béisbol. Los manteles eran de hilo blanco almidonado. La carta, encuadernada en cuero, era tan inmensa que necesitabas dos manos para sostenerla. La carta de vinos, una carpeta aparte encuadernada también en cuero, constaba de veinte páginas. Unas semanas antes del accidente Nick había llevado allí a Laura para celebrar su cumpleaños, porque era su restaurante favorito. A Laura le encantaba el postre estrella del restaurante, una tarta de chocolate fundido que cuando le hincabas la cuchara manaba chocolate como si fuera lava. A Nick, el Terra le parecía ostentoso y le incomodaba, pero la comida siempre era excelente. De vez en cuando llevaba a clientes importantes a comer allí.

Esa noche Nick cenaba con su cliente más importante: su jefe, el socio gerente de Fairfield Equity Partners en Boston. Cuando Nick conoció a Todd Muldaur, en presencia de Willard Osgood, el fundador de Fairfield, no le había caído bien. Pero Osgood siempre colocaba a uno de sus colaboradores a cargo de las compañías pertenecientes a su empresa, y había elegido a Todd como gerente de Fairfield.

Poco después de que Dorothy Devries nombrara a Nick sucesor de su marido como director general, le había convocado en su antigua y sombría mansión para anunciarle que la familia tenía que pagar una gigantesca suma en concepto de impuestos y que se veían obligados a vender la empresa, para lo cual encargó a Nick que hallara al comprador ideal. Los compradores potenciales no escaseaban. La Stratton Corporation no tenía deudas, rendía constantes beneficios, gozaba de una importante cuota de mercado y era una marca bien situada. Pero muchas de las firmas especializadas en adquirir compañías en venta deseaban adquirir Stratton, remodelarla y vendérsela a otro comprador. Transformarla por completo, convertirla en una empresa pública, a saber lo que esos buitres eran capaces de hacer. Entonces recibieron una llamada del célebre Willard Osgood, que tenía fama de adquirir compañías y conservarlas, permitiendo que mantuvieran su independencia. Willard Osgood, «el hombre con el toque del rey Midas», como le describían en *Fortune*. La solución perfecta. Osgood incluso voló a Fenwick —mejor dicho, voló a Grand Rapids en su avión particular y fue trasladado a Fenwick en un sencillo sedán Chrysler— para presentar su oferta a la viuda de Devries y a Nick. Sedujo a Dorothy Devries (quien por otra parte se dejaba seducir fácilmente por los hombres) y conquistó también a Nick. En persona y en sus entrevistas, Willard Osgood era un hombre franco y en absoluto pretencioso. Era un republicano de pro, archiconservador, al igual que Dorothy. Osgood aseguró a la viuda que conservaba siempre sus empresas. Su regla número uno era no perder nunca dinero; su regla número dos, no olvidar nunca la regla número uno. Conquistó a la viuda diciéndole que era mejor adquirir una gran empresa a un precio justo que una compañía mediocre a un precio elevado.

El colaborador que había traído consigo, Todd Muldaur, un hombre rubio y fornido, un jugador de fútbol de sus tiempos en Yale, que había trabajado en la importante consultoría McKinsey, apenas despegó los labios, pero había algo en él que no agradó a Nick. Le molestó su arrogancia. Pero a fin de cuentas era Osgood quien llevaba la voz cantante, pensó Nick, no Muldaur.

Naturalmente, ahora era Todd quien presidía la reunión trimestral de la junta. Era Todd quien leía los informes financieros mensuales y formulaba las preguntas. Era Todd quien firmaba todas las decisiones importantes. Después de ese primer encuentro con Willard Osgood, Nick no volvió a ver al anciano.

Nick llegó con unos minutos de antelación. Scott McNally ya estaba sentado a la mesa, bebiendo una coca-cola *light*. Se había cambiado una raída camisa azul con el cuello abotonado y se había puesto una camisa limpia, azul a rayas blancas y anchas, una corbata roja y un traje oscuro de excelente corte. Nick se había puesto también su mejor traje, que le había comprado Laura en Brooks Brothers, en Grand Rapids.

—¿Tienes idea de por qué ha venido Muldaur? —preguntó Nick al sentarse. Era el último lugar en el que deseaba estar, comiendo en un restaurante de postín cuando no tenía apetito, obligado a mostrarse amable con un cretino prepotente cuando lo único que le apetecía era irse a casa y acostarse.

—Ni remota idea. No me ha dicho nada.

—A mí me dijo que quería «tocar base» antes de la reunión de la junta.

—Supongo que se debe a los últimos informes financieros que le he enviado. Ellos tampoco deben de estar satisfechos con nuestros números.

—Pero no era necesario que nos visitaran personalmente.

Scott bajó la cabeza y murmuró:

—Acaba de entrar.

Nick alzó la cabeza y vio al hombre rubio y fornido que se dirigía hacia ellos. Tanto Nick como Scott se pusieron de pie.

Scott rodeó la mesa, se acercó a Muldaur y le saludó enérgicamente con ambas manos.

—¡Hola, colega!

—¡Qué tal, Scotty!

Muldaur tendió su musculosa mano a Nick y le estrechó la suya con una fuerza innecesaria, apretándole los dedos por debajo de los nudillos de forma que Nick no pudiera devolver el apretón. Nick odiaba eso.

—Me alegro de verte —dijo Todd.

Todd Muldaur tenía la mandíbula cuadrada, la nariz chata

y sus ojos azul turquesa parecían más azules que la última vez que Nick le había visto, en una sala de juntas con las paredes de cristal en las oficinas de Fairfield en Federal Street, en Boston. Nick supuso que llevaba lentes de contacto de color. Su rostro delgado y enjuto revelaba su afición a las proteínas y al ejercicio. Llevaba un traje de color gris perla que tenía pinta de caro.

—Deduzco que éste debe de ser uno de los mejores restaurantes de la ciudad.

—Todo es poco para nuestros amigos de Boston —respondió Nick en tono afable cuando se sentaron a la mesa.

Todd desdobló la amplia servilleta de hilo blanco y se la colocó sobre las rodillas.

—Debe de ser magnífico —dijo sarcásticamente—. La Asociación Americana del Automóvil le ha concedido su «prestigioso galardón de cuatro rombos», según indica un cartel en la entrada.

Nick sonrió y se imaginó partiéndole la cara a Todd de un puñetazo. Observó a una pareja que estaba sentada en una mesa cercana y los reconoció enseguida. El hombre había sido uno de los encargados más antiguos de Stratton hasta el año anterior, cuando su departamento había sido cerrado debido a los despidos. Era un hombre de unos cincuenta años, con dos hijos que estudiaban en la universidad, y pese a los esfuerzos del servicio de consultoría laboral que había contratado Stratton, el hombre no había conseguido otro empleo.

Al verlo, Nick experimentó la consabida sensación de pesar. Después de disculparse, fue a saludarlo.

Fue la esposa del hombre quien vio a Nick primero. Sus ojos mostraron una breve expresión de sorpresa. Luego desvió la vista, dijo algo apresuradamente a su marido y se levantó, pero no para saludar a Nick.

—Hola, Bill —dijo Nick.

El hombre se levantó sin decir palabra y él y su esposa dieron media vuelta y salieron del comedor. Nick permaneció allí plantado durante unos segundos, con el rostro encendido. Se preguntó por qué se había expuesto a esa humillación. Le ocurría con suficiente frecuencia para saber a lo que se arriesgaba. Quizá en su fuero interno pensara que se lo merecía.

Cuando regresó a su mesa, comprobó que Todd y Scott estaban charlando animadamente de los viejos tiempos en McKinsey. Nick confiaba en que ninguno de los dos se hubiera percatado de lo ocurrido.

Había sido Todd quien había insistido en que Stratton sustituyera a Henry Hutchens, el antiguo jefe del departamento financiero, por Scott McNally. Nick se había mostrado de acuerdo, pero a veces le enojaba que Scott tuviera tanta amistad con Muldaur.

—¿Qué ha sido de aquel tipo llamado Nolan Bennis? —preguntó Scott—. ¿Te acuerdas de él? Otro McKinseyta —añadió, sonriendo a Nick—. Un auténtico imbécil. —Scott se volvió de nuevo hacia Todd—. ¿Te acuerdas de aquel hotel en Shedd Island? —Scott explicó a Nick—: McKinsey solía alquilar un hotel de superlujo en esa isla superexclusiva frente a las costas de Carolina del Sur, para alojar en él a los clientes más importantes. Ese tipo, Nolan Bennis, fue a jugar al tenis con unos tíos de Carbide, y se había puesto unos calcetines negros y unos mocasines, te lo juro. No tenía ni idea de jugar al tenis. ¡Qué número! Oímos comentar el episodio durante meses, qué vergüenza. Ese tío era un perdedor total. No podías llevarlo a ningún sitio. ¿Sigue en McKinsey?

—Está claro que no has visto la última lista de las cuatrocientas personas más ricas que ha publicado *Forbes* —contestó Todd.

—¿A qué te refieres? —preguntó Scott, perplejo.

—Nolan Bennis es el consejero delegado de ValueMetrics. Tiene una fortuna que asciende a cuatro mil millones de dólares. Hace unos años compró el hotel de Shedd Island, junto con unas doscientas hectáreas de terreno en la isla.

—Siempre pensé que ese tipo llegaría lejos —dijo Scott.

—Esta carta me fascina —comentó Todd—. Pechuga de pato con *coulis* de frambuesa. Esto es de 1995. Me está entrando la nostalgia.

La camarera se acercó a la mesa y dijo:

—Permítanme que les recomiende los platos especiales.

Nick observó a la mujer, que le resultaba vagamente conocida, aunque no lograba identificarla. Ésta miró a Nick y desvió la vista rápidamente. Ella también le había reconocido. «¡Otra más!», pensó Nick.

—Tenemos rodaballo con coliflor asada, panceta y zumo de mandarina por veintinueve dólares. Tenemos silla de cordero con pistachos acompañada por un puré de apio y champiñones. Y el plato especial del día es atún a la parrilla…

—Deje que lo adivine —terció Todd—. Preparado al estilo sushi y crudo en el centro.

—¡Exacto! —contestó la camarera.

—¿Dónde habré oído eso?

—Tengo la impresión de que la conozco —dijo Nick, compadeciéndose de la mujer.

La camarera lo miró brevemente y desvió de nuevo la vista.

—Sí, señor Conover. Yo trabajaba en Stratton, en el departamento de viajes.

—Lo lamento. ¿Le van bien las cosas?

La mujer dudó unos instantes.

—Mi sueldo de camarera no llega a la mitad de lo que ganaba en Stratton —respondió secamente.

—Ha sido duro para todos —comentó Nick.

—Les daré unos minutos para que decidan lo que desean tomar, caballeros —dijo la camarera, tras lo cual se alejó rápidamente.

—¿Creéis que escupirá en nuestras ensaladas? —preguntó Todd.

—No es necesario que me digáis que tenemos un problema —dijo Todd.

—Eso es indudable —se apresuró a reconocer Scott.

Nick asintió con la cabeza y esperó.

—Un par de trimestres malos pueden deberse a la mala situación del mercado —dijo Todd—. Pero si se repite una y otra vez, empieza a adquirir el aire de una espiral mortal. Y no podemos permitírnoslo.

—Comprendo que estés preocupado —dijo Nick—. Créeme, comparto tu inquietud. Pero te aseguro que tenemos la situación controlada. Mañana viene a vernos uno de nuestros clientes más importantes, un auténtico pez gordo, y estoy convencido de que firmaremos el trato. Sólo el contrato de mantenimiento hará que la situación cambie por completo.

—Hombre, siempre podemos confiar en que suene la flauta —replicó Todd—. Quizá tengas suerte. Pero voy a decirte una cosa: es posible que las empresas se basen en la continuidad, pero los mercados de capital se basan en la destrucción creativa. Si no estás dispuesto a cambiar, acabas sumiéndote en la mediocridad. Como director general, tienes que vencer la inercia organizativa. Desatascar esas arterias corporativas. Liberar el torrente de ideas nuevas. Hasta los mejores barcos necesitan que los muevan. Ésta es la magia del capitalismo. Eso fue lo que dijo Joseph Schumpeter hace años.

—¿No jugaba con los Bruins? —preguntó Nick con expresión seria.

—O te mueves o te mueres, Nick —respondió Todd.

—No entiendo nada sobre «destrucción creativa» —dijo Nick—, pero sé que básicamente estamos en la misma sintonía. Por eso vendimos la empresa a Fairfield. Vosotros sois unos inversores de valores con vistas a largo plazo. Por eso logré convencer a Dorothy Devries de que os vendiera la compañía. Siempre recordaré lo que Willard nos dijo a Dorothy y a mí en el salón de la casa de Dorothy, en Michigan Avenue: «Queremos ser vuestro socio, vuestra caja de resonancia. No queremos dirigir la compañía, sino que la dirijáis vosotros. Quizá pasemos algunos momentos malos, pero al fin saldremos airosos».

Todd sonrió taimadamente. Sabía lo que pretendía Nick al invocar las palabras del gran jefe como si fueran la Biblia.

—Es muy propio de Willard. Pero ten en cuenta que hoy en día el anciano pasa buena parte del tiempo pescando con mosca en los Cayos de Florida. Le encanta la pesca con mosca; el año pasado dedicó más tiempo a pensar en tarpones y mújol que en beneficios y pérdidas.

—¿Va a retirarse?

—Aún no, pero no tardará en hacerlo. Lo que significa que nos dejará la parte más pesada a nosotros, que tenemos que ir a trabajar todos los días y hacer el trabajo sucio mientras él se dedica a pescar desde la proa de su barco. El mundo ha cambiado, Nick. Antes todos los grandes inversores institucionales extendían un cheque por valor de veinte millones de dólares, o de cien millones, y nos dejaban a nuestro aire. Al cabo de seis años, o diez años, recuperaban el capital invertido y todos contentos. Pero la situación no es la misma. Ahora los tenemos siempre encima, no nos dejan en paz. No quieren que una de sus inversiones más importantes se malogre. Quieren ver resultados ayer.

—Deberían visitar tu página web —dijo Nick. Fairfield Equity Partners había colgado una película animada en su página web, la fábula de Esopo sobre la tortuga y la liebre, a modo de un libro de cuentos. Era alucinante—. Diles que tienen que replantearse lo del cuento de la tortuga y la liebre. Recuérdales que hay que pensar a largo plazo.

—Hoy en día con la tortuga hacen sopa de tortuga, colega —respondió Todd.

Scott emitió una carcajada demasiado vehemente.

—Descuida —dijo Nick—, eso no figura en la carta.

Todd no sonrió.

—Para que una compañía nos guste tiene que ser una empresa sana en continuo crecimiento. No somos partidarios de atrapar un cuchillo que se cae.

—Nosotros no somos un cuchillo que se cae, Todd —replicó Nick en tono adusto—. Estamos haciendo unos reajustes, pero vamos por buen camino.

—Nick, dentro de un par de días se celebrará la reunión trimestral de la junta, y quiero asegurarme de que la junta vea un plan exhaustivo destinado a resolver la situación. Me refiero a una consolidación de la planta, a vender terrenos, lo que sea. No quiero que pierdan la confianza en ti.

—¿Estás insinuando lo que creo que estás insinuando?

Todd esbozó una sonrisa victoriosa.

—¡Por supuesto que no, Nick! No me malinterpretes. Cuando adquirimos Stratton, no adquirimos sólo unas fábricas anticuadas en un villorrio de mala muerte, equipadas con material de 1954. Adquirimos un equipo. El cual te incluye a ti. Queremos que sigas al frente de la empresa. Pero también esperamos que cambies de mentalidad. Queremos que te pongas inmediatamente las pilas y emprendas una iniciativa para invertir la tendencia.

Scott asintió con expresión pensativa, mordiéndose el labio inferior y jugueteando con un mechón de pelo detrás de la oreja derecha.

—Te entiendo, y creo que tengo algunas ideas interesantes.

—Eso es lo que quería oír. Me refiero a que no hay motivo para que todos vuestros componentes se fabriquen en Estados Unidos cuando podéis adquirirlos a mitad de precio en China.

—En realidad —dijo Nick—, ya habíamos pensado en eso y lo habíamos descartado, porque…

—Creo que merece la pena que lo reconsideremos —terció Scott.

Nick le miró irritado.

—Sé que puedo contar con vosotros, colegas. ¿Quién quiere postre? Dejad que lo adivine… La moda en materia de postres que invadió Manhattan en 1998 ha llegado por fin a Fenwick. ¿La tarta de chocolate fundido?

Después de que se despidieran de Todd y le observaran alejarse en el sedán alquilado, Nick se volvió hacia Scott y le preguntó:

—¿De qué lado estás tú?

—¿A qué te refieres? Hay que tener al jefe contento.

—Tu jefe soy yo, Scott. No Todd Muldaur. Tenlo bien presente.

Scott dudó unos instantes, como si no supiera qué responder.

—¿Quién dice que haya que tomar partido? Todos navegamos en el mismo barco, Nick.

—Siempre hay que tomar partido —contestó Nick suavemente—. Dentro y fuera. ¿Estás conmigo?

—Por supuesto, Nick. Joder. Claro que estoy de tu parte. ¿Por quién me tomas?

25

Leon estaba mirando la televisión y bebiéndose una cerveza. Últimamente era casi lo único que hacía, cuando no dormía. Audrey miró a su marido, apalancado en el centro del sofá, vestido con un pantalón de pijama y una camiseta blanca que le quedaba estrecha y resaltaba su abultada tripa cervecera. Los quince o veinte kilos que había engordado durante el año anterior le habían echado diez años encima. Tiempo atrás Audrey le había considerado el hombre más trabajador que jamás había conocido, que no faltaba nunca al trabajo y nunca se quejaba. Ahora, tras haber perdido su empleo, se sentía perdido. Al quedarse sin trabajo, Leon se dedicaba a no dar golpe. No conocía el término medio.

Audrey se acercó al sofá y le besó. Leon no se había afeitado ni duchado. No volvió la cabeza para devolverle la caricia, sino que se limitó a aceptar su beso sin quitar los ojos del televisor. Al cabo de unos momentos, mientras Audrey seguía de pie ante él, con las manos apoyadas en las caderas y sonriendo, Leon dijo con su voz de whisky y tabaco:

—Hola, enanita. Llegas tarde.

Enanita: así llamaba Leon a Audrey cariñosamente desde que habían empezado a salir juntos. Leon medía más de un metro ochenta de estatura y Audrey apenas uno sesenta, y cuando iban juntos por la calle formaban una curiosa pareja.

—Te llamé y dejé un mensaje —dijo Audrey—. Supongo que estarías reunido.

Leon sabía que Audrey se refería a que debía de estar durmiendo. Así era como Audrey resolvía la nueva forma de vida de su marido. La idea de que Leon se quedara en casa mirando la televisión y durmiendo durante el día, cuando tenían que pagar una hipoteca, la enfurecía. Audrey sabía que no era razonable que se lo tomara así. El pobre hombre había sido despedido, y no había una empresa a centenares de kilómetros a la redonda que quisiera contratar a un técnico en revestimiento metalizado electroestático. No obstante, la mitad de la población había sido despedida, y muchas personas habían conseguido trabajo en el almacén de mercancías o envasando frutas y verduras en el mercado de abasto. El sueldo era irrisorio, pero era mejor que estar en el paro y desde luego mejor que pasarse el día tumbado en el sofá.

Leon no respondió. Tenía los ojos hundidos, la cabeza voluminosa, una complexión fornida y hasta hacía relativamente poco tiempo era considerado un hombre bien parecido. Ahora tenía un aspecto abatido, derrotado.

—¿Recibiste mi mensaje sobre la cena? —Audrey se refería a que quería que Leon preparara la cena. Nada complicado. Había unas hamburguesas congeladas que Leon podía descongelar en el microondas. Una bolsa de corazones de lechuga que podía lavar y preparar una ensalada. Lo que fuera. Pero Audrey no percibió ningún olor a comida y antes de que Leon contestara comprendió cuál sería su respuesta.

—Ya he cenado.

—Ah, vale.

Audrey le había dejado un mensaje sobre las cuatro de la tarde, al saber que llegaría tarde a casa, mucho antes de que Leon cenara. Audrey reprimió su irritación y se dirigió a la cocina. La pequeña encimera estaba tan atestada de platos sucios, vasos, tazas de café y botellas de cerveza, que no se veía la superficie de formica de color rosa con un dibujo de remolino. ¿Cómo era posible que una persona creara este desorden en un solo día?, se preguntó Audrey. ¿Por qué se negaba Leon a fregar y recoger los cacharros después de utilizarlos? ¿Acaso esperaba que Audrey trabajara para mantenerlo y además hiciera de esposa y ama de casa? En el cubo de basura de plástico había una caja vacía de Hungry Man y una bandeja de plástico con compartimentos manchada con salsa de tomate. Audrey se agachó y la tocó. La bandeja estaba aún caliente. Leon acababa de cenar. No haría ni una hora. Había tenido hambre y se había preparado la cena, sin molestarse en cocinar algo para

Audrey aunque ella se lo había pedido. O quizá precisamente porque se lo había pedido.

Audrey regresó a la sala de estar y se detuvo ante Leon, esperando captar su atención, pero Leon siguió contemplando el partido de béisbol. Audrey carraspeó. Nada.

—Leon, cariño —dijo Audrey—, ¿podemos hablar un momento?

—Claro.

—¿Quieres hacer el favor de mirarme?

Leon quitó por fin el sonido de la tele y se volvió hacia Audrey.

—Cariño, pensé que ibas a preparar la cena para los dos.

—No sabía a qué hora volverías.

—Pero yo te pedí… —Audrey se mordió el labio. No estaba dispuesta a decírselo. Esta vez no sería ella quien provocara una discusión—. Te pedí que prepararas la cena para los dos —concluyó, suavizando el tono.

—Supuse que cenarías cuando llegaras a casa, enanita. No quería que se te enfriara la comida.

Audrey asintió con la cabeza. Se conocía el argumento de memoria: «Pero nuestro pacto, nuestro acuerdo, era que tú prepararías la cena y limpiarías la casa, yo no puedo hacerlo todo». Y él contesta: «¿Por qué no puedes hacer lo que hacías antes? Antes bien que tenías tiempo para todo eso». Y ella insiste: «Necesito que me ayudes, Leon. Llego a casa rendida». Y él replica: «¿Cómo crees que me siento metido todo el día en casa como un inútil y un mierda? Al menos tú tienes un trabajo».

Esa actitud de culpabilidad había funcionado durante un tiempo. Pero Leon había llevado la cuestión más lejos, insistiendo en que cocinar y limpiar era cosa de mujeres, y por qué él tenía que ocuparse de esas faenas propias de mujeres, ¿sólo porque se había quedado sin trabajo? Y Audrey sentía ganas de gritar: «¿Cómo que un trabajo de mujeres? ¿Trabajo de mujeres? ¿Por qué es un trabajo de mujeres? ¿No podrías por lo menos lavar y recoger los cacharros que ensucias?». Y la discusión proseguía interminablemente, tediosa, monótona y absurda.

—De acuerdo —cedió Audrey.

Audrey trabajaba en seis casos, tres de ellos activos, uno de homicidio. Lo cierto era que no era posible concentrarse en más de un caso a la vez; esta noche le tocaba el caso de Andrew Stadler. Audrey depositó el archivo de acordeón sobre el sofá, junto a ella. Mientras Leo contemplaba a los Tigers y seguía bebiendo sin parar, Audrey examinó los expedientes. Le gustaba revisar los expedientes de los casos antes de acostarse. Tenía la teoría de que su inconsciente seguía trabajando en los detalles, hurgando en ellos, analizándolos con su ojo perspicaz, que durante el sueño veía las cosas con más claridad que cuando estaba despierta.

El hecho de que el cadáver de Andrew Stadler hubiera terminado en un contenedor de basura en el barrio periférico de Hastings desconcertaba a Audrey. Al igual que el crack falso. La esquizofrenia de Stadler tampoco le cuadraba. Estaba claro que tendría que hablar con el jefe de Stadler en Stratton y con el director de relaciones con los empleados para averiguar si Stadler había presentado síntomas de tomar drogas.

Audrey pensó en preguntar a Leon sobre Stratton, sobre el taller de prototipos, por si sabía algo al respecto. Quizá se había tropezado alguna vez con él en la fábrica, o conocía a alguien que le conocía. Audrey se volvió hacia Leon para preguntárselo, pero al observar su mirada vidriosa y su expresión derrotada, cambió de idea. De un tiempo a esta parte, cada vez que mencionaba la fábrica era como meter el dedo en la llaga. Era como recordarle que Audrey tenía un trabajo que le gustaba y que él estaba en el paro.

Audrey pensó que no merecía la pena herirle.

Cuando terminó el partido, Leon volvió a acostarse y Audrey le siguió. Mientras se lavaba los dientes y la cara, pensó en si debía ponerse su acostumbrada camiseta larga o un pijama. No habían hecho el amor desde hacía más de seis meses, y no porque ella no lo deseara. Leon no mostraba el menor interés. Pero Audrey lo necesitaba, quería recuperar la intimidad física de la pareja. De lo contrario...

Cuando se metió en la cama, Leon ya estaba roncando.

Audrey se acostó junto a él, apagó la lámpara de la mesilla y al poco rato se quedó dormida.

Audrey soñó con Tiffany Akins, que había agonizado en

sus brazos. La niña vestida con un pijama de Bob Esponja. La niña que podía haber sido su hija. Que podía haber sido ella misma. Audrey soñó con su padre, con el momento en que Cassie Stadler llamó a su padre «papá».

De pronto su sagaz inconsciente pulsó un resorte mental y Audrey abrió los ojos y se incorporó lentamente.

Todo estaba claro. Había una ausencia de pistas.

No sólo eran los restos de talco farmacéutico que habían hallado en las bolsas de plástico que envolvían el cadáver. Esto indicaba que el cadáver había sido transportado por alguien que llevaba unos guantes quirúrgicos, alguien que se había esmerado en no dejar huellas dactilares. Lo cual revelaba una cautela infrecuente en los casos de asesinato. La cuestión era que tampoco había ninguna sustancia sospechosa en el cadáver, ni fibras ni pequeños fragmentos como los que se suelen hallar en una víctima de asesinato. Incluso las suelas de los zapatos del cadáver, en las que siempre se encontraban restos de suciedad, habían sido cepilladas.

Audrey recordó también lo limpio que estaba el cuerpo antes de la autopsia. Recordó que el patólogo le había dicho: «Parece más un enfermo hospitalario que un delincuente».

Eso era lo que llamaba la atención. El cadáver había sido minuciosamente limpiado, como por un experto. Por alguien que sabía lo que la policía buscaría.

El cadáver de Andrew Stadler no había sido arrojado a un contenedor de basura por un traficante de heroína que había perdido los nervios. Había sido depositado cuidadosa, metódicamente en un contenedor de basura por alguien que sabía lo que hacía.

Audrey tardó un buen rato en conciliar de nuevo el sueño.

26

—Estos cereales saben a ramas de árboles —protestó Julia.

Nick no pudo evitar una carcajada. En la parte delantera de la caja había una fotografía de dos personas sonrientes, una niña asiática y un chico rubio de rasgos nórdicos. Pero seguro que no sonreían debido a los cereales.

—Pero te conviene comértelos —adujo Nick.

—¿Por qué tengo que desayunar siempre cereales tan sanos? Todos mis compañeros de clase comen lo que quieren para desayunar.

—No lo dudo.

—Paige come por las mañanas Froot Loops, Cap'n Crunch o Apple Jacks.

—Paige… —Normalmente, la respuesta paterna no se hacía esperar, como si Nick tuviera puesto el piloto automático, pero esta mañana le costaba hilvanar los pensamientos. Le preocupaba estar tomando somníferos durante tantos días seguidos. Temía acabar enganchado. Nick se preguntó si Julia, Lucas o Marta habrían oído algo hacía dos noches—. A Paige no le van bien los estudios porque no empieza el día con un desayuno sano.

A Nick le asombraban a veces las tonterías que decía en voz alta, la descarada propaganda. De niño había comido siempre lo que le apetecía para desayunar, alimentos repletos de azúcar como bollos y donuts, y no había tenido problemas en la escuela. En realidad no sabía si hoy en día todos los padres obligaban a sus hijos a comer un desayuno saludable o si sólo era cosa de Laura. En cualquier caso, Nick observaba la ley del desayuno saludable como si fuera la Constitución.

—Paige está en mi grupo de matemáticas —replicó Julia.

—Me alegro por ella. Me da lo mismo si come tarta de chocolate para desayunar.

Habían instalado el televisor temporalmente en esa esquina de la cocina. Estaban dando el programa *Today*, pero en esos momentos aparecía un anuncio local de Pajot Ford que a Nick siempre le irritaba. John Pajot, el propietario, era también el protagonista del *spot* —a fin de cuentas, como pagaba los anuncios podía protagonizarlos si lo deseaba—, y siempre aparecía luciendo un atuendo de cazador y haciendo juegos de palabras como «dar en el blanco» y «no errar el tiro».

—¿Dónde está tu hermano? —preguntó Nick.

Julia se encogió de hombros y miró con gesto displicente los cereales. Lo cierto era que parecían fragmentos de ramas recogidos en el suelo del bosque.

—Probablemente aún está durmiendo.

—De acuerdo, cómete el yogur.

—Es que no me gustan los yogures que tenemos. No me gusta su sabor.

—Pues es lo que hay. Tú decides: el yogur o… las ramitas.

—A mí me gustan con sabor a fresa.

—Le pediré a Marta que compre más yogures con sabor a fresa. Pero de momento tenemos de vainilla. Están muy ricos.

Marta estaba haciendo la colada. Nick se dijo que debía acordarse de pedirle que añadiera yogures de fresa a su lista de la compra. Y unos cereales saludables que no supieran a ramas.

—No es verdad. Es porque son orgánicos. La vainilla tiene un sabor raro.

—O eso o un quesito.

Julia emitió un prolongado suspiro de decepción.

—Un quesito —protestó malhumorada.

En ese momento dieron las noticias locales, y el presentador, un tipo de rostro delgado y acicalado, con el cabello negro como el betún, dijo algo sobre que habían hallado un cadáver «salvajemente asesinado».

—¿Dónde está el mando a distancia? —preguntó Nick.

Cuando Julia andaba cerca, su padre solía apagar el sonido cuando daban noticias sobre asesinatos, crímenes macabros o abusos a menores. Julia tomó el mando que estaba entre el cartón de leche orgánica desnatada y el azucarero, y se lo entregó a su padre. Nick se apresuró a tomarlo y trató de localizar el botoncito de «mute» —¿por qué no los hacían más grandes y de un color distinto?—, pero cuando iba a pulsarlo, apareció una imagen en la pantalla. Una fotografía de un rostro que le resultaba horriblemente conocido, y las palabras ANDREW STADLER. Nick se quedó helado, sintiendo que el corazón le latía violentamente.

Oyó decir: «En un contenedor de basura situado detrás del restaurante Lucky's, en Hastings Street».

Oyó decir: «Treinta y seis años en la compañía Stratton hasta que fue despedido en marzo».

—¿Qué ocurre, papá? —preguntó Julia.

Nick oyó algo sobre el funeral.

—¿Qué? Ah, nada. Uno de nuestros empleados de Stratton ha muerto, cariño. Venga, ve a por el quesito.

—¿Era viejo? —preguntó la niña, levantándose.

—Sí —contestó Nick—. Muy viejo.

Marge ya estaba sentada a su mesa cuando Nick llegó al despacho, bebiendo café de una taza Stratton y leyendo una novel de Jane Austen. La secretaria se apresuró a cerrar el libro con gesto de disculpa.

—Buenos días —dijo—. Lo siento, confiaba en poder terminarlo antes de asistir esta noche a la reunión de mi grupo de lectura.

—Por mí puedes seguir leyéndolo.

Nick vio sobre su mesa, junto al teclado del ordenador, un ejemplar del *Fenwick Free Press.* Los titulares de portada decían: «Un antiguo empleado de Stratton, probable víctima de un asesinato». Marjorie debió de dejarlo allí doblado de forma que el artículo sobre Stadler quedara bien visible.

Nick no se había molestado en ojear el periódico esa mañana antes de salir de casa; había tenido demasiadas cosas que hacer. En vista de que Luke no se había levantado, Nick había ido a su habitación para despertarlo. Desde debajo del montón de mantas y la sábana, Luke le había dicho que tenía una hora de estudio antes de las clases y que había decidido quedarse a dormir. En lugar de discutir, Nick había cerrado la puerta de la habitación de su hijo.

Tomó el periódico y leyó el artículo detenidamente. De nuevo sintió que el corazón le latía con fuerza. El artículo no contenía muchos detalles: «... un cadáver hallado en un contenedor de basura detrás de un restaurante en Hastings Street». No decía nada sobre el hecho de que estuviera envuelto en unas bolsas de plástico; Nick se preguntó si Eddie habría retirado, por algún motivo, las bolsas de basura. «Al parecer había recibido varios disparos», pero no precisaba en qué parte del cuerpo. Sin duda, la policía no había informado al periódico de todos los pormenores del caso. Pese al sobresalto que se había llevado Nick al leer la noticia, curiosamente le tranquilizó. Los detalles formaban un convincente retrato de un hombre en el paro que había sido asesinado en los barrios bajos de la ciudad, probablemente por estar involucrado en algún delito urbano. Había una foto de Stadler tomada unos veinte años antes: las mismas gafas, los mismos labios finos. La lectura del artículo llevaba a pensar con tristeza que la pérdida de su trabajo había conducido a ese hombre con trastornos del comportamiento a caer en el mundo de las drogas o el crimen, justo antes de pasar a la página de los deportes.

Nick sintió que se le humedecían los ojos. Éste es el hombre que he matado. Un hombre que había dejado un hijo —«una hija, Cassie, de veintinueve años, de Chicago»—, y una ex esposa que había muerto hacía cuatro años. Un hombre modesto, que llevaba una vida tranquila y había trabajado en Stratton durante toda su vida adulta.

De pronto Nick se percató de que Marge había entrado y le miraba preocupada. Le había dicho algo.

—Perdona, ¿qué has dicho?

—He dicho que es triste.

—Muy triste —convino Nick.

—El funeral es esta tarde. Tienes una teleconferencia con ventas, pero puedo aplazarla.

Nick asintió en silencio, tomando nota de lo que decía Marjorie. Nick solía asistir a los funerales de todos los empleados de Stratton, al igual que había hecho el viejo Devries. Era una tradición, un deber ceremonial del director general de la compañía.

Nick tenía que asistir al funeral de Andrew Stadler. No le quedaba más remedio.

27

—No me estás ayudando —dijo Audrey.

Bert Koopmans, el técnico que analizaba las pruebas, se volvió de espaldas a la pila donde se estaba lavando las manos. Al volver la cabeza para mirarla, Audrey pensó que guardaba cierto parecido con un pájaro. Era un hombre alto y flaco, con unos ojillos hundidos que mostraban siempre una expresión de asombro.

—No estoy obligado a hacerlo —replicó en tono seco pero no desagradable—. ¿Cuál es el problema?

Audrey dudó unos instantes.

—En definitiva, no has encontrado nada en el cadáver.

—¿De qué cadáver estamos hablando?

—De Stadler.

—¿Quién?

—El hombre que hallaron en el contenedor de basura. En Hastings.

—El burrito.

—El burrito.

Koopmans se permitió esbozar una breve sonrisa.

—Sabes tanto como yo.

—¿No te chocó que el cadáver estuviera tan limpio?

—¿Limpio? ¿Te refieres a la higiene? Tenía las uñas muy sucias.

—No quiero decir eso, Bert. —Tras reflexionar unos momentos, Audrey prosiguió—: Supongo que en el informe consta que tenía ese material debajo de las uñas.

—No, se me escapó ese detalle —respondió Bert, mirándola con expresión de enojo—. ¿Olvidas con quién estás hablando? ¿O lo confundes con uno de los casos de Wayne?

No todos los técnicos eran tan meticulosos y hasta obsesivos como Koopmans. Éste se acercó a un archivador de color negro, lo abrió y extrajo una carpeta. Leyó una hoja en voz alta:

—«Vello púbico, cabellos, uñas de la mano izquierda, uñas de la mano derecha. Fibras del zapato izquierdo, fibras del zapato derecho. Una sustancia no identificada debajo de las uñas de la mano derecha, una sustancia no identificada debajo de las uñas de la mano izquierda.» ¿Quieres que siga?

—No, gracias. ¿Qué era esa sustancia no identificada?

Bert le dirigió otra mirada de irritación.

—Si lo supiera, no la describiría como una sustancia no identificada.

—¿Estamos hablando de piel, sangre o suciedad?

—Conseguirás hacerme perder la paciencia, inspectora. La piel y la sangre son sustancias que he visto en numerosas ocasiones, te lo aseguro.

—También habrás visto suciedad.

Koopmans encogió los hombros.

—Pero la suciedad no es suciedad. Es... yo que sé. Puede ser cualquier cosa. Tomé nota de que tenía un tono verdoso.

—¿Pintura verde? Si Stadler arañó el muro de una casa, quizá...

—De haber sido pintura lo habría identificado. —Koopmans entregó a Audrey la hoja de ruta.

—Ten. ¿Por qué no te pasas por el depósito de pruebas y les pides que te lo den? Le echaremos un vistazo.

El hombre que dirigía el depósito de pruebas era el típico empleado cumplidor. Se llamaba Arthur, aunque no recordaba el apellido, y era un hombre blanco, fofo, que lucía un bigote de cepillo y una bata. Audrey pulsó el timbre y el hombre tardó unos minutos en acercarse a la ventanilla. Audrey le entregó la copia de color rosa del recibo del depósito de pruebas, explicando que sólo quería el objeto número quince. Todas las pruebas —los cabellos, el vello púbico y los dos frasquitos de sangre— se conservaban en un enorme frigorífico. Arthur regresó al cabo de unos minutos con expresión de infinito aburrimiento. Mientras llevaba a cabo el ritual de examinar el código de barras en el sobre que contenía las pruebas y decía «Fragmentos de uñas de la autopsia», y a continuación el código de barras en el gráfico que colgaba en la pared para captar el nombre y el número de Audrey, ésta oyó la voz de Roy Bugbee.

—Parece el caso Stadler —dijo Bugbee.

Audrey asintió con la cabeza.

—¿Estás trabajando en el caso de Jamal Wilson?

Bugbee hizo caso omiso de la pregunta. Cuando el jefe del depósito de pruebas deslizó el sobre debajo de la ventanilla, Bugbee se apoderó de él antes de que lo hiciera Audrey.

—Fragmentos de uñas, ¿eh?

—Voy a llevar otras pruebas recogidas en el escenario del crimen al IBO.

—¿Por qué tengo la extraña sensación de que no avanzamos juntos en este caso, Audrey?

—Hay muchas cosas en las que te agradecería que me ayudaras —respondió Audrey un poco turbada.

—De acuerdo —dijo Bugbee—. ¿Te diriges ahora al IBO?

Koopmans, que se mostró sorprendido al ver a Roy Bugbee, colocó dos hojas de papel de escribir sobre el mostrador en la habitación larga y estrecha del laboratorio donde se encargaban de buscar huellas dactilares. Rajó el extremo inferior de cada sobre con un cuchillo desechable y vertió el contenido sobre el papel.

—Como te dije, unos restos verdosos —dijo Koopmans. Él y Audrey llevaban unas máscaras quirúrgicas para que su aliento no incidiera sobre el material que examinaban. Bugbee no se la había puesto.

—¿No sería mejor analizarlo bajo un microscopio binocular?

—Como quieras. Pero ya lo he hecho, y no he visto nada más que lo que hay. —Koopmans removió el montoncito con un bastoncito de madera—. Arena, un polvillo verde, fragmentos de algo que parecen unas bolitas... Si quieres, puedes llevarlo al laboratorio estatal, pero te dirán lo mismo que yo. Y tardarán seis semanas en decírtelo.

—Joder —dijo Bugbee—, para eso no se necesita un microscopio.

—¿Ah, no? —replicó Koopmans, dirigiendo a Audrey una mirada cargada de significado.

—Está claro que no tienes césped —dijo Bugbee—. Son hidrosemillas.

—Hidrosemillas —repitió Koopmans.

—¿Qué es? —inquirió Audrey

—Semillas de hierba, papel de periódico reciclado y otras porquerías que emplean para sembrar un césped nuevo. Yo lo odio, está lleno de semillas de malas hierbas. Yo lo llamo «hidrohierbajos».

—Pero es verde —comentó Audrey.

—Es por el tinte —explicó Koopmans—. Y las bolitas son el compost. —El técnico se rascó el mentón con el pulgar y el índice.

—Ya viste la casa de Stadler —dijo Audrey—. No vi ni rastro de hidrosemillas, ¿y tú?

—No —contestó Bugbee con aire de superioridad—. El césped estaba en un estado lamentable, lleno de hierbajos. Uno se fija en esas cosas.

—Siempre que esté obsesionado con el césped —replicó Koopmans—. ¿No es posible que ese tipo trabajara de jardinero para redondear sus ingresos?

—No —contestó Audrey—. Ni siquiera pudo conservar su empleo en Stratton. No; sospecho que este material que tenía Stadler debajo de las uñas procede del lugar donde estuvo. Quizá la noche misma en que lo mataron.

28

El cementerio de Mount Pleasent no era el más grande del municipio de Fenwick, ni estaba especialmente bien cuidado. Estaba situado sobre un elevado peñasco que se erigía junto a una autovía de mucho tránsito y ofrecía un aspecto desolado, incluso para tratarse de un cementerio. Era la primera vez que Nick lo visitaba. Odiaba los cementerios y procuraba evitarlos a toda costa. Cuando tenía que ir a un funeral, acudía tan sólo a la iglesia o al tanatorio. Desde la muerte de Laura, aún le resultaba más penoso asistir a entierros.

Nick había llegado tarde. No había estado presente en la misa oficiada en la funeraria, pues no había podido aplazar una importante teleconferencia con los consejeros delegados de Steelcase y Herman Miller para hablar sobre una iniciativa para presionar al Congreso con el fin de que retirara una estúpida ley que iban a promulgar.

Nick aparcó su Suburban junto a la acera, cerca de donde se estaba celebrando una ceremonia. Había un reducido grupo de personas vestidas de luto, en total una docena. Había un sacerdote, una mujer negra, una pareja de edad avanzada, cinco o seis individuos que quizá habían trabajado con Stadler y una atractiva joven que Nick dedujo que era la hija de Stadler. Era una mujer menuda, con los ojos grandes y el cabello corto y peinado al estilo punky. El periódico decía que tenía veintinueve años y vivía en Chicago.

Nick se aproximó discretamente y oyó las palabras del sacerdote, situado junto al ataúd.

—Bendice esta sepultura para que el cuerpo de nuestro hermano Andrew descanse en ella hasta que Tú le despiertes para mostrarle tu gloria, cuando te verá cara a cara y conocerá el esplendor del Dios eterno que vive y reina, ahora y siempre.

El estruendo del tráfico ahogaba partes de su discurso.

Algunos de los asistentes se volvieron para mirar a Nick. Los empleados de Stratton lo reconocieron y lo observaron unos instantes más que los otros. Nick creyó ver en ellos una expresión de sorpresa, quizá de indignación, aunque no estaba seguro. La bonita hija de Stadler parecía aturdida, como un animalito deslumbrado por los faros de un coche. Junto a ella había una mujer negra, también bastante atractiva. Ésta miró a Nick fijamente al tiempo que unos gruesos lagrimones rodaban por sus mejillas. Nick se preguntó quién sería. No había muchas personas negras en la ciudad.

Nick no estaba preparado para contemplar el ataúd de caoba pulido, colocado sobre el artilugio que había de depositarlo en la fosa. Nick recordaba haberlo visto en el entierro de Laura, oculto detrás de una cortina de terciopelo verde. Paradójicamente le causó un impacto más brutal la vista del elevado y redondeado ataúd de caoba que el cadáver de Andrew Stadler postrado sobre el césped de su casa. Era más definitivo, más real. Ese hombre tenía una familia —en todo caso una hija— y amigos. Por más que hubiera sido un esquizofrénico peligroso que no se medicaba, era el padre de alguien. De esa hermosa mujer con el pelo de punta y un cutis de porcelana. Nick no pudo contener las lágrimas. Se sentía avergonzado.

La mujer negra le miró otra vez. ¿Quién era?

Los empleados de Stratton le observaron de nuevo, sin duda percatándose de sus lágrimas e indignados ante tanta hipocresía. Seguro que pensaban: Nick *el Verdugo* llorando junto a la sepultura de un hombre al que ha despedido.

Cuando la ceremonia concluyó y el ataúd fue depositado suave y silenciosamente en la fosa, los asistentes empezaron a arrojar puñados de tierra y flores sobre el ataúd. Algunos abrazaron a la hija, sosteniendo su mano y murmurando sus condolencias. Cuando Nick creyó que era el momento apropiado, se acercó a ella.

—Soy Nick Conover, señorita Stadler, el…

—Sé quien es usted —respondió la mujer fríamente. En el lado derecho de la nariz lucía un brillantito, un destello de luz.

—No conocía a su padre personalmente, pero deseaba decirle lo mucho que lamento su muerte. Era un empleado muy apreciado en nuestra compañía.

—Tan apreciado que le despidieron —replicó la mujer en tono sosegado pero con evidente amargura.

—Ha sido una época difícil para todos nosotros. Muchas personas valiosas han perdido sus empleos.

La mujer suspiró como si no mereciera la pena seguir hablando del tema.

—Sí, ya, todo empezó a venirse abajo cuando echaron a mi padre.

Nick se había pertrechado contra la ira, debido a la frecuencia con que se topaba con antiguos empleados de Stratton, pero no estaba preparado para encajar eso allí, en un cementerio, por parte de una mujer que acababa de enterrar a su padre.

—Para él fue un infierno.

Nick se percató de que la mujer negra observaba la conversación con curiosidad, aunque estaba un tanto alejada y posiblemente no oyera lo que decían.

La hija de Stadler sonrió con tristeza.

—Para expresarlo sin rodeos, señor Conover, por lo que a mí respecta, usted mató a mi padre.

29

LaTonya, la hermana mayor de Leon, era una mujer muy gruesa que tenía un aire imperioso, de opiniones inamovibles, aunque probablemente se debía a haber tenido que criar a seis hijos. A Audrey le caía bien, pues era diametralmente opuesta a Audrey: descarada en lugar de respetuosa como Audrey, malhablada en lugar de educada como Audrey, terca en lugar de dócil como Audrey. Aunque la relación con Leon pasara por un bache, esto no había afectado la amistad entre ambas mujeres. Los lazos familiares eran más fuertes. En cualquier caso, todo indicaba que LaTonya no sentía mucho respeto por su hermano menor.

Audrey hacía a menudo de canguro de los tres pequeños Saunders. En general le gustaba hacerlo. Eran unos críos muy buenos, una niña de doce años y dos chicos, de nueve y once años. Era indudable que se pasaban con ella, que se aprovechan del buen carácter de su tía, que cometían todo tipo de trastadas que su madre, mucho más severa, no les habría tolerado. Audrey también era consciente de que LaTonya se aprovechaba de ella, pidiéndole con excesiva frecuencia que cuidara de sus hijos, porque LaTonya sabía lo que nunca se mencionaba en voz alta, que lo único que Audrey no podría tener nunca era hijos.

Esta noche LaTonya llegó a casa una hora más tarde de lo previsto. Asistía a un cursillo dirigido a estimular la motivación en el Days Inn de Winsted Avenue, para aprender a montar un negocio en casa. Su marido, Paul, era el encargado del departamento de reparaciones en un concesionario de GMC, y por regla general no llegaba a casa hasta las ocho de la noche. Pero a Audrey no le importó. Había cumplido un turno más largo de lo habitual, pues había tenido que asistir al funeral de Andrew Stadler, y lo cierto era que prefería pasar unas horas con sus sobrinos que estar en casa con Leon. O pensando en la pobre Cassie Stadler. De vez en cuando era necesario tomarse un respiro.

LaTonya acarreaba una gigantesca caja de cartón llena de botellas de plástico blancas. Su orondo rostro estaba perlado de sudor.

—Esto —declaró cuando la puerta de rejilla se cerró tras ella de un portazo—, nos liberará de nuestras deudas.

—¿Qué es eso? —preguntó Audrey. Camille estaba practicando el piano en el cuarto de estar y los dos chicos miraban la televisión.

—Eh, pero ¿esto qué es? ¿Qué diablos estáis haciendo? —gritó LaTonya a sus hijos después de dejar la caja sobre la mesa de la cocina—. Aunque vuestra tía Audrey os deje hacer lo que se os antoja, en esta casa existe una regla sobre la televisión. Apagad ese chisme y directos a hacer los deberes. ¡Ahora mismo!

—¡Audrey ha dicho que podíamos verla! —protestó Thomas, el hijo menor. Matthew, lo suficientemente experimentado para saber que con su madre no cabían discusiones, se escabulló escaleras arriba.

—¡Me importa un pito lo que diga Audrey, ya conocéis la regla! —bramó LaTonya. Luego se dirigió a Audrey suavizando el tono—: Son unos suplementos para perder peso. Dentro de un par de años, no tendré que depender del sueldo de Paul. Que tampoco es que sea gran cosa, dicho sea de paso.

—¿Unos suplementos para perder peso?

—Termogénicos —dijo LaTonya. Era evidente que acababa de aprenderse la palabreja de marras—. Queman las grasas y estimulan el metabolismo. También bloquean los hidratos de carbono. Y son completamente naturales.

—Hermana, ten cuidado con esos negocios raros para ganar dinero en casa —dijo Audrey. Curiosamente, cuando estaba con LaTonya se expresaba como los negros, incluso modificaba su entonación. Audrey sabía muy bien que LaTonya la consideraba una engreída.

—¿Por qué he de tener cuidado? —replicó LaTonya—. Estamos hablando de una industria que fomenta la salud. Dentro de cinco años se habrá convertido en una industria de un billón de dólares, y yo voy a montarme en ese ascensor en la planta baja. —LaTonya abrió una caja por estrenar de galletitas saladas Ritz y se la ofreció a Audrey, que la rechazó con un gesto de la cabeza. LaTonya abrió una de las bolsas de galletitas y cogió un puñado.

—LaTonya, ¿puedo hablar contigo un momento?

—¿Humm? —respondió LaTonya con la boca llena de galletitas.

—Se trata de la forma en que les hablas a tus hijos. El lenguaje que empleas. No creo que los niños debieran oír ese lenguaje, y menos de su madre.

LaTonya miró a Audrey indignada. Apoyó las manos en las caderas, masticó, tragó y dijo:

—Audrey, guapa, te quiero mucho, pero son mis hijos, ¿vale? No son tuyos. Son míos.

—Pero es que... —contestó Audrey, arrepintiéndose de haber abierto la boca y deseando poder desdecirse.

—Mira, nena, esos cabroncetes respetan a las personas que utilizan un lenguaje contundente. Si tuvieras hijos, lo sabrías. —Al observar la expresión dolida en el rostro de Audrey, LaTonya se apresuró a añadir—: Lo siento, se me ha escapado.

—No importa —respondió Audrey, meneando la cabeza—. En realidad no tengo por qué meterme.

—Esto es lo que necesitas —dijo LaTonya, sosteniendo una de las voluminosas botellas de plástico blancas.

—¿Yo necesito eso?

—Para el gandul y sinvergüenza de tu marido. Mi hermano. Lo mínimo que puede hacer mientras se está todo el día sentado en casa es tomar estos suplementos termogénicos. Veinticuatro dólares con noventa y cinco centavos. No es un precio exagerado. Venga, te descontaré mi comisión. Dieciséis dólares con cincuenta centavos. No te quejarás.

30

A Audrey no le caía bien el director de seguridad de la compañía Stratton, un ex policía llamado Edward Rinaldi. De entrada, Rinaldi se había mostrado reacio a conocerla, lo cual había extrañado a Audrey. A fin de cuentas, Audrey estaba investigando el asesinato de un empleado de Stratton. ¿Tan apretada tenía ese hombre la agenda? Por teléfono, después de que Audrey le dijera lo que quería, Rinaldi había aducido que estaba «colapsado» de trabajo.

Aparte estaba lo de su reputación, que dejaba bastante que desear. Audrey siempre hacía sus deberes, como es lógico, y antes de presentarse en las oficinas de Stratton había hecho unas llamadas, dando por supuesto que el director de seguridad de la empresa más importante de la ciudad sería conocido al menos por la unidad uniformada de policía. Audrey averiguó que Rinaldi era un chico de la localidad, que había estudiado en el instituto con Nicholas Conover, el director general de Stratton. Que se había incorporado al cuerpo de policía de Grand Rapids. Sus tratos con la policía de Fenwick se limitaban a casos de hurtos y vandalismo en Stratton.

—Ese tío no habría hecho carrera aquí —había dicho a Audrey un veterano policía de patrulla llamado Vogel—. Le habríamos echado a patadas.

—¿Por qué?

—Se cree muy listo. Sigue sus propias reglas, ¿comprende?

—Pues no, la verdad.

—No me gusta chismorrear. Pregunte en Grand Rapids.

—Lo haré, pero deduzco que lo conoce personalmente.

—Nos estuvo dando la lata a raíz de un episodio de vandalismo que se había producido en casa del director general de

Stratton. Parecía como si nosotros tuviéramos la culpa, y no un empleado al que habían despedido.

—Explíquese.

—Quería averiguar si ese empleado tenía antecedentes penales.

—¿Quién?

Vogel miró a Audrey sorprendido.

—Pues el individuo del caso que investiga usted. Ese tal Stadler, ¿no me ha llamado por eso?

De pronto el personaje de Edward Rinaldi cobró mayor interés. Cuando Audrey llamó a Grand Rapids, le costó más dar con alguien dispuesto a hablar sobre Edward Rinaldi, hasta que un ayudante del comisario llamado Pettigrew le confesó que no le echaban de menos.

—Digamos que vivía muy bien —dijo cautelosamente el ayudante del comisario.

—¿A qué se refiere?

—A que sus ingresos no provenían única y exclusivamente de su sueldo.

—¿Estamos hablando de sobornos?

—Es posible, pero no me refería a eso. Sólo digo que no todas las incautaciones de drogas llegaban al depósito de pruebas.

—¿Rinaldi consumía drogas?

El ayudante del comisario emitió una breve carcajada.

—No, que yo sepa. Parecía más interesado en las cajas de zapatos llenas de dinero. Pero fue expulsado sin que se emprendiera formalmente una investigación de Asuntos Internos, de modo que son simples habladurías.

Eso bastó para que Audrey recelara de Rinaldi.

Pero ante todo no le gustó su talante, sus respuestas evasivas, el hecho de que no apartara los ojos, las sonrisas rápidas que no venían a cuento, la intensidad de su mirada. Había algo vulgar y sospechoso en ese hombre.

—¿Dónde está su compañero? —le preguntó Rinaldi después de que conversaran unos minutos—. ¿No trabajan ustedes siempre en equipo?

—Muchas veces. —Rinaldi y Bugbee se habrían caído estupendamente, pensó Audrey. Ambos estaban cortados por el mismo patrón.

—¿Es usted la inspectora Rhimes? ¿Se escribe como LeAnn Rimes?

—Con hache —respondió Audrey—. ¿Andrew Stadler asaltó la casa de su director general, señor Rinaldi? —preguntó Audrey sin andarse por las ramas.

Rinaldi desvió la vista rápidamente, escrutando el techo como si se devanara los sesos en busca de una respuesta y frunciendo el ceño.

—Eso es algo que ignoro, inspectora.

—Usted quería averiguar si ese hombre tenía antecedentes penales, señor Rinaldi. Debía de sospechar de él.

Rinaldi miró a Audrey a la cara.

—Procuro cumplir con mi obligación. Investigo todas las posibilidades. Al igual que usted.

—Lo siento, no le entiendo. ¿Sospechaba usted de Stadler o no?

—Mire, inspectora. Si alguien asalta la casa de mi jefe de un modo retorcido y macabro, lo primero que hago es investigar a la gente que ha sido despedida de la empresa. Compruebo si alguien profirió amenazas durante las entrevistas relacionadas con la reestructuración de plantilla y esas cosas. Si descubro que un tipo que ha sido despedido tiene un historial de trastornos mentales, lo investigo más a fondo. ¿Comprende?

—Desde luego. ¿Y qué averiguó cuando lo investigó más a fondo?

—¿Quiere saber lo que averigüé?

—Eso es. ¿Profirió Stadler alguna amenaza durante la entrevista referente a la reestructuración de plantilla?

—No me sorprendería que lo hubiera hecho. Es normal. En esos casos la gente suele perder el control.

—Según su jefe del taller de prototipos, el hombre que le entrevistó para comentarle lo de la reestructuración de plantilla junto con alguien de Recursos Humanos, la cosa no fue así. Dijo que Stadler decidió marcharse, pero no se mostró violento.

Rinaldi soltó una carcajada.

—¿Pretende tenderme una trampa, inspectora? Olvídelo. Ése no hacía más que entrar y salir del manicomio.

—Según parece padecía esquizofrenia, ¿no es así?

—¿Qué quiere de mí? Si quiere saber si ese Stadler es el psicópata que asaltó la casa de mi jefe y mató a su perro, no tengo ni la más remota idea.

—¿Habló usted con él?

—No —contestó Rinaldi, haciendo un gesto ambiguo con la mano.

—¿Pidió a la policía que le investigaran?

—¿Para qué? ¿Para perjudicar a ese desgraciado?

—Acaba de decir que no le sorprendería que hubiera proferido amenazas durante las entrevistas sobre la reestructuración de plantilla.

Rinaldi volvió su silla y fijó la vista en el monitor de su ordenador con los ojos entrecerrados.

—¿Quién es el jefe de Casos Prioritarios? ¿Noyce?

—Exacto, el oficial Noyce.

—Salúdele de mi parte. Es un buen hombre. Un buen policía.

—Lo haré —respondió Audrey. ¿La estaba amenazando Rinaldi con echar mano de sus influencias? No le daría resultado, pensó Audrey. El oficial Noyce apenas le conocía. Audrey había preguntado a su jefe sobre Rinaldi—. Pero en cuanto a mi pregunta, señor Rinaldi… ¿No llegó a hablar con Stadler? ¿No le consideró un posible sospechoso del incidente ocurrido en casa del señor Conover?

Rinaldi negó de nuevo con la cabeza, frunciendo el ceño con expresión pensativa.

—No tenía motivos para sospechar de él —respondió en tono razonable.

—De modo que respecto a lo que ocurrió en casa del señor Conover, la situación no se ha resuelto, ¿no es así?

—Dígamelo usted a mí. La policía de Fenwick no se muestra muy optimista sobre las posibilidades de resolverlo.

—¿Conocía usted a Andrew Stadler o habló alguna vez con él?

—No.

—¿Ni el señor Conover? ¿Conocía a Stadler o habló alguna vez con él?

—Lo dudo. El director general de una compañía de esta envergadura no suele tratar en persona a la mayoría de sus empleados, salvo durante las reuniones de grupo.

—Entonces fue muy amable por su parte asistir al funeral del señor Stadler.

—¿Asistió a su funeral? Muy propio de Nick.

—¿A qué se refiere?

—Es muy considerado con sus empleados. Probablemente asiste a todos los funerales de los trabajadores de Stratton. En una ciudad como ésta, Nick es un personaje público. Forma parte de su trabajo.

—Comprendo. —Audrey reflexionó unos instantes—. Pero supongo que mencionaría usted al señor Conover los nombres de algunos empleados que habían sido despedidos, para comprobar si alguno le resultaba conocido.

—No suelo molestarle con esos detalles, inspectora. A menos que yo tenga una información que pueda serle útil. Dejo que Nick haga su trabajo y yo cumplo con el mío. Me gustaría poder ayudarla. Ese hombre trabajó en Stratton durante unos treinta y cinco años. Me apena que un empleado leal como él haya acabado de esta forma.

31

—Hola —dijo Scott, apareciendo por detrás del panel que dividía el despacho de Marge del de Nick junto a la mesa de éste—. ¿Quieres leer algo interesante? Los informes para la junta están listos.

Nick alzó la vista de la pantalla de su ordenador. Estaba comunicándose por correo electrónico con su asesora jurídica, Stephanie Alstrom, a propósito de una tediosa e interminable batalla con la Agencia de Protección Medioambiental sobre las emisiones de unas sustancias orgánicas volátiles en un adhesivo utilizado en la fabricación de una de las sillas Stratton, que de todas formas ya habían dejado de fabricar.

—¿Ficción o no ficción? —preguntó Nick.

—Por desgracia, no ficción. Lamento haberme retrasado, pero he tenido que modificar todos los números como tu querías.

—Y yo lamento ser tan poco razonable —contestó Nick sarcásticamente—. Pero lo que está en juego es mi cabeza.

—Muldaur y Eilers llegarán al Grand Fenwick esta tarde —dijo Scott—. Les dije que les llevaría los informes para la junta antes de cenar para que les echaran un vistazo. Ya conoces a esos tipos: en cuanto te vean te harán un montón de preguntas. Conviene que estés preparado para enfrentarte a ellos.

La junta de directores siempre cenaba en la ciudad la víspera de su reunión trimestral. Dorothy Devries, la hija del fundador y único miembro de la familia Devries que formaba parte de la junta, solía invitarles a cenar en el Club de Campo de Fenwick, que era más o menos de su propiedad. Siempre era una ocasión un tanto formal e incómoda, durante la cual no se realizaba abiertamente ninguna transacción comercial.

—Lo siento, Scott, pero esta noche no podré asistir. —Nick se levantó, hecho polvo debido a su monumental jaqueca.

—No hablarás en serio.

—Esta noche los alumnos de cuarto ofrecen su función anual en la escuela. Van a representar *El mago de Oz*, y Julia tiene un papel importante. No puedo faltar.

—Estarás de broma, ¿no? ¿La función de los alumnos de cuarto?

—El año pasado me perdí la función escolar de la clase de Julia, aparte de la exposición de dibujos y prácticamente todas las reuniones de la escuela. No puedo dejar de asistir también a esto.

—¿No puedes pedir a alguien que la grabe en vídeo?

—¿Que la grabe en vídeo? ¿Qué clase de padre eres?

—Un padre ausente y orgulloso de serlo. Mis hijos me respetan más por ser distante e inaccesible.

—Ya me lo contarás cuando visiten al psicoanalista. En cualquier caso, sabes tan bien como yo que en esas cenas no se concreta nada.

—Eso se llama *schmoozing*, una palabra yiddish que significa salvar tu puesto de trabajo.

—¿Van a despedirme porque no ceno con ellos? En ese caso, Scott, es que buscaban una excusa para echarme.

Scott meneó la cabeza.

—De acuerdo —dijo, fijando la vista en el suelo—. Tú eres el jefe. Pero en mi opinión…

—Gracias, Scott, pero no te lo he preguntado.

32

Audrey estaba sentada a su mesa, contemplando su pequeña colección de fotografías, tras lo cual llamó al laboratorio de investigación criminal de la policía del estado de Michigan en Grand Rapids.

El día anterior Audrey había realizado el trayecto en coche de casi dos horas a Grand Rapids para entregar las balas, metidas en el pequeño sobre de pruebas de color marrón, a un joven técnico del laboratorio de investigación criminal, un joven imberbe. El agente Halverson se había mostrado educado y competente. Había preguntado a Audrey si habían encontrado algunos casquillos vacíos, por si a ésta se le hubieran olvidado. Audrey le había dicho que no habían hallado ninguno, casi disculpándose ante el joven. Audrey le había preguntado cuánto tardarían en analizar las pruebas, y Halverson había respondido que no daban abasto, que andaban escasos de personal, que llevaban un retraso de tres o cuatro meses. Por fortuna, el oficial Noyce conocía a uno de los Ramp Rangers, que así era como se llamaban los policías de Michigan que patrullaban las carreteras, y cuando Audrey se lo había recordado —sutil y delicadamente—, el agente Halverson le había asegurado que procuraría ponerse enseguida a trabajar en el tema.

Por teléfono, el agente Halverson daba la sensación de ser aún más joven. No recordaba el nombre de Audrey, pero cuando ella le leyó el número de archivo del laboratorio, Halverson lo comprobó en el ordenador.

—Sí, inspectora —dijo Halverson tentativamente—. Veamos. Bien, las balas son del 38, blindadas, como usted dijo. En cuanto al estriado, el resultado del análisis arroja seis a la izquierda. ¿Seguro que no encontraron ningún casquillo?

—El cadáver fue arrojado a un contenedor de basura. Así que, como ya le dije, lamentablemente no hallamos ninguno.

—Si hubieran hallado algún casquillo, conseguiríamos más datos —insistió Halverson. Se expresaba como si la policía de Fenwick se negara a entregarles los casquillos y hubiera que convencerles para que se los facilitaran—. Generalmente las huellas quedan mejor impresas en los casquillos que en las balas.

—No ha habido suerte —contestó Audrey. Esperó pacientemente mientras Halverson recitaba las medidas y pormenores obtenidos tras el examen bajo el microscopio.

—De modo que, basándonos en los anchos del terreno y las estrías, la base de datos de GRC arroja unos veinte posibles modelos que podrían corresponder con el arma en cuestión.

Audrey recordó que el GRC era la base de datos de Características Generales de Armas de Fuego, que el FBI publicaba aproximadamente cada año.

—Veinte —dijo Audrey, decepcionada—. Eso apenas reduce el margen.

—Principalmente, Colts y Davis Industries. Buena parte de las pistolas utilizadas en las calles presentan esas características. De modo que yo diría que estamos buscando una Colt 38, una Davis 38 o una Smith & Wesson.

—¿No podemos reducir más el margen de posibilidades? ¿Y las municiones?

—Sí, señora, son unas balas blindadas con la punta hueca. Todo parece indicar que se trata de unas Remington Golden Sabers, pero no puedo asegurarlo.

—De acuerdo.

—Por otra parte... Aunque quizá no debería decirlo.

—¿Sí?

—No, son sólo unas observaciones personales. La anchura del terreno mide entre 0,0252 y 0,054. La anchura de las estrías mide entre 0,124 y 0,128. De modo que es bastante aproximado. Lo cual indica que el arma que disparó las balas es bastante eficaz, no una pistola para una juerga. Pienso que quizá sea la Smith & Wesson, porque es una marca muy buena.

—¿De cuántos posibles modelos de Smith & Wesson estamos hablando?

—Smith & Wesson ya no fabrica pistolas del 38. La única que fabricaban era la Baby Sigma.

—¿Baby Sigma? ¿Es el nombre de una pistola?

—No, señora. Tienen una línea de productos llamados Sigma y durante unos años, entre mediados y finales de los noventa, el producto estrella de esa línea era una pistola de bolsillo calibre 38 que algunos llamaban «baby» Sigma.

Audrey escribió: «Sigma 38 de S & W».

—De acuerdo —dijo—, de modo que buscamos una Sigma 38 Smith & Wesson.

—No, señora, yo no he dicho eso. No debemos descartar ninguna arma sospechosa.

—Por supuesto, agente Halverson. —La policía estatal de Michigan ponía gran cuidado en lo que decía, porque sabía que todo tenía que poder demostrarse ante un tribunal, todo tenía que estar bien documentado, no podían ser simples conjeturas—. ¿Cuándo cree que tendrá más datos?

—Cuando nuestro técnico del IBIS se haya ocupado del tema.

Audrey no quiso preguntar cuánto tiempo llevaría eso.

—Bien, le agradecería que tratara de agilizar los trámites, agente.

33

La flamante sala de actos de la escuela primaria de Fenwick era más elegante que muchos teatros de institutos: unos cómodos asientos tapizados de terciopelo, una acústica magnífica, un sistema de sonido e iluminación de nivel profesional. Se llamaba Auditorio Devries, pues era un regalo de Dorothy Stratton Devries, en honor de su difunto esposo.

Cuando Nick asistió a la escuela primaria de Fenwick, ni siquiera habían tenido sala de actos. Las reuniones escolares se celebraban en el gimnasio, y los chicos se sentaban en unos desvencijados bancos de madera. Ahora parecía como si los alumnos de cuarto curso representaran su función anual en un teatro de Broadway.

Al mirar a su alrededor, Nick se alegró de haber asistido. Todos los padres estaban presentes, y hasta los abuelos. Incluso algunos padres que rara vez asistían a los actos escolares en los que participaban sus hijos, como Jim, el padre de Emily Renfro, que era un cirujano plástico. Jacqueline Renfro formaba parte del comité de padres, pero su marido por lo general estaba demasiado ocupado haciendo estiramientos de piel o acostándose con su recepcionista para acudir. Muchos padres habían traído sus videocámaras, dispuestos a filmar la función en una cinta compacta digital que luego nadie se molestaría nunca en ver.

Nick llegó tarde, como de costumbre. De un tiempo a esta parte siempre llegaba tarde a todos sus compromisos. Marta había dejado a Julia en la escuela hacía una hora para que la niña y el resto de alumnos de cuarto pudieran ponerse sus trajes confeccionados a mano, en los que habían estado trabajando en la clase de plástica desde hacía meses. Julia estaba muy ilusionada con la función de esta noche porque iba a representar el papel de la Bruja Malvada del Oeste, que ella misma había elegido, un papel para el que había hecho una audición y por el que había suplicado. A diferencia de las otras niñas, no quería hacer de Dorothy. No le interesaba el papel de un personaje apocado que llevaba una peluca con trenzas y un vestido de volantitos. Sabía que el papel de la bruja era más espectacular. A Nick le gustaba ese rasgo del carácter de su hija.

Julia no confiaba en que su padre asistiera. Nick le había dicho en varias ocasiones que tenía una cena de trabajo y que no podía cancelarla. Julia se había mostrado decepcionada pero resignada, por lo que esta vez se llevaría una gran alegría al ver a su padre allí. A decir verdad, Nick consideraba el hecho de aguantar toda la función como uno de esos ingratos deberes paternos, como cambiar pañales, ir a ver *El Rey León sobre Hielo* (o lo que fuera sobre hielo), o mirar los *Teletubbies* o *Los Wiggles* sin mencionar siquiera que le parecían siniestros.

La parte posterior del teatro había sido acordonada y delante quedaban pocos asientos libres. Nick echó un rápido vistazo, localizó algunos espacios aquí y allá, un mar de ojos que rehuían su mirada y unos rostros adustos. Quizá estuviera obsesionado. Llevaba el sentimiento de culpa impreso en la cara como una letra escarlata. Nick estaba convencido de que la gente sabía lo que había hecho con sólo mirarle.

Pero no se trataba de eso, por supuesto. Le odiaban por otros motivos, por ser Nick *el Verdugo*, por ser el héroe local que les había traicionado. Nick vio a los Renfro, su mirada se cruzó con la de ellos antes de que desviaran los ojos. Por fin vio un rostro amable, un colega de los tiempos del instituto cuyo hijo iba a la clase de Julia.

—Hola, Bobby —dijo Nick, sentándose en el asiento que Bob Casey había dejado libre al retirar su chaqueta.

Casey, un hombre calvo, de rostro rubicundo, con una enorme tripa cervecera, era un corredor de Bolsa que había tratado de hacer negocios con Nick en varias ocasiones. Era un memorión cuyo principal mérito desde que había salido del instituto era su capacidad para memorizar largas parrafadas de Monty Python, *Desmadre a la americana* o las películas que ponían en los aviones.

—Ahí está mi hijo —dijo Casey entusiasmado—. Una gran noche, ¿verdad?

—Desde luego. ¿Cómo está Gracie?

—Muy bien. Perfectamente.

Tras un prolongado e incómodo silencio, Bob Casey comentó:

—Menudo teatro, ¿eh? Nosotros no teníamos nada parecido.

—Y menos mal que podíamos utilizar el gimnasio.

—¡Todo un lujo! —exclamó Casey, imitando la voz de Monty Python—. ¡Un verdadero lujo! Cada mañana teníamos que recorrer cuarenta kilómetros para llegar a la escuela bajo la nieve, cuesta arriba, ida y vuelta. ¡Y disfrutábamos como locos!

Nick sonrió divertido, pero incapaz de reírse.

Casey se percató de la apagada respuesta de Nick.

—Ha sido un año muy difícil para ti —comentó.

—Para muchas personas de esta ciudad lo ha sido más.

—Venga, hombre, Nick, perdiste a tu esposa.

—Sí, ya.

—¿Cómo van las obras de la casa?

—Están casi terminadas.

—Hace casi un año que están casi terminadas, si no me equivoco —dijo Casey en son de guasa—. ¿Y tus hijos? Julia tiene un aspecto estupendo.

—Está muy bien.

—Tengo entendido que a Luke le está costando superarlo.

Nick se preguntó hasta qué punto conocía Bob Casey los problemas de Luke; probablemente más que el propio Nick.

—Es una edad difícil. Además, sólo tiene un padre…

La función resultó como cabía esperar de una representación de los alumnos de cuarto curso: un decorado de Ciudad Esmeralda que habían pintado ellos mismos, el manzano que hablaba confeccionado con cartón ondulado y pintura. La profesora de música tocaba torpemente el piano en el Yamaha digital. Julia, que hacía el papel de la Bruja, se quedó en blanco y olvidó en varias ocasiones lo que tenía que decir. Casi se podía oír a los padres entre el público pensando en las palabras en voz alta para ayudarla. «¡Amapolas!» y «¡Ya te pillaré, bonita!».

Cuando terminó, Jacqueline Renfro tuvo el detalle de acercarse a Nick para decirle, meneando la cabeza:

—Pobre Julia. No debe de ser fácil para ella.

Nick frunció el ceño.

—Teniendo sólo a su padre, y tú que apenas paras en casa...

—Procuro estar con ellos todo lo que puedo —contestó Nick.

Jacqueline se encogió de hombros, después de haber dicho lo que quería decir, y se alejó. Pero su marido, Jim, se detuvo unos momentos. Llevaba una chaqueta de mezclilla marrón y una camisa de color azul con el cuello abotonado, como si todavía fuera un estudiante de Princeton. De pronto señaló a Nick con el dedo y le guiñó un ojo.

—No sé qué haría sin Jackie —dijo con tono confidencial—. No sé cómo te las arreglas. Claro que Julia es una niña estupenda... Tienes mucha suerte.

—Gracias.

Jim Renfro esbozó una sonrisa un tanto exagerada.

—Claro que lo peor de los hijos es que cuando crecen, se desmandan —dijo con un nuevo guiño—. ¿Tengo razón o no?

A Nick se le ocurrieron varias respuestas, demasiadas. Ninguna de ellas pacífica. Tenía la extraña sensación de que estaba a punto de estallar, que las válvulas de seguridad echaban humo.

En ese momento apareció Julia, que echó a correr hacia su padre luciendo todavía su sombrero de papel maché color negro y la carita pintada de verde.

—¡Has venido! —exclamó.

Nick la abrazó.

—No podía perdérmelo.

—¿Qué tal lo he hecho? —preguntó Julia. Su voz no denotaba la menor preocupación ni angustia por haberse equivocado. No cabía en sí de gozo. Nick adoraba a su hijita.

—Has estado genial.

34

Cuando ya iban en el coche de regreso a casa, empezó a sonar el móvil de Nick, emitiendo una extraña fanfarria sinfónica, sintetizada, que éste nunca se había molestado en reprogramar.

Nick miró la identificación de la persona que llamaba y comprobó que era Eddie Rinaldi. Levantó el móvil de su soporte manos libres, porque no quería que Julia oyera lo que Eddie tuviera que decirle. Julia iba sentada en el asiento posterior del Suburban, mirando el programa de *El mago de Oz* en la penumbra. Todavía llevaba el maquillaje de color verde y Nick preveía una pugna a la hora de acostar a la niña y obligarla a quitárselo.

—Hola, Eddie —dijo Nick.

—Por fin doy contigo. ¿Tenías el móvil apagado?

—Estaba en la función escolar de Julia.

—De acuerdo —respondió Eddie. Eddie, que no tenía hijos, que no pensaba tenerlos, que no le interesaban en absoluto, nunca preguntaba por los hijos de Nick más allá de lo indispensable—. Quisiera pasarme por tu casa.

—¿No puede esperar?

Una pausa.

—Creo que no. Tenemos que hablar. Sólo nos llevará unos cinco minutos.

—¿Algún problema? —preguntó Nick, alarmado.

—No, no. Ningún problema. Pero tenemos que hablar.

Eddie se sentó en el sillón del estudio de Nick, despatarrado, como si fuera el dueño de la casa.

—Vino a hablar conmigo una persona de homicidios —dijo en tono despreocupado.

Nick sintió una opresión en la boca del estómago. Se inclinó hacia delante en su silla. Ambos hombres se hallaban a pocos metros de donde había ocurrido.

—¿Qué coño quería?

Eddie se encogió de hombros como si quisiera quitarle hierro al asunto.

—Una visita de rutina. Lo de siempre.

—¿Una visita de rutina?

—Está investigando todas las posibilidades. Es su obligación, sería una incompetente si no lo hiciera.

—De modo que es una mujer. —Nick se concentró en esa peculiaridad, evitando el tema principal: una inspectora de homicidios se estaba ocupando del caso.

—Una mujer de color.

Eddie podía haberse expresado con más crudeza. Su racismo no era un secreto para nadie, pero quizá con los años había aprendido que no era socialmente aceptable, ni siquiera para sus más viejos amigos. O quizá no quería enojar a Nick en esos momentos.

—No sabía que las hubiera en la policía de Fenwick.

—Yo tampoco.

Se produjo un prolongado silencio durante el cual Nick escuchó el tictac del reloj. Un reloj de plata, que tenía grabado CIUDADANO DEL AÑO DE FENWICK, el cual le habían concedido tres años antes. Cuando todo iba como la seda.

—¿Qué quería?

—¿Qué iba a ser? Interrogarme sobre Stadler.

—¿Qué te preguntó sobre Stadler?

—Ya puedes imaginártelo. Que si había proferido alguna amenaza y esas cosas.

Eddie le estaba dando evasivas, y a Nick no le gustó. Había algo que no encajaba.

—¿Por qué fue a hablar contigo?

—Soy el director de seguridad, ¿recuerdas?

—No. Tiene que haber algún motivo más específico para que esa policía quisiera hablar contigo. ¿Qué me estás ocultando, Eddie?

—¿Cómo? No te oculto nada, colega. Oye, mira, esa inspectora sabía que yo había hecho investigar a Stadler.

De modo que era eso. Al investigar a Stadler, Rinaldi había facilitado una pista a la policía.

—Mierda.

—Venga, hombre, nunca llegué a hablar con ese tío.

—No —contestó Nick, apoyando el mentón en la mano—. Llamas a la policía, preguntas sobre un empleado despedido que ha matado al perro de tu jefe y al cabo de unos días aparece ese hombre asesinado. Resulta bastante sospechoso.

Eddie meneó la cabeza y puso los ojos en blanco en un gesto despectivo.

—¿Esto qué es? ¿La mafia? Déjate de fantasías. El tío pierde la chaveta, empieza a drogarse y al poco tiempo tiene un desafortunado encuentro con un tipo peligroso.

—Ya.

—Ese hombre frecuentaba La Perrera. Oye, mira, no tienen nada que relacione a Stadler conmigo, ni contigo.

—Entonces, ¿qué te preguntó esa inspectora?

—Quería saber si habías hablado alguna vez con Stadler, si habías tenido algún contacto con él. Le dije que probablemente ni siquiera le conocías. Lo cual de alguna manera es cierto.

Nick inspiró lentamente, tratando de calmarse, y contuvo unos instantes el aliento.

—¿Y si hubiera hablado con él? ¿Deducirían que yo había matado a ese hombre? —Nick se percató del tono indignado de su voz, como si empezara a pensar que era inocente.

—No, la inspectora sólo buscaba información. No te preocupes, llevé el tema con gran habilidad. Se marchó convencida de que esa pista no la conducía a ningún lado.

—¿Cómo lo sabes?

—Lo sé y punto. Piénsalo, Nick. ¿El director general de Stratton va a asesinar a uno de sus empleados? No lo creo. Nadie lo creerá ni por un segundo.

Nick guardó silencio durante largo rato.

—Espero que tengas razón.

—Sólo quería tenerte informado, por si esa mujer viene a hablar contigo.

—¿Te dijo que pensaba hacerlo? —preguntó Nick, sintiendo una opresión en el pecho.

—No, pero es posible. No me sorprendería.

—Ni siquiera había oído el nombre de ese individuo —afirmó Nick—. ¿No es así? ¿No se lo mencionaste?

—Pues claro. Le dije que eras un hombre muy ocupado, que yo cumplía con mi trabajo y tú no te metías en lo que yo hacía.

—Bien.

—Que supusiste que un empleado que había sido despedido se había vuelto loco, había matado a tu perro, pero habías llamado a la policía confiando en que se ocuparan del caso, que no tenías idea de quién pudo haberlo hecho.

—Bien.

—Que no sabías si el hombre que había aparecido asesinado era el mismo u cualquier otro tipo. Así mismo se lo dije.

Nick asintió en silencio, ensayando mentalmente su respuesta, dándole vueltas y más vueltas, analizando los posibles puntos problemáticos.

—¿No hay nada que me relacione con eso? —preguntó al cabo de unos instantes.

Se produjo un largo silencio.

—Hice lo que tenía que hacer —replicó Eddie como si tratara de contener su indignación—. ¿Queda claro, Nick?

—No lo dudo. Te pido que pienses como un policía. Como un inspector de homicidios.

—Así es como pienso, Nick. Como si fuera un policía.

—¿No había huellas ni nada por el estilo en el… cadáver? ¿Fibras, ADN o lo que fuera?

—Ya te dije que no íbamos a hablar de eso, Nick.

—Pues ahora hemos de hacerlo. Quiero que me respondas.

—El cadáver estaba limpio, Nick —respondió Eddie—. ¿De acuerdo? Limpio como los chorros del oro. Tan limpio como conseguí dejarlo en el tiempo de que dispuse.

—¿Y la pistola?

—¿Qué quieres saber?

—¿Qué hiciste con ella? Supongo que la conservas.

—¿Me tomas por imbécil? Venga, hombre.

—¿Dónde está?

Eddie soltó un bufido.

—En el fondo del río, para que te enteres. —Fenwick, como muchas otras ciudades de Michigan, había sido construida en los márgenes de uno de los numerosos ríos que desembocaban en el lago Michigan.

—¿Junto con los casquillos?

—Sí.

—¿Y si aparece?

—Es bastante improbable.

—Insisto.

—Aunque la encontraran, no tienen por qué relacionarla conmigo.

—¿Ah, no? La pistola es tuya.

—Es una pipa ilegal, Nick.

—¿Qué?

—Una pistola que me agencié en el escenario de un crimen en Grand Rapids. Era de un camello, que a saber de dónde la sacó. Lo importante es que no hay ningún documento, ningún permiso de compra que la relacione conmigo. Nada en absoluto.

Nick había oído decir que algunos policías se quedaban con las pistolas que encontraban en el escenario de un crimen, aunque estaba prohibido, y le puso nervioso oír a Eddie confesar que lo había hecho. Si era capaz de eso, ¿qué más era capaz de hacer?

—¿Estás seguro? —preguntó Nick.

—Completamente.

—¿Y las cámaras de seguridad?

Eddie asintió con la cabeza.

—Oye, que soy un profesional. También me ocupé de ese detalle.

—¿Cómo?

—¿Por qué quieres saberlo?

—Porque mis propias cámaras de seguridad me grabaron cuando maté a ese hombre.

Eddie cerró los ojos y sacudió la cabeza, irritado.

—He reformateado el disco duro de la grabadora digital. Esa noche ha desaparecido. No sucedió nunca. El sistema de seguridad empezó a grabar al día siguiente, lo cual es lógico, ¿no? Puesto que lo instalamos el día anterior.

—¿No hay ningún rastro?

—Nada. No te preocupes. Si esa señora viene a hablar contigo, coopera con ella, cuéntale todo lo que sabes, que es cero, ¿vale? —Eddie soltó una carcajada seca.

—De acuerdo.

Eddie se levantó.

—No tienes por qué preocuparte, tío. Procura dormir. Tienes un aspecto horrible.

—Gracias. —Nick se levantó para acompañar a Eddie a la puerta, pero de pronto se le ocurrió algo—. Esa noche me dijiste que la pistola era tuya, Eddie, que a través del arma la policía podría relacionar lo ocurrido contigo, ¿no es así? Por eso no tuve elección.

—¿Y qué? —preguntó Eddie con mirada inexpresiva.

—Ahora me dices que la pistola era ilegal, que no pueden establecer ninguna relación. No lo entiendo.

Se produjo un largo silencio.

—No hay que correr riesgos, Nicky —respondió Eddie—. No puedes arriesgarte nunca.

Nick salió con Eddie de su estudio. En ese momento oyó unos pasos en la alfombra y vio una pierna enfundada en unos vaqueros y una zapatilla deportiva que desaparecía escaleras arriba.

Lucas.

¿Acababa de llegar a casa? ¿Era posible que hubiera oído la conversación que Nick había mantenido con Eddie? No, habría tenido que apostarse junto a la puerta del estudio para escuchar. Lucas no hacía esas cosas, principalmente porque le tenía sin cuidado lo que hiciera su padre.

No obstante…

Nick sintió un pequeño aguijonazo de preocupación.

35

A la mañana siguiente, cuando se dirigía en coche a la oficina, Nick estaba de un humor de perros. La noticia de que una inspectora de homicidios se había pasado por la empresa para husmear le había hecho pasar la noche en vela, sin pegar ojo. Nick no había dejado de dar vueltas en la gigantesca cama, levantándose reiteradas veces, obsesionado con lo ocurrido la noche en cuestión.

No dejaba de pensar en Lo Ocurrido Esa Noche. El recuerdo había remitido hasta quedar reducido a unas imágenes atenuadas, caleidoscópicas: la expresión airada de Stadler, los disparos, el cuerpo postrado en el suelo, el rostro de Eddie, acarreando el cadáver envuelto en unas bolsas negras de basura.

Nick se había quedado sin somníferos, de lo cual se alegraba; si seguía tomándolos acabaría en la clínica de desintoxicación Betty Ford. Trató de pensar en su trabajo, en lo que fuera salvo en lo ocurrido esa noche. Pero eso significaba centrarse en la reunión de la junta por la mañana. Las reuniones de la junta siempre le ponían nervioso, pero esta vez sabía que las cosas pintaban pero que muy mal.

De camino al despacho Nick se detuvo ante un semáforo junto a un reluciente Mercedes S-Class plateado. Al volverse para admirarlo comprobó que lo conducía Ken Coleman, el jefe de ventas. Nick bajó la ventanilla del lado del conductor y tocó el claxon para captar la atención de Coleman. Cuando éste —cuarenta y un años, treinta kilos de sobrepeso y un peluquín horroroso— bajó la ventanilla y vio a Nick, lo saludó con una sonrisa jovial.

—¡Hola, Nick! Vas muy elegante.

—Tengo una reunión de la junta. ¿Coche nuevo, Ken?

La sonrisa de Coleman se intensificó.

—Me lo entregaron ayer. ¿Te gusta?

—Debe de costar un ojo de la cara.

Coleman, un tipo hiperactivo, se apresuró a asentir una y otra vez como esos muñecos que mueven la cabeza de un lado a otro.

—Más. Totalmente equipado. Un deportivo de lujo, con el volante climatizado y la monda. —El jefe de ventas de Stratton ganaba más que Nick. A Nick no le importaba; alguien tenía que hacer ese trabajo que te machacaba el alma.

El semáforo se puso en verde, pero Nick no se movió.

—¿Lo has pagado al contado o lo has adquirido mediante *leasing*?

—Por *leasing*. Todo lo que compro lo pago así.

—Perfecto, porque ya puedes devolverlo al concesionario.

—¿Qué? —exclamó Coleman, ladeando su cabeza de pelele, un movimiento semejante al de un terrier, casi cómico.

Alguien hizo sonar el claxon detrás de Nick, pero él no hizo ni caso.

—Hemos despedido a cinco mil trabajadores, Ken. La mitad de la plantilla. Ha sido para recortar gastos, para salvar Stratton. Prácticamente nos hemos cargado la ciudad. De modo que no quiero que un miembro de mi equipo ejecutivo se pasee en un puto Mercedes de lujo, ¿entendido?

Coleman lo miró con aire de incredulidad.

Nick prosiguió:

—Cuando salgas del despacho esta tarde, devuelve el coche al concesionario y diles que quieres cambiarlo por un Subaru o algo parecido. No quiero volver a verte sentado ante ese volante climatizado, ¿entendido?

Nick pisó el acelerador y se alejó.

Los cinco miembros de la junta de directores de la Stratton Corporation, junto con sus convidados, se hallaban reunidos en la habitación anexa a la sala de juntas. Se sirvió café de unos termos, que no era el café que ponían en la cafetería para los empleados de Stratton. Era café en grano procedente de los cafetales de las Célebes, recién torrefacto por Town Grounds, la mejor cafetería de Fenwick. Todd Muldaur se había quejado del café que habían servido en la primera reunión de la junta después de la adquisición de la compañía por parte de Fairfield, y se había burlado de la cafetera eléctrica. Nick había pensado que Todd había exagerado, pero había ordenado el cambio. Eso, y las pequeñas botellas de agua Evian heladas, unas rodajas de melón, frambuesas y fresas, y unos deliciosos pastelitos que preparaban en una afamada pastelería de Ann Arbor.

Cuando llegó Nick, Todd Muldaur, ataviado con otro de sus costosos trajes, estaba terminando de contar un chiste y hablaba con Scott, el otro socio de Fairfield Partners, Davis Eilers, y un hombre a quien Nick no había visto nunca.

—Le dije que la mejor vista de Fenwick era a través del espejo retrovisor —dijo Todd. Eilers y el otro hombre se rieron a mandíbula batiente. Scott, que se había percatado de la presencia de Nick, se limitó a sonreír educadamente.

Davis Eilers era el otro socio del negocio, un hombre con mucha experiencia en materia empresarial. Había trabajado en McKinsey, al igual que Todd y Scott, pero había jugado en el equipo de fútbol de Dartmouth, no en Yale. Posteriormente había dirigido varias compañías; era una especie de consejero delegado que prestaba sus servicios al mejor postor.

Todd se volvió y vio a Nick.

—Bueno, aquí lo tenemos —dijo, alzando su taza—. ¡Un café excelente! —exclamó con vehemencia y guiñando un ojo—. Siento no haberte visto anoche. Estabas muy ocupado ejerciendo de padre, ¿verdad?

Nick estrechó la mano de Todd y luego saludó a Scott y Eilers.

—Sí, no podía faltar. Era la función escolar de mi hija, y como...

—Me gustan tus prioridades —dijo Todd con un exceso de sinceridad—. Las respeto.

Nick sintió deseos de arrojarle la taza de humeante café procedente de las Célebes a la cara, pero fijó la vista en los ojos exageradamente azules de Todd y sonrió con afabilidad.

—Nick, quiero presentarte a nuestro nuevo miembro de la junta, Dan Finegold.

Era un hombre alto, atractivo, de complexión atlética. Con una mata de pelo castaño oscuro salpicado de unas pocas canas.

Pero ¿qué les pasaba a los directivos de Fairfield Equity Partners? Se comportaban como si se tratara de un círculo estudiantil.

Dan Finegold tenía un apretón de manos demoledor.

—No me digas que jugaste también en el equipo de fútbol de Yale —dijo Nick cordialmente. Pero en realidad pensaba: ¿Nuestro nuevo miembro de la junta? ¿Acaso pensaban decírmelo, o más bien querían darme la sorpresa?

—En el equipo de béisbol de Yale —dijo Todd, dando unas palmadas en la espalda a ambos hombres y obligándoles a acercarse—. Dan era un *pitcher* legendario.

—De eso nada —respondió Finegold.

—No cabe duda de que lo eras —insistió Todd. Luego se volvió hacia Nick y añadió—: Dan tiene veinte años de experiencia en el sector del mobiliario de oficinas, se ha dejado la piel en él. Imagino que sabes que Office Source era su juguete. Cuando Willard compró esa compañía, dio un puesto a Dan en Fairfield.

—¿Te gusta Boston? —preguntó Nick. Era lo único que se le ocurrió, ya que no podía decir lo que pensaba, concretamente: «¿Qué haces aquí, quién te ha invitado a participar en esta junta y qué coño está pasando aquí?». Los de Fairfield tenían todo el derecho de colocar a quien quisieran en la junta, pero no era muy elegante por su parte presentarse inopinadamente con un nuevo miembro. Nunca lo habían hecho. No era un buen precedente, o quizá fuera eso lo que pretendían justamente.

—Es estupendo. Sobre todo para un amante de la comida como yo. Actualmente hay muchos restaurantes interesantes en Boston.

—Dan es uno de los dueños de una cervecería artesanal en el estado de Nueva York —comentó Todd—. Elaboran la mejor cerveza belga fuera de Bélgica. La Abbey, ¿no es así?

—Sí.

—Bienvenido a la junta —dijo Nick—. Seguro que tu experiencia en cerveza belga será muy útil. —Lo de la cerveza belga y la Abbey le sonaba de algo, pero no lograba ubicarlo.

Todd tomó a Nick del codo mientras se dirigían a la sala de juntas.

—Qué mala suerte lo de Atlas McKenzie —dijo en voz baja.

—¿Qué?

—Scott me lo contó anoche.

—¿A qué te refieres?

Todd dirigió a Nick una breve mirada de perplejidad.

—Al fracaso de las negociaciones —murmuró.

—¿Qué?

¿De qué diablos estaba hablando Todd? El trato con Atlas McKenzie estaba prácticamente firmado. ¡Todo aquello no tenía sentido!

—Descuida —lo tranquilizó Todd—, esta mañana no lo sacaremos a colación. Pero no deja de ser un tremendo contratiempo. —Luego exclamó alzando la voz—: ¡Señora Devries!

Todd dejó a Nick y se dirigió hacia Dorothy Devries, que acababa de entrar en la sala de juntas. Todd tomó su mano menuda con sus dos musculosas manazas y esperó a que la señora Devries le acercara la mejilla para besarla.

Dorothy lucía un traje pantalón color burdeos, muy al estilo de Nancy Reagan, con las solapas ribeteadas de blanco. Su cabello blanco formaba una nube perfecta con unos reflejos azulados que resaltaban el color azul metálico de sus ojos. Fairfield Partners había cedido a Dorothy Stratton Devries una pequeña porción de la compañía y un asiento en la junta, una condición que había impuesto la propia Dorothy y que Willard Osgood no había tenido inconveniente en aceptar. Convenía que la familia del fundador siguiera vinculada a Stratton. Indicaba al resto del mundo que Fairfield seguía respetando las tradiciones. Por supuesto, Dorothy no tenía ningún poder de decisión. Su presencia era meramente decorativa. Fairfield poseía el noventa por ciento de Stratton, controlaba la junta y, en definitiva, llevaba la voz cantante. Dorothy, una mujer muy lista, lo comprendía, pero también comprendía que, al menos fuera de la sala de juntas, seguía ejerciendo cierta autoridad moral.

Su padre, Harold Stratton, había trabajado de maquinista en los Ferrocarriles Wabash, de aprendiz de un hojalatero y de reparador de chimeneas. Había sido maquinista en Steelcase, en Grand Rapids, antes de fundar su compañía con el dinero que le había prestado su acaudalado suegro. Su gran innovación había sido el invento de un sistema de cojinetes de rodillos progresivos para mejorar la suspensión de los cajones de los archivadores metálicos. Su único hijo varón había muerto de pequeño, dejando a Dorothy como única heredera, pero en aquellos tiempos las mujeres no dirigían las empresas, de modo que el viejo Stratton entregó las riendas de la compañía a Milton Devries, el marido de Dorothy. La mujer había pasado los últimos años en su inmensa y sombría mansión de East Fenwick, representando el papel de matriarca de la ciudad, un árbitro social tan temible como sólo puede serlo la reina de la sociedad de una población pequeña. Dorothy formaba parte de todos los consejos de administración de la ciudad y presidía la mayoría de los mismos. Aunque sentía simpatía por Nick, le consideraba de un estrato social muy inferior al suyo. A fin de cuentas, el padre de Nick había trabajado en la fábrica de la empresa. Dorothy no tenía en cuenta que su padre maquinista también se había manchado los dedos de grasa.

Nick, que no se había recobrado de la sorpresa que le había causado la revelación de Todd, vio que Scott ocupaba su sitio de costumbre en la mesa de caoba ovalada de la sala de juntas. Cuando Nick se acercó a él y le apoyó una mano en el hombro, oyó que Todd decía:

—Dorothy, quiero presentarte a Dan Finegold.

—Eh, ¿qué ha pasado con Atlas McKenzie? —murmuró Nick, situándose detrás de Scott.

Scott se volvió abriendo mucho los ojos.

—Anoche recibí una llamada en el móvil. Todd estaba presente y... —Scott no terminó la frase. Nick guardó silencio. Scott prosiguió—: Se han decidido por Steelcase; ya sabes que Steelcase tiene una empresa participada con Gale & Wentworth...

—¿Te llamaron a ti?

—Supongo que Hardwick tenía mi número más a mano, debido a todas las negociaciones que...

—Cuando te enteraste de la noticia, debiste ponerte enseguida en contacto conmigo.

Nick observó que el pálido rostro de Scott se sonrojaba al instante.

—Yo... desde luego, Nick, pero como Todd estaba presente y...

—Hablaremos más tarde —dijo Nick, apretando el hombro de Scott con demasiada fuerza para tratarse de un gesto amistoso.

Nick oyó que Dorothy Devries soltaba una áspera carcajada en el otro extremo de la habitación, y ocupó su lugar en la cabecera.

La sala de juntas de Stratton era el lugar más conservador del edificio, compuesta por la inmensa mesa de caoba a la que podían sentarse quince personas, aunque no había habido quince miembros en la junta desde que la compañía había sido vendida; las sillas de cuero negro Stratton Symbiosis de gama alta, las pantallas planas ante cada uno de los asistentes, que se elevaban y bajaban con sólo pulsar un botón. Parecía la sala de juntas de cualquier empresa importante del mundo.

Nick carraspeó, miró a los otros miembros de la junta y comprendió que ya no estaba entre amigos.

—Propongo que empecemos por el informe del jefe de finanzas —dijo.

36

La deprimente exposición de Scott —su tono monótono y sombrío al comentar la presentación en PowerPoint en las pequeñas pantallas de plasma que todos tenían delante— tenía un aire casi desafiante, pensó Nick. Como si supiera que arrojaba carroña a las hienas.

Por supuesto, todo aquel circo no era necesario, dado que todos habían recibido unas carpetas negras con unas hojas sueltas que contenían los informes financieros, que les habían sido enviadas por FedEx o por un mensajero al hotel. Pero era un ritual de la junta, tenía que constar en el acta, aparte de que uno no podía estar seguro de que todos hubieran leído los informes.

No obstante, Nick sabía que Todd Muldaur había leído los informes financieros detenidamente en cuanto los había recibido en Boston, como esos tipos que se lanzan sobre la sección de deportes para devorar los resultados del béisbol. Probablemente Todd ni siquiera había esperado a recibir las copias impresas, sino que había examinado los archivos Adobe PDF y los gráficos Excel tan pronto como Scott se los había enviado por correo electrónico.

Porque era evidente que había ensayado sus preguntas. En realidad, no eran unas preguntas, sino unos ataques frontales.

—Lo que estoy viendo aquí me parece increíble —dijo Todd.

Miró a los otros miembros de la junta —Dorothy, Davis Eilers, Dan Finegold— y los dos «participantes invitados» que asistían siempre a la primera mitad de la reunión: Scott y la asesora jurídica de Stratton, la cual había acudido en calidad de secretaria de la junta. Stephanie Alstrom era una mujer menuda, de talante serio, con el pelo prematuramente canoso y unos labios fruncidos que rara vez sonreían. Stephanie exhalaba un aire seco, casi de animal disecado. Scott la había descrito en cierta ocasión como «una uva pasa de ansiedad», una descripción que a Nick se le había quedado grabada en la mente.

—Esto es una auténtica catástrofe —prosiguió Todd.

—Sí, estamos de acuerdo en que los números no son muy halagüeños —terció Nick.

—¿Halagüeños, dices? —le espetó Todd—. ¡Son pésimos!

—Sí, bueno, lo cierto es que ha sido un trimestre complicado, mejor dicho, un año complicado, para todo el sector —prosiguió Nick—. Todos sabemos que el mobiliario de oficina está muy condicionado por las fluctuaciones económicas. Cuando se produce una recesión, las empresas dejan de adquirirlo como quien dice de la noche a la mañana.

Todd lo observó fijamente, lo cual puso momentáneamente nervioso a Nick.

—Me refiero a que las nuevas instalaciones de oficinas han caído en picado, la puesta en marcha y las expansiones de empresas se han frenado drásticamente —prosiguió Nick—. Durante los dos últimos años se ha producido una grave saturación en el sector del mobiliario de oficina, lo cual, combinado con una menor demanda, ha supuesto una tremenda presión sobre los precios y los márgenes de beneficios.

—Nick —lo interrumpió Todd—, cuando oigo la palabra «sector» me entran ganas de vomitar.

Nick sonrió sin pretenderlo.

—Es la realidad —dijo. Al cruzar los brazos sintió que se arrugaba algo en el bolsillo del pecho de su chaqueta.

—Si se me permite citar a Willard Osgood —prosiguió Todd—, una explicación no es una excusa. Todo tiene una explicación.

—Para ser justos con Nick —intervino Scott—, él acaba de ver estos números por primera vez.

—¿Qué? —exclamó Todd—. ¿Hoy? ¿Te refieres a que yo he visto estos números antes que el director general de la compañía? —Todd se volvió hacia Nick—. ¿Es que tienes algo más importante en qué pensar? ¿Cómo el festival de ballet de tu hija o algo por el estilo?

Nick fulminó a Scott con la mirada. «Sí, es la primera vez que veo los números reales —pensó—. No los números amañados que tú pretendías endilgarles.» Nick se sintió tentado a soltar todo lo que sabía, pero no estaba seguro de saber qué iba a conseguir con ello. Nervioso, metió la mano en el bolsillo del pecho de su chaqueta y extrajo un papel. Era una nota de color amarillo escrita de puño y letra de Laura, que decía: «Te quiero, cariño. Eres el mejor. Besos». Debajo, un pequeño corazón. A Nick se le humedecieron de inmediato los ojos. Era un traje que apenas se ponía, por lo que seguramente no lo había llevado a la tintorería después de la última vez, mucho antes de la muerte de Laura. Nick guardó de nuevo la nota en el bolsillo.

—Venga, hombre, Todd —dijo Davis Eilers—. Todos somos padres. —Al percatarse de que Dorothy también estaba presente, se apresuró a añadir—: O madres. —Davis prescindió de Stephanie Alstrom, que no tenía hijos y no estaba casada, la cual pareció encogerse mientras seguía tecleando en su ordenador portátil.

Calma, se dijo Nick, parpadeando y tratando de contener las lágrimas. No pierdas la calma. La habitación parecía girar alrededor de él lentamente.

—Scott se refiere a los números definitivos, Todd, pero te aseguro que esto no me ha sorprendido. Me consuela pensar que nuestros márgenes de beneficios siguen siendo positivos.

—¿Que no te ha sorprendido? —preguntó Todd—. ¿Que no te ha sorprendido? Permite que te diga que me importa un comino la situación del sector. No adquirimos Stratton porque fuerais una empresa como las demás, sino porque erais únicos. Por la misma razón que en nuestras oficinas en Boston utilizamos las sillas y los paneles de trabajo Stratton, cuando podíamos haber adquirido cualquier otra marca. Porque erais los mejores en vuestra especialidad. No simplemente buenos. Como suele decir Willard, «no basta con ser buenos».

—Seguimos siendo los mejores —afirmó Nick—. Ten en cuenta que llevamos a cabo los despidos anticipadamente, a instancias vuestras, dicho sea de paso. Las demás empresas esperaron. Nosotros nos adelantamos a todos.

—De acuerdo, pero aún no habéis puesto en marcha vuestro plan.

—A decir verdad —señaló Scott—, el plan de Nick no preveía que la economía iba a empeorar.

—Scott —dijo Todd en voz baja—, Nick es el director general. Debió prever el rumbo que iba a tomar la economía. Escucha, Nick, a nosotros nos gusta conceder a los directores generales un amplio margen de maniobra. —Todd fijó en Nick sus ojos exageradamente azules. ¿Qué significaba eso? ¿Conceder a un hombre el suficiente margen de maniobra para que se estrellara?—. No pretendemos dirigir las cosas, sino que lo hagas tú —prosiguió Todd—. Pero no estamos dispuestos a que hundas la compañía. En última instancia, trabajas para nosotros. Lo que significa que tu deber es proteger el capital de nuestros inversores.

—Y la forma de proteger vuestro capital —replicó Nick, esforzándose en no perder la compostura—, es invertir ahora en la empresa, durante la recesión. Es el momento de apostar por la nueva tecnología. De esta forma, cuando la economía se recupere, estaremos muy por delante de los demás.

Todd, que hojeaba su carpeta, alzó la vista.

—¿Como invertir treinta millones de dólares en los tres últimos años en gastos de desarrollo para una nueva silla?

—Una ganga —respondió Nick—. Gastos de diseño y nuevos instrumentos, veintiséis patentes, dos equipos de diseño. Lo cual es menos de lo que invirtió Steelcase en su silla Leap, que resultó ser una magnífica inversión. O de lo que gastó Herman Miller en el desarrollo de la silla Aeron. No olvides que el diseño y desarrollo de un producto es un valor esencial en Stratton. —Todd guardó silencio unos momentos. Un tanto para la defensa. Antes de que pudiera replicar, Nick prosiguió—: Ahora bien, si quieres continuar con esta discusión, propongo que abramos una sesión ejecutiva.

La moción fue secundada y aprobada por votación verbal. A esas alturas, Scott, en calidad de participante invitado que no era miembro de la junta, solía levantarse y abandonar la sala. Nick le miró, pero Scott mostraba una expresión opaca, indescifrable. No recogió sus papeles ni se levantó.

—Mira, Nick, vamos a pedir a Scott que se quede —dijo Todd.

—¿Ah, sí? —fue lo único que a Nick se le ocurrió contestar—. Eso no está en el protocolo.

Davis Eilers, que apenas había despegado los labios, intervino finalmente:

—Nick, hemos decidido que ya va siendo hora de que nombremos formalmente a Scott miembro de la junta. Creemos que constituye una parte lo bastante importante del equipo de dirección para que participe formalmente en la junta. Creemos que puede ser de gran utilidad.

Estupefacto, Nick tragó saliva y se devanó los sesos en busca de algo que decir. Trató de mirar a Scott de nuevo, pero éste rehuyó su mirada. Nick asintió con expresión pensativa. Lo de Dan Finegold era impresentable. Pero nombrar a Scott miembro de la junta sin haberle informado previamente, y encima recabar su opinión... Nick pensó en plantarles cara sacándolo todo a la luz, pero se limitó a responder:

—Seguro que será de gran utilidad.

—Gracias por mostrarte tan comprensivo —dijo Eilers.

—Esto... Nick, vamos a realizar unos cambios a medida que avancemos —dijo Todd.

—¿Ah, sí? —contestó.

—Creemos que esta junta debería reunirse cada mes en lugar de hacerlo trimestralmente.

Nick asintió con la cabeza.

—Eso significa muchos desplazamientos a Fenwick —apuntó.

—Podemos alternar entre Boston y Fenwick —respondió Todd—. Y examinaremos los informes financieros cada semana, no cada mes.

—Seguro que podremos organizarlo —asintió Nick lentamente—. Siempre y cuando Scott no tenga inconveniente. —Scott, que estaba examinando su carpeta de informes, no alzó la vista.

—Nick —dijo Davis Eilers—, también hemos pensado que, cuando decidas despedir a uno de tus colaboradores, uno de los gerentes ejecutivos, tendrás que someterlo a la aprobación de la junta.

—Eso no es lo que dice mi contrato —protestó Nick, sintiendo que se ruborizaba.

—Cierto, pero estamos dispuestos a hacer esa enmienda. Queremos asegurarnos de que todos estamos de acuerdo en lo que respecta al personal. Como suele decirse, la única constante es el cambio.

—Me habéis contratado para que lleve a cabo un buen trabajo —dijo Nick—. Con suficiente libertad de maniobra, como vosotros mismos decís. Y acabáis de afirmar que queréis que yo dirija la compañía, que no pretendéis dirigirla vosotros.

—Por supuesto —contestó Eilers.

—Pero no queremos sorpresas —apostilló Todd—. Queremos que las cosas funcionen sin sobresaltos. —Había abandonado su tono combativo para asumir uno razonable. Lo cual significaba que sabía que había ganado—. Tenemos que administrar una compañía de casi dos mil millones de dólares. Eso es una tarea de gran envergadura para cualquiera, incluso para alguien que le preste toda su atención. Es como en el fútbol americano, ¿comprendes? Por más que seas el *quarterback* y dirijas el juego defensivo, no tendrás un equipo ganador sin delanteros, *receivers, running backs* y entrenadores.

Nick esbozó lentamente una media sonrisa.

—Entrenadores —dijo—. Ya.

Cuando concluyó la reunión de la junta, al cabo de una hora y media, Nick fue el primero en abandonar la sala. Tenía que salir de allí cuanto antes para no estallar. No le convenía hacerlo. «No pienso dimitir —se dijo—. Tendrán que despedirme.» Si se iba no obtendría nada. Con un despido improcedente, conseguiría un buen pellizco. Cinco millones de dólares. Eso ponía el contrato que él había negociado cuando había vendido la compañía a Fairfield, cuando la idea de que le despidieran le parecía pura ciencia ficción. En aquel entonces, Nick era una estrella del rock; jamás le darían la patada.

Al salir, Nick se fijó en dos personas que estaban sentadas cerca de la sala de juntas: un hombre rubio, con un aspecto un tanto chulesco, vestido con un traje que le sentaba fatal, y una mujer negra, atractiva y bien vestida.

Era la mujer de la que le había hablado Rinaldi.

La inspectora de homicidios.

La mujer que Nick había visto en el funeral de Stadler.

—Señor Conover —dijo la inspectora—. ¿Podemos hablar unos minutos con usted?

TERCERA PARTE

Culpa

37

Nick los condujo a una de las salas de conferencias. No podían hablar en su despacho, puesto que cualquiera, incluida Marjorie, podría escuchar la conversación.

Nick tomó la iniciativa. Se sentó a la cabecera de la mesa. En cuanto los dos inspectores de homicidios empezaron a hablar, Nick hizo lo propio. Adoptó un tono sosegado, competente, serio pero cordial.

Era el director de una importante empresa, tenía un millón de asuntos que atender, y esos dos policías se habían presentado sin haber concertado una cita, sin haber tenido siquiera la cortesía de llamarlo para anunciar su visita. Con todo, Nick no quería minimizar la importancia de su labor. Estaban investigando el asesinato de un ex empleado de Stratton. Quería darles la impresión de que se lo tomaba muy en serio. Era una situación delicada.

Nick estaba aterrorizado. No le gustaba el hecho de que se hubieran presentado en su lugar de trabajo. Había algo agresivo, casi acusatorio en eso. A través de su tono y su actitud, Nick quería darles a entender que eso le disgustaba, pero transmitiendo al mismo tiempo el respeto que le infundía su misión.

—Sólo puedo concederles cinco minutos, inspectores —dijo—. Tengo un día muy ajetreado.

—Gracias por atendernos —respondió la mujer negra.

El hombre rubio parpadeó unas cuantas veces, como un dragón de Komodo acechando a una cabra de aspecto apetecible, pero no dijo nada. La mujer negra mostraba un talante dulce, como pidiendo disculpas, sin duda con ánimo de conquistarle. El hombre rubio —¿Busbee, Bugbee?— era el peligroso.

—Preferiría que llamaran a mi secretaria y concertaran una cita. Estaré encantado de conversar con ustedes largo y tendido.

—No le entretendremos mucho —respondió el rubio.

—¿En qué puedo ayudarles? —preguntó Nick.

—Como sabe, señor Conover, la semana pasado un empleado de Stratton fue hallado asesinado —dijo la mujer negra. Era muy guapa, y exhalaba un aire de serenidad.

—Sí —confirmó Nick—. Andrew Stadler. Una tragedia.

—¿Conocía al señor Stadler? —prosiguió la inspectora.

Nick negó con la cabeza.

—Lamentablemente, no. Tenemos cinco mil empleados. Hace dos años teníamos diez mil, antes de vernos forzados a despedir a un gran número de personas. Es imposible que los conozca a todos, aunque me gustaría —agregó Nick, sonriendo con cierto aire de tristeza.

—Asistió a su funeral —señaló la inspectora.

—Desde luego.

—¿Asiste siempre a los funerales de los empleados de Stratton? —inquirió el policía rubio.

—No. Pero asisto siempre que puedo. Actualmente, no siempre agradecen mi presencia. Pero creo que es lo menos que puedo hacer.

—¿Así que no conocía personalmente al señor Stadler? —preguntó la mujer negra.

—No.

—Pero estaba al tanto de su... situación, ¿no es así? —prosiguió la inspectora.

—¿Su situación?

—Sus problemas personales.

—Posteriormente averigüé que había estado ingresado en una clínica, pero muchas personas padecen trastornos psíquicos y no son violentas.

—Disculpe —se apresuró a decir la policía negra—, ¿cómo se enteró de que Stadler había estado ingresado en una clínica? ¿Lo vio en su expediente?

—Supongo que lo leí en la prensa.

—La prensa no publicó ese detalle —dijo el tipo rubio.

—Me extraña —insistió Nick. Estaba convencido de haberlo leído en el periódico—. Decía algo sobre su «historial de trastornos mentales» o algo por el estilo.

—Pero no que hubiera estado ingresado —replicó el rubio con firmeza.

—Entonces debió de decírmelo alguien.

—¿Su jefe de seguridad, Edward Rinaldi?

—Es posible. No lo recuerdo.

—Ya —dijo la mujer negra mientras tomaba unas notas.

—Señor Conover, ¿le dijo Edward Rinaldi que creía que Andrew Stadler había matado a su perro? —preguntó el policía rubio.

Nick entornó los ojos, como tratando de recordar. Recordaba habérselo preguntado a Rinaldi.

«Le dije que ni siquiera le conocías. Lo cual es cierto.»

«Ni siquiera había oído el nombre de ese individuo —había dicho Nick—. ¿No es así? ¿No se lo mencionaste a la inspectora?»

«Pues claro. Le dije que eras un hombre muy ocupado, que yo cumplía con mi trabajo y tú no te metías en lo que yo hacía.»

—Eddie no mencionó ningún nombre —dijo Nick.

—¿De veras? —respondió la mujer, sorprendida.

Nick asintió con la cabeza.

—A decir vedad, ha sido un año muy duro. Soy el director de una empresa que ha tenido que despedir a la mitad de su plantilla. Me he granjeado muchas antipatías, lo cual es comprensible.

—O sea, que no es usted el hombre más querido de la ciudad —dijo la inspectora.

—Por decirlo suavemente. He recibido cartas de odio de empleados que han sido despedidos, unas cartas desgarradoras.

—¿Amenazas? —preguntó la inspectora.

—Quizá, no lo sé.

—¿Cómo es posible que no sepa si ha recibido amenazas? —preguntó el inspector.

—Yo no soy el primero en abrir mi correo. Si recibo una carta amenazadora, va directamente a seguridad. Esa carta no llega a mi mesa.

—¿No quiere saberlo? —dijo el policía—. Yo querría saberlo.

—Yo no. A menos que deba estar al corriente por algún motivo concreto. Cuanto menos sepa, mejor.

—¿Lo dice en serio? —preguntó el tipo rubio.

—Desde luego. No quiero obsesionarme. No merece la pena.

—¿Le dijo el señor Rinaldi por qué estaba indagando en la vida del señor Stadler? —insistió la mujer negra.

—No. Ni siquiera sabía que lo estuviera haciendo.

—¿No le dijo que había estado investigando a Stadler? —insistió la inspectora.

—No. No me dijo nada sobre Stadler. Yo no tenía ni remota idea de lo que estaba investigando Eddie. Él hace su trabajo y yo el mío.

—¿El señor Rinaldi no le mencionó nunca el nombre de Stadler? —preguntó la mujer.

—Que yo recuerde, no.

—Estoy confundida —dijo la inspectora—. Acaba usted de decir que es posible que el señor Rinaldi le dijera que Andrew Stadler había estado ingresado en una clínica. Lo cual requeriría que le mencionara el nombre de Stadler, ¿no es así?

Nick sintió que una gotita de sudor se deslizaba por el lóbulo de su oreja.

—Cuando publicaron la noticia de la muerte de Stadler, es posible que Eddie me mencionara su nombre. Pero no lo recuerdo.

—Humm —respondió la mujer. Transcurrieron unos instantes de silencio.

Nick no hizo caso de la gota de sudor, pues no quería llamar la atención enjugándosela.

—Señor Conover —intervino el hombre rubio—, su casa ha sido allanada en varias ocasiones durante este año, ¿no es así? Desde que comenzaron los despidos.

—Sí, varias veces.

—¿Fue siempre la misma persona?

—Es difícil precisarlo. Pero supongo que se trata de la misma persona.

—¿Hicieron unas pintadas?

—Hicieron unas pintadas con *spray* en las paredes de mi casa.

—¿Qué tipo de pintadas? —preguntó la inspectora negra.

—«No hay escondite posible.»

—¿Eso era lo que habían escrito?

—Sí.

—¿Recibió alguna amenaza de muerte?

—No. Desde que empezaron los despidos, hace dos años, he recibido alguna que otra llamada telefónica de amenazas, pero nada tan específico.

—Mataron a su perro —dijo el policía rubio—. ¿No lo considera una amenaza de muerte?

Nick reflexionó unos momentos.

—Es posible. Lo hiciera quien lo hiciese, fue una salvajada, una aberración. —Nick temió haber ido demasiado lejos, haber traicionado su ira. Pero ¿cómo iba a reaccionar? Observó que la mujer negra escribía algo en su bloc de notas.

—¿La policía de Fenwick sospecha quién lo hizo? —inquirió el policía.

—No tengo ni la más remota idea.

—¿Suele llevar el señor Rinaldi el tema de su seguridad personal fuera de la empresa? —preguntó la inspectora negra.

—Oficiosamente, sí —contestó Nick—. A veces. Después de este último incidente, le pedí que me instalara un nuevo sistema de seguridad.

—De modo que comentó el incidente con él —señaló la inspectora.

Nick se demoró unos instantes en responder. ¿Qué les había contado Eddie exactamente? ¿Les había dicho que había ido a casa de Nick después de que mataran a *Barney*? Nick se lamentó de no haber hablado con Eddie más a fondo, para averiguar todo lo que les había dicho. Mierda.

—Brevemente. Le pedí consejo, como es lógico.

Nick esperó la inevitable pregunta siguiente, al menos inevitable para él: ¿Fue Eddie Rinaldi a su casa después de que hallaran a *Barney* en la piscina? ¿Cuál era la mejor respuesta?

Pero en lugar de formularle esa pregunta, la inspectora negra dijo:

—Señor Conover, ¿cuánto hace que se mudó a la urbanización Fenwicke?

—Aproximadamente un año.

—¿Después de que anunciaran los despidos? —prosiguió la inspectora.

—Un año después.

—¿Por qué?

Nick dudó unos instantes.

—Mi esposa insistió.

—¿Por qué?

—Tenía miedo.

—¿De qué?

—De que nuestros hijos sufrieran algún daño.

—¿Qué le hacía temer eso?

—Era una cosa instintiva, más que nada. Sabía que había varias personas que querían lastimarnos.

—De modo que sí recibió amenazas —dedujo la inspectora negra—. Pero usted ha dicho que no sabía nada de amenazas, que no quería saberlo.

Nick apoyó las manos en la mesa, una sobre otra. Se sentía desesperado, atrapado como un animal acorralado, y sabía que la única forma de responder era empleando un tono razonable y franco.

—¿Sabía yo que había recibido unas amenazas específicas? No. ¿Sabía que había recibido unas amenazas, unos casos aislados, que nos la tenían jurada a mi familia y a mí? Pues claro. La gente habla. Los rumores se difunden rápidamente. No iba a esperar con los brazos cruzados hasta comprobar si esos rumores eran fundados o infundados. Y les aseguro que mi esposa tampoco estaba dispuesta a esperar.

Los dos policías parecieron aceptar la respuesta de Nick.

—Antes de mudarse a su nueva casa, ¿sufrió algún allanamiento de morada?

—No hasta que nos trasladamos a la urbanización Fenwicke.

El policía rubio sonrió.

—Supongo que esa… urbanización vallada… no le ofrecía ninguna protección —dijo, pronunciando despectivamente las palabras «urbanización vallada», sin molestarse en disimular cierta nota de satisfacción

—Se tarda más en entrar y salir, eso es todo —reconoció Nick.

El tipo rubio se rió y meneó la cabeza.

—Pero seguro que cuesta mucho más.

—¡Qué cosas tiene!

—Aunque usted puede permitírselo.

Nick se encogió de hombros.

—No fui yo, sino mi esposa quien decidió que nos mudáramos allí.

—Su esposa murió el año pasado —terció la mujer negra—, ¿no es así?

—Sí.

—¿No hubo sospechoso en su muerte?

Una pausa.

—No, nada sospechoso —respondió Nick lentamente—. Fue un accidente de carretera.

—¿Conducía usted? —preguntó la inspectora.

—No, mi esposa.

—¿Habían bebido?

—El otro conductor había bebido media botella de vino —contestó Nick.

—Pero usted no.

—No —respondió Nick—. Yo no. —Apretó los labios y consultó su reloj—. Me temo que…

El tipo rubio se levantó y dijo:

—Gracias por dedicarnos estos minutos.

Pero la mujer negra permaneció sentada,

—Sólo quiero hacerle un par más de preguntas, señor.

—¿No podríamos seguir con el interrogatorio en otro momento? —preguntó Nick.

—Sólo nos llevará un par de minutos, si no le importa. No queremos dejar ningún cabo suelto. ¿Tiene usted alguna arma de fuego, señor Conover?

—¿Un arma de fuego? —Nick negó con la cabeza. Confiaba en no haberse sonrojado.

—Una pistola —explicó la inspectora.

—No. Lo siento.

—Gracias. A propósito, ¿dónde estaba usted el martes por la noche?

—En casa. No me he movido de la ciudad desde hace aproximadamente diez días.

—¿Recuerda a qué hora se acostó?

—¿El martes?

—El martes pasado.

Nick reflexionó unos momentos.

—El miércoles salí a cenar. El martes me quedé en casa.

—¿Recuerda a qué hora se fue a dormir?

—No... normalmente me acuesto sobre las once, o las once y media.

—¿Así que podemos decir que sobre las once y media estaba acostado?

—Eso creo. —Nick comprendió entonces que la inspectora era muy lista, más que su compañero rubio, que era simple fachada.

—¿No se despertó en toda la noche?

—No. —Joder, pensó Nick. ¿Qué está insinuando?

—De acuerdo, estupendo —dijo la inspectora al tiempo que se levantaba—. Esto es todo. Le agradecemos el tiempo que nos ha dedicado.

Nick se levantó y les estrechó la mano a ambos.

—A su disposición —dijo—. Pero la próxima vez les agradecería que me avisaran antes de venir.

—Lo haremos —respondió la mujer negra. De pronto se detuvo, como si vacilara—. Siento haberle entretenido, señor Conover. Pero las víctimas no son simples números, son seres humanos. Al margen de sus problemas y de sus dificultades, un hombre ha muerto. Alguien que era importante para otra persona. Todos tenemos alguien que nos quiere.

—Eso espero —respondió Nick.

38

Inmediatamente después de haber acompañado a los dos inspectores de homicidios al ascensor, Nick regresó a la sala de juntas, confiando en encontrar allí a Todd Muldaur, pero la sala estaba desierta. Todd y los otros se habían marchado. Nick volvió a la zona de despachos —a su cubículo— dando un rodeo, y pasó frente al despacho de Scott.

—Buenas tardes, Gloria —dijo a la secretaria de Scott, una mujer menuda, más que competente, con la cara redonda, rubia y que lucía un flequillo—. ¿Está Scott en su despacho?

—Buenas tardes, señor Conover. Scott ha...

—Hola, Nick —dijo Scott, apareciendo por detrás de su panel—. Menudo rato hemos pasado hoy, ¿verdad?

—Cuéntame de qué va todo eso —respondió Nick afablemente, avanzando hacia la mesa de trabajo de Scott, una mesa redonda donde éste celebraba sus reuniones.

—Pues de un cambio radical de la situación —dijo Scott. Empezó a mover unas pilas de papeles, trasladándolas a una mesita auxiliar junto a su mesa de trabajo—. ¿Qué te ha parecido ese tipo nuevo, Finegold?

—Bastante agradable —respondió Nick con cautela, de pie ante la mesa, esperando a que Scott terminara de ordenar sus papeles.

—Ese tipo está forrado. Tiene un montón de dinero. Hace un par de años contrató a ese grupo de rock, 'N Sync, cuando todavía eran muy populares, para que tocaran en el Bar Mitzvá de su hija.

—Es una pieza de recambio.

—¿Una qué?

—Una pieza de recambio. Cuando el disco duro falla, lo cambias por otro, preparado para empezar a funcionar inmediatamente. No tienes más que enchufar el aparato y ya está.

—¿Dan? No, estoy seguro de que sólo pretenden reforzar el banquillo. ¿No se dice así en la jerga deportiva? Es un tipo estupendo. Te contaré una historia divertida, cuando Dan estaba en...

—¿Por qué he tenido que enterarme de lo de Atlas McKenzie por Todd? —le interrumpió Nick—. ¿Qué coño ha ocurrido?

Scott se sonrojó; fijó los ojos en su mesa.

—Ya te lo dije, recibí una llamada de Hardwick cuando salí para cenar con vosotros. Te llamé al móvil, pero supongo que estaba apagado.

—No me dejaste un mensaje.

—No era el tipo de mensaje que uno deja en el buzón de voz...

—Tampoco me enviaste un correo electrónico. Ni me llamaste la mañana anterior a la reunión de la junta. Dejaste que lo averiguara a través del maldito Todd Muldaur.

Scott alzó las manos con las palmas hacia arriba.

—No tuve oportunidad de...

—¿No tuviste oportunidad de decirme que te habían nombrado miembro de la junta? —preguntó Nick.

Scott contempló la superficie de formica blanca de su mesa como si acabara de descubrir algo alarmante allí encima.

—Yo no... —balbució.

—No me digas que no sabías que eso iba ocurrir. ¿Por qué diablos no me lo comentaste? ¿No podías llamarme al móvil?

—No me correspondía a mí decírtelo, Nick —respondió Scott, alzando por fin la vista. Estaba rojo como la grana y los ojos le lagrimeaban. Su tono era sumiso, pero mostraba una expresión feroz.

—¿Ah, no? Pero ¿qué coño me estás diciendo? ¿Sabías que iban a colocarte en la junta y no te correspondía a ti decírmelo? Te guardaste el secretito, has permitido que me avergonzaran delante de toda la junta.

—Venga, Nick, cálmate —dijo Scott—. ¿Vale? Era complicado. Ahora que lo pienso, supongo que debí decírtelo, pero Todd me pidió que fuera discreto. Deberías hablarlo con Todd.

Nick se levantó.

—Sí —dijo—. Tienes razón.

No juegues conmigo, pensó. Estuvo a punto de decirlo, pero en el último momento algo se lo impidió.

Cuando Nick regresó a su mesa, Marge le salió al paso para mostrarle un sobre.

—Acaban de enviarlo de recursos humanos —dijo Marge—. El cheque que solicitaste.

—Gracias —respondió Nick, tomando el sobre y echando a andar de nuevo.

—Nick —dijo Marge.

Nick se detuvo y se volvió hacia ella.

—¿Ese cheque es para Cassie Stadler?

—Sí.

—Es mucho dinero. Es la indemnización de su padre, ¿no es así? ¿No renunció al dinero cuando dimitió?

Nick asintió con la cabeza.

—La compañía no está obligada a pagárselo —observó la secretaria.

—No.

—Pero es lo correcto. Es un bonito gesto, Nick —dijo Marge con los ojos llenos de lágrimas.

Nick asintió de nuevo y regresó a su mesa de trabajo. Tomó de inmediato el teléfono y llamó al móvil de Todd Muldaur. Sonaron tres tonos, cuatro, y cuando Nick se disponía a colgar oyó la voz de Todd.

—Hola, soy Todd.

Parecía un mensaje de voz grabado, de modo que Nick esperó unos segundos antes de decir:

—Soy Nick Conover, Todd.

—Hola, Nick, ahora sí puedo hablar contigo. Te marchaste sin darme ocasión de despedirme de ti, colega.

—¿Estás tratando de presionarme para que me vaya, Todd?

Una breve pausa.

—¿Por qué dices eso?

—Venga, hombre. Por todo lo que ocurrió durante la reunión de la junta. Te presentas con Finegold, tu pieza de recambio, colocas a Scott en la junta sin advertírmelo de antemano.

Las reuniones mensuales de la junta, los informes financieros semanales. Los cambios en las reglas del juego. Me arrebatas mi derecho a modificar mi equipo según mis necesidades. ¿Me tomas por idiota?

—No necesitamos presionarte para que te vayas, Nick —respondió Todd con tono frío—. Si quisiéramos echarte, ya lo habríamos hecho.

—Ya, pero tendríais que pagar una buena indemnización.

—Un error de redondeo en Fairfield Partners, colega.

—¿Para vosotros cinco millones de dólares es un error de redondeo?

—Hablo en serio, Nick. Queremos atraer a más gente a la mesa. Reforzar el equipo.

—Si no me consideras capaz de dirigir la empresa, debes decírmelo sin rodeos.

Todd dijo algo, pero la señal empezó a debilitarse.

—... un obstáculo —dijo.

—¿Cómo dices? —preguntó Nick—. No te he entendido.

—He dicho que confiamos en ti, Nick. Pero no queremos que seas un obstáculo.

—¿A qué te refieres?

—Queremos asegurarnos de que te muestras receptivo, Nick. Eso es todo. Queremos asegurarnos de que estás a bordo.

—Por supuesto que estoy a bordo —respondió Nick deliberadamente ambiguo. No sabía exactamente qué quería decir con eso, pero confiaba en que sonara vagamente amenazador.

—Excelente —dijo Todd.

Su voz sonó de nueva confusa porque la señal se había perdido de nuevo. Un fragmento: «... oír».

—Haz el favor de repetírmelo —dijo Nick.

—Pero ¿qué clase de estación radioeléctrica tenéis en ese pueblo vuestro? Es una porquería. Bueno, te dejo. No te oigo. —La comunicación se interrumpió.

Nick contempló largo rato el cheque alargado de color azul que había recibido de la oficina del tesorero para Cassie Stadler: una indemnización, nada más que eso. Andrew Stadler había dimitido antes de que lo echaran; legalmente, no tenía derecho a percibir ninguna indemnización. Pero lo legal, y lo que un tribunal pudiera dictaminar —en caso de que Cassie decidiera acudir a los tribunales— eran dos cosas distintas. Nick había decidido que era preferible evitar problemas. Ser generoso. Demostrar a Cassie la buena fe del empleador de su padre, exponer que en Stratton estaban dispuestos a ir más allá de lo que se les exigía.

Eso era todo, se dijo Nick.

Era mejor tener contenta a esa chica. Nadie quería una querella.

Nick recordó lo que la inspectora negra le había dicho al marcharse: «Todos tenemos alguien que nos quiere». No andaba desencaminada. Por más que Andrew Stadler estuviera trastornado, incluso loco, su hija le había querido.

Nick pulsó el intercomunicador.

—Marge —dijo—, llama a Cassie Stadler.

—Creo que sigue viviendo en casa de su padre —respondió Marge por el intercomunicador.

—De acuerdo. Dile que quiero ir a verla. Que quiero darle una cosa.

39

El oficial Jack Noyce hizo pasar a Audrey a su despacho acristalado, que no era mucho mayor que el cubículo de su subordinada. No obstante, lo había equipado con un sistema de sonido que tenía todo el aspecto de ser bastante caro, un reproductor de DVD y unos altavoces de última generación. A Noyce le entusiasmaba su equipo de audio, y le entusiasmaba la música. A veces Audrey le veía con los cascos puestos o escuchando música a través de los altavoces con la puerta del despacho cerrada.

Como jefe del equipo de Casos Prioritarios, Noyce tenía numerosas responsabilidades administrativas y más de una docena de policías a sus órdenes, por lo que pasaba buena parte de su jornada reunido. La música —Keith Jarrett, Bill Evans, Art Tatum, Charlie Mingus, Thelonius Monk, todos los grandes del jazz— era su única válvula de escape.

A través del equipo estereofónico de Noyce sonaba una maravillosa y evocadora versión de la balada *You go to my head,* interpretada por un pianista.

—¿Tommy Flanagan? —preguntó Audrey.

Noyce asintió con la cabeza.

—Si cierras los ojos, tienes la sensación de encontrarte de nuevo en el Village Vanguard.

—Es una música preciosa.

—No me has dicho nada sobre Bugbee —dijo Noyce. Sus ojos tristes, enmarcados por unas gruesas gafas, mostraban preocupación.

—No ocurre nada —respondió Audrey.

—Si las cosas se tuercen me lo dirás, ¿verdad?

Audrey se echó a reír.

—Sólo cuando haya llegado al límite.

—Al parecer se han acabado las bromas pesadas.

—A lo mejor Bugbee ya se ha cansado de ellas.

—O quizá haya aprendido a respetarte.

—Eso es pedirle peras al olmo —dijo Audrey, riendo.

—¡Se suponía que tú creías en la capacidad de la gente para redimirse! Escucha, Audrey, ¿habéis ido a Stratton?

—No me digas que Bugbee te informa de todos nuestros pasos.

—No. Recibí una llamada del director de seguridad de Stratton.

—Rinaldi.

—Exacto. Hablaste con él, y luego tú y Bugbee fuisteis a hablar con Nicholas Conover.

—¿Por qué te llamó Rinaldi?

—Dice que os presentasteis de improviso y esperasteis a que Conover saliera de una reunión con la junta. ¿Es cierto?

Audrey se puso a la defensiva.

—Lo decidí yo. Quería evitar cualquier respuesta preparada, cualquier coordinación.

—No te sigo. —Noyce se quitó las gafas y empezó a limpiarlas con un pañito para tal fin.

—Yo había hablado con Rinaldi, y había algo que no encajaba. No puedo explicarlo.

—No es preciso que lo hagas. Cuestión de intuición.

—Exacto.

—Que en el noventa por ciento de los casos no conduce a nada. Pero bueno —Noyce sonrió—, hay que aceptar las cosas como son.

—No quise que Rinaldi hablara con su jefe y le dijera lo que tenía que responder.

—De modo que asaltaste al director general cuando salía de la sala de juntas —dijo Noyce, riendo por lo bajito.

—Pensé que si concertábamos con él una cita de antemano, llamaría a su jefe de seguridad para preguntarle a qué venía nuestra visita.

—La verdad, sigo sin entenderte. ¿Me estás diciendo que crees que el director general de Stratton tiene algo que ver con este caso?

Audrey negó con la cabeza.

—No, claro que no. Pero puede haber una relación. Un par de días antes de la muerte de Stadler, se produjo un incidente en casa de Nicholas Conover. Alguien mató al perro de la familia y lo arrojó a la piscina.

Noyce esbozó una mueca.

—Dios. ¿Fue Stadler?

—No lo sabemos. Pero ése ha sido el último de una larga lista de incidentes que han venido produciéndose en casa de los Conover desde que se mudaron, hace más o menos un año. Hasta la fecha sólo ha habido pintadas, no han robado nada ni ha habido ningún episodio violento. No dejaron huellas en el cuchillo que utilizaron para matar al perro. Por lo que tengo entendido, no hubo mucha motivación para hacer algo al respecto, dado lo que opina la gente de Conover.

—Sí, ya, pero eso no está bien.

—De modo que poco antes de la muerte de Stadler, Rinaldi se puso en contacto con nuestra división uniformada para indagar sobre ese hombre, Andrew Stadler, y averiguar si tenía antecedentes penales.

—¿Y los tenía?

—Hace tiempo Stadler fue interrogado en relación con la muerte de una familia vecina, pero no fue acusado.

—¿Por qué se interesó Rinaldi por Andrew Stadler?

—Rinaldi dijo que examinó la lista de los empleados que habían sido despedidos, una lista larguísima, compuesta por cinco mil personas, para comprobar si alguien había mostrado signos de violencia.

—¿Y era el caso de Stadler?

—Rinaldi respondió con evasivas sobre esa cuestión. Cuando entrevisté al supervisor de la víctima, en el taller de prototipos donde había trabajado, el hombre me dijo que Stadler no era un tipo violento. Aunque había dimitido en un ataque de rabia, lo cual significaba que había perdido la indemnización a la que tenía derecho. Pero Rinaldi dijo que había comprobado que Stadler tenía un historial de trastornos mentales.

—¿Así que sospechaba que Stadler era el hombre que había acosado a Conover?

—Rinaldi lo niega, pero ésa fue la sensación que me dio.

—¿Y tú crees que Conover o Rinaldi tuvieron algo que ver con el asesinato de Stadler?

—No lo sé. Pero ese Rinaldi me da mala espina.

—Yo conozco a Rinaldi.

—Dijo que erais amigos.

—¿Eso dijo? —preguntó Noyce, riendo.

—Cuando estuvo en la policía de Grand Rapids hubo ciertos tejemanejes. Le expulsaron por sospechar que se había quedado con el dinero de una incautación de drogas.

—¿Cómo lo sabes? —preguntó Noyce, intrigado.

—Llamé a Grand Rapids y fui preguntando hasta que di con alguien que le conocía.

Noyce frunció el ceño y meneó la cabeza.

—Prefiero que no llames a Grand Rapids.

—¿Por qué?

—La gente habla. Los rumores se propagan como la pólvora. Alguien podría contárselo a Rinaldi, y no quiero que sepa que hemos estado investigándole. Así nos será más fácil pillarle en una mentira.

—De acuerdo, me parece prudente.

—Así, ¿dices que sospechas de Rinaldi en el homicidio de Stadler?

—Yo no he dicho eso. Edward Rinaldi es un ex policía y un tipo como él conoce a mucha gente.

—¿Gente que pudo haber liquidado a un ex empleado que estaba mal de la cabeza? —Noyce volvió a ponerse las gafas y arqueó una ceja.

—Parece un tanto improbable, ¿no es cierto?

—Un poco.

—Pero no lo es más que un asesinato relacionado con un asunto de drogas en el que está implicado un tipo que no encaja con el perfil de un heroinómano, al que no se le encontró heroína en los análisis de sangre y que llevaba heroína falsa en el bolsillo. Dicho de otro modo, un montaje.

—Tienes razón.

—Aparte, no encontraron huellas dactilares en las bolsas de plástico en que estaba envuelto el cadáver. Unos restos de talco que indicaban que habían utilizado guantes quirúrgicos para trasladar el cuerpo. Todo es muy extraño. Me gustaría examinar el registro de las llamadas telefónicas de Rinaldi.

Noyce emitió un prolongado suspiro.

—Sería como iniciar las hostilidades con Stratton.

—¿Y las llamadas telefónicas personales de Rinaldi, de su móvil, del teléfono de su casa y de otros teléfonos?

—Eso es más fácil.

—¿Podrías darme la autorización?

Noyce se mordió el labio.

—Muy bien. Lo haré. Tienes intuición. Te haré caso. Pero escúchame bien, Audrey. La Stratton tiene muchos enemigos en esta ciudad.

—No me digas.

—Por eso quiero ser justo. No quiero dar la impresión de que vamos a por ellos de forma arbitraria, sólo para fastidiarles. De que estamos cediendo a la presión pública, tratando de complacer a la gente. Nada de eso. Quiero que juguemos limpio y que se note que lo hacemos, ¿entendido?

—Por supuesto.

—Conviene que ambos estemos bien de acuerdo en este tema.

40

La casa de Cassie Stadler estaba en West Sixteenth Street, en un sector de Fenwick conocido todavía como Steepletown debido a la cantidad de iglesias que había habido allí. Nick conocía bien la zona; se había criado allí, en una modesta vivienda de dos plantas, rodeada por un pequeño césped cubierto de maleza y una valla de tela metálica para mantener a los vecinos a raya. Cuando Nick era niño, Steepletown era un barrio obrero; buena parte de los hombres trabajaban en la fábrica de Stratton. En su mayoría eran polacos católicos, aunque los Conover no eran polacos ni miembros del Sagrado Corazón. Era un barrio donde la gente guardaba el dinero debajo del colchón.

Al circular en coche por esas calles, Nick se sintió embargado por una extraña y melancólica nostalgia. Todo tenía un aspecto y exhalaba un olor que le resultaban familiares, el edificio de la Legión Americana, la bolera, los billares. Los acabados de aluminio de los edificios de madera, los sándwiches de tres pisos, la tienda de licores de Corky's. Incluso los coches seguían siendo grandes y americanos. Era distinto del resto de Fenwick, que se había modernizado, con sus restaurantes vegetarianos y sus *caffè latte*, con sus grandes superficies y sus concesionarios de BMW, lo cual confería a la ciudad un aire extraño que desentonaba, como una niña que se disfraza de persona mayor con los zapatos de tacón de su madre. Antes de aparcar el coche junto al bordillo frente a la casa, por la radio sonó una canción: *She's always a woman*, de Billy Joel. Una de las canciones favoritas de Laura. Había aprendido a tocarla en el piano, bastante bien por cierto. Solía cantarla en la ducha —«*Oh, she takes care of herself...*»—, mal, desafinando, con voz escasa y temblorosa. Al escuchar la canción Nick sintió un nudo en la garganta. Apagó la radio, no lo soportaba, y permaneció unos minutos sentado en el coche antes de apearse.

Nick llamó al timbre: seis tonos melodiosos que sonaban como un carillón. Se abrió la puerta y apareció una figura menuda que se recortaba contra la penumbra detrás de la polvorienta puerta metálica.

«¿Qué diablos estoy haciendo? —se preguntó Nick—. Joder, esto es una locura. La hija del hombre que maté.»

«Todos tenemos alguien que nos quiere», había dicho la policía.

Esta mujer era ese alguien.

—Señor Conover —dijo Cassie Stadler. Llevaba una camiseta negra y unos vaqueros raídos. Era delgada, más menuda de lo que Nick recordaba tras haberla visto en el funeral, y mostraba una expresión dura, recelosa.

—¿Puedo pasar un momento?

La mujer tenía los ojos enrojecidos y enmarcados por unas profundas ojeras.

—¿Por qué?

—Le traigo una cosa.

Cassie miró a Nick y luego se encogió de hombros.

—Bueno. —La mínima expresión de cortesía. Abrió la puerta metálica para que él pasara.

Nick penetró en un recibidor pequeño y sombrío que olía a humedad. El correo estaba amontonado sobre una mesa de caballete. Había algunos toques que prestaban un aire acogedor a la estancia: un cuadro en un ornamentado marco dorado, una marina mal ejecutada, que parecía una reproducción; un jarrón con unas flores secas; una lámpara con una pantalla adornada con un fleco. Un paño bordado en punto de cruz o algo semejante, en un austero marco negro, decía: DEJA QUE VIVA EN UNA CASA JUNTO A LA CARRETERA Y SEA AMIGO DEL HOMBRE. Debajo, una imagen bordada de una casa bastante más bonita que la vivienda en la que colgaba. Parecía como si nadie hubiera movido nada ni quitado el polvo en una década. Nick vislumbró una pequeña cocina y una aparatosa nevera con los cantos redondeados de color blanco.

Cassie retrocedió unos pasos y se detuvo en un cono de luz procedente de una claraboya.

—¿Qué pasa?

Nick sacó el sobre del bolsillo de la chaqueta y se lo entregó. Cassie lo tomó, perpleja, y examinó el sobre como si nunca hubiera visto uno. Luego extrajo el cheque de color azul pálido. Cuando vio la cantidad, no mostró la menor sorpresa ni reacción.

—No lo entiendo.

—Es lo que menos que podemos hacer —dijo Nick.

—¿Por qué me lo da?

—Es la indemnización que su padre hubiera debido cobrar.

Entonces Cassie lo comprendió.

—Mi padre dimitió de su puesto.

—Tenía problemas psicológicos.

Cassie esbozó una sonrisa, mostrando una dentadura blanca y reluciente, que en otro contexto habría resultado sexy. Pero que en esos momentos turbó a Nick.

—Esto es muy interesante —dijo Cassie. Tenía una voz aterciopelada, seductoramente grave. Y tentadora, pensó Nick. Las comisuras de su boca se curvaban hacia arriba aun cuando no sonreía, lo cual le otorgaba una expresión perspicaz.

—¿El qué?

—Esto —respondió Cassie.

—¿El cheque? No lo comprendo.

—No. Usted. ¿Qué ha venido a hacer aquí?

—¿Cómo?

—Es como si hubiese venido a sobornarme.

—¿A sobornarla? No. Su padre no fue debidamente asesorado durante la entrevista referente a su despido. No debimos permitir que se fuera sin percibir la misma indemnización que los demás, al margen de que dimitiera. Estaba furioso, y con razón. Pero era un empleado que había trabajado mucho tiempo para la empresa y merecía recibir mejor trato.

—Esto es mucho dinero.

—Su padre trabajó para Stratton durante treinta y seis años. Tenía derecho a cobrar este dinero. Quizá no desde el punto de vista estrictamente legal, pero sí moral.

—Es dinero culpable. En alemán se dice *Schuldgelt*. —En los labios de Cassie se dibujó una sonrisa astuta, haciendo que las comisuras se curvaran ampliamente hacia arriba. Quizá fuera una sonrisa burlona—. La palabra «culpa» tiene las mismas raíces que la palabra alemana que significa dinero, *Geld*.

—No lo sabía —respondió Nick, sintiendo una opresión en la boca del estómago—. Pensé que no debíamos dejarla desprotegida.

—Dios. No entiendo cómo es usted capaz de hacer lo que hace.

«Tiene derecho a atacarme —pensó Nick—. Que lo haga, que siga con su discurso anticorporación. Que siga poniéndonos verde a Stratton y a mí. Así se sentirá mejor. Quizá yo esté aquí por puro masoquismo.»

—De acuerdo —dijo Nick—. Soy Nick *el Verdugo*.

—Entiendo que no debe de ser fácil para usted sentirse odiado por toda la ciudad.

—Forma parte de mi trabajo —respondió Nick.

—Debe de ser agradable tener trabajo.

—A veces sí, otras no tanto.

—Supongo que la vida debía de ser mucho más fácil para usted hace un par de años, cuando todo el mundo le quería. Debía de sentirse el rey del universo, cuando todo le iba bien. Pero de pronto se convirtió en el malo de la película.

—No se trata de un concurso de popularidad. —¿Qué diablos era esto?

Una sonrisa misteriosa.

—Un hombre como usted desea ser apreciado. Necesita ser apreciado.

—Bueno, debo irme.

—Le estoy poniendo nervioso —observó Cassie—. No es usted una persona introspectiva. —Una breve pausa—. ¿Por qué ha venido? ¿No se fía del servicio de mensajería?

Nick meneó la cabeza en un gesto ambiguo.

—No estoy seguro. Creo que ha sido por su situación. Yo perdí a mi esposa el año pasado. Sé lo duro que es esto.

Cuando Cassie le miró, sus pupilas de color castaño oscuro reflejaban dolor.

—¿Tiene hijos?

—Dos. Una niña y un chico.

—¿Qué edad tienen?

—Julia tiene diez años. Lucas dieciséis.

—Dios mío, no quiero ni imaginar lo que ha de ser perder a la madre a esa edad. Supongo que siempre hay suficiente dolor para repartir en el banquete de la vida. Y segundas raciones, ¿no es así? —dijo Cassie como si le faltara el resuello.

—Tengo que irme. Siento haberla molestado presentándome de esta forma.

Inopinadamente Cassie se desplomó en el suelo. Cayó sentada sobre la alfombra y luego quedó tumbada de lado. Sus piernas habían cedido.

—Joder —dijo al tiempo que se apoyaba sobre un brazo.

—¿Se siente bien? —preguntó Nick, acercándose e inclinándose sobre ella.

Cassie se llevó la otra mano a la frente. Cerró los ojos. Su piel traslúcida presentaba un color ceniciento.

—Joder, lo siento. Me he mareado y...

—¿Quiere que le traiga algo?

Cassie negó con la cabeza.

—Sólo necesito sentarme. Estoy desorientada.

—¿Un vaso de agua? —Nick se arrodilló junto a ella. Cassie parecía a punto de perder el conocimiento—. ¿Quiere comer algo?

Cassie negó de nuevo con la cabeza.

—Estoy bien.

—No lo creo. No se mueva, le traeré algo.

—No pensaba ir a ninguna parte —respondió Cassie con la mirada perdida—. Déjelo, no se preocupe. Estoy bien.

Nick se levantó y se dirigió a la cocina. En el fregadero había una pila de cacharros sucios y en la mesa, junto al fregadero, varias bandejas de comida china. Nick miró a su alrededor, localizó el hornillo eléctrico y una tetera sobre un quemador. Tomó la tetera y comprobó que estaba vacía. La llenó debajo del grifo del fregadero, tras apartar algunos platos. Le llevó un par de segundos descifrar qué botón del hornillo correspondía a qué quemador. El fogón tardó largo rato en pasar del color negro al naranja.

—¿Le gusta el Szechuan Garden? —preguntó Nick.

Silencio.

—¿Se encuentra bien?

—En realidad es bastante cutre —contestó Cassie después

de otra pausa, con un hilo de voz—. Hay dos o tres restaurantes chinos en toda la ciudad, a cuál peor que el otro. —Otra pausa—. En la manzana donde vivo, en Chicago, hay más restaurantes chinos que en todo Fenwick.

—Pero al parecer compra mucha comida allí.

—Sí, me cae cerca. No he tenido que cocinar desde que...

Cassie estaba en el umbral de la cocina. Entró lentamente, trastabillando. Se sentó en una de las sillas de la cocina, con el respaldo de vinilo rojo y cromado, la mesa de formica de color rojo y una tira cromada alrededor del borde.

La tetera empezó a emitir un sonido estridente y hueco. Nick abrió el frigorífico —en la puerta decía FRIGIDAIRE, unas letras metálicas grandes y cuadradas, en relieve, que recordó a Nick la nevera que había en su casa cuando era niño— y vio que estaba prácticamente vacía. Un litro de leche desnatada, una botella abierta de chardonnay australiano, con el corcho puesto, y una bandeja de huevos medio vacía.

Nick encontró un trozo de queso parmesano y unas cebolletas salvables.

—¿Tiene un rallador?

—¿Habla en serio?

41

Nick depositó la tortilla en la mesa delante de Cassie, junto con un tenedor, una servilleta de papel y una taza de té. La taza, según observó Nick demasiado tarde, ostentaba en un lado el viejo logotipo de Stratton de los setenta.

Cassie empezó a comerse la tortilla con voracidad.

—¿Cuándo fue la última vez que tomó algo sólido? —preguntó Nick.

—Ahora mismo —respondió Cassie—. Me olvidé de comer.

—¿Se olvidó?

—He estado pensando en otras cosas. Oiga, esto no está nada mal.

—Gracias.

—Jamás habría dicho que sabría usted cocinar.

—Mis dotes culinarias se reducen a eso.

—Ya me siento mejor. Gracias. Creí que iba a desmayarme.

—De nada. Vi un trozo de salami en la nevera, pero pensé que quizá fuera vegetariana.

—Los vegetarianos no comen huevos —contestó Cassie—. Humm, qué rico. ¿Sabe?, existen unas lombrices que si no encuentran comida se devoran a sí mismas.

—Me alegro de haber llegado a tiempo.

—El director general de Stratton prepara una tortilla genial. Espere a que los periódicos publiquen la noticia.

—¿Por qué se fue a Chicago?

—Es una larga historia. Me crié aquí. Pero cuando tenía nueve o diez años, mi madre se cansó de las locuras de mi padre. Se mudó a Chicago, la ciudad del viento, y me dejó aquí con mi padre. Al cabo de un par de años fui a vivir con mi madre y su segundo marido. Eh, estamos en mi casa pero soy una pésima anfitriona.

Cassie se levantó, se acercó a una de las alacenas inferiores y abrió la puerta. La alacena contenía una nutrida colección de botellas cubiertas de polvo: vermut, Bailey's Irish Cream y otras.

—A ver si lo adivino: usted bebe whisky.

—Tengo que volver a casa, mis hijos me esperan.

—Ah —dijo Cassie—. Sí, claro.

Su rostro mostraba una expresión desvalida y necesitada que conmovió a Nick. Éste había dicho a Marta que tardaría aproximadamente una hora en volver; no pasaría nada si se retrasaba.

—Pero tomaré un poco de whisky.

Cassie sonrió más animada, se inclinó y sacó una botella de Jameson.

—No es escocés, sino irlandés, ¿le parece bien?

—Perfecto.

Cassie sacó un vaso de cristal tallado del mismo armario.

—¡Caray! —exclamó, soplando sobre el vaso y levantando una nube de polvo. Lo lavó bajo el grifo del fregadero—. Yo diría que con hielo.

—¿Qué?

—Que le gusta el whisky con hielo. —Cassie se dirigió a la vieja nevera, abrió el congelador y sacó una bandeja de cubitos de hielo que Nick no había visto desde hacía décadas, de aluminio, provista de una pequeña palanca para extraer los cubitos. Cassie tiró de la palanca, haciendo un ruido que a Nick le recordó su infancia. Le recordó a su padre, a quien le gustaba el whisky con hielo: lo tomaba cada noche, y en cantidades excesivas.

Cassie vertió un puñado de cubitos de hielo en el vaso, añadió unos centímetros de whisky y se lo pasó a Nick, mirándole por primera vez a los ojos. Cassie tenía los ojos grandes, de un color gris verdoso, y lúcidos, y Nick sintió que se excitaba sexualmente. De inmediato se sintió avergonzado. Joder, pensó.

—Gracias —murmuró Nick.

El vaso tenía grabado Famous Grouse, la marca de whisky. Era el tipo de vaso que te dan en la tienda de licores junto con la botella, para promocionar el producto.

—¿No toma nada? —preguntó Nick.

—No me gusta el whisky —respondió Cassie. La tetera empezó a emitir su estridente silbido. Cassie la retiró del fuego, halló en un cajón unas bolsitas de té y se preparó una infusión.

—¿Cómo se siente en casa? —preguntó Nick. El whisky tenía un sabor intenso pero agradable, y Nick sintió enseguida sus efectos. A decir verdad, tampoco recordaba haber comido.

—Es extraño —respondió Cassie sentándose a la mesa—. Evoca muchos recuerdos en mí. Algunos agradables, otros no tanto. —La joven miró a Nick—. Usted no puede entenderlo.

—Eso no lo sabe.

—¿Imagina lo que representa tener un padre que padece una grave enfermedad mental? Lo peor es que cuando eres una niña no comprendes lo que ocurre.

—Es cierto. ¿Cómo va a comprenderlo?

Cassie cerró los ojos, como si se hubiera traslado a otro lugar.

—Eres su hija adorada, y tu padre te abraza como nadie es capaz de abrazarte, y apoya su frente en la tuya y te sientes segura, amada, y todo va bien en el mundo. De repente, un día, se muestra distinto, pero crees que la distinta eres tú.

—Debido a la enfermedad.

—Tu padre te mira como si fueras una desconocida. Ya no eres su hija adorada. Quizá te parezcas a ella, pero él no se deja engañar, sabe que alguien o algo ha usurpado tu lugar. Al mirarte ve una especie de robot, ¿comprende? Y tú dices: «¡Papi!». Tienes tres o cuatro años y abres los brazos, esperando que te abrace de esa forma tan especial. Y tu padre exclama: «¿Quién eres? ¿Quién eres realmente?». Y dice: «¡Fuera! ¡Fuera! ¡Fuera!». —La mímica de Cassie era asombrosa, Nick empezó a comprender la pesadilla que había vivido—. Te das cuenta de que tu padre se muestra aterrado ante ti. Y es una sensación distinta a todo lo que has experimentado. Porque no es como cuando te portas mal, y tus padres se enfadan y te gritan. Todos los niños saben lo que es eso. Están furiosos. Pero sabes que te siguen queriendo, que siguen sabiendo que existes. No te consideran un bicho raro. No te tienen miedo. Cuando uno de tus padres padece esquizofrenia, es muy distinto. Cuando caen en ese estado dejas de existir para ellos. Ya no eres su hija. Tan sólo una impostora. Una intrusa. Una… desconocida. Alguien que no pertenece a la familia. —Cassie sonrió con tristeza.

—Su padre estaba enfermo.

—Estaba enfermo —repitió Cassie—. Pero una niña no lo comprende. Una niña no puede comprenderlo. Aunque alguien me lo hubiera explicado, probablemente no lo hubiera entendido. —Cassie se sorbió los mocos; tenía los ojos llenos de lágrimas. Frunció el ceño, volvió la cara y se enjugó los ojos con la camiseta, mostrando un vientre liso y un ombligo pequeño y fruncido.

—¿Nadie le explicó lo que ocurría?

—Cuando tenía unos trece años, por fin lo comprendí. Mi madre no quería afrontarlo, de modo que nunca hablábamos de ello. Lo cual, bien pensado, es un disparate.

—Cuesta imaginar lo que debió usted padecer. —De hecho, Nick no podía imaginar lo que Cassie había soportado, ni lo que la muerte de su padre le hacía revivir. Ansiaba ayudarla de alguna forma.

—No, no puede imaginarlo. Te trastorna psíquicamente. A mí me trastornó.

Cassie bajó la cabeza y se pasó la mano por su cabello erizado. Cuando alzó la vista, tenía las mejillas húmedas.

—No tiene por qué aguantar todo este rollo —dijo con una voz empañada por las lágrimas—. Es mejor que se vaya.

—Cassie —dijo Nick. Sonó como un susurro, mucho más íntimo de lo que se había propuesto.

Durante unos minutos Cassie respiró entrecortadamente.

—Tiene que volver a casa para estar con sus hijos —dijo con voz tensa—. No hay nada más importante que la familia, ¿no es así?

—Nosotros apenas formamos una familia.

—No diga eso —protestó Cassie, y le miró indignada—. No se le ocurra volver a decirlo.

Había estallado algo en su interior, como una caja de fósforos, pero su ira se disipó rápidamente. ¿Quién podía reprochárselo a esa mujer que acababa de enterrar a su padre? Entonces Nick recordó el motivo.

—Lo siento —dijo—. No ha sido fácil para mis hijos, y yo no cumplo como es debido con mis obligaciones paternas.

—¿Cómo murió? —inquirió Cassie suavemente—. La madre de sus hijos.

Nick bebió otro trago. Vio en su mente una breve imagen fragmentada, como perteneciente a una película mal montada.

Los trocitos de vidrio enganchados en el pelo de Laura. El parabrisas hecho añicos.

—Preferiría no hablar de ello.

—Lo lamento.

—No se disculpe. Es una pregunta natural.

—No, pero usted... está llorando.

Nick advirtió que efectivamente estaba llorando, y al volver la cara, avergonzado, maldiciendo el whisky que había tomado, Cassie se levantó de su silla y se acercó a Nick. Apoyó su pequeña y cálida mano en su mejilla, se inclinó sobre él y le besó en los labios.

Nick se apartó sobresaltado, pero Cassie siguió oprimiendo los labios contra los suyos, con más fuerza, con la otra mano apoyada en el pecho de Nick.

Nick volvió la cabeza.

—Tengo que irme a casa.

Cassie sonrió turbada.

—Váyase —asintió—. Le esperan sus hijos.

—Es por la canguro. No le gusta que llegue más tarde de lo que le había prometido.

—Su hija... ¿Cómo ha dicho que se llama?

—Julia.

—Julia. Un nombre encantador. Vaya a reunirse con Julia y con Luke. Le necesitan. Regrese a su bien protegida urbanización.

—¿Cómo lo sabe?

—La gente habla. Es perfecto.

—¿Qué?

—Que viva en una urbanización de ese tipo.

—No soy el típico inquilino de una urbanización de lujo.

—Yo creo que sí —respondió Cassie—. Más de lo que sospecha.

42

Camille, la hija de doce años de LaTonya, estaba practicando el piano en la habitación contigua, lo cual impedía que Audrey se concentrara en lo que decía su cuñada. LaTonya hablaba en voz baja, algo poco habitual en ella, mientras retiraba una cazuela de boniatos de la encimera.

—Te aseguro que si Paul no tuviera unos ingresos fijos —dijo LaTonya—, no sé cómo nos las arreglaríamos con tres hijos en casa.

Audrey, que había observado que la cocina estaba repleta de cajas de suplementos termogénicos que quemaban calorías, respondió:

—¿Y las vitaminas?

—¡Mierda! —gritó LaTonya, dejando caer la cazuela frente a la puerta abierta del horno—. Estas malditas manoplas tienen un agujero. ¿De qué diablos me sirven?

Thomas, que tenía nueve años, llegó corriendo desde el comedor, donde él y Matthew, que tenía once años, deberían estar poniendo la mesa, aunque principalmente estaban parloteando y riendo.

—¿Estás bien, mamá?

—Sí —contestó LaTonya, recogiendo la cazuela y depositándola en la bandeja del horno—. Vuelve y termina de poner la mesa. Y pídele a Matthew que diga a vuestro padre y al tío Leon que se levanten del sofá y vengan a cenar. —LaTonya se volvió hacia Audrey con expresión enojada—. He vuelto a meter la pata.

—¿A qué te refieres?

—Estos suplementos termogénicos. Fenwick es una comunidad retrógrada y aprensiva —dijo con gravedad—. No quieren probar cosas nuevas.

—Y ahora no sabes qué hacer con todas esas botellas.

—Si piensan que voy a pagarlas, están muy equivocados. Quería pedirte que echaras un vistazo a la letra pequeña del contrato, porque no creo que puedan salirse con la suya.

—Desde luego —respondió Audrey sin entusiasmo. Lo último que le apetecía era involucrarse para sacar a LaTonya de otro lío en el que se había metido—. El dinero no es lo peor —dijo—. Quiero decir que nunca está de más, pero nos las arreglamos.

—Eso es porque no tenéis hijos —apuntó LaTonya.

—Sí. Lo peor es soportar a Leon.

—Pero ¿qué hace en todo el día? —preguntó LaTonya con una mano apoyada en la cadera izquierda y agitando la otra para refrescarla.

—Se pasa las horas mirando la televisión y bebiendo —respondió Audrey.

—Yo ya sabía que este chico acabaría así. De niño le mimamos demasiado. Era el bebé de la familia. Conseguía todo lo que quería. Mi madre y yo le dábamos todos los caprichos, y ahora tú pagas el pato. ¿Has oído lo que he dicho?

—No oigo nada.

—Exactamente —gritó LaTonya con voz ensordecedora—. Camille, tienes que seguir practicando el piano veinte minutos más, así que no pares.

Se oyó una protesta angustiada e ininteligible en la habitación contigua.

—¡No cenarás hasta que hayas terminado, con que date prisa! —LaTonya se volvió furiosa hacia Audrey—. No sé lo que le pasa a esa niña. Es que nunca me hace caso.

La cena consistía en carne mechada, macarrones con queso, col y guisado de boniatos, todo muy pesado y grasoso, pero riquísimo. Leon estaba sentado junto a su hermana en un extremo de la mesa, el marido de LaTonya en el otro, los dos niños revoltosos frente a Audrey y la silla vacía de Camille.

En la sala de estar se oía el sonido del piano, esporádico y apagado. Era Brahms, dedujo Audrey. Una pieza muy bonita. ¿Un vals? Su sobrina se empleaba a fondo con ella.

Thomas estalló de pronto en carcajadas y Matthew dijo:

—¡Jódete!

—¡No vuelvas a utilizar ese lenguaje en esta casa, ¿entendido? —saltó LaTonya, furiosa.

Los dos niños callaron al instante. Matthew, que parecía un cachorrito que se había llevado una azotaina, dijo:

—Sí, mamá.

—Eso está mejor —contestó LaTonya.

Audrey miró al niño más joven con una expresión levemente admonitoria, aunque no exenta de cariño hacia su sobrino.

—Ojalá pudiera venir a cenar con vosotros todos los días —dijo Leon, comiendo a dos carrillos.

LaTonya sonrió, pero enseguida se puso seria.

—¿Y se puede saber por qué no encuentras trabajo?

—¿Qué tipo de trabajo? —preguntó Leon, soltando el tenedor con gesto teatral—. ¿Marcando latas en un 7-Eleven?

—El que sea —contestó LaTonya.

—¿El que sea? —repitió Leon—. ¿Cómo qué? ¿Qué crees que puede hacer en esta ciudad un hombre con mis aptitudes?

—¡Tus aptitudes! —dijo LaTonya con tono despectivo.

—¿Cómo crees que me siento al estar en el paro? —replicó Leon, alzando la voz—. ¡Ni te lo imaginas! ¿Cómo crees que me siento como hombre?

—Te diré lo que opino: veo que te pasas el día sentado sin dar golpe —le espetó LaTonya. Luego ladeó la cabeza y gritó—: ¿Qué estás haciendo, Camille?

Otra exclamación ininteligible.

—Estamos cenando todos —gritó LaTonya—. Por la prisa que te das, seguramente acabaremos antes de que hayas terminado de practicar el piano.

—¡No lo soporto! —replicó Camille.

—Ya puedes gritar cuanto quieras —tronó LaTonya—. Me tiene sin cuidado. No te saldrás con la tuya.

—Deja que hable con ella —intervino Audrey. Se disculpó y se dirigió a la sala de estar.

Camille estaba llorando, con la cabeza apoyada en los brazos sobre el teclado. Audrey se sentó a su lado en la banqueta. Acarició el cabello de su sobrina, deteniéndose en los ricitos que tenía en la nuca.

—¿Qué te pasa, cielo?

—No lo soporto —respondió Camille, incorporándose. Tenía la cara cubierta de lágrimas. Parecía muy disgustada; no fingía—. No lo entiendo. Es una tortura.

Audrey miró la partitura. El *Vals en la menor*.

—¿Qué es lo que no entiendes, cariño?

Camille tocó la partitura con un dedo rollizo y humedecido por las lágrimas, haciendo un mohín.

—El trino. ¿No se dice así?

—Supongo.

Audrey empujó un poco a Camille para sentarse más cómodamente y tocó unos compases.

—¿Así?

—Sí, pero yo no sé hacerlo.

—Pruébalo así. —Audrey ejecutó el trino lentamente—. Una octava más baja.

Camille apoyó los dedos en el teclado y lo intentó.

—Así —indicó Audrey, ejecutando de nuevo el trino.

Camille la imitó. Le salió bastante bien.

—Eso es, cariño. Lo has captado. Inténtalo otra vez.

Camille obedeció y esta vez lo hizo perfectamente.

—Ahora retrocede unos compases. Empieza aquí. A ver cómo suena.

Camille tocó los dos primeros compases de la segunda página.

—Lo has aprendido enseguida —la felicitó Audrey—. Ya no me necesitas.

Camille esbozó una media sonrisa.

—¿Cuándo es el recital?

—La semana que viene.

—¿Qué más vas a tocar, aparte de esto?

—El *Pequeño preludio*.

—¿De Beethoven?

Camille asintió en silencio.

—¿Puedo ir? —le preguntó su tía.

Camille sonrió de nuevo, más animada.

—¿Tienes tiempo?

—Lo sacaré de dónde sea, cariño. Me encantará oírte. Ahora date prisa y termina de practicar. Me siento sola en la mesa sin ti.

Y

Paul alzó la visa cuando Audrey entró en el comedor. Era un hombre estrecho de pecho y con las mejillas hundidas, un gen recesivo, pero era un tipo agradable. Camille había vuelto a su pieza de Brahms con energía y entusiasmo.

—No sé con qué la habrás amenazado, pero ha dado resultado —comentó LaTonya.

—Probablemente habrá sacado su pistola —masculló Leon. Parecía haberse calmado, replegándose de nuevo en su actitud monosilábica.

—No —respondió Audrey, sentándose—. Sólo necesitaba un poco de ayuda para entender un pasaje.

—De postre quiero un helado con frutas y nueces —dijo el pequeño.

—Yo decidiré si te lo comes o no —contestó LaTonya—. Ahora mismo, no tienes muchas posibilidades.

—¿Por qué?

—Te has dejado más de la mitad de la carne. ¿En qué estás trabajando estos días, Audrey?

—No es un tema de conversación muy apropiado para la hora de cenar —respondió Audrey.

—No me refería a los detalles escabrosos.

—Me temo que todos los detalles son escabrosos —objetó Audrey.

—Está trabajando en el asesinato de un empleado de Stratton al que mataron en Hastings —intervino Leon.

A Audrey le asombró que su marido estuviera al corriente.

—Se supone que nadie debe saber en qué estoy trabajando —le amonestó Audrey.

—Aquí todos somos de la familia —la tranquilizó LaTonya.

—Aun así —insistió Audrey.

—Nadie va a decir una palabra, hermanita —dijo LaTonya—. ¡Pero si no conocemos a nadie! Ese tipo perdió la chaveta, ¿no es así? Al parecer consumía drogas y otros venenos. —LaTonya dirigió una mirada cargada de intención a sus dos hijos.

—Yo le conocía —dijo Leon.

—¿A quién? —preguntó Audrey—. ¿A Andrew Stadler?

Leon asintió con la cabeza.

—Sí. Era un tipo reservado, pero hablé con él en un par de ocasiones durante la hora de comer. —Leon se sirvió una ración enorme de macarrones con queso, la tercera—. Era un tipo muy amable.

—Un hombre con graves trastornos —apuntó Audrey.

—¿Trastornos? —preguntó Leon—. No lo sé. Pero te aseguro que era manso como un corderito.

—¿De veras? —preguntó Audrey.

—Pacífico como un corderito —repitió Leon.

—Ya he terminado —declaró Camille, que entró en el comedor y se sentó junto a Audrey.

Camille tomó la mano de Audrey por debajo de la mesa y se la apretó cariñosamente. Durante unos instantes Audrey sintió un pellizco en el corazón.

—Pues sí que has tardado —la riñó LaTonya—. Espero que te hayas aprendido la lección.

—Has tocado estupendamente —dijo Audrey.

43

Nick llegó un poco antes de lo habitual, se bebió una taza de café en la sala de descanso de los ejecutivos y miró su correo electrónico. Como de costumbre, su buzón estaba lleno de ofertas —cuyos encabezamientos presentaban unas ingeniosas faltas de ortografía— de productos para agrandar el pene e hipotecas a bajo interés. Las esposas y los hijos putativos de diversos jefes de gobierno africanos le rogaban encarecidamente que les ayudara a sacar millones de fondos ilegales de su país.

Nick pensó en esa mujer, Cassie Stadler. No sólo le parecía extraordinariamente atractiva, sino que era distinta de cualquier otra mujer que hubiese conocido. Y Cassie —que lógicamente no sabía lo que Nick había hecho— se sentía tan atraída por él como Nick por ella.

No había ningún mensaje de la gente de Atlas McKenzie —el gigantesco negocio que se había ido al traste— pero eso tampoco le sorprendió. Nick decidió hablar con ellos para averiguar qué había ocurrido y tratar de reconducir el asunto.

Marjorie no había llegado aún, de modo que él mismo hizo las llamadas. Eran las siete y diez de la mañana, las ocho y diez en el este. Los de Atlas McKenzie solían llegar a la oficina a esa hora. Diez dígitos le separaban de ellos. No le costaba nada pulsar esos diez dígitos en el teclado del teléfono. ¿Cuántas calorías requería? Nick calculó que las mismas que comerse una pequeña porción de los cereales con sabor a ramas que Julia había rechazado. ¿Por qué no podía hacer él mismo sus llamadas?

La mujer al otro lado del hilo telefónico dijo que lo sentía mucho, pero que el señor Hardwick seguía reunido. Nick imaginó a Hardwick haciendo los gestos de degollar, de que no quería ponerse al teléfono.

Eso era. Ése era el motivo de que uno no hiciera sus propias llamadas. Para ahorrarse la humillación de secretarias sanguinarias. La sonrisa que denotaba la voz que acompañaba la consabida frase de falsa disculpa. La sensación de poder que provocaba humillar a un director general, lo cual garantizaba un rato de diversión a toda la familia. Nick se preguntó si la camarera de Terra habría escupido en su ensalada. Lo cierto era que se la había servido más sonriente.

Nick sintió un sabor a bilis al contemplar los paneles de malla plateada de su lugar de trabajo. El dinero y la posición permitían evitar ciertas servidumbres, pero no todas. Cuando unos años atrás Nick tuvo que renovar su permiso de conducir, no tuvo que hacer cola en las oficinas de la Dirección General de Tráfico. El director general de una importante empresa no hacía cola en las oficinas de la Dirección General de Tráfico, como el común de los mortales. Lo hacía un joven empleado de la oficina y santas pascuas. Nick no recordaba la última vez que había hecho cola para tomar un taxi en un aeropuerto. Los directivos de las empresas disponían de coches; sólo había que localizar al individuo que sostenía un cartel que decía CONOVER. Y los directivos de las empresas importantes tampoco acarreaban sus maletas. De eso también se ocupaba otra persona, incluso cuando Nick volaba con una compañía comercial. Pero cuando hacía mal tiempo, hacía mal tiempo para todo el mundo. En medio de un atasco, el valor de la empresa daba lo mismo, el tráfico era el tráfico. Esas cosas servían para que no se hiciera ilusiones. Le recordaban que vivía en el mismo mundo e iba a terminar en el mismo lugar que todos los demás. Por más que se creyera el amo del mundo, sólo gobernaba una pequeña porción de tierra, era el tirano de un terrario. El hecho de tener un hijo que le detestaba también contribuía a que no se hiciera ilusiones. Al igual que la enfermedad. Y la muerte.

Nick trató luego de llamar a MacFarland, un tipo que guardaba un gran parecido con Nixon. Pero su secretaria se disculpó: el señor MacFarland estaba de viaje.

—Le diré que ha llamado —aseguró la secretaria de MacFarland a Nick, empleando el tono falsamente jovial del ayudante de un director de casting. No es necesario que nos llame, ya le llamaremos nosotros.

Veinte minutos más tarde Nick percibió unos tenues sonidos que indicaban la presencia de alguien en el despacho contiguo, el penetrante perfume a vainilla de Shalimar. Marjorie había llegado. Nick se levantó, se desperezó y asomó la cabeza por el tabique que separaba ambos cubículos.

—¿Cómo va la novela? —preguntó, tratando de recordar el título—. *La abadía de Manchester,* ¿no se llama así?

Marjorie sonrió.

—Hace unas semanas comentamos *La abadía de Northanger*. Esta semana es *Mansfield Park.*

—Ya —contestó Nick.

—Creo que Jane Austen escribió en primer lugar *La abadía de Northanger,* pero no se descubrió hasta después de su muerte —dijo Marjorie, mientras encendía su ordenador. Luego añadió distraídamente—: Es asombroso lo que aparece después cuando te mueres.

Nick tuvo la sensación como si alguien le hubiera aplicado un cubito en el cuello. Su sonrisa se disipó rápidamente.

—*Persuasión* también la publicaron después de su muerte —prosiguió Marjorie—. Al igual que *Billy Budd,* que leímos el año pasado. No sabía que te interesaba el tema, Nick. Deberías asistir a las reuniones de nuestro club de lectura.

—Infórmame cuando decidáis comentar el Manual del Propietario del Chevrolet Suburban, que eso es lo que yo llamo un libro —contestó Nick—. Mira, espero una llamada de Hardwick y MacFarland, los de Atlas McKenzie. Avísame en cuanto estén al teléfono. Esta llamada tiene máxima prioridad.

Nick pasó las dos horas siguientes en salas de conferencias, asistiendo a dos reuniones tan tediosas como interminables. Estaba el equipo directivo de la cadena de abastecimiento, cuyos siete miembros habían alcanzado una importante conclusión: era preciso que Stratton diversificara sus proveedores de pintura metalizada. Rebosaban de satisfacción mientras revisaban los puntos que habían tenido en cuenta, como si hubieran descubierto la penicilina. Estaba el equipo de seguridad industrial, integrado por más abogados que ingenieros, siempre más preocupados por posibles pleitos que por los daños físicos que pudiera sufrir un trabajador. Nadie acudió a rescatar a Nick. No recibió ningún mensaje de Marjorie.

Cuando Nick se dirigió de nuevo a su despacho miró a Marjorie con expresión inquisitiva.

—¿Los de Atlas McKenzie tenían que llamarte esta mañana? —preguntó Marjorie a Nick.

Éste suspiró.

—Tengo la sensación de que estoy haciendo el imbécil. Cuando llamé esta mañana a primera hora, la secretaria me dijo que Hardwick se encontraba reunido y que MacFarland estaba de viaje, y que ya me llamarían. —También tenían que haberle devuelto la llamada del día anterior. Por lo visto sus prioridades eran otras.

—¿Crees que tratan de darte esquinazo?

—Es posible.

—¿Quieres localizarlos? —preguntó Marjorie con expresión jovial y agradable.

—Sí.

—Bueno, pues lo intento.

Nick avanzó unos pasos hacia su mesa mientras Marjorie hacía un par de llamadas. No alcanzó a oír toda la conversación.

—Sí, United Airlines —dijo Marjorie—. Hemos localizados las maletas que se habían extraviado, y nos dio el número de un móvil para que nos pusiéramos en contacto con él. James MacFarland, sí. Estaba frenético. Supongo que la secretaria debió de anotar mal el número...

Al cabo de un minuto, el intercomunicador emitió un tono indicando a Nick que hablara por la línea 1.

—¿Jim MacFarland? —dijo Nick al descolgar el teléfono.

—Sí —respondió su interlocutor con cautela.

—Soy Nick Conover.

—Hola, Nick. —El tono era amistoso, pero se advertía un deje de inquietud.

Nick tenía ganas de soltar: «¿Os dais cuenta de la cantidad de dinero y horas de trabajo que hemos invertido en diseñar vuestros malditos prototipos? ¡Y ni siquiera os dignáis a devolver mis llamadas!». Pero en lugar de ello trató de adoptar un tono desenfadado.

—Sólo quería informarme sobre cómo están las cosas —dijo.

—Ya —respondió MacFarland—. Claro. Iba a llamarte para comentártelo e informarte del cambio de opinión.

—Adelante.

MacFarland respiró hondo.

—Verás, Nick... No sabíamos que Stratton se hallaba en una situación difícil. Esto cambia todo el panorama.

—¿Una situación difícil? ¿A qué te refieres? —Nick se esforzó en conservar la calma. Al principio de su carrera, había imaginado que ser el jefe significaba no tener que lamerle el culo a nadie. Era un pensamiento grato. Pero comprobó que siempre había alguien a quien había que lamerle el culo. El comandante en jefe del mundo libre tenía que lamerles el culo a los granjeros de Iowa. Es estupendo ser el jefe. Todo el mundo lo decía pero cada jefe tenía un jefe. De la primera tortuga para abajo, todo son tortugas. Y para arriba, todo son culos.

Así pensaba Nick, al menos en algunas ocasiones. Como en estos momentos.

—En Hardwick siempre concedemos una gran importancia a la estabilidad en materia de suministros y mantenimiento —prosiguió MacFarland—. No nos habíamos percatado de que nos estábamos metiendo en una situación comprometida. ¿Habéis colgado en la puerta el cartel de SE VENDE?

Nick se quedó estupefacto.

—Stratton no está en venta —respondió llanamente.

Tras unos instantes de silencio, MacFarland dijo:

—Bueno. —No parecía estar de acuerdo—. Oye, Nick, esto no te lo he dicho yo. En Hong Kong utilizamos la misma asesoría jurídica que Fairfield Partners. Y, como sabes, la gente habla.

—Eso es una patraña.

—Cuando el río suena...

—Venga, hombre. Soy el director general de la compañía. Si Stratton estuviera en venta, yo lo sabría, ¿no crees?

—Tú mismo lo has dicho. —Lo más siniestro era que MacFarland empleaba un tono amable, comprensivo, como un oncólogo que se dispone a comunicar un diagnóstico desfavorable a uno de sus parientes favoritos.

44

Marjorie asomó la cabeza sobre las diez y media.

—Recuerda que tienes un almuerzo a las doce y media con Roderick Douglass, el de la Cámara de Comercio —dijo—. Querrá volver a camelarte. Luego, inmediatamente después, tienes la reunión con los ejecutivos del desarrollo comercial.

Nick se volvió en su silla giratoria y miró por la ventana.

—De acuerdo, gracias —dijo, distraído.

Hacía un día espléndido. El cielo presentaba un color azul intensificado por el matiz del cristal. Soplaba una brisa que agitaba las hojas de los árboles. Un reactor surcaba el firmamento, y la doble estela que dejaba se difuminaba rápidamente.

También era el séptimo día que Andrew Stadler no estaba vivo para contemplarlo.

Nick se estremeció, como si una ráfaga de aire frío hubiera penetrado por la membrana de cristal del edificio. No conseguía borrar de su mente el rostro frágil, de muñeca de porcelana, de Cassie Stadler. ¿Qué te he hecho? Nick recordó la expresión de infinito dolor que reflejaban sus ojos, y marcó su número de teléfono antes de darse cuenta de que lo hacía.

—¿Sí? —dijo la voz de Cassie, profunda y somnolienta.

—Soy Nick Conover —contestó Nick—. Espero no haberla despertado.

—¿A mí? No, son… ¿Qué hora es?

—La he despertado. Lo siento. Son las diez y media. Siga durmiendo.

—No —se apresuró a responder Cassie—. Me alegro de que me haya llamado. Por cierto, ayer…

—Sólo he llamado para asegurarme de que estaba bien, Cassie. Cuando me marché no tenía buen aspecto.

—Gracias.

—Ya sabe a qué me refiero.

—Yo… me sentó bien hablar con usted. En serio.

—Lo celebro.

—¿Quiere venir a comer?

—¿Hoy?

—Ya sé que es absurdo. Es increíble que se lo haya propuesto. Siendo como es el director general de una importante empresa, tendrá almuerzos de trabajo programados todos los días hasta que cumpla los sesenta y cinco.

—Se equivoca —contestó Nick—. De hecho, la persona con la que tenía que comer hoy acaba de llamar para anular la cita. Lo cual significa un sándwich en mi despacho. Le aseguro que me encantaría salir de aquí.

—¿De veras? Estupendo. Pero…

—Tiene la nevera vacía.

—Triste pero cierto. Soy un desastre como anfitriona.

—Yo llevaré algo. Nos vemos a las doce.

Después de colgar, Nick se acercó a la mesa de su secretaria.

—Marge —dijo—, anula las reuniones que tengo a la hora de almorzar.

—¿Las dos?

—Sí.

Marjorie sonrió.

—¿Vas a hacer novillos? Hace un día espléndido.

—¿Tengo cara de hacer novillos?

—La esperanza es lo último que se pierde.

—No —respondió Nick—, tengo que hacer un par de recados.

45

La casa situada en West Sixteenth, en Steepletown, era aun más pequeña de lo que Nick recordaba. Parecía casi una casita de muñecas, una miniatura.

Dos plantas. Unos acabados de aluminio o de vinilo, había que tocarlos para estar seguro. Unos postigos negros que no eran lo bastante grandes para pasar por unos postigos.

Nick, sosteniendo dos bolsas del supermercado Family Fare en el que se había detenido de camino, llamó al timbre y oyó el áspero sonido del carillón.

Cassie tardó casi medio minuto en abrir. Lucía un top de punto negro y unas mallas negras. Estaba muy pálida, y su rostro perfecto expresaba tristeza. Llevaba los labios pintados de un color naranja brillante, un tanto extraño, pero a ella le quedaba bien. Presentaba mejor aspecto, más descansado que el día anterior.

—Hola. ¡Al final ha venido! —dijo Cassie, abriendo la puerta. Nick la siguió hasta la pequeña sala de estar, pasando frente a las flores secas y el pañito de punto de cruz enmarcado. Oyó la canción *One's the loneliest number*, que sonaba a través de los pequeños altavoces del reproductor de CD portátil. No la versión de Three Dog Night, sino una versión moderna. La interpretaba una cantante de voz desgarrada. Cassie apagó el tocadiscos.

Nick depositó en la mesa lo que había traído: pan, huevos, zumo, leche, agua mineral, fruta y un par de botellas de té helado.

—Deje lo que no le guste —dijo. A continuación sacó un par de sándwiches de sus envoltorios y los colocó ceremoniosamente en unos platos de cartón—. ¿Pavo o rosbif?

Cassie contempló indecisa el rosbif.

—Está demasiado crudo —dijo—. Básicamente, me gusta la carne muy hecha.

—Ya me lo quedo yo —dijo Nick—. Para usted el de pavo.

Ambos comieron en silencio. Nick dobló los envoltorios del *delicatessen* Boar's Head en unos pulcros cuadrados, por hacer algo. Cassie se bebió casi toda su botella de té helado y jugueteó con el tapón. Ambos se sentían un tanto incómodos, y Nick se preguntó por qué le había invitado Cassie a comer en su casa. Mientras se devanaba los sesos en busca de algo que decir, Cassie se le adelantó.

—Es impresionante la de cosas que aprendes del tapón de una botella —comentó—. Aquí dice: «Un dato curioso: la última letra agregada al alfabeto inglés fue la "J"».

Nick trató de pensar en algo que responder, pero antes de que abriera la boca Cassie prosiguió:

—¿No debería estar usted dirigiendo una de las Quinientas Empresas más importantes según *Fortune*?

—No somos una empresa pública. De todos modos, anulé un almuerzo de trabajo muy aburrido.

—Ahora me siento culpable.

—Pues mal hecho. Ha sido la excusa perfecta para anular el almuerzo.

—Ayer me sorprendió usted.

—¿Por qué?

—No se comportó como Nick *el Verdugo*. Supongo que las personas nunca son como imaginamos. Como suele decirse, las apariencias…

—¿Engañan?

—Algo así. Ya sabe, conoces a una persona que parece desesperada y tratas de ayudarla…

—Usted no parece desesperada.

—Me refería a usted.

Nick se sonrojó.

—¿Perdone?

Cassie se levantó y puso a hervir agua en la tetera.

—Los dos hemos perdido a un ser querido —dijo de pie junto al fogón—. Como dice Rilke, cuando perdemos algo, eso forma un círculo alrededor de nosotros. «Traza una curva ininterrumpida en torno a nosotros.»

—Humm. De niño me regalaron un espirógrafo.

—Había supuesto que sería el típico ejecutivo. Hasta que le conocí. Pero ¿sabe qué pienso ahora? —La mirada de Cassie era serena pero intensa—. Creo que es un hombre entregado a su familia.

Nick carraspeó para aclararse la garganta.

—Sí, ya, dígaselo a mi hijo. Dígaselo a Lucas.

—Es una mala edad para que un chico pierda a su madre —dijo Cassie en voz baja. Sacó una tetera de porcelana del armario, y unas tazas.

—Lo dice como si existiera una buena edad para eso.

—Probablemente el chico le necesita desesperadamente.

—No creo que Lucas opine lo mismo —replicó Nick con cierta amargura.

Cassie desvió los ojos.

—Eso es porque se ha aislado, porque está rabioso y se ha vuelto contra usted, ¿no es así? Porque usted le inspira seguridad. Todo se arreglará. Se quieren. Forman una familia.

—Eso era antes.

—No sabe la suerte que tienen sus hijos.

—Ya.

Cassie se volvió hacia Nick.

—Imagino que ser el director general de una empresa es como ser el cabeza de una familia.

—Sí —respondió Nick con aspereza—. Como esas familias esquimales que dejan a la abuelita tendida en el hielo cuando ya no puede preparar la grasa de ballena.

—Imagino que los despidos fueron muy duros para usted.

—Más lo fue para la gente que se quedó sin trabajo.

—Mi padre tenía un montón de problemas, pero creo que el hecho de tener un empleo le ayudaba a soportarlos. Cuando comprobó que ya no le necesitaban, se vino abajo.

Nick se sentía como si una tira de metal le oprimiera el pecho; le costaba respirar. Asintió con la cabeza.

—Yo estaba furiosa con Stratton —dijo Cassie—. Estaba furiosa con usted, ésa es la verdad. Quizá porque soy una chica y me tomo estas cosas muy a pecho. Pero quizá afectara a mi padre. Tratándose de una persona con problemas psíquicos, es difícil adivinarlo.

—Cassie... —dijo Nick, pero no terminó la frase.

—Eso ocurrió antes de que usted y yo nos conociéramos. Usted no quería hacerlo. Le obligaron sus jefes de Boston. Porque, en última instancia, Stratton es un negocio.

—Sí.

—Pero para usted no es sólo un negocio, ¿verdad? Acabo de darme cuenta de una cosa. Trabajar en Stratton durante los dos últimos años debió de ser como ser la hija de un esquizofrénico. Un día eres un miembro adorado de la familia, y al siguiente eres una unidad, un centro de costes, algo que conviene eliminar.

Cassie se apoyó en la encimera y cruzó los brazos.

—Lamento lo de su padre —dijo Nick—. Más de lo que soy capaz de expresar.

«Y con más motivos para lamentarlo de lo que imagina.»

—Mi padre... —dijo Cassie con voz queda, vacilante—. No quería... ser como era. No podía controlar esos brotes. Deseaba ser un buen padre, como usted. Quería... —Cassie empezó a respirar de forma entrecortada y se cubrió los ojos con una mano. Unos gruesos lagrimones le cayeron por las mejillas.

Nick se levantó bruscamente, restregando las patas de la silla contra el suelo de linóleo, y la abrazó.

—Cassie —dijo suavemente—. Lo siento mucho.

La mujer era menuda, como un pajarito, con los hombros estrechos y huesudos. Emitió un sonido como si hipara. Olía a especias, un aroma muy New Age, a pachulí o algo parecido. Nick se sintió avergonzado al comprobar que estaba excitado sexualmente.

—Lo siento —repitió.

—Deje de decir eso. —Cassie le miró, sonriendo débilmente a través de sus lágrimas—. No tiene nada que ver usted.

Nick recordó un día en que había tratado de reparar una lámpara que creía que estaba apagada. De pronto había sentido un extraño y agudo hormigueo en el brazo que había hecho que se le erizara el vello, y había tardado unos segundos en identificar esa sensación como una descarga eléctrica a través del destornillador. En estos momentos sintió algo semejante, una sentimiento de culpa que le recorrió el cuerpo como un calambrazo eléctrico. Nick no sabía cómo reaccionar.

—Creo que es usted un buen hombre, Nicholas Conover —dijo Cassie.

—No me conoce —respondió Nick.

—Le conozco mejor de lo que imagina —insistió ella, y Nick sintió sus brazos oprimiéndole la espalda, atrayéndolo hacia sí. Luego Cassie se alzó de puntillas, acercó su rostro al de Nick y le besó en los labios.

El momento de rechazarla, de apartarse, pasó. Nick reaccionó de una forma casi reflexiva. Esta vez le devolvió el beso, sintiendo las lágrimas de Cassie sobre su rostro, y deslizó las manos, que tenía apoyadas en sus hombros, hacia la cintura.

—Humm —murmuró Cassie.

La tetera empezó a silbar.

Cassie permaneció largo rato tendida sobre Nick, empapada en el sudor de ambos, con la boca oprimida contra su pecho. Nick sintió los latidos de Cassie, acelerados como los de un pajarillo, que remitían paulatinamente. Le acarició el pelo y le besuqueó su cuello de porcelana, aspirando el aroma de su cabello, a suavizante o lo que fuera. Sintió sus senos oprimidos sobre su vientre.

—No sé qué decir —dijo Nick.

—Entonces calla.

Cassie sonrió y se incorporó sobre los codos hasta sentarse sobre él. Le pasó las uñas suavemente sobre el torso, jugueteando con el vello de su pecho.

Nick movió el trasero contra la áspera tapicería del sofá de la sala de estar. Se alzó, abrazó a Cassie y se inclinó hacia delante, hasta quedar también sentado.

—Sí que eres fuerte —comentó Cassie.

Tenía los senos menudos y redondos, los pezones rosados y erectos todavía, y la cintura muy estrecha. Extendió la mano hacia la mesa que había junto al sofá, rozando con sus senos la cara de Nick, que se apresuró a besarlos. Cassie tomó una cajetilla de Marlboro y un encendedor Bic, extrajo un cigarrillo y se lo ofreció a Nick.

—No, gracias.

Cassie se encogió de hombros, encendió el cigarrillo, dio una profunda calada y expelió una delgada columna de humo.

—«Deja que viva en una casa junto a la carretera y sea amigo del hombre» —recitó Nick.

—Sí.

—¿Esa labor la hizo tu abuela?

—La compró mi madre en una tienda. Le gustó la frase.

—¿Cuánto tiempo hace que te marchaste de aquí?

—Acabo de cumplir treinta años. Me fui cuando tenía aproximadamente doce. De modo que hace mucho tiempo. Pero regresé varias veces para visitar a mi padre.

—Entonces ¿fuiste a la escuela en Chicago?

—¿Estás tratando de reconstruir la saga de Cassie Stadler? Te deseo suerte.

—No, te lo he preguntado por curiosidad.

—Mi madre volvió a casarse cuando yo tenía once años. Con un odontólogo, que tenía dos hijos más o menos de mi edad, un poco mayores que yo. Digamos que no éramos precisamente la familia Brady. El doctor Reese no me apreciaba especialmente. Ni los pequeños Reese, Bret y Justin. Al fin decidieron enviarme a la Academia de Lake Forest, básicamente para librarse de mí.

—Debió de ser muy duro para ti.

Cassie dio una calada, conteniendo durante unos segundos el humo en la boca. Luego, al expelerlo, dijo:

—Sí y no. En cierto aspecto, me hicieron un favor. En la academia me fue muy bien. Yo era una chica precoz. Obtuve una beca y me gradué con la mejor nota de la clase. ¡Si me hubieras visto a los diecisiete años! Era una joven ciudadana que prometía, no esta chalada que está ante ti.

—A mí no me pareces una chalada.

—¿Porque no babeo ni llevo gafas gruesas? —preguntó Cassie, bizqueando—. La gente se deja engañar con facilidad.

—Hablas de ello como si fuera algo divertido.

—Probablemente lo sea. Una broma cósmica que no acabamos de entender. Una broma de Dios. Sólo nos queda sonreír, asentir con la cabeza y fingir que lo entendemos.

—Con esta actitud puedes llegar muy lejos —respondió Nick. Consultó disimuladamente su reloj y se llevó un sobresalto al comprobar que ya eran las dos y debía regresar al despacho.

Cassie se dio cuenta.

—Tienes que irte.

—Cassie, yo…

—Anda, vete, Nick. Tienes que dirigir una empresa.

46

El doctor Aaron Landis, el director clínico de los servicios psiquiátricos del County Medical, parecía exhibir una permanente expresión despectiva. No obstante, Audrey observó que esto se debía a cierto defecto en sus facciones, a su boca un tanto torcida. Su pelambrera gris parecía un estropajo, y tenía el mentón huidizo, un rasgo que procuraba disimular, sin demasiado éxito, con una barbita entrecana. Al principio Audrey sintió cierta lástima por el psiquiatra debido a su fealdad, pero su compasión no tardó en disiparse.

El despacho del doctor Landis era reducido y estaba desordenado, tan atestado de libros y papeles que apenas había espacio para sentarse. El único elemento decorativo era una fotografía de una esposa poco agraciada y un hijo aún menos agraciado, aparte de una colección de imágenes del cerebro humano en brillantes colores, púrpura con unos toques amarillo anaranjado, reproducidas en un papel brillante cuyos bordes se curvaban, clavadas con chinchetas en la pared.

—Creo que no acabo de comprender su pregunta, inspectora —dijo el doctor Landis.

Audrey se había expresado con meridiana claridad.

—Le pregunto si Andrew Stadler mostraba tendencias violentas.

—Me pide que vulnere la confidencialidad entre médico y paciente.

—Su paciente ha muerto —respondió Audrey suavemente.

—Y la confidencialidad de su historial clínico sobrevive a su muerte, inspectora. Al igual que la confidencialidad entre médico y paciente. Usted lo sabe, y si no, debería saberlo. El Tribunal Supremo defendió ese privilegio hace una década. Lo que es más importante, forma parte del juramento hipocrático que tomé cuando me hice médico.

—El señor Stadler ha sido asesinado, doctor. Quiero encontrar a su asesino o asesinos.

—Una iniciativa que aplaudo. Pero no veo en qué me concierne.

—En lo referente a su muerte, hay numerosos interrogantes sin respuesta que podrían ayudarnos a determinar lo que ocurrió. Estoy convencida de que me ayudará a cumplir con mi deber.

—Estaré encantado de ayudarla en lo que pueda. Siempre que no me pida que viole los derechos del señor Stadler.

—Gracias, doctor. Se lo preguntaré de nuevo. En términos generales, ¿la mayoría de esquizofrénicos tienden a ser violentos?

El psiquiatra alzó la vista unos instantes, como si consultara al cielo, y emitió un sonoro suspiro. Luego miró a Audrey con tristeza.

—Ése, inspectora, es uno de los mitos más perjudiciales que circulan sobre los esquizofrénicos.

—En tal caso le agradecería que me aclarara ese extremo, doctor.

—La esquizofrenia es una enfermedad psicótica recurrente que, por lo general, se inicia a principios de la madurez y suele durar hasta la muerte. Ni siquiera sabemos si se trata de una enfermedad o de un síndrome. Personalmente, prefiero denominarlo TEE, o Trastorno de Espectro Esquizofrénico, aunque estoy en minoría a ese respecto. Ahora bien, los síntomas que definen la esquizofrenia son alteraciones del razonamiento, falta de lógica, distorsión de la realidad y alucinaciones.

—¿Y paranoia?

—En muchos casos, sí. Y una incapacidad psicosocial. Permítame que le haga una pregunta, inspectora. Supongo que verá una gran cantidad de violencia en su trabajo.

—Por supuesto.

—¿La mayoría provocada por esquizofrénicos?

—No.

—Eso era lo que pretendía resaltar. La mayoría de crímenes violentos no son cometidos por esquizofrénicos, y la mayoría de esquizofrénicos no cometen crímenes violentos.

—Pero hay un...

—Déjeme terminar, por favor. En general, los pacientes esquizofrénicos nunca se comportan de forma violenta. Son cien veces más propensos a suicidarse que a cometer un asesinato.

—¿Dice usted que Andrew Stadler no era un hombre violento?

—Admiro su insistencia, inspectora, pero ese método subrepticio tampoco le dará resultado. Me niego a comentar los pormenores del caso. Pero permítame que le explique la auténtica correlación entre la esquizofrenia y la violencia: la esquizofrenia incrementa la posibilidad de ser víctima de un crimen.

—Justamente. El señor Stadler fue víctima de un crimen espantoso. Por esto necesito saber si él mismo pudo haber provocado su muerte matando a un animal, a la mascota de una familia.

—Aunque lo supiera, no se lo diría.

—Sólo le estoy preguntando si era capaz de una cosa semejante.

—Eso tampoco se lo diré.

—¿Afirma usted que los esquizofrénicos nunca son violentos?

Después de una larga pausa, el médico respondió:

—Como es natural, hay excepciones.

—¿Andrew Stadler era una de esas excepciones?

—Por favor, inspectora. No quiero comentar los pormenores del historial clínico del señor Stadler. No puedo decírselo más claramente.

Audrey emitió un suspiro de resignación.

—En tal caso, ¿puedo hacerle una pregunta puramente hipotética?

—Puramente hipotética —repitió el doctor Landis.

—Tomemos el caso hipotético de un individuo que allana reiteradas veces la vivienda de una familia para hacer unas pintadas amenazantes. Lo cual consigue, hábilmente y sin dejar huellas, pese a las medidas de seguridad que ofrece la urbanización de lujo donde vive esa familia. Incluso llega a matar a la mascota de la familia. ¿Qué tipo de persona, según usted, haría eso?

—¿Qué tipo de individuo hipotético? —respondió el doctor

Landis, esbozando una sonrisa que parecía más bien una mueca—. Yo diría que un individuo extremadamente inteligente, dotado de una gran capacidad intelectual, que se rige por las metas que se ha impuesto, pero que tiene graves problemas a la hora de controlar sus impulsos, sus cambios anímicos extremos, y que es muy sensible al rechazo. Es posible que sufra un gran temor al abandono, debido a problemas sufridos en la infancia relacionados con personas importantes en su vida. Quizá sostenga unas opiniones radicales sobre los demás, que tienda a idealizar a las personas y luego las odie.

—¿Y?

—Y quizá sea susceptible a repentinos e imprevisibles ataques de furia, episodios psicóticos breves, con impulsos suicidas.

—¿Qué podría desencadenar un episodio?

—Una situación de gran estrés. La pérdida de alguien o algo que fuese muy importante para él.

—Como el hecho de perder el empleo.

—Sin duda.

—¿Un esquizofrénico podría mostrar este tipo de conducta que está usted describiendo?

El doctor Landis guardó silencio durante un largo instante.

—Cabe en lo posible. No podría descartarse por completo —respondió, y esbozando un siniestro amago de sonrisa añadió—: Pero ¿qué relación guarda todo esto con Andrew Stadler?

47

—Grover Herrick —dijo Marjorie a través del intercomunicador a la mañana siguiente.

La persona en cuestión era un alto directivo de la Administración de Servicios Generales Estadounidense, que se encargaba de abastecer a las agencias federales. También era el hombre clave en un contrato de gran envergadura que Stratton había negociado para el Departamento de Seguridad Territorial. El DST comprendía ahora el Servicio de Guardacostas, Aduanas, Inmigración y Naturalización, así como la Administración de Seguridad de Transporte, lo cual se traducía en miles de oficinas, ciento ochenta mil empleados y una gigantesca aportación de dinero federal. El contrato era casi tan importante como el de Atlas McKenzie, y las negociaciones no habían sido menos prolongadas.

Uno no mantenía al jefe de adquisiciones del DST a la espera durante largo rato. Ésa era una regla. La otra consistía en que siempre que Grover Herrick deseara hablar con el director general, lo hacía. Durante el año anterior, Nick había cumplido en media docena de ocasiones con su deber como director general de Stratton fingiendo interés en lo que le decía Grover sobre el velero que pensaba adquirir cuando se jubilara, y simulando conocer la importante diferencia entre un queche y una yola. Si Herrick hubiera querido hablar sobre hemorroides, Nick se habría informado también sobre el tema.

Pero esta vez no hubo preliminares.

—Nick —dijo el directivo de DST—, debo comunicarte que al final seguramente nos inclinaremos por Haworth.

Nick sintió como si le hubieran asestado un puñetazo en el vientre. Incluso estuvo a punto de doblarse debido al impacto.

—¿Lo dices en serio?

—Creo que me conoces lo suficiente para saber cuándo hablo en serio. —Se produjo una pausa—. ¿Recuerdas la anécdota que te conté referente a cuando dejé caer el pavo del Día de Acción de Gracias delante de todos nuestros invitados, y mi esposa tuvo la presencia de ánimo de decir «no te preocupes, trae la otra ave»? Sobre eso bromeaba.

—¿Con los cabrones de Haworth?

—¿Qué creías que íbamos a hacer? —le espetó Herrick indignado—. ¿Qué lograrías que firmásemos el contrato, que trasladarías la compañía a Shenzhen y equiparías nuestras oficinas de la Seguridad Territorial con mesas de trabajo fabricadas en China?

—Pero ¿qué...? —balbució Nick.

—¿Cuándo pensabas decírnoslo? Me imagino la que habrían montado algunos senadores. Pero dejando aparte la política, va en contra de las normas de suministros del DST. Es imposible. No finjas haber olvidado la 41 USC 10. Deberíais tatuaros en la frente la ley sobre la adquisición de Suministros Americanos.

—Un momento, ¿quién te ha dicho que Stratton se traslada al extranjero?

—¿Qué más da eso? Cuando el río suena, agua lleva. Nos gustaba Stratton. Es una gran compañía americana. Comprendo la tentación de subiros al barco para China. Aunque, personalmente, considero que es un error.

—Lo que dices no tiene sentido. No nos trasladados a ninguna parte. Os han informado mal.

Herrick no le hizo caso.

—¿Qué te habías propuesto? ¿Inflar vuestros ingresos con un cuantioso prepago del DST, incrementar el precio de compra dando por descontado que los chinos no se percatarían del tejemaneje? Una visión estratégica, ¿eh? Supongo que por eso te pagan una fortuna.

—No, Grover. Eso es absurdo.

—Ya te lo he dicho. Nos caíais bien. Haworth también nos gustaba, pero el precio de Stratton era más conveniente. No caímos en la cuenta de que vuestros atractivos precios se debían a la mano de obra china, mucho más barata.

—Escúchame, Grover —dijo Nick, tratando de interrumpirle en vano.

—Lo que me cabrea es el tiempo que me habéis hecho perder. Estoy por enviaros la factura.

—Grover, no.

—Feliz travesía, Nick —concluyó el directivo del DST, y colgó.

Nick soltó una palabrota. Sintió ganas de arrojar el teléfono a través de la habitación —a través de cualquier habitación—, pero el sistema de oficinas abiertas no se prestaba a que el jefe montara ese tipo de números.

Marjorie se acercó para preguntar:

—¿Ha ocurrido algo grave?

—Eso quisiera saber yo, Marge —respondió Nick, esforzándose por recuperar la compostura.

Nick atravesó la planta ejecutiva y se dirigió a la zona que ocupaba Scott, dando un rodeo para evitar a Gloria, la secretaria de éste. Al aproximarse oyó a Scott hablando por teléfono.

—Desde luego —dijo Scott—. Lo intentaremos, Todd, claro que sí.

Nick avanzó hasta penetrar en el campo visual de Scott.

Al reparar en su presencia, Scott se sonrojó un poco, pero se recobró enseguida: abrió mucho los ojos, sonrió y alzó el mentón a modo de saludo.

—De acuerdo —dijo en voz más alta—. Parece un viaje fantástico. Tengo que dejarte. —Después de colgar dijo a Nick—: Hola, jefe, bienvenido a los barrios bajos.

—¿Cómo está Todd? —preguntó Nick.

—Quiere organizar un viaje para ir a jugar al golf a Hilton Head.

—No sabía que jugaras al golf.

—Es que no lo hago. —Scott emitió una risa forzada—. Digamos que juego mal. Pero por eso quieren que les acompañe. En comparación conmigo, ellos parecen Tiger Woods.

—¿«Ellos» son Todd y los chicos de Fairfield?

—Todd y su mujer, Eden, y otra pareja. Cuéntame.

—Tuve una interesante conversación con MacFarland de Atlas McKenzie.

—¿Ah, sí? —respondió Scott con expresión recelosa.

—Sí. Cada día se aprende algo nuevo. ¿Sabes por qué decidieron no darnos el contrato?

—Supongo que debido al precio. No a la calidad, eso seguro. Pero las gangas no existen.

—MacFarland cree que estamos pasando un mal momento. ¿Qué le habrá hecho pensar eso?

Scott levantó las manos con las palmas hacia arriba.

—Atlas McKenzie utiliza la misma asesoría jurídica en Hong Kong que Fairfield. Imagino que el rumor ha circulado por ahí.

—Eso es un disparate.

—Lo curioso del caso es que un tipo del DST acaba de decirme algo parecido.

—¿El DST? —preguntó Scott, tragando saliva.

—El contrato con Seguridad Territorial también se ha venido abajo.

—Mierda.

—¿Y a que no adivinas qué más me dijo? Necesitan suministros fabricados en América y corre el rumor de que vamos a trasladar nuestras fábricas a China. ¿No te parece una locura?

Al captar el amargo sarcasmo de Nick, Scott se enderezó en la silla y dijo con tono solemne:

—Si Todd y esos tíos estuvieran planeando ese tipo de iniciativa, ¿no crees que me lo habrían comentado?

—Pues sí. ¿Te lo han comentado?

—Claro que no. Te lo habría dicho enseguida.

—¿De verdad?

—Por supuesto. Joder, Nick, es increíble que la gente haga caso de esas estúpidas habladurías. Como los absurdos rumores sobre la cabeza frita de un pollo en la bandeja de Chicken McNuggets, o los gatitos bonsái, o que el viaje a la luna fue un fraude...

—Scott.

—Haré unas llamadas para indagar en el tema, ¿vale? Pero seguro que no hay nada de lo que debamos preocuparnos.

—Espero que tengas razón —contestó Nick—. Sinceramente.

48

Eddie no se levantó cuando Nick entró en su despacho esa tarde. Se limitó a hacer un gesto a modo de saludo y se repantigó en su silla Symbiosis con los pies apoyados en la mesa. En la mampara revestida de malla plateada colgaba un póster que decía: «MEDIOCRIDAD. Lleva menos tiempo de lo que imaginamos y casi nadie se da cuenta hasta que es demasiado tarde». Sobre el eslogan había una fotografía de la Torre Inclinada de Pisa. Era la típica propaganda guasona que se ve en algunos despachos, pero a veces Nick se preguntaba hasta qué punto Eddie lo interpretaba con ironía.

—¿Vas a ascenderme? —preguntó Eddie—. Lo digo por el hecho de que te presentes aquí en lugar de pedir que vaya yo a tu despacho.

Nick se sentó en una pequeña silla con ruedas.

—Esto se llama Dirección de Empresas por Deambulación. DED.

—Yo prefiero la Dirección de Empresas sin Mover el Culo. DEMC.

Nick esbozó una sonrisa forzada y contó a Eddie lo que MacFarland y Grover Herrick le habían dicho, a grandes rasgos y prescindiendo de los detalles.

—Joder —exclamó Eddie—. Tiene que ser un error. ¿Has hablado con Scott McNally?

—Scott asegura que nada de eso tiene fundamento alguno. Pero sabe más de lo que me ha dicho. Estoy convencido.

Eddie asintió lentamente.

—Si te echan a ti, a mí también me darán la patada, ¿verdad?

—¿Quién ha dicho que vayan a echarme? Sólo quiero que investigues qué se trae Scott entre manos.

Eddie sonrió lentamente.

—Si quieres, lanzaré un globo sonda e indagaré en los manejos de esos capullos. Incluso les partiré la cara.

—Basta con que eches un vistazo a sus mensajes por correo electrónico, Eddie.

—Haré que uno de los técnicos los saque del servidor, ¿vale? Sólo necesitaré unas cuantas contraseñas.

—Por algo se empieza.

—De acuerdo. Llamadas telefónicas y demás. Eso está hecho. Pero chico, tienes una facilidad pasmosa para pisar mierdas. —Cuando Eddie sonrió, la piel alrededor de sus ojos formó una pequeña telaraña—. Menos mal que tienes un amigo al que no le importa limpiarte los zapatos.

—Infórmame en cuanto averigües algo.

—Para eso están los amigos.

Nick evitó mirarle a los ojos.

—Y ni una palabra a nadie.

—Cuenta conmigo, colega.

Tras vacilar unos instantes, Nick acercó su silla a la mesa de Eddie.

—¿Dijiste a los policías que fuiste a mi casa después de que halláramos a mi perro muerto en la piscina?

Eddie miró a Nick unos instantes en silencio.

—No me lo preguntaron. Y yo no ofrezco información a menos que me hagan una pregunta concreta. Ésta es la primera regla cuando te interroga la policía.

Nick asintió con la cabeza.

—A mí tampoco me lo han preguntado. Al menos hasta la fecha. Pero por si nos lo preguntan, quiero que nuestras versiones concuerden. Yo te pedí que vinieras, y viniste. Es normal que te llamara. Eres mi jefe de seguridad.

—Absolutamente normal —repitió Eddie—. Es lógico. Pero cálmate, colega. Te preocupas demasiado.

49

Cuando Nick regresó a la planta ejecutiva, Marjorie le detuvo para entregarle un papel. Parecía preocupada.

—Creo que debes devolver enseguida esta llamada —dijo.

«J. Sundquist, director del instituto», había escrito Marjorie con su letra clara y elegante, seguido del número de teléfono.

Jerome Sundquist. Veinticinco años atrás, había sido profesor de matemáticas en el instituto de Nick. Éste le recordaba como un tipo alto y desgarbado —había jugado profesionalmente al tenis— que se movía por la clase con agilidad y conseguía que las matemáticas resultaran divertidas. Sus alumnos le llamaban señor Sundquist, no «Jerome» ni «Jerry», y aunque tenía un talante bastante agradable, no pretendía ser «colega» de los chicos que se sentaban en sus aulas. Nick sonrió al recordar aquellas sillas, con una pequeña cesta de acero para los libros situada debajo del asiento, y un brazo sostenido por una barra de acero que se extendía desde el respaldo. Ya en aquella época, al igual que ahora, los fabricaban en la ciudad, en la planta de sillas de Stratton, situada a pocos kilómetros de las oficinas centrales. Nick no había visto las cifras recientemente, pero calculaba que valían aproximadamente ciento cincuenta dólares, con un coste por unidad de unos cuarenta dólares. Básicamente, el diseño seguía siendo el mismo.

Jerome Sundquist tampoco había cambiado mucho. Ahora era el director del centro, no un joven profesor, y se permitía ser más sentencioso que antes, pero cuando eres director de un instituto eso forma parte del cargo.

—Me alegro de que hayas llamado, Nick —dijo Jerome Sundquist con un tono a la vez cordial y distante—. Se trata de tu hijo.

Y

El Instituto Regional de Fenwick consistía en un enorme complejo de ladrillo y cristal con una rotonda ovalada para el tránsito rodado y unos arbustos de enebro como los que se ven en los centros comerciales y los jardines que rodean los edificios de oficinas: nada elegante, pero alguien tenía que cuidarlos. Nick recordó el día en que regresó a casa después de su primer semestre en la Universidad de Michigan State y le chocó lo pequeño que le parecía todo. Había supuesto que le ocurriría lo mismo al visitar su viejo instituto, pero no fue así. El lugar era más grande, lleno de anexos y nuevas dependencias, nuevas estructuras de ladrillo situadas frente a las antiguas, de alguna forma más pretencioso que antaño. En gran parte se debía a lo que había crecido Stratton durante las dos últimas décadas, con una valoración que tres años atrás superaba los dos mil millones de dólares. Claro está que, cuanto más ascendía uno, más dura era la caída. Si Stratton se venía abajo, arrastraría consigo muchas cosas.

Nick pasó a través de la puerta de cristal de doble hoja y aspiró una bocanada de aire. Por más que el lugar hubiera cambiado, exhalaba el mismo olor. Al desinfectante con aroma de pomelo que seguían utilizando. Quizá hubieran adquirido una barrica en 1970 y aún no la habían consumido. Un ligero olor a crema de guisantes quemada que provenía de la cafetería, tan imposible de erradicar como los orines de gato. Era el tipo de olores del que uno sólo se percata cuando pasa un tiempo sin percibirlos. Como el primer día de clase después de las vacaciones de verano, cuando notabas que el aire estaba saturado de productos para el pelo, desayunos a base de huevos y canela. Dentyne, desodorante para las axilas y grasas: el olor del futuro de Fenwick.

Pero el lugar había cambiado drásticamente. Antaño todo el mundo acudía al instituto en autobús; hoy en día los padres llevaban a sus hijos en monovolúmenes o todoterrenos, o los mismos chicos conducían los vehículos. En el viejo Instituto Regional de Fenwick no había negros, o a lo sumo un par al año; ahora los líderes sociales del instituto eran unos jóvenes negros con aspecto de raperos a los que los chicos blancos trataban de imitar. Habían agregado una elegante ala nueva que confería al lugar el aspecto de una escuela privada. Antiguamente había una zona de fumadores, a la que acudían los jóvenes melenudos vestidos con camisetas con el eslogan de Black Sabbath para echar unas caladas y burlarse de los jóvenes como Nick. Ahora estaba prohibido fumar, y los chavales de Black Sabbath se habían convertido en radicales que lucían unos *piercings* en la nariz.

Nick no había pasado muchos ratos en el despacho del director cuando era un estudiante, pero las cortinas y la moqueta de color hueso parecían nuevas, y las fotografías multiculturales de campeones de tenis en las pistas —las hermanas Williams, Sania Merza, Martina Hingis, Boris Becker— eran un detalle muy propio de Jerome Sundquist.

Sundquist rodeó la mesa y estrechó la mano de Nick con expresión sombría. Ambos se sentaron simultáneamente en dos butacas tapizadas de color tostado. Sundquist miró una carpeta que había depositado sobre su mesa, aunque ya sabía lo que contenía.

—Están muy bien las reformas —comentó Nick.

—¿Te refieres a mi despacho o al instituto?

—Ambos.

Sundquist sonrió.

—Te sorprendería comprobar la cantidad de familias de dos generaciones que tiene ahora el instituto, lo cual es una buena cosa. Es evidente que el barrio ha tenido suerte en muchos aspectos. Cuando los padres prosperan, las escuelas prosperan. Todos confiamos en que la crisis no sea permanente. Comprendo que en estos momentos estés agobiado de trabajo.

Nick se encogió de hombros.

—Si no recuerdo mal, eras un buen estudiante —comentó Sundquist.

—No especialmente.

Sundquist le miró divertido, con la cabeza ladeada.

—De acuerdo, digamos que eras un estudiante «normal». Nunca logré convencerte de las virtudes de las coordenadas polares. Tu interés en la trigonometría era meramente de carácter práctico. Por ejemplo, qué ángulo podías aprovechar para marcar un gol entre las piernas del portero.

—Recuerdo tus esfuerzos para conseguir que lo asimilara.

—Pero siempre sacabas buenas notas. Y eras muy popular. El chico guapo del instituto. Que llevó al Instituto Regional de Fenwick a la semifinal estatal, en dos ocasiones, ¿no es así?

—Un año a la semifinal. Al siguiente a la final.

—En ese ámbito hemos perdido puntos. Caldicott nos ha derrotado en los últimos cuatro años.

—Quizá necesitéis un nuevo entrenador.

—Se supone que Mallon es muy bueno. En todo caso, le pagan más que a mí. Siempre es difícil saber si la culpa la tiene el entrenador o los jugadores. —Sundquist se detuvo—. Sé que andas muy atareado, de modo que iré al grano.

—Luke ha tenido problemas —empezó Nick, colocándose a la defensiva—. Lo sé. Haré cuanto esté en mi mano.

—Desde luego —respondió Sundquist sin mucho convencimiento—. Como te he dicho, hemos expulsado a Lucas temporalmente del instituto. Durante tres días. Le pillaron fumando, y ése es el castigo habitual.

De este modo, Lucas dispondría de más tiempo para fumar. Lo cual iba a favorecerle mucho.

—Recuerdo que antes había una zona de fumadores.

—Ya no existe. Está prohibido fumar en todo el campus. Las normas son muy estrictas al respecto. Todos los chicos lo saben.

Lo de «campus» era una novedad. Cuando Nick estudiaba allí, el instituto se componía tan sólo de un recinto. Los «campus» pertenecían a las universidades.

—Por supuesto, no quiero que Lucas fume —observó Nick—. Lo he dicho por decir.

—Si Lucas comete una segunda falta, lo echaremos del instituto. Será expulsado.

—Es un buen chico. Está pasando por una mala temporada.

Sundquist miró a Nick fijamente.

—¿Conoces bien a tu hijo?

—Pues claro. Es mi hijo.

—No pretendo exagerar la situación, Nick, pero tampoco quisiera minimizarla. El tema es bastante grave. Esta mañana he hablado con nuestro asesor psicológico. No creemos que se trate sólo de un problema con el tabaco, ¿entiendes? Debes saber que tenemos el derecho de registrar su taquilla y que podemos hacerlo por sorpresa, en presencia de la policía.

—¿La policía?

—Y si encontramos drogas, dejaremos que la policía se ocupe del caso. Así es como tratamos hoy en día este tema. Quería advertírtelo. Lucas es un chico problemático. Nuestro asesor psicológico está preocupado por él. Lucas no es como tú, ¿comprendes?

—No todo el mundo tiene que ser un deportista.

—No me refiero a eso —contestó Sundquist, sin añadir más detalles. Miró de nuevo la carpeta que había sobre su mesa—. Por otra parte, últimamente tu hijo ha tenido unas notas pésimas. Antes era muy buen estudiante. Pero si sigue por este camino, dejará de serlo. ¿Comprendes a qué me refiero?

—Sí —respondió Nick—. Perfectamente. Necesita ayuda.

—En efecto, necesita ayuda —dijo Sundquist, apretando los labios—. Pero no la obtiene.

Nick se sintió como si Sundquist estuviera criticando su labor como padre, como si le estuviera suspendiendo en este campo.

—Jerry, no creo que el hecho de expulsarlo temporalmente o para siempre sea lo más conveniente para Luke. ¿Crees que eso va a ayudarle? —inquirió Nick. Luego se preguntó cuántas veces habían sido pronunciadas esas mismas palabras en el despacho del director.

—Estas normas tienen una razón de ser —respondió Sundquist con tacto, reclinándose ligeramente en su silla—. Tenemos casi mil quinientos chicos en este instituto, y debemos hacer lo que mejor convenga a todos.

Nick respiró hondo.

—Lo sucedido ha sido muy duro para él. Reconozco que es un chico problemático. Créeme, no dejo de pensar en ello. Pero creo que frecuenta unas compañías indeseables.

—Es una forma de mirar las cosas —dijo Sundquist sin apartar los ojos de Nick—. Pero hay otra forma de enfocarlo.

—¿A qué te refieres?

—A que el indeseable sea él.

—Luke.

—¿Qué? —Lucas respondió después del primer tono. Habían acordado que si no atendía una llamada de su padre, se quedaría sin móvil.

—¿Dónde estás?

—En casa. ¿Por qué?

—¿Qué diablos ha ocurrido en el instituto?

—¿A qué te refieres?

—¿Cómo que a qué me refiero? Te doy tres oportunidades para adivinarlo. El señor Sundquist me llamó al despacho.

—¿Qué te ha dicho?

—No te hagas el listo, Luke. —Nick procuró conservar la calma. Hablar con Lucas era como tratar de sofocar un fuego con la gasolina del encendedor—. Te pillaron fumando. Olvídate de lo que yo opino sobre el hecho de fumar; la cuestión es que ya conoces las normas del instituto sobre el tema. Te han expulsado durante tres días, ¿no es así?

—¿Y qué? Es una gilipollez.

—¿Te parece una gilipollez que te expulsen temporalmente del instituto?

—Sí —contestó Luke con voz trémula—. El instituto es una gilipollez.

En ese momento apareció en el monitor de Nick un mensaje de Marge.

«Recuerda que tienes una reunión del comité ahora mismo.»

—Ahora mismo estoy furioso, Luke —dijo Nick—. Prefiero hablar del tema más tarde.

Como que eso va a impresionarle, pensó Nick.

—Otra cosa, Luke…

Pero su hijo había colgado.

50

Tan pronto como Audrey regresó a la comisaría, Bugbee se acercó a su mesa, sosteniendo una taza de café en una mano y unos papeles en la otra, mostrando un aspecto satisfecho.

—No me lo digas —dijo Bugbee—. El psiquiatra te lo ha contado todo sobre los tarados de sus pacientes.

Audrey comprendió entonces la satisfacción de Bugbee. Parecía un gato que se relame, sí, pero había algo más. Mostraba la misma expresión que Audrey había visto en LaTonya cuando sus hijos se metían en un apuro por haber hecho algo que ella les había pedido que no hicieran.

—Me dio unos datos muy útiles sobre la esquizofrenia y la violencia —contestó Audrey.

—Cosas que igualmente podías haber encontrado en cualquier libro de texto, supongo. Pero seguro que no te ha dicho nada sobre Stadler. Aduciendo la confidencialidad entre médico y paciente.

—Debe de existir un medio de acceder al historial médico de Stadler. —Audrey no quería reconocer ante Bugbee que tenía razón.

—¿Qué crees que haría Jesús, Audrey? Conseguir un mandato judicial.

Audrey hizo caso omiso del chiste.

—Eso no servirá —respondió ella—. Lo máximo que obtendremos con un mandato judicial son las fechas en que Stadler fue ingresado en el hospital y demás. Su historial seguirá estando protegido. Quizá podamos solicitar un documento alegando libertad de información.

—¿De cuántos años dispones para resolver el caso?

—Tienes razón.

—A propósito de mandatos judiciales —dijo Bugbee, agitando los papeles que sostenía en la mano izquierda—, ¿cuándo pensabas decirme que habías pedido el registro de llamadas telefónicas del jefe de seguridad de Stratton?

—¿Ya ha llegado?

—No te andes por las ramas. ¿Por qué querías verlo?

Audrey supuso que Bugbee los había tomado del fax, o quizá los había visto en el buzón de su ordenador.

—Déjame verlo —dijo Audrey.

—¿Por qué te interesa el registro de llamadas que haya hecho Edward Rinaldi?

Audrey le dirigió una mirada fría y prolongada, el tipo de mirada que LaTonya manejaba con gran habilidad.

—¿Te niegas a entregármelo, Roy?

Bugbee le pasó los papeles de inmediato.

Caray, pensó Audrey, tendré que seguir el cursillo de Afirmación de la Personalidad que imparte LaTonya. Experimentó una sensación de triunfo y se preguntó si era un sentimiento digno. Suponía que no, pero de todos modos se recreó en él, aunque no sin cierta sensación de culpabilidad.

—Gracias, Roy. Ahora, en respuesta a tu pregunta, quería verlo porque me interesa averiguar si Rinaldi hizo alguna llamada a Andrew Stadler.

—¿Por qué?

—Piensa un poco. Rinaldi llamó a nuestra división de archivos para averiguar si Stadler tenía antecedentes penales. Stadler es el único empleado que había sido despedido de Stratton por el que se interesó Rinaldi. Eso indica que sospechaba de él, que debió de sospechar que Stadler era el acosador que había entrado en casa de Nicholas Conover.

—Sí, y quizá tuviera razón. Desde el asesinato de Stadler no se han producido más allanamientos en casa de Conover.

—Que hayan denunciado —puntualizó Audrey—. Y sólo ha pasado una semana.

—Quizá Stadler fuera el acosador. Quizá Rinaldi había descubierto algo.

—Es posible. O quizá no. En cualquier caso, no me sorprendería que el jefe de seguridad hubiera llamado a Stadler para advertirle de que no se acercara por la vivienda de Nicholas

Conover. Quizá le dijera: «Como vuelvas a hacer algo, te arrepentirás».

La lista de llamadas que les había enviado por fax el operador del móvil de Rinaldi era densa y apretada, compuesta por unas diez o veinte páginas. Audrey le echó un breve vistazo y comprobó que la lista contenía buena parte de la información que había solicitado, pero no toda. En ella constaba la fecha y hora de todas las llamadas que Rinaldi había hecho y recibido, pero sólo algunos números telefónicos adjuntaban un nombre. Otros, no.

—Deduzco que has examinado esta lista —dijo Audrey.

—Sí, le he echado una breve ojeada. Ese tipo parece tener una vida social muy activa. La lista está repleta de nombres femeninos.

—¿Has comprobado si contiene el nombre de Andrew Stadler?

Bugbee negó con la cabeza.

—¿Has examinado detenidamente el día y la noche en que se produjo el asesinato?

Bugbee miró a Audrey con desdén.

—No todos los números telefónicos llevan adjunto un nombre.

—Ya me he dado cuenta. Un poco raro, ¿no?

—Supongo que si un número no consta en la guía, el nombre no aparece automáticamente.

—Suena lógico —respondió Audrey. Vaciló unos instantes, tentada a mostrarse tan parca en elogios como se mostraba siempre Bugbee. Pero ¿no estaba escrito en algún versículo de los Proverbios que una palabra pronunciada en el momento idóneo es como una manzana de oro en bandeja de plata?—. Creo que tienes razón. Has dado en el clavo.

Bugbee se encogió de hombros, un gesto no tanto de modestia como de indiferencia, para indicar a Audrey que en él era normal llegar a estas brillantes conclusiones.

—Eso representa un montón de referencias cruzadas —comentó Bugbee.

—¿Podrías encargarte tú?

Bugbee soltó un bufido.

—Claro, como que me sobra el tiempo…

—Alguien tiene que hacerlo.

Un instante de silencio: una táctica para guardar las distancias.

—¿Has averiguado algo más sobre esa hidrosemilla?

Bugbee sonrió lentamente y extrajo del bolsillo del pantalón un formulario de color rosa del laboratorio.

—Es Compost Penn.

—¿Compost Penn? ¿Qué es eso?

—Una fórmula patentada comercializada por la Lebanon Seaboard Corporation en Pensilvania, una compañía que fabrica fertilizantes y productos para el césped. —Bugbee leyó las notas redactadas por otra persona, probablemente un técnico del laboratorio—. Se caracteriza por unas bolitas pequeñas de forma regular, que miden algo más de un centímetro de longitud y medio centímetro de ancho. Parecen caca de hámster. Bolas de celulosa compuestas por papel de periódico reciclado liofilizado, fertilizante enriquecido y cristales de polímero superabsorbentes. Y tinte verde.

—Y semillas de hierba.

—No forman parte del Compost Penn. La empresa de productos para el césped mezcla las semillas de hierba con el compost y un emulsionante para crear un estiércol líquido que se rocía sobre el suelo. Es como una crema de guisantes, pero menos espesa. En este caso las semillas de hierba son una mezcla de Kentucky Bluegrass y Creeping Red Fescue, con un toque de Saturn Perennial Ryegrass y Buccaneer Perennial Ryegrass.

—Buen trabajo —dijo Audrey—. Pero eso no me dice gran cosa. ¿Es una fórmula corriente de hidrosemillas?

—Lo que varía mucho son las semillas de hierba. Existen unas novecientas variedades. Algunas son una porquería.

—¿O sea que no todas las empresas de productos para el césped utilizan la misma mezcla?

—No. La mierda que se utiliza junto a las carreteras, una mezcla barata, es mejor que no la utilices para el césped de tu jardín. Cuanto mejor sea el compost, mejores resultados obtienes.

—El Compost Penn…

—Es caro. Mucho mejor que la porquería que suelen utilizar, formado por un compost hecho con pulpa de madera o papel de periódico. Lo venden en sacos de veinticinco kilos. Es un producto bastante caro. Dudo que sea muy corriente. Es lo que utilizan los ricos para sus céspedes, es decir, los ricos que saben lo que es calidad.

—De modo que tenemos que averiguar qué empresas de productos para el césped utilizan el Compost Penn.

—Lo cual significa un montón de llamadas telefónicas.

—¿Cuántas empresas de productos para el césped hay en Fenwick? ¿Dos o tres?

—Eso no es lo que me importa —contestó Bugbee—. Digamos que encontramos una empresa que en ocasiones utiliza el Compost Penn en su mezcla para el césped. ¿Y luego qué?

—Luego averiguamos qué personas utilizaron el Compost Penn en sus céspedes. Si dices que es tan caro, no serán muchas.

—¿Y qué adelantamos? Nuestro fiambre atravesó un césped plantado con Compost Penn? ¿Y qué?

—No creo que haya muchos céspedes elegantes en La Perrera, Roy —replicó Audrey—. ¿Y tú?

51

Durante el viaje del instituto a Stratton, Nick se había puesto a pensar en Cassie Stadler.

No sólo era una preciosidad —Nick había tenido relaciones con muchas mujeres guapas, sobre todo durante sus años de estudiante, cuando Laura había insistido en que «se tomara un respiro» y «saliera con otra gente»—, sino que también era increíblemente inteligente, lo captaba todo. Cassie daba la impresión de conocer a Nick a la perfección, casi de leerle el pensamiento. Le conocía mejor de lo que Nick se conocía a sí mismo.

Y éste no podía negar la atracción física: se había acostado con una mujer por primera vez en más de un año, y volvía a sentirse como un ente sexual. Era una sensación que casi había olvidado. Había recuperado sus estímulos sexuales. Se sentía excitado. Al pensar en lo ocurrido el día anterior por la tarde, tuvo una erección.

Entonces recordó quién era Cassie, cómo se habían conocido, y su optimismo se vino abajo. Sintió de nuevo la sensación de culpabilidad, más intensa que nunca.

Una voz en su cabeza repetía: «Pero ¿qué te propones, tío? Te has acostado con la hija del hombre que asesinaste».

«¿Estás loco?»

Nick no sabía lo que hacía. Si iniciaba una relación con Cassie... ¿Y si ella lo averiguaba todo? ¿Cómo podría él mantener una situación tan precaria?

«¿Qué coño estoy haciendo?»

Sin embargo, ansiaba volver a verla. Eso era lo más disparatado.

Era ya tarde, y Nick no tenía que volver al despacho. Se detuvo en el arcén y sacó un papel del bolsillo de la chaqueta, en el que había anotado el número de teléfono de Cassie Stadler. Impulsivamente —prescindiendo de la voz interior que le reprochaba su conducta— la llamó por el móvil.

—Hola —dijo Nick con voz débil cuando Cassie atendió la llamada—. Soy Nick.

Una breve pausa.

—Nick —dijo Cassie, y se detuvo.

—Sólo quería... —La voz de Nick se quebró. Sólo quería, ¿qué? ¿Dar marcha atrás? ¿Borrar lo ocurrido la noche fatídica? ¿Hacer que todo volviera a la normalidad? Dado que eso era imposible, ¿qué pretendía? Sólo quería hablar con ella. Ésa era la verdad—. Te llamo para...

—Ya lo sé —contestó Cassie rápidamente.

—¿Estás bien?

—¿Y tú?

—Me gustaría verte —dijo Nick.

—Nick —respondió Cassie—, es mejor que no te acerques a mí. Te causaré problemas. En serio.

Nick casi sonrió. Cassie no sabía lo que significaba tener problemas. «¿Crees que me causarás problemas? Deberías verme cuando empuño una Smith & Wesson.» Nick sintió un regusto amargo.

—No lo creo —contestó.

—¿No crees que ya has hecho suficiente?

Nick sintió algo parecido a una descarga eléctrica. ¿No creía que ya había hecho suficiente? Era una forma de enfocarlo.

—¿Cómo dices?

—No es que no te esté agradecida por todo lo que has hecho. Pero es mejor que lo dejemos aquí. Eres el director de una empresa importante. Tienes que ocuparte de tus hijos. Yo no encajo en ese esquema.

—Acabo de anular una cita —dijo Nick—. Tardaré unos cinco minutos en llegar.

—Hola —dijo Cassie al abrir la polvorienta puerta mosquitera. Llevaba unos vaqueros anchos y una camiseta de color blanco con unas manchas de pintura. Luego sonrió, una sonrisa que formó unas arruguitas en las comisuras de sus ojos. Tenía mejor aspecto y su voz sonaba más animada—. Pensaba que no volverías.

—¿Por qué?

—Por remordimientos. Porque estabas arrepentido de lo que habías hecho. Por cómo soléis reaccionar los hombres.

—Quizá yo no reaccione como los demás.

—Ya lo veo. ¿Hoy no me traes nada?

Nick se encogió de hombros.

—Lo siento. En la guantera hay un frasco de limpiacristales.

—No, gracias —respondió Cassie—. Eso me produce siempre resaca.

—Quizá tenga también un bote de aceite lubricante.

—Eso está mejor. Me gusta la idea de que el director general de Stratton me haga la compra.

—Por mí encantado. Nick Conover es un experto en sándwiches de pavo.

—¿Debo de sentirme ofendida por haberme comprado yogures desnatados? —inquirió Cassie, haciéndole pasar—. Voy a preparar un té del que trajiste.

Cassie desapareció unos momentos en la cocina. Había puesto un CD en el tocadiscos, una mujer que cantaba «soy valiente pero me falta valor».

Cuando reapareció, Nick dijo:

—Tienes mejor aspecto.

—Empiezo a sentirme normal —respondió Cassie—. El otro día me pillaste en un momento bajo. Ya me entiendes.

—Tienes muy buen aspecto.

—Pues tú tienes un aspecto fatal —dijo Cassie con naturalidad.

—Ha sido una larga jornada —contestó Nick.

Cassie se tumbó en el sofá de color marrón lleno de bultos, tapizado con una tela bordada con un hilo dorado que parecía de los años cincuenta.

—¿Una larga jornada o una larga historia?

—Créeme, es muy aburrido escuchar a un hombre adulto quejarse de sus problemas laborales.

—No, así me distraigo.

Nick se repantigó en una vieja butaca extensible. Al cabo de unos momentos, contó a Cassie lo del rumor, obviando ciertos detalles. No mencionó el nombre de Scott ni su deslealtad. Era un tema demasiado doloroso en esos momentos.

Cassie se abrazó las rodillas en una postura estilo yoga, muy encogida, y escuchó atentamente a Nick.

—Y para colmo, recibo una llamada del instituto de Lucas —prosiguió Nick. Se detuvo. No estaba habituado a hablar sobre su vida. No lo había hecho desde la muerte de Laura. Había perdido la costumbre.

—Cuéntamelo —dijo Cassie.

Nick obedeció, y le explicó también que había llamado a Lucas a casa, que le había regañado, y que su hijo le había colgado el teléfono. Cuando Nick miró el reloj, se percató de que llevaba más de cinco minutos hablando.

—Nunca he entendido eso —comentó Cassie.

—¿Qué es lo que no entiendes?

—Que expulsen temporalmente a los chicos. ¿Qué significa? ¿Qué no irán al instituto durante tres días? ¿Qué se quedarán en casa?

—Exactamente.

—¿Para causar más problemas? ¿Qué clase de castigo es ése? Comprendo que castiguen a un jugador de béisbol suspendiéndole durante cinco partidos por increpar al árbitro, pero me parece absurdo que expulsen durante tres días a un adolescente que odia ir al instituto.

—Quizá sea una humillación social.

—¿Para un adolescente? ¿No crees que es más bien una medalla?

Nick se encogió de hombros.

—Para mí no lo habría sido.

—Ya, supongo que eras Don Perfecto.

—En absoluto. Me metía en problemas, como todos. Pero procuraba no pasarme. No quería que me echaran el equipo de hockey. ¿Y el té? —preguntó Nick.

—Ese hornillo eléctrico es muy lento. Mi padre no quería que instaláramos gas en casa. Una de sus muchas manías. Pero prefiero no entrar en eso. —Cassie ladeó la cabeza, como si aguzara el oído—. Supongo que el agua ya estará hirviendo.

—Es que me ha entrado sed de tanto hablar —dijo Nick.

Cassie regresó con dos tazas humeantes.

—El té es English Breakfast —dijo—. He visto que también me trajiste una caja de infusiones Blue Moon Kava Kava y manzanilla. Imagino que no es lo que suele beber Nick Conover.

—Más bien no.

—¿Por qué tengo la impresión de que me tomas por una fanática de todo lo New Age? —Cassie se encogió de hombros—. Posiblemente porque lo soy. ¿Cómo voy a negarlo? Tú fabricas sillas, yo enseño *asanas*. En definitiva, los dos nos dedicamos a que la gente se siente cómodamente.

—¿No vas a hablarme de mi aura?

—Nunca me han interesado los *chakras* y esas chorradas —dijo Cassie, sonriendo—. Me parezco mucho a mi padre. Tengo una tendencia empírica muy marcada.

—Y yo que te había tomado por una romántica...

—Gracias. —Cassie bebió un sorbo de té—. De modo que tienes problemas. Ya los resolverás, seguro. Eres el tipo de persona que sabe sacar partido hasta de lo malo de la vida.

—Yo esperaba algo más zen.

—Observo que no has probado el té. ¿Qué tipo de infusión te gusta?

—Cualquier tipo. Siempre y cuando sea café.

Cassie tomó una botella de Four Roses de una mesita baja junto al sofá y se la entregó.

—Échale un lingotazo de esto. Elimina el gusto a tanino.

Nick vertió un chorrito de bourbon en su taza, el cual mejoró mucho su sabor.

Cassie le observaba fijamente.

—¿Has venido por mí o por ti?

—Por los dos.

Cassie asintió con expresión divertida.

—¿Eres un asistente social?

—Venga, mujer —contestó Nick—, no eres precisamente una menesterosa.

—Puedo arreglármelas.

—Quiero que sepas que si alguna vez tienes apuros, aquí me tienes para ayudarte.

—Esto empieza a sonar a despedida.

—No. Te equivocas.

—Me alegro. —Cassie se levantó y tiró del cordón de las persianas, bajándolas y sumiendo la habitación en la penumbra—. Es un alivio saberlo.

Nick se acercó a ella por detrás, deslizó las manos por debajo de su top de punto y sintió la suave tibieza de su vientre.

—¿Por qué no subimos? —preguntó Nick.

—No quiero subir —se apresuró a responder Cassie.

—¿No? De acuerdo. —Nick movió las manos lentamente hasta apoyarlas en sus pechos, jugueteando con los pezones mientras le besaba los labios y el cuello.

—Sí —dijo Cassie con voz pastosa.

Cassie, que seguía de espaldas a Nick, apoyó las manos en su trasero y le apretó ambas nalgas con fuerza.

Esta vez Nick la penetró por detrás.

—Joder —dijo Nick, mientras Cassie le miraba con ojos relucientes. Tardó unos minutos en recuperar el resuello—. ¡Caray! Gracias.

—Ha sido un placer.

—Para mí también lo ha sido.

Cassie bebió un sorbo de té, arrebujada en el sofá junto a Nick. Empezó a canturrear al son del CD, que repetía la misma canción una y otra vez, algo sobre «mejores amigos con ventajas».

—Tienes una bonita voz.

—Antes cantaba en el coro de la iglesia. Mi madre era muy piadosa y me llevaba a los oficios. Fue lo único que me salvó. No puedes arrojar ahora la toalla, jefe —dijo Cassie con inusitada vehemencia—. Tienes que jugar echándole todo tu valor, todo tu corazón. Todo importa.

—Así es como jugué siempre al hockey. Echándole un par de... Tienes que hacerlo.

—¿Siempre mantenías la cabeza erguida cuando patinabas?

Nick sonrió. Por lo visto Cassie también entendía de hockey.

—Desde luego. Si bajas la cabeza un instante, estás muerto y enterrado. Es un juego muy rápido.

—¿Has mantenido la cabeza erguida en Stratton?

—No lo suficiente —confesó Nick.

—Sospecho que algunas personas te subestiman, porque intuyen que deseas agradar a la gente. Imagino que quienes te presionan demasiado acaban arrepintiéndose de haberlo hecho.

—Es posible. —En la mente de Nick se agolpaban unos recuerdos sombríos que no deseaba volver a analizar.

—Tengo la impresión de que has sorprendido a muchas personas. Deduzco que Dorothy Devries se muestra más fría contigo de un tiempo a esta parte, ¿me equivoco?

Nick pestañeó. No lo había pensado detenidamente, pero era cierto.

—Sí —respondió—. ¿Cómo lo sabes?

Cassie bajó la vista.

—No me malinterpretes, pero cuando la viuda del anciano Devries nombra a un sucesor, tiene muchas cosas en cuenta. Desde luego, no querrá elegir a alguien que supere a su amado Milton. Un hombre capaz de empuñar con firmeza el timón, eso sí. Un tipo de fiar sobre el que pueda decir: «No es Milton Devries, desde luego, pero ya se sabe que nadie es como él». Podrían haber pescado a alguien de la competencia, lo cual imagino que es lo habitual. Pero eso no era lo que quería Dorothy Devries. Te eligió a ti para que fueras la versión en miniatura de Milton. Pero de pronto te rebelaste. Dejaste de ser el protegido de Milton. Y por más que Dorothy se beneficiara económicamente, el comportamiento de Nick Conover debió de irritarla.

Nick meneó la cabeza.

—¿No me crees?

—Lo malo es que te creo —contestó Nick—. Lo que has dicho no se me había ocurrido, lo cual no dice mucho en mi favor, pero al oírte hablar pienso, sí, eso es lo que ha ocurrido. La anciana no esperaba que yo hiciera lo que hice. Lo cierto es que yo tampoco. Cuando ocupé el cargo, contraté a tres o cuatro personas clave y dejé que hicieran su trabajo. Pude haber hecho las cosas de distinto modo. No soy una lumbrera, pero sé lo que no sé. Creo que lo que mejor se me da es rodearme de gente inteligente.

—Mientras te sean leales, todo irá bien. Pero si no anteponen la familia a cualquier otra cosa, puedes tener problemas.

—¿La familia?

—Los Stratton.

—Eres la mujer con ojos de rayos X —dijo Nick—. Lo ves todo. —De pronto Nick se estremeció. ¿Hasta qué punto era eso cierto? ¿Veía Cassie sus manos manchadas de sangre? Nick tragó saliva. Tenía que dejar de obsesionarse.

—Ya sabes lo que dicen.

—¿Quiénes?

—Ellos. Anaïs Nin, quizá, no estoy segura. «No vemos las cosas como son, sino como nosotros somos.»

—No acabo de entenderlo.

—Y las personas a las que más nos cuesta entender, son aquellas a las que amamos. Como tu hijo.

—Que estos días es un misterio para mí.

—¿A qué hora dijiste que volverían tus hijos a casa?

—Dentro de menos de una hora.

—Me gustaría conocerlos —dijo Cassie.

—Humm, no estoy seguro de que sea una buena idea —contestó Nick.

Cassie de levantó y se pasó las manos por el pelo.

—Pero ¿qué digo? ¡Es una idea espantosa! —exclamó. El cambio que se había producido en ella fue tan brusco, que resultaba chocante—. ¿En qué estaría pensando? Yo no formo parte de tu vida. No tengo ninguna lógica en tu vida. Probablemente me siento avergonzada de mí misma. —Cassie se alisó los vaqueros manchados de pintura—. Así que dejemos las cosas como están. A fin de cuentas, siempre tendremos Steepletown. Adiós, Nick. Disfruta de tu vida.

—No me refería a eso, Cassie —dijo Nick.

Cassie guardó silencio. Cuando Nick se volvió hacia ella, observó que sus ojos reflejaban una profunda tristeza, lo cual le produjo una sensación de culpa no exenta de deseo.

—¿Quieres venir a cenar a casa? —preguntó Nick.

52

Cassie guardó silencio mientras el Chevy Suburban esperaba en la cola frente a la garita de los guardias de seguridad de la urbanización Fenwicke. Nick contuvo el deseo de tamborilear sobre el volante.

—Buenas tardes, Jorge —dijo Nick cuando pasaron lentamente ante la garita de los guardias de seguridad.

Cassie se inclinó para mirarlo.

—Hola, Jorge, me llamo Cassie —dijo, sonriendo y saludándolo brevemente con la mano.

—Buenas tardes —respondió Jorge más animado que de costumbre.

«Vale —pensó Nick—, un tanto a favor de la chica por su humanidad.» Había reparado en los guardias uniformados. Lo cual probablemente era buena señal, siempre y cuando no degenerara en una manifestación de solidaridad con los obreros.

Nick se preguntó cómo reaccionarían sus hijos ante el hecho de que trajera a una mujer a casa. Más que curiosidad, Nick reconoció que se sentía nervioso. Cassie era la primera mujer con la que había tenido una relación desde la muerte de Laura, y no sabía cómo reaccionarían los chicos. Suponía, sin demasiado temor a equivocarse, que Lucas se mostraría hostil. La hostilidad era su talante permanente. ¿Y Julia? Ésa era la incógnita. Aparte de la cuestión freudiana de que la niña quería tener a su padre para ella sola, existía la poderosa tendencia de ciega lealtad hacia su madre: ¿cómo se atrevía su padre a salir con una mujer que no era su madre?

Podía producirse una situación desagradable. Pero quien se llevaría la peor parte sería Cassie. Nick se compadeció de ella, de lo que iba a experimentar. Al avanzar en coche hacia la casa, empezó a arrepentirse de la impulsiva invitación. Debió presentársela a sus hijos progresivamente.

Cuando enfilaron el camino de acceso a la casa, Cassie emitió un prolongado silbido.

—Qué elegante —dijo—. Confieso que jamás habría imaginado que ése era tu estilo.

—Quizá no lo sea —reconoció Nick, pero se sintió incómodo al decirlo. Como si le echara la culpa a Laura.

Cassie achicó los ojos y observó el contenedor de escombros amarillo instalado debajo de una cesta de baloncesto.

—¿Estáis de obras?

—Siempre.

—*Portoncini dei morti* —dijo Cassie.

—Ahora estás en América —respondió Nick con tono jovial—. Ya va siendo hora de que aprendas el inglés.

—Deduzco que no has estado en Gubbio.

—Si no fabrican componentes para muebles, seguramente no.

—Está en Umbría. Un lugar asombroso. Pasé un año allí, pintando, tocando música en la calle y esas cosas. Es un sitio maravilloso, pero un tanto inquietante. Cuando atraviesas la parte antigua de la ciudad, observas que muchas casas tienen unas áreas tapadas con ladrillos. Es una antigua costumbre, una especie de sacramento. Después de haber sacado a un difunto de la casa, clausuraban la entrada con ladrillos. Los llaman *portoncini dei morti*. Portales de los muertos. Puertas de fantasmas.

—Los albañiles debían de estar siempre muy atareados —comentó Nick. «Es la puerta principal, Nick. No podemos escatimar en eso.» Los portales de los muertos.

—Era la casa de Laura, ¿no es así? —preguntó Cassie.

Nick no lo habría expuesto así, pero no dejaba de ser verdad. Era la casa de Laura.

—Más o menos —contestó.

Marta les recibió a la puerta.

—Te dije que traía a una invitada —dijo Nick—. Bueno, pues aquí la tenemos.

Marta no estrechó la mano de Cassie, según observó Nick, sino que se limitó a decir: «Encantada de conocerla», sin excesiva cordialidad. La misma expresión que Marta reservaba para los operadores de telemarketing.

—¿Dónde está Julia? —preguntó Nick a Marta.

—Viendo la tele en la sala de estar. Emily se marchó hace un rato.

—¿Y Luke?

—En su habitación. Quizá escribiendo en su ordenador. Ha dicho que no puede quedarse a cenar.

—¿Ah, no? Pues se quedará a cenar —contestó Nick fríamente. Joder. Eso de expulsarle durante tres días... Padre e hijo tenían que hablar muy seriamente. Lo cual probablemente significaba que acabarían peleándose.

Pero esa noche no.

Nick acompañó a Cassie a la sala de estar, donde Julia estaba absorta contemplando *Slime Time Live* en Nickelodeon.

—Hola, cariño —dijo Nick—. Te presento a mi amiga Cassie.

—Hola —respondió Julia, y siguió mirando la tele. No estuvo grosera, pero tampoco amable. Un tanto fría.

—Cassie se quedará a cenar con nosotros.

Julia se volvió de nuevo.

—Vale —dijo con tono cansino. Luego añadió dirigiéndose a Cassie—: No solemos tener invitados a cenar.

Tras lo cual se volvió hacia la pantalla iluminada. Estaban mojando a alguien con un mejunje verde.

—No te preocupes —dijo Cassie—, como menos que un pajarito.

Julia asintió con la cabeza.

—Dos veces y medio mi peso en lombrices —dijo Cassie.

Julia se rió.

—¿Eres aficionada al béisbol? —preguntó Cassie.

—Sí —contestó Julia—. ¿Lo dices por mi jersey?

—A mí me gustan los Tigers —declaró Cassie.

Julia se encogió de hombros.

—Las niñas en el colegio me llaman «chicazo» porque me lo pongo siempre.

—Seguro que tienen envidia —terció Nick, pero Julia no le escuchó.

—¿Has ido a Comercia Park? —inquirió Cassie.

Julia negó con la cabeza.

—Es impresionante. Te encantará. Tenemos que ir un día.

—¿En serio? —respondió Julia.

—Pues claro. Oye, a mí también me llamaban «chicazo» de niña —dijo Cassie—. Total porque no me gustaban las Barbies.

—¿En serio? A mí tampoco me gustan —dijo Julia.

—Yo la encuentro siniestra —convino Cassie—. En realidad no era muy aficionada a las muñecas.

—Yo tampoco.

—Pero seguro que te encanta rodearte de tus peluches.

—Sobre todo los Beanie Babies.

—¿Los coleccionas?

—Más o menos —contestó Julia, observando a Cassie con interés—. Son muy valiosos, ¿sabes? Pero sólo si no los usas y esas cosas.

—¿Te refieres a no quitarles la etiqueta ni ponerlos en un estante?

Julia asintió con la cabeza, más animada.

—No lo entiendo —dijo Cassie—. Los Beanie Babies son para jugar con ellos, ¿no es así? ¿Tienes muchos, o sólo unos cuantos?

—No lo sé. Creo que tengo muchos. ¿Quieres ver mi colección?

—Pues claro. Me encantaría verla.

—Ahora no —intervino Nick—. Más tarde. Es hora de cenar, y tenemos una invitada.

Cuando Nick condujo a Cassie de nuevo hacia el pasillo delantero, la joven comentó:

—Es una niña encantadora.

—Anda siempre refunfuñando como una vieja —replicó Nick—. Para dulzura y encanto tenemos a Lucas Conover.

Nick condujo a Cassie escaleras arriba y señaló el pasillo. No era necesario especificar cuál era la habitación de Lucas. A través de la puerta cerrada se oía una música estruendosa, un torrente de ruido y a alguien gritando a voz en cuello a través del ritmo percutivo del bajo. Cantaba algo sobre «estoy loco por ti», «cenizas en cenizas», «sólo hay dolor, nada de amor», intercalado con unos alaridos ininteligibles.

—Como puedes comprobar, es un gran admirador de Lawrence Welk —dijo Nick.

Decidió no llamar a la puerta. Pediría a Marta que le hiciera bajar. Lucas respondía mejor a Marta.

—¿Cómo sabes tanto sobre los Beanie Babies? —preguntó Nick.

—Mis conocimientos sobre los Beanie Babies se reducen a lo que he leído en *Newsweek*. ¿La he pifiado?

—Has convencido a Julia de que eres toda una experta.

—He hecho lo que he podido. Pero tengo la sensación de que tu hijo no es aficionado a los Beanie Babies.

—Mi hijo es un tío duro de pelar —respondió Nick, sin entrar detalles—. Voy a cambiarme, me reuniré contigo dentro de unos minutos.

Cuando Nick bajó, Cassie y Julia estaban charlando animadamente en la sala de estar.

—Había sangre por todas partes —dijo Julia en voz baja y tono solemne.

—Qué horror —murmuró Cassie.

—Era *Barney* —prosiguió Julia con los ojos llenos de lágrimas.

—Dios mío.

—Mi padre dijo que nos protegería. Dijo que haría todo lo que fuese necesario.

Nick carraspeó; no quería fomentar ese tipo de conversación.

—Venga, chicas —dijo—. Es hora de cenar.

—Acabo de enterarme de lo que le ocurrió a *Barney* —dijo Cassie, alzando la vista—. Debió de ser horroroso.

—Fue muy duro —contestó Nick—. Para todos. —Lo dijo con cierta brusquedad, para dar a entender a Cassie que prefería terminar esa conversación.

Afortunadamente, en ese momento Marta salió de la cocina y anunció que la cena estaba lista.

—Muy bien —dijo Nick—. Andando, chicas. Marta, ¿puedes decirle a Sid Vicious que baje a cenar?

Cuando Marta subió la escalera, Julia preguntó:

—¿Quién es Sid Vicious?

—¿Conoces a los Sex Pistols? —preguntó Cassie a Nick, sonriendo.

—De algo me suenan —respondió Nick en tono irónico—. No soy un completo imbécil, por más que mi hijo lo crea.

—Pero ¿quién es Sid Vicious? —insistió Julia.

De repente oyeron bajar a Lucas; producía tanto ruido como si alguien hubiera arrojado una caja de bolas para jugar a los bolos escaleras abajo. Al llegar a la sala echó un vistazo a su alrededor, percatándose de la presencia de Cassie sin pestañear.

—Lucas, quiero presentarte a mi amiga Cassie Stadler —dijo Nick.

—¿Cassie Stadler?

Lucas lo preguntó en un tono que hizo que a Nick se le helara la sangre en las venas.

—Sí —respondió Nick, bajando la voz—. Va a cenar con nosotros.

—Tengo que salir —dijo Lucas.

—No, hoy vas a quedarte.

—Tengo que hacer un proyecto con unos chicos de mi clase.

Nick se abstuvo de poner los ojos en blanco. Un experimento científico, sin duda, destinado a estudiar los efectos del *Cannabis sativa* en la psicopatología del adolescente americano.

—No voy a discutir contigo —dijo Nick—. Siéntate.

—Me gusta tu música —dijo Cassie a Lucas.

Lucas la miró con cierta hostilidad.

—¿Ah, sí? —dijo con un tono que indicaba «¿y a mí qué?».

—Si es que a eso se le puede llamar música —dijo Nick para proteger a Cassie. Se encogió de hombros y la miró como para disculparse—. Cuando Luke no escucha ese tipo de ruido, escucha música rapera de los *gangsta*.

—Música rapera de los *gangsta* —repitió Cassie, imitándole de forma tan perfecta que era impresionante.

Lucas emitió un sonido que era entre un bufido y una risotada.

—¿Preferirías que escuchara a los Mamas and the Papas? —inquirió Cassie—. ¿Como si fuera un niño bueno y bien programado?

«Eh, eso no es justo», estuvo a punto de protestar Nick.

—Yo tampoco escuchaba a los Mamas and the Papas —contestó Nick.

Pero Cassie no le prestó atención. Observaba a Lucas.

—Tengo una curiosidad —dijo—. ¿Cuánto tiempo hace que escuchas a los Slasher?

—Unos meses —respondió Lucas.

—Poca gente de tu edad conoce a los Slasher. Seguro que tienes todos sus discos.

—He bajado de Internet varios temas que aún no han aparecido en el mercado, aparte de algunos singles promocionales.

—Deduzco que Slasher es una banda de rock —dijo Nick, sintiéndose tristemente excluido—. ¿Me equivoco?

—A papá le llaman así* —dijo Lucas con aire de satisfacción.

—Sí, ya lo he oído. En cualquier caso, la música de los Slasher está bien, pero John Horrigan es un cretino —dijo Cassie, avanzando un paso hacia Lucas.

Lucas abrió mucho los ojos.

—¿Le conoces? Es increíble. —Había aparecido un Lucas inédito.

Cassie asintió con la cabeza.

—¿Te enteraste de que se había caído del escenario en Saratoga durante la gira de Suden Death? Bueno, pues después de eso tuvo problemas en el cuello y en la espalda. Unos dolores terribles. Yo daba clases de yoga en Chicago, donde vive Horrigan. Un día se presentó en mi consulta y el yoga consiguió aliviarle. Horrigan me pidió que le diera unas clases adicionales. Y luego... —Cassie se acercó a Lucas y apoyó una mano en su brazo mientras murmuraba el resto de la frase.

Lucas se echó a reír, sonrojándose.

—Es increíble —dijo—. Horrigan mola. Así que... —Lucas miró a Nick y a Julia y preguntó en voz baja—: ¿Cómo es personalmente?

—Un egoísta —respondió Cassie—. Al principio pensé que tenía mal genio. Pero luego comprendí que era puro egoísmo. Al final dejé de devolverle las llamadas. Pero reconozco que es un gran guitarrista.

—Horrigan mola.

—¿Qué quieres decir con que es «un egoísta»? —preguntó Julia con la infalible destreza de una cría de diez años para plantear un tema que no venía a cuento.

—Nada, que nunca deja que sus compañeros se luzcan con la guitarra —respondió Cassie.

* *Slasher*: verdugo. *(N. de la T.)*

Lucas empezó a mover los hombros sacudido por una risa irreprimible pero silenciosa.

Julia también se echó a reír sin motivo. Al cabo de unos instantes Nick se unió a las risas, aunque no sabía por qué. Pero no recordaba la última vez que había visto reír a Lucas.

Marta depositó en la mesa una bandeja con costillas de cerdo, cubiertas con una salsa de chile y cilantro.

—Si queréis más, hay otra bandeja en la cocina —anunció con cierta aspereza, o quizá era que estaba de mal humor.

—Todo huele estupendamente, Marta —comentó Nick.

—Y también hay ensalada —dijo Marta, señalando dos bols de cerámica con tapadera—. Y arroz y *ratatouille*.

—Es fabuloso, Marta —dijo Cassie—. No creo que nos quedemos con hambre.

—No he hecho un postre, pero hay helado —añadió Marta en tono sombrío—. Y fruta. Unos plátanos.

—Yo preparo unos plátanos flambeados de miedo —dijo Cassie—. ¿Algún candidato?

—Ya puedes esmerarte —respondió Lucas, sonriendo.

Unos dientes blancos perfectos, unos ojos azules, un cutis casi perfecto. Un chico guapísimo. Nick sintió una oleada de orgullo paterno. Le habían expulsado del instituto durante tres días. Tenía que hablar con él. Pero no ahora. La perspectiva pendía sobre Nick como la espada de Damocles.

—Sólo se necesitan unos plátanos, mantequilla, azúcar moreno y ron.

—Tenemos todos los ingredientes —dijo Nick.

—Y un encendedor. Para crear unas llamas esplendorosas. —Cassie se volvió hacia Lucas—. ¿Tienes un encendedor, chavalote?

53

Cuando Nick regresó después de acompañar a Cassie a casa, encontró a Lucas en su habitación, tumbado en la cama, con los auriculares puestos. Nick le indicó que se los quitara. Ante su sorpresa, Lucas obedeció sin protestar, y fue el primero en hablar.

—Cassie es muy simpática —dijo.

—Me alegro de que te haya caído bien.

Nick se sentó en la única silla de la habitación que no estaba repleta de libros, papeles y ropa. Respiró hondo y se lanzó. El campo de fuerza de hostilidad habitual parecía haber desaparecido, o quizá había disminuido. Lo cual era una buena señal, pues facilitaba las cosas.

—Luke, hijo, tenemos que hablar.

Lucas le observó, pestañeando, sin decir nada.

—Como te dije, el señor Sundquist me llamó hoy para entrevistarse conmigo.

—¿Y?

—¿Te das cuenta de lo serio que es que te hayan expulsado del instituto?

—Sólo son tres días.

—Temía que contestaras eso. No, Luke. Eso constará en tu expediente. Cuando solicites ingresar en una universidad, verán que te expulsaron.

—Como si a ti eso te importara mucho.

—Venga, hombre. Pues claro que me importa.

—Ni siquiera sabes lo que estudio en el instituto.

—La verdad, no sabía que estudiaras nada —replicó Nick sin pensar.

—Muy bien, papá. Te pasas todo el día en el despacho, y ahora finges interesarte en cómo me van los estudios. —Era asombrosa la habilidad que tenía Lucas para transformar sus ojos puros e inocentes en un rayo láser azul, frío y duro de odio.

—Me preocupa lo que va a ser de ti.

—Lo que va a ser de mí —repitió Lucas en tono burlón.

—Es por mamá, ¿no es así? —Nick se arrepintió en el acto de haberlo dicho. Había sido demasiado brusco. Pero ¿cómo expresarlo de otra forma?

—¿Cómo dices? —preguntó Lucas, incrédulo.

—Desde que mamá murió, has cambiado. Tú lo sabes y yo también lo sé.

—Una reflexión muy profunda, Nick. Viniendo de ti, es genial.

—¿Qué quieres decir?

—Tú volviste enseguida al trabajo, sin ningún problema.

—Tengo que cumplir con mi obligación, Luke.

—Hay que seguir adelante pase lo que pase, ¿eh, Nick?

—No vuelvas a hablarme en ese tono —contestó el padre.

—Sal de mi habitación. No me apetece que me sueltes un sermón.

—No me iré hasta que me hayas escuchado —respondió Nick.

—De acuerdo. —Lucas se levantó de la cama y salió de la habitación—. Puedes quedarte ahí perorando todo el tiempo que quieras.

Nick salió al pasillo tras su hijo.

—Vuelve aquí —exigió.

—No quiero que me sueltes un sermón.

—Te he dicho que vuelvas. No hemos terminado de hablar.

—Ya has dicho lo que pensabas. Siento ser una decepción para ti —replicó Lucas, bajando los escalones de dos en dos.

Nick corrió tras él.

—No te consiento que me dejes plantado cuando te estoy hablando —gritó.

Alcanzó a Lucas en el momento en que éste llegaba a la puerta principal y le apoyó la mano en el hombro.

Luke se volvió bruscamente y apartó a Nick de un manotazo.

—¡Quítame las manos de encima! —gritó, girando el aparatoso pomo de bronce y abriendo la puerta.

—Haz el favor de volver —gritó Nick desde el umbral—. ¡Esto no puede seguir así!

Pero Luchas echó a correr por el camino pavimentado hacia la oscuridad.

—¡Estoy harto de esta puta casa, estoy harto de ti! —resonó el eco de la voz de su hijo.

—Pero ¿qué te has creído? —contestó Nick a pleno pulmón—. ¡Vuelve enseguida!

Nick pensó en echar a correr tras su hijo, pero ¿qué adelantaría con eso? Le embargó una sensación de impotencia y desesperación. Permaneció en el umbral hasta que los pasos de Lucas se perdieron y todo quedó en silencio.

Cuando Nick se volvió, vio a Julia al pie de la escalera. Estaba llorando.

Nick se acercó a ella y la abrazó con fuerza.

—No te preocupes, a Luke no le pasa nada. Todo irá bien. Vuelve a la cama.

Al cabo de un rato, en la ducha, Nick pensó en lo mal que había llevado la situación, lo torpe y emocionalmente obtuso que se había mostrado. Debía de existir una forma de llegar hasta Lucas, aunque él no la conociera. Era como hallarse en un país extranjero en el que hablan un idioma distinto del tuyo, en el que las señales de tráfico te resultan ininteligibles y te sientes solo y perdido. Mientras las agujas de agua se le clavaban en el cuello y la espalda, Nick observó la hilera de frascos de champú y lociones dispuestos sobre el estante de azulejos: todos pertenecían a Laura. Nick no se había molestado en retirarlos. Lo cierto era que no tenía el valor de quitarlos.

Al enjabonarse se le metió jabón en los ojos, que le escocieron y empezaron a lagrimear. Nick no sabía si las lágrimas se debían al jabón o si estaba llorando.

Se puso una camiseta, el pantalón del pijama y se metió en la cama en el preciso momento en que oyó abrirse la puerta principal y dispararse la alarma. Luke había vuelto.

Nick apagó la lámpara de la mesilla de noche. Como de costumbre, se acostó en su lado de la cama, preguntándose si alguna vez se decidiría a acostarse en el centro del lecho.

De pronto se abrió la puerta de su habitación. Nick pensó durante una fracción de segundo que era Lucas, que había venido para disculparse. Pero no lo era.

Julia se detuvo en el umbral. Su desgarbada silueta y su pelo rizado se recortaban contra la tenue luz del pasillo.

—No puedo dormir —musitó.

—Acércate.

Julia echó a correr hacia Nick y se metió en la cama.

—¿Puedo dormir contigo, papá? —preguntó la niña suavemente—. Sólo esta noche.

Nick le apartó los rizos de la frente y contempló su carita húmeda de lágrimas.

—Claro, tesoro. Pero sólo esta noche.

54

Leon dormía hasta bien avanzada la mañana, por lo que Audrey no tenía problemas en levantarse mucho antes que él los sábados. Le gustaba el silencio matutino, la soledad, poder concentrarse en sus pensamientos. Se preparó un café de avellanas —Leon lo aborrecía, pero le prepararía café normal cuando se levantara— y leyó los periódicos de la mañana.

Antes, los fines de semana eran la pequeña isla de intimidad de la pareja, antes de que Leon se quedara sin empleo, antes de que Audrey se pusiera a trabajar a destajo para estar lo menos posible en casa. Los sábados dormían hasta tarde, abrazados, y hacían el amor. Después preparaban un desayuno tardío, leían juntos los periódicos y a veces hacían de nuevo el amor. Dormían la siesta juntos. Luego salían a disfrutar del fin de semana, yendo de compras o a pasear. Los domingos Leon dormía hasta que Audrey regresaba de la iglesia, tras lo cual salían a almorzar o se preparaban algo en casa, y hacían también el amor.

Esa época era como la antigua Mesopotamia. Se había sumido en la noche de los tiempos, hasta el punto de que Audrey apenas la recordaba ya.

Ese sábado por la mañana, después de preparar el café, Audrey pensó en ponerse a revisar los expedientes de los casos que llevaba. Pero en su mente se reavivó un destello de la antigua Mesopotamia.

Alguien tenía que romper el hielo, se dijo. Los dos estaban bloqueados. Ninguno quería dar el primer paso o tratar de cambiar las cosas.

Audrey reflexionó en su fuero interno, como solía meditar la mayoría de las cosas, ya fuesen importantes o nimias. «¿Cuántas veces vas a seguir intentándolo? —se preguntó—. ¿Cuántas veces vas a golpearte la cabeza contra una pared de ladrillo antes de comprender que es mejor dejar de hacerlo?» La otra voz, la voz más sabia y generosa, respondía: «Pero él es el que sufre. El que está dolido. Eres tú quien debe tomar la iniciativa».

Esa mañana —quizá se debiera a la silenciosa belleza del día, o al delicioso café, o a ese rato a solas— Audrey decidió tomar la iniciativa.

Entró sigilosamente en el dormitorio en penumbra, procurando no despertarle. Abrió el cajón inferior de la cómoda y sacó un camisón corto de seda color albaricoque que había adquirido del catálogo de Victoria's Secret, aún sin estrenar.

Después de cerrar la puerta del dormitorio, Audrey atravesó el pasillo hasta el baño, donde se dio una agradable ducha caliente, utilizando la esponja dura. Se aplicó una hidratante por todo el cuerpo —su piel tendía a resecarse— y se maquilló, cosa que no hacía nunca a menos que fuera a salir. Luego se echó unas gotas de perfume en los lugares estratégicos: Opium, el único perfume que Leon le había dicho que le sentaba bien.

Ataviada con su camisón corto y sintiéndose un poco estúpida, Audrey entró en la cocina y preparó el desayuno que también serviría de almuerzo. Tostadas, beicon e incluso unas bolas de melón. El desayuno preferido de Leon, a quien las tostadas le gustaban aún más que los huevos escalfados. Otro café, del que le gustaba a Leon. Una jarrita de porcelana blanca, en forma de vaca, que contenía leche semidesnatada.

Audrey lo dispuso todo esmeradamente sobre una bandeja con patas (tardó un rato en encontrarla en el armario superior del pequeño *office,* y tuvo que lavarla porque estaba llena de polvo) y fue a despertar a Leon.

Dado que su marido había pasado casi un año de un humor de perros, Audrey se llevó una grata sorpresa al comprobar que éste sonreía dulcemente al verla a ella y la bandeja de desayuno que Audrey colocó sobre la cama.

—Hola, enanita —dijo Leon con voz ronca—. ¿A qué viene todo esto?

—Te traigo el desayuno, cariño.

—Tostadas. ¿Es mi cumpleaños?

Audrey se metió en la cama y le besó.

—Me apetecía preparártelo.

Leon bebió un sorbo de café y emitió una exclamación de satisfacción.

—Voy un momento al baño.

La bandeja del desayuno osciló peligrosamente cuando Leon se levantó de la cama.

Audrey oyó el sonido de la orina al salpicar el asiento del retrete, seguido del chorro de agua, tras lo cual oyó que Leon se lavaba los dientes, algo que no solía hacer antes de desayunar. Una buena señal. Aunque estaba casi tan gordo como su hermana, seguía siendo un hombre atractivo.

Leon regresó a la cama y Audrey apartó la bandeja para que se acostara sin derramar su contenido. Para su sorpresa, Leon la besó de nuevo. Audrey se movió un poco, colocándose frente a él, con una mano apoyada en el brazo de Leon, preparada, pero inopinadamente éste se apartó y bebió otro sorbo de café.

—Has olvidado el sirope —dijo Leon.

Audrey tocó la salsera de porcelana blanca.

Leon derramó un buen chorro de sirope sobre el montón de tostadas, tras lo cual tomó el cuchillo y cortó una generosa porción. Audrey incluso las había espolvoreado con azúcar, tal como le gustaba a Leon.

—Riquísimo. Lo has calentado.

Audrey sonrió satisfecha. ¿No decían siempre que a un hombre se le conquista a través del estómago? Quizá eso fuera lo único que necesitaba para romper los bloques de hielo que se habían acumulado en su matrimonio.

Después de haber engullido la mitad de la pila de tostadas y todas las lonchas de beicon menos dos, Leon se volvió hacia Audrey y preguntó.

—¿No comes nada?

—He picado un poco en la cocina.

Leon asintió con la cabeza, devoró otra loncha de beicon y bebió otro sorbo de café.

—Creía que hoy irías a trabajar.

—Me he tomado el día libre.

—¿Cómo es eso?

—Pensé que podíamos pasar un rato juntos.

Leon siguió atacando las tostadas.

—Humm —dijo.

—¿Te apetece que demos un paseo más tarde? —preguntó Audrey.

Al cabo de unos momentos, Leon respondió:

—Creía que necesitábamos el dinero.

—Por un día no pasará nada. Podemos ir al campo.

Se produjo otro silencio.

—No me digas que me ponga a trabajar de guardia de noche —dijo Leon, mientras masticaba una porción de melón.

Audrey se molestó, pero procuró disimular.

—No es necesario que hablemos de eso ahora, cariño.

—De acuerdo.

En ese momento sonó el móvil de Audrey, que dudó en atender la llamada. Ésta no sólo sirvió para interrumpir la conversación, sino para recordarles que Audrey tenía un trabajo y Leon no. Ella sabía que no podía ser una llamada personal. El móvil sonó de nuevo.

—Ahora mismo vuelvo —dijo Audrey, cogiendo su móvil de la mesilla de noche.

Leon le dirigió una mirada de advertencia.

Era Roy Bugbee. Era bastante insólito recibir una llamada de Bugbee un sábado por la mañana.

—Es sobre el registro de llamadas telefónicas —dijo su compañero en un tono que no era amistoso pero tampoco tan brusco como de costumbre.

—Un segundo. —Audrey salió del dormitorio para no obligar a Leon a escuchar la conversación—. ¿Te refieres a las llamadas telefónicas de Rinaldi?

—Uno de los números aparece varias veces, sin identificar, de modo que lo miré en Bresser's. —Bugbee se refería a una guía de teléfonos indexada por los números. Audrey se sintió impresionada ante la iniciativa de su compañero, aliviada de que hubiera decidido ocuparse del asunto. Quizá no fuera un caso perdido.

Bugbee hizo una pausa, esperando a que Audrey dijera algo, o quizá para otorgar un mayor dramatismo a sus palabras.

—Una idea genial —dijo Audrey.

—¿A que no adivinas quién llamó a Rinaldi a las dos y siete minutos de la madrugada el día que se cargaron a Stadler?

—Stadler —respondió Audrey tentativamente.

—No —contestó Bugbee—. Nicholas Conover.

—¿A las dos de la mañana? ¿Te refieres al día en que fue hallado el cadáver de Stadler?

—Sí.

—Pero... Conover me dijo que no se despertó en toda la noche.

—Humm. Pues parece que mintió.

—Ya —respondió Audrey, sintiendo cierta excitación—. Supongo que sí. —Otra incómoda pausa—. ¿Era eso lo que querías decirme?

—¿Te parece poco? —le espetó Bugbee—. ¿Se te ocurre algo mejor un sábado por la mañana?

—No. Buen trabajo —contestó Audrey—. Te felicito.

Audrey colgó y regresó al dormitorio, pero Leon se había levantado de la cama. Estaba sentado en la butaca, vestido, atándose las deportivas.

—¿Qué haces? —preguntó Audrey.

Leon se levantó y salió del dormitorio. Al pasar junto a la cama extendió la mano y tiró la bandeja al suelo. Las bolas de melón rodaron por la alfombra, las tostadas cayeron en un ordenado montón y el sirope formó un charquito sobre la lana gris. El café empapó la alfombra, al igual que la jarrita de leche semidesnatada. Audrey no pudo reprimir un grito de sorpresa.

Audrey salió tras su marido, diciendo con tono implorante:

—Leon, cariño, lo siento, yo no...

¿Yo no, qué? Era una llamada importante.

—Conque no ibas a tardar nada, ¿eh? —replicó Leon ásperamente mientras recorría el pasillo—. Y yo voy y me lo creo. Tu trabajo es siempre lo primero; no importa lo que estemos haciendo. Tienes tus prioridades muy claras, ¿verdad?

Audrey se sintió triste, casi abatida.

—No, Leon, eso es injusto —contestó—. No he hablado por teléfono más de un minuto. Lo siento...

Pero la puerta mosquitera se cerró de un portazo y Leon se marchó.

Y

Audrey se quedó sola en casa, experimentando una sensación de soledad y cierta angustia. No tenía ni remota idea de adónde podía haber ido Leon, sólo que había cogido su coche.

Llamó a Bugbee a su móvil. Bugbee no parecía alegrarse de que le llamara, pero eso ya era habitual en él.

—Dijiste que Conover llamó a Rinaldi a las dos y siete minutos de la mañana del miércoles. ¿Fue la única llamada que se produjo esa noche?

—Esa madrugada —le corrigió Bugbee. Audrey oyó el ruido del tráfico y dedujo que Bugbee iba en el coche.

—¿Hubo otras llamadas esa noche, o esa madrugada, entre Conover y Rinaldi?

—No.

—Eso significa que Rinaldi no telefoneó antes a Conover, despertándole. Es decir, que no es que Conover devolviera una llamada a Rinaldi.

—Exacto. Digamos que Rinaldi no llamó a Conover desde el teléfono de su casa ni de su móvil. Es posible que llamara a Conover desde un teléfono público, pero para averiguarlo tendríamos que examinar el registro telefónico de Conover.

—Sí. Creo que deberíamos volver a hablar con esos dos señores.

—Estoy de acuerdo. Espera, que pierdo la señal. —Al cabo de unos segundos Bugbee prosiguió—: Sí, presiónales a los dos. Creo que les hemos pillado en una discrepancia.

—Quisiera hablar con ellos mañana.

—Mañana es domingo. ¿No tienes que ir a la iglesia?

—El domingo por la tarde.

—Voy a jugar al golf.

—Bien, procuraré hablar con Nicholas Conover mañana por la tarde.

—¿El domingo?

—Imagino que el domingo no estará muy ocupado.

—Pero lo dedicará a su familia.

—Stadler también tenía una familia. El caso, Roy, es que considero que deberíamos hablar con esos caballeros simultáneamente. Y que deberíamos llamarlos en el último momento, justo antes de presentarnos. Así evitaríamos que uno llamara al otro para ponerse de acuerdo en sus versiones.

—De acuerdo, pero como te he dicho, mañana voy a jugar al golf.

—Podemos quedar mañana a la hora que a ti te convenga —dijo Audrey—. Yo suelo salir de la iglesia sobre las siete.

—Joder. Vale, yo prefiero hablar con Conover. Tengo ganas de meterle caña. Tú ve a hablar con Rinaldi.

—Tengo la sensación de que Rinaldi quizá responda mejor si le interroga un policía masculino.

—Me importa un carajo que se sienta incómodo.

—No se trata de eso —replicó Audrey—, sino de lo que nos dé mejor resultado, lo que nos ayude a obtener la información que queremos.

Bugbee alzó la voz unos decibelios.

—Si quieres sonsacar información a Nicholas Conover, tienes que machacarlo. Por eso debo encargarme yo. Ése es mi estilo. No el tuyo. Tú eres una cándida, y él lo sabe.

—Soy menos cándida de lo que piensas, Roy —contestó Audrey.

55

Cassie se hallaba sentada en un reservado cuando Nick llegó al Town Grounds, la elegante cafetería de Fenwick. La locura nacional por el buen café había llegado también a Fenwick, un lugar apropiado para el estilo Maxwell House, aunque Starbucks no había abierto aún ninguna cafetería en Fenwick. Town Grounds era un local pequeño, neohippy, con tostadero propio, donde vendían mucho café en grano y servían el café en pequeñas cafeteras de cristal francesas a presión.

Cassie bebía una infusión —junto a la tetera había un sobrecito arrugado de Celestial Seasonings Cranberry Apple Zinger— y parecía cansada, triste. Tenía los ojos rodeados por unas profundas ojeras.

—¿Llego tarde? —preguntó Nick.

Cassie se apresuró a negar con la cabeza.

—No, ¿por qué?

—Pareces cabreada.

—Es evidente que no me conoces bien —respondió Cassie—. Cuando esté cabreada de verdad, no tendrás que preguntármelo. No estoy enfadada, sino cansada.

—La cena fue bastante bien, ¿no crees?

—Tus hijos son estupendos.

—Les has caído muy bien. Creo que a Julia le encantó tener a otra mujer en la casa.

—Es una familia muy masculina, con dos varones Conover que exudan una gran cantidad de testosterona.

—Verás, Julia está en una edad que… No sé quién va a hablarle sobre la regla y las compresas y todas esas cosas de chicas. No querrá que yo se lo explique. De todos modos, no sé una palabra sobre eso.

—¿No puede hacerlo su niñera, Marta?

—Supongo que sí. Pero no es lo mismo que una madre. Está la hermana de Laura, la tía Abby, pero desde que murió Laura apenas la vemos. Y Luke se pasa casi todo el tiempo odiándome. Somos lo que se dice una familia feliz.

Nick contó a Cassie la pelea que había tenido con Lucas y que éste se había marchado dando un portazo.

—Te refieres a él como si fuera la oveja negra.

—A veces creo que lo es.

—Desde la muerte de Laura.

Nick asintió.

—¿Cómo ocurrió?

—Preferiría no hablar de eso, si no te importa —contestó Nick, sacudiendo la cabeza.

—Vale, de acuerdo. No es asunto mío.

Nick miró a Cassie.

—Venga, no te ofendas. Es un tema muy desagradable para un domingo por la mañana. —Nick respiró hondo—. Íbamos en coche a asistir a un campeonato de natación. Había hielo en la carretera y patinamos. —Nick fijó la vista en la superficie de la mesa—. Y bla bla bla.

—Conducías tú —dijo Cassie suavemente.

—No, Laura.

—Entonces no te culpas por el accidente.

—Por supuesto que me culpo.

—Pero sabes que es ilógico.

—¿Quién habla de lógica?

—¿Quién participaba en el campeonato de natación?

—Luke. ¿Podemos cambiar de tema, por favor?

—De modo que Luke te culpa a ti y comparte la culpa contigo, ¿no es eso?

—Exactamente. Es una situación complicada.

—Tu hijo es un buen chico, en el fondo. Se las da de duro, como la mayoría de los chicos de dieciséis años. Por fuera muestra una coraza, pero en el fondo es blando como el chocolate fundido.

—¿Cómo es que yo no he visto esa parte vulnerable?

—Porque eres su padre, y estás a salvo.

—Quizá lograras convencerle sobre los perjuicios de fumar.

—Sí, claro —respondió Cassie, riendo. Sacó una cajetilla de Marlboro del bolsillo de su cazadora tejana y extrajo un cigarrillo—. Me parece que no soy la persona más indicada para eso. Es como si Sid Vicious diera charlas sobre cómo pasar de la heroína. —Cassie sacó su encendedor Bic de color naranja, encendió el cigarrillo y acercó el platito hacia ella para utilizarlo como cenicero.

—Creía que los que practican yoga no fumaban —comentó Nick.

Cassie le dirigió una mirada cargada de significado.

—¿No hay que controlar la respiración para hacer yoga? —insistió él.

—Venga, hombre —respondió Cassie.

—Lo siento.

—¿Puedo preguntarte una cosa? —preguntó Cassie espontáneamente.

—Claro.

—Julia me contó lo de vuestro perro.

Nick sintió una opresión en la boca del estómago, pero no dijo nada.

—Dios —prosiguió Cassie—. Es increíble. ¿Cómo reaccionaste cuando ocurrió?

—¿Que cómo reaccioné? —Nick no sabía qué responder. ¿Cómo iba a reaccionar? Meneó la cabeza y balbució—: Ante todo sentí miedo por mis hijos. Me aterrorizaba pensar que fueran la siguiente víctima.

—Pero supongo que también te enfurecerías. ¡Es increíble que alguien hiciera eso a tu familia! —Cassie ladeó la cabeza y le observó fijamente—. Yo sentiría deseos de matarlo.

¿Por qué le hacía esas preguntas?

Nick fue consciente de que se ponía a la defensiva.

—No —contestó—, más que furia fue un instinto protector. Ése fue el sentimiento predominante.

Cassie asintió con la cabeza.

—Por supuesto. La reacción normal de un padre. Proteger a sus hijos.

—Exacto. He instalado una nueva alarma y he advertido a los niños que tengan mucho cuidado. Pero no puedo protegerlos constantemente. —En ese instante sonó el móvil de Nick.

Nick se disculpó y atendió la llamada.

—Nick Conover —dijo.

—Soy la inspectora Rhimes, señor Conover.

—Ah, sí. Hola...

Nick se preguntó si Cassie podía oír la voz de la inspectora.

Cassie siguió fumando, observando despreocupadamente una pequeña pizarra donde había una frase escrita a mano con tiza de color rosa caramelo. Decía: ZONA DE NO FUMADORES.

—Siento mucho molestarle en domingo, pero si pudiera concederme unos minutos, quisiera ir a verle y hablar con usted un rato.

—Bien, de acuerdo. ¿Ocurre algo?

—Hay un par de detalles que me tienen desconcertada y pensé que podría aclarármelos usted. Imagino que el domingo lo dedica a su familia, pero si no le importa...

—De acuerdo —respondió Nick—. ¿A qué hora le va bien?

—¿Le parece que quedemos dentro de una hora?

Nick dudó unos instantes.

—Sí, muy bien.

Cuando colgó, Nick dijo:

—Escucha, Cassie, lo siento, pero...

—La familia te reclama.

Nick asintió con la cabeza.

—Me temo que sí. Te compensaré por esto.

Cassie apoyó una mano en el brazo de Nick.

—No te preocupes. La familia siempre es lo primero.

En cuanto Nick dejó a Cassie en su casa, llamó al móvil de Eddie.

56

Mientras avanzaba en el coche hacia la elegante verja con la placa de bronce que decía URBANIZACIÓN FENWICKE, Audrey se dio cuenta de que penetraba en otro mundo. Se había cambiado el traje con el que había asistido a la iglesia por un atuendo más informal, y tenía la sensación de no ir vestida de forma adecuada. Su Honda Accord decididamente no estaba a la altura del lugar. El guardia de la garita le dio un repaso con aire de desaprobación mientras tomaba su nombre y cogía el teléfono para llamar a Conover. Audrey dudaba de que la actitud del empleado obedeciera al color de su piel. Era mucho más probable que se debiera al del guardabarros, que estaba oxidado.

Audrey se fijó en las cámaras de seguridad. Una, instalada en la garita del guardia, la grababa a ella. Otra estaba colocada de forma que captara la matrícula posterior. Junto a la ventana del guardia había también un lector de tarjetas. Audrey dedujo que las personas que vivían en la urbanización Fenwicke probablemente tenían que pasar una tarjeta por el sensor para que les franquearan la entrada. El dispositivo de seguridad era impresionante. ¿Qué se debe de sentir al vivir de este modo?, se preguntó Audrey. En un lugar como Fenwick, donde la mayoría de delitos estaban localizados en los barrios bajos de la ciudad, ¿qué necesidad había de vivir así? Entonces recordó lo que Conover le había comentado sobre el temor de su esposa a que algún empleado que hubiese sido despedido de Stratton amenazara a su familia.

Cuando Audrey se detuvo ante la casa, contuvo el aliento.

Era una auténtica mansión, no podía describirse de otro modo. Era un edificio inmenso, de piedra y ladrillo, maravilloso. Audrey jamás había visto una casa como ésa, sólo en las películas. Estaba rodeada por una inmensa extensión de césped, árboles y unas plantas magníficas. Cuando Audrey echó a andar por el camino adoquinado hacia la casa, contempló de nuevo el césped y observó que la hierba era menuda, fina y poco tupida. Al observar el césped más de cerca comprobó que había sido sembrado recientemente.

El césped.

Audrey fingió tropezar con un adoquín y cayó de rodillas, extendiendo una mano para amortiguar el golpe. Cuando se incorporó, se guardó disimuladamente un puñado de tierra en el bolso en el preciso momento en que se abría la puerta principal y salía Nicholas Conover a recibirla.

—¿Se ha hecho daño? —preguntó Nick, al tiempo que bajaba los escalones de la entrada y se acercaba a Audrey.

—No, ha sido un tropiezo tonto.

—No es la primera persona que tropieza con esos adoquines. Tendré que arreglarlo.

Nick llevaba unos vaqueros desteñidos, un polo de color azul marino y unas deportivas blancas. Audrey no se había percatado de lo alto y musculoso que era. Parecía un atleta, o un ex atleta. Audrey recordó haber leído que Conover había sido una estrella del hockey en el instituto.

—Siento venir a importunarle en su casa un domingo.

—No se preocupe —se apresuró a responder Conover—. Es preferible que haya venido hoy. He tenido una agenda muy apretada esta semana. Además, estoy encantado de ayudarla. Llevan a cabo una labor muy importante.

—Se lo agradezco. Tiene una casa preciosa.

—Gracias. Pase. ¿Le apetece un café?

—No, gracias.

—¿Una limonada? Mi hija preparara una limonada riquísima.

—¿De veras?

—Sí, la hace con zumo congelado.

—Suena tentador, pero no, gracias. —Antes de alcanzar los escalones de la entrada, Audrey se volvió y comentó—: Es el césped más espléndido que he visto en mi vida.

—Eso es lo que les gusta oír a los hombres.

—Ah, claro. Los hombres y el césped. En serio, parece un campo de golf.

—Yo ni siquiera juego al golf. Mi mayor defecto como director general de una empresa.

—¿Le importa que le pregunte si lo ha plantado con tierra? Mi marido, Leon, siempre se queja del estado de nuestro césped.

—No, sólo semillas.

—¿Unas semillas de hierba corrientes o..., ¿cómo se llama ese producto que se rocía...?

—Hidrosemillas. Sí, eso es lo que utilizamos.

—Tengo que decírselo a Leon. Él lo llama «hidrohierbajos», porque dice que nuestro césped está lleno de malas hierbas, pero el suyo me parece perfecto.

—Su Leon parece todo un personaje.

—Lo es —contestó Audrey, sintiendo un curioso hormigueo—. No cabe duda.

La puerta principal parecía sacada de Versalles, de madera color miel exquisitamente tallada. Cuando Conover empujó la hoja sonó un agudo pitido: la alarma. Nick condujo a Audrey por un enorme recibidor, con el techo abovedado, una estancia impactante. De modo que así es como viven los ricos, pensó Audrey. «¡Imagina poder permitirte el lujo de vivir en una mansión como ésta!» Por más que intentó disimularlo, estaba impresionada.

Audrey oyó a alguien tocando el piano y pensó en Camille.

—¿Es uno de sus hijos? —preguntó.

—Mi hija —respondió Nick—. Créame, no ocurre a menudo que se ponga a practicar el piano. Es tan poco frecuente como un eclipse solar completo.

Pasaron junto a la habitación donde la joven practicaba el piano, una niña alta y desgarbada, de cabello oscuro, aproximadamente de la edad de Camille, que lucía una camiseta de béisbol. Tocaba el primer preludio del *Clave bien temperado* de Bach, una de las piezas favoritas de Audrey. Lo tocaba de forma brusca y mecánicamente, pues aún no había aprendido a ejecutarlo con la fluidez que requería. Audrey vio fugazmente un pequeño piano de cola, un Steinway. Recordó los meses que LaTonya y Paul estuvieron ahorrando para comprar el viejo y desvencijado piano vertical, que siempre estaba desafinado. «¡Imagina poder adquirir un Steinway!», se dijo Audrey.

Estuvo tentada a detenerse y escuchar, pero Conover echó a andar por el pasillo y Audrey tuvo que seguirlo. Cuando entraron en la elegante sala de estar, que contenía unas alfombras persas y unas mullidas y confortables butacas, Audrey comentó:

—Los críos siempre se resisten al piano.

—Dígamelo a mí —contestó Conover, sentándose en una de las butacas—. Siempre hay que obligarles… —empezó a decir, pero comenzó de nuevo—: A esa edad se rebelan contra todo. ¿Tiene usted hijos, inspectora?

Audrey se sentó en una butaca junto a la de Conover, no en la que estaba frente a él, prefiriendo evitar el lenguaje corporal de la confrontación.

—No, no tenemos la suerte de tener hijos —contestó. ¿Qué había estado a punto de decir Conover, «siempre hay que obligarles a punta de pistola»? Lo interesante no era la frase en sí, sino el hecho de que se hubiera abstenido de pronunciarla.

Muy interesante.

Audrey echó una ojeada a una colección de fotografías de la familia en marcos de plata, dispuestos sobre una mesita situada entre ambos, y sintió una punzada de envidia. Vio a Conover y a su difunta esposa, un hijo, y una hija, Conover con sus dos hijos y el perro de la familia. Era una familia extraordinariamente atractiva.

La casa, los hijos… Audrey sintió una profunda envidia, de lo cual se avergonzó enseguida.

«La envidia y la ira acortan la vida», decía el Eclesiastés. En otra parte de la Biblia decía que la envidia era la podredumbre de los huesos. ¿Quizá en Proverbios? ¿Quién es capaz de desafiar a la envidia? Sí, ¿quién? «Los impíos prosperan en el mundo; en poder crecen.» Eso figuraba en los Salmos, Audrey estaba segura. «Ciertamente, Tú los pones en lugares resbaladizos, los empujas a su ruina.»

Toda su casa se contenía en un par de estas habitaciones, pensó Audrey.

Jamás tendría hijos.

Estaba sentada junto al hombre que había despedido a Leon.

Audrey sacó su bloc de notas y dijo:

—Sólo quiero aclarar un par de puntos de nuestra última conversación.

—Desde luego. —Conover se repantigó en su butaca, cruzó los brazos y estiró las piernas—. ¿En qué puedo ayudarla?

—Quisiera retroceder al martes pasado por la noche, hace diez días.

Conover la miró perplejo.

—La noche en que Andrew Stadler fue asesinado.

Conover asintió con la cabeza.

—De acuerdo. Muy bien.

Audrey consultó su bloc, como si leyera las notas que había tomado durante la última entrevista con Conover. Lo cierto era que las había transcrito e incorporado a una carpeta en los archivos del caso Stadler.

—Hablamos sobre dónde se hallaba usted esa noche —prosiguió Audrey—, cuando probablemente tenía los recuerdos más frescos en su memoria. Dijo que se había quedado en casa, que se había ido a dormir hacia las once u once y media. Dijo que no se había despertado en toda la noche.

—Así es.

—¿No recuerda haberse levantado esa noche?

Conover frunció el ceño.

—No sé, es posible que me levantara para ir al baño.

—Pero no hizo ninguna llamada telefónica.

—¿Cuándo?

—Durante la noche. Después de acostarse.

—No, que yo recuerde —respondió Conover, sonriendo e inclinándose hacia delante—. Si hago llamadas telefónicas en sueños, significa que mis problemas son más graves de lo que imaginaba.

Audrey también sonrió.

—Señor Conover, a las dos y siete minutos de esa noche llamó a su jefe de seguridad, Edward Rinaldi. ¿No lo recuerda?

Conover no reaccionó. Parecía examinar el dibujo de la alfombra oriental.

—¿Se refiere a pasada la medianoche, a primeras horas del miércoles?

—Sí.

—En ese caso debo de confundirme de día.

—¿Cómo dice?

—Recuerdo que una de esas noches se disparó la alarma. Está instalada de forma que suena en mi dormitorio, para no despertar a toda la casa.

—De modo que sonó la alarma —repitió Audrey. Era un dato fácil de comprobar.

—Se disparó por algún motivo, y bajé a comprobar qué era. Por lo que pude comprobar, no pasaba nada anormal, pero me inquietó. Como sin duda comprenderá, después de lo ocurrido…

Audrey asintió con la cabeza, apretó los labios y escribió en su bloc, rehuyendo la mirada de Conover.

—Eddie, el jefe de seguridad de Stratton, había pedido a uno de sus técnicos que instalara este sofisticado sistema, y yo no estaba seguro de si se trataba de una falsa alarma o si tenía motivos para preocuparme.

—¿No llamó a la compañía del sistema de alarma?

—Lo primero que se me ocurrió fue llamar a Eddie y pedirle que viniera para comprobar lo ocurrido.

Audrey alzó la vista.

—¿No podía comprobarlo usted mismo?

—Lo hice. Pero quería cerciorarme de que no hubiese ningún fallo en el sistema. No quería llamar a la policía por si se trataba de una falsa alarma. Preferí que Eddie le echara un vistazo antes.

—¿A las dos de la mañana?

—A Eddie le sentó fatal —respondió Conover, sonriendo de nuevo—. Pero teniendo en cuenta lo que yo había pasado, al final decidimos que era mejor prevenir que curar.

—Pero usted me dijo que esa noche durmió de un tirón.

—Está claro que me confundí de día. Le pido disculpas. —Conover no parecía a la defensiva. Se expresaba en un tono natural, relajado—. Debo decirle que he estado tomando somníferos, de manera que por las noches me siento un tanto aturdido.

—¿Le produce amnesia?

—No es eso. No creo que el Ambien cause amnesia como algunos otros somníferos. Pero cuando caigo dormido, me quedo grogui.

—Entiendo.

Conover había modificado notablemente su historia, pero

de forma convincente. ¿Se estaba mostrando excesivamente recelosa?, se preguntó Audrey. Era posible que Conover se hubiera confundido de día. Podía ocurrirle a cualquiera. Si esa noche no había sucedido nada insólito ni memorable para él —es decir, si esa noche no había presenciado el asesinato de Andrew Stadler ni había tenido noticia de que se hubiera producido— no tenía por qué recordar con precisión lo que había hecho. O lo que no había hecho.

—¿Vino el señor Rinaldi?

Conover asintió con la cabeza.

—Al cabo de una media hora. Registró el jardín, pero no encontró nada. También comprobó la alarma. Supuso que quizá un ciervo o cualquier otro animal había hecho que se disparara.

—No un intruso.

—No, que yo sepa. Es posible que hubiera alguien merodeando por mi propiedad, cerca de la casa. Pero cuando me levanté no vi a nadie, y cuando Eddie vino tampoco encontró nada anormal.

—¿Dice que esa noche tomó una pastilla de Ambien para dormir?

—Sí.

—Por lo que debía de estar bastante aturdido cuando sonó la alarma.

—Desde luego.

—Así que podía haber alguien, o algo, y es posible que usted no se percatara debido a su estado.

—Es posible, sí.

—¿No se despertó nadie más en la casa?

—No. Los niños dormían, y Marta, la niñera y ama de llaves, tampoco se levantó. Como le he dicho, la alarma sólo suena en mi habitación, y no muy fuerte. Buena parte de la casa está insonorizada.

—Señor Conover, ha dicho que poco antes su jefe de seguridad había hecho que le instalaran un nuevo sistema de alarma. ¿Cuánto hace de eso?

—Dos semanas. No llega.

—¿Después del incidente del perro?

—Exacto. De haber podido, habría pedido a Eddie que instalara un foso y un puente levadizo. No quiero que mis hijos corran el menor peligro.

—Es lógico. —Audrey había observado al llegar las cámaras instaladas alrededor de la casa—. Si hubiera contado con un sistema tan sofisticado como el que tiene ahora, quizá habría podido evitar que se produjera el allanamiento.

—Es posible —respondió Conover.

—En cualquier caso, vive en esta urbanización protegida. Parece disponer de un eficaz dispositivo de seguridad: el guardia, el control de acceso, las cámaras situadas en la entrada y en todo el perímetro de la urbanización.

—Lo cual evita que entren vehículos no autorizados. Lo malo es que nada impide que un intruso salte la verja sin que le vea el guardia de seguridad y entre tranquilamente. Las cámaras captarán su imagen, pero no hay ningún sensor de movimiento que dispare la alarma.

—Un grave fallo del sistema de seguridad.

—Dígamelo a mí. Por eso Eddie insistió en que yo instalara un sistema más sofisticado en la casa.

De pronto Audrey se fijó en otro detalle, del que tiró como si fuera un hilo suelto.

El sistema de seguridad.

Las cámaras.

«Nada impide que un intruso salte la verja.»

Si Stadler había saltado la verja que rodeaba la urbanización Fenwicke y se había dirigido a la casa de Conover en plena noche, atravesando el césped, activando los sensores recién instalados, ¿no habrían captado su imagen las cámaras de seguridad de Conover?

En tal caso, ¿no estaría grabada su imagen en algún sitio? Probablemente no en una cinta de vídeo, puesto que ya nadie las utilizaba. Seguramente estaba grabado en un disco duro en alguna parte de la casa. Audrey pensó en ello. No tenía mucha idea de cómo funcionaban estos nuevos sistemas de seguridad.

Tendría que examinar la cuestión con mayor detenimiento.

—He cambiado de opinión sobre el café que me ha ofrecido —dijo Audrey.

57

Audrey no llegó a casa hasta pasadas las siete, y al girar la llave en la cerradura de la puerta sintió una opresión en la boca del estómago. Había dicho a Leon que estaría de vuelta para cenar, aunque no había precisado la hora. Leon se enfurecía por nada. Pero su marido no se encontraba allí.

Leon había regresado tarde durante varias noches consecutivas, casi a las diez de la noche. Esto había comenzado a raíz de su estúpida rabieta a propósito de la llamada telefónica que Audrey había atendido después de llevarle el desayuno a la cama. ¿Qué estaría haciendo? ¿Había salido de copas? Últimamente no parecía borracho cuando volvía a casa. Audrey no había notado que su aliento oliera a alcohol.

Audrey tenía otra sospecha, aunque le asqueaba pensar en ella. Si era cierta, eso explicaría por qué Leon ya no quería acostarse con ella. Se acostaba con otra. Audrey temía que tuviera una aventura con otra mujer, y últimamente ni siquiera se molestaba en tratar de ocultarlo.

Leon se pasaba el día en casa mientras ella trabajaba, lo cual le ofrecía numerosas oportunidades de engañarla sin que Audrey lo supiera. Pero el hecho de que saliera y regresara a casa a las nueve, o a las diez, sin una excusa, irritaba a Audrey. Lo consideraba un descaro.

A las diez y unos minutos, Audrey oyó el sonido de la llave en la cerradura y apareció Leon, quien se dirigió a la cocina y llenó un vaso de agua. Ni siquiera se dignó a saludarla.

—Leon —dijo Audrey.

Pero él no respondió. Audrey lo comprendió todo. No era necesario ser detective. Estaba clarísimo. Al comprenderlo, Audrey sintió como si le hubieran asestado un puñetazo en el plexo solar.

Y

Nick estaba en su estudio, revisando unos papeles. Había llamado a Eddie, a casa y a su móvil, pero no había obtenido respuesta. Al cuarto intento, Eddie contestó enojado:

—¿Qué pasa?

—Eddie, ha venido a veme esa mujer —respondió Nick.

—¿La Cleopatra Jones de Fenwick? No tiene superpoderes, Nick. Te está presionando para tratar de sonsacarte algo. Conmigo han intentado la misma táctica. Vino a verme el otro, Bugbee, y me hizo un montón de preguntas, pero comprendí que no tienen ninguna pista.

—Me interrogó sobre la llamada que te hice esa noche.

—¿Qué le dijiste?

—Pues, verás... Le había dicho que esa noche había dormido de un tirón.

—Mierda.

—No, escucha. Ésa fue mi primera versión, pero cuando comprobé que sabía que yo te había llamado al móvil, le dije que me había confundido de noche. Que esa noche la alarma había sonado y te había llamado para que vinieras a echarle un vistazo. —Nick esperó con creciente temor la respuesta de Eddie—. ¡Dios santo, Eddie, espero que no le dieras una versión distinta! Supuse que el hecho de que se disparara la alarma era un dato comprobable...

—Has hecho lo correcto. Cuando vi lo que el otro sabía, le dije más o menos lo mismo. Pero, joder, estaba cagado de miedo al pensar que podías dar otra respuesta. Te felicito.

—Tenemos que coordinar más nuestras versiones, Eddie. Tenemos que asegurarnos.

—De acuerdo.

—Y otra cosa. La inspectora admiró el sistema de alarma.

—Tiene buen gusto. —Eddie bajó la voz—. Al igual que la zumbada que está desnuda en mi cama. Estaba admirando mi polla. Motivo por el cual tengo que dejarte.

—Sobre todo las cámaras. Sobre todo las cámaras, Eddie.

—¿Sí?

—¿Estás seguro de que no hay forma de restaurar la parte de la cinta que borraste?

—No es una cinta, es digital —contestó Eddie bruscamente—. Ya te he dicho que no tienes nada de que preocuparte. Lo pasado, pasado está. ¿A qué viene tanta charla? Me he pasado diez minutos precalentando el horno, y ahora ya lo tengo a punto para meter mi *baguette*, ¿captas la indirecta?

—O sea, que el disco duro está completamente limpio, ¿no es así? No pueden recuperar la información.

Eddie emitió un suspiro de exasperación.

—Deja de comportarte como una nenaza, ¿vale?

Nick se enojó, pero comprendió que le convenía contenerse.

—Espero que sepas lo que haces —dijo con aspereza.

—Y dale. Ya has vuelto a meterte en mi terreno, joder. A propósito, ¿recuerdas ese trabajo que me pediste que hiciera sobre Scott McNally?

—Sí.

—¿Recuerdas que el mes pasado se ausentó durante una semana?

—Perfectamente. Se fue a un rancho para turistas en Arizona. Grapevine Canyon, si no me equivoco. Dijo que era como *City Slickers*, pero sin las risas.

—¿Como *City Slickers*? Sí, hombre, más bien se parece a *Tigre*. Scott es un mentiroso, pero los mediocres como él no renuncian a los descuentos corporativos que les hacen las agencias de viajes. De modo que ese cretino pidió un descuento por trabajar en Stratton cuando adquirió su billete para Hong Kong. Las chicas de la agencia de viajes me facilitaron los recibos. ¡Es increíble!

—¿Hong Kong?

Eddie asintió.

—Hong Kong y luego Shenzhen. Es una gigantesca zona industrial cerca de Hong Kong, llena de fábricas, en la China peninsular.

—He oído hablar de Shenzhen.

—¿Te dice algo ese lugar?

—Que Scott me está mintiendo —contestó Nick. Y que todos esos rumores son ciertos. Cuando el río suena, agua lleva, como dijo el tipo del DST.

—Tengo la impresión de que no haces más que meterte en problemas —dijo Eddie—. Unos graves problemas.

58

A Audrey le sorprendió encontrar a Bugbee sentado ya en su cubículo, charlando por teléfono. Al acercarse, oyó que su compañero hablaba con una empresa de productos para el césped, preguntándoles acerca de las hidrosemillas. «Vaya, vaya —pensó Audrey—. Se está poniendo las pilas con este caso.»

Bugbee llevaba su acostumbrada chaqueta de sport, de color verde pálido con un llamativo dibujo escocés, una camisa azul celeste y una corbata roja. Cuando estaba sosegado, no era un hombre mal parecido, aunque vistiera como un vendedor de coches de segunda mano. Al ver a Audrey, siguió hablando por teléfono sin saludarla. Al fin alzó un dedo, y al cabo de un rato le dirigió un movimiento brusco de la cabeza.

Audrey esperó a que Bugbee colgara, tras lo cual le mostró en silencio el frasquito de plástico transparente.

Bugbee contempló el pellizco de tierra y preguntó con recelo:

—¿Qué es eso?

—Lo cogí ayer del césped de Conover. —Audrey se detuvo—. Lo han sembrado recientemente con hidrosemillas.

Bugbee empezó a comprender la situación y la miró atónito.

—Eso no es admisible —dijo—. Es una prueba ilegal.

—Lo sé. Pero merece la pena que le echemos un vistazo. A mí me parece el mismo material que tenía Stadler debajo de las uñas.

—Han transcurrido dos semanas desde el asesinato. Lo más probable es que se haya desintegrado mucho desde entonces. Esas bolitas se deshacen.

—Hace dos semanas que no llueve. La única agua que habrán recibido seguramente proviene del sistema de aspersión. Lo interesante es que conseguí echar una ojeada al sistema de seguridad de Conover mientras éste me preparaba un café. —Audrey entregó a Bugbee un papelito para mensajes telefónicos sobre el que había escrito unas notas—. Es muy sofisticado. Dieciséis cámaras. Aquí tienes el nombre de la compañía que monitoriza la alarma de Conover. Y las marcas y modelos del equipo, incluyendo la grabadora de vídeo digital.

—Quieres que hable con uno de los técnicos —apuntó Bugbee.

Audrey observó que por primera vez no le llevaba la contraria.

—Creo que deberíamos ir allí y echar un vistazo a la cámara de vídeo. Y de paso comprobar si hay sangre y huellas dactilares, dentro y fuera de la casa.

Bugbee asintió con un gesto.

—Crees que el asesinato se produjo en la casa de Conover, o cerca de allí, y que las cámaras de seguridad lo grabaron.

—No podemos prescindir de esa posibilidad.

—Sería una estupidez por su parte olvidar ese pequeño detalle.

—Los dos hemos visto muchas estupideces. A veces la gente no tiene en cuenta lo evidente. Además, no es como antes: las cintas de vídeo se podían eliminar fácilmente. Debe de ser mucho más complicado borrar la grabación de una cámara digital. Requiere ciertos conocimientos.

—Eddie Rinaldi sabe lo que se hace.

—Es posible.

—No te quepa duda —insistió Bugbee—. ¿Crees que lo hizo Conover?

—Creo que lo hizo Eddie. —Ahora que se había convertido en un sospechoso, observó Audrey, Rinaldi había pasado a ser Eddie—. Creo que Conover vio u oyó a Stadler merodeando alrededor de su casa. Quizá sonó la alarma, quizá no.

—Es probable que la compañía del sistema de alarma tenga constancia de eso.

—De acuerdo, pero el caso es que Conover llama a Eddie y le dice que hay un tipo que trata de entrar en su casa. Eddie se presenta, se enfrenta a Stadler y lo mata.

—Y se deshace del cadáver.

—Es un ex policía. Es lo bastante inteligente, o experimentado, para asegurarse de no dejar ninguna prueba en el cadáver...

—Salvo en las uñas.

—Es de noche, son las dos de la mañana, es tarde, está oscuro y ambos están aterrorizados. Es natural que pasaran por alto un detalle como ése.

—Uno de ellos traslada el cadáver a Hastings.

—Creo que fue Eddie.

—En la garita del guardia, en la urbanización Fenwicke, probablemente tienen un registro en el que consta quién salió y a qué hora —dijo Bugbee tras reflexionar unos instantes—. Comprobaremos si Conover salió de allí poco después de que Eddie acudiera en su coche. O si sólo salió Eddie.

—¿Y eso qué nos indicaría?

—Si el tiroteo se produjo dentro o fuera de la casa de Conover, tuvieron que trasladar el cadáver hasta el contenedor. Y para ello tuvieron que utilizar un coche. Si tanto Conover como Rinaldi abandonaron la urbanización Fenwicke entre las dos y las tres de la madrugada, cualquiera de los dos pudo hacerlo. Pero si sólo salió Eddie, eso demostraría que fue él quien trasladó el cadáver.

—Exactamente —asintió Audrey. Tras unos momentos de silencio, añadió—: Hay cámaras instaladas en toda la urbanización.

Bugbee sonrió.

—En tal caso, son nuestros.

—No me refiero a eso. Si conseguimos las cintas de las cámaras de seguridad, podremos confirmar a qué hora entró y salió Eddie.

—O Eddie y Conover.

—De acuerdo. Pero lo más importante es comprobar si Stadler fue a casa de Conover. Si Andrew Stadler entró en la urbanización. Entonces podremos precisar el paradero de Stadler.

Bugbee asintió con la cabeza.

—Sí. —Otra pausa—. Lo cual significa que Eddie tiene una 38 que no está registrada.

—¿Cómo sabes que no está registrada?

—Porque examiné los archivos de los certificados de inspección de seguridad del departamento del *sheriff* del condado.

Eddie tiene permiso para una Ruger, una Glock, un rifle de caza y un par de escopetas. Pero no para una 38. De modo que tiene una 38, y no está registrada.

—He estado presionando al laboratorio estatal de homicidios —dijo Audrey—. Quiero comprobar si pueden utilizar su base de datos para cotejar las balas que hallamos en el cadáver de Stadler con algún otro caso en que no haya aparecido el arma.

Bugbee la miró impresionado, pero se limitó a asentir con la cabeza.

—La cuestión es que necesitaremos una orden de registro para averiguar qué armas de fuego tiene Rinaldi.

—Eso no será difícil de conseguir.

—De acuerdo. Si encontramos una calibre 38 y coincide con el arma utilizada en otro caso... —Audrey empezaba a disfrutar con ese intercambio, aunque Bugbee seguía mostrándose un tanto arisco y a la defensiva.

—Estás soñando. Eddie no es tan estúpido.

—La esperanza es lo último que se pierde. ¿Qué dijo sobre esa llamada telefónica?

—Estuvo muy hábil. Reconoció que había recibido una llamada de Conover esa noche, que había sonado la alarma y que había ido a comprobar si estaba defectuosa. Dijo que esa llamada a una hora tan intempestiva le había cabreado, pero que había ido a casa de Conover para comprobar lo ocurrido. Recalcó que hay que procurar tener contento al jefe. No reveló nada de particular. ¿Qué hizo Conover? ¿Metió la pata?

—No. Conover... bueno, modificó un poco su versión.

—¿En qué sentido?

—No la cambió de inmediato. Yo le recordé que, según sus propias palabras, esa noche había dormido de un tirón, y cuando le pregunté sobre la llamada telefónica que había hecho a las dos de la mañana, lo reconoció enseguida. Dijo que debió de confundirse de día.

—Son cosas que ocurren. ¿Tú le crees?

—No lo sé.

—¿Te pareció que había ensayado su versión?

—Es difícil de precisar. O decía la verdad, o había hecho bien los deberes.

—Eso se nota.

—Generalmente, sí. Yo no percibí nada raro.

—Quizá sepa mentir bien.

—O dice la verdad. En mi opinión, dice parte de la verdad. Conover llamó a Eddie, Eddie se presentó en su casa, y ahí es donde termina la parte de verdad. ¿Te dijo Eddie si había encontrado algo cuando registró el jardín de Conover?

—Sí. Dijo que no había encontrado nada.

—Ese punto lo tienen claro —comentó Audrey.

—Quizá demasiado.

—No sé a qué te refieres. Lo que está claro, está claro. ¿Sabes que pienso? Creo que deberíamos actuar con rapidez. Conover y Eddie pueden manipular fácilmente cosas como la pistola y la cámara de vídeo, suponiendo que no lo hayan hecho ya. Es posible que se hayan deshecho de la pistola, que hayan borrado la grabación o algo por el estilo. Ahora que hemos hablado con ellos por separado, al mismo tiempo, los dos sospecharán. Si piensan destruir alguna prueba, lo harán ahora.

Bugbee asintió con la cabeza.

—Habla con Noyce, y solicita las órdenes de registro por si las necesitamos. Yo haré un par de llamadas. ¿Puedes organizar tu agenda para ocuparte hoy del caso?

—Ningún problema.

—Por cierto, llamé a la hija de Stadler para hablar de nuevo con ella.

—¿Y?

—No tiene ni la más remota idea de lo que hizo su padre la noche en que fue asesinado. Me aseguró que su padre nunca le había comentado nada sobre Conover.

—¿Piensas que dice la verdad?

—No tengo motivos para suponer lo contrario. Mi intuición me dice que es sincera.

Audrey asintió.

—Yo también lo creo.

Al cabo de unos minutos, Bugbee apareció en el cubículo de Audrey con aspecto satisfecho.

—¡Adivina qué he averiguado! Nicholas Conover utiliza una empresa de productos para césped llamada Elite Professional Lawn Care. Hace dieciséis días sembraron el jardín de la casa perteneciente al director general de Stratton Corporation. El chico lo recordaba perfectamente; mencionó que el arquitecto, un hombre llamado Claflin, especificó que querían Compost Penn. Dijo que tenían que instalar una nueva línea de gas o algo parecido, que habían levantado el césped anterior, y que su cliente había decidido sembrar un césped de mayor calidad para sustituir al antiguo. El chico de la empresa comentó que era tirar el dinero utilizar ese tipo de producto en un terreno embarrado, pero no quiso discutir con un cliente que está forrado.

59

Scott McNally solía llegar al despacho a la misma hora que Nick, sobre las siete y media. Normalmente, ellos y los otros empleados madrugadores se sentaban a trabajar y se ocupaban de sus correos electrónicos sin conversar entre sí, aprovechando el silencio de la primera hora de la mañana para trabajar tranquilamente, sin que les interrumpieran.

Pero esta mañana, Nick recorrió la planta y se dirigió en silencio al cubículo que ocupaba Scott. Sentía que el pulso le latía con violencia cada vez que pensaba que Scott le había mentido al decirle que había ido a ese rancho para turistas en Arizona, cuando había hecho un viaje en secreto a la China peninsular. Eso venía a sumarse a lo que Nick había averiguado de Atlas McKenzie y de los tipos de la Seguridad Territorial, los malditos rumores de que Stratton negociaba bajo mano «trasladar la compañía a China», aunque cualquiera sabía qué quería decir eso.

Había llegado el momento de poner nervioso a Scott, de averiguar qué se traía entre manos.

—¿Se te ha ocurrido alguna idea interesante para las vacaciones? —le preguntó Nick de sopetón.

Scott alzó la vista, sorprendido.

—¿Yo? Ya sabes que a mí lo que me va es el senderismo. —Al observar la expresión de Nick se echó a reír, nervioso—. A Eden le encanta Parrot Cay en las Turks y las Caicos.

—En realidad, pensaba en un lugar más hacia Oriente. Como Shenzhen, por ejemplo. ¿Dónde sueles alojarte cuando vas a Shenzhen, Scott?

Scott se sonrojó. Fijó la vista en su mesa —fue casi un reflejo, según observó Nick— y contestó:

—Soy capaz de ir a donde sea para comer un buen *mu shu* de cerdo.

—¿Por qué, Scott?

Scott no respondió enseguida.

—Los dos sabemos que Muldaur nos ha estado presionando para trasladar la producción a Asia —dijo Nick—. ¿Es eso lo que haces para él? ¿Visitar fábricas chinas a mis espaldas?

Scott levantó la vista de su mesa. Parecía angustiado.

—Mira, Nick, ahora mismo Stratton es como un cachorro que padece diarrea. Es encantador, pero nadie quiere acercarse a él. No le hago ningún favor a nadie absteniéndome de explorar esas posibilidades.

—¿Posibilidades?

—Comprendo que estés disgustado. No te lo reprocho. Pero un día, cuando examines los números y preguntes «¿qué opciones tenemos aquí, Scott?», tengo que ser capaz de responderte.

—A ver si lo entiendo —dijo Nick—. Tú hiciste un viaje clandestino a China para visitar fábricas y me mentiste, ¿no es así?

Scott cerró los ojos y asintió con la cabeza, apretando los labios.

—Lo siento —murmuró—. No fue idea mía. Todd insistió en ello. Pensó que tú te opondrías categóricamente, que tratarías de impedir cualquier negociación con China.

—¿A qué clase de negociaciones te refieres? Habla claro.

—Detesto estar metido en este asunto, Nick.

—Te he hecho una pregunta.

—Lo sé. Pero no me corresponde a mí revelarte más de lo que he dicho. De modo que dejémoslo así, ¿vale?

Nick le miró asombrado. Scott ni siquiera procuraba disimularlo. Nick sintió que su furia aumentaba por momentos. Sintió deseos de agarrar a Scott por el pescuezo, alzarlo y arrojarlo contra la mampara.

Nick dio media vuelta, dispuesto a marcharse sin añadir nada más.

—Por cierto, Nick.

Nick se volvió y miró a Scott fríamente.

—El mejor es el Nan Hai.

—¿Qué?

—El mejor hotel de Shenzhen es el Nan Hai. Tiene unas vistas impresionantes y un restaurante excelente. Creo que te gustará.

En ese momento sonó una voz a través del intercomunicador de Scott.

—Soy Marjorie, Scott.

—Hola, Marge. ¿Andas buscando a Nick? Está aquí.

—Tienes una llamada, Nick —dijo Marge.

Nick tomó el teléfono de Scott para hablar con ella en privado.

—¿Algún problema?

—Es de la policía.

—¿Ha vuelto a dispararse la alarma?

—No, se trata de… otra cosa. Nada urgente, y a tus hijos no les ha ocurrido nada, pero parece importante.

Scott miró a Nick con curiosidad cuando éste se marchó apresuradamente.

60

—Soy Nick Conover.

A Audrey le sorprendió que el director general atendiera la llamada tan rápidamente. Había supuesto que le dirían que no podía ponerse, que tendría que esperar para hablar con él, los habituales jueguecitos a los que tan aficionados eran los poderosos.

—Soy la inspector Rhimes, de la Unidad de Casos Prioritarios de la policía de Fenwick. Lamento molestarle de nuevo.

Un breve silencio.

—No es ninguna molestia —respondió Nick—. ¿Qué puedo hacer por usted?

—Me gustaría echar una ojeada a su casa.

—¿Echar una ojeada...?

—Creemos que nos sería muy útil determinar el paradero de Andrew Stadler esa noche. Esa mañana. —Audrey confiaba en que el sutil cambio del singular al plural resultara efectivo—. Si Andrew Stadler fue a su casa ese día, es posible que se asustara al ver las nuevas medidas de seguridad y se marchara. Me refiero a las cámaras, los focos y demás.

—Es posible. —La voz de Conover sonaba algo menos afable.

—Si logramos comprobar si fue a su casa, si quien merodeaba por su propiedad era él y no un ciervo, eso nos ayudará a determinar dónde estuvo durante sus últimas horas. Reducirá el margen de probabilidades.

Audrey oyó que Nick respiraba hondo.

—¿A qué se refiere exactamente al decir «echar una ojeada»?

—Un registro. Ya sabe, lo de costumbre.

—No estoy seguro de entenderla. —¿Denotaba su voz cierta tensión? Desde luego, su tono había cambiado. Su respuesta no era tan amable como antes, sino más bien neutral.

—Vendremos con nuestros técnicos, recogeremos pruebas, tomaremos fotografías y demás.

Ambos sabían a qué se refería Audrey. Al margen de cómo lo expusiera, de hasta qué punto lo suavizara, se trataba del registro del escenario del crimen, y Conover lo sabía. Ambos ejecutaban un curioso baile. Era todo un espectáculo.

—¿Se refiere a que van a registrar mi jardín?

—Sí, y la casa también.

—¿Mi casa?

—Sí.

—Pero... en mi casa no ha entrado nadie.

Audrey ya estaba preparada para esta objeción.

—Si Andrew Stadler era la persona que le acosaba y que entró reiteradas veces en su domicilio durante el último año, encontraremos pruebas de ello. Deduzco que ningún agente de la policía de Fenwick tomó las huellas dactilares a raíz de los anteriores incidentes, ¿me equivoco?

—Pues no.

Audrey meneó la cabeza y cerró los ojos. «Cuanto menos diga, mejor.»

—¿Cuándo piensa venir a registrar mi casa? ¿Esta semana?

—Teniendo en cuenta la marcha de esta investigación —contestó Audrey—, nos gustaría hacerlo hoy mismo.

Otra pausa, más prolongada.

—La llamaré enseguida —dijo Conover—. ¿En qué numero puedo localizarla?

Audrey se preguntó qué se proponía Conover. ¿Consultar con un abogado? ¿Con su jefe de seguridad? En cualquier caso, tanto si les daba su autorización como si no, Audrey estaba decidida a registrar su casa.

Si Conover se negaba, Audrey solicitaría una orden de registro, que conseguiría en menos de una hora. La detective ya había hablado con uno de los fiscales. Le había llamado a su casa esa mañana, algo que no le había sentado nada bien, porque le había despertado. Cuando el fiscal logró concentrarse en el tema, había dicho a Audrey que había motivos suficientes para concederle un mandato judicial. Un juez del tribunal del distrito lo firmaría sin ningún problema.

Pero Audrey no quería solicitar un mandato judicial. No

quería mostrar su juego. Todavía no. La situación se pondría cada vez más tirante, y si necesitaba agilizar el asunto, siempre podría hacerlo. Era preferible conservar la cordialidad. Fingir —por ambas partes, de eso estaba segura— que Nicholas Conover colaboraba con ellos porque era un buen ciudadano, porque quería que se hiciera justicia, porque deseaba que se esclareciera el caso. Y en cuanto empezara a mostrarse hostil, Audrey se le echaría encima.

Si Conover se negaba, cuatro patrullas saldrían a los pocos minutos para acordonar la casa y la zona circundante, con el propósito de impedir que nadie sacara nada de allí. Audrey se presentaría al cabo de una hora con una orden de registro y un equipo para explorar el escenario del crimen.

Audrey no quería recurrir aún a esas medidas. Pero no debía olvidar los tecnicismos. Según el fiscal, Audrey podría obtener una orden de registro sin ningún problema. Pero Audrey pretendía llevar a cabo lo que se denomina un registro autorizado. Lo cual significaba que Conover debía firmar un formulario autorizando el registro.

No dejaba de ser un tanto arriesgado. Si Conover firmaba ante testigos, eso demostraría que había dado su consentimiento de forma voluntaria y lúcida, sabiendo lo que firmaba, a que registraran su casa. Pero Audrey conocía algunos casos en que un sospechoso, con ayuda de un astuto abogado, había conseguido que el tribunal desestimara el resultado de un registro, insistiendo en que había sido coaccionado, o que no había entendido a qué se exponía, o cualquier otra excusa. Audrey estaba decidida a no cometer esa torpeza. De modo que había seguido el consejo del fiscal: haz que Conover firme la autorización, féchala, consigue dos testigos, y todo estará en regla. Y si Conover se niega, te daremos la orden de registro.

Media hora más tarde Nick la llamó, expresándose con su habitual seguridad en sí mismo.

—Puede venir cuando quiera, inspectora, no hay ningún problema.

—Gracias, señor Conover. Necesito que firme un formulario de consentimiento autorizándonos a registrar su casa. Es importante hacer las cosas bien.

—De acuerdo.

—¿Quiere estar presente cuando efectuemos el registro? Depende de usted, por supuesto, aunque sé que es un hombre muy ocupado.

—Tal vez sería mejor que estuviese presente, ¿no cree?

—Sí, creo que es una buena idea.

—Una cosa, inspectora. No me importa que registren mi propiedad, que busquen lo que quieran, pero no quiero que el barrio esté atestado de policías, ¿comprende? ¿Van a acudir un montón de coches patrullas con las luces parpadeando y las sirenas aullando?

Audrey se echó a reír.

—No será tan aparatoso como lo pinta.

—¿No podrían utilizar vehículos sin distintivos?

—En general, sí. Estará la furgoneta de las pruebas, pero procuraremos ser discretos.

—En la medida en que un registro policial puede ser discreto, claro está. Tan discreto como un mazazo en la cabeza.

Ambos compartieron unas risas corteses pero forzadas.

—Otra cosa —dijo Conover—. Ésta es una ciudad pequeña y ambos sabemos que la gente es aficionada a chismorrear. Confío en que esto no trascienda.

—¿Que no trascienda?

—Que no sea del dominio público. No puedo permitirme el lujo de que se sepa que la policía me ha interrogado y ha registrado mi casa en relación con este trágico asesinato. No quiero que mi nombre se vea involucrado en el caso.

—Su nombre no se verá involucrado en el caso —repitió Audrey, pensando: «¿A qué se refiere exactamente?».

—Verá, soy el director general de una importante empresa en una ciudad donde no todo el mundo me aprecia, ¿comprende? Sólo me faltaría que empezaran a circular rumores, que la gente especulara con que la policía me considera sospechoso. ¿Comprende?

—Desde luego. —Audrey sintió de nuevo el curioso hormigueo, como si se le pusiera la carne de gallina.

—Quiero decir que los dos sabemos que no soy sospechoso. Pero los rumores se propagan con facilidad.

—Sí.

—Como suele decirse, una mentira da casi toda la vuelta al mundo antes de que la verdad consiga imponerse.

—Eso me ha gustado —respondió Audrey.

En realidad, esa cuestión también la inquietaba. Cuando una persona es investigada por homicidio, casi siempre se lo cuenta a sus amigos, protesta, se indigna. Cuando un inocente se halla en el punto de mira, invariablemente busca el apoyo de sus amistades, cuenta a todo el mundo que la policía tiene la desfachatez de sospechar de él.

Nick Conover no quería que nadie supiera que la policía le investigaba.

Ésa no era la reacción típica de un hombre inocente.

CUARTA PARTE

El escenario del crimen

61

Al día siguiente de la visita de la inspectora Rhimes, Nick se despertó temprano por la mañana, empapado en sudor.

El cuello de la camiseta con la que había dormido estaba mojado, al igual que la almohada, cuyas plumas húmedas desprendían un vago olor a granero. Sintió que el pulso le latía aceleradamente, como le solía ocurrir antaño cuando se producía un encontronazo violento durante un partido de hockey.

Acababa de despertar sobresaltado de un sueño angustiosamente real. Era uno de esos sueños semejante a una película, que se desarrolla de forma vívida en la imaginación, no como los fragmentos normales y fugaces de escenas e imágenes. Ese sueño tenía una trama, un argumento terrible e inexorable en el que Nick se había sentido atrapado.

Todo el mundo lo sabía.

Sabían lo que Nick había hecho Esa Noche. Sabían lo del asesinato de Stadler. Era del dominio público. Fuera Nick adonde fuera, cuando recorría los pasillos de Stratton, la planta de la fábrica, el supermercado, los colegios de los niños, todo el mundo sabía que había matado a un hombre, por más que él seguía insistiendo, fingiendo —no tenía sentido, Nick no se explicaba por qué lo hacía— que era inocente. Era casi un ritual entre Nick y los demás: aunque todo el mundo lo sabía, y él sabía que lo sabían, seguía insistiendo en su inocencia.

Bien, pero luego el sueño había tomado por unos derroteros góticos, como uno de esos filmes terroríficos sobre adolescentes y asesinos psicópatas, y también como un relato de Edgar Allan Poe que Nick había leído en el instituto sobre un corazón que delata al autor de un crimen.

Nick llegaba a casa un día y descubría que estaba llena de

policías. No era la casa en la que él y sus hijos vivían actualmente, no era la mansión de Laura en la urbanización Fenwicke, sino la lóbrega casa estilo rancho, de ladrillo color marrón de dos plantas, en la que Nick se había criado. Pero el edificio era mucho más grande, repleto de pasillos y habitaciones desiertas, que ofrecía amplio espacio a la policía para desplegarse y registrar sin que Nick pudiera hacer nada por impedirlo.

Eh, un momento, había tratado inútilmente de decir Nick, esto no es lo acordado. Yo finjo que soy inocente y ustedes también. ¿Recuerdan? Eso fue lo que pactamos.

La inspectora Audrey Rhimes estaba allí, junto con una docena de agentes anónimos, desperdigados por la extraña y gigantesca casa, buscando pistas. Alguien les había dado el soplo. Nick oía que uno de los policías comentaba que había sido Laura. Ella también estaba allí, se había echado a dormir la siesta, pero Nick la despertaba para increparla y ella le miraba dolida. De pronto oían un grito y Nick iba a averiguar qué había ocurrido.

Había sido en el sótano. No el sótano de la mansión de la urbanización Fenwicke, con los suelos de parqué y completamente equipado, con la caldera de gas y el calentador de agua Weil-McLain y demás aparatos, hábilmente ocultos tras unas puertas de listones, sino el sótano de la casa donde Nick había vivido en su infancia, sombrío, húmedo y que olía a moho, con el suelo de hormigón.

Alguien había encontrado un charquito formado por fluidos corporales.

No era sangre, sino otra cosa. Apestaba. Un charquito pestilente que se había filtrado por el muro del sótano.

Uno de los policías reunía a un grupo de otros polis y derribaban los muros de hormigón, y allí hallaban el cadáver de Andrew Stadler, hecho un ovillo en el suelo, putrefacto. Al verlo Nick sentía que una descarga eléctrica le recorría el cuerpo. Lo habían encontrado, y era inútil seguir fingiendo, porque habían hallado la prueba, un cadáver emparedado en su sótano, descompuesto, pútrido, que apestaba a fluidos que delataban su presencia. El cadáver tan hábil y magistralmente oculto, había indicado su ubicación al descomponerse, pudrirse y emanar el jugo negro de la muerte.

Y

Diez horas después de haberse despertado empapado en su propio sudor, Nick detuvo el coche frente a la fachada de su casa y vio una flota de vehículos de la policía, coches patrulla, furgonetas y sedanes sin distintivos, y tuvo la sensación de que no se había despertado. ¡De modo que iban a ser discretos! No habrían llamado más la atención si hubieran llegado con las sirenas aullando. Por fortuna, los vecinos no alcanzaban a ver los coches desde la carretera, pero la aparición de la policía en la entrada de la urbanización debió de causar un gran revuelo.

Faltaba poco para las cinco de la tarde. Nick vio a la inspectora Rhimes de pie en el porche, esperándole, vestida con un traje chaqueta de color melocotón.

Nick detuvo el motor del Suburban y permaneció unos instantes en silencio. Estaba convencido de que cuando se apeara del coche ya nada volvería a ser igual. Habría un antes y un después. El motor produjo un leve sonido al enfriarse, el sol crepuscular presentaba un color ocre intenso, los árboles proyectaban unas sombras alargadas y en el cielo comenzaban a formarse unas nubes.

Nick observó las idas y venidas de la policía sobre el tapiz verde del césped en la zona de la casa junto a su estudio. Un par de personas, un hombre y una mujer —¿técnicos de la policía?— exploraban lenta y minuciosamente la hierba, como ovejas pastando, en busca de algo. La mujer era achaparrada, con un culo gigantesco, y vestía una camisa tejana y unos vaqueros de color azul oscuro que parecían nuevos. El otro era un tipo alto y desgarbado que llevaba unas gafas gruesas y una cámara colgada del cuello.

Eso era la vida real, no una pesadilla. Nick se preguntó cómo sabían que debían registrar la zona contigua a su estudio.

Nick trató de calmar los latidos de su corazón. «Respira profundamente, inspirando y expeliendo el aire pausadamente, concéntrate en pensamientos plácidos.»

Nick pensó en la primera vez que Laura y él habían visitado Maui, hacía diecisiete años, antes de que nacieran los niños, en una época prehistórica de su vida. La playa de arena blanca en la recóndita cala que formaba una media luna perfecta, las aguas límpidas de un increíble azul, el murmullo de las palmeras. En esos momentos Nick se había sentido más que relajado: había experimentado una profunda serenidad interior, sintiendo la mano de Laura enlazada con la suya, el sol hawaiano acariciándole con su reconfortante calor.

La inspectora Rhimes se volvió y vio a Nick sentado en el coche. Probablemente estaba indecisa, pensando en si debía acercase al vehículo o esperar a Nick allí.

Buscaban casquillos de bala. Nick estaba convencido.

Pero Eddie se los había llevado todos. ¿O no?

Aquella noche Nick se había sentido trastornado, aturdido, incapaz de pensar con claridad. Eddie le había preguntado cuántos disparos había efectuado y Nick había respondido que dos. ¿O no habían sido dos? Todo estaba tan confuso en su mente que quizá habían sido tres. Pero Nick había dicho dos, y Eddie había hallado dos casquillos en la hierba junto a las contraventanas.

¿Había realizado un tercer disparo?

¿Había dejado Eddie de buscar más casquillos después de encontrar dos, dejando allí el tercero para que lo hallaran el hombre larguirucho y la mujer achaparrada, esos expertos en localizar casquillos de bala?

No habían segado el césped, puesto que estaba recién plantado. El pretencioso empleado de la empresa de productos para el césped le había dicho que dejaran transcurrir tres semanas como mínimo antes de dejar que el jardinero lo recortara.

Así pues, un fragmento de metal que en otras circunstancias habría terminado entre las cuchillas del voluminoso cortacéspedes de Hugo quizá siguiera oculto entre la hierba, reluciendo bajo el sol crepuscular, esperando a que esa tía culigorda se inclinara y lo recogiera con su mano enfundada en un guante.

Nick respiró de nuevo profundamente, tratando de calmarse, y se apeó del Suburban.

—Lamento importunarle de este modo —dijo la inspectora Rhimes con tono aparentemente sincero—. Ha sido muy amable al permitirnos echar un vistazo. Eso nos facilita mucho nuestra investigación.

—Encantado de ayudarles —contestó Nick. Qué raro, pensó, que la inspectora siguiera fingiendo. Ambos sabían que sospechaban de él. Nick oyó el estridente graznido de un cuervo en lo alto.

—Sé que es usted un hombre muy ocupado.

—Usted también tiene muchas obligaciones. Como todo el mundo. Haré cuanto esté en mi mano para ayudarles. —Nick sintió que tenía la boca seca, por lo que le costó articular las dos últimas palabras, y se preguntó si la inspectora había reparado en eso. Tragó saliva, y le inquietó que Rhimes se hubiera percatado también de eso.

—Muchas gracias —dijo Audrey.

—¿Dónde está su simpático compañero?

—En estos momentos se ocupa de otro caso.

Nick observó al tipo larguirucho que cruzaba el césped hacia ellos, sosteniendo algo en la mano.

Nick se sintió mareado.

El tipo sostenía unas grandes pinzas, y al aproximarse Nick vio un pequeño objeto de color marrón aprisionado en el extremo. Cuando el técnico se lo mostró a la inspectora Rhimes, sin decir palabra, Nick comprobó que se trataba de una colilla.

La inspectora Rhimes asintió con la cabeza mientras el técnico depositaba la colilla en la bolsa de papel de las pruebas, se volvió hacia Nick y siguió hablando como si no les hubieran interrumpido.

¿Había fumado Stadler esa noche? ¿O había dejado caer la colilla uno de los albañiles, que había salido al jardín a fumar, sabiendo que estaba prohibido hacerlo dentro de la casa? Hacía unos días Nick había hallado unas colillas de Marlboro en el jardín, antes de que sembraran el césped, las había recogido del suelo, enojado, y había tomado nota de pedir al contratista que advirtiera a sus hombres de que no arrojaran colillas en el césped. Eso había ocurrido cuando Nick aún podía permitirse el lujo de enfadarse por esas nimiedades.

—Espero que no le importe que hayamos comenzado temprano —dijo la inspectora Rhimes—. Su ama de llaves se negó a dejar entrar a mi equipo hasta que usted llegara, y yo decidí respetar sus deseos.

Nick asintió con la cabeza.

—Se lo agradezco. —Nick observó que la mujer articulaba las palabras con insólita claridad, pronunciándolas con una corrección casi exagerada. Había algo ceremonioso e irritante en su trato que contrastaba vivamente con su timidez y reserva, un atisbo de incertidumbre, una vena de dulzura. Nick se consideraba un buen psicólogo, pero no acababa de entender a esa mujer. No sabía por dónde pillarla. El día anterior había tratado de camelarla con su encanto, pero sabía que no había dado resultado.

—Necesitaríamos tomarle las huellas —dijo Rhimes.

—Desde luego. No hay inconveniente.

—También necesitamos las huellas dactilares de todas las personas que viven en la casa: el ama de llaves, sus hijos...

—¿Mis hijos? ¿Es necesario?

—Son lo que llamamos huellas de eliminación.

—Los niños se asustarán.

—Quizá les parezca divertido —replicó la inspectora, sonriendo dulcemente—. Para los niños a menudo representa una novedad.

Nick se encogió de hombros. Cuando entraron en la casa sonó el tono de la alarma. El ambiente de la casa parecía haber cambiado: reinaba un silencio tenso, como si se preparara para afrontar algo desagradable. Nick oyó unos pasos apresurados.

Era Julia.

—¿Qué pasa, papá? —preguntó su hija con un gesto de preocupación.

62

Nick se sentó con sus hijos en el cuarto de estar: los dos niños en el sofá situado frente al gigantesco televisor, Nick en la amplia poltrona en la que solía instalarse Lucas y que Nick consideraba su remanso de paz. La poltrona de papá. No recordaba la última vez que los tres habían visto juntos la tele, pero cuando lo hacían, Lucas siempre se apoderaba de la butaca, lo cual irritaba a Nick, aunque éste se abstenía de protestar.

Nick observó sobre la mesita de caballete junto al televisor el pequeño altar que Julia y Lucas habían creado en memoria de *Barney*: una colección de fotografías de su adorado perro, su collar y placas de identificación. Sus juguetes favoritos, incluso una maltrecha oveja de peluche —la mascota de *Barney*— con la que el animal dormía y llevaba a todas partes en su boca babeante. Había también una carta que Julia le había escrito con rotuladores de distintos colores, que empezaba diciendo: «¡Te echamos MUCHÍSIMO de menos, *Barney*!». Julia había explicado a Nick que el altar había sido idea de Cassie.

Lucas se sentó en el sofá despatarrado, vestido con unos vaqueros exageradamente anchos. El elástico de sus calzoncillos asomaba sobre el cinturón del pantalón. Lucía una camiseta negra con la palabra AMERIKAN impresa en letras blancas en el pecho. Nick no tenía ni remota idea de qué significaba. Llevaba los cordones de sus botas Timberland desatados. Y lucía de nuevo ese trapo en la cabeza. «Mi hijo pandillero de clase media alta, residente en una urbanización de lujo», pensó Nick.

—¿Quieres explicarnos qué está haciendo aquí la pasma? —preguntó Lucas sin mirarlo.

—Querrás decir la policía.

Lucas miró a través del ventanal, observando a los policías en el jardín.

—La policía está aquí debido a ese tipo que ha entrado varias veces y ha escrito unas pintadas en nuestra casa —respondió Nick.

—«No hay escondite posible» —recitó Julia.

—Exacto. Debido a eso. Era un hombre que padecía trastornos psicológicos.

—¿Es el hombre que mató a *Barney*? —preguntó Julia con un hilo de voz.

—No estamos seguros, pero creemos que sí.

—El padre de Cassie —apuntó Lucas—. Andrew Stadler.

—Exacto. —El padre de Cassie.

—Estaba jodido —comentó Lucas.

—No digas palabrotas delante de tu hermana.

—Esa palabra ya la conocía, papá —dijo Julia.

—No lo dudo. Pero no quiero que ninguno de los dos utilicéis ese lenguaje.

Lucas meneó la cabeza, sonriendo con una expresión entre divertida y displicente.

—Ese hombre, Andrew Stadler, murió hace un par de semanas —prosiguió Nick—, y la policía cree que quizá pasó por nuestra casa la noche en que fue asesinado, de camino hacia donde fuera.

—Creen que lo mataste tú —sentenció Lucas, esbozando una sonrisa triunfal.

Nick sintió una opresión en la boca del estómago. Quizá Lucas había oído algo la noche en que había ido Eddie. ¿O era una simple conjetura?

—¡Eh, oye! —protestó Julia, indignada.

—En realidad, Luke, han venido para tratar de averiguar los movimientos de ese hombre.

—Entonces, ¿por qué están recogiendo pruebas? Les he observado por la ventana de mi habitación. Han recogido un puñado de tierra y lo han guardado en un pequeño recipiente, y no hacen más que pasearse arriba y abajo por el césped como si buscaran algo.

Nick asintió con la cabeza, respirando profundamente. ¿Habían recogido un puñado de tierra? ¿Qué significaba eso?

¿Habían encontrado tierra en el cadáver de Stadler? Nick recordó que Eddie había limpiado los zapatos de Stadler con un cepillo.

¿Era posible que hubieran hallado algún resto de tierra en el cadáver de Stadler que le relacionara con la casa? ¿Conseguirían conectar ambas cosas? Esto era lo peor: Nick no tenía ni idea de lo que la policía era capaz, de hasta qué punto estaba avanzada la ciencia forense.

—Luke —dijo con calma—, buscan cualquier cosa que les indique si ese hombre vino aquí esa noche.

Nick sabía que pisaba un campo minado. Sus hijos eran demasiado listos. Habían visto muchos programas de televisión y películas. Sabían todo lo habido y por haber sobre policías, asesinos y sospechosos.

—¿Por qué les interesa tanto? —preguntó Julia.

—Está claro —contestó Nick—. Tienen que averiguar lo que hizo ese hombre esa noche, comprobar si estuvo aquí o en otro lugar, para descifrar adónde fue más tarde, cuando lo mataron.

—Si hubiera venido lo habrían grabado las cámaras, ¿no? —preguntó Lucas.

—Es posible —contestó Nick—. No recuerdo cuándo instalaron el nuevo sistema de seguridad ni cuándo mataron a ese hombre exactamente.

—Yo sí —replicó Lucas—. Instalaron las cámaras el día antes de que Stadler fuera asesinado.

«¿Cómo diablos se acuerda de eso?», pensó Nick.

—Si tienes razón, es posible que encuentren algo en las cámaras. Yo no tengo ni idea. En cualquier caso, los policías quieren tomar vuestras huellas dactilares aprovechando que están aquí.

—Qué guay —dijo Lucas.

—¿Por qué? No pensarán que nosotros matamos a ese hombre, ¿verdad? —inquirió Julia preocupada.

Nick rió de forma convincente.

—No te preocupes. Cuando recojan huellas dentro y fuera de la casa, encontrarán las huellas dactilares de todos, las vuestras, las mías, las de Marta…

—Y probablemente también las de Emily —apuntó Julia.

—Sí.

—Y las de ese hombre que se llama Digga, ¿verdad, Luke?

Luke puso los ojos en blanco y volvió la cara.

—¿Quién es Digga? —preguntó Nick.

Lucas se abstuvo de responder, meneando la cabeza.

—Es un tipo que lleva un pañuelo en la cabeza como Luke y pone la música a todo volumen cuando tú no estás en casa y siempre huele a humo. Huele que apesta.

—¿Cuándo viene? —preguntó Nick.

—Una o dos veces a la semana —contestó Lucas—. ¡Joder! Esto es de locos. Es un amigo mío, ¿vale? ¿No puedo tener amigos? ¡Esto parece una cárcel, en la que no puedes tener visitas! ¿Estás satisfecha, Julia? ¡Chivata de mierda!

—¡Un momento! —protestó Nick.

Julia, que no estaba acostumbrada a que su hermano mayor le gritara, salió corriendo de la habitación, llorando.

—¿Señor Conover?

Era la inspectora Rhimes, que se hallaba en el umbral del cuarto de estar.

—¿Sí?

—¿Podría hablar con usted un minuto?

63

—Hemos encontrado algo en su césped —dijo la inspectora.

—¿Ah, sí?

Rhimes condujo a Nick al pasillo, para que los niños no oyeran la conversación.

—Un trozo de metal aplastado.

Nick se encogió de hombros, como diciendo «¿y yo qué quiere que le diga?».

—Es posible que sea un fragmento de una bala, o un trozo de una casquillo.

—¿De una pistola? —Nick sintió que le faltaba el aire. Trató de transmitir indiferencia y curiosidad a la vez, como correspondía a una persona de su posición. Una persona que era inocente, que deseaba que los policías encontraran al asesino.

—Es difícil precisarlo. No soy una experta en la materia.

—¿Puedo verlo? —preguntó Nick, arrepintiéndose en el acto de haberlo dicho. No convenía mostrar demasiado interés. Debía mantenerse en un punto equidistante.

La inspectora Rhimes negó con la cabeza.

—Lo tienen los técnicos. Sólo quería preguntarle una cosa, aunque le parezca una pregunta tonta. Recuerdo que me dijo que no tenía pistola, ¿no es así?

—Sí.

—Entonces es evidente que nunca habrá disparado una pistola en su jardín. Pero ¿sabe si alguien que conoce lo ha hecho?

Nick trató de soltar una carcajada de incredulidad, pero sonó hueca.

—No permito que nadie practique el tiro en mi jardín —contestó.

—¿Así que nadie ha disparado una pistola junto a su casa?

—No, que yo sepa.

—Nunca.

—Nunca. —Nick sintió un hilo de sudor deslizándose por detrás de la oreja y descendiendo hasta el cuello de la camisa.

La inspectora asintió de nuevo, lentamente.

—Es curioso.

—Los técnicos... ¿Están seguros de que proviene de una bala o algo parecido?

—Verá, dudo de que yo fuera capaz de reconocer la diferencia entre el tapón de una botella y el cartucho de una Remington Golden Saber 38 —contestó la inspectora Rhimes. Nick no pudo evitar torcer el gesto, confiando en que la otra no se diera cuenta—. Pero los técnicos especializados en el escenario del crimen son muy competentes, y tengo que apoyarme en eso. Me han dicho que parece el fragmento de un proyectil.

—Qué raro —comentó Nick. Trató de adoptar una expresión entre perpleja, neutral e indiferente, para evitar que la inspectora se percatara de que estaba aterrorizado, temblando y con náuseas.

Eddie le había asegurado que había recogido todos los casquillos de bala y que se había cerciorado de que no quedaba ninguna otra prueba en el césped. Pero era posible que no hubiera reparado en un pequeño fragmento de plomo o cobre o lo que fuera, un fragmento de metal que hubiese salido volando y se hubiese incrustado en la tierra, por ejemplo. Era fácil pasar por alto un objeto de esas características.

A fin de cuentas, Nick había notado que el aliento de Eddie olía a alcohol. Probablemente había estado durmiendo la mona cuando Nick le había llamado. No estaba en posesión de todas sus facultades. Quizá no había registrado el césped muy a fondo.

La inspectora Rhimes se disponía a añadir algo cuando Nick observó a una persona que pasó junto a ellos, portando un objeto de metal rectangular de color negro cerrado en una bolsa de plástico transparente. La mujer achaparrada, la técnica de pruebas con su culo gordo enfundado en unos vaqueros nuevos, sostenía lo que Nick reconoció de inmediato como la nueva grabadora de vídeo digital que estaba conectada a las cámaras de seguridad. Nick supuso que la habrían sacado del armario donde el operario la había instalado.

—¡Un momento! ¿Qué lleva ahí? —preguntó Nick. La mujer, que según la tarjeta de identificación que llevaba prendida en la camisa se llamaba Trento, se detuvo y miró a la inspectora Rhimes.

—Es la grabadora de su sistema de seguridad —contestó la inspectora.

—La necesito —dijo Nick.

—Lo comprendo. Haré que se la devuelvan tan pronto como sea posible.

Nick sacudió la cabeza en un gesto de aparente frustración. Confiaba, rogaba con todas sus fuerzas, que los ligeros temblores de terror que le recorrían el cuerpo no fueran evidentes. Eddie le había asegurado que había borrado el disco duro. Que lo había reformateado. Que no quedaba rastro de aquella noche.

Nick imaginó lo que mostraría la cámara. Un hombre corriendo a través del césped, cubierto con un abrigo que le quedaba ancho y cuyos faldones se agitaban al viento, iluminado por los focos del jardín y moviendo las manos nerviosamente. El momento en que el hombre había caído al suelo. ¿O había captado una de las cámaras el preciso instante en que Nick, empuñando el arma, con el rostro contraído en una mueca de terror y furia, había apretado el gatillo? La pistola sacudiéndose al ser disparada, la nube de humo. El asesinato.

Pero todo eso había desaparecido.

Eddie se lo había asegurado. Eddie, cuyo aliento apestaba a alcohol. Que siempre se mostraba muy seguro de sí mismo pero nunca atento ni competente, al menos en la pista de hockey. Que siempre obraba precipitada e impulsivamente.

Al que quizá se le había pasado algo por alto.

Que había hecho las cosas mal. Que no había reformateado como era debido el disco duro.

Que quizá lo había jodido todo.

—También necesitaremos las llaves de sus coches, señor Conover, si no lo importa.

—¿Mis coches?

—El Chevrolet Suburban que usted conduce y la furgoneta. Queremos analizar las huellas que pueda haber y demás detalles.

—¿Por qué?

—Por si Stadler trató de entrar y robar uno de los vehículos.

Nick asintió con la cabeza, aturdido, y sacó torpemente el llavero del bolsillo del pantalón. Al hacerlo observó una actividad frenética en su estudio, situado al otro lado del pasillo.

—Debo ir a echar un vistazo a mi correo electrónico —dijo.

—¿Cómo dice? —preguntó la inspectora Rhimes.

—Mi estudio. Tengo que entrar ahí. Tengo trabajo.

—Lo siento, señor Conover, pero aún tardaremos un rato.

—¿Cuánto rato?

—Es difícil precisarlo. Los técnicos de pruebas se mueven de forma misteriosa —respondió la inspectora con una sonrisa. Cuando sonreía, se le iluminaba el rostro y estaba muy guapa—. Una pregunta rápida, si no le importa.

—Adelante.

—Sobre su jefe de seguridad, el señor Rinaldi.

—¿Qué quiere saber?

—Verá —contestó la inspectora, emitiendo una breve risita—, supongo que es como «quién vigila a los vigilantes», pero imagino que usted comprobaría sus antecedentes antes de contratarlo para el puesto que desempeña.

—Por supuesto —respondió Nick. Justamente lo que no había hecho era comprobar sus antecedentes. Eddie era un viejo amigo. Un colega, al margen de lo que eso significara.

—¿Qué sabe sobre su carrera de policía? —preguntó la inspectora Rhimes.

Habían pegado una cinta amarilla sobre la puerta de su estudio, que decía: ESCENARIO DEL CRIMEN. PROHIBIDO ENTRAR.

«El escenario del crimen», pensó Nick.

«No lo sabéis.»

Dentro había dos técnicos de pruebas, que llevaban unos guantes de goma. Uno aplicaba unos polvos de color naranja fluorescentes sobre las puertas, los marcos de las puertas, los interruptores de luz, la mesa, los paneles de madera y cristal de las contraventanas. El otro pasaba por la alfombra un extraño artilugio semejante a un aspirador provisto de un asa, un tubo negro y una boquilla larga y recta.

Nick les observó durante unos momentos, carraspeó para atraer su atención y dijo:

—No es necesario que hagan eso. Tenemos asistenta.

Un chiste bastante malo, incluso patético. Probablemente ofensivo. Los polis no tenían servicio.

El técnico del aspirador le dirigió una mirada adusta.

Nick no hizo caso. Buscaban huellas dactilares, pero no iban a encontrar nada que le incriminara a él. Stadler no había entrado en la casa la noche en que había sido asesinado. Había caído al suelo a casi unos cinco metros de las contraventanas.

Eso no era lo que preocupaba a Nick.

Lo que le preocupaba era el motivo de que registraran su estudio. En la casa había muchas otras habitaciones en las que pudo haber entrado Stadler. ¿Por qué el estudio?

¿Acaso sabían algo?

—¿Tiene la llave de este cajón, señor Conover?

Era una voz de barítono, enérgica. Uno de los técnicos señaló el cajón en el que Nick había guardado la pistola que le había dado Eddie.

Nick sintió una sacudida en todo el cuerpo.

—La llave está en el cajón superior del centro —respondió amablemente—. Toda precaución es poca.

Nick visualizó la caja de los cartuchos en el cajón, junto al de la pistola. Una caja de color verde y dorado, en el que había impresas en letras blancas las palabras Remington y Golden Saber.

Eddie se las había llevado, ¿verdad?

Junto con la pistola, ¿o no?

Nick no lo recordaba. Aquella noche estaba borrosa en su mente.

«Te lo ruego, Dios mío, haz que las balas no estén ahí, haz que hayan desaparecido.»

Nick aguardó, conteniendo el aliento, mientras el técnico abría el amplio cajón del centro, localizaba inmediatamente la llave y se arrodillaba para abrir el cajón inferior.

Nick sintió que la parte posterior del cuello de su camisa estaba empapada en sudor. Chorreando.

«Mi vida en estos momentos está en manos de ese tipo anónimo. En su mano está encerrarme en la cárcel para siempre.»

En Michigan no existía la pena de muerte, recordó Nick. Jamás se le había ocurrido pensar en ello, no había tenido motivos para hacerlo. No existía la pena de muerte.

«Pero me pasaré el resto de la vida en la cárcel», pensó Nick.

Ése era el equilibrio.

El cajón se abrió con facilidad; el técnico estaba inclinado sobre él.

Transcurrió un segundo, dos, tres.

El otro policía apagó el aspirador.

Nick sintió ganas de vomitar. Permaneció de pie al otro lado de la cinta amarilla que impedía el acceso al escenario del crimen, como un observador casual, un turista, esperando.

El técnico se incorporó. No sostenía nada en las manos.

Puede que el cajón estuviera vacío.

Si una bala había rodado hacia el fondo del cajón…

No, de haber hallado algo, el técnico habría sacado su cámara y habría tomado una fotografía.

Era evidente que el cajón estaba vacío.

Nick experimentó una sensación de alivio. Tal vez temporal. Momentánea.

Observó que el técnico, el que había pasado el aspirador, sacaba una botella de plástico con el tapón de pistola y empezaba a rociar una sección de las paredes enyesadas a mano alrededor del interruptor.

Un interruptor oscilante Decora, pensó Nick. Laura había sustituido todos los interruptores de la casa por unos oscilantes Decora, insistiendo en que eran mucho más elegantes. Nick no tenía formada una opinión sobre los interruptores oscilantes de Decora. Nunca se había entretenido en pensar en ese detalle.

El policía empezó a rociar la parte inferior de las contraventanas, y luego la alfombra.

Nick oyó a los dos técnicos murmurar en voz baja algo sobre la conveniencia de efectuar un registro de día.

—Joder, este LCV lo pone todo perdido.

Nick no sabía de qué estaban hablando. Se sentía como un estúpido ahí plantado en el umbral de su estudio, observándoles y espiando su conversación.

El primer técnico comentó:

—Es biodegradable, la mancha desaparecerá.

El segundo dijo algo sobre «analizar el ADN».

Nick tragó saliva. «Mancha» debía de significar sangre. Buscaban manchas de sangre en los pomos de la puerta, la puerta y la alfombra. Unas manchas de sangre que no se detectaran a simple vista, que quizá habían sido limpiadas pero no habían desaparecido por completo.

Al menos estoy a salvo a ese respecto, pensó Nick. Stadler no había entrado en la casa.

Pero su cerebro no cooperaba. Había dejado que se filtrara un pensamiento que le provocó una sobrecarga de adrenalina, haciendo que Nick rompiera de nuevo a sudar.

Stadler había sangrado copiosamente.

El charquito negro de sangre.

Nick se había acercado a él, había empujado el cadáver con sus pies desnudos. Quién sabe, quizá incluso había pisado la sangre, aunque no lo recordaba.

Luego había entrado de nuevo en la casa.

Cuando fue a llamar a Eddie había pisado la alfombra.

Nick no había observado ninguna mancha de sangre en la alfombra, y Eddie tampoco, pero ¿qué cantidad era necesaria para incriminarle? ¿Sólo una pizca, transportada al estudio en las plantas de sus pies desnudos, procedente del charquito que se había formado junto al cadáver de Stadler? ¿Unas simples gotitas, invisibles al ojo humano, que habían caído inadvertidamente sobre la alfombra, empapando las fibras de lana, esperando anunciar su presencia?

El técnico que estaba rociando la alfombra se volvió para contemplar la mesa de Nick y de pronto lo vio en el umbral.

Nick se apresuró a decir algo, para que no supusieran que les estaba observando entre fascinado y aterrorizado, como así era.

—¿Desaparecerá esa mancha de la alfombra?

El técnico que estaba rociando la alfombra se encogió de hombros.

—¿Y esos polvos? —prosiguió Nick, fingiendo indignación—. ¿Cómo vamos a eliminarlos?

El técnico que sostenía el *spray* se volvió, parpadeó unas cuantas veces y esbozó lentamente una sonrisa malévola.

—Tiene asistenta, ¿no? —preguntó.

64

—Eddie —dijo Nick, que le telefoneaba desde su estudio, aterrorizado.

—¿Qué? —contestó Eddie. Parecía enojado.

—Han venido.

—Ya lo sé. Aquí también. Es una táctica para meterte el miedo en el cuerpo.

—Pues lo han conseguido. Han encontrado algo.

Una pausa.

—¿Qué?

—Un fragmento de metal. Creen que puede ser un fragmento de un casquillo.

—¿Cómo? ¿Que han encontrado un casquillo?

—No, un fragmento de un casquillo.

—No lo entiendo —contestó Eddie. Su apabullante seguridad en sí mismo se había evaporado—. Yo recogí las dos balas, y no recuerdo que se hubieran fragmentado. Me dijiste que habías disparado dos veces, ¿no es así?

—Eso creo.

—¿Eso crees? ¿No estás seguro?

—Estaba acojonado, Eddie. Todo estaba confuso.

—Me dijiste que hiciste dos disparos, de modo que cuando encontré los dos casquillos, no busqué más. No podía pasarme toda la noche explorando el puto césped con la linterna.

—¿Crees que pueden haber encontrado un fragmento de munición? —preguntó Nick con voz trémula.

—¿Cómo coño quieres que lo sepa? —le espetó Eddie—. Mierda. Voy a investigar a esa mujer policía. Veremos si oculta algún esqueleto en el armario.

—Creo que es una buena cristiana, Eddie.
—Genial. Quizá encuentre algo interesante.
Tras estas palabras Eddie colgó.

—Lo que hemos conseguido es una mierda —dijo Bugbee.
—La orden de registro… —contestó Audrey.
—Procuré que abarcara tantos elementos como fuera posible. No sólo pistolas del 38, sino cualquier tipo de arma de fuego. Aparte de lo habitual. No hemos hallado sangre ni fibras en el coche de Rinaldi.
—No suponíamos que se hubiese llevado el cadáver a casa.
—Evidentemente.
—¿Alguna pistola del 38?
Bugbee negó con la cabeza.
—Pero lo curioso es que ese tipo tiene un par de bastidores para guardar armas de fuego, de los que se montan en la pared y se cierran con un candado. Los encontré en un armario detrás de la ropa, montados en la pared. Cada uno contiene tres pistolas, pero faltan dos.
—¿Que faltan, o no existen? Es posible que Rinaldi sólo tenga cuatro.
Bugbee sonrió y alzó un dedo.
—Esto es lo curioso —dijo—. En un bastidor hay dos pistolas, en el otro, otras dos, y por el polvo acumulado deduzco que había dos más. Alguien las ha retirado de allí.
—Dos —dijo Audrey, asintiendo con la cabeza.
—Yo sostengo que una es el arma del crimen.
—¿Y la otra?
—Es una conjetura, pero quizá haya un motivo por el que Rinaldi no quiere que encontremos la otra. Dos pistolas que no están registradas.
Audrey se volvió para regresar a su mesa, cuando de pronto se le ocurrió algo.
—¿Le advertiste que ibas a registrar su casa?
—Qué cosas tienes.
—Entonces, ¿cómo sabía que ibas a ir?
—Lo vas captando.
—Conover sabía que íbamos a registrar su casa —aseguró

Audrey—. Seguro que se lo contó a Rinaldi, y Rinaldi supuso que no tardaríamos en registrar también la suya.

—Quizá sólo sea eso —dijo Bugbee, después de reflexionar unos instantes.

En el ordenador de Audrey apareció un correo electrónico de Kevin Lenehan, de Servicios Forenses, pidiéndole que fuera a verle.

Todos los técnicos de la Unidad de Servicios Forenses acudían a escenarios de crímenes, pero algunos tenían también determinadas especialidades. Si querías sacar una huella dactilar del lado pegajoso de una cinta adhesiva, acudías a Koopmans. Si querías que restauraran un número de serie, acudías a Brian. Si querías una prueba para exponerla ante el tribunal, un mapa aéreo, el diagrama del escenario del crimen trazado apresuradamente, acudías a Koopmans, a Julie o a Brigid.

Kevin Lenehan era el técnico al que uno acudía con mayor frecuencia para confiarle, o endilgarle, la tarea de obtener información de ordenadores o imágenes de vídeos. Lo cual significaba que mientras sus colegas no daban abasto debido al cúmulo de llamadas que recibían de la calle, Kevin disponía de tiempo más que suficiente para examinar imágenes oscuras y borrosas de robos tomadas por las cámaras de seguridad de las tiendas. O para analizar los vídeos de las cámaras instaladas dentro de los vehículos que comenzaban a funcionar automáticamente cuando un agente conectaba las luces y las sirenas.

Kevin era un tipo flaco, de veintitantos años, con una perilla rala y el pelo largo y grasiento de color castaño claro o rubio, aunque era difícil precisarlo, porque Audrey nunca le había visto con el pelo recién lavado. La caja metálica rectangular de color negro que contenía la grabadora de vídeo digital perteneciente al sistema de seguridad de Conover estaba sobre su mesa de trabajo, conectada a un monitor de vídeo.

—Hola, Audrey —dijo Kevin—. He oído lo de tu pequeño farol.

—¿Mi farol? —preguntó Audrey ingenuamente.

—Lo del fragmento de bala. Me lo ha contado Brigid. No sabía que fueras tan ingeniosa.

Audrey sonrió con modestia.

—Se hace lo que se puede. ¿Cómo va esto?

—No tengo muy claro lo que querías —respondió Kevin—. Buscas un homicidio, ¿no es así? Pero aquí no hay nada de eso.

Era demasiado fácil, pensó Audrey.

—Entonces ¿qué has visto ahí?

—Tres semanas de la luna moviéndose detrás de las nubes. Unas luces que se encienden y se apagan. Un par de ciervos. Unos coches que entran y salen por el camino de acceso a la casa. El papá, los niños y otras personas. ¿Busco algo en concreto?

—Por ejemplo un asesinato —contestó Audrey.

—Lamento decepcionarte.

—Si las cámaras lo registraron, tiene que estar ahí, ¿no es cierto? —preguntó Audrey, señalando la caja.

—Vale. Este chico malo es un disco duro Maxtor de ciento veinte gigas conectado a dieciséis cámaras, que graba siete punto cinco *frames* por segundo.

—¿Podría faltar algo?

—¿A qué te refieres?

—No sé, a que hayan borrado algo.

—No, que yo haya observado.

—¿Tres semanas no son muchas para que un disco duro de este tamaño grabe todas las imágenes que se produzcan durante ese espacio de tiempo?

Lenehan miró a Audrey de modo distinto, con más respeto.

—Pues sí. Si este aparatito estuviera en una tienda abierta las veinticuatro horas, se reciclaría al cabo de tres días. Pero está instalado en una residencia, e incorpora una tecnología de movimiento, por lo que la grabación no ocupa mucho espacio del disco duro.

—¿Lo que significa que la cámara comienza a grabar cuando la activa el detector de movimiento?

—Más o menos. Aquí todo funciona mediante el *software*, no unos sensores de movimiento externos. El *software* toma continuamente las imágenes, y cuando cambia un determinado número de píxeles, se inicia el proceso de grabación.

—¿Y se recicla cuando el disco duro está lleno?

—Exacto. Las primeras imágenes grabadas son las primeras que desaparecen.

—¿Podría haberse reciclado la parte que me interesa?

—Según dijiste, te interesan las primeras horas de la mañana del dieciséis, y eso está todo ahí.

—Me interesa todo desde el atardecer del quince hasta aproximadamente las cinco de la mañana del dieciséis. Pero la alarma sonó a las dos de la mañana, de modo que lo que más me interesa son las dos de la mañana. Las dos y siete minutos, para ser precisos. Un espacio de once minutos.

Kevin se volvió en su silla giratoria y miró el monitor.

—Lo siento. No lo ha captado. La grabación se inicia el miércoles dieciséis, a las tres y dieciocho minutos de la mañana.

—Te refieres al martes quince, ¿no? Fue la fecha en que lo instalaron. El quince por la tarde.

—Es posible, pero la grabación se inicia el miércoles dieciséis. A las tres y dieciocho minutos de la mañana. Aproximadamente una hora más tarde de la que te interesa.

—Maldita sea. No lo entiendo.

Kevin se volvió hacia Audrey.

—En eso no puedo ayudarte.

—¿Estás seguro de que no pudieron haber borrado ese segmento de once minutos?

Kevin se detuvo.

—No hay señal de eso. Se inició a…

—¿Pudo haberlo reciclado alguien?

—¿Manualmente? Por supuesto. Pero tendría que ser alguien que conociera el sistema, que supiera lo que hacía.

Eddie Rinaldi, pensó Audrey.

—¿Y luego habría grabado sobre la parte que me interesa?

—Exacto. Graba en primer lugar sobre la parte más antigua.

—¿Puedes restituir esa parte?

—¿Te refieres a recuperar lo borrado? Es posible que alguien sepa hacerlo, pero mis conocimientos no llegan a tanto. Quizá el estado.

—El estado significa como mínimo seis meses.

—Como mínimo. Y no estamos seguros de que sepan hacerlo. Ni siquiera sé si es posible hacerlo.

—¿Crees que merece la pena que le echemos otro vistazo, Kevin?

—Pero ¿para qué?

—Para comprobar si se te ocurre algo. Si puedes hallar alguna pista, algo que demuestre que la grabación fue reciclada, borrada o lo que sea.

Kevin meneó la cabeza de un lado a otro.

—Me llevará bastante tiempo.

—Pero eres un excelente técnico. Y también rápido.

—Y tengo mucho trabajo atrasado. Tengo un montón de vídeos que debo examinar para el oficial Noyce y el inspector Jonson.

—El caso de los robos en serie.

—Sí. Además, Noyce quiere que examine la grabación de dos días de una cinta relacionada con el robo en una tienda. Busca a un tipo con una cazadora negra Raiders y unas zapatillas blancas Nike Air.

—Suena divertido.

—Divertidísimo. Lo quiere para…

—Ayer. Conozco a Jack.

—Oye, mira, si quieres habla con Noyce, pídele que dé prioridad a tu caso. Pero tengo que seguir las órdenes, ¿comprendes?

65

A la mañana siguiente Nick tuvo que revisar un montón de documentos, una tarea complicada y aburrida, pero se alegró de hacerlo. Así no pensaba en lo ocurrido, ni se obsesionaba con lo que los policías habían hallado en su casa. Ese fragmento de casquillo no le había dejado pegar ojo en toda la noche; no había parado de revolverse en la cama, pasando de un terror difuso a una persistente ansiedad que hacía que se le acelerara el pulso.

Había varios informes de la asesora jurídica de la empresa referente a la querella sobre derecho de patentes que querían presentar contra Knoll, uno de los principales competidores de Stratton. Los colaboradores de Stephanie Alstrom insistían en que Knoll había birlado un diseño patentado por Stratton de un teclado ergonómico.

Stratton presentaba docenas de ese tipo de querellas cada año, al igual que seguramente hacía Knoll. Eso daba trabajo a los abogados corporativos. El departamento jurídico se frotaba las manos ante la perspectiva de un litigio; Nick prefería recurrir al arbitraje. Así se evitaba que los gastos a fondo perdido se elevaran, y aunque Stratton ganara la querella, a Knoll ya se le habría ocurrido una argucia para burlar la ley. Si atacaban a Knoll en un tribunal, darían al traste con el tema de la confidencialidad, revelarían sus secretos para que sus competidores se aprovecharan de ellos. Por otra parte, recibirían todo tipo de mandatos judiciales; Stratton tendría que entregar numerosos documentos secretos relativos a sus diseños. No merecía la pena. Además, según había comprobado Nick, el monto de los daños y perjuicios concedidos por el tribunal rara vez era cuantioso, una vez deducidos los honorarios de los abogados. Nick escribió «ARB» en la página superior.

Al cabo de una hora de estar sentado ante su mesa, ocupado con el tedioso papeleo, a Nick empezaron a dolerle los hombros. Lo cierto era que últimamente no se sentía a gusto en su lugar de trabajo.

Nick miró una de las fotografías familiares. Laura, los niños, *Barney*. Habían desaparecido dos, quedaban tres, pensó Nick. La maldición de la Casa de Conover.

Nick recordó una frase que había visto en alguna parte: «Posiblemente este mundo sea el infierno de otro planeta». Sin duda podía añadirse numerosos corolarios a eso. Nick había convertido el mundo de otra persona en un infierno, y alguien había convertido el suyo en un infierno. La cadena trófica del sufrimiento humano.

En el monitor de Nick apareció un mensaje instantáneo de Marjorie, aunque ella estaba sentada a menos de tres metros, al otro lado del panel. Marjorie no quería distraer a Nick, pues sabía que se desconcentraba fácilmente.

¿Te pido lo de costumbre para comer?

Anda, es verdad, pensó Nick. Recordó que tenía el almuerzo semanal con Scott. Lo cual no le apetecía nada. Ese tío se llevaba algo entre manos, y no era nada bueno.

Nick quería encararse con Scott, decirle que se fuese a tomar viento y regresara con McKinsey. Pero no podía hacerlo, al menos de momento. Antes tenía que averiguar exactamente qué ocurría. Además, Nick ya no tenía poder para despedir a Scott, por más que deseara hacerlo. Y en estos momentos lo deseaba fervientemente.

Nick tecleó:

De acuerdo. Gracias.

Nick observó que en su buzón había un correo electrónico de Cassie; lo adivinó por el asunto.

No había facilitado a Cassie la dirección de su correo electrónico, y no había recibido ningún mensaje de ella. Nick dudó unos instantes antes de abrirlo.

De: ChakraGrrl@hotmail.com
A: Nconover@Strattoninc.com
Asunto: De Cassie

Nick, ¿dónde se ha metido mi chico de los repartos? ¿Estás libre a la hora de comer? Ven entre las 12:30 y las 13:00. Los sándwiches los pongo yo.

C.

Nick se sintió de inmediato más animado, y respondió:

Allí estaré.

—Marge —dijo Nick por el intercomunicador—, ha habido un cambio de planes. Di a Scott que hoy no podré almorzar con él.

—De acuerdo. ¿Quieres que le dé algún motivo?

Nick hizo una pausa.

—No.

Cuando se dirigía al ascensor, se cruzó con Scott, que salía del lavabo.

—He recibido tu mensaje —dijo Scott—. ¿Va todo bien?

—Perfectamente. Es que tengo un día muy ajetreado.

—Eres capaz de lo que sea con tal de saltarte la ensalada de números —comentó Scott, sonriendo.

—Qué bien me conoces —respondió Nick, devolviéndole la sonrisa mientras se encaminaba hacia los ascensores. Dos empleadas de personal se subieron en el ascensor en el piso inferior y le sonrieron tímidamente.

—Hola, señor Conover —dijo una.

—Hola, Wanda. Hola, Barba —contestó Nick.

Las dos mujeres parecieron sorprendidas, y también complacidas, de que Nick conociera sus nombres. Pero Nick procuraba averiguar el nombre de tantos empleados de Stratton como fuera posible; sabía que contribuía a mantener alta la moral del equipo. «Y dado que cada vez hay menos empleados —pensó Nick sarcásticamente—, resulta más fácil.»

Cuando el ascensor se detuvo en el tercer piso, Eddie se subió y dijo:

—Pero si es el jefe de la camada.

Un comentario muy irrespetuoso, teniendo en cuenta que había otros empleados presentes.

—Hola, Eddie.

—Creía que te habías ido a... «almorzar» —dijo Eddie.

La forma en que Eddie pronunció la palabra inquietó a Nick. «¿Acaso sabe adónde voy? ¿Cómo puede saberlo?» Entonces Nick recordó que había pedido a Eddie que examinara detenidamente los correos electrónicos de Scott.

Nick se preguntó si Eddie había aprovechado la ocasión para examinar también sus mensajes. En tal caso, era intolerable, pero ¿cómo diablos iba Nick a evitar que Eddie lo hiciera? Era el jefe de seguridad.

Nick le dirigió una mirada glacial, la cual pasó inadvertida a Wanda y a Barb de personal.

—Te acompaño hasta el coche —dijo Eddie. Llevaba un paraguas.

Nick asintió con la cabeza.

Echaron a caminar juntos, en silencio, a través del vestíbulo, adornado por una cascada que un experto en *feng shui* había insistido en que instalaran allí para aliviar «la sensación de energía bloqueada» que se producía en la entrada. A Nick le había parecido una sandez, pero había accedido, del mismo modo que siempre había seguido la superstición de no meter el pie en los socavones de las aceras.

Nick vio a través de las enormes puertas de cristal que estaba lloviendo. Eso explicaba el paraguas. ¿Pero de verdad había decidido Eddie salir a comer, o se había topado «por casualidad» con Nick en el ascensor... intencionadamente? Nick pensó la cuestión, pero decidió no decir nada. Se le ocurrió preguntar a Eddie sobre lo que la inspectora Rhimes le había dicho, que Eddie había abandonado el cuerpo de policía de Grand Rapids «en circunstancias sospechosas». Pero Nick no sabía por qué le había dicho eso la inspectora. ¿Acaso trataba de meter cizaña entre ambos? En ese caso, había elegido un sistema muy ingenioso. Si efectivamente Eddie había mentido a Nick sobre el motivo por el que había abandonado el trabajo de policía, ¿en qué otras cosas podía haberle mentido?

Se lo preguntaría a Eddie. Pero en otra ocasión.

Al salir, Eddie abrió su amplio paraguas de golf y lo sostuvo sobre Nick. Cuando se habían alejado varios metros del edificio, Eddie dijo:

—Es mejor que Foxy Brown se ande con cuidado.

—No sé a qué te refieres.

—Venga, hombre. Cleopatra Jones. La reina de Saba.

—Tengo prisa, Eddie. Ha sido divertido mantener este curioso intercambio verbal contigo.

Eddie agarró a Nick del hombro.

—Tu inspectora de policía negra, colega. La que pretende cortarnos los cojones para servirlos en bandeja. —La lluvia batía ruidosamente sobre el paraguas—. La negra que la tiene tomada contigo porque dejaste a su marido en la puta calle —dijo Eddie con ferocidad, pero articulando pausadamente las palabras.

—¿Bromeas?

—¿Crees que bromearía sobre una cosa así? ¿Sobre algo que debería bastar para que la apartaran del caso?

—¿Quién es su marido?

—Un don nadie, que trabajaba de chapista en la fábrica. El caso es que fue despedido de Stratton y ahora su esposa quiere cobrarse tu cabellera. —Eddie sacudió la cabeza y añadió—: Y a mí no me parece justo.

—Esa mujer no debería investigarnos —respondió Nick—. Es intolerable.

—Eso me parece a mí. Es preciso descalificar a esa tía.

—¿Cómo?

—Déjalo de mi cuenta. —Eddie esbozó una sonrisa que más parecía una mueca—. Por cierto, he conseguido unos informes muy interesantes sobre tu amigo Scott.

Nick le miró con expresión interrogante.

—Me pediste que examinara sus correos electrónicos y todo eso.

—¿Has averiguado algo?

—¿Sabes lo que ha estado haciendo Scott prácticamente cada fin de semana durante los dos últimos meses?

—Quemar hamburguesas —contestó Nick—. Estuve en su casa el sábado pasado.

—Menos el sábado pasado, casi todos los fines de semana ha viajado a Boston. ¿Supones que va a visitar a su tía Gertrude?

—Obtiene un descuento corporativo a través de la agencia de viajes —observó Nick.

Eddie asintió con la cabeza.

—Seguramente supone que con tu trabajo, no te dedicarás a revisar los gastos de desplazamiento.

—Es cierto que dirijo una compañía. Aunque algunos dirían que la estoy hundiendo.

—Además de un montón de llamadas entre él y ese tal Todd Muldaur de Fairfield Equity Partners. Supongo que no se dedicarán a charlar del tiempo.

—¿Sabes de qué hablan?

—No, para eso habría que examinar el registro de las llamadas. Puedo meterme en el buzón de voz, pero nuestro Scotty es un chico aplicado. Borra todos los mensajes después de haberlos escuchado. Él y Todd se comunican a través del correo electrónico, pero se trata de asuntos generales como las cifras del mes pasado y cosas por el estilo. Supongo que Scotty sabe que los mensajes por e-mail son peligrosos. Quizá por eso recurre a la codificación, cuando el tema exige discreción.

—¿Codificación?

—Sí. Mis técnicos interceptaron unos cuantos documentos codificados entre Scotty y Todd O.

Nick no se explicaba el motivo por el que Scott enviaba y recibía documentos codificados. Pero tampoco se explicaba por qué había realizado un viaje secreto a China.

—¿De qué tratan esos documentos?

—Todavía no lo sé, puesto que están codificados. Pero los de mi equipo son unos putos genios. Conseguirán descifrarlos. En cuanto averigüe su contenido, te lo diré.

—De acuerdo.

Habían llegado al Suburban de Nick, y éste pulsó el mando a distancia para abrirlo.

—Fantástico. Disfruta de tu... —Eddie carraspeó— «almuerzo».

—¿Estás insinuando algo, Eddie?

—¿No has cogido un paraguas o un abrigo? —preguntó Eddie—. ¿No gozas de unas vistas espectaculares desde las ventanas de tu despacho? Debiste de observar que estaba lloviendo.

—Estaba demasiado ocupado trabajando.

—No conviene que salgas sin protección —dijo Eddie, guiñándole el ojo—. Sobre todo, cuando vayas adonde te diriges ahora.

Y con esto se marchó.

66

Cuando Nick llegó a casa de Cassie, caía un auténtico aguacero. Aparcó frente a la entrada del edificio, se dirigió a la carrera hacia la puerta principal, llamó y esperó chorreando a que se abriera la puerta. Nadie respondió, de modo que Nick volvió a tocar el timbre.

Tampoco esta vez hubo respuesta. Nick llamó por tercera vez y miró su reloj. Eran la una menos veinte, la hora a la que habían quedado. Cassie le había dicho que fuera entre las doce y media y la una. Aunque bien mirado resultaba un tanto ambiguo; quizá Cassie había querido que Nick especificara la hora.

Calado hasta los huesos, temblando debido a la gélida lluvia, Nick llamó una y otra vez a la puerta con los nudillos. Tendría que cambiarse de ropa en el despacho, donde siempre tenía una muda. El director general de Stratton no podía pasearse por la sede de la compañía con la ropa empapada.

Por fin Nick hizo girar el pomo y le sorprendió que la puerta cediera.

—¿Cassie? —dijo al entrar.

No hubo respuesta.

Nick entró en la cocina.

—Soy yo, Nick. ¿Estás aquí, Cassie?

Nada.

Nick se dirigió al cuarto de estar, pero ella tampoco estaba ahí. Empezó a inquietarse. Cassie parecía un tanto frágil, y su padre acababa de morir, por lo que cualquiera sabía si era capaz de cometer un disparate.

—Cassie —gritó Nick más fuerte. Ella no estaba en la planta baja. Las persianas del cuarto de estar estaban cerradas. Nick miró a través de la rendija de una persiana, pero tampoco vio a Cassie fuera.

Inquieto, Nick subió la escalera, llamándola. El piso superior estaba aún más oscuro y resultaba más lóbrego que la planta baja. A Nick no le extrañó que Cassie no le hubiese permitido subir allí. Había dos puertas, una a cada lado de un pequeño pasillo, y otras dos en los extremos, ninguna de ellas cerrada. Nick empezó por la habitación situada al fondo del pasillo. Era un dormitorio, sobriamente amueblado con una cama de matrimonio y un tocador. La cama estaba hecha. Por el aspecto y el olor, hacía tiempo que nadie ocupaba esa estancia. Nick dedujo que era el dormitorio de Andrew Stadler. Salió y se dirigió a la habitación situada en el otro extremo del pasillo. La cama sin hacer, unos vaqueros vueltos del revés y tirados en el suelo y el olor a pachulí y a tabaco indicaban que era el dormitorio de Cassie.

—Cassie —dijo Nick de nuevo, tras lo cual se dirigió a otra habitación.

En ésta reinaba un penetrante olor a pintura, y antes de entrar comprendió que era el estudio. Había un lienzo sin terminar sobre un caballete, un cuadro extraño en el que aparecía una mujer rodeada por unas pinceladas de color naranja y amarillo intenso. Había otras telas apoyadas en las paredes, que parecían unas variaciones de la extraña imagen de una joven de cabello negro, desnuda, con la boca contraída en un rictus, como si gritara. Guardaba cierto parecido con *El grito,* el famoso cuadro de Edvard Munch. En todos los cuadros la mujer aparecía rodeada por unas pinceladas concéntricas amarillas y naranjas, como una puesta de sol, o quizá un fuego. Eran unos cuadros inquietantes pero bien ejecutados, pensó Nick, aunque no era un gran entendido en pintura.

Cassie tampoco estaba allí, lo cual significaba que había ocurrido algo grave o quizá un malentendido desde que Nick le había enviado el mensaje un par de horas atrás. Quizá Cassie había cambiado de opinión, o había tenido que salir, o le había enviado otro correo electrónico informándole de que no podían verse, y Nick no lo había recibido. Eran cosas que ocurrían.

Nick entró en la última habitación, pero era un baño. Hacía un buen rato que tenía ganas de orinar, de modo que lo hizo y luego tomó una toalla y se secó un poco la camisa y el pantalón. Dejó la toalla en su sitio y antes de salir echó un vistazo al armario con espejo que contenía el botiquín, sintiéndose mal por espiar.

Aparte de los acostumbrados cosméticos y productos femeninos, Nick encontró dos frascos farmacéuticos de plástico de color marrón que, según sus respectivas etiquetas, eran Zyprexa y litio. Nick sabía que el litio lo tomaban los maníaco-depresivos, pero no sabía qué era el otro fármaco. Vio el nombre de Andrew Stadler escrito en las etiquetas.

Eran las medicinas del padre de Cassie, pensó Nick, que ella aún no había tirado.

—No todas son de mi padre.

La voz de Cassie sobresaltó a Nick.

—El litio lo tomo yo —añadió Cassie—. Lo odio. Hace que me engorde y me produce acné. Es como volver a la adolescencia. —Cassie le mostró una cajetilla de tabaco sin abrir, y Nick comprendió el motivo de que hubiera salido.

—Joder, Cassie, lo siento. —Nick ni siquiera fingió estar buscando un analgésico o algo parecido—. Me siento fatal. No pretendía husmear en tus cosas, quiero decir que lo estaba haciendo, pero no debí…

—Para saber si está lloviendo no es necesario espiar nada. Salta a la vista. Cuando conoces a una persona que obtuvo las mejores calificaciones en el instituto, con un expediente académico intachable, que ha sido admitida en todas las universidades en las que quería ingresar y que no hace nada de provecho en la vida, uno se pregunta cómo es que no está cobrando un sueldo de seis cifras en Corning o trabajando en las vías de transducción de señales en la Facultad de Medicina Alfred Einstein.

—Escucha, Cassie…

Cassie se apoyó el índice en la sien e hizo un gesto circular, como indicando que estaba loca.

—Tienes que llegar a la conclusión de que a esa chica le falta un tornillo.

—No digas eso.

—¿Preferirías que me pusiera una bata blanca y te hablara sobre los niveles de catecolaminas en la parte anterior media del hipotálamo? ¿Qué exhibiera mis conocimientos científicos? ¿Te parecería menos ofensivo? No es más revelador.

—No creo que estés loca.

—Si pareces loco, es que estás loco —replicó Cassie, imitando la voz de Forrest Gump.

—Déjalo, Cassie.

—Vamos abajo.

Después de sentarse juntos en el sofá de color marrón lleno de bultos que había en el cuarto de estar, Cassie prosiguió:

—Conseguí una beca para estudiar en Carnegie Mellon. Yo quería ir al MIT, pero mi padrastro no pensaba gastarse ni un centavo en mis estudios, e incluso con una ayuda económica iba a resultar bastante caro. El primer curso fue duro. No tanto debido a la dificultad de la carrera como a mis compañeros. Durante el primer año, la residencia donde me alojaba se incendió y la mitad de las chicas murieron. Eso me trastornó hasta el punto de que regresé aquí y me encerré en mi habitación, negándome a salir. No volví a la universidad.

—Estabas traumatizada.

—Me enganché a la cocaína, al Valium y a otras drogas. Yo misma me medicaba. Tardé unos años en comprender que tenía «tendencias bipolares». Estuve ingresada seis meses en un hospital debido a una fuerte depresión. Pero los médicos que me atendieron hicieron un buen trabajo.

—Vives mejor gracias a los fármacos, por así decirlo.

—Sí. Pero me había apartado del Sendero.

—¿El Sendero? ¿Se trata de algo religioso?

—El Sendero, Nick. El Sendero. Tú fuiste a la Universidad Estatal de Michigan, estudiaste empresariales, conseguiste un puesto en el Vaticano del mobiliario de oficina, tenías ante ti una carrera brillante siempre que trabajaras con ahínco, te portaras bien y no te granjearas demasiadas antipatías.

—Entiendo. ¿Y tú...?

—Yo me aparté del Sendero. O me perdí por el camino. Quizá me adentré en el bosque y se levantó una fuerte ráfaga de viento que diseminó las hojas sobre la senda, haciendo que tomara una dirección equivocada. Quizá los pájaros se comieron las dichosas migas que señalaban la ruta. No digo que mi vida no tenga un propósito. Pero quizá el propósito sea ofrecer un ejemplo para que otros no cometan el mismo error.

—No creo que el mundo sea tan cruel —dijo Nick.

—Eso es lo que pensáis las personas como tú —contestó Cassie.

—Nunca es demasiado tarde.

Cassie se inclinó hacia Nick y se apoyó en su pecho.

—Qué pensamiento tan bonito —murmuró.

67

Noyce llamó a Audrey para que acudiera a su despacho y le pidió que se sentara.

—He recibido una llamada del jefe de seguridad de Stratton —anunció Noyce.

—Imagino que no estaría lo que se dice contento.

—Estaba como una fiera, Audrey. Se quejó del trato que habían recibido él y Conover.

—No puedo hablar por Roy, pero sé que mi equipo se comportó con gran delicadeza. No dejamos el lugar patas arribas.

—No creo que Bugbee tuviera tanto cuidado.

—No me sorprende. El mío fue un registro consentido. Roy llevó una orden de registro.

—Y Roy es Roy. Escucha. —Noyce se inclinó hacia delante, apoyó los codos en un espacio desocupado de su mesa y el mentón en las manos—. Rinaldi me dijo algo que conviene que nos tomemos en serio.

—Nos amenazan con demandarnos —dijo Audrey, medio en broma.

—Sabe lo de Leon.

—¿Lo de Leon?

—Me sorprende que haya tardado tanto en averiguarlo. Por lo visto te ha estado investigando, y ha aparecido el nombre de Leon.

—Tú sabías que habían despedido a Leon en Stratton. Nunca lo he mantenido en secreto.

—Desde luego. Pero no le di la importancia que debía. Francamente, no se me ocurrió.

—Todo el mundo en esta ciudad tiene algún pariente al que han despedido de Stratton.

—Prácticamente todo el mundo.

—Si apartas de este caso a toda la gente que guarde alguna relación con Stratton, te quedarás sin personal. Los técnicos del laboratorio y del escenario del crimen...

—Siempre hay algún detalle sobre el que debemos extremar todo cuidado.

—Jack, fui asignada a este caso de forma aleatoria. Mi nombre apareció por casualidad. Yo no lo pedí.

—Lo sé.

—Cuando empecé a ocuparme de él, no existía ninguna relación con la Stratton Corporation.

—Cierto, pero...

—Déjame terminar. La situación de Leon no tiene nada que ver con esto. Sigo unas pistas. No se trata de una caza de brujas. Lo sabes tan bien como yo.

—Yo lo sé, Aud. Por supuesto. Pero si este caso acaba ante los tribunales, no quiero que nada lo perjudique. Si acudo al fiscal, me dirá que no quiere que te ocupes del caso, que hemos de obrar con limpieza y transparencia. Y tendrá razón. Cualquier fiscal temerá que esto parezca cierta venganza por tu parte.

Audrey se enderezó en la incómoda silla que ocupaba y miró a su jefe de hito en hito.

—¿Vas a apartarme del caso?

Noyce suspiró.

—No voy a apartarte del caso. No se trata de eso. Quizá debería hacerlo. El jefe de seguridad de Stratton me lo ha exigido. Pero eres uno de los mejores elementos de nuestra unidad.

—Eso no es verdad, y tú lo sabes. Mi hoja de servicios es bastante mediocre.

Noyce se rió.

—Tu modestia es deliciosa. Ojalá todos fueran como tú en este aspecto. Sí, tu hoja de servicios podría ser mejor, pero eso se debe a que aún te falta un poco de práctica. Tiendes a utilizar un microscopio cuando deberías utilizar unos prismáticos.

—¿Cómo dices?

—A veces pierdes el tiempo analizando de cerca unas pruebas que no conducen a ninguna parte. Te metes en callejones sin salida, sigues pistas falsas. Todo eso mejorará con la experiencia. Cuantos más casos investigues, más se desarrollará tu intuición. Aprenderás a distinguir lo que merece la pena indagar y a descartar el resto.

Audrey asintió en silencio.

—Sabes que soy tu más ferviente defensor.

—Lo sé —contestó Audrey, sintiendo por ese hombre un afecto tan grande que casi era amor. Quizá fuera amor.

—Yo te convencí de que solicitaras este puesto, y te animé en todo momento. Sabes los muchos obstáculos que tuviste que salvar hasta llegar aquí.

Audrey sonrió tímidamente. Recordó las numerosas entrevistas a las que había tenido que someterse. Justo cuando creía que había conseguido el puesto, alguien le pedía entrevistarse con ella. Noyce la había apoyado siempre.

—Es una carrera de obstáculos —dijo Audrey.

—Porque eres mujer. Ése era el motivo. Mucha gente espera que fracases.

—No lo creo.

—Yo sí, te aseguro que es cierto, créeme. Muchos de los de aquí esperan que des un traspié y te partas la cara. Y yo no quiero que eso ocurra.

—Yo tampoco.

—Volvamos unos instantes al problema de Leon, aunque a ti no te parezca un problema. Todos somos susceptibles de dejarnos arrastrar por ciertos impulsos inconscientes. Un instinto de protección. Te conozco y sé que quieres mucho a tu marido y detestas verlo en la situación en que se encuentra. Te apena verlo sufrir. —Audrey trató de protestar, pero Noyce prosiguió—: Escúchame. Ahora me toca a mí, ¿de acuerdo?

—De acuerdo.

—Tienes un bosque de datos, pruebas y pistas. Tienes que abrirte camino a través de ese bosque. Ese dato sobre las semillas es un excelente trabajo policial.

—Gracias.

—Pero ambos sabemos lo que eso significa, ¿no es así? ¿Se paseó Stadler por la propiedad de Conover? Por supuesto. Eso nadie lo niega. ¿Se arrastró por el jardín de cuatro patas, ensuciándose las uñas de tierra? Desde luego, es posible. Pero ¿significa eso que Conover lo mató?

—Es una pieza del puzzle.

—Pero ¿se trata de uno de esos rompecabezas infantiles de veinte piezas? ¿O uno de esos puzzles imposibles de un millar de piezas a los que mi mujer es tan aficionada? Ése es el tema. Un golpe de intuición y unas semillas no bastan.

—El cadáver estaba demasiado limpio —apuntó Audrey—. Buena parte de las pruebas habían sido eliminadas por alguien que sabía lo que hacía.

—Es posible.

—Rinaldi fue inspector de homicidios.

—No es necesario ser policía para saber cómo eliminar unas pruebas.

—Pillamos a Conover en una mentira —prosiguió Audrey—. Me dijo que había dormido de un tirón la noche de autos, la noche en que Stadler fue asesinado. Sin embargo, llamó a Rinaldi a las dos de la mañana. Consta en los registros de las llamadas.

—¿Han contado versiones distintas?

—Cuando se lo comenté, Conover dijo que quizá se había confundido de fechas, que tal vez fuera la noche en que había sonado la alarma de su casa y había llamado a Rinaldi para que fuera a inspeccionarla, dado que la habían instalado sus operarios.

—Bueno, quizá sea cierto que se confundiera de fechas.

—En última instancia —prosiguió Audrey—, ellos sabían que Stadler estaba acosando a Conover. Él mató al perro de la familia. De pronto aparece asesinado. No puede ser una simple coincidencia.

—Pareces muy segura de eso.

—Me lo dice mi intuición.

—¿Tu intuición, Aud? No digas esas cosas, tu intuición todavía no se ha desarrollado.

Audrey asintió de nuevo, confiando en que su rostro no mostrara irritación.

—Los fragmentos de bala que encontrasteis en casa de Conover —prosiguió Noyce—. Explícame de qué se trata.

Audrey dudó unos instantes.

—No encontramos ningún fragmento de bala.

—Eso no fue lo que le dijiste a Conover. Le dijiste que habíais hallado una pieza de metal, el fragmento de un proyectil.

—Rinaldi debía de habérselo contado a Noyce. De otra forma, ¿cómo iba a saberlo?

—Yo no dije eso.

—No, pero lo insinuaste, ¿no es así?

—Sí —confesó Audrey.

—Tendiste a Conover una pequeña encerrona —concluyó Noyce con tristeza—. Un farol destinado a hacer que Conover se viniera abajo y lo confesara todo. ¿Tengo razón?

Audrey asintió con la cabeza, profundamente turbada.

—No creo ser la primera inspectora de homicidios que se marca un farol.

—No. Ni mucho menos. Yo también lo he hecho muchas veces, créeme. Pero estamos tratando con el director general de la Stratton Corporation. Lo cual significa que estamos bajo los focos. Que cada cosa que tú hagas, o que nosotros hagamos, será analizada con lupa.

—Lo entiendo. Pero si mi pequeño farol contribuye a inducir a Conover a confesar, habrá merecido la pena.

Noyce suspiró.

—Audrey, de acuerdo, la droga que hallasteis en el cadáver de Stadler eran caramelos de limón. No sabemos si estafaron a Stadler o si fue una trampa. Pero si un tipo esquizofrénico se pasea por La Perrera en plena noche, no tiene nada de extraño que le maten de un tiro.

—Ninguno de los informadores sabía nada al respecto.

—Nuestros informadores sólo se enteran de una pequeña parte de lo que ocurre en ese lugar.

—Pero jefe…

—No quiero indicarte lo que debes hacer, pero antes de intentar presionar al director general y al jefe de seguridad de una importante empresa para obligarles a confesar que han conspirado para asesinar a un loco (y piensa que estamos hablando de dos hombres que tienen mucho que perder) tienes que asegurarte de que no te has dejado seducir por una historia que acapare los titulares. Tu tesis es mucho más atractiva que un asesinato por un asunto de drogas. Pero este caso no puede basarse en el espectáculo. Tiene que basarse en un riguroso trabajo policial. ¿De acuerdo?

—De acuerdo.

—Por tu bien. Y por el nuestro.

—Lo entiendo.

—No puedo ayudarte si no me mantienes plenamente informado. A partir de ahora, quiero estar enterado de todo lo referente a este caso. Ayúdame y yo te ayudaré a ti. No quiero que te quemes con esto.

68

Eddie vivía en un pequeño complejo llamado Pebble Creek. Había sido construido hacía unos diez años, y consistía en unos edificios de cuatro o cinco pisos —madera teñida, ladrillo rojo, amplios ventanales— situados en un enorme rectángulo de hierba y grava.

Cada apartamento disponía de un balcón cubierto por un enrejado de color blanco, en el que los ocupantes colocaban sillas plegables y plantas. A pesar de lo que indicaba su nombre, no había ningún riachuelo por allí, pero el aparcamiento estaba lleno de guijarros. Algunos bloques de oficinas tenían ese aspecto, entre despacho y vivienda —el dentista pediatra de los Conover tenía su consulta en uno de ellos—, y algunas personas consideraban que Pebble Creek parecía demasiado un polígono de oficinas para instalar en él su hogar. Eddie no compartía su opinión.

—Es una vivienda muy modesta —dijo Eddie cuando hizo pasar a Nick. Llevaba unos vaqueros de color negro y una camiseta de punto gris llena de bolitas debido a excesivos secados en la secadora—. Bienvenido al picadero de Edward J. Rinaldi.

Era la primera vez que Nick visitaba a Eddie en su casa, pero lo que vio no le sorprendió. Mucho cristal, muchos cromados, moqueta de color gris azulado, muebles lacados de color negro, un mueble bar y unos espejos enormes detrás del mismo. Los objetos de mayor tamaño de la habitación eran dos gigantescos altavoces planos Magnapan, plateados, situados a cada lado de un sofá tapizado en negro como si se trataran de unos biombos japoneses.

Todo el apartamento estaba decorado en ese estilo. En el

dormitorio, Eddie mostró a Nick una inmensa cama de agua que, según dijo, utilizaba con tanta frecuencia que había tenido que cambiar la funda tres veces.

—¿Alguna novedad? —preguntó Eddie, conduciendo a Nick a la zona de la sala de estar, que sin duda llamaba su «centro de entretenimiento», aunque también era posible que utilizara un término más gráfico para describirlo.

—He averiguado que la «J» fue la última letra que añadieron al alfabeto.

—¡No me digas! ¿Cómo se las arreglaban antes sin ella? Joder, jalar, juego, Jesús, juicio... Ésos son los elementos básicos de la civilización. —Eddie abrió la puerta del mueble bar, sacó una botella de whisky y la destapó—. Por no hablar de J & B. Y Jameson. ¿Qué te apetece?

—No quiero nada —respondió Nick.

—De acuerdo —dijo Eddie, sentándose en una butaca tapizada de antelina gris y apoyando los pies en la mesita baja de cristal, junto a un par de manuales para aprender estrategias en los juegos de azar—. Creo que te equivocas.

—¿A qué viene eso? —preguntó Nick, sentándose en un sofá contiguo, con el mismo tapizado.

—Porque tengo algo para ti, Nicky. Supuse que no te importaría pasarte por mi casa y echar un vistazo a un par de correos electrónicos que nuestro amigo Scotty borró hace un par de semanas. El muy idiota debe de creer que cuando borras algo, desaparece para siempre. ¿No sabe que todos los correos electrónicos quedan archivados en el servidor? ¿Quién es Martin Lai?

—Martin Lai es nuestro gerente en el Pacífico Asiático, en Hong Kong. Se ocupa de la contabilidad. Es el tipo más aburrido que te hayas tirado a la cara. Aburre a los corderos.

—Lee esto —dijo Eddie, entregando a Nick un par de folios.

Para: SMcNally@Strattoninc.com
De: MLai@Strattoninc.com

Scott:

Te ruego confirmes si la transferencia de 10 millones de dólares americanos que ha realizado esta mañana Stratton Asia Ventures LLC a una cuenta numerada, sin nombre, se ha hecho a instancias tuyas. El código SWIFT indica que el dinero ha sido enviado al Seng Fung Bank de Macao. Este envío ha agotado el activo del fondo de reserva. Quedo a la espera de tus noticias.

Gracias.

Martin Lai
Director gerente de contabilidad
Stratton Inc., Hong Kong.

Y la respuesta inmediata de Scott:

Para: Mlai@Strattoninc.com
De: SMcNally@Strattoninc.com

Es correcto. Forma parte del proceso habitual de repatriación de fondos para evitar impuestos. Te agradezco que me informaras, pero todo está en orden.

Scott

Cuando Nick alzó la vista, exclamó:

—¿Diez millones de dólares? ¿Para qué?

—No lo sé, pero tengo la impresión de que nuestro amigo Scotty se comporta de forma un tanto temeraria. Está jugando con fuego, ¿no crees?

—Sí, eso parece.

—No es como tú.

—¿Qué?

—Tú no te estás comportando de forma temeraria, ¿verdad?

—¿A qué te refieres?

—Lo que tú estás haciendo es mucho más estúpido que lo que pueda estar haciendo Scott McNally. Ándate con cuidado si no quieres acabar mal, o nos estrellaremos los dos. Y no creas que estoy dispuesto a cargar con la culpa.

—¿Pero de qué coño estás hablando?

Eddie miró a Nick insistentemente.

—¿Quieres explicarme cómo se te ocurre tirarte a la hija de Stadler?

Nick le miró unos momentos estupefacto, incapaz de articular palabra.

—¿Me estás espiando, Eddie? Por eso sabías adónde iba

aquel día que estaba lloviendo, ¿no es así? No tienes derecho a controlar mis mensajes por correo electrónico ni mis líneas telefónicas...

—Estamos juntos en este viaje, Nick. Tenemos que tomar las mismas curvas. Tú has de controlar los límites de velocidad, las señales de tráfico. Aquí no hay ninguna señal que diga CONFLUENCIA DE CARRETERAS. Dice NO PASAR. ¿Me oyes? Porque es muy importante que me entiendas bien. —Eddie miró a Nick a los ojos—. ¿No te dabas cuenta de lo imprudente de tu comportamiento?

—Esto no te incumbe, Eddie.

Eddie se estiró, levantó los brazos y apoyó las manos en la nuca. Unas manchas de sudor oscurecían las sisas de su camisa gris.

—En eso te equivocas, colega. Por supuesto que me incumbe. Porque si eso continúa, tú y yo podemos acabar fabricando matrículas en el trullo, y te aseguro que eso no va a ocurrir.

—Esto es cosa mía. No te acerques a la hija de Stadler.

—Lo que me gustaría es que tú tampoco te acercaras a ella. Si me dijeras que las Niñas Exploradoras del barrio te la chupan, me importaría un bledo. Si me dijeras que has montado un laboratorio en el sótano de tu casa para fabricar cristales de metadona, me importaría un carajo. Pero esto nos concierne a los dos. Si te lías con esa mujer, por los estúpidos e incomprensibles motivos que sean, nos estás comprometiendo a los dos. ¿Qué coño crees que pretende esa tía?

—No sé a qué te refieres.

—Boletín informativo —contestó Eddie en voz baja—. Tú te cargaste a su padre.

Nick palideció. Trató de decir algo, pero no podía articular palabra.

—¿No lo entiendes? La pasma piensa que puedes estar involucrado en el caso. Pongamos que los polis hablan con esa chica, que dejan entrever sus sospechas, que lo insinúan para comprobar si sabe algo. A la chica se le ocurre que si intima contigo, y esto es una conjetura, quizá logre averiguar algo. Algo que podría contribuir a acabar contigo. ¿Quién sabe? A lo mejor su intención no es meterse en tu cama, sino en tu coco.

—Eso es una estupidez. No lo creo —replicó Nick. Tenía la

sensación de que sus tripas se habían tensado y formaban una pelota pequeña y dura.

Aquella vez que fueron a Town Grounds.

«Es increíble que alguien hiciera eso a tu familia.»

«Yo sentiría deseos de matarlo.»

—Hazme caso —prosiguió Eddie—. Te aconsejo que tomes muy en serio esa posibilidad. —Apuró su copa y expelió el aire ruidosamente; su aliento apestaba a alcohol—. Está en juego tu pellejo.

—No estoy dispuesto a seguir escuchándote —replico Nick, rojo de ira. Se levantó y se encaminó hacia la puerta, pero antes de alcanzarla se volvió—. Oye, Eddie, tú no eres quién para sermonear a nadie sobre una conducta temeraria.

Eddie miró a Nick con aire desafiante y esbozó una sonrisa despectiva.

—No creo que me dijeras la verdad sobre por qué dejaste el cuerpo de policía de Grand Rapids —añadió Nick.

Eddie achicó los ojos.

—Ya te conté lo de la acusación infundada.

—No me dijiste que te echaron por robar.

—Joder, aquí oigo la voz de Cleopatra Jones. ¿La crees a ella o a mí?

Nick apretó los labios.

—No lo sé, Eddie. Empiezo a pensar que la creo a ella.

—Ya —contestó Eddie con aspereza—. No me sorprende.

—No has dicho que no sea verdad.

—¿Qué si sisaba un poco? Pues claro. Pero nada más. No debes creerte todo lo que te dicen. La gente se inventa unas patrañas increíbles.

69

El teléfono sobre la mesa de trabajo de Audrey empezó a sonar y ésta comprobó quién llamaba para asegurarse de que no fuera la pobre señora Dorsey de nuevo. Era el prefijo 616, lo que significaba que llamaban de Grand Rapids, y Audrey cogió el teléfono.

Se trataba de una mujer del laboratorio forense de la policía estatal de Michigan. Se identificó como una técnica del IBIS llamada Susan Calloway. Hablaba en tono amable pero autoritario, tenía una voz árida, carente de calidez y personalidad. Dio a Audrey el número del caso sobre el que la llamaba —el asesinato de Stadler— y dijo:

—El motivo de mi llamada, inspectora, es porque tengo entendido que nos ha pedido que cotejáramos la bala de su caso con otras, ¿es correcto?

—Correcto.

—Creo que nos ha tocado la lotería con los resultados del IBIS.

Audrey conocía el Sistema Integrado de Identificación de Balística. Sabía que se trataba de una base de datos de imágenes digitales de balas o cartuchos que habían sido disparados, con acceso a los laboratorios de la policía y del FBI de todo el país. Era semejante al AFIS, el sistema que cotejaba huellas dactilares, sólo que en este caso las huellas dactilares eran fotografías de balas y casquillos.

—¿Que nos ha tocado la lotería? —preguntó Audrey sin comprender.

—Es posible que hayamos tenido éxito —aclaró la mujer. Su tono neutro denotaba cierta irritación—. A mi modo de ver es muy similar a una bala hallada en un caso ocurrido en Grand

Rapids, en el que no se halló el arma, hace unos cinco o seis años. Seis, para ser precisos.

—¿Qué tipo de caso?

—El código del expediente es 0900-01.

Era el código de la policía estatal de Michigan correspondiente a homicidios. De modo que la pistola utilizada para matar a Stadler había sido utilizada seis años atrás en otro homicidio, en Grand Rapids. Podía ser un dato importante, o quizá no significara nada. La compraventa de armas de fuego en el mercado negro era algo frecuente.

—¿De veras? ¿Qué sabemos sobre ese caso?

—Lamento decir que muy poco, inspectora. Sólo dispongo del número del informe enviado por la agencia, que a usted no le sirve de nada. Pero he llamado para pedirles que me traigan la bala en cuestión para que pueda cotejarlas.

—Gracias.

—En cuanto a la pregunta que imagino que querrá hacerme, sobre el tiempo que esto tardará, la respuesta es que en cuanto reciba la bala del departamento de policía de Grand Rapids.

—No iba a preguntarle eso —contestó Audrey, pensando: sólo porque sé que te cabrearía que te lo preguntara. Si no estabas a buenas con esos técnicos que analizaban las armas de fuego, era mejor mostrarse dulce como un corderito—. Pero le agradezco la información.

Interesante, pensó Audrey. Muy interesante.

Audrey atravesó la sala de la comisaría y se dirigió a Servicios Forenses, donde encontró a Kevin Lenehan inclinado sobre su mesa, con los brazos cruzados, observando unas borrosas y oscuras imágenes en un televisor, al tiempo que unos números se deslizaban rápidamente sobre la parte superior de la pantalla.

Audrey apoyó una mano en el hombro de Kevin, que se sobresaltó.

—Hola —saludó Audrey—, no te pierdas al tipo con las deportivas Nike Air y la cazadora Raiders.

—Detesto mi vida —contestó Kevin.

—Eres demasiado bueno para este trabajo —dijo Audrey.

—Díselo a mi jefe.

—¿Dónde está?

—Ha cogido la baja de maternidad. En estos momentos mi jefe es Noyce. Tú tienes mucha amistad con él, ¿no es así?

—Yo no diría tanto. Oye, mira, Kevin, ¿puedes echar otro vistazo a mi grabadora? Me refiero oficiosamente, sin que nadie se entere.

—¿Cuándo? ¿En mi abundante tiempo libre?

—Te debo un favor.

—No te ofendas, pero con eso no lograrás seducirme.

—¿Y si apelo a la bondad de tu corazón?

—Menos —contestó Kevin.

—Kevin.

El joven pestañeó.

—Pongamos el caso de que dispongo de diez minutos para tomarme un café y decido dedicarlos a perseguir una gigantesca ballena blanca que constituye una obsesión personal. ¿Qué estaría buscando?

70

—Acabo de llamar a Fairfield —dijo Marjorie por el intercomunicador—, pero la secretaria de Todd me ha dicho que no irá al despacho en todo el día, de modo que he dejado un mensaje.

—Trata de localizarlo en su móvil. ¿Tienes el número?

—Por supuesto.

Por supuesto que lo tenía. Marjorie nunca perdía un número de teléfono, nunca traspapelaba una dirección, era capaz de sacar un nombre de su archivo en cuestión de segundos. Desde luego, era la mejor.

A Marjorie le gustaba observar la etiqueta referente a las llamadas. Si telefoneaba al despacho de Todd y éste se encontraba allí, le pasaba con Nick antes de que Todd descolgara. Era la forma correcta de hacer las cosas. Nick siempre había odiado esos trámites telefónicos, cuando la secretaria de una persona llamaba y decía «le paso con el señor Smith», y Nick respondía, «de acuerdo, gracias», y entonces se ponía el señor Smith, como si estuviera demasiado ocupado para esperar ni un segundo. Era humillante. Nick había ideado un sistema que consistía en pedir a Marge que llamara a la secretaria y dijera, «pásame con el señor Smith, y yo le conectaré con el señor Conover». En general salía bien. De modo que cuando Marge llamaba a alguien a instancias de Nick, éste no tenía que aguantar las puñetas del señor Smith. Todd atendía él mismo las llamadas a su móvil —como todo el mundo—, de modo que Nick marcó él mismo el número.

Todd respondió de inmediato.

—Hola, Todd, soy Nick Conover.

—Hola, ¿cómo estás? —No se oía ningún ruido de fondo, y Nick se preguntó si Todd no se hallaría en su despacho.

—Están pasando unas cosas muy raras aquí, Todd, y tenemos que hablar.

—Para eso me tienes —contestó Todd, como si fuera un psiquiatra o algo parecido.

—Hemos perdido dos gigantescos contratos porque los otros habían oído decir, cada uno por su cuenta, que nos proponíamos trasladar nuestra fábrica a China.

—¿Ah, sí?

—¿Hay algo de cierto en ello?

—No puedo evitar los rumores, Nick.

—Desde luego. Pero te pregunto directamente, de hombre a hombre, si eso es cierto. —De hombre a sapo, pensó Nick. De hombre a rata—. Si habéis explorado esa idea.

—Bueno, ya sabes lo que opino de esto, yo mismo te lo he dicho. Creo que estamos erosionando nuestros márgenes de beneficios empeñándonos en seguir utilizando las viejas fábricas de Michigan como si aún estuviéramos en mil novecientos cincuenta y nueve. El mundo ha cambiado. Es una economía global.

—De acuerdo —dijo Nick—. Ya hemos hablado de eso, y te he dicho que el día que Stratton deje de fabricar sus productos aquí, ese día dejaremos de ser Stratton. No quiero ser el responsable del cierre de nuestras fábricas.

—Entiendo —contestó Todd secamente.

—Despedí a la mitad de la plantilla, tal como me pedisteis. Fue lo más doloroso que he hecho en mi vida. Pero no pienso convertir Stratton en una empresa virtual, una pequeña oficina de ventas mientras toda la manufactura se lleva a cabo en el otro extremo del mundo.

—Entiendo —repitió Todd—. ¿Por qué me has llamado?

—Te repetiré la pregunta, porque no creo haber oído tu respuesta. ¿Hay algo de verdad en esos rumores de que estáis en tratos para trasladar nuestra manufactura a otro país?

—No —respondió rápidamente Todd.

—¿Ni siquiera unas conversaciones preliminares?

—No.

Nick no sabía qué decir. O bien Todd decía la verdad, o si mentía, y si estaba dispuesto a mentir de una forma tan burda, ¿qué diablos podía hacer Nick? Se le ocurrió la posibilidad de echar un vistazo a todos los mensajes por correo electrónico entre Todd y Scott, los documentos codificados, pero no quería que Todd supiera que había ordenado a su jefe de seguridad que le vigilara. Nick no quería cerrar una de las pocas ventanas que le permitían ver lo que estaba ocurriendo.

—Entonces explícame por qué has enviado a Scott a China en una misión secreta, como si fuera Henry Kissinger, sin informarme.

Unos segundos de silencio.

—Yo no sabía eso —respondió Todd finalmente—. Pregúntaselo a él.

—Scott dijo que fue a China para explorar las opciones. ¿No fue porque tú se lo pediste? Porque en tal caso, quiero que sepas una cosa. Aquí no trabajamos así, Todd.

—Scott no está a mis órdenes, Nick.

—Exactamente. No quiero que nada socave mi autoridad.

—Yo tampoco quiero que eso suceda.

—Mi trabajo ya es suficientemente complicado sin tener que preocuparme de si mi jefe de finanzas vuela en secreto a Oriente con Cathay Pacific.

Todd emitió una risita cortés.

—Es un trabajo complicado, que te exige un gran esfuerzo. —De pronto el timbre de su voz cambió, como si se le acabara de ocurrir algo en lo que no había reparado—. Tengo entendido que tus hijos han pasado por unos momentos muy difíciles, debido a la muerte de tu esposa. Si necesitas pasar más tiempo con ellos, estamos aquí para ayudarte. Tómate un respiro, te conviene. Tómate unas vacaciones. Te vendrán bien.

—Estoy perfectamente, Todd —respondió Nick. No es tan fácil, Todd—. El simple hecho de acudir todos los días al trabajo es un estímulo.

—Celebro que me lo digas —contestó Todd—. Celebro que me lo digas.

71

Bugbee engullía unos Cheetos que había obtenido de una pequeña máquina expendedora. Tenía los dedos —que según había observado Audrey solían estar inmaculadamente limpios, con las uñas recortadas— manchados de color naranja.

—Tiene sentido —dijo Bugbee, masticando un puñado de Cheetos—. Rinaldi se apoderó de una pistola en Grand Rapids cuando vivía allí.

—O aquí. Esas armas se desplazan de un sitio a otro.

—Es posible. Pero ¿dónde se deshizo de ella?

—Existe un millón de posibilidades. —Audrey tenía hambre y Bugbee no le había ofrecido un Cheetos, el muy cretino.

—No recuerdo quiénes fueron los desgraciados que registraron el contenedor de basura, pero ahí no encontraron nada.

—Debe de haber centenares de contenedores de basura en la ciudad —apuntó Audrey—. Aparte del vertedero. Y las cloacas, el lago, los estanques y los ríos. Nunca encontraremos esa pistola.

—Triste pero cierto —convino Bugbee. Arrugó la bolsa vacía y la arrojó a la papelera metálica instalada contra la pared, pero la bolsa se desdobló en el aire y aterrizó en el suelo—. Mierda.

—¿Has podido hablar con la compañía de sistemas de alarma?

Bugbee asintió con la cabeza.

—Fenwick Alarm's no es más que una oficina situada en el centro. No sé a qué diablos se dedican; instalan sistemas de alarma, pero en este caso no. Ni siquiera las monitorizan ellos mismos. Lo hace una empresa llamada Central Michigan Monitoring, desde Lansing. Tienen todos los registros electrónicos.

—¿Y qué?

—Nada. Confirman lo que ya sabemos. La mañana del miércoles se disparó una de las alarmas instaladas en el perímetro de la casa de Conover. La alerta duró unos minutos. Pero eso no nos dice nada. Tú tienes el disco duro, que debería mostrar lo que las cámaras grabaron, ¿no es así?

Audrey le explicó lo que sabía sobre el sistema de la grabadora digital.

—He pedido a Lenehan que lo examine otra vez. Pero Noyce le ha encargado unos trabajos más urgentes que el nuestro.

—Lo cual no me choca.

—A propósito de cámaras, uno de nosotros debería comprobar los datos que tengan los guardias de seguridad de la urbanización Fenwicke referentes a esa noche.

Bugbee meneó la cabeza.

—Ya lo he hecho. Utilizan una estación central situada en la ciudad. No hay nada especial, a Stadler saltando la verja del perímetro, eso es todo.

—Lástima.

—Propongo que vigilemos a ese tipo. A esos dos cabrones.

—Es complicado. Es demasiado pronto. Debemos esperar a tener más datos. Imagino lo que diría Noyce.

—Prescinde de Noyce. Este caso es nuestro, no suyo. ¿Te has fijado que no podemos quitárnoslo de encima?

—Sí.

—Debe de olerse que está a punto de estallar algo gordo.

Audrey no sabía cuánto debía revelar a Bugbee.

—Creo que lo hace para evitar que metamos la pata.

—¿Que metamos la pata? ¿Como si fuéramos unos novatos?

Audrey se encogió de hombros.

—Es un caso importante.

—¿Ah, sí? No me había dado cuenta —replicó Bugbee, sonriendo irónicamente.

Audrey respondió con una sonrisa triste al tiempo que se volvía para regresar a su mesa.

—A propósito de ese casquillo o fragmento de bala o lo que sea —dijo Bugbee.

Audrey se volvió hacia él.

—¿A qué casquillo te refieres?

—A ese farol.

—¿Sí?

—No está mal —dijo Bugbee.

72

Nick estaba hecho polvo. Los problemas con Todd y con Scott, los rumores y misterios que no comprendía le agotaban. Y por si fuera poco, las advertencias de Eddie con respecto a Cassie: «Ándate con cuidado si no quieres acabar mal». Y: «¿Qué coño crees que pretende esa tía?». ¿Era posible que Eddie tuviera razón?

¿Era posible, se preguntaba Nick, de que su subconsciente deseara que descubrieran lo que había hecho?

Lo peor de todo, un detalle tan estremecedor que Nick no soportaba pensar en él, era el fragmento de un casquillo que la policía había hallado en el césped de su casa.

Nick siempre había hecho gala de su capacidad para soportar una presión que habría aplastado a la mayoría de personas. Quizá se debía a la práctica del hockey, a que había aprendido a hallar un lugar sereno en su interior en el que se refugiaba cuando las cosas se ponían feas. Nick no solía perder la calma. Laura, que tenía un temperamento nervioso, no lo entendía. Pensaba que Nick pasaba de todo, que no daba importancia a ciertas cosas. Nick solía encogerse de hombros y responder con tono afable:

—¿De qué sirve perder los nervios? No resuelve nada.

Pero desde el asesinato, todo había cambiado. Su duro caparazón se había vuelto poroso. O tal vez era que le había afectado el estrés de las últimas semanas, los problemas que se habían acumulado sobre su espalda haciendo que sus músculos se acalambraran. Nick temía sufrir un colapso nervioso.

Pero no podía permitírselo, al menos no en esos momentos.

Porque al margen de lo que Todd y Scott se llevaran entre manos, sus confabulaciones, los viajes secretos, las llamadas telefónicas y los documentos codificados habían activado en Nick un fusible que chisporroteaba y lanzaba chispas.

«Tómate un respiro, te conviene.»

Como si a Todd le importara un carajo el bienestar emocional de Nick.

Todd quería que Nick se tomara unas vacaciones. No que dimitiera, lo cual no dejaba de ser interesante. Si Todd y los chicos de Fairfield hubieran querido librarse de Nick, ya le habrían despedido. ¿Por qué no lo habían hecho? ¿Les echaba atrás la indemnización, los cinco millones de dólares que tendrían que pagarle por despido improcedente? ¿Con los billones que manejaba Fairfield?

Nick tecleó en su ordenador, extrajo el directorio de la empresa y seleccionó a Martin Lai. En la pantalla apareció la fotografía de un hombre de rostro orondo y expresión flemática, junto con sus informes directos, su correo electrónico y número de teléfono.

Nick consultó su reloj. La diferencia horaria con Hong Kong era de trece horas. Si eran las nueve y media de la mañana significaba que allí eran las diez y media de la noche. Nick descolgó el teléfono y marcó el número particular de Martin Lai. Después de sonar durante un buen rato, oyó un mensaje en chino, seguido por unas breves palabras pronunciadas en inglés con acusado acento chino.

—Martin —dijo Nick—, soy Nick Conover. Tengo que hablar contigo enseguida. —Nick dejó su consabida colección de números telefónicos.

Luego pidió a Marjorie que localizara el número del móvil de Martin Lai, que no figuraba en la red interna de Stratton. Al cabo de unos minutos apareció en su monitor un número muy largo.

Nick llamó a ese número y al oír de nuevo una voz grabada dejó el mismo mensaje. Consultó la agenda de reuniones de Lai, su agenda corporativa *on-line*, y al parecer éste no había salido de las oficinas de Stratton en Hong Kong.

Nick no dejaba de oír las palabras de Todd: «Tómate un respiro, te conviene».

Pero ¿qué se proponían Todd Muldaur y Fairfield Equity Partners? ¿Quién podía saberlo?, se preguntó Nick.

La respuesta se le ocurrió tan rápidamente que Nick se asombró de que no se le hubiera ocurrido antes. La persona que podía saberlo era un «primo» de la numerosa familia Fairfield.

Nick abrió el cajón central de su mesa y sacó una tarjeta de visita con la esquina doblada que decía KENDALL RESTAURANT GROUP, y debajo, RONNIE KENDALL, DIRECTOR GENERAL.

Ronnie Kendall era un hábil emprendedor, un tipo inteligente con un acento tejano impenetrable. Había fundado el Kendall Restaurant Group a partir de un pequeño local de comida *tex-mex* en Dallas, convirtiéndolo en una exitosa cadena y al cabo de un tiempo en un próspero *holding* de restaurantes. Consistía principalmente en una cadena de restaurantes *tex-mex* que gozaba de gran popularidad en el suroeste, pero su empresa era también propietaria de una cadena de tartas de queso, una cadena de pollo asado que no funcionaba bien, una cadena de restaurantes japoneses impresentables en los que unos cocineros ataviados como samuráis preparaban la comida en la mesa y te la servían ellos mismos, y una cadena de bares-restaurantes célebres por sus diminutas costillas de lechal y sus descomunales margaritas helados. Diez años atrás Kendall había vendido sus empresas a Willard Osgood.

Nick le había conocido durante un congreso de negocios en Tokio, y los dos habían simpatizado enseguida. Se daba la circunstancia de que Ronnie Kendall era un apasionado del hockey y, curiosamente, había seguido la carrera de Nick en la Universidad Estatal de Michigan. Nick le había confesado que había comido en la cadena de restaurantes japoneses propiedad del grupo de Kendall y que no le había gustado, y Kendall se había apresurado a responder:

—No me extraña. Cada vez que pongo los pies en uno de ellos tengo diarrea. Jamás como allí, pero a la gente le encanta. Es increíble.

Nick tuvo que esperar un buen rato antes de que Ronnie Kendall se pusiera al teléfono. Se expresaba con su acostumbrada exuberancia, hablando a borbotones. Nick cometió el error de preguntarle cómo iba el negocio, y Ronnie se lanzó a un endiablado monólogo sobre la expansión de la cadena de pollo asado en Georgia y Carolina del Sur, tras lo cual pasó al tema de la afición por la comida baja en calorías.

—Chico, no sabes lo que me alegro de que esa moda haya pasado. ¡Nos estaba destruyendo! No conseguimos implantar la tarta de queso baja en calorías, ¡en cuanto a los margaritas bajos en calorías…! Y justo cuando acabábamos de contratar a una nueva celebridad para que promocionara nuestros productos —Kendall citó el nombre de un famoso jugador de fútbol— y habíamos grabado unos anuncios de quince y treinta segundos, ¡le acusan de violar a una chica!

—Ronnie —le interrumpió Nick por fin—, ¿conoces bien a Todd Muldaur?

Ronnie se echó a reír.

—Odio a ese astuto cabrón, pero él me quiere. No obstante, yo no me meto en sus asuntos y él no se mete en los míos. Él y sus amigos de MBA trataron de interferir en mis negocios, de modo que llamé a Willard y le dije que controlara a sus caniches o me largaba. Y me fui. Soy demasiado viejo y demasiado rico, no lo necesito. Imagino que Willard debió de leerle la cartilla a Todd, porque éste dejó de inmiscuirse. Claro está que estaba muy ocupado con el negocio del chip.

—¿El negocio del chip?

—¿No se llaman así esos artilugios? ¿Microchips o algo parecido? ¿Unos semiconductores?

—Sí.

—¿Has leído el *Journal*? La industria de los semiconductores se hinchó de manera espectacular, debido a la masiva inversión de esos tíos de Fairfield en los microchips, hasta que la burbuja estalló. —Kendall soltó otra carcajada—. Me encanta el batacazo que se han dado esos tipos.

—Un momento, Ronnie. ¿Fairfield Equity Partners invirtió a lo grande en microchips?

—No toda Fairfield, sólo los fondos que maneja nuestro amigo Todd. Apostó por la industria del microchip. Puso todos sus huevos en la misma cesta, ¿comprendes?

Nick no compartió las carcajadas de Ronnie.

—Pensé que existía un límite en la cantidad de dinero que pueden invertir en un sector.

—Todd es un tipo arrogante, como bien sabes. Es un prepotente. Supuso que cuando las acciones de los semiconductores empezaran a caer, compraría a bajo precio unas cuantas empresas y obtendría unos buenos dividendos. Pero le ha salido el tiro por la culata. Sus fondos se han ido al traste. Willard Osgood debe de estar que trina. Si los fondos de Todd se hunden, todo el barco se hunde.

—¿De veras?

—Supongo que Todd Muldaur no dejará de daros coba. Sé que Stratton está pasando por un bache, pero al menos sois solventes. Comparado con otras inversiones, sois una mina. Todd podría convertiros en una empresa pública, lo cual le reportaría mucho dinero. Claro que teniendo en cuenta el tiempo que eso le llevaría, quizá sea demasiado tarde para él.

—Eso le llevaría como mínimo un año.

—Como mínimo. ¿Todd no te ha comentado esa posibilidad?

—No me ha dicho nada.

—Fairfield necesita conseguir liquidez cuanto antes.

—Es decir, que necesitamos dinero.

—Exacto.

—Sé que se traen algo entre manos —dijo Nick—. Están desesperados por recortar gastos.

—No es eso. Ya sabes lo que dicen los japoneses: cuando tu casa está ardiendo, no te pones a subastar los muebles.

—¿Cómo?

—Todd está en una situación tan comprometida que imagino que buscará la manera de conseguir dinero como sea, vendiendo Stratton de forma rápida y fraudulenta para salvar su pellejo. Yo que tú no lo perdería de vista.

Nada más colgar, Nick recibió otra llamada, de Eddie.

—Te espero en la sala de conferencias pequeña de tu planta —dijo Eddie sin más preámbulo—. Ahora mismo.

73

Desde la discusión que habían mantenido en el piso de Eddie, la relación entre éste y Nick se había enfriado. Eddie ya no le gastaba tantas bromas. Evitaba mirar a Nick a los ojos. Con frecuencia parecía estar furioso.

Pero cuando Nick entró en la sala de conferencias, Eddie parecía tener un secreto que se moría de ganas de compartir con él. Era una expresión que Nick no había visto desde hacía bastante tiempo.

Eddie cerró la puerta de la sala de conferencias y le preguntó:

—¿Recuerdas el fragmento de casquillo?

Nick abrió la boca pero no pudo articular palabra.

—Es una patraña —afirmó Eddie.

—¿Qué?

—Los policías no encontraron ningún fragmento de casquillo en tu césped.

—¿Estás seguro?

—Completamente.

—Entonces, ¿qué era?

—Nada. Una táctica para presionarte. Ese fragmento de metal no existe.

—¿Me han mentido?

—Yo que tú no me pondría borde con ellos, Nick.

—Pero ¿estás seguro? ¿Cómo lo sabes?

—Ya te lo dije. Tengo mis fuentes. Era mentira, un farol. ¿No te das cuenta cuando te marcan un farol?

—No lo sé —respondió Nick, encogiéndose de hombros.

—Venga, hombre. ¿Recuerdas cuando disputamos un partido contra Hillsdale en la final, durante nuestro último curso en la universidad, y tú hiciste un regate en la línea azul antes de efectuar un disparo detrás de Mallory, forzando una prórroga?

—Sí, lo recuerdo —contestó Nick—. También recuerdo que perdimos.

74

Nick dejó su cartera en el recibidor. El antiguo suelo de pino teñido que tenía la casa originariamente y ellos habían recuperado —el de roble que había cuando la habían comprado no era suficientemente elegante, según Laura— relucía a la luz ambarina que procedía de los apliques del techo. Sin pensar en ello, Nick esperaba oír el *clic clic clic* de las pezuñas de *Barney* sobre la madera, el tintineo de la placa de identificación que pendía de su collar, y la ausencia de ese alegre sonido le entristeció.

Eran casi las ocho. La reunión del comité para fijar la estrategia de márketing había durado casi dos horas más de lo previsto; Nick había llamado a casa durante una pausa para pedir a Marta que preparara la cena de los niños. Ella le había informado de que Julia había ido a casa de su amiga Jessica, de modo que sólo estaba Lucas.

Nick oyó voces arriba. ¿Había invitado Lucas a un amigo? Nick subió la escalera y los murmullos se concretaron en una conversación.

Nick identificó sorprendido la voz de Cassie. Lucas y Cassie. ¿Qué estaba haciendo allí? La escalera era de construcción sólida, no se oían crujidos y chirridos como en la vieja casa, o en el edificio donde se había criado Nick. No le oyeron subir. Nick experimentó cierta aprensión cuando se detuvo en el rellano y aguzó el oído. La puerta de la habitación de Lucas estaba abierta, para variar.

—Estos deberes son más bien de física —se quejaba Lucas—. ¿Qué va a saber un poeta sobre cómo terminará el mundo?

—¿Crees que el poema nos habla de cómo va a terminar el mundo? —preguntó Cassie con su voz ronca.

Nick notó una sensación de alivio. Cassie estaba ayudando a Lucas con los deberes, eso era todo.

—Fuego o hielo. Así es como terminará el mundo. Es lo que dice el poeta.

—Deseo y odio —dijo Cassie—. El corazón humano puede ser una brasa, y también puede estar envuelto en hielo. No pienses en el espacio exterior. Piensa en el espacio interior. No pienses en el mundo. Piensa en tu propio mundo. Frost puede ser un poeta increíblemente sombrío, pero también es un poeta íntimo. ¿Qué nos dice aquí?

—Que la línea que separa el amor y el odio es muy delgada, supongo.

—Pero el amor y el deseo no son la misma cosa, ¿no es así? Amamos a nuestra familia, pero a eso no lo llamamos deseo. Porque el deseo reside en la ausencia, ¿no crees? Desear algo es querer tenerlo, y siempre queremos lo que no tenemos.

—Supongo que sí.

—Piensa en Silas, en el último poema que te han dado. Está a punto de morir, y regresa a su hogar.

—Pero no es su hogar.

—En ese poema, Warren dice: «El hogar es el lugar donde tienen que acogerte cuando tienes que ir a él». Una de las estrofas más famosas que escribió Frost. ¿Eso es amor o deseo? ¿Cómo termina su mundo?

Nick se sintió turbado y siguió andando por el pasillo hacia su habitación. La voz de Cassie se convirtió en un murmullo melódico, formulando una pregunta, y la voz adolescente de barítono de Lucas se alzó irritada.

—Unos dicen eso, otros dicen lo otro. ¿Por qué no se ponen de acuerdo de una vez por todas?

Nick se detuvo de nuevo para escuchar lo que decían.

Cassie se echó a reír.

—¿Qué te indica el ritmo? Las estrofas del poema tienen principalmente cuatro compases, ¿vale? Pero no las últimas estrofas, que nos hablan del odio: «También tiene valor». Dos sílabas acentuadas. «Y es suficiente.» Claro y sencillo. Parece como si apuntara hacia el concepto esencial. Sobre el hielo del odio. Una imagen muy potente, ¿no?

—Mi más sincera admiración hacia mi amigo Bobby Frost

—respondió Lucas—. No cabe duda de que sabía escribir. Pero empieza con fuego.

—Muchas cosas empiezan con fuego, Luke. Lo importante es cómo terminan.

Nick no sabía si reunirse con ellos o no. Tiempo atrás no habría vacilado, pero Lucas había cambiado. Lo que ocurría era positivo, pero probablemente también frágil. Lucas ya no dejaba que su padre le ayudara con los deberes, y a estas alturas de sus estudios, Nick tampoco le habría servido de gran ayuda. Pero Cassie había descubierto la forma de comunicarse con él, y conocía esas materias; era muy inteligente. Una empollona.

Por fin, Nick pasó frente a la habitación de Lucas, para que supieran que había regresado, y se dirigió hacia su habitación. Se desnudó, se lavó los dientes y se dio una ducha rápida. Cuando salió de nuevo, Lucas estaba solo en su dormitorio, sentado delante del ordenador, trabajando.

—Hola, Luke —lo saludó Nick.

Lucas alzó la vista con su acostumbrada expresión airada.

Nick deseaba decir algo como: «¿Te ha echado una mano Cassie? Me alegro de que te concentres en tus tareas». Pero se abstuvo. A Lucas quizá no le gustaría ese tipo de comentario, lo interpretaría como una intromisión.

—¿Dónde está Cassie? —preguntó Nick.

Lucas se encogió de hombros.

—Abajo, supongo.

Nick bajó en busca de Cassie, pero no la encontró ni en el cuarto de estar ni en la cocina, donde había supuesto que la hallaría. La llamó, pero no obtuvo respuesta. «Tiene derecho a husmear en mi casa —pensó Nick—, ya que a mí me pilló fisgando en su botiquín.»

Pero Cassie no haría eso, ¿o sí?

Nick pasó por la cocina en dirección al pasillo trasero, encendió la lámpara de alabastro y siguió avanzando hacia su estudio.

No era probable que Cassie estuviera allí.

La puerta del estudio de Nick estaba abierta, como casi siempre, y las luces encendidas. Cassie estaba sentada ante su mesa.

Nick sintió que el corazón le latía aceleradamente. Apretó

el paso; la alfombra amortiguaba sus pasos, por lo que se acercó en silencio. No obstante, Nick no pretendía sorprenderla.

Nick observó que varios cajones estaban entreabiertos.

Todos menos el inferior, que seguía cerrado con llave. Estaban un poco abiertos, como si alguien los hubiera abierto y cerrado apresuradamente.

Y Nick sabía que no había sido él. Rara vez utilizaba los cajones de su mesa, y cuando lo hacía, se esmeraba en cerrarlos bien, para que su mesa no ofreciera un aspecto desordenado.

Cassie estaba sentada en la silla de cuero negra Symbiosis, escribiendo en un bloc de color amarillo.

—Cassie.

Cassie se sobresaltó y soltó un grito.

—¡Dios mío! ¡Qué susto me has dado! —exclamó, llevándose la mano al pecho.

—Lo siento —se disculpó Nick.

—¡Dios! Estaba distraída. No, te pido disculpas, no debería estar aquí. Supongo que no he tenido mucho tacto.

—No tiene importancia —respondió Nick, tratando de parecer sincero.

Cassie se dio cuenta al instante de que había dejado los cajones entreabiertos y comenzó a cerrarlos.

—Buscaba un bloc y un bolígrafo —explicó—. Espero que no te importe.

—No —contestó Nick—. No pasa nada.

—Se me ocurrió una idea y decidí escribirla enseguida. Me ocurre con frecuencia.

—¿Una idea?

—Se trata de... algo que quiero escribir. Algún día, cuando consiga ponerme las pilas.

—¿Una novela?

—No, ya hay demasiada ficción en mi vida. Espero que no te moleste que haya venido esta tarde. Llamé, pero Marta me comentó que estabas en el despacho, y Lucas y yo nos pusimos a hablar y me dijo que no hacía más que darle vueltas a un poema que no entendía. Que resulta que es uno de los que he estudiado. De modo que...

—Ése es un trabajo impagable —dijo Nick—. Lamento que mi llegada os haya interrumpido.

—Lucas ha empezado a redactar su trabajo trimestral de poesía. Para que veas.

—Tienes buena mano con él —dijo Nick. «Eres increíble», pensó.

Quizá no fuera más que eso. Cassie estaba allí para ayudar a Lucas a entender un poema de Robert Frost.

—¿Has trabajado de maestra?

—Ya te lo dije —respondió Cassie—, he hecho prácticamente de todo—. Las diminutas luces del techo arrancaban unos reflejos a su pelo. Cassie seguía teniendo un aspecto desvalido, pero su piel no era tan transparente. Presentaba un aspecto más saludable. Las ojeras habían desaparecido—. Lucas piensa que si yo le diera clases, quizá llegaría a hacer algún bien a alguien en el mundo.

—¿Qué?

Cassie meneó la cabeza.

—Es una estrofa de *Death of a hired man*. Es un poema sobre el hogar. Sobre la familia.

—¿Y el auténtico significado de la Navidad?

—¿Qué voy a hacer con los hombres de la familia Conover? ¡No tenéis remedio! —exclamó Cassie.

—Se me ocurren un par de cosas —respondió Nick, tratando de emplear un tono insinuante—. Eres increíble, todo lo haces bien.

—Es un gran cumplido viniendo de ti. El macho alfa. El factótum.

—¡Ojalá fuera así! Creo que soy el director general más vapuleado del país.

—¿Hay algún deporte que no hayas practicado?

Nick reflexionó unos instantes.

—No sé montar a caballo.

—¿Lanzar herraduras?

—Eso no es un deporte.

—Seguro que has practicado el tiro con arco.

—No se me da mal.

—¿Y con armas de fuego?

Nick sintió una sensación de vacío en la boca del estómago. Tras una fracción de segundo, meneó brevemente la cabeza, perplejo. Durante unos instantes se le nubló la vista.

—Me refiero al tiro al blanco o como se llame —añadió Cassie.

—No —contestó Nick, detectando una estudiada naturalidad en su voz como si la percibiera de lejos. Se sentó en una silla Windsor que invariablemente amenazaba con dejarle alguna astilla clavada en el trasero. Cuando se habían instalado en la mansión, Laura había tirado su vieja butaca de cuero favorita. Decía que se parecía al mobiliario de los dormitorios universitarios. Nick se frotó los ojos, tratando de ocultar su terror.

—Lo siento, estoy rendido. He tenido un día muy pesado.

—¿Quieres que hablemos de ello?

—Ahora no. Lo siento. Gracias, pero en otra ocasión. Prefiero hablar de cualquier cosa menos del trabajo.

—¿Quieres que te prepare la cena?

—¿Sabes cocinar?

—No —confesó Cassie, soltando una breve carcajada—. Ya has probado una de mis tres especialidades. Pero seguro que Marta te habrá dejado algo en vuestra fantasmagórica cocina.

—¿Fantasmagórica?

—Cuando llegué, me encontré con tu contratista, y me lo explicó todo.

—¿Te dijo por qué tardan tanto en instalar la encimera?

—No les eches la culpa. Según tengo entendido, les estás volviendo locos. El contratista se queja de que no consigue que firmes los bocetos que te presenta. Y cosas por el estilo.

—Estoy harto de tomar tantas decisiones. No tengo tiempo. Y no quiero equivocarme.

—¿A qué te refieres cuando dices que no quieres equivocarte?

Nick guardó silencio durante unos instantes.

—Laura tenía unas ideas muy concretas sobre lo que quería.

—Y deseas que todo sea tal como ella lo planeó. Pretendes que esta casa sea un monumento a ella.

—No trates de psicoanalizarme, por favor.

—Pero por otro lado, quizá temas terminarla, porque cuando esté lista, algo habrá terminado también.

—¿Podemos cambiar de tema, Cassie?

—Es como Penélope, en la *Odisea*. Durante el día teje un tapiz, y por la noche lo deshace. Así nunca lo termina. Ahuyenta a sus pretendientes, y se mantiene fiel a Ulises durante su ausencia.

—No sé de qué estás hablando —respondió Nick, soltando un suspiro.

—Yo creo que sí.

—He llegado a un punto en que estoy deseando que finalicen las obras. Esta casa era el proyecto más ambicioso de Laura, y, sí, reconozco que mientras duraban, era como si de algún modo ella siguiera con nosotros. Lo cual no tiene ningún sentido, pero... Lo cierto es que ya tengo ganas de que se lleven de aquí estas sábanas de plástico, el contenedor de basura, las camionetas y todo lo demás. Quiero que esto sea un hogar, no un proyecto. No algo inacabado. Una casa en la que puedan vivir los Conover. —Una breve pausa—. O lo que queda de ellos.

—Te entiendo —respondió Cassie—. ¿Por qué no me llevas a cenar a algún sitio? —preguntó sonriendo—. Como si fuera una cita.

75

Atravesaron el aparcamiento del Grand Fenwick Hotel cogidos de la mano. Era una noche fresca, despejada, y las estrellas lucían. Cassie se detuvo unos momentos antes de que llegaran a la marquesina y alzó la vista.

—Cuando yo tenía seis o siete años, mi mejor amiga, Marcy Stroup, me dijo que cada estrella era el alma de una persona que había muerto.

Nick emitió un gruñido.

—Yo tampoco lo creía. Pero en la escuela nos enseñaron que cada estrella es una bola de fuego, y algunas probablemente tienen sus propios sistemas solares. Recuerdo que en el colegio nos dijeron que las estrellas mueren, que en unas milésimas de segundo el núcleo de una estrella se destruye y todo el astro estalla, una gran supernova a la que le sigue la nada. Yo me eché a llorar. Sentada a mi pupitre, en sexto curso. Que tonta, ¿verdad? Esa noche se lo expliqué a mi padre, y él me dijo que así era el universo. Que las personas mueren, y las estrellas también, para dejar sitio a otras.

—Humm.

—Mi padre dijo que si nunca muriera nadie, en el planeta no habría sitio para que nacieran otros niños. Dijo que si nunca terminara nada, nada comenzaría. Dijo que en el cielo ocurre lo mismo, que a veces tiene que morir un mundo para que otros nazcan. —Cassie apretó la mano de Nick—. Vamos, tengo hambre.

El vestíbulo del Grand Fenwick estaba cubierto por una alfombra que recordaba los antiguos tapices ingleses sin nudos, y contenía un gran número de amplias butacas de cuero dispuestas en grupos para que la gente pudiera conversar cómodamente, como en los clubes, formando una docena de salas de estar unidas. Unos cordones de terciopelo sostenidos por unos montantes separaban el restaurante del vestíbulo. La carta ofrecía algunos platos populares de los años cincuenta, como pato a la naranja y salmón con salsa holandesa, pero su especialidad era la carne, para los de la vieja escuela que conocían los nombres de los distintos cortes: Delmonico, Porterhouse, Kansas City Strip. El lugar olía a puros, no especialmente caros; el humo lo dominaba todo, como el aliño de una ensalada.

—También tienen pescado —dijo Nick en tono de disculpa cuando los condujeron a una mesa situada en un rincón.

—¿Por qué dices eso? ¿Crees que las chicas no comemos carne roja?

—Sí, olvidé que tú si la comes. Siempre y cuando no esté cruda.

—Exacto.

Cassie pidió una chuleta muy hecha, Nick un filete poco hecho. Los dos pidieron ensalada.

Después de comerse su ensalada, Nick miró a Cassie.

—Es curioso, siempre pido una ensalada —comentó—. Pero acabo de darme cuenta de una cosa: en realidad no me gusta mucho.

—No es exactamente la solución al teorema de Fermat —respondió Cassie—, pero puede darte una respuesta. No te gustan las ensaladas. Lo mismo que el té.

—Cierto. Bebo té. Laura preparaba té y yo lo bebía. Es lo mismo. Pido ensaladas. Pero en realidad nunca me ha gustado el té, ni tampoco las ensaladas.

—Acabas de caer en la cuenta de eso.

—Sí. Aunque tampoco es que no lo supiera. Simplemente, no era consciente de ello. Como… la comida china. No me gusta. No es que no la soporte, pero no me gusta.

—Estás en vena. ¿Qué más?

—¿Qué más? De acuerdo. Berenjenas. ¿A quién diablos se le ocurrió que las berenjenas eran comestibles? No son tóxicas, eso no. Pero ¿acaso todo lo que no es tóxico es comestible? Si yo fuera un hombre de las cavernas, y no estuviera muerto de hambre, y mordiera una berenjena, cocinada o cruda, no diría ¡caray, un sabor nuevo, he descubierto un producto comestible! Diría, bueno, no te matará, pero no te molestes en pincharla con la punta de la lanza. Sabe a... no sé... hojas de arce. Probablemente sean comestibles, pero ¿para qué vas a comértelas?

Cassie miró a Nick.

—Tú te quejabas de que yo no me conocía —dijo Nick, tirando distraídamente de la esquina del mantel.

—No me refería a eso.

—Por algo se empieza.

Cassie rió. Nick sintió su mano acariciándole el muslo debajo de la mesa. Con cariño, no sexualmente.

—Olvídate de las berenjenas. Reconoce que sabes lo que más quieres en esta vida. No todo el mundo lo sabe. Tus hijos. Tu familia. Son lo más importante para ti, ¿no es cierto?

Nick asintió con la cabeza. Sintió un nudo de tristeza en la garganta.

—Cuando jugaba al hockey, llegué a la conclusión de que cuanto más me esforzara, cuanto más entrenara, cuanto más me aplicara, mejor jugaría. Era cierto, al menos en parte. Ocurre con muchas cosas. Cuanto más te aplicas, mejor lo haces. En hockey, dicen que hay que echarle «corazón», emplearse a fondo. Pero en el caso de la familia no pasa lo mismo. Ni en el de ser padre. Cuanto más me esfuerzo en conectar con Lucas, más me rechaza. Tú has conseguido atravesar la barrera. Yo no.

—Porque siempre estás discutiendo con él, Nick. Siempre lo conviertes todo en un problema, y él no quiere saber nada de eso.

—Por su forma de mirarme a veces pienso que no le importa si yo vivo o muero.

—Eso no es verdad. ¿Te ha hablado alguna vez sobre la muerte de Laura?

—Nunca. Los hombres Conover no tienen sentimientos, ¿comprendes?

Al echar un vistazo al comedor tenuemente iluminado, Nick se sorprendió al ver a Scott McNally, que tomaba asiento en una mesa no lejos de la suya. Ambos se miraron, y Scott le saludó con la mano. Iba acompañado por un hombre alto y desgarbado con el rostro delgado y el mentón pronunciado. Nick observó que Scott decía algo apresuradamente a su amigo, señalándole a él. Parecía como si Scott no supiera si acercarse a saludar a los postres, o hacerlo en ese mismo momento. Por fin decidió resolver cuanto antes el trámite. Los dos hombres se levantaron y se acercaron a la mesa de Nick.

—¡Que casualidad! —comentó Scott, dando una palmadita a Nick en el hombro—. No sabía que éste fuera uno de tus restaurantes favoritos.

—No lo es —contestó Nick—. Scott, quiero presentarte a mi amiga Cassie.

—Encantado de conocerte, Cassie —dijo Scott—. Él es Randall Enright. —Scott hizo una pausa—. Randall me está ayudando a comprender algunos aspectos legales de la reestructuración financiera. Unos detalles técnicos muy aburridos. A menos que seas yo, claro está, en cuyo caso es como *Conan el Bárbaro* con cuentas de resultados.

—Encantado de conocerte, Randall —dijo Nick.

—Lo mismo digo —respondió el hombre alto con tono afable. Llevaba la americana desabrochada y antes de estrechar la mano de Nick se guardó las gafas en el bolsillo del pecho.

—¿Has examinado el contrato con Fisher Group? —inquirió Nick.

—No creo que sea el momento de entrar en esto —respondió Scott.

—Cuanto antes, mejor.

—De acuerdo —dijo Scott, jugueteando con un mechón sobre la oreja izquierda y desviando la mirada—. Tú eres el jefe.

—Espero que lo pases bien en Fenwick —dijo Cassie al abogado—. ¿Cuándo regresas a Chicago?

El hombre alto miró a Scott.

—Mañana —respondió.

—Que disfrutéis de la cena —dijo Nick, dando por zanjada la conversación.

Al cabo de unos minutos llegaron unos pesados platos de color azul con la chuleta y el filete que habían pedido, ambos acompañados por puré de espinacas y una patata. Nick miró a Cassie.

—¿Cómo sabías que Randall iba a regresar a Chicago?

—Por la etiqueta de Hart, Schaffner & Marx de su chaqueta. Y por el hecho evidente de que ha de ser un importante abogado si tiene una cena de trabajo con tu jefe de finanzas. —Al observar la expresión inquisitiva de Nick, Cassie añadió—: Se guardó las gafas porque eran de leer. Y todavía no les habían presentado la carta. Por lo que es obvio que se trata de una cena de trabajo.

—Ya.

—A Scott no le hizo gracia presentárnoslo. Lo hizo por cortesía, pero lo cierto es que decidió cenar aquí por el mismo motivo que tú. Porque es un lugar respetable en el que no esperas encontrarte con ningún conocido.

Nick sonrió, incapaz de negarlo.

—Y luego me fijé en la frase de «tú eres el jefe». Que destilaba rencor. Ese tipo de frases siempre van acompañadas por un asterisco. «Tú eres el jefe.» El asterisco indica «de momento».

—No te pongas melodramática. ¿No crees que has hecho una interpretación un tanto exagerada del tema?

—¿Y tú no crees que a lo mejor no ves lo que tienes ante tus narices?

—Es posible —confesó Nick. Contó a Cassie lo del viaje secreto de Scott a China, que había tratado de ocultar diciéndole que había visitado un rancho para turistas en Arizona, lo cual era mentira.

—Ya lo ves —concluyó Cassie, encogiéndose de hombros—. Ese tío te está engañando.

—Eso parece.

—Pero a ti te cae bien, ¿no es así?

—Sí. O quizá sería más exacto decir que me caía bien. Es un tipo curioso, un auténtico genio de las matemáticas. Somos amigos.

—Ése es tu problema, que estás ciego. Tu supuesta «amistad» con Scott no le ha impedido pegarte una puñalada por la espalda.

—Es verdad.

—Él no te teme.

—¿Acaso debería hacerlo?

—Por supuesto. Debería temerte a ti, no a como se llame, ese tipo de Boston que estudió en Yale.

—Todd Muldaur. Todd es quien tiene la sartén por el mango, y Scott lo sabe. La verdad es que Scott me ha sorprendido. Yo le traje aquí. Esperaba de él un mínimo de lealtad.

—Tú representas un problema para Scott. Un obstáculo incómodo. Un impedimento. Para él tú formas parte del problema, no de la solución. Lo que a él le importa es Scott, Sociedad Anónima.

—No, en eso no te doy la razón. Scott no es codicioso o materialista.

—Las personas como Scott McNally no se preocupan sobre construirse una vida, o alcanzar cierto nivel de confort. Me dijiste que lleva las mismas camisas que cuando iba a la universidad.

—De modo que lo que le obsesiona no es el dinero. Ya lo entiendo.

—Te equivocas. No lo entiendes. Scott es un personaje curioso. A las personas como él no les preocupa disfrutar de los lujos que pueden comprarse con dinero. No se dejan seducir por un burdeos o un Lamborghini. Por otra parte, son increíblemente competitivos. Pero el dinero es su acicate.

Nick pensó en Michael Milken, Sam Walton y otros multimillonarios que uno confundiría con el vecino de al lado. Vivían en unas casitas estilo rancho de dos plantas y su obsesión era ir acumulando dinero en sus cámaras acorazadas McDuck, día tras día. Recordó haber oído decir que Warren Buffet vivía como un indigente en la pequeña vivienda que había comprado en una urbanización en Omaha por treinta mil dólares en 1958. Pensó en la modesta vivienda de Scott y en el dinero que había ganado. Quizá Cassie tuviera razón.

—Scott McNally está decidido a salir victorioso en este partido, para poder participar en la final de liga —prosiguió Cassie.

—¿Esto te lo enseñan después de la posición de loto o antes?

—De acuerdo, deja que te haga una pregunta. ¿Qué crees que quiere ser Scott McNally cuando sea mayor?

—¿A qué te refieres?

—¿Quiere vender sillas y archivadores, o dedicarse a la ingeniería financiera en Fairfield Partners? ¿Qué crees que le atrae más?

—Comprendo.

—Y a continuación, pregúntate: ¿para quién trabaja Scott en realidad?

Nick esbozó una sonrisa irónica.

—Enseguida vuelvo —dijo Cassie, levantándose de la mesa.

Nick la observó dirigirse al lavabo de mujeres, admirando la curva de su trasero. No tardó mucho. A su regreso, Cassie pasó junto a la mesa de Scott y se detuvo brevemente. Le dijo algo al abogado, tras lo cual se sentó junto a él unos instantes. De pronto se echó a reír, como si el abogado hubiera dicho algo divertido. Al cabo de unos momentos, Nick vio que el abogado entregaba algo a Cassie. Ella se levantó, riéndose de nuevo y regresó a la mesa.

—¿A qué ha venido eso? —preguntó Nick.

Cassie le entregó la tarjeta de visita del abogado.

—Investígalo.

—Ha sido un trabajo rápido. —Nick miró la tarjeta y leyó—: «Abbotsford Gruendig».

—Fui a saludarles educadamente —explicó Cassie.

—Por cierto, claro que veo lo que tengo ante mis narices —dijo Nick—. Te tengo a ti ante mis narices. Te veo perfectamente, y me gusta lo que veo.

—Pero ya te he dicho que no vemos las cosas como son. Las vemos como somos nosotros.

—¿A ti también te pasa?

—Como a todo el mundo. Nos mentimos porque es la única forma de sobrevivir. Pero llega un momento en que las mentiras se desgastan y ya no nos sirven.

—¿Qué quieres decir?

Cassie miró a Nick fijamente, escrutando su rostro.

—Dime la verdad, Nick. ¿Por qué fue la policía a tu casa?

76

Durante unos momentos Nick no supo qué responder.

No había contado a Cassie que la policía había registrado su casa y su jardín, lo cual era una omisión de envergadura. Sobre todo, teniendo en cuenta la relación que tenía el registro con el padre de Cassie. Tanto Lucas como Julia sabían que la policía buscaba huellas de Andrew Stadler. Pero no sabían el motivo.

—Te lo ha dicho Lucas —contestó Nick con voz inexpresiva. Procuró que el pulso no se le acelerara, seguir respirando con normalidad. Comió un bocado de su filete, aunque no tenía apetito.

—Estaba impresionado.

—Le pareció divertidísimo. Sé que debí contártelo, Cassie, pero sabía que te disgustaría. No quise sacar el tema de tu padre…

—Lo entiendo —lo interrumpió Cassie—. Lo entiendo. Y te lo agradezco. —Cassie se puso a juguetear con la cuchara—. ¿La policía cree que el hombre que entró en tu casa era mi padre?

—Es una posibilidad —respondió Nick—. En realidad, creo que están dando palos de ciego. —Tragó saliva—. Probablemente incluso se preguntan si yo intervine en ello. —Nick pronunció las últimas palabras precipitadamente, no como se había propuesto decirlas.

—En su muerte —concluyó Cassie, midiendo bien sus palabras.

Nick respondió con un gruñido.

—¿Y es posible que pudieras haberlo hecho?

Nick no pudo responder de inmediato. No miró a Cassie, era incapaz de hacerlo.

—¿A qué te refieres?

Cassie dejó la cuchara, colocándola cuidadosamente junto al cuchillo.

—Si creías que mi padre podía ser el tipo que había cometido esas locuras, pudiste haber intervenido. Pudiste ayudarle a que se sometiera a un tratamiento. —Cassie se detuvo—. Pero yo misma me hago esas preguntas. ¿Por qué no le obligué a someterse a un tratamiento? ¿Por qué no intervine? No dejo de preguntarme si podía haber hecho algo para impedir que ocurriera lo que finalmente sucedió. En Stratton tenéis unos magníficos programas de salud, pero mi padre no reunía los requisitos para beneficiarse de ellos. Lo cual es una lástima. Debido a un trastorno mental, dimites de tu trabajo y pierdes el derecho a recibir atención médica. Es injusto.

—Sí, es injusto —dijo Nick con cierto recelo.

—Y debido a esas decisiones, unas decisiones que tomamos tú, yo y Dios sabe cuántas personas más, mi padre está muerto. —Cassie se echó a llorar; unos gruesos lagrimones rodaban por sus mejillas.

—Cassie —dijo Nick. Le tomó la mano y guardó silencio. La mano de Cassie era pálida y menuda comparada con la suya. De pronto Nick reparó en algo que le produjo la sensación de haber tragado hielo. Su mano, la mano con la que trataba de consolar a Cassie, era la misma con que había empuñado la pistola.

—Pero ¿sabes una cosa? —preguntó Cassie con voz entrecortada—. Cuando me enteré de… ya sabes…

—Lo sé.

—Me quedé como si hubiera chocado contra un muro de ladrillo. Pero a la vez sentí otra cosa, Nick. Me sentí aliviada. ¿Comprendes?

—Aliviada —repitió Nick mecánicamente.

—Los repetidos ingresos en el hospital, las recaídas, el sufrimiento que había soportado. Un dolor que no es físico, pero no por ello es menos real. A mi padre no le gustaba la situación en la que se hallaba, el mundo en el que estaba obligado a vivir. No era tu mundo ni el mío, era su propio mundo, Nick, un lugar frío y aterrador.

—Debió de ser un infierno para él y para ti.

—De pronto un día desaparece. Y luego lo encuentran muerto. Asesinado de un tiro. Dios sabe por qué. Pero fue casi un acto de misericordia. ¿Crees que siempre existe un motivo para que ocurran las cosas?

—Creo que algunas cosas ocurren por un motivo —respondió Nick lentamente—. Pero no todas. No creo que Laura muriera por un motivo concreto. Ocurrió sin más. Le ocurrió a ella. A nosotros. Como un piano que cae del cielo y te aplasta.

—Lo que dices es que ocurren accidentes. —Cassie se secó las lágrimas con la palma de la mano—. Pero ésa nunca es toda la historia. Ocurren accidentes que te cambian la vida y entonces ¿qué haces? ¿Sigues viviendo como si nada hubiera sucedido? ¿O te enfrentas a ello?

—Yo me quedo con la opción A.

—Sí. Ya lo veo. —Cassie se pasó la mano por su pelo erizado—. Hay una parábola de Shopenhauer titulada *Die Stachelschweine*, los puercoespines. Es invierno, y unos puercoespines se agrupan para darse calor, pero al arrimarse se lastiman unos a otros.

—Una alegoría sobre la cautela —dijo Nick.

—Exacto. Si se separan demasiado, se mueren de frío. Si se arriman demasiado, se desangran. A todos nos ocurre lo mismo. Al igual que a ti y a Lucas.

—No cabe duda de que Lucas es un puercoespín.

—Los hombres Conover no dejáis de maravillarme —dijo Cassie—. Estáis mejor protegidos que un castillo medieval. Tenéis vuestro foso, vuestro aceite hirviendo sobre la puerta, los centinelas de vuestro castillo. ¡Al ataque! Espero que tengáis suficientes provisiones en la despensa.

—De acuerdo, guapa. Puesto que ves las cosas con más claridad que yo, permite que te haga una pregunta. ¿Hasta qué punto crees que debo preocuparme por mi hijo?

—Bastante. Es un porreta, como seguramente ya sabes. Debe de fumarse un par de porros al día. Lo cual puede disminuir su capacidad de concentración.

—¿Un par al día? ¿Estás segura?

—No seas ingenuo. Tiene dos frasquitos de colirio en la mesita de noche. Guarda un *spray* de Febreeze en el armario

Nick la miró sin comprender.

—Para la ropa. Lo rocías para eliminar el olor de la marihuana. Además he visto unos cartoncitos de Dutch Master en su papelera. Papel de fumar. Es el equipo básico de los fumetas.

—Joder —exclamó Nick—. Tiene dieciséis años.

—Y cumplirá diecisiete. Y luego dieciocho. Y eso también será una etapa dura.

—Hace un año no le habrías reconocido. Era un chico formal, un atleta.

—Como su padre.

—Sí, ya... Pero mi madre no murió cuando yo tenía quince años.

—Lo peor es que no podáis hablar de esto.

—Es un niño. Le cuesta expresar estas cosas.

Cassie miró a Nick.

—¿Qué? —preguntó éste.

—No me refería sólo a Lucas —respondió Cassie suavemente—. Me refería a ti.

Nick suspiró.

—¿Te gustan las metáforas? Aquí va una. ¿Sabes el coyote de los dibujos animados que siempre se cae por el precipicio?

—Sí, Nick. Wile E. Coyote. Siempre pensé que era un extraño modelo para el director general de Acme Industries.

—Está suspendido en el aire, pero él sigue moviendo las piernas y todo va bien. De pronto mira hacia abajo y cae como una piedra. ¿La moraleja de la historia? No mires nunca hacia abajo.

—Estupendo —dijo Cassie con aridez—. Estupendo —repitió. Los ojos le centelleaban—. ¿Te has fijado en que Lucas ni siquiera te mira? Y tú apenas le miras a él. ¿Esto a qué se debe?

—Como vuelvas a mencionar los puercoespines de la Selva Negra, me largo.

—El chico ha perdido a su madre, y necesita desesperadamente sentirse unido a su padre. Pero tú apenas estás en casa, y cuando te presentas es como si no estuvieras. No tienes facilidad para expresarte verbalmente. Lucas necesita que seas su sanador, pero te sientes incapaz, no sabes hacerlo. Y cuanto más aislado se siente, cuanto más acude a ti, más te enfureces.

—La psicóloga de salón —dijo Nick—. Otra de tus imaginativas «lecturas». Pero es una buena conjetura.

—No es una conjetura —replicó Cassie—. El mismo Lucas me lo ha dicho

—¿Él te lo ha dicho? Eso sí que no me lo creo.

—Se había fumado un porro, Nick. Estaba colocado y se echó a llorar, y al final me lo contó todo.

—¿Estaba colocado? ¿Delante de ti?

—Encendió un espléndido canuto —respondió Cassie con una media sonrisa—. Nos lo fumamos a medias. Y tuvimos una larga charla. Me habría gustado que le hubieras oído. Tiene muchas cosas guardadas que no ha podido decirte. Y que tú necesitas oír.

—¿Has fumado marihuana con mi hijo?

—Sí.

—Eso ha sido una irresponsabilidad increíble. ¿Cómo has podido hacerlo?

—Eh, papá, que no te enteras del tema.

—Lucas tiene un problema con esa mierda. Tú deberías ayudarle, no fomentar ese vicio. ¡Él te admira!

—Le dije que no fumara más porros, al menos cuando tenga clase al día siguiente. Creo que me hará caso.

—¡Maldita sea! No tienes ni idea. No me importa que hayas tenido una infancia desgraciada. Se trata de mi hijo. Un chico de dieciséis años con un problema de drogas. ¿O no te habías dado cuenta?

—Ten cuidado, Nick —respondió Cassie en voz baja y ronca. Su rostro se había teñido de rojo, pero mostraba una expresión curiosamente impávida, como una máscara de piedra—. Luke y yo tuvimos una conversación franca y sincera. Me contó muchas cosas. —Cassie se volvió y miró a Nick con los ojos entrecerrados.

Nick se debatía entre la ira y el temor; deseaba amonestar a Cassie por lo que había hecho, por haberse fumado un porro con Lucas, y al mismo tiempo temía lo que ésta podía haber averiguado a través de su hijo.

Lucas, que podía haber oído unos disparos cierta noche.

Que podía haber oído a su padre y a Eddie hablando sobre lo que había ocurrido esa noche.

—¿Qué te dijo? —preguntó Nick, conservando la calma.

—Todo tipo de cosas —respondió Cassie enigmáticamente.

Nick cerró los ojos y esperó que el corazón dejara de latirle con violencia. Cuando volvió a abrir los ojos, Cassie se había marchado.

77

El icono del correo electrónico de Audrey estaba brincando, y Audrey comprobó que era Kevin Lenehan, el técnico en electrónica.

Audrey se dirigió apresuradamente, casi a la carrera, al despacho de éste.

—¿Cuál dirías que es el mejor restaurante de la ciudad? —preguntó Kevin.

—No sé. ¿El Terra? Nunca he ido.

—¿Qué te parece el Taco Gordito?

—¿Por qué lo preguntas?

—Porque me debes una cena. Te dije que la grabación de este aparato comenzó a las tres y dieciocho minutos de la madrugada del miércoles dieciséis, ¿no es así? Después de la secuencia que te interesa.

—¿Y qué has averiguado?

—El disco duro está dividido en dos sectores. Uno destinado a las imágenes digitales, la otra al *software* que hace que funcione el aparato. —Kevin se volvió hacia el monitor de su ordenador, movió el ratón e hizo clic—. Un sistema estupendo, por cierto. Basado en Internet.

—¿Y eso qué significa?

—Que tu amigo podía controlar sus cámaras desde el despacho.

—¿Y eso qué nos indica?

—Nada. Es un dato más. Mira eso.

—No entiendo, sólo es una larga lista de números.

—No eres una entendida en la materia, ¿eh? ¿Tu marido te tiene que programar el vídeo?

—Él tampoco sabe.

—A mí me ocurre lo mismo. Nadie sabe hacerlo. Mira, aquí tienes la fecha y la hora de todo lo grabado.

—¿Ése es el quince?

—Exacto. Esta lista indica que la grabación comenzó el martes quince a las doce y cuatro minutos del mediodía, ¿vale? No quince horas más tarde.

—¿Así que has encontrado más imágenes de vídeo?

—Ojalá. No me sigues. Alguien debió de entrar y reformatear el sector del disco duro en el que se hallaban las imágenes grabadas, tras lo cual recicló el aparato de modo que pareciera que había comenzado a grabar a las tres y pico de la mañana del miércoles. Pero esta lista nos dice que el sistema se inició quince horas antes. Por lo tanto, hay unas imágenes grabadas que se remontan al mediodía del día anterior. Pero cuando haces clic sobre los archivos, dice: «No se encuentra el archivo».

—¿Ha sido borrado?

—Exacto.

Audrey fijó la vista en la pantalla.

—¿Estás seguro?

—¿Que si estoy seguro de que el aparato empezó a grabar al mediodía del día anterior? Completamente seguro.

—No, me refiero a si estás seguro de que no puedes recuperar la grabación.

—Sí. Ha desaparecido.

—Qué lástima.

—Pereces decepcionada. Creí que te alegrarías. ¿No querías una prueba de que el aparato fue manipulado? Pues ya la tienes.

—¿De niño leíste alguna vez el libro *Por suerte*?

—Mi madre me dejaba frente al televisor cuando ponían *One Life to Live* y *Hospital General.* Todo lo que sé de la vida lo he aprendido a través de los culebrones. Por eso sigo soltero.

—Yo debí de leerlo mil veces. El protagonista es un chico llamado Ned, al que invitan a una fiesta sorpresa, pero por desgracia la fiesta se celebra a mil kilómetros de donde vive. Por suerte, un amigo le presta un avión, pero por desgracia, el motor estalla.

—Caray. Es horrible cuando ocurre eso.

—Por suerte, hay un paracaídas en el avión.

—Pero por desgracia Ned sufre unas quemaduras tremendas en el noventa por ciento de su cuerpo y no puede abrir el paracaídas, ¿no es así? Como ves, soy un lince.

—Este caso se parece a esa historia. Por suerte, por desgracia.

—Eso también serviría para describir mi vida sexual —dijo Kevin—. Por suerte, la chica accede a salir con Kevin. Por desgracia, resulta ser una lesbiana feminista radical que sólo quiere a Kevin para que le enseñe a utilizar el Photoshop.

—Gracias, Kevin —dijo Audrey, levantándose de la silla—. Te invito a comer en el Taco Gordito.

78

El móvil de Nick sonó en el preciso momento en que entraba en el aparcamiento, casi una hora más tarde de lo que solía llegar por las mañanas.

Era Victoria Zander, la vicepresidenta de investigación de mobiliario de oficina, que llamaba desde Milán.

—Nick —dijo—, estoy en el Salone Internazionale del Mobile, en Milán, y estoy tan indignada que casi no me salen las palabras.

—De acuerdo, Victoria, respira hondo y cuéntame qué pasa.

—¿Quieres explicarme qué ocurre con Dashboard?

Dashboard era uno de los grandes proyectos que Victoria estaba desarrollando, un sistema de muros y tabiques modulares de cristal, flexibles, muy elegantes, exquisitamente diseñados, con el que estaba entusiasmada. A Nick le entusiasmaba por motivos comerciales: no existía nada parecido en el mercado, y estaba seguro de que sería un éxito.

—¿A qué te refieres?

—Con el tiempo y el dinero que he invertido en esto… ¡No tiene sentido! «Hemos frenado todos los desembolsos importantes de capital.» Pero ¿por qué? Ni siquiera han tenido la cortesía de informarme de antemano.

—Vitoria…

—No creo que pueda seguir trabajando para Stratton. Te lo digo en serio. Hace dos años que Herman Miller va detrás de mí, y creo francamente que es una empresa más adecuada para…

—Un momento, Victoria. Cálmate, ¿quieres? ¿Quién te ha dicho que íbamos a aparcar el proyecto de Dashboard?

—¡Vosotros! Acabo de recibir un mensaje de Scott por correo electrónico.

¿Qué mensaje?, estuvo a punto de preguntar Nick, pero se abstuvo.

—Aquí hay algo que no entiendo, Victoria. Te volveré a llamar enseguida.

—No está, Nick —dijo Gloria—. Tenía una cita.

—¿Una cita? ¿Dónde? —inquirió Nick.

Gloria dudó unos instantes.

—No me lo ha dicho.

—Llámale ahora mismo a su móvil. Por favor.

Gloria dudó de nuevo.

—Lo siento, Nick, pero está en la planta, y allí su móvil no funciona.

—¿En la planta? ¿Qué planta?

—La fábrica de sillas. Ha ido a... mostrar la planta.

Que Nick supiera, Scott había puesto los pies en las fábricas tan sólo en un par de ocasiones.

—¿A quién?

—Nick, por favor...

—Te ha pedido que no dijeras nada.

Gloria cerró los ojos y asintió con la cabeza.

—Lo siento mucho. Es una situación muy incómoda.

«¿Una situación muy incómoda? Soy el director general de esta empresa», pensó.

—No te preocupes —dijo amablemente.

Nick no había visitado la planta de sillas desde hacía casi tres meses. Tiempo atrás la visitaba prácticamente una vez al mes, o incluso con más frecuencia, para comprobar cómo iba todo, formular preguntas, escuchar quejas, comprobar de cuántas existencias disponían. Examinaba la calidad de las tablas de cada departamento, sobre todo para dar ejemplo, suponiendo que si prestaba atención a los gráficos de calidad, el gerente de la planta haría lo propio, al igual que el resto de empleados.

Nick visitaba la planta como solía hacerlo el viejo Devries, sólo que cuando éste lo hacía, no las llamaban visitas «Gemba», como ahora. El término había sido acuñado por Scott, junto con «Kaizen» y otras palabras japonesas que Nick no recordaba, y que le sonaban a distintos tipos de sushi.

Los despidos habían convertido esas visitas en una tarea ingrata. Nick observaba la hostilidad que despertaba cuando recorría la planta. No le pasaba inadvertido, ni tampoco a los demás, que la tarea del viejo Devries había sido construir plantas, y la de Nick, destruirlas.

Pero Nick sabía que debía empezar a hacerlo de nuevo, tanto aquí como en la otra fábrica, situada a unos quince kilómetros de allí. Nick se prometió volver a visitar las fábricas cada mes.

Si tenía la oportunidad de hacerlo.

Si las fábricas seguían existiendo.

Nick contempló el enorme letrero blanco en la fachada del edificio de ladrillo rojo que decía DÍAS TRANSCURRIDOS DESDE EL ÚLTIMO ACCIDENTE, y junto a él un panel negro luminoso en el que aparecía en números rojos digitales la cifra 322. Alguien había tachado la palabra ACCIDENTE y había escrito sobre ella, con un grueso rotulador de color negro, DESPIDOS.

Nick se encaminó hacia la puerta de los visitantes y percibió el conocido olor de las soldaduras, a metal caliente. Le recordó las visitas que hacía a su padre en la fábrica, los días de canícula veraniega en la época del instituto y la universidad que pasaba trabajando en la cadena de montaje. La chica rolliza, que estaba sentada ante la destartalada mesa y se encargaba de entregar las gafas protectoras, de recibir a las visitas y atender el teléfono, le miró atónita.

—Buenos días, señor Conover.

—Buenos días, Beth. —La empleada tenía un apellido italiano. Nick firmó en el libro de visitas y observó que Scott había firmado unos veinte minutos antes, junto con otra persona cuyo nombre resultaba ilegible.

—Caramba, usted y el señor McNally en el espacio de una hora. ¿Ocurre algo importante?

—No, de hecho vengo en busca del señor McNally. ¿Tienes idea de dónde puede estar?

—No, señor. Iba acompañado de un visitante.

—¿Recuerdas su nombre?

—No, señor. —Beth parecía sentirse avergonzada, como si

no hubiera cumplido con su obligación. Pero Nick no le reprochaba que no hubiese comprobado detenidamente la tarjeta de identificación del acompañante del jefe de finanzas.

—¿Dijo Scott adónde iban?

—No, señor. Creo que el señor McNally quería mostrar al visitante la fábrica.

—¿Sabes si iba a acompañarles Brad? —Brad Kennedy era el gerente de la planta, que sólo acompañaba a las visitas importantes.

—No, señor. ¿Quiere que le llame?

—No es necesario, Beth. —Nick se puso unas gafas protectoras que le daban aire de marciano.

Nick había olvidado el ruido ensordecedor que invadía la planta. Noventa mil metros cuadrados presididos por el estrépito metálico de las máquinas. Al entrar en la sección principal, manteniéndose dentro de la «milla verde», como se llamaba —el límite pintado de verde en la que se estaba a salvo de los tornos elevadores que circulaban por la nave a una velocidad de vértigo—, Nick sintió que el suelo temblaba. Eso significaba que la prensa de mil toneladas, que estampaba las bases del panel de control de la silla Symbiosis, estaba funcionando. Lo asombroso era que aunque la prensa de mil toneladas estaba situada en el otro extremo de la fábrica, sus movimientos resultaban perceptibles.

Ese lugar llenaba a Nick de orgullo. Constituía el auténtico corazón de Stratton, no las espectaculares oficinas centrales de lujo, los ordenadores de pantalla plana y las puñaladas traperas. El pálpito de la compañía era el sistemático estruendo del monstruo de mil toneladas, cuyas sacudidas reverberaban en la columna vertebral de todos los que trabajaban allí. En ese lugar aún era posible contemplar algunas de esas antiguas y peligrosas máquinas hidráulicas que doblaban unas planchas de acero de dos centímetros de grosor, la misma ante la que había trabajado su padre, un monstruo feroz capaz de arrancar la mano a un operario al menor descuido. Su padre había perdido la primera falange de su dedo anular ante el viejo caballo de tiro, lo cual le había causado más vergüenza que ira, porque sabía que él mismo había tenido la culpa. Su padre debió de pensar que el mecanismo de freno, después de tantos años de trabajar en estrecha colaboración, se había sentido decepcionado de él.

La furia de Nick se iba incrementando a medida que avanzaba por la planta. La idea de que Scott, que trabajaba para él, al que Nick había contratado, se atreviera a frenar proyectos, bloquear fondos y cambiar de proveedores sin consultarle, constituía una flagrante prueba de insubordinación

En esta planta había cuatrocientos obreros que trabajaban por horas, y otro centenar de empleados en nómina, fabricando sillas para que directores de bancos de inversión, gerentes de fondos de protección contra la inflación y directores artísticos apoyaran en ellas sus traseros embutidos en trajes de Armani o Prada.

A Nick siempre le impresionaba lo limpio que estaba el suelo de la fábrica, sin una mancha de grasa, con unos letreros colgantes señalando las diferentes áreas. Cada sección disponía de una tabla de seguridad, verde cuando la jornada había transcurrido sin accidentes, amarilla cuando se había producido un incidente sin importancia y roja cuando un operario había tenido que ser trasladado al hospital. Menos mal que no tenía una de esas tablas colgadas en su casa, pensó Nick irritado. ¿Qué color tenía la muerte?

Nick buscaba a dos hombres bien trajeados. No debían de ser difíciles de encontrar allí, entre hombres (y algunas mujeres) vestidos con vaqueros, camisetas y cascos.

Unos mensajes aparecían periódicamente en los monitores de televisión, un torrente constante de propaganda destinada a elevar la moral de los empleados: LA FAMILIA STRATTON SE PREOCUPA POR TU FAMILIA Y POR TI. HABLA CON TU ASESOR DE INDEMNIZACIONES. Y también: EL PRÓXIMO INSPECTOR ES NUESTRO CLIENTE. Y luego: STRATTON RINDE HOMENAJE A JIM VEENSTRA, PLANTA DE FENWICK, POR SUS 25 AÑOS DE SERVICIO.

A través de una radio sonaba a todo volumen la canción *Shadows*, de Fleetwood Mac, procedente de la sección de montaje en cadena en la que se ensamblaban las sillas. Nick había tomado prestado el sistema de Ford y prácticamente había obligado a los trabajadores a adoptarlo, por más que éstos se habían resistido. Preferían montar ellos mismos toda la silla, cosa que nadie podía reprocharles. Les gustaban los incentivos laborales a la vieja usanza. Con el cambio de sistema, montaban una silla cada cincuenta y cuatro segundos mientras una luz pasaba de verde a ámbar y a rojo, indicando a los trabajadores que se apresuraran en terminar su labor. Esta planta producía diez mil sillas Symbiosis a la semana.

Nick pasó deprisa frente a la lavadora de la cadena de montaje que eliminaba la grasa de las fundas de control de las sillas y las enviaba a una cuba de color naranja. Nick no pudo por menos que detenerse unos instantes para admirar la maquinaria robótica, una reciente adquisición, que asía chapa de aluminio, medida y aplanada, la doblaba en cinco secciones perfectas y la cortaba, todo ello en doce segundos. Un operario que llevaba unos protectores verdes en las orejas estaba dormido frente a una prensa que confeccionaba tubos a partir de unas espirales de acero de dos centímetros y medio para las sillas apilables, durante una pausa en el trabajo.

Al ver a Nick, el encargado de la planta, Tommy Pratt, le saludó con la mano y se acercó apresuradamente. Nick no podía eludirlo sin resultar descortés.

—¡Hola, señor Conover! —Tommy Pratt era un hombre menudo que parecía haber sido comprimido a partir de un hombre más corpulento: todo en él presentaba un aspecto condensado. Incluso su pelo, que formaba un apretado casco de rizos castaños—. Hacía tiempo que no le veíamos por aquí.

—He querido pasarme un momento —respondió Nick, alzando la voz para hacerse oír pese al estruendo—. ¿Has visto a Scott McNally?

Pratt asintió con la cabeza y señaló el otro extremo de la nave.

—Gracias —gritó Nick—. ¿Qué es esto? —preguntó, señalando con el mentón una cuba de color naranja repleta de piezas negras. No era frecuente ver eso, pues el nuevo sistema de control de inventario ideado por Scott evitaba que se produjera una acumulación de material. Un exceso de existencias era un pecado mortal según la religión de la Fabricación Racionalizada.

—Verá, señor Conover, hemos tenido un problema con esas piezas. Son piezas que nos suministran…

—¿De veras? Esto es prioritario. Haré que alguien llame a

Lenny en Peerless. No, le llamaré yo mismo. —Peerless, en Saint Joseph, Michigan, era una empresa que llevaba muchos años fabricando piezas pivotantes para Stratton. Nick recordaba vagamente haber recibido un par de mensajes telefónicos de Lenny Bloch, el director general de Peerless.

—Es que el mes pasado cambiamos de proveedor —apuntó Pratt—. Creo que se trata de una empresa china.

—¿Cómo?

—El caso, señor Conover, es que si alguna vez recibíamos una partida defectuosa de Peerless, lo cual no sucedía casi nunca, Bloch nos enviaba una nueva partida al día siguiente. Ahora las facturan por barco, lo cual hace que todo se eternice.

—¿Quién decidió cambiar de proveedor?

—Creo que Brad dijo que Ted Hollander había insistido en ello. Brad se opuso tajantemente, pero según dicen están recortando gastos en todos los departamentos.

Ted Hollander era el vicepresidente de control y suministros, y se hallaba a las órdenes de Scott McNally. Nick crispó la mandíbula.

—Ya te diré algo sobre el tema —dijo Nick con un tono de cordialidad corporativa—. Cuando digo que procuren reducir gastos, a veces se pasan un poco. —Nick se volvió para marcharse, pero Pratt le tocó el codo y dijo:

—Otra cosa, señor Conover. Espero no haberle producido una mala impresión, no quiero que piense que aquí estamos siempre quejándonos.

—¿Adónde quieres ir a parar?

—Es esa condenada Línea Slear. Hemos tenido que cerrarla dos veces desde que empezó el turno esta mañana. Lo está retrasando todo.

—Es más vieja que yo.

—El técnico del servicio de mantenimiento insiste en que tenemos que cambiarla. Sé que eso significa mucho dinero, pero creo que no hay más remedio.

—Confío en tu criterio —respondió Nick afablemente.

Pratt lo miró perplejo; esperaba que Nick se opusiera.

—No me quejo. Sólo digo que no podemos demorarlo más.

—Estoy seguro de que sabes lo que haces.

—No logramos que aprobaran la solicitud —insistió Pratt—.

Sus colaboradores dijeron que no era el momento adecuado. Que había que reducir los desembolsos importantes de capital.

—¿Mis colaboradores?

—Presentamos la solicitud el mes pasado. Hollander respondió a la misma hace un par de semanas.

—No hemos reducido los desembolsos importantes. Aquí pensamos a largo plazo —replicó Nick, sacudiendo la cabeza—. Algunas personas tienden a poner demasiado celo en su trabajo. Discúlpame.

Dos hombres trajeados que llevaban unas gafas protectoras recorrían el «supermercado», el área donde las piezas estaban almacenadas en los pasillos de la nave. Caminaban apresuradamente, y uno de ellos —Scott— señaló algo con un ademán al tiempo que abandonaban la nave. Nick se preguntó qué decía al otro hombre, al que reconoció por haberlo visto la noche anterior.

El abogado de Chicago que se suponía que aconsejaba a Scott sobre estructuración financiera. El hombre al que Scott, que no había puesto los pies en la fábrica desde hacía más de un año, le mostraba la planta de forma tan discreta que casi parecía clandestina.

No existía ninguna razón para que un ingeniero de las finanzas hiciera una visita guiada a una de las fábricas de Stratton. Nick pensó en tratar de alcanzarlos más tarde, pero decidió no hacerlo.

No merecía la pena exponerse a que volvieran a mentirle.

79

No había ningún correo electrónico de Cassie. No es que Nick esperara uno, pero confiaba en recibir algún mensaje de ella. Comprendió que le debía una disculpa, de modo que tecleó:

¿Dónde se ha metido mi pequeño puercoespín?

—N

Luego ajustó el ángulo de la pantalla planta, abrió el navegador y entró en Google. Tecleó el nombre de Randall Enright y el nombre de su bufete de abogados, copiándolo de la tarjeta de visita que Cassie había conseguido de él la noche antes.

Abbotsford Gruendig tenía oficinas en Londres, Chicago, Los Ángeles, Tokio y Hong Kong, además de otras ciudades. «Abbotsford Gruendig, que cuenta con dos mil abogados en veinticinco oficinas en todo el mundo, ofrece servicios globales a empresas nacionales y multinacionales, instituciones y gobiernos», afirmaba la página web de la firma.

Nick tecleó el nombre de Randall Enright. Éste apareció, formando parte de una lista de nombres, en una página encabezada con la rúbrica de MERGERS & ACQUISITIONS, seguida de más propaganda:

> Nuestros abogados empresariales son líderes en gerencia y administración, especializados en transacciones multijurisdiccionales. Están cualificados para asesorar sobre solicitud de licencias y autorización, y ofrecen servicios jurídicos en más de veinte jurisdicciones. Entre nuestros clientes se cuenta un gran número de importantes corporaciones en el sector de las telecomunicaciones, defensa e industria.

Bla, bla, bla. Más jerigonza jurídica.

Pero hizo comprender a Nick que Scott no se estaba poniendo al día con respecto a nuevas normativas de contabilidad.

Estaba metido en algo muy distinto.

Stephanie Alstrom, la asesora jurídica de Stratton, llevaba un traje chaqueta de color azul marino con una blusa blanca y una gruesa cadena de oro alrededor del cuello, probablemente destinada a enfatizar su aire autoritario. Sin embargo, el collar y los pendientes a juego conseguían el efecto opuesto: la hacían parecer más menuda. Llevaba el cabello canoso muy corto, la boca delineada con un lápiz de labios oscuro y tenía unas pronunciadas ojeras. Estaba en la cincuentena, pero aparentaba veinte años más. Quizá se debía a las muchas décadas que había dedicado a la abogacía.

—Siéntate —dijo Nick—. Gracias por venir.

—Encantada —respondió Stephanie Alstrom. Parecía preocupada, pero siempre presentaba ese aspecto—. Me has pedido que te informe acerca de Abbotsford Gruendig.

Nick asintió con la cabeza.

—No estoy segura de lo que deseas saber exactamente, pero se trata de una importante asesoría jurídica internacional, con oficinas en todo el mundo. Una fusión de una firma inglesa tradicional y una alemana.

—¿Y ese tipo, Randall Enright?

—Un abogado especializado en gerencia y administración de empresas, que habla mandarín fluidamente. Un primer espada. Especialista en China, trabajó durante varios años en sus oficinas de Hong Kong hasta que su esposa le instó a que se trasladaran de nuevo a Estados Unidos. ¿Te importa que te pregunte a qué viene este repentino interés?

—Alguien mencionó su nombre, esto es todo. ¿Qué sabes sobre la Stratton Asia Ventures?

Stephanie frunció el ceño.

—No mucho. Es una empresa subsidiaria que fundó Scott. No nos pidió que le asesoráramos.

—¿No es eso un tanto extraño?

—Nosotros revisamos todo tipo de contratos, pero no perseguimos a la gente. Supuse que Scott habría acudido a una asesoría jurídica en Hong Kong.

—Echa un vistazo a esto.

Nick pasó a Stephanie el mensaje de Scott a Martin Lai en Hong Kong, que Scott había tratado de borrar.

—Diez millones de dólares transferidos a una cuenta en Macao —remarcó Nick mientras Stephanie lo leía—. ¿Te dice eso algo?

Stephanie miró a Nick, tras lo cual bajó rápidamente la vista.

—No sé qué me preguntas.

—¿Se te ocurre alguna circunstancia que requiriera el envío de diez millones de dólares a una cuenta numerada en Macao?

Stephanie se sonrojó.

—No quiero difamar a nadie ni hacer conjeturas.

—Yo te pido que lo hagas, Steph.

—¿Quedará entre nosotros?

—Por favor. No se lo repetiré a nadie.

Después de unos momentos de vacilación, Stephanie dijo:

—Sólo pueden ser dos cosas: Macao es un paraíso fiscal para el blanqueo de dinero. Los líderes chinos utilizan los bancos de allí para abrir cuentas ocultas, al igual que los dictadores derrocados del Tercer Mundo recurren a las Caimán.

—Muy interesante. ¿Estás pensando lo mismo que yo?

Era evidente que Stephanie se sentía incómoda.

—Un desfalco o un soborno. Pero son meras conjeturas por mi parte.

—Entiendo.

—Y no debes repetírselo a nadie.

—¿Temes a Scott?

Stephanie fijó la vista en la mesa, moviendo los ojos de un lado a otro, sin decir nada.

—Scott trabaja para mí —dijo Nick.

—Bueno, al menos sobre el papel —replicó Stephanie.

—¿Cómo dices? —El comentario de Stephanie sentó a Nick como un puñetazo en el pecho. Sintió como si le faltara el aire.

—El organigrama dice que trabaja a tus órdenes, Nick —se apresuró a puntualizar Stephanie—. Eso es lo que he querido decir.

80

—Tengo una cosa para ti —le dijo Eddie por teléfono.

—Me encontraré contigo dentro de diez minutos en la sala pequeña de reuniones de mi planta —respondió Nick.

Eddie dudó unos instantes.

—¿Por qué no te pasas por mi despacho?

—¿Por qué?

—Estoy cansado de tomar el ascensor para subir allí.

Lo único que podía empeorar ese juego estúpido e inútil, pensó Nick, era involucrarse en él.

—De acuerdo —dijo secamente, y colgó.

—¿Sabes cuántos mensajes por correo electrónico envía Scotty? —preguntó Eddie, repantigándose en su silla. Nick observó que era una silla nueva, perteneciente a una serie especial limitada de sillas Symbiosis tapizadas en un cuero suave como la seda de Gucci—. Se comporta como un generador humano de correo basura.

—Siento molestarte —dijo Nick. También observó que Eddie tenía un nuevo ordenador con la pantalla plana más gigantesca que había visto en su vida.

—En primer lugar, ese tío es un adicto a Levitra. Lo obtiene a través de Internet. Supongo que no quiere que su médico lo sepa, dado que vivimos en una población pequeña.

—Me tiene sin cuidado.

—También compra vídeos pornográficos. *Cómo convertirte en un mejor amante, Perfecciona tu técnica sexual, El sexo es para toda la vida* y ese tipo de cosas.

—Maldita sea —dijo Nick—, eso es asunto suyo. Te aseguro que no me interesa. Lo único que me importa es lo que nos concierne a nosotros.

—Lo que nos concierne a nosotros —repitió Eddie. Se enderezó, tomó una carpeta gruesa y la depositó delante de Nick con brusquedad—. Esto sí nos concierne. ¿Qué sabes de Cassie Stadler?

—Y dale —replicó Nick bruscamente—. Deja de espiar mis mensajes por e-mail, o...

—¿O qué? —preguntó Eddie, alzando la vista de repente y mirando a Nick a los ojos.

Nick meneó la cabeza, sin responder.

—Sí, jefe, estamos unidos en esto, como dos siameses. No me da miedo perder mi empleo.

Nick sintió que el corazón le latía aceleradamente y se mordió el labio inferior.

—No me dedico a leer tus dichosos mensajes —dijo Eddie en tono jovial—. No necesito hacerlo. No olvides que puedo observar tu casa desde mi ordenador.

—¿Que puedes observar mi casa? —preguntó Nick meneando la cabeza—. Explícate.

Eddie se encogió de hombros.

—Las cámaras de seguridad transmiten por Internet al servidor de la empresa, como bien sabes. Veo quién entra y sale de tu casa. Y veo que esa chica entra y sale mucho.

—Yo no te he autorizado a espiarme, ¿me oyes?

—Hace un par de semanas me suplicaste que te ayudara. Algún día, en un futuro no lejano, me darás las gracias. ¿Sabías que esa chica pasó ocho meses en una institución psiquiátrica?

—Sí —contestó Nick—. Pero fueron seis meses, y no era una institución psiquiátrica. Ingresó en un hospital debido a una depresión que sufrió cuando unas amigas de la universidad murieron a causa de un accidente. ¿Y qué?

—¿Sabías que no hay constancia de que esa chica pagara ninguna cuota de la Seguridad Social durante seis años, lo que significa que no tenía trabajo? ¿No te parece extraño?

—No voy a contratarla como vicepresidenta de recursos humanos. De hecho, no pienso contratarla en absoluto. Ha trabajado de profesora de yoga. ¿Cuántos profesores de yoga pagan regularmente a la Seguridad Social?

—Aún no he terminado. Escucha. Cassie no es su nombre auténtico.

Nick frunció el ceño.

Eddie sonrió.

—Helen. Se llama Helen Stadler. Cassie no es el nombre que figura en su certificado de nacimiento. No ha cambiado legalmente su nombre. Se lo ha inventado.

—¿Y qué? ¿Adónde quieres ir a parar?

—Esa chica me da mala espina —respondió Eddie—. Hay algo en ella que no me cuadra. Ya hemos hablado de esto, pero déjame que te lo repita: por más que te guste, no merece la pena arriesgarse.

—Sólo te pedí que averiguaras qué se trae Scott McNally entre manos.

Al cabo de unos instantes de silencio, Eddie entregó a Nick otra carpeta.

—Aquí tienes todos los documentos codificados que ha encontrado mi equipo.

—¿Ah, sí?

—Mi equipo ha conseguido descifrarlos todos. En realidad se trata de un solo documento, varios borradores distintos, que se intercambiaron Scotty y un abogado en Chicago.

—Randall Enright.

Eddie miró a Nick perplejo.

—Exacto.

—¿De qué se trata?

—¡Y yo qué sé! El típico galimatías jurídico.

Nick empezó a hojear los documentos. Muchos estaban clasificados como BORRADOR y ESQUEMA. Los folios repletos llenos de jerga legal y trufados de números, la obsesión de un abogado y un contable.

—Puede que Scott esté vendiendo los secretos de la empresa —apuntó Eddie.

Nick negó con la cabeza.

—No. Ni mucho menos. Nuestro amigo Scott no está vendiendo los secretos de la empresa.

—¿No?

—No —respondió Nick, sintiendo de nuevo que le faltaba el resuello—. Lo que quiere es vender la empresa.

81

—¿Por qué confías en mí? —preguntó Stephanie Alstrom.

Se habían reunido en una de las salas de reuniones más pequeñas de la planta de Stephanie. Nick pensó que en esa empresa no existía la privacidad. Todo el mundo sabía quién se reunía con quién; todo el mundo podía espiar una conversación.

—¿A qué te refieres?

—Scott te está apuñalando por la espalda, y tú le contrataste.

—Intuición, supongo. ¿Por qué? ¿Tú también me estás haciendo la cama?

—No —respondió Stephanie, sonriendo. Nick nunca la había visto sonreír, y observó que su rostro se arrugaba de una forma extraña—. Supongo que debería sentirme halagada.

—Mi intuición me ha fallado en otras ocasiones —dijo Nick—. Pero no se puede desconfiar de todo el mundo.

—Tienes razón —contestó Stephanie, poniéndose unas gafas bifocales—. Sabes qué es esto, ¿no?

—Un acuerdo definitivo de compra —respondió Nick. Había visto centenares de contratos como ése durante su carrera, y aunque no entendía los tecnicismos, había aprendido hacía tiempo a abrirse camino a través de la densa espesura para descubrir los puntos clave—. Fairfield Equity Partners nos está vendiendo a una empresa radicada en Hong Kong que se llama Pacific Rim Investors.

Stephanie meneó la cabeza lentamente.

—Yo no lo veo así. Es curioso. En primer lugar, en la lista del activo no se mencionan ni una sola vez las fábricas, las plantas ni los empleados. Lo cual, si se habían propuesto quedarse con ello, tendría que constar. Además, en la sección de representaciones y garantías dice que el comprador no es responsable de los costes adicionales, indemnizaciones, etcétera, relacionados con el cierre de las fábricas en Estados Unidos y el despido de la plantilla. De modo que está muy claro. Pacific Rim sólo compra el nombre de Stratton. Y se deshace de todo lo demás.

Nick la miró fijamente.

—No necesitan nuestras fábricas. Ya tienen suficientes en Shenzhen. Pero ¿van a pagar ese dinero por un nombre?

—Stratton significa clase. Un antiguo y respetable nombre americano sinónimo de elegancia y solidez. Además, se quedan con nuestros canales de distribución. Piensa en ello; lo fabricarán todo allí por una fracción del precio, le colocarán la etiqueta Stratton y lo venderán a un precio elevado. Ninguna empresa americana habría firmado ese tipo de acuerdo.

—¿Quiénes son esos Pacific Rim Investors?

—No tengo remota idea, pero lo averiguaré. Todo indica que Randall Enright no trabajaba para Fairfield, sino que representaba al comprador, Pacific Rim.

Nick asintió en silencio. Ahora comprendía por qué Scott había mostrado a Enright la fábrica. Enright había ido a Fenwick para cerrar el trato en nombre de una empresa radicada en Hong Kong que no podía ir a visitarlos porque querían mantenerlo todo en secreto.

—Lo menos que podrían hacer es informarte —comentó Stephanie.

—Saben que yo pondría el grito en el cielo.

—Por eso colocaron a Scott en la junta de administración. Los asiáticos siempre exigen reunirse con los peces gordos. Si Todd Muldaur hubiera pensado que les convenía despedirte, ya lo habrían hecho.

—Exacto.

—A los posibles compradores les escama que un director general sea despedido antes de una venta. Todos aguzan las antenas. Además, muchas de las relaciones decisivas son tuyas. Lo más inteligente era aislarte herméticamente. Que es lo que han hecho.

—Yo tenía a Todd Muldaur por un idiota, pero ahora comprendo que estaba equivocado. Es un capullo. ¿Puedes explicarme este acuerdo?

Stephanie esbozó una mueca.

—Jamás había visto nada semejante. Está trufado de incentivos para agilizar el asunto, conseguir que firmen cuanto antes. Pero es una conjetura por mi parte. Deberías hablar con alguien que sepa de qué se trata.

—¿Quién? Scott es la única persona que conozco capaz de descifrar los detalles más enrevesados.

—Es muy bueno, pero no es el único —contestó Stephanie—. ¿Sigues hablándote con Hutch?

82

Nick había empezado a temer salir de su casa.

No en el sentido de ir a trabajar, aunque le costaba un gran esfuerzo ponerse la máscara de Nick Conover, director general de Stratton, seguro de sí mismo, amable y extrovertido, precisamente cuando una marea negra de ansiedad amenazaba con filtrarse a través de sus poros. Pero tanto si se trataba de una función escolar, ir de compras o llevar a clientes a restaurantes, cada vez le costaba más asegurarse la máscara para que no se le cayera.

Lo que tiempo atrás le resultaba incómodo, incluso doloroso —encontrarse con personas que la empresa había despedido, intercambiar con ellas unas palabras corteses aunque tensas, o simplemente sentirse como un paria en su propia ciudad—, se había convertido en algo insoportable. Fuera a donde fuese, cada vez que se topaba con alguien Nick tenía la sensación de llevar un letrero fluorescente colgado del cuello, unos tubos de color naranja chillón que mostraban la palabra ASESINO.

Incluso esa noche, cuando no era sino un espectador más en la función de Julia. El recital de piano que Julia había esperado con una mezcla de angustia e ilusión. Se celebraba en uno de los antiguos teatros de la ciudad, el Aftermath Hall, un lugar que olía a humedad y que había sido construido en la década de los treinta, con un escenario cuyas tablas presentaban un color amarillento sobre el que habían instalado un piano de cola Steinway, unas cortinas de terciopelo rojo y unas butacas tapizadas también de terciopelo rojo con unos incómodos respaldos de madera.

Los niños, ataviados con sus mejores chaquetitas y corbatas

o vestidos, atravesaron el vestíbulo, impulsados por una energía nerviosa. Un par de niños afroamericanos vestidos con chaquetas y corbatas acompañados por su hermana mayor, que lucía un vestido blanco con un lazo: era poco frecuente en Fenwick, dado su escasa población negra.

Nick se sorprendió al ver allí a la hermana mayor de Laura, Abby. También tenía dos hijos y estaba casada con un hombre que vivía de las rentas de un fondo fiduciario pero carecía de personalidad. El tipo afirmaba ser escritor, pero básicamente se dedicaba a jugar al tenis y al golf. Abby tenía los mismos ojos azules y luminosos que Laura, el mismo cuello de cisne. En lugar de los apretados rizos castaños de su mujer, tenía una melena castaña y lisa que le alcanzaba los hombros. Era más reservada, tenía un talante más estirado y era menos accesible. Nick no le tenía demasiada simpatía. Un sentimiento que probablemente era recíproco.

—Hola —dijo Nick, tocándole el codo—. Te agradezco que hayas venido. Julia se alegrará mucho.

—Fue muy amable por su parte llamarme.

—¿Julia te llamó?

—Parece sorprenderte. ¿No le pediste que lo hiciera?

—Ya sabes que no puedo decirle que haga nada. ¿Cómo está la familia?

—Estamos todos perfectamente. ¿Los niños se encuentran bien?

Nick se encogió de hombros.

—A veces sí, otras no. Te echan mucho de menos.

—¿Ah, sí? Pero tú no. —Abby suavizó un poco su expresión con una sonrisa que no parecía muy sincera.

—Pues claro. Todos te echamos de menos. ¿Cómo es que no te vemos nunca?

—Ha sido de locos —respondió Abby.

—¿En qué sentido?

Abby parpadeó, como si se sintiera turbada. Por fin contestó:

—Verás, Nick, es muy duro para mí. Desde que...

—Vale, lo entiendo —se apresuró a interrumpirle Nick—. Sólo digo que nos gustaría verte con más frecuencia.

—Ya —respondió Abby, inclinando la cabeza, bajando la voz y mirándole con una expresión inquietante—. Es que... cada vez que te miro... —dijo Abby, bajando la vista y fijándola de nuevo en Nick—. Cada vez que te miro me entran náuseas.

Nick se sintió como si le hubieran asestado una patada en el cuello.

Un grupo de niños, grandes y pequeños, pasaron junto a ellos apresuradamente, ataviados con sus mejores galas, tensos debido al nerviosismo escénico. Alguien comenzó a tocar unas complicadas piezas en el Steinway, como un pianista profesional que actuara en el Carnegie Hall.

El cadáver desnudo de Laura postrado sobre la camilla después de haber sido embalsamado. Nick sollozando desconsoladamente mientras la vestía, tal como él había pedido y a lo que el director del tanatorio había accedido, aunque a regañadientes. Nick incapaz de contemplar su rostro cerúleo, una simple imitación de su maravilloso cutis cuando estaba viva, el cuello y las mejillas que Nick había besado en tantas ocasiones.

—Crees que el accidente fue culpa mía, ¿no es así?

—Creo que no tiene sentido hablar de ello —replicó Abby, fijando la vista en el suelo—. ¿Dónde está Julia?

—Seguramente esperando que le toque el turno de salir y sentarse al piano. —Nick sintió una mano en su hombro y al volverse comprobó sorprendido que era Cassie. Al verla se sintió más animado.

Cassie se alzó de puntillas y le besó brevemente en los labios.

—Cass... Caramba, no tenía ni idea...

—No me lo habría perdido por nada en el mundo.

—¿Te pidió Julia a ti también que vinieras?

—Me habló de ello, lo cual es muy distinto. En mi opinión, el recital de piano de una hija se inscribe en la categoría de obligaciones familiares, ¿no estás de acuerdo?

—Yo... no sé qué decir.

—Venga, hombre, me considero casi de la familia. Además, soy muy aficionada al piano clásico, ¿no lo sabías?

—No sé por qué, pero lo dudo.

Cassie acercó los labios al oído de Nick y susurró, excitándole con su aliento cálido:

—Te debo una disculpa.

Luego desapareció antes de que Nick tuviera ocasión de presentársela a Abby.

—¿Quién es tu nueva novia? —preguntó Abby con voz seca, áspera y adusta no exenta de cierto retintín.

Nick se quedó estupefacto.

—Se llama... Cassie. Esto... es...

«Esto... es..., ¿qué? ¿Una amiga? ¿Un rollete? ¿La hija del hombre que asesiné, qué coincidencia tan curiosa, no? Cuéntaselo a Craig, tu marido que supuestamente es escritor. Eso le dará en qué pensar.»

—Es muy guapa —comentó Abby, arqueando las cejas, entrecerrando los ojos, exhalando desprecio.

Nick asintió, sintiéndose profundamente incómodo.

—Aunque no parece el tipo que le gusta a Nick Conover. ¿Es artista o algo por el estilo?

—Pinta. Es profesora de yoga.

—Celebro que vuelvas a salir con chicas —dijo Abby en un tono hipócrita a más no poder.

—Ya, bueno...

—A fin de cuentas, ya ha pasado un año —añadió Abby jovialmente pero con un tono frío, duro y sarcástico—. Estás en tu pleno derecho. —Sonrió, victoriosa, sin molestarse en ocultarlo.

Nick no supo qué responder.

Cuando Audrey se acercó, LaTonya estaba soltándole el rollo a una pobre incauta, sacudiendo el índice, mostrando unas uñas largas de color coral —unas uñas postizas incluidas en un kit de manicura francesa que había tratado de vender a Audrey— semejantes a unos instrumentos peligrosos. Lucía un *muumuu* y unos pendientes gigantescos.

—Te lo aseguro —dijo—. Puedo ganar fácilmente ciento cincuenta dólares en una hora participando en esas encuestas *on-line*. Sentada cómodamente en casa en pijama. ¡Me pagan por expresar mis opiniones!

Cuando vio a Audrey, LaTonya sonrió.

—Ya me imaginaba que estabas trabajando —dijo Audrey, abrazándola con afecto.

—No me digas que Leon también ha venido. —LaTonya parecía haberse olvidado de la venta que pretendía hacer, dejando que su víctima se alejara.

—No sé dónde se ha metido —confesó Audrey—. Cuando me pasé por casa, no estaba allí.

—Humm —murmuró LaTonya con un tono cargado de significado—. Lo que es seguro es que no está trabajando.

—¿Sabes algo que no quieres decirme? —preguntó Audrey, turbada por la desesperación que dejaba entrever.

—¿Sobre Leon? ¿Crees que iba a contármelo a mí?

—LaTonya, hermana —dijo Audrey aproximándose—. Estoy preocupada por él.

—Te preocupas demasiado por ese hombre. No se lo merece.

—No me refiero a eso. Es que... sale con frecuencia.

—De lo cual deberías dar las gracias a tu buena estrella.

—Hace mucho tiempo que no... compartimos momentos íntimos —se esforzó en decir Audrey.

LaTonya meneó la cabeza.

—No quiero conocer los detalles escabrosos de mi hermano.

—No, yo... Estoy convencida de que pasa algo malo, LaTonya, ¿no me entiendes?

—¿Bebe más?

—No es eso, que yo sepa. Pero pasa muchos ratos fuera de casa.

—¿Crees que ese cabrón te pone los cuernos?

Audrey sintió que se le saltaban las lágrimas. Apretó los labios y asintió con la cabeza.

—¿Quieres que hable con él? Le cortaré las pelotas.

—Deja, yo lo resolveré, LaTonya.

—No dudes en llamarme, ¿de acuerdo? Ese gandul no sabe el tesoro de mujer que tiene.

83

Audrey se sintió acongojada cuando la hija de Nicholas Conover tocó el primer preludio del *Clave bien temperado*. No sólo porque la niña no lo había tocado bien, equivocándose varias veces de nota, con una técnica que dejaba bastante que desear y ejecutándolo de forma mecánica. Camille había sido la triunfadora de la velada con el vals de Brahms, que había interpretado perfectamente y con sentimiento, haciendo que Audrey se sintiera muy orgullosa de ella. Su preocupación se debía a lo que le iba a suceder a Julia Conover. La niña, que se sentía incómoda enfundada en vestido, había perdido a su madre, una tragedia que ninguna criatura debería sufrir. Y ahora estaba a punto de perder a su padre.

Al cabo de un par de días su padre sería arrestado, acusado de asesinato. La niña sólo podría verlo durante las visitas supervisadas a la cárcel; vestido con un mono de color naranja, detrás de un cristal blindado. La vida de esa niña se vería marcada para siempre por un juicio público por asesinato, no cesaría de oír maledicencias, lloraría cada noche hasta caer dormida, ¿y quién la arroparía por las noches? ¿Una canguro pagada? Era demasiado espantoso para pensar en ello.

Su padre sería enviado a la cárcel. La vida de esa hermosa niña, que no era una gran pianista pero irradiaba dulzura e ingenuidad, iba a cambiar para siempre. Por más que Andrew Stadler hubiera sido víctima de un asesinato, esta niña también era una víctima, lo cual llenaba a Audrey de tristeza y angustia.

Cuando la profesora, la señora Guarini, dio las gracias al público por haber asistido e invitó a todo el mundo a un refrigerio, Audrey se volvió y vio a Nicholas Conover.

Estaba filmando con una cámara de vídeo. Junto a él estaba

sentada una bonita joven, y junto a ella el guapo hijo de Conover, Lucas. Audrey se quedó atónita al reconocer a la mujer, que de pronto alzó la mano y acarició afectuosamente el cuello de Conover.

Era Cassie Stadler.

La hija de Andrew Stadler.

Audrey estaba confundida. No sabía qué pensar ni cómo interpretar lo que acababa de ver.

Nicholas Conover mantenía una relación con la hija del hombre al que había asesinado.

Audrey tuvo la sensación de que un montón de puertas acababan de abrirse.

84

Tenía que suceder, puesto que los dos llegaban al trabajo a la misma hora.

Nick y Scott se habían evitado escrupulosamente. Incluso en las reuniones en que ambos estaban presentes se trataban con cordialidad ante los demás, pero no se detenían a charlar ni antes ni después de la reunión.

Pero en esta ocasión no pudieron evitar toparse. Nick se hallaba frente a los ascensores, esperando, en el preciso momento en que Scott se acercó.

Nick fue el primero en saludar al otro.

—Buenos días, Scott.

—Buenos días, Nick.

Un prolongado silencio.

Por fortuna, en esos momentos se acercó otra persona, una mujer que trabajaba en facturación.

—Hola —dijo tímidamente, mirando a Nick, después de haber saludado a Scott, que era su jefe.

Los tres subieron en el ascensor en silencio, observando cómo cambiaban los números. La mujer se bajó en la tercera planta. Nick se volvió hacia Scott.

—Parece que has estado muy ocupado —dijo, en un tono más agresivo de lo que había pretendido.

Scott se encogió de hombros.

—Como de costumbre.

—¿Eso incluye cargarte proyectos como Dashboard?

Tras una breve pausa, Scott contestó:

—Lo aparqué.

—No sabía que entrara en tus competencias el desarrollo de nuevos productos.

Scott dudó unos instantes, como si no supiera cómo eludir el embate, pero luego respondió:

—Cualquier gasto de esa envergadura me concierne.

El ascensor se detuvo en la planta noble.

—Bien —dijo Scott con visible alivio—, ya nos veremos, supongo.

Nick extendió la mano hacia el panel de control y pulsó el botón de emergencia, impidiendo de inmediato que se abrieran las puertas y haciendo que se disparara una alarma que sonó a lo lejos en el hueco del ascensor.

—¿Qué diablos…?

—¿De qué bando estás, Scott? —preguntó Nick con agresiva calma, acorralando a Scott en un rincón del ascensor—. ¿Crees que no sé lo que está pasando?

Nick supuso que Scott contestaría con una de sus habituales ocurrencias para eludir el tema. Scott se puso colorado como un tomate y miró a Nick con los ojos muy abiertos, pero Nick vio en su rostro ira, no temor.

«No te teme», había observado Cassie.

—Aquí no es cuestión de bandos, Nick. No se trata de textiles contra nudistas.

—Quiero que me escuches con atención. Tú no eres quién para cargarte proyectos o «aparcarlos», sustituir a proveedores o hacer ningún cambio sin consultarme, ¿entendido?

—No es tan sencillo —replicó Scott sin perder la compostura, aunque mostraba un tic en el ojo izquierdo—. Tomo todo tipo de decisiones a lo largo del día…

La alarma de emergencia del ascensor seguía sonando.

Nick bajó la voz y susurró:

—¿Para quién crees que trabajas? Cualquier decisión que tomes, cualquier orden que des que no se corresponda con tus atribuciones, será anulada por mí. Públicamente, si es necesario. Te guste o no, Scott, trabajas para mí —dijo Nick—. No para Todd Muldaur ni para Willard Osgood, sino para mí. ¿Queda claro?

Scott le miró, mientras su ojo izquierdo parpadeaba frenéticamente. Por fin respondió:

—La cuestión es la siguiente: ¿para quién crees que trabajas tú? Los dos trabajamos para nuestros accionistas. Es muy sencillo. Tu problema es que nunca lo has entendido. Hablas sobre dirigir esta compañía como si fueras el dueño. Pero desengáñate. No eres el propietario, ni yo tampoco. Te crees superior a mí porque se te saltaron las lágrimas cuando se produjeron los despidos. Hablas sobre la «familia Stratton», pero no es una familia, Nick, es un negocio. Tienes buena facha y a ellos les gusta exhibirla ante los analistas de Wall Street. Pero el mero hecho de que te sientan bien las mallas no te convierte en un superhéroe.

—Basta, Scott.

—Fairfield te dejó las llaves del coche, Nick. No te lo regaló.

Nick respiró hondo.

—Sólo hay un conductor.

El tic de Scott era cada vez más acentuado. Nick observó que le latía una venita en la sien.

—Por si no lo sabías —prosiguió Scott—, las cosas han cambiado aquí. No puedes despedirme. —Scott trató de pulsar el botón de emergencia para hacer que las puertas del ascensor se abrieran. Pero Nick se colocó de forma que bloqueó la mano de Scott.

—Tienes razón —convino Nick—. No puedo despedirte. Pero te lo diré sin rodeos: mientras yo siga aquí, te prohíbo que lleves a cabo ningún tipo de negociaciones con respecto a la venta de esta empresa.

Scott esbozó una media sonrisa sin apartar la vista del rostro de Nick. Ninguno dijo nada durante unos instantes. Sólo se oía el timbre de alarma del ascensor.

—De acuerdo —contestó Scott fríamente—. Tú eres el jefe.

Pero su tono recordó a Nick la interpretación que había hecho Cassie de la frase de Scott: las palabras no pronunciadas que indicaban «de momento».

85

Nick regresó a su mesa disgustado y comenzó a examinar sus correos electrónicos. Más nigerianos que buscaban el medio de compartir los millones que habían sustraído. Más ofertas para añadir unos centímetros, u obtener dinero prestado, o adquirir analgésicos.

Nick llamó a Henry Hutchens y quedó citado con él al día siguiente para tomar café o comer temprano. Luego trató de localizar a Martin Lai en su casa, en Hong Kong, donde eran las nueve de la noche.

Esta vez respondió Martin Lai en persona.

—Hola, señor Conover, sí, gracias, gracias —dijo, en una nerviosa catarata de palabras—. Siento mucho no haberle devuelto la llamada. Estaba de viaje.

Nick sabía que no era cierto. ¿Había hablado Lai con Scott, sorprendido de recibir una llamada del director general de Stratton, y Scott le había indicado que no contestara?

—Martin, necesito que me ayudes en un tema importante.

—Sí, señor. Por supuesto.

—¿Qué puedes decirme sobre una transferencia de diez millones de dólares por parte de Stratton Asia Ventures a una cuenta numerada en Macao?

—No sé nada de eso —contestó Lai un tanto apresuradamente.

—¿Quieres decir que no sabes por qué se hizo la transferencia?

—No, señor, no sé nada al respecto.

Lai estaba mintiendo. Sin duda seguía órdenes de Scott.

—Esta irregularidad financiera me ha llamado poderosamente la atención, Martin. Me tiene muy preocupado. He decidido hablar contigo para averiguar si sabías algo al respecto antes de que los responsables de autorizar esas transacciones emprendan una investigación oficial.

—No sé nada al respecto, señor.

Mientras Nick miraba la pantalla del ordenador, oyó la voz de Marjorie por el intercomunicador, y en ese mismo instante apareció un mensaje.

—Nick —dijo Marjorie—, te llaman otra vez del instituto.

Nick soltó un gruñido.

El mensaje era de Stephanie Alstrom:

Nick, tengo una información para ti. ¿Podemos hablar pronto?

—¿Es Sundquist? —preguntó Nick a Marjorie al tiempo que tecleaba:

Pásate ahora por mi despacho.

—Me temo que sí —respondió Marjorie—. Y esta vez parece que se trata de algo grave.

—Vaya por Dios —dijo Nick—. Pásame con él.

Stephanie Alstrom iba a salir del ascensor en el preciso momento en que Nick se disponía a entrar.

Nick le indicó que permaneciera en la cabina y cuando las puertas se cerraron, dijo:

—Tengo mucha prisa. Un asunto personal. ¿Qué tienes para mí, Steph?

—Pacific Rim Investors —contestó Stephanie—. Al parecer es un consorcio cuyo socio silencioso (su benefactor anónimo) es una facción del ELPC, el Ejército de Liberación Popular Chino.

—¿Por qué querría el ejército chino comprar Stratton?

—Capitalismo, lisa y llanamente. Han adquirido miles de empresas extranjeras, generalmente a través de compañías interpuestas para evitar una reacción política violenta. Me pregunto si Willard Osgood lo sabe. Está situado a la derecha de Atila, el rey de los Hunos.

—Yo también me lo pregunto —dijo Nick—. Pero no existe persona más archiconservadora que Dorothy Devries. Y puedes estar segura de que no sabe nada de esto.

86

—Sé que eres un hombre muy ocupado, Nick —dijo Jerome Sundquist mientras le acompañaba a su despacho y pasaban frente a las fotografías enmarcadas de campeones de tenis multiculturales—, pero si alguien te debe una disculpa, ése es tu hijo. —Sundquist habló en voz alta para que lo oyera Lucas.

Lucas estaba sentado en una de las butacas tapizadas de color tostado, encogido, con los hombros encorvados, como si hubiera menguado. Llevaba una camiseta debajo de una camisa a cuadros y un pantalón ancho con una cremallera a la altura de las rodillas para poder convertirlos en unas bermudas, cosa que Lucas nunca hacía.

Cuando Nick entró, su hijo no alzó la vista.

Nick se detuvo, enfundado en una gabardina —esta vez estaba preparado para enfrentarse al mal tiempo, incluso había cogido un paraguas—, y dijo:

—De modo que has vuelto a las andadas.

Lucas no respondió.

—Cuéntaselo a tu padre —terció Sundquist, sentándose detrás de su voluminosa mesa. Nick se preguntó brevemente por qué las personas que tenían unas mesas de trabajo gigantescas y unos despachos enormes en realidad no solían ejercer mucho poder.

Entonces recordó que aunque Jerry Sundquist sólo era el director de un instituto en una pequeña población en Michigan, en estos momentos ejercía una influencia tan poderosa en las vidas de los Conover como Willard Osgood.

Lucas miró al director con los ojos enrojecidos y luego fijó la vista en sus pies. ¿Había estado llorando?

—Bien, si él no tiene el valor de decírtelo, entonces lo haré yo —dijo Sundquist, repantigándose en su silla. Parecía disfrutar con la situación, pensó Nick—. Ya te dije que si volvían a pillarlo fumando, le expulsaríamos.

—Entiendo —respondió Nick.

—Y creo que también te dije que si encontrábamos drogas, avisaríamos a la policía.

—¿Drogas?

—Hace unos años la junta escolar votó unánimemente que cualquier estudiante que consumiera, distribuyera o poseyera marihuana en el recinto de la escuela, sería expulsado temporalmente, arrestado y sometido a un proceso, arriesgándose a ser expulsado de forma permanente.

—Arrestado —repitió Nick, sintiendo un repentino escalofrío, como si hubiera entrado en una cámara frigorífica de carne. Lucas no había estado llorando. Estaba colocado.

—Nosotros notificamos a la policía y dejamos que sean ellos los que presenten cargos contra el estudiante. Debo decirte que las leyes de Michigan son muy severas con respecto a los menores a quienes se les incauta marihuana. La multa de dos mil dólares probablemente sea una insignificancia para ti, Nick, pero he visto a jueces imponer a menores desde una pena de libertad condicional hasta cuarenta y cinco días en prisión, e incluso un año.

—Jerry...

—Según las leyes de Michigan, estamos obligados a notificar a la policía, ¿comprendes? No hay alternativa.

Nick asintió con la cabeza y empezó a masajearse la frente para aliviar su jaqueca. «Dios santo —pensó—. Van a expulsarle.» No había otro instituto en setenta kilómetros a la redonda. ¿Y qué colegio privado aceptaría a Lucas con su expediente? ¿Cómo habría reaccionado Laura ante esto? Ella estaba mejor dotada que Nick para resolver situaciones difíciles.

—Quisiera hablar contigo, Jerry. Los dos solos. Sin Luke.

Sundquist sólo tuvo que volverse hacia Lucas y alzar el mentón, y el chico se levantó como una bala.

—Espera en la sala de profesores —le dijo Sundquist, quien a continuación agregó—: Lo siento, Nick. Me disgusta hacerte esto.

—Jerry —dijo Nick, inclinándose hacia delante. Durante

unos momentos perdió el hilo de sus pensamientos. De pronto ya no era un padre importante, el presidente y director general de la empresa más relevante de la ciudad. Era un estudiante implorándole al director de su instituto—. Estoy tan furioso como tú por este incidente. Probablemente más. Y debemos hacer comprender a Lucas que es una conducta inaceptable. Pero es la primera vez que lo hace.

—En cambio yo no estoy tan seguro de que sea la primera vez que Lucas fuma marihuana —contestó Sundquist, mirando de soslayo—. De todos modos, seguimos una política de tolerancia cero. En estos casos nuestras opciones son muy limitadas.

—No se trata de una pistola, y Lucas no es un camello. Estamos hablando de un cigarrillo de marihuana, ¿no es así?

Sundquist asintió con la cabeza.

—Hoy en día empiezan por ahí.

—Jerry, debes tener en cuenta lo que ha sufrido el chico debido a la muerte de Laura. —El tono de Nick contenía una nota de súplica que le avergonzó.

El director del instituto no se inmutó. Es más, parecía casi satisfecho. Nick sintió que la ira se adueñaba de él, pero sabía que si se abandonaba a este sentimiento eso sólo serviría para empeorar la situación.

Nick respiró hondo y dijo:

—Jerry, te suplico clemencia. Si hay algo que yo pueda hacer por el instituto, el sistema del instituto, cualquier cosa que pueda hacer Stratton, cuenta con ello.

—¿Me estás ofreciendo un soborno? —preguntó Sundquist con aspereza.

—Por supuesto que no —contestó Nick, aunque ambos sabían que eso era exactamente de lo que estaba hablando. Otro descuento importante en el mobiliario ahorraría al instituto cientos de miles de dólares al año.

Sundquist cerró los ojos y sacudió la cabeza con tristeza.

—Eso es indigno de ti, Nick. ¿Qué clase de lección vas a enseñarle a tu hijo si obtiene un trato especial debido al cargo que ocupa su padre?

—Lo que hablemos aquí quedará entre nosotros —respondió Nick. Le parecía increíble que acabara de ofrecer al director del instituto un soborno. ¿Había algo más bajo? Los sobornos eran la moneda de cambio que utilizaban Scott McNally y Todd Muldaur. No él.

Jerome Sundquist miró a Nick con una nueva expresión, una expresión de desencanto e incluso desprecio.

—Fingiré que no lo he oído, Nick. Pero estoy dispuesto a mostrar cierta tolerancia con Luke debido a la muerte de su madre. Tendré que notificar a la policía que estamos dispuestos a encargarnos nosotros del caso, que lo dejen a nuestro criterio. Impondré a Lucas una expulsión de cinco días y la obligación de someterse a psicoterapia durante ese tiempo y el resto del curso escolar. Pero la próxima vez acudiré directamente a la policía.

Nick se levantó, se acercó a la mesa de Sundquist y extendió la mano para estrechársela.

—Gracias, Jerry —dijo—. Creo que has tomado la decisión adecuada, y te lo agradezco.

Pero Sundquist no quiso estrecharle la mano.

Diez minutos más tarde, Nick y Lucas salieron juntos por la puerta de cristal del instituto. Llovía a cántaros —debía de ser la época del monzón— y Nick sostuvo el paraguas sobre Lucas, pero éste hizo caso omiso y echó a andar bajo la lluvia, con la cabeza alta, como si quisiera empaparse.

Lucas vaciló unos instantes antes de ocupar el asiento delantero, como si no supiera si regresar a la carrera. Cuando salieron del aparcamiento y enfilaron por Grandview Avenue, dentro del coche se instaló un ambiente cargado de tensión debido al mutismo de ambos.

El efecto de la marihuana se había disipado y Lucas se sentía deprimido. Estaba callado, pero no era un silencio neutral. Era una actitud desafiante, como la de un prisionero de guerra decidido a no revelar nada más que su nombre, graduación y número de identificación.

El de Nick era un silencio de quien tiene mucho que decir pero teme lo que pueda ocurrir si empieza a hablar.

Lucas movió el dial de la radio hasta sintonizar una emisora de rock alternativa y la puso a todo a volumen.

Nick apagó de inmediato el aparato.

—¿Te sientes satisfecho de ti mismo?

Lucas calló, limitándose a fijar la vista en la carretera mientras los limpiaparabrisas se movían de un lado a otro en un monótono ritmo.

—¿Sabes qué te digo? Esto habría sido una gran decepción para tu madre. Deberías alegrarte de que no esté viva para verlo.

Más silencio. Esta vez Nick esperó una respuesta. Cuando se disponía a proseguir, Lucas dijo con voz hueca:

—Ya te ocupaste tú de eso.

—¿Qué quieres decir?

Lucas no contestó.

—¿Qué coño significa eso?

Nick se dio cuenta de que estaba gritando. Observó unas gotas de su saliva en la luna del coche. Detuvo el vehículo en el arcén y se volvió hacia Lucas.

—¿Tú qué crees? —replicó Lucas, en voz baja y trémula, procurando no mirar a su padre a los ojos.

Nick le miró con incredulidad.

—¿Qué insinúas? —murmuró, haciendo acopio de toda la serenidad de que era capaz.

—Olvídalo —respondió Lucas haciendo un pequeño ademán con la mano izquierda para indicar a su padre que cortara el rollo.

—¿Qué insinúas?

—No lo sé, papá. Yo no estaba presente.

—¿Qué te pasa, Lucas? —Los limpiaparabrisas seguían moviéndose de un lado a otro, de derecha a izquierda, y Nick percibió el sonido del intermitente, que no se había desconectado. Alargó la mano y lo apagó. La lluvia caía a mares sobre las lunas del coche, creando la impresión de que ambos se hallaban encerrados en una cabaña durante una violenta tormenta, aunque era una cabaña que no ofrecía seguridad—. Mira, Luke, ya no tienes a tu madre. Sólo me tienes a mí. Tú querrías que no fuera así. Yo también. Pero debemos tratar de sacar el máximo partido de una mala situación.

—Yo no he creado esta situación.

—Nadie ha «creado» esta situación —contestó Nick.

—Tú mataste a mamá —soltó Lucas, en voz tan baja que

durante unos momentos Nick no estuvo seguro de si Lucas había pronunciado esas palabras.

Nick se sintió como si alguien le hubiera estrujado el corazón.

—No puedo hablar de eso ahora. No puedo hablar contigo.

«Los hombres Conover estáis mejor protegidos que un castillo medieval.»

—De acuerdo.

—No —dijo Nick—. No. Borra eso. —Respiraba agitadamente, como si hubiera participado en una carrera de ochocientos metros—. Escúchame. Lo que le ocurrió a tu madre esa noche... Dios sabe que hemos hablado de eso...

—No, papá —dijo Lucas con voz trémula pero firme—. Nunca hemos hablado de eso. Tú no quieres hablar de eso. Es la regla de la casa. No hablar del tema. Tú no quieres. Sólo quieres hablar de que soy un caso perdido.

Las ventanillas habían empezado a empañarse. Nick cerró los ojos.

—A propósito de tu madre. No pasa un día sin que me pregunte si pude haber hecho algo para evitarlo.

—Tú nunca... —Lucas tenía los ojos humedecidos y su voz sonaba ronca, entrecortada.

—El camión apareció de repente —dijo Nick, pero se interrumpió. Era demasiado doloroso—. Lo ocurrido no tiene remedio, Luke. No fue culpa mía ni culpa tuya.

Tras unos instantes de silencio, Lucas dijo:

—Maldita competición de natación.

—No trates de buscarle sentido, Lucas, porque no existe ninguna lógica. Ocurrió, y punto.

—No fui a visitarla. —Lucas hablaba tan entrecortadamente, debido al porro que se había fumado o tal vez por la emoción, que Nick apenas le entendía, aunque eso era lo de menos—. En el hospital. Más tarde.

—Tu madre estaba en coma. Ya había muerto, Luke.

—Quizá me habría oído. —La voz de Lucas se tornó débil y aflautada.

—Tu madre sabía lo mucho que la querías, Luke. No era necesario que se lo recordaras. En cualquier caso, no creo que hubiese querido que la recordaras de ese modo. No le habría disgustado que no fueras a verla. Se habría alegrado. Estoy convencido. Siempre estuvisteis muy compenetrados. Como si hubiera una radiofrecuencia que sólo oíais vosotros. Creo que tú fuiste el único de la familia que hiciste lo que tu madre hubiese querido que hicieras, Luke.

Lucas ocultó la cara entre las manos. Cuando volvió a hablar, parecía como si su voz proviniera de muy lejos.

—¿Por qué me odias tanto? ¿Porque me parezco a ella y no lo soportas?

—Lucas —dijo Nick. Estaba resuelto a reprimir su emoción—. Quiero que me escuches. Necesito que oigas lo que voy a decirte. —Nick cerró los ojos—. Eres lo que más quiero en este mundo —dijo con voz ronca, articulando las palabras con dificultad, pero expresándose finalmente—. Te quiero más que a mi propia vida.

Nick abrazó a su hijo, que al principio se tensó y rebulló en el asiento, pero de repente Lucas estrechó a Nick con fuerza, como cuando era niño.

Nick sintió las rítmicas convulsiones de dolor, la acelerada respiración, y tardó unos momentos en caer en la cuenta de que Lucas no era el único que estaba sollozando.

87

El teléfono sonó y Audrey lo descolgó sin pensar.

—¿La inspectora de policía Rhimes? —dijo una voz dulce femenina, pronunciando las palabras lenta y pausadamente.

Audrey sintió que el corazón le daba un vuelco.

—Yo misma —respondió, aunque estuvo tentada de decir «no, la inspectora Rhimes está de vacaciones».

—Soy Ethel Dorsey, inspectora.

—Sí, señora Dorsey —dijo Audrey, suavizando el tono—. ¿Cómo se encuentra?

—Tan bien como puedo estarlo después de haber perdido a mi Tyrone. Pero gracias a Dios todavía me quedan tres hijos maravillosos.

—Hay muchas cosas que no alcanzamos a comprender, señora Dorsey —dijo Audrey—. Pero las Sagradas Escrituras dicen que quienes siembren lágrimas cosecharán canciones de alegría.

—Sé que el Señor recoge nuestras lágrimas y las guarda en una botella.

—Sí. Así es.

—Dios es bueno.

—Siempre —respondió Audrey automáticamente.

—Lamento molestarla, inspectora, pero quería saber si habían adelantado algo en el caso de Tyrone.

—No, lo siento. Aún no hemos averiguado nada. Pero seguimos en ello. —Audrey se sintió avergonzado de mentir.

—No lo dejen, inspectora, se lo ruego.

—Por supuesto que no lo dejaremos, señora Dorsey.

Durante las últimas semanas Audrey sólo había pensado en el caso muy de pasada. Se alegraba de que la señora Dorsey acudiera a otra iglesia, en otra población.

—Sé que hace lo que puede.

—Puede estar segura de ello.

—Que el Señor le dé fuerzas, inspectora.

—Y a usted también, señora Dorsey.

Audrey colgó compungida y profundamente avergonzada. El teléfono volvió a sonar casi de inmediato.

Era Susan Calloway, la mujer con voz árida del laboratorio de la policía estatal en Grand Rapids. La técnica en armas de fuego a cargo de la base de datos del IBIS. Su voz sonaba algo distinta, y Audrey detectó una nota de entusiasmo, si bien muy controlada.

—Creo que tengo algo para usted —dijo la mujer.

—Ha podido cotejar las balas.

—Siento haber tardado tanto…

—No se preocupe.

—La policía de Grand Rapids se lo ha tomado con calma. Sólo les pedí que sacaran las balas del depósito de pruebas y las llevaran a Fuller, a diecisiete manzanas de allí. Cualquier diría que les estaba pidiendo un sacrificio humano.

Audrey emitió una risa educada.

—Pero finalmente ha podido cotejar las balas —dijo. La técnica parecía sentirse eufórica.

—Claro que, lo malo es que nadie lleva ya este caso. Ocurrió hace seis años, y los dos inspectores que se encargaban de él ya no están allí. Siempre hay una excusa.

—Y que lo diga —contestó Audrey, riendo.

—En cualquier caso, las balas que han traído son iguales que las de su caso. Son unas Rainiers de cobre, de modo que la munición es distinta. Pero las estrías son idénticas.

—O sea que el resultado es positivo.

—En efecto.

—¿El arma…?

—No puedo asegurarlo con toda certeza, pero yo diría sin temor a equivocarme que es una Smith & Wesson 38. Aunque eso no sería admisible legalmente.

La mujer leyó el número del informe de la bala remitido por la policía de Grand Rapids.

—Así que en Grand Rapids tienen toda la información que necesito —comentó Audrey.

—No sé si tienen mucho más de lo que ya le he dicho. Tengo entendido que los dos inspectores que llevaban el caso han abandonado el cuerpo.

—No obstante, sus nombres me serían muy útiles.

—Ese dato puedo dárselo yo misma. En todo caso, el del inspector que redactó el informe. Aquí lo tengo, en el apartado de comentarios.

La técnica guardó silencio. Cuando Audrey se disponía a pedirle ese dato, la mujer habló de nuevo, y Audrey se quedó estupefacta.

—Aquí dice que fue redactado por el inspector Edward J. Rinaldi —dijo la técnica—. Pero, según me han comentado, se ha retirado del cuerpo, por lo que no creo que le sirva de gran ayuda. Lo siento.

QUINTA PARTE

No hay escondite posible

88

Mulligans era una cafetería situada en Bainbridge Road, en Fenwick, famosa por su salsa boloñesa, cuyas excelencias merecieron un artículo publicado en el *Fenwick Free Press* que colgaba en la entrada en un marco amarillo, titulado «A propósito de las salsas de carne». Era el lugar al que solía ir Nick a las tres de la mañana, después de los bailes de los alumnos, cuando iba al instituto y a la universidad. Frank Mulligan había muerto hacía tiempo y el local pertenecía ahora a un tipo que había estudiado un curso por delante de Nick y Eddie en el instituto. Se llamaba Johnny Frechette, y había pasado tres años en Ionia por tráfico de drogas.

Nick no había vuelto por allí desde hacía varios años, y observó que el lugar presentaba un aspecto un tanto destartalado. Los manteles de las mesas de formica se habían desteñido y mostraba unas zonas blancas debido al roce de las tazas y los platos. En esos momentos servían el desayuno, y el local olía a café, a sirope y a beicon, combinado en un solo aroma: *Eau* de Cafetería.

Al parecer Eddie conocía a las camareras. Probablemente iba a desayunar allí con frecuencia. Estaban sentados a una mesa en un rincón, alejados de la ventana. Aparte de algunas personas que comían sentadas a la barra, el local estaba desierto.

—Tienes un aspecto horrible —comentó Eddie.

—Gracias —contestó Nick, irritado—. Tú también.

—He de decirte una cosa que no te gustará.

Nick contuvo el aliento.

—¿De qué se trata?

—Han identificado el arma.

Nick palideció.

—Dijiste que te habías desembarazado de ella.

—Y lo hice.

—Entonces, ¿cómo es posible que la hayan identificado?

Ambos guardaron silencio cuando una camarera excesivamente perfumada se acercó sosteniendo una cafetera de cristal y les sirvió chapuceramente café en las gruesas tazas blancas.

—Hoy en día en balística cuentan con todo tipo de artilugios —explicó Eddie.

—No sé de qué me estás hablando. —Nick bebió un apresurado sorbo de su café solo, quemándose la lengua. Quizá no quería entender lo que Eddie pretendía decirle.

—Han cotejado las balas con la pistola.

—¿Que han cotejado las balas con qué? —Nick se dio cuenta de que había levantado la voz, y la bajó de inmediato—. Pero si la pistola no existe. ¿No me dijiste que la habías hecho desaparecer?

—Sí, ya, pero por lo visto ya no necesitan encontrar una pistola. —Eddie abrió un par de cartones pequeños de leche semidesnatada y los vertió en su taza de café, removiendo hasta que éste adquirió un poco apetecible tono gris—. Sólo necesitan las balas, debido a que ahora disponen de una gigantesca base de datos, que no recuerdo cómo se llama. Supongo que cotejaron las balas que hallaron en el cuerpo de Stadler con las que recuperaron hace años en el escenario del crimen donde yo birlé la pipa. ¡Cómo quieres que yo lo sepa! Mi fuente no me dio detalles.

—¿Quién es tu fuente?

Eddie sacudió la cabeza de un lado a otro.

—Olvídalo.

—¿Lo sabes con certeza? ¿Estás absolutamente seguro?

—Desde luego. No hay vuelta de hoja.

—¡Joder, Eddie, me aseguraste que no había problema! —se indignó Nick—. Me aseguraste que la pistola no estaba registrada a tu nombre. Dijiste que la habías cogido en el escenario de un crimen, que nadie podía relacionarla contigo.

La habitual expresión de seguridad de Eddie había desaparecido, dando paso, curiosamente, a un rostro sudoroso y desencajado.

—Eso creía yo. Algo que yo no controlaba ha salido mal, colega.

—No puedo creer que esto esté pasando —se lamentó Nick con voz ronca—. Es increíble. ¿Qué coño vamos a hacer ahora?

Eddie dejó su taza sobre la mesa y miró a Nick con frialdad.

—No haremos absolutamente nada. No diremos nada, no confesaremos nada, no soltaremos ni una puñetera palabra. ¿Entendido?

—Pero si... si saben que la pistola que utilicé fue la que tú birlaste...

—Tratarán de relacionar los hechos, pero no podrán. Quizá logren probar que la munición que mató a Stadler fue disparada por esa pistola, pero no conseguirán demostrar que yo la cogí. Lo único que tienen son pruebas circunstanciales. Cuando registraron tu casa no consiguieron nada, fue una táctica para asustarte. No tienen testigos, tienen un montón de indicios forenses que no sirven para nada, y ahora tienen la pistola, pero en última instancia todo son pruebas circunstanciales. Así que lo único que pueden hacer ahora es atemorizarte para que confieses. Por esto te lo digo. Para que estés preparado. No quiero que esos graciosos te presionen con esto y tú te derrumbes, ¿comprendes? Tienes que mostrarte firme. —Eddie bebió un sorbo de café sin apartar los ojos de los de Nick.

—¿No pueden arrestarnos? Quizá ni siquiera necesitan que confesemos.

—No. Si ninguno de nosotros dice una palabra, no pueden arrestarnos.

—Tú no dirás nada, ¿verdad? —musitó Nick—. No vas a abrir la boca.

Eddie sonrió lentamente, y Nick se estremeció. Había algo sociopático en Eddie, una expresión siniestra en sus ojos.

—Veo que vas entendiendo —dijo Eddie—. Verás, en última instancia, yo les importo un carajo, Nick. No soy más que el responsable de seguridad de una empresa, un don nadie. Tú eres el pez gordo al que odia todo el mundo en esta ciudad. No les interesa clavar mi insignificante cornamenta en la pared. Tú eres el monstruo al que persiguen. Eres el premio gordo, ¿comprendes?

Nick asintió lentamente. Notó que la habitación empezaba a girar.

—La única forma de que esto se venga abajo —dijo Eddie— es si tú abres la boca. Quizá decidas jugar a «Hagamos un Trato» con la policía. Digamos que tratas de llegar a un acuerdo con ellos por tu cuenta, para salvar tu propio pellejo. Pero eso sería un tremendo error, Nick, porque yo me enteraría. Si mantienes siquiera una conversación preliminar, exploratoria, con esos tíos, yo lo sabré a los pocos segundos. Tenlo por seguro, Nick. Créeme, tengo mis informadores allí. Y mi abogado se presentará en el despacho del fiscal del distrito cagando leches, con una oferta que aceptarán sin pensárselo dos veces.

—¿Tu... abogado? —preguntó Nick con voz ronca.

—Veamos de qué pueden acusarme. Se llama «obstrucción», lo cual no es un delito grave. Tratándose de alguien sin antecedentes penales, quizá me echaran seis meses, o ni siquiera una condena de cárcel. Pero a mí no tocarán un pelo cuando acceda a contarles toda la historia, cuando declare la verdad ante el gran jurado y durante el juicio. De esa forma atraparán al asesino, ¿comprendes? ¿Y qué sacaré yo de ello? Una absolución. Ni siquiera una libertad condicional. Esto te lo aseguro, Nick.

—Pero tú no harías eso, ¿verdad? —preguntó Nick. Al oír su voz le parecía que procedía de muy lejos—. Nunca harías una cosa semejante.

—Sólo si tú cambias las reglas del juego, colega. Sólo si abres la boca. De todas formas debo decirte que jamás debí involucrarme en esto. Ni siquiera sé por qué fui esa noche a ayudarte. Supongo que por generosidad, para ayudar a un amigo que estaba en un grave apuro. Debí decirte: lo siento, colega, pero no cuentes conmigo; debí quedarme en la cama. Como mínimo, debía haberte denunciado hace tiempo. Llegar a un trato con la policía. No sé por qué no lo hice. En cualquier caso, lo hecho, hecho está, pero que quede claro que no pienso comerme este marrón. Si tratas de hacer un trato con la policía, si hablas, yo haré lo que más me convenga.

Nick respiraba trabajosamente.

—No hablaré —aseguró.

Eddie le miró de soslayo, sonriendo, como si gozara con la situación.

—Sólo tienes que conservar la calma, Nick, y no nos pasará nada a ninguno de los dos. Mantén la boca bien cerrada, no pierdas los nervios y todo irá bien.

La camarera regresó, esgrimiendo su cafetera.

—¿Les apetece más café? —dijo.

Ni Eddie ni Nick respondieron a la pregunta, tras lo cual Nick dijo lentamente, sin mirarla:

—Gracias, ya está bien así.

—Eso es —apostilló Eddie—. Ya está bien así.

89

El Club de Tenis de Fenwick no era un lugar donde se jugara mucho al tenis, según había comprobado Nick. Pero para Henry Hutchens —Hutch, como le llamaban todos— se había convertido en un hogar fuera del hogar. Años atrás había sido el jefe financiero de Stratton, cuando el cargo ostentaba el nombre, mucho menos pomposo, de interventor. Había trabajado para el viejo Devries durante un cuarto de siglo, y cuando Nick se hizo cargo de la compañía, Hutch había ayudado a preparar los informes financieros para la venta a Fairfield. Había llevado a cabo un buen trabajo. Hutch tenía un talante invariablemente cortés, quizá un tanto estirado. Y cuando Nick se había presentado en su despacho —así fue como lo hizo, en el despacho de Hutch, no el suyo propio— para informarle de que los de Fairfield pensaban sustituirle por un colaborador de ellos, Hutch no había rechistado siquiera.

Nick le había dicho la verdad sobre Fairfield. No obstante, ambos sabían que si Nick se hubiera opuesto con firmeza, los de Fairfield habrían desistido. Pero no lo había hecho. Hutch era un contable muy competente de la vieja escuela. Pero en Fairfield no faltaban los ingenieros financieros de primer orden, dispuestos a soltar un rollo sobre las ventajas de los sistemas de cálculo de costes basado en la actividad y contabilidad económica del valor añadido. Consideraban a Hutch un contable un tanto anticuado, que no utilizaba términos como «estratégico». Scott McNally era el tipo de hombre con el que los de Fairfield se sentían cómodos, alguien que podía ayudar a Nick a conducir la compañía al siguiente nivel. «El siguiente nivel.» Tiempo atrás Nick había utilizado esa frase constantemente; pero ahora se había convertido en un tópico que apestaba a comida rancia.

—Hace mucho tiempo que no tomamos una copa juntos

—dijo Hutch cuando Nick se acercó a la mesa que ocupaba en el interior del club. Alzó su copa de Martini y sonrió irónicamente, pero no se puso de pie—. ¿Te apetece beber algo?

Hutch tenía un rostro rubicundo que de lejos le daba un aspecto saludable. De cerca, Nick observó los capilares hinchados debido al alcohol. Incluso su sudor olía a ginebra.

—Es demasiado temprano para mí —contestó Nick. Caray, aún no era ni mediodía.

—Por supuesto —asintió Hutch con su tono cadencioso a lo Thurston Howell III—. Eres un trabajador. Has de ir a tu despacho. Y tienes un montón de empleados que dependen de ti. —Hutch apuró su copa e indicó al camarero que le trajera otra.

—Al menos de momento.

Hutch enlazó sus manos.

—Debes de ser muy popular. Todo el mundo habla sobre los despidos. En Boston deben de estar encantados. Y pensar que mi humilde persona fue la primera que acabó en el patíbulo. De hecho, es un honor.

Nick palideció.

—La empresa te debe mucho, Hutch. Personalmente, siempre te estaré agradecido.

—Por favor. No todo el mundo tiene el privilegio de venderle la soga a su propio verdugo. —El camarero depositó otra copa delante de Hutch—. Gracias, Vinnie —murmuró éste. El camarero, un sesentón que parecía a punto de morir asfixiado por culpa de la pajarita roja de su uniforme, asintió afablemente.

—Tráigame un zumo de tomate —pidió Nick.

—Has sorprendido a mucha gente —prosiguió Hutch. Se metió la aceituna del Martini en la boca y la masticó con aire pensativo—. Tengo que conservar las fuerzas —añadió con un guiño.

—Lo sucedido ha sido muy duro para todo el mundo. Muchas personas muy válidas han sufrido un grave perjuicio. Lo sé muy bien.

—No me has entendido —dijo Hutch—. No me refería a los despidos. Me refería a que no todo el mundo te consideraba al candidato adecuado para el cargo de director general. Un ejecutivo competente, sin duda. Pero no el idóneo para ocupar el despacho del jefe.

—Bueno. —Nick miró a su alrededor, tomando nota de la chimenea de piedra, los manteles blancos, la alfombra roja con un elegante dibujo—. Supongo que el viejo Devries...

—No tuvo nada que ver con Milton —le interrumpió Hutch bruscamente—. De haber querido, Milton podría haberte nombrado presidente, consejero delegado. Cualquiera de esos cargos para sustituirle. Es lo que suele hacerse en el caso del heredero de una corporación. Pero no lo hizo.

—De acuerdo —respondió Nick, tratando de no enojarse.

—Milton te estimaba. Todos te estimábamos. Pero cuando se planteó el tema... —Hutch contempló el fondo acuoso de su cóctel—. Milton te consideraba un tanto arrogante. Un guapito de campus universitario. Demasiado preocupado con alcanzar la popularidad para ser un buen líder. —Hutch levantó la vista—. Consideraba que carecías de instinto asesino. ¡Qué sarcasmo!

A Nick le ardía la cara.

—Ya que eres un experto en sarcasmos, esto te va a gustar. —Nick abrió su maletín de cuero y entregó a Hutch el contrato que Eddie había sacado del correo electrónico de Scott.

—¿Qué es esto?

—Explícamelo tú a mí. —«Si es que no estas demasiado borracho para entenderlo», pensó Nick.

Hutch sacó sus gafas de leer, unas lentes con montura metálica, y empezó a hojear el documento. De vez en cuando daba unos golpecitos en las páginas al tiempo que reía secamente.

—Vaya, vaya —dijo por fin—. Deduzco que esta obra de arte no es tuya.

—En efecto.

—¡Ay, Milton! Deberías seguir vivo: Stratton te necesita. —Hutch se quitó las gafas y chasqueó la lengua—. Pacific Rim Investors —dijo, tras lo cual añadió—: Ni siquiera puedo pronunciar el nombre, ¿es malasio? Por todos los santos. —Hutch miró a Nick con ojos enrojecidos—. Una unión fraguada en el cielo. Al parecer tus caballeros blancos llegaron de Boston montados en sus corceles para vender Stratton a unas gentes del Yang-Tsé.

Nick le explicó que según Stephanie Alstrom, el auténtico dueño era el Ejército de Liberación Chino.

—Ésa sí que es buena —dijo Hutch alegremente—. ¡Qué

maravilla! Pero no está bien tomarles el pelo a los chinos de esa forma.

—¿Tomarles el pelo?

—Si esas cuentas de resultados son auténticas, significa que Stratton va viento en popa. Pero sospecho que son tan falsas como una manzana de cristal.

«Es como vestir la mona de seda», pensó Nick.

—Si yo tuviera acceso a vuestros informes más recientes sobre producción y activo, y no estuviera tan bebido, y me apeteciera hacerlo, podría hacerte un resumen tan claro de este documento que hasta tú lo comprenderías. —Hutch bebió un trago de su cóctel—. Pero incluso en mi estado actual, puedo decirte que alguien ha estado maquillando todo esto. Para empezar, tomáis vuestras reservas contra pérdidas de vuestro último año de beneficios y las utilizáis para cubrir el nuevo torrente de tinta roja. Es lo que se llama una contabilidad amañada, y cuando pillaron a la Cendant Corporation haciendo eso, tuvieron que pagar tres mil millones de dólares en concepto de daños y perjuicios para subsanar el estropicio. No es correcto mentir sobre el pasivo acumulado.

—¿Y de qué me serviría eso? —preguntó Nick—. Cuando los nuevos propietarios descubran la verdad, se querellarán contra Fairfield exigiéndoles una suma descomunal en concepto de daños.

—Pero lo bonito del caso es que no pueden presentar una demanda contra ellos.

—¿Por qué?

—El contrato contiene una cláusula muy astuta sobre litigios —respondió Hutch, dando unos golpecitos en el papel—. Una vez firmado el acuerdo, no podrá presentarse ninguna querella con respecto a las representaciones y las garantías que constan en este documento, bla, bla, bla.

—¿Por qué diablos aceptarían los compradores esa cláusula?

—Creo que la respuesta es evidente —contestó Hutch, alzando de nuevo la vista—. Está en el acuerdo anejo. Garantizando el pago de una cantidad de siete cifras a alguien, sin duda un funcionario gubernamental chino con la capacidad de agilizar los trámites.

—Un soborno.

—Qué palabra tan fea, hijo mío. Los chinos tienen una maravillosa tradición que consiste en repartir sobres de color rojo de *hong bao*, dinero de buena suerte, para comenzar el nuevo año lunar con buen pie.

—¿No es un poco pronto para el Año Nuevo chino?

—Veo que lo vas captando. A menos que se te ocurra otra explicación de por qué Stratton le ha enviado su dinero a una cuenta numerada en Macao. El cual apostaría que fue transferido inmediatamente a otra cuenta numerada en el Banco de Comercio de Labuán.

—¿Labuán?

—Una isla frente a las costas de Malasia. Un pedacito de arena, y una gigantesca oferta de servicios financieros. Comparados con los banqueros de Labuán, los suizos son unos simples aficionados. Básicamente es donde los cleptócratas chinos depositan sus ganancias obtenidas por medios fraudulentos para que estén a buen recaudo.

—No tenía ni idea.

—Seguro que ya contaban con eso. Las chicas y los chicos buenos no han oído hablar de Labuán. Y tampoco envían dinero a los bancos de allí.

—Joder —dijo Nick—. ¿Cuánta gente está enterada de esto?

—Es imposible de precisar, aunque sólo se precisan dos refrendarios para ejecutarlo. Un directivo corporativo, como tu encantador jefe de finanzas, y un socio gerente de Fairfield. Todo el asunto parece un tanto sórdido, pero supongo que esos dos jóvenes tienen prisa. Hoy en día mucha gente tiene prisa. ¿Seguro que no quieres tomarte una copa conmigo?

—Aún espero que me traigan el zumo de tomate —contestó Nick—. Está tardando mucho.

—Vaya por Dios —exclamó Hutch en voz baja—. Lo había olvidado. Dudo de que Vinnie te lo sirva. Imagino que ya estarás acostumbrado a estas cosas.

—¿A qué te refieres?

Hutch miró al camarero y se encogió exageradamente de hombros.

—Despediste a su hermano.

90

Audrey localizó a Bugbee en su móvil en el Burger Shack, un lugar al que su compañero solía ir a comer. Bugbee apenas la oía, debido a la cacofonía de risas, ruido de platos y una música de rock que sonaba en el local.

—¿Cuándo vas a volver? —le preguntó Audrey varias veces.

—Estoy comiendo.

—Eso ya lo sé. Pero esto es importante.

—¿Qué?

—Conviene que regreses cuanto antes.

—Te he dicho que puede esperar.

—Y yo te digo que no —contestó Audrey.

—Estaré en el Burger Shack durante…

—Nos veremos allí —dijo Audrey, y colgó antes de que Bugbee pudiera protestar.

Bugbee se recobró enseguida del malhumor por haber visto interrumpido su almuerzo con los colegas, tres agentes de paisano, aproximadamente de su edad. Se excusó y él y Audrey se sentaron en un reservado vacío.

—Entonces ya está —dijo Bugbee cuando Audrey le contó que habían identificado el arma—. Ya los tenemos.

—Todavía quedan unos flecos —respondió Audrey—. Son pruebas circunstanciales.

Bugbee la miró enojado. Tenía una enorme mancha de ketchup en su espantosa corbata, lo cual le confería un aspecto más vistoso.

—¿Qué coño esperas? ¿Encontrar el diario de Nick Conover con una anotación especial de aquella noche confesando que se cargó a ese tío, con ayuda de Eddie?

—Estamos relacionando unos datos que no sé si el fiscal nos dejará relacionar.

—¿Qué putos datos estáis relacionando? —le espetó Bugbee.

Audrey pensó brevemente en pedirle que se abstuviera de soltar palabrotas, pero no le pareció el momento propicio.

—Sabemos que esto indica que Eddie Rinaldi y Nick Conover están implicados.

—Pero qué lista eres...

—¿Quieres hacer el favor de callarte unos segundos? —Merecía la pena decir eso con tal de ver la expresión de estupor de Bugbee—. La pistola utilizada para matar a Stadler es la misma que usaron en un caso en el que no se encontró el arma. Y Eddie Rinaldi trabajó en ese caso, hace seis años. Pero ¿demuestra eso que Rinaldi birló la pistola y se la llevó a Grand Rapids? Hay demasiadas lagunas.

—Anda ya. No lo creo, y tú tampoco.

—Nuestra opinión no va a convencer al fiscal del distrito para que presente cargos contra Rinaldi y Conover. Especialmente en un caso de homicidio en el que está involucrado el director general de una gigantesca empresa y uno de sus principales ejecutivos.

—Oye, mira, cuando conectemos a nuestro amigo Eddie a un polígrafo, confesará.

—No tiene que someterse a un polígrafo.

—Si se enfrenta a una acusación de asesinato en primer grado sin libertad condicional, te aseguro que accederá a hacerlo. —Bugbee se recostó en el respaldo del reservado, saboreando el momento—. Esto es genial —dijo con una sonrisa.

Audrey reparó en que era la primera vez que veía a Bugbee sonriendo de auténtico gozo. No encajaba en su rostro, parecía falso, alteraba el orden natural de las cosas. Sus mejillas mostraban unas profundas arrugas, como una tela excesivamente almidonada.

—Conover no se someterá a un polígrafo —dijo Audrey—. Y para ser sinceros, todavía no sabemos cuál de los dos disparó —comentó.

—Qué más da. Los acusaremos a ambos de asesinato en primer grado y luego ya veremos. Haremos un trato con el primero que se acerque a la ventanilla, como de costumbre.

—No sé si llegaremos a ese punto, si conseguiremos un fiscal que emita una orden de arresto.

—De modo que todo depende del fiscal. Venga, mujer, ya sabes cómo funciona esto.

—A Noyce no le gustan esas tácticas.

—Que le den. Ya te lo dije: éste caso es nuestro. No suyo.

—De todos modos... —contestó Audrey—. No sé. No quiero meter la pata.

Bugbee se puso a contar con la mano izquierda, empezando por el pulgar.

—Hemos identificado la tierra, tenemos la dichosa grabación de seguridad con el segmento borrado, tenemos el dato de que la alarma de Conover sonó a las dos de la mañana, seguido por la desesperada llamada por el móvil, tenemos al tipo esquizoide con un historial de agresiones contra el sospechoso, y ahora tenemos la identificación de la pistola. —Bugbee alzó cinco dedos con gesto triunfal—. ¿Qué más quieres? Propongo que vayamos a por ellos.

—Antes quiero decírselo a Noyce.

—¿Quieres comentarlo con papaíto? —Bugbee sacudió la cabeza—. ¿Aún no has caído en que Noyce no está de nuestra parte?

—¿Por qué lo dices?

—Piensa un poco. Cuanto más nos acercamos al director general de Stratton, más se interpone Noyce en nuestro camino. No quiere que arrestemos al gran *kahuna*. No me sorprendería que estuviera en la nómina de Stratton.

—Eso es absurdo.

—Lo digo muy en serio. Me escama la forma en que ese tío se ha puesto de lado de Stratton.

—Noyce tiene que mostrarse cauto en un caso tan importante como éste.

—Lo suyo es mucho más que cautela. ¿No te sorprendió que cuando registré el piso de Rinaldi, sin avisar, resulta que habían desaparecido un par de pistolas de su casa, como si alguien le hubiera prevenido?

—Quizá Rinaldi se libró de ellas después de que Conover asesinara a Stadler —apuntó Audrey—. O puede que Conover lo llamara, diciéndole que unos policías iban a registrar su casa, y Eddie corrió a la suya para desembarazarse de las pruebas.

—Sí, podría darse cualquiera de esas posibilidades. En teoría. ¿No te has fijado en que Noyce está tratando de ponértelo difícil, encargándote otros trabajos para que no tengas tiempo de ocuparte de este caso? Mira, Audrey, no me fío de él.

—Es mi amigo, Roy —contestó Audrey suavemente.

—¿En serio? —preguntó Bugbee—. Yo no estaría tan seguro.

Audrey no respondió.

91

La mansión de Dorothy Devries en Michigan Avenue, en la zona este de Fenwick, no parecía tan grande como Nick recordaba, y en cambio le resultó más sombría si cabe. Fuera, los tejados a dos aguas y los muros en aguilón evocaban la mansión gótica de la Familia Addams. Dentro, los suelos de madera presentaban un color chocolate y estaban parcialmente cubiertos con alfombras orientales. Los muebles eran de caoba oscura o estaban cubiertos con un damasco oscuro. A Dorothy le gustaba tener las cortinas echadas, y Nick recordó que la mujer le había comentado en cierta ocasión que el sol desteñía las telas. Lo que más relucía en aquella casa era el brillo lunar del pálido cutis de su propietaria.

—¿Has dicho que te apetece una taza de té? —preguntó Dorothy, observando a Nick con los ojos entornados. Permanecía prácticamente inmóvil sobre una butaca Reina Ana tapizada con un tejido color burdeos. Del techo colgaba una araña, que Dorothy se había abstenido de encender.

—No, gracias —respondió Nick.

—Te he interrumpido —se disculpó Dorothy—. Continúa, por favor.

—La situación a grandes rasgos es tal como he descrito. Tú y yo nos esforzamos en vender bien la empresa a Fairfield, y lo hicimos porque queríamos conservar el legado de tu padre. Y de tu marido.

—Legado —repitió Dorothy. En la penumbra, Nick no estaba seguro de si su vestido era de color marengo o azul marino—. Qué palabra tan bonita.

—El cual constituye toda una hazaña —prosiguió Nick. Dorothy parecía más animada—. Harold Stratton creó una empresa que funcionaba igual de bien, sino mejor, que cualquier otra, y lo consiguió aquí, en Fenwick. Y tu marido colocó a Fenwick en el mapa, en lo que respecta a corporaciones americanas. —Dorothy había hecho que se publicara privadamente una brillante y elogiosa biografía de su marido, Milton, de la que se habían vendido un buen número de ejemplares. Nick sabía que Dorothy siempre era sensible a los comentarios encomiásticos sobre la importancia histórica de su padre—. De modo que creo que a tu padre le horrorizaría la perspectiva de ver a Stratton envuelta en papel de embalar y transportada al Lejano Oriente. A mí desde luego me horroriza. No es justo. No es justo para Fenwick, ni es justo para Stratton.

La señora Devries parpadeó.

—Supongo que me estás contando todo esto por alguna razón.

—Desde luego.

—Soy toda oídos, Nicholas. —Dorothy utilizó su nombre completo como si Nick fuera un estudiante de escuela primaria, y le faltara nivel para captar bien las tres sílabas.

—Tú posees una parte de la empresa. Formas parte de la junta. Pensé que si conseguía tu apoyo, podríamos exponer juntos el caso ante los demás. De ese modo no pensarían que yo lo hacía simplemente para conservar mi puesto. Porque esta venta sería un desastre sin paliativos. A los chinos no les interesan nuestras fábricas. Ya tienen las suyas. Van a desmembrar Stratton, subastar las fábricas y echar al resto de la plantilla.

—Pintas un cuadro desolador.

—La situación es desoladora.

—Siempre te ha gustado dramatizar. No es un comentario crítico. Pero no has venido aquí para consultarme, ¿o sí?

—Por supuesto.

—Porque no te oído preguntarme mi opinión. Te he oído exponerme la tuya.

—Creí que debía informarte —contestó Nick, perplejo—. Para averiguar qué opinabas al respecto. —Una pausa—. Quisiera que… me ayudaras y aconsejaras

Dorothy esbozó una tenue sonrisa.

—¿De veras? —preguntó.

Nick la miró, sintiendo que empezaba a sonrojarse. «¿Ya estaba Dorothy informada del asunto antes de que yo viniera a verla?»

—Confieso que me sorprende oírte exponer un argumento basado en los sentimientos, en lugar de dólares y sentido común. Porque no recuerdo que me pidieras ayuda ni consejo cuando decidiste eliminar la línea Stratton Ultra. La cual constituía el legado del que mi marido se sentía más orgulloso. —Dorothy añadió con tono quedo—: Una palabra preciosa.

Nick calló.

—Y tampoco recuerdo que me pidieras ayuda ni consejo cuando decidiste despedir a cinco mil trabajadores, arrastrando el nombre de Stratton por el fango —prosiguió Dorothy—. Teniendo en cuenta lo mucho que se había esforzado Milton por convertirlo en un nombre emblemático que representara lo mejor de Fenwick. Eso también formaba parte de su legado, Nick.

—Tú votaste a favor de los despidos, Dorothy.

—¡Como si hubiese estado en mi mano detener ese tren! No me malinterpretes. No me quejo. Vendimos la empresa, que ahora pertenece casi por entero a Fairfield Partners. Por tanto debemos abordar el asunto como una transacción comercial.

—Con todo respeto, Dorothy, ¿no te disgusta que Stratton pase a manos del gobierno chino? ¿De los comunistas chinos?

Dorothy Devries dirigió a Nick una mirada gélida.

—¡Por favor! ¿Y me lo preguntas tú? Los negocios son los negocios. Mi familia ganó mucho dinero cuando vendimos la compañía a Fairfield, y ganaremos mucho más cuando la vendan a ese consorcio.

—¡Pero por el amor de Dios! —Nick observó algo en el rostro de Dorothy que le chocó—. Tú ya lo sabías, ¿no es así?

Dorothy se negó a responder.

—Nicholas, yo no te cedí el puesto de Milton para que desmantelaras esta empresa, créeme. Pero lo hiciste. Quisiste darle un aire más moderno con esa estupidez de la Oficina del Futuro. Eliminaste lo que era real, sólido, y lo sustituiste por oropel y papel maché. A Milton le habría horrorizado. Aunque supongo que no puedo juzgarte sin juzgarme a mí. Yo misma te di las llaves del despacho del jefe.

—Así es —respondió Nick—. ¿Por qué lo hiciste?

Dorothy guardó silencio durante unos instantes.

—Como puedes imaginar —respondió con una sonrisa amarga—, yo también me hago esta pregunta muchas veces.

92

El problema era que Audrey había prometido a Noyce que le mantendría informado. En rigor, Audrey estaba autorizada a presentarse en el despacho del fiscal y solicitar una orden de arresto contra Conover y Rinaldi sin consultarlo con él. Eso Audrey lo sabía. Pero no era justo excluirle. Era cuestión de cortesía mantener a Noyce al corriente de las últimas novedades. Audrey le había comunicado que habían identificado la pistola en cuanto ella se había enterado, y no había motivo para empezar a ocultarle cosas. Eso enfurecería a Noyce, y lo que era peor, le dolería, y Audrey no estaba dispuesta a hacer eso.

Cuando Audrey entró en el despacho de Noyce, sonaba una suave música. Audrey reconoció la pieza de Duke Ellington, *Mood indigo*, un solo de trompeta.

—¿Es Louis el que toca? —preguntó.

Noyce asintió con la cabeza, absorto.

—Ellington y Armstrong lo grabaron en una sola toma. Increíble.

—Desde luego.

—Duke era fantástico a la hora de componer una pieza de la noche a la mañana. La víspera de una grabación, esperó a que su madre terminara de preparar la cena, se sentó al piano y compuso en quince minutos una obra que tituló *Dreamy blues*. La noche siguiente la orquesta la tocó por la radio, emitiendo desde el Cotton Club. Luego le cambió el nombre por el de *Mood indigo*. —Noyce meneó la cabeza, esperó a que la canción concluyera y desconectó el lector de CD—. ¿Qué puedo hacer por ti?

—Creo que tenemos suficientes pruebas para arrestar a Conover y a Rinaldi.

Noyce abrió mucho los ojos mientras Audrey le explicaba los pormenores, tras lo cual los achicó rápidamente.

—Te invito a un helado, Audrey.

—Estoy tratando de no comer...

—Pues me miras mientras yo me como uno. He pensado en uno de esos Tornados de Fresa que sirven en el Dairy Queen.

Noyce atacó su helado de vainilla servido en una bandeja en forma de barquito, recubierto con salsa de fresas, mientras Audrey trató de no mirar el helado, que tenía un aspecto delicioso, porque su fuerza de voluntad se venía abajo en materia de dulces, sobre todo a media tarde.

—No querrás que te echen de la unidad por realizar un falso arresto, Aud —dijo Noyce, que tenía una mancha de helado en la comisura de la boca—. ¿Te das cuenta de con quién estás tratando?

—¿Crees que Nicholas Conover es tan poderoso?

—Es un hombre rico y poderoso, y por si fuera poco trabaja para un *holding* en Boston que tratará de proteger su inversión. Y si eso significa querellarse contra el departamento de policía de la ciudad de Fenwick, Michigan, tienen medios suficientes para hacerlo. Lo cual significa presentar una querella contra ti. Y contra nosotros.

—Pero podría ocurrir lo contrario —señaló Audrey. Sentía que sus tripas protestaban y la boca se le llenaba de saliva—. También es posible que los del *holding* se pongan nerviosos al ver que su director general es acusado de asesinato en primer grado y decidan echarlo.

Noyce no levantó la vista de su helado.

—¿Estás dispuesta a correr ese riesgo?

—Si estoy sinceramente convencida de que Conover y Rinaldi están implicados en un homicidio, y tengo un fiscal dispuesto a respaldarme, ¿cómo pueden acusarme de hacer un falso arresto?

—Significa que muchos de nosotros acabaremos involucrados en el asunto. Por otra pare, no conseguirás que un fiscal redacte una orden de arresto a menos que esté seguro de poder ganar el caso. Y me temo que en ese aspecto pisamos todavía un terreno resbaladizo.

—Pero con todo lo que tenemos, Jack...

Noyce alzó la vista.

—¿Qué es lo que tenemos, Aud? ¿Cuál es tu prueba más contundente? ¿La pistola? De modo que Rinaldi se ocupaba de un caso en Grand Rapids, y la misma pistola que fue utilizada en ese asunto aparece aquí.

—Lo cual no es una mera coincidencia. Rinaldi tenía fama de ser un policía corrupto.

—Cuidadito con eso. Son meros rumores. Los policías siempre andan chismorreando unos sobre otros y apuñalándose por la espalda. Tú lo sabes mejor que nadie. —Noyce suspiró—. Nadie te permitirá alegar eso. Si quieres decir que se apoderó de la pistola, de acuerdo, pero no tienes pruebas de ello.

—No, pero...

—Míralo desde el punto de vista del abogado de la defensa. La misma pistola utilizada en Grand Rapids aparece aquí. ¿Crees que es la primera vez que una pistola ha sido utilizada en Grand Rapids y luego aquí? ¿De dónde crees que nuestros traficantes de drogas consiguen sus amas? De Flint, Lansing, Detroit, Grand Rapids. Tienen que obtenerlas en algún sitio.

Audrey calló mientras observaba a Noyce comerse su helado de vainilla, afanándose en recoger un poco de salsa de fresa con cada cucharada.

—Lo más probable —prosiguió Noyce— es que un cabrón de Fenwick le comprara una pistola a otro cabrón en Grand Rapids. Perdona mi vocabulario, Audrey.

—Pero el césped sembrado con hidrosemillas, la identificación de la tierra...

—Es una prueba muy endeble para sustentar en ella un asesinato en primer grado, ¿no te parece?

Audrey estaba desesperada.

—La llamada por el móvil sobre la que nos mintió Conover...

—Es posible que se confundiera de día, Audrey. Yo estoy haciendo de abogado del diablo, ¿comprendes?

—Pero el sistema de seguridad de Conover... La grabación de esa noche fue borrada, y podemos demostrarlo.

—¿Puedes demostrar que fue borrada, o que la cinta fue reciclada? Hay una diferencia notable.

Estaba claro que Noyce había hablado con Kevin Lenehan.

—En eso tienes razón —admitió Audrey.

—Luego está el hecho de que tanto tú como Bugbee interrogasteis a los vecinos de Conover, y ninguno oyó un disparo esa noche.

—Jack, tú sabes lo separadas que están las casas en la urbanización Fenwicke. Además, una treinta y ocho no hace mucho ruido.

—Audrey, ni tienes sangre, ni armas, ni huellas, ni testigos. ¿Qué tienes?

—Móvil y oportunidad. Un acosador con un historial de violencia y permiso para utilizar una pistola, que acosaba al director general de Stratton…

—Que, por lo que sabemos, no iba armado.

—Peor para Conover si Stadler no iba armado.

—Tú misma me dijiste que ese tipo no tenía un historial de violencia. «Manso como un corderito», fue la frase que empleaste, si mal no recuerdo. Escucha, Audrey, si tuvieras un caso sólido contra esos tíos, nadie se alegraría más que yo. Me encantaría arrestarlos por este asesinato, te lo aseguro. Pero no quiero que nos equivoquemos. No quiero que salgamos malparados.

—Sé que tenemos un caso —insistió Audrey.

—¿Sabes lo que eres? En el fondo eres una optimista.

—Yo no estoy tan segura.

—Cualquier persona que ama a Dios como tú tiene que ser optimista. Pero la triste realidad es que cuanto más tiempo practicas este oficio, más difícil te resulta seguir siendo optimista. Los testigos se desdicen, los culpables quedan libres, los casos no se resuelven. El pesimismo y el cinismo están a la orden del día, Audrey. ¿Te he hablado alguna vez de un caso que tuve cuando empezaba? Una mujer había muerto de un tiro en la cabeza en su salón, el marido era un embustero que no cesaba de mentir sobre su coartada, que variaba continuamente. Cuanto más lo mirábamos, más convencidos estábamos de que era el asesino.

—Y no lo era —dijo Audrey, irritada.

—¿Sabes por qué nos mentía sobre su coartada? Porque cuando su mujer cayó muerta de un tiro, él estaba en la cama con su cuñada. El tío se negó a confesar que le ponía los cuernos a su esposa a pesar de arriesgarse a que le acusaran de asesinato en primer grado. El muy cabrón no confesó hasta poco antes de que se celebrara el juicio. ¿Y sabes qué mató a su esposa? Una bala perdida que penetró por la ventana, un tiroteo en la calle que desembocó en una muerte. No era su día afortunado. O quizá le ocurrió por vivir en un barrio peligroso. Lo que nos parecía obvio resultó no ser cierto cuando indagamos más en el asunto.

—Te entiendo, Jack —respondió Audrey, observándole limpiar el barquito, alegrándose de su última cucharada contuviera helado y salsa de fresa a partes iguales—. Pero nosotros hemos indagado en este caso.

—Un tío esquizoide es hallado en un contenedor de basura en La Perrera, con una papelina de crack falso. Lo siento, pero tienes que centrarte en un asesinato por drogas como hipótesis central. No en el distinguido director general de una importante empresa que tiene mucho que perder. Ya conoces el viejo refrán: en Texas, cuando oyes el sonido de unos cascos, no piensas que sea una cebra. Piensas que es un caballo. Creo que en este caso estás persiguiendo una cebra.

—Eso no es…

—Ya sé que sería mucho más interesante que fuera una cebra en lugar de un caballo, pero siempre hay que tener en cuenta las posibilidades. Porque en última instancia dispones de un tiempo limitado. ¿Quién es esa mujer que te llama cada semana?

—¿Ethel Dorsey?

—La madre de Tyrone, que probablemente fue asesinado debido a un asunto de drogas, ¿no es así? ¿Cuánto tiempo has dedicado a ese caso?

—Últimamente no he tenido mucho tiempo.

—Es cierto. Y por lo que te conozco, imagino que piensas que no te estás comportando bien con Ethel Dorsey.

—Yo… —balbució Audrey.

—Eres una buena profesional, y tienes el potencial de convertirte en una magnífica profesional. Puedes llegar a ser un elemento muy válido. Pero piensa en la cantidad de casos que reclaman tu atención. El día tiene sólo veinticuatro horas, ¿no es así?

—Entiendo. —Audrey estaba disgustada; lo que decía Noyce tenía sentido.

—Hay otro caso del que quiero que te ocupes. No en lugar de éste, sino además de éste. Un caso que creo que te dará la oportunidad de brillar. En lugar de sentirte agobiada por el asesinato de La Perrera. Jensen tiene el juicio por robo del caso Hernandez el lunes, pero se marcha de vacaciones, de modo que quiero que te encargues tú.

—¿No es Phelps el segundo de a bordo en ese caso? Yo sólo hice una entrevista al acusado.

—Phelps ha pedido una excedencia por motivos personales. Necesito que te ocupes tú. El fiscal quiere que organicemos una rueda de prensa previa al juicio el viernes.

—¿El viernes? ¡Dentro de dos días!

—Puedes hacerlo. Estoy seguro.

Audrey se sentía perpleja y ante todo deprimida.

—Ese helado que has tomado tenía un aspecto delicioso —dijo con voz débil—. ¿Cómo se llama, para pedirlo yo?

93

Marta salió al recibidor sosteniendo una toalla de cocina en sus manos húmedas. Sin duda había oído el pitido doble de la alarma cuando Nick había abierto la puerta. En el interior de la casa se oían unas carcajadas juveniles.

—¿Ocurre algo? —preguntó Nick a Marta.

Marta negó con la cabeza.

—Todo va perfectamente —contestó malhumorada, y su tono indicaba exactamente lo contrario.

—¿Se trata de Luke?

Marta dio un respingo.

—La señorita Stadler se presentó aquí sin avisar —contestó.

—Ah, muy bien —dijo Nick.

Marta se encogió de hombros con expresión irritada. Era evidente que a ella no le parecía bien.

—¿Hay algún problema? —preguntó Nick. ¿A qué venía esa actitud a lo Señora Danvers?

—Cada vez resulta más difícil saber qué personas forman parte de la familia y quiénes no.

Era una invitación a una conversación profunda, que Nick declinó en silencio.

Nick encontró en el cuarto de estar a Cassie, vestida con una camiseta de Stratton que le quedaba enorme y unos vaqueros azules, sentada junto a Julia, que llevaba un conjunto que Nick no había visto nunca, un chándal de terciopelo color turquesa. Muy J. Lo. Sobre su trasero aparecía escrita la palabra «Jugoso».

Nick se detuvo en el umbral y las observó, sin que ninguna de las dos reparara en su presencia.

—No hay nada sucio en eso —dijo Cassie.

—¡Almohadas sucias! —dijo Julia, haciendo el payaso—. ¡Almohadas sucias!

—A medida que creces, tu cuerpo cambia. Los chicos te parecen menos repelentes. Y empiezas a no querer mostrar tu cuerpo. Todos pasamos por esa fase. Es tan natural como los cereales.

Julia se echo a reír, sintiéndose al mismo tiempo nerviosa y complacida.

—Yo odio los cereales.

—Lo principal es que no debes pensar que no hay que hablar de eso. No creas que es algo raro o vergonzoso. Unas tetas no son el fin del mundo. Las tetas, por otra parte…

Otro estallido de carcajadas, menos nerviosas y más alegres.

Estaban manteniendo La Charla. Nick sintió un profundo alivio, no exento de cierta envidia por la compenetración que existía entre Cassie y Julia. Nick había confesado a Cassie que temía el momento de tener que hablar con su hija de unos temas típicamente femeninos: en sus manos, probablemente habrían terminado sintiéndose ambos tremendamente turbados. Marta, que pese a sus ceñidos vaqueros era muy pudorosa y le daba vergüenza hablar de sexo, había dicho a Nick que no consideraba su deber hablar con Julia sobre temas como la regla.

Pero Cassie hablaba de ello como si no fuera nada especial, y conseguía expresarse con toda naturalidad. Su voz grave y sensata hacía que la conversación se mantuviera dentro de unos límites prácticos y cómodos. En todo caso tan cómodos como podían serlo para una ingenua niña de diez años.

—Muchas cosas cambian, pero otras no —dijo Cassie a Julia—. Recuerda que al margen de lo que te ocurra, siempre serás la niñita de tu padre.

Nick carraspeó y dijo a Julia:

—Hola, cariño.

—¡Papá! —exclamó la niña, levantándose para abrazarle.

—¿Dónde está tu hermano?

—Arriba, trabajando.

—Me alegra saberlo. ¿De dónde has sacado ese chándal?

—Me lo ha comprado Cassie.

—¿De veras? —¿Un chándal de terciopelo? Con el que enseñaba la barriguita. ¡Era una cría de diez años!

Cassie alzó la vista y miró a Nick tímidamente.

—Todas las chicas de quinto curso me consideran su gurú en materia de moda —dijo.

Cuando Julia salió para ir a su habitación, Nick miró a Cassie y se encogió de hombros.

—Gracias. Deduzco que estabas hablando de cosas de mujeres con Julia. No es una charla fácil para un padre.

—Tu hija es un encanto, Nick. Lo más importante es que sepa que siempre serás su padre, que siempre la querrás.

—¿Quieres quedarte a cenar?

—No puedo —respondió Cassie.

—¿Tienes otros planes?

—No, es que... ya sabes lo que suele decirse sobre los invitados y el pescado. Que al cabo de ciertos días empiezan a apestar.

—¿Crees que Julia te considera una invitada? ¿O Luke?

Cassie no pudo reprimir una sonrisa.

—Lo entiendes, ¿no?

—Quédate. Además, me irían bien unos consejos sobre lo que está ocurriendo en la oficina.

—Entonces has acudido al lugar idóneo —repuso Cassie—. La muela del juicio de Fenwick, Michigan.

Nick le contó su encuentro con Dorothy Devries.

—Ella ya no lleva la voz cantante —comentó Cassie—. Me dijiste que ahora el que manda es Todd Muldaur.

—Ése es el problema.

—La pregunta que suelo hacer siempre es: ¿quién es tu padre?

—Ya. Tú y Shaft.

—¿Quién es el padre de Todd Muldaur?

Nick se encogió de hombros.

—Willard Osgood es el presidente de Fairfield Partners. Pero todo indica que se ha convertido en un padre ausente.

—Willard Osgood... ¿El tipo con unas gruesas gafas que imparte consejos sobre cómo invertir en un tono llano y cordial? Leí ese artículo en el *Fortune* que me mostraste. Es con él con quien debes hablar.

—¿Para qué? No creo que me sirva de nada.

—Corrígeme si me equivoco, pero ¿no se considera Osgood

una figura paternal? Lo que me has contado no cuadra con su estilo.

—Es cierto —dijo Nick—. Pero los tiempos cambian. El rostro del futuro probablemente sea Todd Muldaur.

—Yo no lo veo así. La forma en que lo han llevado todo en secreto… No se trata sólo de ocultarte a ti los detalles. ¿Es posible que traten de esconderlos también de papá?

—Humm. No se me había ocurrido.

—Pero es posible, ¿no?

—Es posible, sí.

—Por eso creo que debes hablar con Osgood.

—¿Y si te equivocas? ¿Y si Osgood está al corriente de lo que ocurre?

—Considera tus opciones ahora mismo. La pregunta que debes plantearte es: ¿y si yo tengo razón?

94

El icono del correo electrónico de Audrey estaba brincando. Era un mensaje de Kevin Lenehan, de Servicios Forenses. Audrey lo abrió de inmediato y se dirigió casi a la carrera a ese departamento.

—¡A que no adivinas!

—Lo has conseguido. El vídeo.

—De eso nada. Ya te lo he dicho, ha desaparecido.

—Entonces, ¿de qué se trata?

—Es fantástico. Me fijé en este código que hay aquí. Pertenece a un servidor FTP conectado a un horario preestablecido.

—¿Puedes explicármelo?

—Desde luego. Ciertos acontecimientos archivables, desde el *input* de una alarma o el *input* de un detector de movimientos, son enviados automáticamente a un servidor FTP utilizando la dirección IP que aparece programada aquí.

—Kevin —dijo Audrey ligeramente irritada—, esa explicación no ha sido muy clara.

—Los once minutos de vídeo que buscas, los que creíamos que se habían borrado por completo, se eliminaron en el aparato, aquí. Pero al mismo tiempo fueron enviados a través de Internet al LAN de Stratton, disculpa, a los ordenadores de la compañía. En Stratton tienen una copia. ¿Lo entiendes ahora?

Audrey sonrió.

—¿Puedes introducirte en los ordenadores de Stratton desde aquí, a través de Internet o algo por el estilo?

—Si yo fuera tan listo, ¿crees que estaría trabajando aquí?

Audrey se encogió de hombros.

—Pero si logras que entre en Stratton, sé lo que tengo que buscar.

95

Después del trayecto de una hora en coche hasta el Aeropuerto Internacional Gerald R. Ford, la duración del vuelo al Aeropuerto Logan era de cinco horas. El lugar bullía de actividad y estaba tan concurrido como el de Fenwick. Nick pasó frente a un restaurante Legal Seafoods, una librería W. H. Smith y una tienda de pequeños artilugios Brookstone antes de alcanzar la escalera mecánica que conducía a Transportes de Tierra. Nick divisó entre una legión de chóferes uniformados a un hombre de piel aceitunada vestido con un *blazer* azul marino y un pantalón gris, que sostenía un cartel que decía NICHOLAS CONOVER. Había acertado.

Fairfield Partners era el inquilino más importante de un gigantesco edificio de cristal y granito situado en Federal Street, en el corazón del centro de Boston. Las oficinas de Willard Osgood ocupaban las plantas treinta y siete y treinta y ocho. La zona de recepción estaba decorada con terciopelo gris perla y maderas tropicales. Nick supuso que le concederían tiempo más que suficiente para examinar los detalles, reprimir su impaciencia y prepararse para su entrevista con el Gran Hombre. Pero para su sorpresa, la recepcionista de cabello rubio rojizo le dijo que ya podía pasar. Nick se preguntó si llegaba con retraso. Pero al consultar su reloj comprobó que llegaba con unos minutos de adelanto.

Nick cruzó la puerta de cristal y fue recibido de inmediato por otra rubia. Ésta lucía unas gafas con la montura de plástico roja.

—¿Ha tenido un vuelo agradable, señor Conover? —le preguntó la rubia.

—Muy agradable —respondió Nick.

—¿Le apetece tomar algo? ¿Agua, un refresco, café?

—No, gracias —contestó Nick, apretando el paso para seguir a la secretaria, que caminaba a grandes zancadas.

—Lamentablemente Todd está de viaje. Seguro que le habría encantado saludarle de haber sabido que venía usted.

Seguro que sí, pensó Nick.

—Quizá deba consultarlo con el señor Osgood antes de decir a Todd o a otra persona que he venido.

—Sí, señor —se apresuró a contestar la secretaria—. Por supuesto.

Las oficinas de Fairfield Equity Partners, con los techos muy altos y las paredes de cristal, ocupaban dos plantas que habían sido convertidas en una. Nick vio en las paredes una colección de portadas enmarcadas en las que aparecía Willard Osgood: sosteniendo una caña de pescar en la portada de *Field & Stream*, luciendo un traje de color azul y una corbata amarilla en la de *Forbes*. El rostro cuadrado con gafas, que mostraba una expresión satisfecha pero pensativa, siempre era idéntico, como si hubiera sido fotocopiado sobre distintos modelos.

Por fin, la secretaria señaló un sofá de cuero color tostado en una gigantesca sala de espera, y dijo:

—Siéntese. Le dejo aquí.

Nick se volvió para contemplar la enorme mesa de cristal y diversos trofeos de pesca que colgaban en la pared. Tardó unos momentos en ser plenamente consciente de que se hallaba en el despacho de Willard Osgood. Al mirar por las ventanas situadas en dos lados de la habitación vio a lo lejos el puerto de Boston, detrás del cual se divisaban unos islotes.

Al cabo de unos momentos apareció Willard Osgood: el mismo rostro cuadrado y curtido, las gafas gruesas como un culo de botella, que parecía arrancado de una de las portadas de esas revistas. Nick se levantó y comprobó que Osgood le pasaba unos centímetros.

—Nick Conover —dijo Osgood con voz estentórea, dándole una palmada afectuosa en el hombro—. Espero que hayas observado la silla que tengo en mi mesa —añadió, señalando la silla Stratton Symbiosis.

Nick sonrió.

—Te gustó tanto que compraste la empresa que las fabricaba.

Osgood arqueó una poblada ceja.

—¿Crees que fue una decisión acertada?

—Espero que todavía te guste la silla. La empresa sigue siendo excelente.

—Entonces ¿qué diablos haces aquí en Beantown?

—He venido a pedirte que me ayudes a resolver un problema.

La expresión de Osgood oscilaba entre el regocijo y la perplejidad.

—Permite que haga uso de esa silla Stratton —dijo Osgood al cabo de unos instantes, dirigiéndose hacia su mesa. Nick se sentó frente a la misma—. Siempre pienso mejor cuando estoy sentado.

Nick dijo sin rodeos:

—Recuerdo que cuando viniste a Fenwick, me dijiste que pretendías conservar tus empresas para siempre.

—Ah —respondió Osgood, como si empezara a comprender. Parpadeó unas cuantas veces, apoyó las manos una sobre otra en la mesa y carraspeó—. También creo haberte dicho que mi regla número uno era no perder nunca dinero.

Nick comprendió que Osgood sabía que Todd estaba en tratos para vender la compañía. Por tanto, era posible que Cassie estuviera equivocada. Pero ¿estaba Osgood informado de todo?

—Una lección que Todd Muldaur parece haber olvidado, suponiendo que la hubiera aprendido alguna vez —comentó Nick.

—Todd ha tenido un año difícil —replicó Osgood, en un tono un tanto enojado—. Hay varias explicaciones para su comportamiento.

—Sí, ya, pero «una explicación no es una excusa», como tú mismo sueles decir.

Osgood sonrió, mostrando una espléndida hilera de fundas de porcelana.

—Veo que el evangelio se difunde.

—Con todo, no puedo menos que preguntarme si una de las explicaciones no será que nadie se ocupa de dirigir la empresa. Al menos, eso es lo que Todd parece insinuar. Dice que pasas mucho tiempo fuera de la oficina. Que pareces más interesado en la pesca con mosca que en los márgenes de beneficio.

La sonrisa de Osgood casi le alcanzaba los ojos.

—Confío en que no lo creas.

—No sé qué pensar.

—Mis lugartenientes se refieren a que mi época ya ha pasado. Les gusta pensar eso, porque significa que ha llegado la suya. —Osgood se repantigó en su silla, pero la Stratton Symbiosis, por tratarse de una silla ergonómica, no le permitió inclinarse tan hacia atrás como las antiguas—. Te contaré una anécdota, pero que quede entre nosotros, ¿de acuerdo?

Nick asintió en silencio.

—Hace un par de años llevé a Todd a Islamorada, en Florida, con motivo de la migración anual del tarpón. Por supuesto, se presentó con su flamante caña Sage y su carrete Abel, luciendo un cinturón de cuero con una hebilla adornada con un macabí. —Osgood soltó una sonora carcajada—. Es un tipo muy seguro de sí mismo, me dijo que había practicado la pesca con mosca en un elegante albergue en Alaska, un lugar donde sirven comida de *gourmet*, con una sauna y un guía que lo hace todo para ti menos limpiarte el culo. De modo que le cedí generosamente la proa y le estuve observando mientras él trataba en vano de capturar una pieza durante horas. El pobre no conseguía pescar ninguna pieza, lo cual hizo que se sintiera cada vez más frustrado, el sedal se le enredaba continuamente, los mosquitos le picaban en el trasero… —Osgood pestañeó unas cuantas veces—. Por fin decidí que ya me había divertido bastante. Me levanté y saqué treinta metros de hilo. Al poco rato divisé un banco de peces que se acercaba, y lancé la mosca. Picaron, y capturé un pez plateado que medía dos metros. ¿Me sigues? Un banco de peces, una sola tentativa, y logré una captura.

—De acuerdo —dijo Nick. Aunque la anécdota le parecía divertida, no sabía adónde quería ir a parar Osgood.

—Creo que Todd ignoraba que el secreto no consiste en un equipo muy caro o en llevar un elegante pantalón. Lo único que cuenta es dedicarle tiempo, insistir una y otra vez. Requiere años de práctica. Es el único sistema.

—¿Cómo preparas el tarpón?

—¡Santo cielo! El tarpón no se come. Eso es lo maravilloso. Ni siquiera puedes servir pescado para demostrar tu hazaña.

—Es una forma de enfocarlo.

—Pero tienes razón. Todd ha cometido algunos errores. Ha hecho un par de apuestas arriesgadas. Pero sé muy bien lo que está ocurriendo —dijo ásperamente.

—¿De veras? Pues yo no estoy tan seguro. —Nick se inclinó hacia delante, sacó una carpeta de su maletín y la deslizó sobre la mesa. Osgood la abrió, se colocó las gafas sobre la frente y examinó los documentos. Nick observó que las arrugas horizontales en la frente de Osgood estaban regularmente espaciadas y eran rectas, casi como si estuvieran trazadas con regla. Osgood alzó la vista durante unos momentos.

—Hubiera preferido que no lo hubiera hecho de esa forma.

—¿De qué forma?

—Manteniéndote al margen. No es el estilo que me gusta. Yo prefiero ir de cara. Ahora comprendo por qué has venido a hablar conmigo. Comprendo por qué estás disgustado.

—No, no —contestó Nick—. Entiendo perfectamente que Todd no quisiera que yo me enterara. Sabía que me opondría a este tipo de venta. Aunque no tengo el poder de impedirla, Todd debió de temer que yo pusiera el grito en el cielo, que quizá convirtiera Stratton en una empresa pública. Debió pensar que era preferible llevar a cabo las negociaciones sin que yo lo supiera, para que cuando me enterara, ya fuera un hecho consumado.

—Más o menos. Pero repito, no es mi estilo.

—Todd necesitaba una rápida infusión de capital para mantener la empresa a flote, después de su funesta apuesta sobre los semiconductores. Y un IPO lleva demasiado tiempo. Ahora lo entiendo.

—Le dije a Todd que eras un hombre razonable, Nick. Debió ser sincero contigo.

—Pues yo creo que con quien debió ser sincero es contigo. Decirte quién era el hada madrina que se oculta detrás de Pacific Rim Investors. Supongo que pensó que, debido a tus ideas políticas, no querrías saber de dónde provenían los fondos. —Nick se detuvo—. El ELPC.

Osgood parpadeó como un búho.

—El Ejército de Liberación Popular Chino —le explicó Nick—. El ejército comunista chino.

—Sé quienes son —replicó Osgood secamente—. No habría llegado hasta donde he llegado si no hubiera hecho mis deberes.

—¿Tú lo sabías? —preguntó Nick.

—Pero hombre de Dios, por supuesto que lo sabía. No hay nada ilegal en esa transacción.

—Los comunistas chinos —insistió Nick, confiando en que a fuerza de repetirlo consiguiera que el anciano ultraconservador reaccionara.

—¡Por el amor de Dios, son muebles de oficina, no misiles Patriot o armas nucleares! Se trata de mesas, sillas y archivadores. No considero que con esto vendamos a nuestro enemigo la soga con la que nos ahorcarán.

—Pero ¿has examinado los números en los informes sobre Stratton que Todd ha mostrado a los Pacific Rim Investors?

Osgood apartó la carpeta.

—No me gusta practicar la microgerencia, ni espiar lo que hacen mis socios. Los dos estamos muy ocupados, Nick...

—Te aconsejo que lo hagas. Verás, la cuenta de resultados que Todd les mostró es un fraude. Preparada por mi director del departamento de finanzas, Scott McNally, que sabe un rato largo sobre cómo vestir la mona de seda.

Osgood mostró de nuevo sus relucientes dientes de porcelana.

—Nick, creo que llevas demasiado tiempo en el Medio Oeste, pero esa actitud a lo Jimmy Stewart en *Caballero sin espada* aquí no te servirá.

—No estoy hablando de ética, Willard. Hablo de lo que es legal.

Osgood agitó la mano irritado como para despachar el asunto.

—Hay muchas formas de presentar las cuentas. En cualquier caso, hemos incluido una cláusula que impide que se presente una querella contra nosotros, por mucho que el comprador se arrepienta de haber cerrado el trato.

—De modo que también estás informado de eso —dijo Nick débilmente. Osgood le dirigió una mirada que le penetró hasta la médula.

—Conover, estás desperdiciando tu tiempo y el mío al tratar de impedir esa venta. El caballo ya ha abandonado el establo. La sesión de quejas ha terminado. ¿Eso era todo? ¿Hemos concluido? —Osgood se levantó y pulsó un botón de su intercomunicador—. Rosemary, acompaña al señor Conover a la puerta.

Pero Nick permaneció sentado.

—Aún no he terminado —dijo.

96

La directora de tecnología de información de la Stratton Corporation no parecía la típica especialista en informática, pensó Audrey. Era una mujer madura, alta y un tanto corpulenta llamada Carly Lindgren, que lucía su preciosa caballera castaño rojiza recogida en un moño en lo alto de la cabeza. Vestía un traje sastre azul marino sobre una blusa de seda color hueso, una cadena de oro alrededor del cuello y unos pendientes a juego.

Audrey había conseguido una cita con la señora Lindgren con una sola llamada telefónica, diciéndole que se trataba de «un asunto de la policía». Pero cuando Audrey le había mostrado la orden de registro, la señora Lindgren había reaccionado como una tigresa acorralada. La había examinado en busca de posibles fallos, aunque muy pocas personas hubieran sido capaces de detectarlos, y en cualquier caso la orden había sido redactada con toda pulcritud. Era tan amplia como Audrey había logrado que el fiscal la aceptara y firmara, aunque lo único que pretendía era obtener cualquier imagen archivada en los ordenadores de Stratton que proviniera del sistema de seguridad del domicilio de Nicholas Conover.

La señora Lindgren había hecho esperar a Audrey y a Kevin Lenehan en una antesala mientras realizaba unas frenéticas llamadas a su cadena de mando, el jefe superior de información y el de tecnología, y Audrey no sabía a quién más, pero finalmente la señora Lindgren no pudo hacer nada al respecto.

Al cabo de unos veinte minutos, la señora Lindgren cedió a Kevin una silla y un ordenador en un despacho desierto. Audrey tuvo que limitarse a observar. Al echar un vistazo a su alrededor, vio un póster azul con unas letras blancas que decían algo sobre «la familia Stratton», una especie de declaración de principios. Las sillas que ocupaban eran particularmente cómodas; Audrey observó que todas estaban fabricadas por Stratton. En la Unidad de Casos Prioritarios no contaban con unas sillas como ésas. Kevin colocó un CD en el ordenador e instaló un programa. Explicó a Audrey que se trataba de un *software* que había descargado de la página web de la compañía que fabricaba la grabadora de vídeo digital instalada en casa de Conover. Eso les permitiría visualizar, y captar, las imágenes.

—¿Sabes dónde hallar lo que andamos buscando? —preguntó Audrey preocupada.

—Se hallaba en la instalación del DVR —respondió Kevin—. La carpeta a la que estaba dirigida, la fecha, la hora y todo lo demás. No hay problema.

Audrey sintió una pequeña sacudida de emoción, que trató de reprimir. Estaba segura de que el asesinato de Andrew Stadler se contenía en esos once minutos grabados por la cámara de seguridad. Suponiendo que existiera efectivamente una copia.

¿Cuántas veces se topaba un inspector de homicidios a lo largo de su carrera con una prueba como ésta? Una imagen digital de un asesinato. Era casi increíble. Audrey no quería confiar en que la obtendría, porque si finalmente no era así el desengaño sería tremendo.

—¿Puedo ayudarla en algo, inspectora?

Al levantar los ojos y ver a Eddie Rinaldi en el umbral, Audrey sintió que el corazón le daba un vuelco. Desde el ángulo en que se hallaba sentada, Rinaldi parecía más alto, fornido y musculoso. Llevaba una chaqueta oscura y una camisa negra sin cuello. Sonreía, y sus ojos reflejaban una expresión malévola.

—Señor Rinaldi —dijo Audrey. Incluso cuando hablaba con sospechosos de asesinato, Audrey trataba de ser educada, pero se negaba a mostrarse cordial con ese hombre. Había algo en él que repelía a Audrey. Quizá fuera su aire de superioridad, su arrogancia, la sensación que transmitía de disfrutar con esos jueguecitos que se traía entre manos con ella.

—¿Ha traído una orden para registrar los ordenadores de la empresa?

—Puede examinarla si lo desea.

—No, no, no. No dudo de que cumple todos los requisitos. Me consta que es usted una profesional muy concienzuda.

—Gracias.

—Aunque tal vez la palabra concienzuda sea demasiado suave. Quizá sea más exacto decir «obsesiva». Al parecer, sigue empeñada en examinar la grabación de seguridad de mi jefe.

—Hemos requisado la grabadora. —Audrey pensó en decirle que sabían que habían borrado una parte, para observar su reacción, pero con ello sólo conseguiría proporcionarle una información que Rinaldi no tenía por qué saber.

—Casi lo tengo —murmuró Kevin.

Rinaldi observó a Kevin con curiosidad, como si acabara de reparar en su presencia. Luego miró de nuevo a Audrey. Ese hombre mostraba un aire de prepotencia insoportable.

—Sigo sin entender qué espera encontrar —dijo Rinaldi.

—Yo creo que sí lo sabe —replicó Audrey.

—Tiene razón. Lo sé.

—¿Ah, sí?

—Sí. Un par de fotogramas de un viejo loco trastabillando a través del césped de mi jefe en plena noche. Pero ¿eso qué le indicará?

Audrey se acercó al ordenador en el que estaba trabajando Kevin. Éste inclinó el monitor hacia Audrey, que entornó los ojos, sin ver ninguna imagen, pero luego leyó las palabras «Aquí también ha sido borrado» sobre un documento en la pantalla.

—Excelente —dijo Audrey, asintiendo con la cabeza—. Buen trabajo. —Extendió la mano y tecleó: «Sígueme el juego». Luego añadió—: Perfecto, Kevin. ¿Puedes aumentar un poco la resolución?

—Desde luego —respondió Kevin—. Claro. Menos mal que tenemos este *software* que mejora las imágenes digitales que reduce el pixelado. Un filtro que separa la crominancia de la luminancia. Por último, un poco de duplicación y *deinterlacing* y obtendremos una imagen clarísima. No hay ningún problema.

Kevin siguió tecleando y el documento desapareció antes de que Rinaldi pudiera acercarse para echar un vistazo.

Pero lo curioso del caso es que Eddie Rinaldi no se movió,

no se molestó en contemplar el monitor. Daba la impresión de que no le interesaba en absoluto.

No, no era eso, comprendió Audrey.

Rinaldi estaba muy seguro. Sabía lo que Kevin había descubierto: que la copia del vídeo había sido borrada en el servidor de Stratton, al igual que la grabación de seguridad de casa de Conover.

Y su aplomo le había traicionado.

97

Nick sintió que las manos le temblaban ligeramente. Las apoyó en las rodillas para que Osgood no se percatara.

—No me malinterpretes, Willard. No me interesa enfrentarme a ti. Prefiero que trabajemos juntos en esto. Tú quieres salvar los fondos que maneja Todd, y yo quiero salvar la compañía. Los dos queremos ganar dinero.

Osgood volvió a colocarse las gafas sobre la nariz y dirigió a Nick una mirada gélida mientras se ponía de pie detrás de su mesa. Emitió un gruñido.

—No te conozco bien —prosiguió Nick—, pero deduzco que no eres un jugador. —Nick observó que la rubia con gafas rojas había entrado en el despacho para acompañarlo a la salida, y permanecía en un discreto segundo plano esperando a que su jefe le hiciera una seña. Nick bajó la voz para que la mujer no pudiera oírle—. De modo que cuando Scott McNally y Todd Muldaur transfieren diez millones de dólares en concepto de soborno a un funcionario del gobierno chino para asegurarse de que la transacción se lleve a cabo, cruzan una línea que tú no quieres cruzar.

—¿De qué diablos estás hablando? —Osgood apoyó las palmas de las manos sobre la superficie de cristal de su mesa y se inclinó hacia delante con actitud amenazadora.

—Han puesto toda tu empresa en peligro. Todo se acaba sabiendo. Te expones a perder tu compañía. —Nick abrió los brazos y añadió—: Todo esto. Todo lo que has construido con tu esfuerzo. Me pregunto si crees que merece la pena correr semejante riesgo cuando existe otra forma de conseguir lo que deseas.

—Discúlpanos, Rosemary —bramó Osgood—. Tardaremos

unos minutos. —Cuando su secretaria salió del despacho, el anciano volvió a sentarse—. ¿Un soborno? ¿A qué demonios te refieres?

—Stratton Asia Ventures —respondió Nick.

—No sé nada de eso.

¿Decía Osgood la verdad? O procedía con cautela.

—Lo tienes todo delante de ti, en los últimos folios de esa carpeta. ¿Cómo crees que consiguió Todd cerrar el trato en un mes en lugar de un año? Llámalo un incentivo, un soborno o como quieras: es una clara violación de la Ley de Prácticas Corruptas en el Extranjero. Y es un tipo de publicidad negativa que no te favorece en absoluto.

Por la brusquedad con que Osgood volvió a abrir la carpeta, Nick comprendió que el anciano no sabía nada del tema. Osgood se colocó de nuevo las gafas sobre la frente y examinó los documentos.

Al cabo de unos minutos, alzó la vista. Su curtido rostro estaba rojo. Parecía estupefacto.

—Joder —exclamó—. Al parecer tú no has sido el único al que han mantenido al margen.

—Tenía la sensación de que Todd no te lo había contado todo —dijo Nick.

—Esto es una estupidez.

—En ocasiones los hombres desesperados cometen estupideces. Confieso que esto me indigna. Mi compañía vale mucho más de lo que Pacific Rim Investors están dispuestos a pagar. No hay necesidad de sobornar a nadie.

—¡Maldita sea! —exclamó Osgood.

—Puede que seas un as a la hora de pescar tarpones, Willard, pero en este caso estamos tratando con una víbora.

Osgood se iba sulfurando por momentos.

—Creo que mi chico de Yale acaba de meter la pata hasta el cuello.

—Supongo que pensó que nadie le vigilaba.

Osgood esbozó una sonrisa que más bien parecía una mueca.

—De vez en cuando, alguien cree que puede engañar al viejo. Quizá leen demasiados artículos sobre mí en la revista *Parade*. Pero siempre acaban dándose cuenta de su error.

Nick comprendió lo terrorífico que podía llegar a ser Willard Osgood cuando se quitaba su máscara bonachona: un adversario peligroso.

—Muchos te han subestimado a ti también —comentó Osgood—. Entre ellos, yo. Dime: ¿qué tienes pensado?

98

—¡Papá! —Julia corrió hacia Nick cuando éste entró en casa—. ¡Ya estás aquí!

—Sí, ya estoy aquí. —Nick depositó su maletín, tomó a Julia en brazos y sintió una punzada en la espalda. Caramba. Ya no podía coger a su hija en brazos como si fuera un bebé—. ¿Cómo está mi niña?

—Bien. —Julia nunca decía otra cosa. Ella siempre estaba bien. El colegio siempre iba bien. Todo estaba bien.

—¿Dónde está tu hermano?

Julia se encogió de hombros.

—Probablemente en su habitación. ¿Sabes que Marta se ha marchado hace un par de horas a Barbados? Dijo que iba a visitar a su familia.

—Lo sé. Pensé que necesitaba unas vacaciones. Su viaje a Barbados es un regalo que le hacemos. ¿Y Cassie? —Ella había accedido encantada a ocuparse de los niños.

—Ha venido hace un rato. Me estaba enseñando yoga.

—¿Dónde está?

—En tu estudio, creo.

Nick vaciló unos instantes. Otra vez. Pero no había nada que encontrar allí, se dijo. Tenía que dejar de recelar de ella.

—Tiene una sorpresa para ti —dijo Julia, sonriendo pícaramente y abriendo mucho los ojos—. Pero no puedo decirte qué es.

—¿Me dejas que lo adivine?

—No.

—¿Ni siquiera una vez?

—¡No! —le riñó Julia—. ¡Es una sorpresa!

—De acuerdo. No me lo digas. Pero yo también tengo una sorpresa para ti.

—¿Qué es?
—¿Te gustaría ir a Hawai?
—¿Qué? ¡No me lo creo!
—Pues créetelo. Nos vamos mañana por la noche.
—Pero… ¿y el colegio?
—Por unos días que faltéis, no pasa nada.
—¡Hawai! ¡Es increíble! ¿A Maui?
—A Maui.
—¿Al mismo lugar que la última vez?
—Sí. Hasta he alquilado la misma casa en la playa.

Julia le arrojó los brazos al cuello y le estrechó con fuerza.

—Quiero volver a hacer submarinismo —dijo la niña—, y dar clases de *hula,* y aprender a hacer un *lei,* y esta vez quiero aprender a hacer windsurf. ¿Soy ya lo bastante mayor?

—Desde luego. —La última vez Laura no había permitido que Julia practicara el windsurf.

—Luke me dijo que me enseñaría. ¿Volverás a hacer submarinismo?

—Me temo que ya he olvidado cómo se hace.

—¿Y surf? ¿Puedo aprender también a hacer surf?

Nick se echó a reír.

—¿Crees que tendrás tiempo para tantas cosas?

—¿Recuerdas el día que encontré un lagarto en nuestra habitación al que se le había partido la cola? Qué guay, esto es genial.

Nick se dirigió hacia la cocina porque era el camino más corto hasta su estudio, pero se detuvo en el umbral.

En lugar de las acostumbradas cubiertas de plástico para impedir que el polvo de las obras se extendiera por toda la casa, habían colocado una extraña barrera de papel. Nick la examinó más detenidamente. Habían pegado papel de embalar con cinta adhesiva desde el suelo hasta el techo, cubriendo toda la puerta. Una cinta ancha de color azul lo atravesaba de lado a lado, como si se tratara de un regalo. Nick observó que el papel estaba cubierto de unas figuritas de Superman, con su capa ondeando al viento.

—Aunque en estos momentos te pareces más a Clark Kent

—dijo Cassie, deslizando los brazos alrededor de la cintura de Nick y besándole la nuca.

—¿Qué es esto?

Nick se volvió, la abrazó y la besó con fuerza en los labios.

—Ya lo verás. ¿Cómo te ha ido en Boston?

—Digamos que tu intuición era acertada.

Cassie asintió. Unas profundas ojeras enmarcaban de nuevo sus ojos. Tenía mala cara y parecía cansada.

—Todo se arreglará. Ya lo verás. No es demasiado tarde.

—Ya veremos. ¿Puedo abrir mi regalo?

Cassie asintió con la cabeza y alzó una mano con la palma hacia arriba, indicando a Nick que la precediera.

Nick golpeó el papel con el puño para rasgar de golpe el envoltorio de su regalo. La cocina estaba brillantemente iluminada; todas las luces estaban encendidas. La isla de la cocina con su superficie de granito era perfecta, tal como Laura la había bosquejado para mostrársela a Nick.

—Caray —exclamó Nick. Entró lentamente, fijándose en todos los detalles, impresionado. Pasó la mano sobre la superficie de la isla. Era lo bastante alta para que toda la familia se sentara a su alrededor. Exactamente como había deseado Laura.

—¿Con las esquinas redondeadas? —preguntó Nick, palpando el borde.

—Semiredondeadas.

Nick se volvió para mirar a Cassie y vio que ésta sonreía satisfecha.

—¿Cómo lo has conseguido?

—Yo no lo hice, Nick. Puede que haya heredado las dotes manuales de mi padre, pero no tanto. Pero tengo habilidad para conseguir lo que quiero. —Cassie se encogió de hombros modestamente—. Sólo les llevó un día de trabajo. Pero yo tuve que rogarles y suplicarles para que se afanaran y terminaran el trabajo de una vez.

—Esto es un milagro —dijo Nick.

—Me gusta terminar lo que comienzo, eso es todo. O lo que comenzó tu mujer. —Cassie se detuvo y luego dijo en tono quedo—: ¿Crees que algún día serás capaz de hablar de su muerte?

Nick cerró los ojos durante unos momentos antes de responder. Luego los abrió y respiró hondo:

—Lo intentaré. Lucas participaba en una competición de natación. Eran las siete y media, pero ya era noche cerrada. Era la primera semana de diciembre. Anochecía temprano. Nos dirigíamos en coche a Stratford, porque la competición se celebraba en el instituto que hay allí. Circulábamos por la carretera entre Stratford y Hillsdale, que es la que utilizan a veces los camioneros para tomar luego la interestatal.

Nick volvió a cerrar los ojos. Estaba de nuevo en ese coche, esa noche oscura, una pesadilla que sólo había revivido en sueños, en unos retazos y fragmentos de tiempo. Habló en tono inexpresivo.

—Nos encontramos con un camión tractor que circulaba en sentido opuesto. El conductor se había tomado un par de cervezas y había hielo en la calzada. Conducía Laura. No le gustaba conducir de noche, pero yo le había pedido que llevara ella el coche porque yo tenía que hacer unas llamadas con el móvil. Ya sabes, el ejecutivo que siempre está trabajando. Estábamos discutiendo sobre algo, Laura se había puesto nerviosa y no prestaba atención a la carretera. No vio que el camión invadía nuestro carril y cruzaba la doble línea amarilla hasta que ya fue demasiado tarde. Laura trató de dar un volantazo, pero no le dio tiempo. El camión se echó sobre nosotros.

Nick abrió los ojos.

—Lo curioso es que no tuve la impresión de que el choque fuera muy violento —prosiguió Nick—. No fue como esas tremendas colisiones que vemos en el cine, en que todo se vuelve negro. Fue un impacto brusco, como el que se produce en los autos de coche. Oí un ruido sordo. No me golpeé la cabeza, ni perdí el conocimiento. Me volví hacia Laura y grité: «¡Será cabrón el tío!». Pero ella no respondió. Observé que el parabrisas estaba completamente astillado en el lado del conductor. Y que Laura tenía unos fragmentos de cristal pegados en la frente. Y que algo relucía en su pelo. Pero no vi sangre, o en todo caso sólo unas gotitas. No tenía la cabeza destrozada. Parecía como si se hubiera quedado dormida.

—Tú no podías impedirlo —comentó Cassie.

Nick comprendió que estaba a punto de llorar porque tenía la vista empañada.

—Pude haber hecho un centenar de cosas, muchas de las

cuales habrían evitado que Laura muriera. Cuando salimos de casa aquella noche, Laura quiso llamar por teléfono, pero yo la obligué a colgar. Le dije que era tarde. Que era absurdo que se entretuviera quince minutos arreglándose y vistiéndose para asistir a una competición de natación. Le dije que, por una vez, no quería llegar tarde. Le dije que quería conseguir unos buenos asientos para verlo todo. Si Laura hubiera hecho esa llamada telefónica, no habríamos sufrido el accidente. Si yo no hubiera tenido tanta prisa, habríamos llegado a nuestro destino. Maldita sea, no debí hacer esas llamadas desde el coche esa noche. No debí discutir con Laura mientras ella conducía. Y lo peor de todo es que Laura quería coger el Suburban. Yo le dije que era demasiado complicado de aparcar, e insistí en que tomáramos el sedán. Su hubiéramos cogido el Suburban, es posible que Laura hubiera sobrevivido al impacto. Y esto sólo es el principio de una lista larguísima. Pude hacer muchas cosas que habrían evitado el accidente. Las semanas siguientes a la muerte de Laura, me convertí en el mayor experto del mundo en ese tema. No hacía más que ir tachando todas las posibilidades en mi mente. Debí participar en *Jeopardy*. Gracias, Alex, apuesto cien al tema «accidentes de tráfico».

Cassie estaba pálida. Se pasó la mano por el pelo. Nick se preguntó si le estaba escuchando.

—Laura sufrió una hemorragia cerebral —prosiguió—. Murió al día siguiente en el hospital.

—Eres una buena persona, Nick.

—No —contestó Nick—. Pero quisiera serlo.

—Das mucho.

—Y tú qué sabes, Cassie. No sabes lo que he tomado de los demás, lo que he hecho. No sabes…

—Me has dado una familia.

«Y yo te he arrebatado la tuya.» Nick miró a Cassie durante largo rato. Se sentía estúpido por haber sospechado de sus intenciones secretas y por haberse preocupado de que Cassie descubriera la verdad sobre lo que le había ocurrido a su padre.

Nick comprendió que era un desastre a la hora de juzgar a la gente. Con Osgood se había equivocado en varios aspectos, al igual que con Scott. En cuanto a Todd Muldaur, Nick le había tomado la medida desde el principio, por lo que con él no se había llevado ninguna sorpresa. ¿Eddie? Bien pensado, no le asombraba que éste no dudara ni un instante en quitarle los patines de una patada para que se partiera la crisma.

Pero no había sabido entender a Cassie, y quizá todavía no la conociera bien. Era posible que los remordimientos de Nick y el extraordinario poder de seducción de Cassie le hubieran impedido verla con claridad. Era un tanto inestable emocionalmente, eso era obvio. El hecho de padecer trastorno bipolar y que su padre hubiera sido asesinado constituía una combinación fatal.

Nick se preguntó cómo reaccionaría Cassie cuando se sincerara con ella.

A Nick le tenía sin cuidado que Eddie hiciera o no un pacto con la policía. Eddie era un impresentable y le importaba un bledo lo que fuera de él.

Nick decidió que cuando él y los niños regresaran de Hawai, contaría a Cassie la verdad. Y luego acudiría a la inspectora Rhimes.

Nick sabía que lo arrestarían. Porque tanto si el fiscal del distrito decidía que había sido en defensa propia como si no, la cuestión era que Nick había matado a un hombre.

De regreso en Boston, después de su entrevista con Willard Osgood, Nick había tomado un taxi y se había dirigido a Ropes & Gray, un importante bufete de abogados en el que trabajaba un amigo suyo como abogado criminalista. Se trataba de un tipo muy inteligente que había conocido en la Universidad de Michigan. Nick le había explicado todo lo sucedido, sin omitir detalle.

El abogado había palidecido, como es lógico. Le dijo que estaba en un apuro muy grave, sin paliativos. Le dijo que lo más que Nick podía esperar era que le acusaran de homicidio culposo, y que, con suerte, le caerían sólo un par de años de cárcel. Pero quizá fueran más, cinco, siete o incluso diez años, debido al hecho de haber trasladado el cadáver, de haber manipulado las pruebas físicas. El abogado dijo a Nick que si estaba dispuesto a afrontarlo, contrataría a un procurador local y solicitaría que el caso fuera visto en Michigan *pro hac vice,* aunque Nick no sabía qué significaba eso. El abogado le aconsejó que se entregara, y que él trataría de negociar un acuerdo con el fiscal del distrito en Fenwick. También le dijo que le pediría una gran cantidad de dinero como pago por adelantado.

Lo que pudiera ocurrirle a Nick era lo de menos. ¿Qué sería de sus hijos? ¿Se mostraría tía Abby dispuesta a ocuparse de ellos? Eso era lo peor, lo que aterrorizaba a Nick.

Pero por fin Nick sabía que debía hacerlo, por más que hubiera tardado en recobrar la sensatez. Era como el sueño que había tenido recientemente, el del cadáver en el sótano que había revelado su escondite debido a los fluidos de descomposición que se filtraban por los muros. Nick no podía seguir ocultando ese espantoso secreto. De modo que al cabo de una semana aproximadamente, después de las vacaciones con los niños, le contaría a Cassie la verdad. Nick ya había empezado a ensayar mentalmente lo que iba a decirle.

—¿Qué ocurre? —preguntó Cassie.

—He estado reflexionando, y he tomado varias decisiones.

—¿Sobre la empresa?

—No, sobre mi vida y otras cosas.

Cassie le miró, preocupada.

—¿Es algo malo?

—No —respondió Nick, meneando la cabeza.

—¿Es malo para nosotros?

—No se refiere a nosotros exactamente.

—«No se refiere a nosotros exactamente.» ¿Qué quieres decir con eso?

—Ya hablaremos en el momento oportuno. Ahora no.

Cassie apoyó su mano en la de Nick. Él la tomó y la acarició suavemente. La mano de Cassie era pequeña y temblaba; la de Nick era grande y firme.

La mano que había matado al padre de Cassie.

—Nos marchamos mañana, Cassie —dijo Nick—. Vamos a pasar unos días en Hawai. Ya tengo los pasajes.

—¿A Hawai?

—A Maui. Era el lugar preferido de mi mujer. Laura y yo descubrimos allí un magnífico complejo hotelero antes de que nacieran los niños. Disponíamos de nuestra propia villa en la playa, con piscina, aunque no la necesitábamos, y lo único que divisábamos desde ella era el océano Pacífico.

—Debe de ser impresionante.

—Hasta que murió Laura, íbamos allí con nuestros hijos cada año. Tirábamos la casa por la ventana. Alquilábamos la misma villa todos los años. Laura se aseguraba de ello. Lo recuerdo como una época en que todos nos sentíamos completamente felices. La última vez que estuvimos allí, Laura y yo estábamos acostados y ella se volvió hacia mí y dijo que quería fijar para siempre aquel día en nuestra memoria.

—Qué hermoso, Nick. —En los ojos de Cassie brilló una lucecita. Tenía una expresión casi serena.

—Llamé a la agencia a la que siempre recurríamos y, milagrosamente, me dijeron que tenían disponible la misma villa.

—¿Crees que es prudente llevar a los niños a un lugar que asocian tanto con Laura? ¿No sería mejor ir a un sitio nuevo, para crear unos recuerdos nuevos?

—Quizá tengas razón. Sé que no será lo mismo. En algunos aspectos será triste, pero también será un nuevo comienzo. Nos hará bien regresar allí como una familia, estar juntos de nuevo. No nos sentiremos presionados para hablar ni resolver ciertos temas. Nos dedicaremos a jugar en la playa y esas cosas, comeremos piña y descansaremos. No será lo mismo, pero al menos será algo que los tres recordaremos cuando las cosas cambien, porque sé que van a cambiar.

—¿Y las clases de los niños?

—Ya llamé al colegio para decirles que iba a llevarme a Julia y a Lucas de vacaciones unos días. Incluso recogí los billetes en el aeropuerto cuando llegué de Boston. —Nick sacó un sobre del bolsillo del pecho, extrajo los pasajes y los agitó como si fuera una mano ganadora de póquer.

La sonrisa de Cassie se disipó.

—Tres billetes —dijo, retirando la mano.

—Sólo la familia. Los niños y yo. No recuerdo que nunca hayamos ido los tres solos a ningún sitio.

—Sólo la familia —repitió Cassie en un áspero susurro.

—Para mí es muy importante tratar de conectar de nuevo con mis hijos. Tú te llevas con ellos mejor que yo, lo cual es fantástico. Pero he descuidado mis obligaciones, he delegado en ti, como si fuera el director general de la familia, y eso no es justo. Soy su padre, al margen de mi competencia en ese papel, y mi deber es esforzarme en que volvamos a ser una familia.

El rostro de Cassie se transfiguró; cada músculo de su cara se tensó, confiriéndole un aspecto extraño.

—Cielo santo, Cassie, lo siento —dijo Nick sonrojándose, avergonzado por no haber tenido en cuenta sus sentimientos—. Sabes lo mucho que te apreciamos.

Cassie pestañeó de forma extraña, y Nick observó que las venitas de su cuello latían bajo la piel. Parecía como si se esforzara en controlarse, o en controlar algo más poderoso que ella misma.

Nick sonrió contrito.

—Ante todo me debo a Julia y Lucas. Y no sé cuándo volveré a tener esta oportunidad.

—Sólo la familia. —Sonaba como dos piedras pesadas restregando una contra otra.

—Nos sentará bien, ¿no crees?

—Quieres marcharte de aquí.

—Exacto.

—Quieres huir. Cassie se expresaba como si recitara un conjuro.

—Más o menos.

—De mí.

—¿Qué? ¡Joder, no! No te lo tomes así. No se trata de…

—No. —Cassie meneó la cabeza lentamente—. No hay escondite posible. No hay ningún escondite allí.

Nick sintió un torrente de adrenalina a través de sus venas.

—¿Qué has dicho?

Cassie esbozó una extraña sonrisa.

—¿No es eso lo que ese acosador pintó en la casa? Me lo contó Julia.

—Sí —contestó Nick—, esas mismas palabras.

—Sé leer entre líneas, Nick.

—Venga, Cassie, no seas tonta.

—Es como el libro de Daniel. El rey de Babilonia organiza una bacanal y de pronto ve aparecer una mano misteriosa que se pone a escribir unas palabras extrañas y crípticas en el muro. El rey se asusta y llama al profeta Daniel, que le dice que el mensaje significa que los días del rey han terminado, al igual que la historia de Babilonia, que el rey será asesinado. —Los ojos de Cassie mostraban una expresión ausente.

—Vale, has conseguido asustarme.

De repente, Cassie pareció retornar a la realidad y miró a Nick a los ojos.

—Quizá debería sentirme agradecida. Estaba equivocada sobre muchas cosas. Es humillante. Es humillante que te muestren la realidad de esta forma. Pero es necesario. Mira, Nick, haz lo que consideres más conveniente. Haz lo que le convenga a la familia. No hay nada más importante que eso.

Nick extendió los brazos y dijo:

—Acércate, Cassie.

—Creo que es mejor que me vaya —respondió ella—. Ya he hecho bastante, ¿no crees?

—Cassie, por favor —protestó Nick—. No lo entiendo.

—Porque puedo hacer mucho más. —Cassie salió en silencio de la cocina, caminando con unos pasos tan fluidos que más bien parecía deslizarse—. Puedo hacer mucho más.

—Ya hablaremos cuando vuelva, Cassie —dijo Nick.

Cassie se volvió y repitió:

—Mucho más.

99

El domingo por la mañana temprano, antes de ir a la iglesia, Audrey se quedó un rato en la cocina, tomándose su café y sus tostadas con mantequilla, mientras Leon dormía. Estuvo repasando facturas, preguntándose cómo iban a pagarlas cuando el subsidio de desempleo de Leon se agotara. Generalmente, Audrey pagaba cada mes el total de la factura de su tarjeta de crédito, pero tendría que empezar a pagar una cantidad mensual mínima. También se preguntó si no deberían darse de baja de la televisión por cable. Pensaba que era lo más oportuno, aunque a Leon no le haría gracia dejar de ver el canal de los deportes.

En ese momento sonó su móvil. El número empezaba por 616: Grand Rapids.

Era Lawrence Pettigrew, el ayudante del comisario de la policía de Grand Rapids. El hombre que había hablado a Audrey sobre Edward Rinaldi. Audrey le había llamado varias veces durante los últimos días, pero no había conseguido dar con él y casi había desistido de su empeño. Noyce había advertido a Audrey con toda claridad que no quería que preguntara a la policía de Grand Rapids sobre Rinaldi, pero Audrey creía que tenía el deber de hacerlo.

—¿En qué puedo ayudarla, inspectora? —preguntó Pettigrew—. Mis hijos me están esperando para que les lleve a comer tortitas, así que le ruego que abreviemos.

Pettigrew no sentía simpatía por Edward Rinaldi, por lo que Audrey sabía que preguntarle de nuevo por él sería como pulsar un resorte y observar cómo salía un chorro de vitriolo. Pero no tenía motivos para suponer que Pettigrew conociera los detalles de un caso menor sobre drogas ocurrido hacía tiempo.

En efecto, Pettigrew no los conocía.

—Por lo que a mí respecta, Rinaldi se ha ido y no quiero saber nada de él —dijo Pettigrew—. No era precisamente una honra para el uniforme.

—¿Le despidieron?

—Sería más preciso decir que le obligaron a marcharse. Pero yo que usted, no me dedicaría a hablar sobre Edward Rinaldi en Fenwick.

—Es el director del departamento de seguridad de Stratton, si a eso se refiere.

—Ya lo sé, pero no me refiero a eso. ¿No me dijo usted que trabaja en Casos Prioritarios?

—Sí.

—Pues si quiere conocer las obras y milagros de Eddie Rinaldi, pregúnteselo a Jack Noyce. Aunque bien pensado, quizá sea mejor que no lo haga.

—No creo que el oficial Noyce sepa mucho sobre Rinaldi.

Pettigrew soltó una risotada breve y estentórea.

—Noyce lo conoce perfectamente, guapa. Se lo garantizo. Jack era el compañero de Eddie.

Audrey sintió que se crispaba.

—¿El oficial Noyce? —preguntó incrédula.

—Socios en el crimen, como suelo decir. No me malinterprete, inspectora... ¿cómo ha dicho que se llama?

—Rhimes —contestó Audrey, estremeciéndose.

—¿Cómo LeAnn Rimes, la cantante? —Pettigrew tarareó los compases de una canción, desafinando—: ¿Cómo puedo vivir sin ti?

—Pero se escribe de distinta forma, según creo.

—Bueno, la verdad es que es una tía impresionante, al margen de cómo se escriba su nombre.

—Eso dicen. De modo que Noyce... era considerado un policía corrupto, ¿es eso lo que insinúa?

—¿Por qué cree que Jack fue enviado a Siberia?

—¿Siberia?

—No se ofenda, guapa, pero por lo que a mí respecta, Fenwick es Siberia.

—¿Noyce también fue obligado a marcharse?

—Esos dos estaban cortados por el mismo patrón. No sé quién robó más, pero yo diría que ambos se forraron. Es mejor trabajar en equipo, de ese modo el otro finge no darse cuenta de nada. Eddie se dedicaba más a las pistolas, y Jack a aparatos electrónicos domésticos y demás, pero los dos eran aficionados al dinero.

—Los dos... —dijo Audrey, pero no tuvo valor para continuar.

—Otra cosa, inspectora LeAnn.

—Audrey. —Sentía náuseas y deseó poner fin a la llamada, vomitar a gusto, envolverse en una manta y acostarse de nuevo.

—Yo que usted no mencionaría mi nombre a Noyce. Ese tío es un superviviente y no querrá que nadie hurgue en su pasado, ¿me entiende?

Audrey le dio las gracias, pulsó la tecla Fin y luego hizo exactamente lo que sabía que haría. Corrió al baño y se puso a vomitar desesperadamente, sintiendo que el ácido del café le quemaba la garganta. Luego se lavó la cara. Lo único que deseaba hacer en esos momento era envolverse en la vieja manta azul que había sobre el sofá del cuarto de estar, pero era hora de ir a la iglesia.

100

La Primera Iglesia Abisinia de la Nueva Alianza era un edificio de piedra, antiguamente imponente, que se había ido deteriorando a lo largo de los años. Los raídos cojines de terciopelo de los bancos, que pedían a gritos ser sustituidos por otros nuevos, habían sido remendados demasiadas veces. En ese lugar siempre hacía frío, tanto en invierno como en verano, probablemente debido a los muros y el suelo de piedra, aparte de que los fondos de la iglesia habían mermado y costaba una fortuna caldear debidamente aquel cavernoso espacio interior.

Esa mañana el número de asistentes era reducido, como la mayoría de los domingos, salvo en Pascua y Navidad. Había incluso algunos rostros blancos: unos pocos fieles que asistían regularmente en busca del consuelo que no hallaban en otras comunidades. La familia de LaTonya no estaba presente, lo cual no era de extrañar, puesto que sólo asistían un par de veces al año. De recién casados, Leon acompañaba a Audrey a la iglesia, hasta que declaró que eso no era lo suyo. Audrey no sabía si Leon se había quedado en la cama o estaba haciendo otra cosa, a saber dónde.

Leon era uno de los motivos por los que Audrey se sentía abatida esa mañana. Aparte de Noyce. La noticia la había afectado profundamente. Audrey se sentía traicionada por un hombre que había sido su amigo y benefactor y le había ocultado su auténtica naturaleza. No podía perdonárselo.

Pero aunque ese hallazgo la había herido en lo más profundo, al mismo tiempo la había liberado. Audrey ya no tendría que preocuparse de si traicionaba o no a Noyce, de si obraba a sus espaldas, de si desobedecía sus órdenes. Sabía que estaba obligada a seguir adelante. Al margen de que Jack Noyce estuviera o no en la nómina de Stratton Corporation, que hubiera filtrado a su antiguo compañero detalles de la investigación —o se hallara simplemente en una situación comprometida, atrapado por lo que Rinaldi sabía acerca de él—, Noyce había hecho todo lo posible por entorpecer su investigación. Audrey recordó las numerosas conversaciones que había mantenido con Noyce sobre ese caso, los consejos que él le había dado tan generosamente, la forma en que le había aconsejado que procediera con cautela, advirtiéndole que no tenía suficientes pruebas para arrestar a Conover y a Rinaldi. ¿Quién sabe qué otras cosas había hecho Noyce para impedir que Audrey avanzara en su investigación? ¿Qué recursos había bloqueado en secreto? Independientemente de cuál fuera la verdad, Audrey no podía revelar a Noyce que Bugbee y ella pensaban solicitar una orden de arresto contra el director general y el jefe de finanzas de Stratton. Tenía que ocultárselo, pues estaba segura de que Noyce se apresuraría a prevenir a Rinaldi y haría cuanto fuera para impedir el arresto.

Pero en ese lugar, Audrey se sintió por fin en paz, arropada y querida. Todo el mundo le dio los buenos días, incluso personas cuyos nombres no conocía: caballeros de exquisita cortesía, muchachos educadísimos, mujeres jóvenes y encantadoras, madres pendientes de sus hijos y ancianas de cabello blanco. Maxine Blake iba vestida de blanco de pies a cabeza, luciendo un aparatoso sombrero que parecía un cubo boca abajo del que salían unos tentáculos que lo rodeaban como anillos en torno a un planeta. Maxine abrazó a Audrey, estrechándola contra su voluminoso pecho, envolviéndola en una nube de perfume, calor y amor.

—Dios es bueno —dijo Maxine.

—Siempre —respondió Audrey.

La celebración comenzó con veinte minutos de retraso. «La hora de las gentes de color», como solían bromear. Los miembros del coro, magníficamente ataviados con sus túnicas rojas y blancas, avanzaron por la nave central dando palmadas y cantando *It's a highway to heaven*, tras lo cual empezó a sonar el órgano eléctrico seguido por la trompeta y el tambor. Audrey se puso a cantar junto con prácticamente todos los asistentes. Siempre había deseado cantar en el coro, pero no tenía buena voz, aunque había observado que algunas de las mujeres del coro tenían poca voz y solían desafinar. Algunas tenían una voz espectacular, desde luego. La mayoría de los hombres tenían una voz grave de bajo, pero el tenor desafinaba las más de las veces.

El reverendo Jamison inició su sermón como de costumbre, diciendo: «Dios es bueno», a lo que todos respondieron: «Siempre». El reverendo volvió a pronunciar la frase, y todos repitieron la respuesta. Sus sermones eran siempre muy sentidos, por lo general inspirados, y nunca se extendía demasiado. Pero no eran especialmente originales. Audrey había oído decir que el reverendo los sacaba de Internet, de las páginas web de los baptistas que colgaban sermones y notas en la Red. En cierta ocasión, cuando alguien le había reprochado su falta de originalidad, el reverendo Jamison había contestado: «Yo ordeño muchas vacas, pero elaboro mi propia mantequilla». A Audrey le había gustado esa frase.

El reverendo relató la historia de Josué y los ejércitos de Israel que habían librado una espléndida batalla, peleando contra cinco reyes de Canaán para conquistar la tierra prometida. Explicó que los reyes habían facilitado la empresa a Josué uniéndose en la batalla. Que no había sido el Señor quien había participado en la lucha, sino Israel. Los cinco reyes habían tratado de ocultarse en una cueva, pero Josué había ordenado que la sellaran. Después de salir victorioso, Josué había sacado a los reyes de su escondite, y les había humillado ordenando a sus príncipes que apoyaran los pies en los cuellos de los reyes. El reverendo Jamison dijo que no había escondite posible.

—No podemos ocultarnos de Dios —afirmó—. El único lugar en el que podemos escondernos de Dios es el infierno.

Eso hizo que Audrey se pusiera a pensar, como había hecho en tantas ocasiones, en Nicholas Conover y las frases que el acosador había escrito en las paredes de su casa. No había escondite posible.

Era un pensamiento aterrador, como sin duda Conover había comprobado. No había escondite: ¿De qué? ¿De un adversario anónimo, de un acosador? ¿De su culpa, de sus pecados?

Pero aquí, en la iglesia, la frase «no hay escondite posible» constituía una severa pero esperanzadora advertencia.

El reverendo Jamison recitó con voz resonante un pasaje de los Proverbios:

—«El que oculte sus pecados no prosperará, pero el que los confiese y renuncie a ellos obtendrá clemencia.»

Comoquiera que todos los sermones del reverendo Jamison estaban destinados a evocar un significado en cada uno de los asistentes, Audrey pensó inevitablemente en Nicholas Conover. El rey oculto en su cueva.

Pero no había escondite posible. Andrew Stadler había estado en lo cierto, ¿o no?

El reverendo Jamison dio paso al coro, que inició una animada interpretación de *No hiding place down here*. La solista era Mabel Darnell, una mujer corpulenta que cantaba y se movía como una combinación de Aretha Franklin y Mahalia Jackson. El organista, Ike Robinson, estaba situado en un lugar bien visible, no oculto como suele estarlo el organista en otras iglesias a las que había asistido Audrey. Era un hombre negro de pelo canoso, a punto de cumplir ochenta años, con los ojos muy expresivos y una sonrisa encantadora. Llevaba un traje blanco y a Audrey le recordaba a Count Basie.

—Me dirigí a la roca para ocultar mi rostro —cantó Mabel, dando palmadas—, pero la roca gritó: «¡No hay escondite posible!».

Los dedos rollizos de Count Basie se deslizaban ágilmente por el teclado, creando el sonido sincopado del jazz, mientras el resto del coro se unía a Mabel cuando ésta decía «mi rostro», «gritó» y «no hay escondite posible, no hay escondite posible, no hay escondite posible».

Audrey sintió que todo su cuerpo se estremecía, un escalofrío que le recorrió la espalda como una descarga eléctrica.

Y en el preciso instante en que el coro terminó de cantar, mientras los acordes del órgano resonaban todavía, el reverendo Jamison dijo con voz estentórea:

—Amigos míos, ninguno de nosotros podemos ocultarnos del Señor. «Los reyes de la Tierra, los grandes hombres, los hombres ricos, los capitanes, los hombres poderosos, todos los esclavos y todos los hombres libres» —la voz del reverendo se elevó progresivamente hasta que los altavoces aullaron debido al sonido de retorno— «se ocultaron en sus madrigueras y en las cuevas de las montañas». —Inopinadamente, el reverendo bajó el tono y musitó teatralmente—: «Y dijeron a las montañas y a las rocas, caed sobre nosotros, y ocultadnos del rostro del que se halla sentado en el trono, y de la ira del Cordero. Pues ha llegado el gran día en que el Señor dará rienda suelta a su ira, y ninguno seremos capaz de enfrentarnos a ella».

El reverendo se detuvo para dejar que los fieles se percataran de que el sermón había concluido. Luego invitó a cualquiera que lo deseara a acercarse al altar para rezar unos momentos en íntimo recogimiento. Ike Robinson, que había dejado de ser Count Basie, tocó suavemente mientras una docena de personas se levantaban de sus bancos y se arrodillaban ante la barandilla del altar. De repente, Audrey sintió el deseo de sumarse a ellos, cosa que no había hecho desde la muerte de su madre. Se acercó a la barandilla y se arrodilló entre Maxine Blake, con su gigantesco sombrero que evocaba los anillos de Saturno, y otra mujer, Sylvia No Sé Qué, cuyo marido acababa de fallecer debido a unas complicaciones a raíz de un trasplante de hígado, dejándola viuda con cuatro niños de corta edad.

Sylvia tenía auténticos problemas, ¿y de qué podía quejarse Audrey realmente? Sus problemas eran insignificantes, pero la agobiaban, como suelen hacer los problemas insignificantes hasta que aparece uno importante y arrincona a los otros.

Audrey había dejado que su ira con Leon se acumulara en su interior, y recordó las palabras de Efesios 4, 26: «No dejéis que se ponga el sol mientras dura vuestra ira, ni deis lugar al diablo». Y comprendió que había llegado el momento de librarse de su ira y enfrentarse a él.

Audrey sabía que su dolor y desengaño con respecto a Jack Noyce probablemente no desaparecería nunca, pero no estaba dispuesta a permitir que le impidiera cumplir con su obligación.

Pensó en la pobre hija de Nicholas Conover, tocando torpemente el piano, y su hermosa carita. Una niña que acababa de perder a su madre e iba a perder también a su padre.

Y eso fue lo que más conmovió a Audrey: saber que iba a dejar huérfana a esa niña.

Audrey se echó a llorar, moviendo los hombros convulsamente, dejando que las cálidas lágrimas rodaran por sus mejillas, y notó que alguien le frotaba el hombro y la consolaba, y se sintió querida.

Al salir de la iglesia, a la luz grisácea del día, Audrey sacó su móvil del bolso y llamó a Roy Bugbee.

101

El gruñido ronco de un coche al enfilar el camino de acceso.

¿Leon? No, el coche de Leon no hacía ese ruido. Su marido había salido de juerga. Y en domingo. Audrey sintió una oleada de resentimiento, de determinación.

Apartó los visillos del saloncito. Era Bugbee.

—Por fin te has decidido a hacerlo, ¿eh? —comentó Bugbee con una sonrisa burlona.

Audrey le invitó a pasar a la sala, donde Bugbee ocupó la butaca de Leon mientras Audrey se sentaba frente a él en el sofá. Bugbee rozó con el pie un par de botellas de cristal marrón que había en el suelo, las cuales entrechocaron.

Bugbee miró el suelo.

—¿Te da por la bebida, Aud? —preguntó—. ¿No soportas la tensión?

—Ni siquiera me gusta el sabor de la cerveza —contestó, turbada—. ¿Alguna novedad?

—Una complicación.

—¡No me digas!

—Una complicación positiva. Nuestro amigo Eddie se ha desmarcado de Conover.

—¿Eso qué significa exactamente?

—Quiere hacer un trato.

—¿Qué te ha contado?

—Ni una puta cosa. Sólo que quizá tenga información que pueda interesarnos.

—Tiene que mostrarnos la mercancía.

—Primero quiere hacer un trato. Apuesto lo que quieras a que está metido hasta el cuello.

Audrey reflexionó unos momentos.

—¿Y si el asesino es él en lugar de Conover?

—Mejor que mejor. Si Eddie nos entrega a Conover por participar y ser cómplice en la comisión de un asesinato, los atrapamos a los dos.

—Eddie sabe que hemos cotejado la pistola. —El sonido de otro coche. Debía de ser Leon.

—¿Se lo has dicho tú? Porque yo no le he contado ni una palabra.

Audrey negó con la cabeza y refirió a Bugbee lo de la llamada de Grand Rapids.

—Maldito Noyce —exclamó Bugbee—. ¿Qué te dije?

—¿Qué me dijiste?

—Ese tipo nunca me ha caído bien.

—Porque tú no le caes bien a él.

—Tienes razón. Pero a lo que iba. Él y Eddie Rinaldi conocen sus respectivos historiales. Ahora nosotros tenemos el historial de Noyce.

—No quiero jugar a eso —contestó Audrey con firmeza.

—Joder —estalló Bugbee—. ¿A qué viene esa actitud de dama piadosa en un momento como éste?

—¿Quieres que te lo explique de forma que lo entiendas? Si quieres jugar limpio con Noyce, por mi parte no hay ningún problema. Pero estoy segura de que sabe que lo hemos averiguado todo.

—¿Tú crees?

—Noyce sabe que he hablado con gente de Grand Rapids. Sabe que me gusta llegar al fondo de las cosas. En cualquier caso, si tú quieres jugar con él más tarde, me tiene sin cuidado. Lo siento por él, pero en estos momentos lo único que me interesa es el caso y cómo resolverlo. Mi sistema consiste en ignorarlo, en trabajar sin que él se entere, tramitar esa orden de arresto cuanto antes para que Noyce no tenga tiempo de prevenir a Rinaldi.

Bugbee se encogió de hombros, aceptando sus condiciones.

—Te diré otra cosa. No quiero hacer un trato con Rinaldi.

—Eso es una estupidez —dijo Bugbee—. Rinaldi es nuestra baza.

—Tú eras quien insistía en que teníamos este caso resuelto, ¿recuerdas? ¿Por qué quieres tirar la toalla a estas alturas?

—Esto no es tirar la toalla —contestó Bugbee.

—¿Ah, no? Yo quiero acusarlos a ambos de asesinato en primer grado. Así dispondremos de amplio espacio para maniobrar. Más tarde decidiremos lo que mejor nos convenga.

—¿De modo que ahora crees que lo tienes resuelto?

—Más o menos. Mañana, a primera hora, iré a hablar de nuevo con el psiquiatra de Stadler.

—¿No crees que es un poco tarde para eso?

—No. Si el psiquiatra accede a declarar que Stadler podía comportarse como un hombre trastornado e incluso peligroso, eso reforzará considerablemente nuestra posición ante la oficina del fiscal. Si lo logramos, obtendremos las órdenes de arresto con toda certeza.

—Pensé que ese hombre se había negado a hablar contigo.

—Ya, pero insistiré.

—No puedes obligarle.

—Cierto, pero puedo convencerle. O al menos lo intentaré.

—¿Tú lo crees?

—¿Qué?

—¿Que Stadler era peligroso?

—No sé qué creer. Creo que Conover y Rinaldi lo creían. Si tenemos al psiquiatra en nuestro bando, ya tenemos el móvil. Hasta el abogado más hábil que Nick Conover pueda contratar lo va tener peliagudo. Y entonces no necesitaremos hacer ningún trato con Eddie, ¿comprendes?

—O sea, que hay que tirar los dados.

—A veces no queda más remedio —respondió Audrey.

—Se nota que no tienes tantas ganas como yo de cortarle las pelotas a Noyce.

Audrey meneó la cabeza.

—No estoy enfadada. Estoy… —Audrey reflexionó unos instantes—. Estoy decepcionada. No triste.

—Siempre pensé que los beatos nos tomabais un poco el pelo. Pero ahora veo que te tomas muy en serio lo de comportarte como es debido. Ser buena persona. ¿No es así?

Audrey se echó a reír.

—No se trata de ser buena persona, Roy, sino de procurar ser bueno. ¿Jesús era un…? —Audrey se detuvo para buscar la palabra idónea—. ¿Un tipo debilucho? No, era duro de pelar. Tenía que serlo.

Bugbee sonrió, y aparecieron unas arruguitas en las esquinas de sus ojos. Audrey trató de adivinar su expresión, no estaba segura de haber detectado un atisbo de admiración.

—Me ha gustado eso de que Jesús era duro de pelar.

—¿Cuándo fuiste a la iglesia por última vez, Roy?

—Olvídalo, no te metas conmigo. Dejemos las cosas claras. Eso no va a ocurrir. —Bugbee se detuvo—. Además, me parece que Jesús tiene bastante que hacer en tu casa.

Audrey, dolida, no respondió.

—Lo siento —dijo Bugbee al cabo de unos segundos—. Eso ha sido un golpe bajo.

—No te preocupes —dijo Audrey—. Quizá tengas razón.

102

Soplaba un aire fresco, los días otoñales anunciaban que el invierno estaba en puertas. El cielo presentaba un inquietante color plomizo que amenazaba lluvia.

Pero en la sala de estar, donde Audrey se hallaba leyendo, hacía un calor casi sofocante. Cuando Bugbee se marchó, Audrey había encendido fuego en la chimenea, el primero de la temporada. La madera resinosa había prendido enseguida, lo cual la complació, y en estos momentos los troncos crepitaban sonoramente, sobresaltando de vez en cuando a Audrey mientras se deleitaba con un pasaje que la había atrapado.

Audrey abrió la Biblia por el Evangelio de san Mateo y lloró por el hombre que había sido su amigo. Pensó también en Leon, con el que quería aclarar la situación. Audrey estaba decidida a dejar de lado su ira y sus recriminaciones.

Noyce y Leon no se parecían en nada, pero ambos tenían los pies de barro. Leon era un hombre que se sentía perdido, pero Audrey le amaba. Sabía que era propensa a precipitarse a la hora de juzgar a los demás. Quizá había llegado el momento de aprender a perdonar. Ése era el meollo de la parábola del sirviente ingrato en el Evangelio de san Mateo:

> Un rey tenía un sirviente que le debía una elevada suma, y el rey decidió vender al sirviente y a la familia de éste para cobrarse la deuda. Pero cuando el sirviente le imploró que no lo hiciera, su amo se compadeció de él y le perdonó la deuda. Poco después, el sirviente se encontró con otro sirviente del rey que le debía dinero a él. ¿Y qué hizo el sirviente? Agarró al otro por el pescuezo y le exigió que le pagara lo que le debía. El rey llamó al ingrato a su presencia y le dijo: «¡Eres un desagradecido! Yo te

perdoné la deuda porque me suplicaste. ¿Por qué no mostraste hacia el otro sirviente la clemencia que yo tuve contigo?».

De repente se oyó una llave girar en la cerradura de la puerta principal.

Leon. De vuelta de donde fuera que hubiese ido sin decírselo a Audrey.

—Hola, enanita —dijo Leon al entrar en el cuarto de estar—. Has encendido el fuego. Estupendo.

Audrey asintió con la cabeza.

—Has salido temprano hoy —comentó.

—Parece que va a llover.

—¿Dónde has estado, Leon?

Leon desvió inmediatamente la mirada.

—Tengo que salir de vez en cuando de la casa. Me sienta bien.

—Ven a sentarte. Tenemos que hablar.

—Humm —contestó Leon—. A ningún hombre le gusta oír esas palabras. —Pero se sentó en su butaca favorita, con aspecto de sentirse tremendamente incómodo.

—Esto no puede seguir así —dijo Audrey.

Leon asintió con la cabeza.

—¿Y bien? —insistió Audrey

—¿Y bien, qué?

—He leído unos pasajes de la Biblia.

—Ya lo veo. ¿El Antiguo Testamento o el Nuevo?

—¿Qué?

—Según recuerdo de los tiempos en que iba a la iglesia, el Dios del Antiguo Testamento es muy poco tolerante.

—Nadie es perfecto, cariño. Y la Biblia nos dice que Jesús se negó a condenar a una adúltera que iba a ser lapidada.

—¿Adónde quieres ir a parar? —preguntó Leon.

—¿Quieres decirme qué te traes entre manos?

—Ah —respondió Leon, emitiendo una risita que fue aumentando—. Ya comprendo —dijo, rompiendo a reír a carcajadas—. Conque mi hermana te ha estado metiendo unas ideas absurdas en la cabeza, ¿eh?

—¿Quieres explicarte? ¿O ha de ser ésta la última conversación que mantengamos tú y yo?

—Venga, enanita —dijo Leon. Se levantó de la butaca y se

sentó en el sofá junto a Audrey, arrimándose a ella. Audrey se quedó asombrada, pero no le abrazó, sino que permaneció tensa, enojada y confundida. Una botella rodó debajo del sofá. Audrey extendió una mano y la sujetó. Era una botella de color marrón de cerveza. Audrey la sostuvo en alto y preguntó:

—¿Se trata de esto o de una mujer?

Leon no cesaba de reírse, gozando con la situación, mientras Audrey se enfurecía por momentos.

—¿Te parece divertido?

—Menuda policía inspectora estás tú hecha —dijo Leon por fin—. Eso es un refresco elaborado con raíces.

—Es verdad —admitió Audrey, turbada.

—No he probado el alcohol desde hace diecisiete días. ¿No te habías fijado?

—¿Es cierto?

—El paso número nueve es perdonar. A mí aún me falta mucho.

—¿El paso número nueve?

—El paso número ocho es hacer una lista de las personas a las que he herido y a las que deseo pedir perdón. Eso también debo hacerlo. Ya sabes que las listas nunca se me han dado bien.

—¿Tú...? ¿Por qué diablos no me dijiste que habías acudido a Alcohólicos Anónimos?

Leon la miró avergonzado.

—Quizá quería asegurarme de ser capaz de continuar.

—¡Cariño! —exclamó Audrey, sintiendo que se le saltaban las lágrimas—. Me siento muy orgullosa de ti.

—Es muy pronto para que te sientas orgullosa de mí, enanita. Aún no estoy en el paso número tres.

—¿Y ése cuál es?

—No tengo ni remota idea —contestó Leon.

Apoyó su mano grande y callosa sobre el rostro de Audrey, le enjugó las lágrimas y se inclinó para besarla. Esta vez Audrey le devolvió el beso. Había olvidado la sensación que le producía besar a su marido, pero empezaba a recordarlo, y era muy agradable. Ambos se levantaron y subieron al dormitorio.

Había comenzado a llover, pero en la cama estaban calentitos.

Por la mañana Audrey se levantaría temprano y tramitaría las órdenes de arresto contra Eddie Rinaldi y Nicholas Conover.

103

Cuando Audrey se dirigió hacia el despacho del fiscal, oyó que Noyce la llamaba.

Estaba en la puerta de su despacho, indicándole que se acercara.

Audrey se detuvo un momento.

—Audrey —dijo Noyce en un tono peculiar—. Tenemos que hablar.

—Tengo prisa, Jack. Lo siento.

—¿Qué ocurre?

—Prefiero... no contártelo.

Noyce arqueó las cejas.

—¿Audrey?

—Discúlpame, Jack. Lo siento.

Noyce extendió la mano y le tocó el hombro.

—Audrey —dijo—, no sé qué te habrán dicho sobre mí, pero...

Noyce lo sabía. Por supuesto que lo sabía.

—Te escucho —dijo Audrey, mirándole a los ojos.

Noyce respiró hondo, se ruborizó y contestó:

—Déjalo. No quiero tu compasión.

Acto seguido Noyce se metió en su despacho y Audrey echó a andar apresuradamente.

El habitual gesto de desdén del doctor Aaron Landis dio paso a un expresión entre furiosa e incrédula.

—Ya hemos hablado de eso, inspectora. Usted me pidió que vulnerara la confidencialidad con el señor Stadler. Si imagina que su insistencia me hará recapacitar...

—Deduzco que sabe lo que los *Principios de ética médica,* publicados por la Asociación Americana de Psiquiatría, dicen sobre la confidencialidad.

—Por favor…

—Está autorizado a revelar información confidencial relevante sobre un paciente bajo un mandato legal.

—Según creo recordar, dice bajo el «debido mandato judicial». ¿Ha traído usted un mandato judicial?

—Si es un requisito imprescindible para usted, lo solicitaré. No se lo pido como policía, sino como ser humano.

—Lo cual deduzco que no es lo mismo.

Audrey pasó por alto el comentario.

—Desde el punto de vista ético, tiene usted derecho a prestar declaración sobre el historial de Andrew Stadler, sobre todo si tiene algún interés en que su asesino sea arrestado y juzgado.

Landis cerró los ojos como si se sumiera en profundas reflexiones.

—¿Qué tiene que ver una cosa con la otra?

—Verá, doctor Landis, hemos encontrado al asesino de Andrew Stadler.

—¿Y quién es? —Su tono flemático, minuciosamente calibrado, no conseguía ocultar su natural curiosidad.

—No puedo decírselo hasta que se le acuse formalmente. Pero voy a pedirle a usted que declare ante el tribunal que Andrew Stadler se comportaba a veces de forma violenta.

—Me niego a hacerlo.

—¿Se da cuenta de lo que está en juego, doctor Landis?

—No declararé eso —insistió Landis.

—Si se niega a hablar por ese hombre —dijo Audrey—, es posible que su asesino no sea juzgado. ¿No le importa?

—Usted quiere que yo declare que Stadler tenía tendencias violentas, y eso es algo que no pienso hacer. No puedo decir lo que usted desea, porque no es verdad.

—¿A qué se refiere?

—Jamás observé en él ninguna inclinación a la violencia.

—¿Por qué dice eso?

—Yo no le he comentado nada.

—¿Cómo dice?

—Usted no ha oído esto de mis labios. —Landis se rascó la barbilla—. Andrew Stadler era un desdichado, un hombre profundamente trastornado. Un hombre atormentado. Pero no era violento.

—Doctor Landis, el hombre que le mató le consideraba responsable de una sádica agresión contra su perro, la mascota de la familia, al que descuartizó. De hecho, pensaba que había cometido varios ataques contra su vivienda. Estamos convencidos de que ése es el motivo de que ese hombre asesinara a Stadler.

Landis asintió con la cabeza; por la expresión de sus ojos parecía estar de acuerdo.

—Sí —convino—, me parece lógico.

—¿Ah, sí?

—Siempre y cuando fuera cierto. Pero creo poder decirle sin temor a equivocarme que Andrew Stadler jamás habría cometido un acto de este tipo.

—Un momento. La última vez que hablamos usted se refirió a un patrón de ataques repentinos de furia, de episodios psicóticos breves...

—En efecto. Describí un síndrome que denominamos trastorno límite de personalidad.

—De acuerdo, pero usted dijo que un esquizofrénico como Stadler podía padecer este trastorno límite.

—Lo he visto, por supuesto. Pero no me refería concretamente a Andrew Stadler.

—Entonces ¿a quién se refería, doctor?

Landis duró unos momentos.

—¡Por favor, doctor!

Diez minutos más tarde Audrey salió a la carrera del County Medical, resollando, con el móvil pegado al oído.

104

La reunión especial de la junta estaba concertada para las dos de la tarde, y a las dos menos cuarto, la mayoría de los participantes invitados se hallaban ya en la estrecha antesala. Scott fue el primero en llegar, y no se anduvo con rodeos. Nick había recibido a lo largo de la mañana un montón de mensajes telefónicos de Scott, a los que no había respondido. Marjorie tenía órdenes de mantenerlo alejado del despacho de Nick.

—No me tengas sobre ascuas, Nick —le dijo Scott. Nick observó que llevaba una camisa nueva: blanca, con el cuello estrecho y puntiagudo, que parecía de Armani, muy distinta de las raídas camisas estilo Oxford con el cuello abotonado que solía llevar—. Venga, hombre, no puedo recitar mi papel si no tengo un guión.

—He pensado que era preferible la espontaneidad.

—La espontaneidad —repitió Scott—. Combustión espontánea. Aborto espontáneo. Aneurisma aórtico espontáneo. —Scott meneó la cabeza—. La palabra «espontaneidad» no me gusta.

Nick le miró ladeando la cabeza.

—Vamos a probar algo nuevo —dijo, mostrándose deliberadamente enigmático.

—Sólo pretendo ayudar, Nick.

Los ojos de Scott, enmarcados por unas ojeras violáceas, mostraban una expresión hosca.

—Cuento con ello —respondió Nick—. De hecho, ¿podrías traerme una coca-cola *light*? Sin hielo si está fría.

Scott se disponía a decir algo cuando Davis Eilers —pantalón caqui, un polo de color blanco y una chaqueta azul— rodeó los hombros de Scott con un brazo y se lo llevó.

—¿Dónde está la agenda del día? —preguntó Todd Muldaur a Nick cuando la antesala empezó a llenarse de gente—. Dan, Davis y yo hemos volado aquí en el avión corporativo de Fairfield, pero ninguno tenemos el orden del día.

—Descuida, hay un orden del día —contestó Nick, sonriendo—. Pero no está impreso.

—Eso sí que es nuevo. ¿Una reunión especial de la junta sin un guión? —Todd cruzó una mirada con Dan Finegold—. Espero que no vayas a ponernos una de esas películas de miedo —dijo Todd a Nick, mostrando en sus ojos exageradamente azules una fingida expresión de inquietud no exenta de afabilidad.

—Lento pero seguro, ¿eh? —comentó Finegold a Nick, estrujándole afectuosamente los bíceps superiores.

—¿Cómo va la cervecería? —le preguntó Nick.

—Fenomenal —contestó Finegold—. Al menos en lo tocante a la elaboración. La Micro se está imponiendo.

—A decir verdad —dijo Nick, bajando la voz—, yo prefiero la Rolling Rock. Me gusta la cerveza transparente.

Nick echó un vistazo por la habitación hasta que vio a Scott y a McNally conversando en un rincón con Davis Eilers. No era necesario que Nick oyera lo que decían para adivinar que Eilers trataba de que Scott le explicara el motivo de la reunión. La respuesta de Scott era evidente por la forma en que se encogía de hombros y movía la cabeza con nerviosismo.

Todd tomó a Nick por el codo y le dijo en voz baja y tensa:

—Esto ha sido un tanto precipitado, ¿no te parece?

—El presidente de la junta tiene la facultad de convocar una reunión extraordinaria de la misma —respondió Nick sin alterarse.

—¿En qué consiste la maldita agenda?

Nick sonrió, sin responder.

—Es curioso, el otro día recordé lo que dijiste sobre las tortugas y la sopa de tortuga.

Todd se encogió de hombros.

—A Dan y a mí no nos ha importado anular otras citas de trabajo, pero esta noche juegan los Yankees contra los Red Sox. Ambos hemos tenido que regalar nuestras entradas. Así que espero que esto sea importante.

—Desde luego. Cuenta con ello. Pero no podremos servir ese café tan rico. Tendréis que resignaros a algunos fallos.

—Ya nos estamos acostumbrando a eso —contestó Todd con una sonrisa que desapareció al cabo de un segundo—. Confío en que sepas lo que haces —agregó, y volvió a intercambiar una mirada prolongada con Scott.

Nick vio que Dorothy Devries acababa de entrar. Llevaba un traje sastre azul marino intenso con unos botones muy grandes. Tenía los labios apretados y acariciaba el broche de plata que llevaba prendido en la chaqueta con unos dedos largos y afilados como garras. Nick la saludó con la mano desde el otro extremo de la habitación, un gesto alegre y cordial que Dorothy devolvió con una mirada gélida.

Nick siguió estrechando manos y pronunciando frases de bienvenida, hasta que observó que había llegado Eddie Rinaldi. Éste se acercó a Nick con expresión irritada.

—¿A que no adivinas lo que ha ocurrido? Tu maldita alarma ha vuelto a dispararse.

Nick emitió una exclamación de fastidio.

—Ahora no puedo… ¿Puedes encargarte tú?

Eddie asintió con la cabeza.

—Una fuga de gas.

—¿Una fuga de gas?

—Llamó la compañía del sistema de alarma, tras lo cual volvieron a llamar para decir que una tal «señora Conover» les había dicho que ella se ocuparía del tema, pero creo que debo comprobarlo. A menos que te hayas casado sin que yo lo sepa.

Nick negó con la cabeza, distraído.

—Y Marta está de viaje.

—¿Y tu amiga?

—No está ahí. Pero supongo que los niños ya deben de estar en casa.

Eddie apoyó una mano en el hombro de Nick.

—Iré para allá. Una fuga de gas no es para tomársela a broma. —Antes de marcharse, Eddie echó un vistazo por la habitación con expresión divertida.

—¿Nos sentamos? —preguntó Nick. Sus palabras iban dirigidas a Todd, pero las pronunció en voz alta para que todos los presentes se dieran por enterados.

Al cabo de unos minutos, todos tomaron asiento alrededor de la inmensa mesa de caoba de la sala de juntas. Scott se puso a jugar con su pantalla de plasma, elevándola y bajándola con movimientos nerviosos, como un crío con un muñeco articulado Transformer.

Nick no ocupó su lugar de costumbre en la cabecera de la mesa. Dejó ese puesto vacío y se sentó en una silla contigua. Luego hizo un gesto con la cabeza a Stephanie Alstrom, que mostraba su acostumbrada expresión hosca y preocupada. Stephanie apoyó las manos sobre una gruesa carpeta.

—Quiero empezar con una noticia excelente —dijo Nick—. Hemos cerrado el trato con Atlas McKenzie. Han firmado esta mañana.

—Eso es fantástico, Nick —dijo Todd—. ¡Te felicito! ¿Has logrado convencerles tú mismo?

—Ojalá pudiera anotarme ese tanto —respondió Nick—. Willard Osgood habló con ellos por teléfono.

—¿Ah, sí? —comentó Todd fríamente—. Ésa no es una táctica frecuente.

—Willard se ofreció mediar —contestó Nick—. Fue cosa suya.

—Vaya, vaya. Supongo que Willard quiso demostrar que de vez en cuando es capaz de asestar el golpe definitivo. —La expresión de Todd era entre divertida y condescendiente—. Ya no quedan hombres como él.

—Tienes razón. —Nick oprimió el botón del intercomunicador y habló con Marjorie—. Creo que ya estamos todos, Marjorie. ¿Quieres hacer el favor de avisar a nuestro visitante? —Luego alzó la vista y prosiguió—: No he convocado esta reunión extraordinaria para regodearme con la buena noticia. Tenemos unos problemas muy graves, relacionados con el futuro de la empresa. —Nick se detuvo unos instantes—. Varios de vosotros me habéis instado a que analizara los costes de fabricación. Yo me he resistido, quizá demasiado. Pero ahora, pensando en el futuro, hemos decidido diversificar nuestra base de fabricación. Stratton encargará a otras empresas la fabricación de nuestras líneas Básicas Stratton de bajo coste. Actualmente estamos en tratos con varios fabricantes del extranjero, entre los que se cuentan unos importantes candidatos en China. Esta iniciativa nos permitirá seguir siendo competitivos en el sector más sensible en cuanto a precios de nuestro mercado.

La expresión de Dorothy Devries era casi despectiva. Todd y Scott parecían confundidos, como si se hallaran a bordo de un tren que hubiera pasado la parada en la que debían apearse.

—Hemos alcanzado una decisión distinta con respecto a las líneas de gama alta, que constituyen el núcleo de nuestra imagen de marca —continuó Nick—. Esas líneas se seguirán fabricando aquí en Fenwick.

—Siento interrumpirte —dijo Todd, carraspeando—. Pero estás hablando en plural, y no sé a quién te refieres. ¿Te refieres a todo nuestro equipo directivo? Porque muchos consideramos que es demasiado tarde para tomar este tipo de medidas, que son meros paños calientes.

—Lo sé. —Nick continuó en voz más alta—: Como algunos de los presentes sabéis y otros no (y hasta hace poco yo me contaba entre los que no lo sabían) ciertas partes que representan a Fairfield han estado negociando para vender la marca Stratton a un consorcio llamado Pacific Rim Investors, que controla una importante empresa de mobiliario de oficina radicado en Shenzhen, Shenyang Industries.

Nick no sabía si esperaba oír exclamaciones de asombro o de indignación, pero no oyó nada de eso. Sólo se oía el rumor de papeles y carraspeos.

—¿Puedo decir unas palabras? —preguntó Todd con aire satisfecho.

—Desde luego —contestó Nick.

Todd se volvió un poco, para dirigirse a los miembros de la junta.

—En primer lugar, quiero disculparme ante el director general de esta empresa por haberle mantenido al margen de estas negociaciones. En Fairfield hemos estado examinando larga y detenidamente los números y, con sinceridad, hemos visto una oportunidad que no podíamos desaprovechar. Stratton ha entrado en una fase de crisis. Nick Conover, al que deseo felicitar por su candor, ha dejado muy claro, en todo momento, que no puede aceptar ciertas opciones. Todos respetamos su excelente labor en defensa de la compañía. Pero en este caso el director general no puede tener la última palabra. —Una breve pausa—. El mayor elogio que puedo dedicar a un director general es decir que realiza su trabajo con pasión. —Todd se volvió hacia Nick—. Como en tu caso, Nick. Pero cuando una empresa alcanza un punto de inflexión crítico, es preciso adoptar unas medidas contundentes, y hay que tomarlas sin pasión.

Todd se reclinó en su silla Stratton de color azul, mostrando el aspecto de un gato satisfecho.

—Esto es lo que ocurre cuando uno se halla en una zona crítica —dijo, sin molestarse en ocultar su complacencia—. Es lo que nos inculcaron a todos en McKinsey desde el primer día. La palabra china que significa «crisis» aúna los caracteres de «peligro» y «oportunidad».

—Sin duda —terció Nick en tono jovial—. Y la palabra china que significa «despidos» aúna los caracteres de «pérdida» y «empleos».

—Te debemos mucho —prosiguió Todd con aire paternalista—. No creas que no te estamos agradecidos. Creo hablar en nombre de todos cuando digo que apreciamos cuanto has hecho por Stratton. Pero ha llegado el momento de seguir adelante.

—Sé que te gustaría hablar en nombre de todos. Pero algunos preferimos expresar nosotros mismos nuestra opinión. —Nick se levantó, saludando con un gesto de la cabeza a un hombre alto, con gafas, que acababa de entrar en la sala.

Willard Osgood.

105

La central que controlaba el sistema de seguridad de la urbanización Fenwicke prestaba servicio a otras comunidades protegidas en Fenwick y las inmediaciones, incluyendo Safe Harbor, Whitewood Farms y Catamount Acres. Era un edificio bajo, desprovisto de ventanas, localizado en una zona anónima de centros comerciales y restaurantes de comida rápida. Tenía el aspecto de un almacén. Estaba rodeado por una valla de tela metálica y en la fachada no había ningún letrero, tan sólo el número de la calle. Audrey sabía que era por razones de seguridad. En la parte trasera había dos gigantescos generadores diésel de emergencia.

En caso de duda, había que conseguir una orden. No se podía contar con que la gente se mostrara dispuesta a colaborar, ni siquiera en una emergencia, de modo que Audrey había solicitado una orden de registro, que había pedido que enviaran por fax a la central del sistema de seguridad, a la atención del gerente de la empresa. En la jefatura de policía constaba esa información en un archivo.

El adjunto del gerente, Bryan Mundy, era un hombre que iba en una silla de ruedas y que se mostró dispuesto a cooperar en todo. Era asimismo un hombre extremadamente locuaz, lo cual resultaba molesto, pero Audrey asintió y sonrió con amabilidad, deseando en secreto que se apresurara. Fingió mostrarse interesada, pero no excesivamente.

Mundy condujo a Audrey a través de un laberinto de cubículos ocupados principalmente por mujeres que trabajaban ante unos ordenadores, con unos auriculares puestos. Maniobraba su silla de ruedas con habilidad al tiempo que comentaba con satisfacción que también hacían el seguimiento de las alarmas de incendio de varias empresas y residencias en la zona. Mundy explicó que estaban conectados a través de un protocolo de seguridad de Internet a las numerosas cámaras y garitas de guardias de seguridad que controlaban. Y que visualizaban en tiempo real y por control remoto todas las cámaras a través de un navegador de la Red. Cuando pasaron por un área donde otras personas, en su mayoría hombres, contemplaban imágenes de vídeo en las pantallas de los ordenadores, Mundy habló con orgullo, y también con interminable detalle, sobre la filigrana digital de los archivos de vídeos que los autentificaba utilizando una cosa llamada un algoritmo MD5, el cual garantizaba que la imagen no había sido manipulada.

Audrey no lo entendió, pero tomó nota del hecho de que Bryan Mundy sería un buen elemento cuando el caso fuera a juicio.

Mundy le dijo que había pensado en hacerse policía, pero prefería el sueldo que cobraba en el sector privado.

—Todos los acontecimientos ocurridos en los últimos treinta días están almacenados aquí —explicó Mundy cuando atravesaron por otra área, en la que había numerosos estantes llenos de servidores y demás objetos relacionados con la informática—. Tiene suerte. Después de treinta días, el material es enviado al almacén de seguridad.

Audrey dijo a Mundy la fecha que le interesaba y el hombre conectó una caja negra en la que estaban dispuestos varios discos duros que contenían las copias de las grabaciones digitales. Mundy localizó el archivo grabado entre el mediodía y las seis de la tarde del día en que habían matado al perro de la familia de Nicholas Conover. Audrey había conseguido la fecha y la hora de la división uniformada. Mundy le enseñó a identificar los archivos por el número de la cámara, pero Audrey le confesó que no sabía qué cámara buscaba. Cualquier cámara instalada en el perímetro de la urbanización Fenwicke cuyo sensor de movimiento pudiera haberse activado durante ese espacio de tiempo.

Cualquiera, pensó Audrey, que hubiera entrado, o salido, de la urbanización Fenwicke aproximadamente a la hora en que habían matado al perro de los Conover.

—Ese disco debe de ser muy interesante —comentó Bryan

Mundy—. Según el registro, el director del departamento de seguridad de Stratton Corporation estuvo aquí hace unos días y tomó unas copias de la grabación.

—¿Tienen constancia de qué fragmento copió?

Mundy negó con la cabeza y se hurgó los dientes distraídamente con un palito de naranjo.

—Dijo que trabajaba para Nicholas Conover, el director general de Stratton. Quería saber si teníamos alguna grabación del perímetro junto a la casa de los Conover, pero le dije que no. Al parecer el domicilio de los Conover está bastante alejado de la verja.

Audrey no tardó en localizar a un hombre alto y desgarbado, cubierto por un abrigo holgado y luciendo unas gafas de montura gruesa, que se acercaba a la valla, captado por la cámara 17.

—El director del departamento de seguridad estaba buscando justo lo mismo.

Sí. Así fue como él y Conover habían llegado a la conclusión de que había sido Stadler quien había descuartizado al perro.

Pero Audrey se percató por la forma en que Stadler estiraba el cuello y entornaba los ojos, por su lenguaje corporal, de que en realidad estaba siguiendo a alguien. Stadler no se volvió, como si no temiera que le siguieran. Porque era él quien estaba siguiendo a otra persona.

Audrey comprendió a quién seguía Stadler. Las conjeturas del doctor Landis tenían un sentido claro y terrible.

—¿Esto puede ir hacia atrás lentamente? —preguntó Audrey.

—No lo hace por sí solo —respondió Mundy, chasqueando los labios alrededor del palito.

—¿Cómo puedo ver unas imágenes anteriores?

—Así —contestó Mundy, señalando y haciendo un doble clic con el ratón.

—Retrocedamos unos quince minutos a partir de ahí.

—¿Sabe qué cámara es?

—Desgraciadamente, no. Quiero ver lo que grabaron cualquiera de las cámaras durante quince minutos antes de que apareciera ese hombre.

Mundy se lo instaló y se repantigó en su silla mientras Audrey contemplaba las imágenes. La curiosidad de Mundy pudo más que la educación; permaneció junto a Audrey, observando la pantalla como si no tuviera otra cosa que hacer.

Afortunadamente no había demasiadas imágenes, puesto que la grabación había sido activada por el sensor de movimiento.

Siete minutos antes de que Andrew Stadler saltara la valla que rodeaba la urbanización Fenwicke, apresuradamente, como si persiguiera a alguien, Audrey localizó a otra figura. Ésta era más menuda, llevaba una cazadora de cuero y se movía rápida y ágilmente, como si tuviera un propósito muy concreto.

Las palabras del doctor Landis: «Stadler interrumpía su medicación periódicamente. Su esposa no fue capaz de soportar ese matrimonio, comprensiblemente, y abandonó a su hija, pero al cabo de unos años se la quitó al padre, una herida psíquica de la cual la niña pudo haberse recobrado de no haber heredado una predisposición genética».

Cuando la figura cubierta con una cazadora de cuero se aproximó a la verja de hierro, se volvió hacia la cámara, casi como si posara sonriendo.

El rostro de esa persona se veía con toda nitidez.

Cassie Stadler.

Helen Stadler, había corregido el doctor Landis a Audrey.

Durante la adolescencia se había cambiado el nombre por Cassie, que le pareció más interesante. Quizá le gustaba la asociación con Casandra, la heroína griega que poseía el don de predecir el futuro, aunque nadie creía sus profecías.

Había sido Cassie quien había entrado reiteradamente en casa de Nicholas Conover para escribir unos mensajes inquietantes y amenazadores en las paredes. La hora evidenciaba que había sido Cassie quien había matado al perro de los Conover.

No su padre, que la había seguido hasta la mansión de los Conover, como probablemente había hecho en otras ocasiones.

Sabiendo que su hija estaba trastornada.

Andrew Stadler era consciente de que Cassie padecía ese trastorno, había hablado obsesivamente de ello con el doctor Landis, pues se sentía culpable por ello.

Audrey tomó con manos temblorosas su móvil y llamó al doctor Landis. Al cabo de unos instantes sonó el contestador automático. Después del tono, Audrey dijo:

—Doctor Landis, soy la inspectora Rhimes, y tengo que hablar urgentemente con usted.

El doctor Landis descolgó el teléfono:

—Usted me dijo que Helen Stadler estaba obsesionada con el concepto de la familia que nunca había tenido —dijo Audrey—. Unas familias de las que ella nunca podía formar parte, unas familias que la excluían.

—Sí, sí —respondió el psiquiatra—. ¿Y qué?

—Doctor Landis, usted mencionó una familia que vivía frente a los Stadler. De pequeña Cass... Helen muchas veces pasaba el día en casa de esa gente, jugando con la niña a la que consideraba su mejor amiga, hasta que los padres de ésta se cansaron y le pidieron que se fuera, ¿no fue así?

—Sí —contestó el doctor Landis en tono grave.

—Hace años la policía interrogó a Andrew Stadler en relación a un trágico incendio ocurrido en la casa frente a la suya, a raíz del cual todos los miembros de la familia Stroup murieron. Al parecer Stadler les había hecho unas reparaciones. ¿Fue eso cuando...?

—Sí. Andrew dijo que su hija tenía conocimientos mecánicos, que él le había enseñado a reparar todo tipo de objetos, y que una noche, después de que los Stroup pidieran a Helen que dejara de ir, ésta entró en la casa a través de la puerta de la mampara, abrió el conducto del gas, encendió una cerilla y se marchó.

—¡Santo cielo! No fue acusada de ese delito.

—Yo estaba seguro de que eso era una fantasía de Andrew, una manifestación de su obsesión paranoica con su hija. En cualquier caso, ¿quién iba a sospechar de una niña de doce años? Las autoridades creyeron que había sido Andrew, pero por más que le interrogaron su coartada era sólida. Algo similar ocurrió en la Universidad de Carnegie Mellon, durante el primer año que Helen estudió allí. Andrew me dijo que su hija pertenecía a una hermandad con la que estaba obsesionada y a la que consideraba su familia. Stadler me contó que mucho más tarde averiguó que se había producido una terrible explosión de gas en la residencia de esa hermandad, a raíz de la cual habían muerto dieciocho chicas. Ocurrió la misma noche en que Helen regresó a casa en coche desde Pittsburg, muy alterada porque una de sus hermanas de la asociación le había dicho algo que la había hecho sentirse rechazada.

—Yo... debo irme, doctor —dijo Audrey, colgando el teléfono.

Bryan Mundy, que se había acercado a Audrey en su silla de ruedas, le hizo una seña.

—Qué casualidad —dijo—. Estábamos hablando sobre la casa de los Conover, y hace unos quince minutos recibimos una señal de alarma de allí.

—¿Una señal de alarma?

—No se trataba de un robo ni nada parecido. Un detector de combustión de gas. Probablemente una fuga. Pero la dueña dijo que lo tenía controlado.

—¿La dueña?

—La señora Conover.

—No existe ninguna señora Conover —respondió Audrey, sintiendo que el corazón le latía con violencia.

Mundy se encogió de hombros.

—Así fue como se identificó —dijo, pero Audrey había echado a correr hacia la puerta.

106

Todd se levantó apresuradamente, seguido por Eilers y Finegold. Sus rostros mostraban una expresión cordial no exenta de preocupación.

—¿Os importa que me una a vosotros? —preguntó Osgood con voz ronca.

—Willard —dijo Todd—, no sabía que ibas a venir. —Luego se volvió hacia Nick y añadió—: ¿Lo ves? El toque personal, que algunas personas no pierden nunca.

Osgood no le hizo caso y ocupó la silla vacía a la cabecera de la mesa.

—Esa venta no va a producirse —declaró Nick—. No le conviene a Stratton, ni a Fairfield. Nosotros también hemos examinado los números, y cuando digo «nosotros» me refiero a Willard y a mí, y hemos llegado a esta conclusión.

—¿Puedo hablar? —preguntó Todd.

—Se trata de una oportunidad que no se presentará dos veces —intervino Scott.

—¿Una oportunidad? —preguntó Nick—. ¿O un peligro? —Se detuvo y se volvió hacia Stephanie Alstrom—. ¿Quieres decir unas palabras, Stephanie? Sé que no te he dado tiempo suficiente para preparar una presentación en PowerPoint, pero quizá puedas hacerlo a la vieja usanza.

Stephanie Alstrom examinó los folios que tenía grapados en su carpeta y los colocó en tres pilas junto a ella.

—Aquí está la jurisprudencia sobre daños legales y delitos que rige los temas principales, empezando por la normativa federal —recitó con extrema aridez—. Está la Ley de Sobornos de Funcionarios Extranjeros de 1999, sección número 43, y la Ley Internacional Anti Sobornos y Competencia Justa de 1998, y, cielo santo, las cláusulas antifraude de las leyes monetarias, sección 10(b) de la Ley de Valores de Cambio de 1934 y Reglamento 10b-5, Y aunque todavía no me he leído toda la jurisprudencia detenidamente, debemos tener en cuenta la sección 13(b)(5) de la ley y reglamento de Divisas 13b2-1. —Stephanie parecía muy nerviosa—. Y, por supuesto, las secciones 13(a) y 13(b)(A) de la ley de Divisas, y reglamento 12b-20 y 13a. Pero también hay…

—Creo que ya nos hacemos una idea —dijo Nick suavemente.

—Es más o menos lo que me dijo Dino Panetta en Boston —masculló Osgood.

—Esto es ridículo —terció Todd. Su rostro había vuelto a adquirir color. Incluso demasiado—. Son unas alegaciones completamente infundadas que yo rechazo…

—¡Todd! —El curtido rostro de Osgood mostraba una expresión malhumorada—. Una cosa es que quieras ir a pescar con mosca utilizando tus partes pudendas como cebo, y otra muy distinta que pongas en peligro a toda la empresa. Anoche me hice la siguiente pregunta: ¿En qué me he equivocado? Esta mañana he obtenido la respuesta. Yo no me he equivocado. Te has equivocado tú. Prescindiste de la política de la empresa y apostaste fuerte por los microchips, mucho más de lo aconsejable, y a consecuencia de eso la empresa estuvo a punto de irse a pique. Luego pensaste que podías salvar tu pellejo, y el nuestro, llevando a cabo una venta rápida y fraudulenta. Un buen montón de dinero, sin importar cómo lo consiguiéramos. Pues así no. —Osgood golpeó la mesa, articulando con claridad cada palabra—: Así no. —Sus ojos relampagueaban tras los gruesos cristales de las gafas—. Porque has colocado a la compañía en una situación legal potencialmente ruinosa. Podría caer sobre nosotros una legión de abogados con trajes marrones de la Comisión de Valores y Divisas, los cuales acamparían durante los próximos cinco años en Federal Street y examinarían nuestros archivos con lupa. Querías capturar un pez gordo y estabas dispuesto a estrellar el barco contra un arrecife con tal de lograrlo.

—Creo que estás exagerando el tema —replicó Todd en tono zalamero—. Fairfield no corre ningún peligro.

—Tienes razón —contestó Osgood—. Fairfield Equity Partners está a salvo.

—Magnífico —exclamó Todd, desconcertado.

—En efecto —prosiguió Osgood—. Porque los socios hemos cumplido con nuestro deber. Hemos demostrado que no tenemos nada que ver con ese fraude. Tan pronto como nos enteramos de esa conducta impresentable, cortamos todo vínculo con los protagonistas principales, mejor dicho, ex protagonistas principales, para expresarlo sin rodeos, y hemos tomado las medidas pertinentes para distanciarnos de los malhechores. Incluyendo una demanda contra Todd Erikson Muldaur. Tú has violado la cláusula de mala conducta de tu acuerdo con tus socios, lo cual significa, como sin duda sabes, que tu parte revierte al fondo patrimonial.

—Estás de broma —dijo Todd, pestañeando como si se le hubiera metido un poco de tierra en uno de sus lentes de contacto azules—. He invertido todo mi capital en Fairfield. No puedes declarar…

—Firmaste el mismo acuerdo que todos nosotros. Hemos activado esa cláusula. Es la única forma de demostrar a las autoridades federales que somos serios. Puedes impugnarlo, como imagino que harás. Pero creo que comprobarás que los abogados de más renombre te pedirán una parte sustancial de sus honorarios por adelantado. Y ya hemos interpuesto una demanda por daños legales contra ti y tu cómplice, el señor McNally, por un importe de ciento diez millones de dólares. Hemos solicitado que el juez embargue los fondos que queremos recuperar, hasta que el caso se resuelva, y según nos han informado el magistrado está conforme.

La cara de Scott parecía una máscara mortuoria de yeso. Tiró mecánicamente de un mechón que le sobresalía en la sien. Mientras Nick escuchaba a Osgood, contempló por la ventana la hierba calcinada. Observó que ya no parecía una alfombra negra sin vida. Habían empezado a brotar la hierba nueva. A través de la negrura asomaban unas diminutas briznas verdes.

—¡Esto es una locura! —protestó Todd con una voz que recordaba el chirrido de un clavo al ser arrancado—. No puedes hacerlo. No permitiré que me trates de ese modo, Willard. Me debes un respeto. Soy un socio de pleno derecho de Fairfield, desde hace ocho años. No soy un... maldito barbo con el que puedas jugar a capturarlo y soltarlo.

Osgood se volvió hacia Nick.

—Todd tiene razón —dijo—. No debes confundirlo con un barbo. Una cosa es un carroñero que se alimenta de la basura que encuentra en el fondo del...

—Y otra cosa muy distinta es un pez —apostilló Nick—. Entendido. Una cuestión más —dijo, mirando a los presentes sentados en torno a la mesa—, ahora que el futuro de Stratton está asegurado, presento mi dimisión.

Osgood se volvió hacia Nick, estupefacto.

—¿Qué? ¡Joder!

—Voy a enfrentarme a una situación... legal... y no quiero involucrar a la empresa en ella.

Los hombres y las mujeres que ocupaban la sala de juntas se mostraron tan estupefactos como Osgood. Stephanie Alstrom comenzó a sacudir la cabeza.

Pero Nick se levantó y estrechó la mano de Osgood con firmeza.

—Stratton ya ha tenido suficientes problemas. Cuando lo anunciemos, diremos sencillamente que el señor Conover ha dimitido «para dedicar más tiempo a su familia». —Nick hizo un breve guiño—. Lo cual tiene la virtud añadida de ser verdad. Ahora, disculpadme.

Nick echó a andar a través de la habitación con paso decidido, y por primera vez en mucho tiempo experimentó una sensación palpable de alivio.

Marjorie se echó a llorar mientras Nick recogía las fotografías enmarcadas de su familia. Su teléfono estaba sonando, pero Marjorie no hizo caso.

—No lo comprendo —dijo—. Creo que me debes una explicación.

—Tienes razón. Te la debo. —Nick abrió el cajón inferior de su mesa y sacó un montón de notas sujetas con una cinta elástica escritas de puño y letra de Laura.

—Pero primero, ¿puedes traerme una caja?

Marjorie dio media vuelta y al pasar junto a su mesa cogió

el teléfono. Al cabo de unos segundos, Marge asomó la cabeza por el tabique, con aspecto preocupado.

—Nick, se ha producido una emergencia en tu casa.

—Eddie ha ido a resolverla.

—Es que... acaba de telefonear desde tu casa una mujer llamada Cathy o Cassie. No he entendido bien su nombre, porque hablaba atropelladamente, como si estuviera aterrorizada. Ha dicho que vayas cuanto antes. Esto me da mala espina.

Nick dejó caer las fotografías enmarcadas sobre la mesa y echó a correr.

107

Cuando se dirigía al aparcamiento, Nick llamó a su casa, dejando que el teléfono sonara insistentemente.

No hubo repuesta. Le extrañó mucho. Cassie acababa de llamar desde allí. ¿Qué diablos estaba haciendo en su casa? Por si fuera poco, los dos niños ya debían de haber regresado de la escuela para acabar de hacer las maletas. Ambos estaban muy nerviosos ante la perspectiva del viaje. Incluso Lucas, por más que intentara disimularlo, o al menos eso creía Nick.

Pero el teléfono sonó reiteradamente y el contestador automático repitió una y otra vez su mensaje en tono monocorde.

Lucas no solía responder al teléfono de casa, dejaba que lo hiciera el contestador, pero Julia siempre se ponía. Le encantaba hablar por teléfono. Y Cassie acababa de llamar. Era muy extraño.

Seguía sin obtener respuesta.

¿El móvil de Lucas? Nick no recordaba el número, había demasiados números que se sabía de memoria y no llamaba con frecuencia al móvil de su hijo. Nick pulsó el botón verde de llamadas de su móvil, para averiguar los últimos diez números que había marcado.

Allí estaba: MÓVIL DE LUCAS. ¿Lo había programado Marjorie? Probablemente. Nick pulsó el botón ENVIAR mientras atravesaba el aparcamiento a la carrera. Un par de empleados le saludaron con la mano, pero Nick no tenía tiempo para ceremonias.

«Venga, maldita sea, contesta. Te dije que si no atendías mis llamadas al móvil, te lo quitaría. Ése era el trato.»

Después de un par de tonos Nick oyó la voz grabada de su hijo, con el típico timbre adolescente, brusco y un tanto chulito en unas pocas palabras.

«Hola, soy Luke, ¿qué hay? Deja el mensaje.»

Después de un pitido, una voz femenina: «Deje su mensaje después del tono. Pulse el botón Uno para enviar una página numérica…».

Nick colgó, sintiendo que el corazón le latía acelerado por haber corrido. Sacó apresuradamente el llavero del bolsillo y lo oprimió para abrir la puerta del Suburban cuando llegó junto al coche. Nick salió a toda velocidad del aparcamiento al tiempo que llamaba al móvil de Eddie.

No hubo respuesta.

—No está aquí —dijo Bugbee. La señal del móvil empezaba a perderse—. Unidades de patrulla, pero Cassie Stadler no está en su casa.

—Ha ido al domicilio de Conover —dijo Audrey—. Una fuga de gas.

—¿Qué?

—Voy para allá. Reúnete conmigo allí. Ahora mismo. Avisa a los bomberos.

—¿Estás segura de que ha ido allí?

—Cassie atendió el teléfono cuando llamaron los del control de la alarma. Ve hacia allí, Roy. Enseguida.

—¿Por qué? —preguntó Bugbee.

—Haz lo que te digo. Y trae refuerzos. —Audrey colgó para que Bugbee no tuviera ocasión de replicar.

Una fuga de gas. Los Stroup, los vecinos de Cassie cuando ésta tenía doce años.

«Encendió una cerilla y se marchó.»

La residencia de la hermandad de Carnegie Mellon cuando Cassie estudiaba primero.

«Murieron dieciocho chicas.»

Las familias a las que Cassie ansiaba desesperadamente pertenecer. Las cuales la rechazaban.

Audrey llamó entonces al despacho de Nick Conover en Stratton Corporation, pero su secretaria le informó de que no se encontraba allí.

—Dígale que es urgente —dijo Audrey—. Hay una emergencia en su casa.

La voz de la secretaria se dulcificó.

—El señor Conover va de camino a su casa, inspectora.

¿La empresa de la alarma?

Nick no recordaba el nombre.

¿Una fuga de gas? Nick trató de imaginar la situación: una emergencia en su casa, los niños perciben el olor a gas, quizá sean lo bastante prudentes para salir de la casa inmediatamente, por eso nadie había respondido al teléfono fijo. Pero ¿y el móvil de Lucas?

Pongamos que se lo dejó en casa al salir precipitadamente. Seguro que eso era lo que había ocurrido.

Pero ¿y Eddie?

El tío vivía con el teléfono pegado a la oreja. ¿Por qué diablos no había contestado?

Nick calculó que tardaría doce minutos en llegar a la verja de la urbanización Fenwicke. Suponiendo que encontrara los semáforos en verde. Pisó el acelerador a fondo, procurando no pasar de veinte kilómetros sobre el límite de velocidad. Un policía quisquilloso podía obligarle a detenerse, entretenerlo por más que Nick le dijera que era una emergencia. Pedirle el permiso de conducir y el seguro del coche, comprobar el nombre, quizá incluso tomarse las cosas con calma cuando averiguara su identidad.

Nick siguió avanzando ajeno a todo lo demás, sin apenas reparar en el tráfico que le rodeaba, obsesionado con llegar a su casa. Pulsó repetidamente el móvil de Eddie, pero no obtuvo respuesta. Nick experimentó un momento de alivio cuando se detuvo ante la verja de la urbanización. No vio ningún coche de bomberos ni otros vehículos de emergencia. Probablemente no se trataba de nada grave.

Una fuga de gas no es lo mismo que un fuego.

¿Era posible que los niños, Eddie y Cassie hubieran perdido el conocimiento debido a las emanaciones del gas y por eso no habían respondido al teléfono? Nick no sabía si el gas natural producía ese efecto.

—Hola, señor Conover —dijo Jorge, sentado detrás del cristal antibalas de la cabina.

—Es una emergencia, Jorge —contestó Nick.

—Su director de seguridad, el señor Rinaldi, llegó hace un rato.

—¿Cuánto rato?

—Permita que mire el registro…

—Olvídalo. Abre la puerta, Jorge.

—Ya se está abriendo, señor Conover.

En efecto, la puerta se abrió lentamente. Centímetro a centímetro.

—¿No puedes hacer que vaya más deprisa? —preguntó Nick.

Jorge sonrió con gesto de disculpa y se encogió de hombros.

—Ya sabe cómo funciona esta puerta. Lo siento. También ha venido su amiga.

—¿Mi amiga?

—La señorita Stadler. Llegó hará más o menos una hora, según creo recordar.

Nick se preguntó si lo niños habrían llamado a Cassie para pedirle que fuera. ¿Por qué no me llamaron a mí? Saben donde localizarme. Quizá les resultaba más cómodo llamarla a ella.

—Joder —exclamó Nick desesperado—. Haz que esta condenada puerta se abra más rápidamente.

—No puedo, señor Conover, lo siento.

Nick pisó el acelerador a fondo, el Suburban avanzó con una sacudida y chocó contra los barrotes de hierro de la verja. Nick percibió un impacto metálico que no correspondía a la verja. Hasta el maldito Suburban es de hojalata, que se arruga como un rollo de papel de aluminio. Me he cargado el radiador. Joder.

La puerta no cedió debido al impacto, sino que siguió deslizándose poco a poco, inmutable, arrogante, tomándoselo con calma.

Jorge abrió los ojos como platos. Por fin la puerta se abrió lo suficiente para poder pasar, según calculó Nick. Pisó de nuevo el acelerador a fondo y oyó el estrépito de metal contra metal cuando el coche atravesó la verja rozando los barrotes.

LÍMITE DE VELOCIDAD: 30, decía la señal.

Que les den.

No había ningún coche de bomberos ni en la calle ni en el camino de acceso a la casa. Ni ningún coche de la policía.

«Quizá no ha ocurrido nada grave —se dijo Nick—. Estoy exagerando, no ha habido ninguna emergencia, ninguna fuga de gas ni nada parecido, sólo ha sido una falsa alarma.»

No. De haber sido una falsa alarma alguien habría respondido a una de las llamadas telefónicas que había hecho Nick. La fuga de gas era real. Eddie había acudido y había sacado de la casa a los niños y a Cassie. «Gracias a Dios que ese cabrón traidor los ha salvado, es un cabrón, sí, pero al final se ha portado como un buen amigo. Quizá le debo una disculpa.»

El GTO de Eddie estaba aparcado en la entrada, detrás de la furgoneta. El VW descapotable de color rojo de Cassie también estaba allí. A Nick no le cuadraba. Cassie había ido, y Eddie también, los dos coches estaban allí, al igual que la furgoneta. Lo cual significaba que nadie se había llevado a los niños, por lo tanto los niños seguían allí, y Eddie y Cassie también. Pero ¿qué coño había pasado?

Nick se dirigió corriendo por el camino enlosado hacia la casa. Observó que todas las ventanas estaban cerradas; la casa parecía cerrada a cal y canto como si ya se hubieran marchado de vacaciones. Al aproximarse a la puerta principal, Nick percibió un olor a huevos podridos.

El olor del gas.

Era real. Un olor intenso, que Nick percibió desde el jardín. Muy intenso. El olor que añaden al gas natural para que la gente se dé cuenta de cuándo se ha producido una fuga.

La puerta principal estaba cerrada, lo cual era un tanto extraño si todos habían salido corriendo de la casa, pero Nick no se entretuvo en hacer cábalas. Sacó su llavero y abrió la puerta.

Qué oscuro está todo.

—¡Hola! —gritó Nick—. ¿Hay alguien aquí?

No hubo respuesta.

El olor a huevos podridos era agobiante. Era un olor pestilente. Un muro de hedor, afilado como un cuchillo, nauseabundo.

—¡Hola!

Nick oyó unos ruidos leves. ¿Unos golpes? Parecían provenir de arriba. No estaba seguro, la estructura de la casa era sólida. Nick entró en la cocina, pero allí no había nadie.

Entonces oyó unos sonidos lejanos, como unos golpes, seguidos por unos pasos cercanos, y de pronto apareció Cassie, caminando lentamente. Parecía agotada, destrozada.

—Cass —dijo Nick—. Gracias a Dios que te encuentro. ¿Dónde están los niños?

Cassie siguió avanzando lentamente, con una mano oculta a la espalda, casi vacilante. Sus ojos somnolientos no miraban a Nick, sino que se perdían en el infinito.

—¿Cass?

—Sí —respondió Cassie por fin—. Gracias a Dios que me has encontrado —dijo en tono neutro, inexpresivo.

Nick oyó unos pitidos agudos y mecánicos que provenían de alguna parte de la casa. Pero ¿de dónde?

—¿Dónde están todos?

—A salvo —respondió Cassie, pero había algo raro en su tono, como si no estuviera segura de ello.

—¿Dónde está Eddie?

Una breve pausa.

—Él… también está a salvo —contestó Cassie lenta y pausadamente.

Nick avanzó hacia Cassie para abrazarla, pero ella retrocedió, meneando la cabeza.

—No —dijo Cassie.

—¿Cassie?

Nick sintió una punzada de temor aun antes de que su cerebro pudiera analizarlo.

—Tienes que salir de aquí. Tenemos que abrir algunas ventanas, llamar a los bomberos. Dios, esto es increíblemente peligroso, estos materiales son muy inflamables. ¿Dónde están Luke y Julia?

Los pitidos sonaban cada vez más acelerados, más agudos, y Nick comprendió que se trataba de un artilugio que había visto en la mesa de la cocina, una cajita de color amarillo de la que salían unos tubos flexibles de metal. ¿Qué era, para qué servía?

—Me alegro de que hayas venido, Nick. —Cassie tenía los ojos rodeados por unas ojeras tan oscuras que parecían agujeros negros. Su mirada era esquiva—. Sabía que vendrías. Un padre siempre protege a sus hijos. Eres un buen padre. No como el mío, que nunca me protegió.

—¿Qué te ocurre, Cassie? —preguntó Nick—. Pareces muy asustada.

Cassie asintió con la cabeza.

—Estoy aterrorizada.

Nick sintió que se le ponía la piel de gallina. Vio en los ojos de Cassie la misma expresión ausente que había visto antes, como si la joven se hubiera refugiado en un lugar donde nadie podía acceder a ella.

—Cassie —dijo Nick en tono suave pero firme, sintiendo un vacío en la boca del estómago—, ¿dónde están mis hijos?

—Estoy aterrorizada por mí, Nick. Y tú también deberías estarlo.

Cassie metió la mano izquierda en el bolsillo de su camisa vaquera y sacó un objeto que Nick reconoció como el encendedor Zippo de Lucas. Estaba decorado con una calavera cubierta de arañas y rodeada de telarañas; era el encendedor de un adolescente aficionado a los porros. Cassie levantó la tapa y acarició la ruedecita de la piedra con el pulgar.

—¡No! —gritó Nick—. ¿Qué vas a hacer? ¿Estás loca?

—Claro, ya lo sabes, Nick. ¿O no te habías dado cuenta? —Cassie se puso a cantar suavemente—: «Eché a correr para ocultar mi rostro, pero la roca gritó: "No hay escondite posible"».

—¿Dónde están, Cassie?

El pitido electrónico, cada vez más intenso y estridente, se había convertido en un aullido persistente y ensordecedor. Nick recordó dónde había visto antes esa caja amarilla: en el sótano, donde la había dejado un operario de la compañía del gas. Era un detector de gas combustible, y advertía que se había producido una fuga de gas.

Los pitidos se hacían más agudos y más rápidos a medida que la concentración de gas en el aire aumentaba. Un sonido chirriante y sostenido significa una cantidad de gas peligrosa, que había alcanzado los niveles de combustión. Alguien había tomado el artilugio del sótano y lo había llevado arriba, y Nick sabía quién era.

—Ya te lo he dicho, están a salvo —respondió Cassie con voz inexpresiva. En ese momento mostró la otra mano, la que ocultaba a la espalda, en la que sostenía el gigantesco cuchillo de acero inoxidable Henckels que había tomado de la cocina.

Nick sintió que el corazón le latía a mil por hora. ¡Jesús, se ha vuelto loca! ¡Dios mío, ayúdame!

—Cassie —dijo Nick, avanzando hacia ella, extendiendo los brazos para abrazarla.

Pero Cassie le amenazó con el cuchillo al tiempo que sostenía en la mano izquierda el encendedor, el pulgar sobre la ruedecita de la piedra.

—Ni un paso más, Nick —advirtió.

El rostro del guardia de seguridad apareció detrás del cristal blindado de la cabina en la entrada de la urbanización Fenwicke.

—¿Sí? —preguntó por el intercomunicador.

Audrey le mostró su placa.

—Una emergencia policial —dijo.

El guardia miró la placa a través del cristal y activó de inmediato la puerta de seguridad.

—Joder, Cassie, te suplico que no...

—Esta parte no me gusta nada —respondió Cassie, y en ese momento Nick observó una mancha roja en la hoja del cuchillo, todavía húmeda.

108

La elevada verja de hierro forjado comenzó a abrirse, pero con una lentitud exasperante.

Audrey se puso a tamborilear sobre el volante, hasta que por fin dijo:

—Por favor, haga que la puerta se abra más deprisa. No hay tiempo que perder.

—Lo siento, no puedo —contestó el guardia—. Esta puerta no se abre más deprisa. Lo lamento.

—Deja el cuchillo, Cassie —dijo Nick con forzada serenidad, empleando un tono suave y persuasivo.

—Cuando haya concluido mi tarea, Nick. Estoy muy cansada. Sólo quiero terminar con esto. Tiene que terminar.

—Tu tarea —repitió Nick, aturdido—. Te lo suplico, Cassie. ¿Qué les has hecho? —Nick se sintió abrumado por el miedo.

«Te lo ruego, Señor, los niños no, Jesús, no.»

—¿A quiénes te refieres? —inquirió Cassie.

«Eso no, Dios mío, los niños no.»

—A... mi familia.

—Ah, ellos están a salvo, Nick. Como debe estarlo una familia. A salvo. Protegida.

—Por favor, Cassie —musitó Nick con voz entrecortada y los ojos empañados por las lágrimas—. ¿Dónde están mis hijos?

—A salvo, Nick.

—Por favor, dime que están... —Nick se detuvo, incapaz de pronunciar la palabra «vivos», sin poder formarla siquiera en su mente, porque lo contrario era impensable.

—¿No les oyes? —preguntó Cassie, ladeando la cabeza—.

¿No les oyes aporrear la puerta? Están encerrados a salvo en el sótano. Sé que puedes oírlos.

Al indicárselo Cassie, Nick aguzó el oído y oyó unos golpes lejanos. ¿Estaban aporreando la puerta del sótano? Nick casi suspiró de alivio, sintiendo que las piernas apenas le sostenían. Cassie los había encerrado en el sótano. Estaban vivos.

De donde provenía el gas.

—¿Dónde está Eddie? —balbució Nick.

«Por favor, Dios mío, si Eddie está en el sótano, ya se le ocurrirá la forma de sacarlos de allí, derribando la puerta o haciendo un agujero en ella. Maldito sótano sin ventanas. Los orificios de ventilación son demasiado reducidos para que pasen a través de ellos. Pero a Eddie se le ocurrirá alguna manera de sacarlos de allí.»

Cassie negó con la cabeza.

—Eddie no está allí. Nunca me he fiado de él —dijo, agitando el encendedor. La calavera parecía observar a Nick con expresión burlona.

—No lo hagas, Cassie. Nos matarás a todos. Te suplico que no lo hagas, Cassie.

Ella siguió agitando el encendedor de un lado a otro, sin retirar el pulgar de la ruedecita.

—Yo no le pedí que viniera. Te lo pedí a ti. Eddie no es de la familia.

Nick miró desesperado alrededor de la cocina, y de repente se fijó en un cuerpo que yacía en el césped. A través del cristal de las contraventanas Nick reconoció el cuerpo de Eddie.

Vio que la pechera de la camisa de color claro de Eddie tenía una mancha oscura.

Vio que estaba en el suelo como un monigote, espatarrado.

Al comprender lo sucedido, Nick hizo un esfuerzo sobrehumano para no gritar.

Audrey no soportaba la lentitud con que se abría la puerta de la verja, con una parsimonia casi deliberada, como si los residentes de la urbanización Fenwicke no tuvieran nunca prisa, porque la prisa era poco elegante.

«¡Ábrete de una puñetera vez!», gritó Audrey mentalmente.

Sujetó el volante con fuerza al tiempo que daba unos golpecitos con el pie en el acelerador.

«¡Venga ya!»

Audrey sabía lo que iba a ocurrir, lo que haría esa pobre demente, al igual que había hecho antes. Cassie Stadler había conseguido entrar en casa de los Conover, lo cual, bien pensado, no debió de resultarle muy difícil. Ella y Conover habían mantenido una relación íntima; incluso era posible que le hubiera dado una llave. Sin duda había sucedido algo que la había disgustado, que la había hecho sentirse rechazada. El doctor Landis había dicho que Cassie Stadler padecía un trastorno límite de personalidad, con un peligroso componente psicótico.

Cassie Stadler iba a incendiar la casa de los Conover.

Audrey rogó al Señor que los niños no estuvieran allí. Era pronto por la tarde, quizá se encontraran aún en el colegio. Quizá la casa estuviera desierta. En tal caso, lo peor que podía pasar era que el edificio quedara destruido.

Quizá no hubiera nadie. Audrey rezó para que así fuera.

—Deja el encendedor, cariño —dijo Nick con voz aterciopelada, haciendo acopio de todo el afecto que era capaz de fingir—. ¿Estás disgustada por lo de Maui? ¿Porque no te he invitado a venir con nosotros?

Maldito cuchillo. A la primera oportunidad Nick se arrojaría sobre Cassie y se lo arrebataría.

¿El encendedor? Cassie no tenía más que encender su Bic; podía saltar una chispa accidentalmente. Nick tenía que ser prudente con eso.

—¿Por qué ibas a invitarme a un viaje familiar, Nick? Es sólo para la familia, y yo no soy de la familia.

Nick lo comprendió todo. Comprendió que no conocía a Cassie, que nunca la había conocido, que sólo había visto en ella lo que había querido ver.

La propia Cassie lo había dicho. «No vemos las cosas como son —había dicho en cierta ocasión, citando a alguien—, sino como somos nosotros.»

Pero Nick sabía lo suficiente sobre Cassie para comprender lo que decía en esos momentos.

Y

Audrey percibió el olor a gas en cuanto se apeó del coche.

Vio los tres vehículos aparcados frente a la casa, dos de ellos pertenecientes a Nicholas Conover, el otro no lo reconoció. No era el coche de Bugbee. Éste se encontraba en el otro extremo de la ciudad. Tardaría un rato en llegar. Audrey confió en que estuviera en camino, a toda velocidad, con las sirenas y las luces encendidas.

Su intuición le indicó que no entrara por la puerta principal. En estas situaciones, Audrey siempre hacía caso de su intuición.

Audrey sacó la pistola de la sobaquera y echó a andar a través del amplio césped, de un verde muy intenso, hacia la parte posterior de la casa, por donde entraría sigilosamente.

Optó por el ala derecha, donde Audrey recordó que estaba la cocina. Al rodear el edificio vio una figura de pie en la cocina, una figura menuda, delgada, y comprendió que era Cassie Stadler.

De pronto Audrey vio el cuerpo postrado sobre la hierba.

Audrey se agachó y echó a correr hacia la persona que estaba tendida en el suelo.

Era un espectáculo atroz. ¡Cielo santo! Se trataba de Edward Rinaldi, y parecía que le habían destripado.

Tenía los ojos abiertos, fijos en el cielo, una mano crispada junto a su abdomen, la otra extendida hacia la cocina. Llevaba una camiseta de punto color beige cosida a puñaladas.

La mayor parte de la pechera estaba empapada en sangre, que había formado un charquito sobre el verde césped.

Audrey se arrodilló y le tomó el pulso.

No estaba segura.

Si aún le latía el pulso, era tan leve que Audrey no lo detectó. Quizá aún estuviera vivo. O quizá no.

Audrey le tocó la arteria carótida y no sintió el pulso, y en ese momento comprendió que Eddie Rinaldi estaba muerto.

No podía hacer nada por él. Audrey dejó el arma en el suelo, sacó el móvil y llamó a Bugbee, que contestó de inmediato.

—Notifica al forense —dijo Audrey—. Y pide una ambulancia.

Audrey no se había sentido nunca tan aterrorizada como

en esos momentos, pese a haber estado presente en unos escenarios de crímenes horripilantes. Se levantó y rodeó la casa a la carrera.

—Dios, ni siquiera pensé en ello —dijo Nick sacudiendo la cabeza—. Tenía tanta prisa por llevarme a los niños de la ciudad, por irnos de vacaciones, que la pifié. Me equivoqué.

—Déjalo, Nick —respondió Cassie, pero Nick observó un cambio de expresión en sus ojos, como si deseara creerle.

—Lo digo en serio, ¿cómo iban a ser unas vacaciones realmente familiares sin ti? Te has convertido en una parte importante de la familia, cariño, te lo aseguro. De no haber estado tan absorto en todo lo ocurrido en la oficina, yo…

—Déjalo, Nick —repitió Cassie, alzando la voz y con tono petulante—. Por favor.

—Podemos seguir siendo una familia, Cass. Es lo que quiero. ¿Y tú?

Cassie tenía los ojos húmedos.

—Ya he pasado antes por eso, Nick. Me conozco el guión de memoria.

—¿A qué te refieres? —Sintiendo que el corazón le latía violentamente, Nick observó que el destello de esperanza que había visto en los ojos de Cassie se disipaba, como un fuego que se extingue.

—Los primeros signos. Siempre es igual. Te acogen y hacen que te sientas parte de la familia, y luego siempre ocurre algo que lo estropea todo. Hay una línea que nunca te permiten cruzar. Un muro de piedra. Como ocurrió con los Stroup.

—¿Los Stroup?

—Un buen día, sin razón alguna, me dicen que no vaya más, que me paso el día en su casa. Trazan unos límites. Son una familia, de la que tú no formas partes. A lo mejor es así como tiene que ser. Pero no puedo volver a pasar por eso. No lo soportaría.

—Te equivocas, cariño —dijo Nick—. No es demasiado tarde. Aún podemos ser una familia.

—A veces tiene que terminar un mundo. Para que puedan nacer otros.

El aullido electrónico, persistente, ensordecedor.

Audrey pensó en entrar por la contraventana que conducía a la cocina, pero rechazó esa opción. No. Debía proceder con cautela. Echó a correr hacia las siguientes cristaleras, pero también estaban cerradas. ¿No había ninguna trampilla o puerta que condujera al sótano?

Todo indicaba que no.

Un sonido sibilante la atrajo hacia el otro extremo de la casa, junto a la valla que rodeaba la piscina. Audrey vio unas tuberías, y dedujo que eran los conductos del gas. En el suelo, junto a las tuberías, había unos objetos metálicos, y una llave inglesa. Parecían unas válvulas, que habían sido extraídas de las tuberías, y por eso el sonido sibilante era tan intenso, como si el flujo del gas hubiera aumentado.

Audrey pensó que esos conductos debían de llegar al sótano, porque era lo habitual.

En ese preciso instante oyó un grito que sobrepasó el sonido sibilante. Provenía de una rejilla de ventilación situada a unos cinco metros.

Audrey corrió hacia la rejilla y apoyó la cara contra ella. La rejilla emanaba un nauseabundo olor metálico a gas.

—¿Hola? —gritó Audrey.

—¡Estamos aquí! ¡Estamos aquí! —Era la voz de un adolescente varón. ¿El hijo de Conover?

—¿Quién eres? —preguntó Audrey.

—Lucas. Estoy con mi hermana. Ella nos ha encerrado aquí.

—¿Quién?

—Esa chiflada. Cassie.

—¿Dónde está tu padre?

—No lo sé. Ayúdanos, ¿quieres? ¡Vamos a morir aquí!

—Tranquilízate —respondió Audrey, aunque ella misma estaba muy lejos de sentirse tranquila—. Escucha, Lucas. Tienes que ayudarme. Vas a ayudarme, ¿de acuerdo?

—¿Quién es usted?

—La policía inspectora Rhimes, de la policía. Escúchame. ¿Cómo está tu hermana?

—Asustada, ¿cómo va a estar?

—Se llama Julia, ¿no es así? ¿Me oyes bien, Julia?

—Sí —contestó una vocecita aterrorizada.

—¿Tienes suficiente oxígeno ahí abajo?

—¿Qué?

—Acércate a la rejilla, cariño. Así respirarás aire del exterior. No pasará nada.

—De acuerdo —respondió la niña.

—Ahora, Lucas, dime si hay una luz piloto ahí.

—¿Una luz piloto?

—¿Estás cerca del calentador? Suele tener un piloto encendido, y si esa luz prende fuego a la nube de gas, toda la casa saltará por los aires. Tienes que apagarla.

—No veo ninguna luz piloto. —La voz de Lucas sonaba tenue, distante, como si se hubiera alejado para comprobarlo—. No hay nada de eso. Cassie debió de apagarlo para que el gas no se encendiera demasiado pronto.

«Un chico listo», pensó Audrey.

—De acuerdo. ¿Hay alguna llave para cerrar el gas? Debe de haber una en la pared, por donde entran las tuberías.

—Ya lo veo.

—¿Ves la llave?

Unos pasos.

—No, no veo ninguna llave de paso.

Audrey suspiró, tratando de buscar otra solución.

—¿Están abiertas algunas de las puertas de la casa?

—No lo sé. ¿Cómo quiere que lo sepa? —replicó el chico.

—Creo que están todas cerradas. ¿Hay alguna llave oculta en el exterior, debajo de una piedra o algo por el estilo?

Audrey oyó un chasquido metálico y por entre las barras de la rejilla apareció una pequeña llave de acero inoxidable.

—Use la mía —dijo el chico.

Los ruidos frenéticos que provenían del sótano tranquilizaron a Nick, porque significaba que sus hijos estaban vivos. En el breve silencio que se produjo, Nick oyó débilmente la voz de Lucas. Estaban vivos y trataban desesperadamente de salir de allí.

—Voy a llamar a la United ahora mismo —declaró Nick—. Conseguiré un billete para ti en nuestro vuelo cueste lo que cueste. En primera clase, si quieres, aunque supongo que preferirás sentarte con nosotros en preferente.

«No se te ocurra utilizar el teléfono, ni siquiera fingir que lo utilizas —se dijo Nick—. Podría encender el gas.» Recordó haber leído en alguna parte que una mujer que tenía una fuga de gas en su casa había descolgado el teléfono para llamar a emergencias, y había saltado una chispa del circuito telefónico haciendo que la casa volara por los aires.

—A los niños les encantará. Te lo aseguro, cariño.

—Por favor, Nick. —Cassie siguió jugueteando con el encendedor, mientras en la otra mano, que mantenía perpendicular al cuerpo, sostenía el cuchillo.

Nick podía arrojarse sobre ella y derribarla al suelo, si lo hacía con cautela, si elegía el momento idóneo.

—Ahora te conozco —dijo Cassie en tono monocorde—. No puedes engañarme.

Audrey hizo girar sigilosamente la llave en la cerradura de la puerta posterior y la abrió.

Se oyó un pitido. El aviso de entrada del sistema de alarma.

Acababa de anunciar la llegada de Audrey.

La pestilencia era insoportable.

Audrey echó a andar lentamente, tratando de orientarse. No recordaba bien la distribución de la casa, pero oyó unas voces, femenina y masculina, y comprendió hacia dónde debía dirigirse.

¿Mantenía esa pobre loca a Conover como rehén? En tal caso, los pasos de Audrey al entrar podían distraerla, alarmarla, obligarla a cometer un disparate. La llave inglesa, las tuberías del gas… Todo indicó a Audrey que Cassie Stadler (no podía ser sino ella) había abierto todas las llaves de paso para hacer que la casa se llenara de gas, como había hecho anteriormente en otras ocasiones.

No tenía más que encender una cerilla para que la casa estallara, matándose a sí misma y a los niños en el sótano, y de paso a Audrey. Pero ¿por qué no lo había hecho aún?

A Audrey se le ocurrió una idea.

Cassie Stadler llevaba un rato llenando la casa de gas. Quizá esperaba a que invadiera toda la casa para provocar una explosión tan fuerte como fuera posible.

Sí. Eso era lo que estaba esperando. Los niños. Eso era lo primero, se dijo Audrey. Tenía que liberarlos.

Unos golpes en una puerta cercana le indicaron hacia dónde debía dirigir sus pasos. Una puerta en el pasillo. Audrey oyó a los niños, o quizá fuera sólo Lucas, aporreando la puerta.

Audrey giró apresuradamente el pomo, que emitió un sonoro y grato *clic*, y abrió la puerta. El chico salió precipitadamente y cayó de bruces al suelo.

—No hagas ruido —murmuró Audrey—. ¿Dónde está tu hermana?

—Aquí —respondió Lucas. La niña salió corriendo, sollozando, con la cara arrebolada.

—¡Salid de aquí enseguida! —murmuró Audrey señalando la puerta abierta—. ¡Daos prisa!

—¿Dónde está papá? —gimió Julia—. ¿Dónde está?

—Vuestro padre se encuentra bien —contestó Audrey, sin saber qué decir. Tenía que sacar a los niños de allí—. ¡Venga, fuera de aquí!

Julia salió como un rayo, abrió la puerta mosquitera y echó a correr a través del césped, pero Lucas no se movió. Se quedó mirando a Audrey.

—No dispare —dijo—. Prenderá fuego al gas.

—Lo sé —respondió Audrey.

—¿Qué ha sido eso? —preguntó Cassie.

—¿A qué te refieres?

—Ese sonido. La alarma. Alguien acaba de entrar en la casa.

Cassie se volvió lentamente y miró hacia una entrada y la otra, pero sin apartar mucho rato los ojos de Nick, para cerciorarse de que no se abalanzara sobre ella.

—Es curioso —dijo Cassie, fijando la vista en Nick—, cambié varias veces de opinión con respecto a ti. Primero te vi como el destructor de familias. Tú acabaste con la vida de mi padre cuando le despediste, de modo que tuve que hacerte comprender que tú tampoco estabas seguro.

—Las pintadas —dijo Nick, comprendiéndolo todo—. «No hay escondite posible.»

—Pero entonces, cuanto te conocí mejor, creí que me había equivocado. Pensé que eras un buen hombre. Pero ahora ya sé cómo eres realmente. A veces la primera impresión es la buena.

—Deja el encendedor, Cassie. Tú no quieres hacer esto. Hablemos, analicemos la situación.

—¿Sabes lo que me desconcertó? Cuando vi lo buen padre que eras.

—Por favor, Cassie.

Detrás de Cassie había una puerta que daba acceso al pasillo trasero. Nick percibió un ligero cambio en la luz, una sombra. Un movimiento.

Una figura que se acercaba lentamente.

Nick comprendió que no debía romper el contacto visual con Cassie. Miró sus ojos enrojecidos, al tiempo que en su visión periférica distinguía a una mujer que avanzaba sigilosamente arrimada a la pared, hacia la cocina.

Era Audrey Rhimes, la inspectora de policía.

«No rompas el contacto visual.» Nick se esforzó en mirar a Cassie a los ojos, que ésta apenas podía mantener abiertos, los cuales parecían unos pozos insondables de desesperación, angustia y locura.

—No eras como mi padre. Mi padre me temía, me seguía a todas partes, no me dejaba tranquila, pero jamás habría hecho por mí lo que tú haces por tus hijos.

—Tu padre te quería, Cassie, y tú lo sabes —aseguró Nick. La voz le temblaba un poco.

«No dejes de mirar a Cassie a los ojos.»

La inspectora Rhimes avanzaba lentamente.

—Esa noche estabas aterrorizado. Lo vi desde donde me encontraba, en el bosque. Lo oí todo. Te oí decirle, «alto» y «¡no des un paso más o disparo!» —Cassie meneó la cabeza—. No sé lo que te dijeron sobre él, pero me lo imagino. Que era esquizofrénico, ¿no es así? Creíste que había sido mi padre quien había matado a vuestro perro. No sabías que sólo trataba de entregarte una nota diciendo que era inocente. Pensaste que iba a sacar una pistola. De modo que hiciste lo que debías hacer, lo valiente. Proteger a tu familia. Proteger a tus hijos. Apretaste el gatillo y le mataste, como habría hecho cualquier padre. Protegiste a tu familia.

«Joder. Yo le arrebaté a su padre y ella lo sabía desde el principio. Lo sabía ya antes de que nos conociéramos.»

«Yo le arrebaté a su familia, y ahora ella me arrebatará a la mía.»

Nick sintió que un escalofrío le recorría el cuerpo.

Cassie asintió en silencio, alzó la mano izquierda, en la que sostenía el encendedor, y Nick contuvo el aliento, pero Cassie se limitó a limpiarse la nariz con el antebrazo, porque estaba moqueando.

—Sí, yo estuve presente esa noche, Nick. Llegué antes que mi padre. Mi padre me seguía, como siempre. Sabía que yo había venido a hacerte otra visita. Yo te vi, Nick.

Nick vislumbró con el rabillo del ojo a la inspectora Rhimes, que avanzaba lentamente hacia ellos, aproximándose, pero no se atrevió a apartar la vista ni un milímetro del rostro de Cassie.

—Mi padre siguió acercándose a ti. Y por más que le dijiste que se detuviera, no lo hizo porque no entendió lo que le decías. —La voz de Cassie se tornó más grave, en una inquietante imitación de la voz de su padre—. «¡Jamás estarás a salvo!» «¡Jamás estarás a salvo!» —Cassie sacudió la cabeza—. Nunca olvidaré la expresión de tu cara después de haberlo matado. Jamás había visto a un hombre tan aterrorizado. Y tan compungido.

—Cassie, yo... ¡Dios, lo siento mucho! No sé qué decirte. He decidido afrontar lo que hice. Voy a responder por ello.

—¿Lo sientes? No me malinterpretes, no estoy disgustada. No te disculpes. Lo que hiciste fue muy hermoso. Protegías a tu familia.

—Cassie, por favor...

—Claro que tenías que hacerlo. Bueno, no sé. No me malinterpretes, me siento agradecida. Fue una liberación. Me liberó. Mi padre estaba encerrado en la cárcel de su mente, pero yo también estaba presa, hasta que tú me liberaste. Entonces te conocí y comprobé que eras un hombre fuerte. Pensé que eras un buen hombre. Necesitabas una esposa y tus hijos necesitaban una madre, y podíamos formar una familia.

—Aún podemos hacerlo.

Cassie meneó la cabeza, sosteniendo el cuchillo con la mano que tenía perpendicular al cuerpo y jugueteando con el encendedor con la otra.

—No, Nick —dijo, sonriendo con tristeza—. Ya sé cómo funciona esto. He pasado varias veces por la misma situación, y no... —Se le quebró la voz, su rostro pareció encogerse y arrugarse, y rompió a llorar desconsoladamente—. No puedo volver a pasar por esto. Estoy cansada. No puedo volver a hacerlo. Cuando la puerta se cierra de un portazo, no es posible volver a abrirla. Las cosas nunca vuelven a ser como antes. ¿Entiendes?

—Lo entiendo —respondió Nick, avanzando hacia Cassie, mostrando una expresión de amable empatía.

—Quédate ahí, Nick —advirtió Cassie, alzando el encendedor en un gesto amenazante al tiempo que retrocedía—. No te acerques.

—Las cosas pueden cambiar, Cassie. Para bien.

De los ojos enrojecidos de Cassie comenzaron a caer unas gruesas lágrimas que rodaron por su rostro.

—No —replicó Cassie—. Ha llegado el momento —sentenció, y Nick oyó el roce de su pulgar sobre la ruedecita de la piedra.

109

Audrey aguzó el oído mientras avanzaba hacia la cocina. Oyó todo lo que decían Nick y Cassie, y de pronto le pareció insignificante que el propio Nicholas Conover confirmara su culpabilidad.

Audrey pensó en el pasaje de Mateo, la parábola del sirviente ingrato. Pensó en el letrero que tenía pegado en el ordenador que decía: RECUERDA QUE TRABAJAMOS PARA DIOS.

Audrey sabía lo que tenía que hacer con respecto a Nicholas Conover. El arma que había matado a Andrew Stadler había sido robada años atrás por Eddie Rinaldi, que ahora yacía muerto sobre el césped.

No se puede condenar a un muerto.

Más tarde se aclararía todo.

Pero ahora debía impedir que Cassie Stadler llevara a cabo su propósito.

Lo malo era que nadie le había enseñado a resolver este tipo de situaciones.

Audrey siguió avanzando pegada a la pared, cuya frialdad sintió contra la mejilla. Se sujetó a la lisa superficie pintada del marco de la puerta.

¿Se había percatado Conover de su presencia?

Audrey creía que sí.

La inspectora oyó el estridente sonido y comprendió de dónde provenía. Era un detector que medía la concentración de gas en el aire. El constante pitido significaba que había alcanzado un grado óptimo de combustibilidad; Audrey no recordaba los porcentajes, pero sabía que rondaba el diez por ciento. Cassie Stadler esperaba ni más ni menos a que el aire alcanzara la concentración más peligrosa.

Siempre hay que prever lo que puede ocurrir, se dijo Audrey. ¿Y si al acercarse sigilosamente a Cassie por detrás, confiando en el elemento sorpresa para reducirla, la joven se sobresaltara y encendiera el encendedor?

Era preciso evitar eso a toda costa.

Audrey pasó junto a la mesa del pasillo, evitando golpearla para no derribar la lámpara de alabastro. Por fin entró en la habitación, sin saber muy bien lo que debía hacer.

Audrey aguzó el oído al tiempo que reflexionaba sobre su siguiente paso.

El encendedor no se encendió al primer intento. Cassie frunció el ceño, mientras las lágrimas seguían rodando por sus mejillas.

El detector de gas seguía emitiendo su sonido estridente, al tiempo que Cassie cantaba con su hermosa y melodiosa voz: «La roca gritó, yo también estoy ardiendo, deseo subir al cielo igual que tú».

—No lo hagas, Cassie.

—La decisión ha sido tuya. Tú has provocado esto.

—Fue un error.

Cassie miró sobre el hombro de Nick y observó un movimiento.

—¿Luke?

—Cassie —respondió Lucas, atravesando la cocina y dirigiéndose a ella.

—Vete de aquí, Luke —le ordenó Nick.

—¿Qué haces aquí, Luke? —preguntó Cassie—. Os dije a ti y a Julia que os quedarais en el sótano.

Audrey Rhimes había conseguido entrar en la casa por la puerta trasera; ése era el motivo de que hubiese sonado la alarma. Había logrado abrir la puerta del sótano para que salieran los niños. Pero ¿dónde estaba Julia? Nick dedujo que Lucas había pasado por el pasillo posterior, había cruzado la sala de estar y había entrado por la otra puerta de la cocina.

—Nos encerraste en el sótano —dijo Lucas, aproximándose a Cassie y deteniéndose junto a ella—. Sé que no pretendías hacerlo. Pero encontré la llave de reserva.

¿Qué diablos se proponía Lucas?

—Por favor, Luke —insistió Nick.

Pero Lucas no hizo caso de su padre.

—Cassie —dijo, tocándola en el hombro—, ¿recuerdas cuando me ayudaste con ese poema de Robert Frost? —Luke esbozó una sonrisa cálida, encantadora y seductora—. Se titula *Hired Hand*, o *Hired Man*.

Nick observó que Cassie no retiraba la mano de Luke de su hombro.

Al volverse hacia Luke, la expresión de Cassie se suavizó un poco, pensó Nick.

—El hogar es el lugar donde tienen que acogerte cuando tienes que ir a él —recitó Cassie con voz ronca.

Lucas asintió con la cabeza.

El chico posó la vista en Nick durante una fracción de segundo. Nick lo observó.

Lucas no estaba prescindiendo de su padre. Le hacía una seña.

—¿Recuerdas lo que me dijiste? —preguntó Lucas. Sus luminosos ojos azules no se apartaban de los de Cassie—. No hay nada más importante que la familia. Dijiste que, a fin de cuentas, eso era lo principal. Lo que nos hacía humanos.

—Lucas —respondió Cassie. Su tono había cambiado ligeramente, y en ese instante Nick se abalanzó sobre ella para reducirla.

Pero Cassie se volvió con la agilidad de una serpiente, con la velocidad de un animal de la selva, agitando los brazos y las piernas.

Nick chocó contra ella, obligándola a soltar el cuchillo, pero Cassie logró esquivarlo. El cuchillo cayó al suelo.

Cassie se incorporó y sostuvo el encendedor en alto, mostrándolo a ambos hombres para que lo admiraran.

—¿Qué voy a hacer con los hombres de la familia Conover? —preguntó, esbozando una extraña mueca—. Creo que ha llegado el momento. Debemos irnos. Un mundo debe concluir.

De pronto se produjo un movimiento detrás de Cassie.

Era preciso retener su atención.

—Mírame, Cassie —dijo Nick.

Cassie fijó en él sus ojos opacos.

—Ya no me escondo, Cass. Mírame a los ojos y lo verás. No me escondo.

Cassie estaba radiante, con la cara arrebolada, luminosa, más bella de lo que Nick la había visto jamás. Estaba transfigurada. Su rostro emanaba una increíble serenidad cuando tocó con el pulgar la ruedecita del encendedor.

En aquel preciso instante algo salió volando del fondo de la habitación y la golpeó en la cabeza: la lámpara de alabastro. Cuando el objeto de piedra impactó contra su cráneo, Cassie cayó al suelo con un quejido al tiempo que el encendedor se deslizaba por el suelo hasta quedar oculto debajo del frigorífico.

Cassie emitió un extraño gorjeo.

Audrey Rhimes tenía la cara empapada en sudor. Miró la lámpara que aún sostenía en la mano, aturdida por lo que acababa de hacer.

Nick la contempló atónito.

El ligero aroma a pachulí del perfume de Cassie se mezclaba con el intenso olor a gas.

—¡Deprisa! —gritó Audrey—. ¡Salgan ahora mismo de aquí!

—¿Dónde está Julia? —preguntó Nick mientras se dirigía hacia la puerta.

—Fuera de la casa —respondió Lucas.

—¡Fuera de aquí! —gritó Audrey—. Cualquier cosa, la menor chispa puede hacer que se inflame el gas. Tenemos que salir de aquí inmediatamente y dejar que los bomberos hagan su trabajo. ¡Ahora mismo!

Lucas echó a correr delante de Nick, chocando contra la mosquitera antes de lograr abrirla, tras lo cual la sostuvo para que pasaran Audrey y su padre.

Julia estaba en el césped junto al camino de acceso, bastante alejada del edificio.

Nick corrió hacia ella, la tomó en brazos y siguió avanzando a la carrera, seguido de cerca por Lucas y Audrey. Todos se detuvieron al llegar al límite de la finca, justo cuando Nick oyó el potente sonido de las sirenas.

—¡Mirad! —exclamó Lucas señalando la casa. Nick vio de inmediato lo que indicaba su hijo. Era Cassie, de pie ante la ventana, oscilando como si se sintiera mareada, observándolos con un cigarrillo entre los labios.

—¡No! —le gritó Nick, pero sabía que Cassie no podía oírle y en cualquier caso no prestaba atención.

De pronto se produjo un destello cegador y a los pocos segundos la casa se convirtió en una gigantesca y brillante bola de fuego.

El suelo tembló, el fuego prendió casi de inmediato en todo el edificio, proyectando una inmensa columna de chispas y de humo gris, y al cabo de unos instantes las ventanas estallaron, los cristales de las contraventanas se hicieron añicos y los marcos de las puertas volaron por los aires. A continuación las llamas penetraron en cada orificio, ennegreciendo los muros de piedra y las chimeneas, tiñendo el cielo nublado de un siniestro color naranja, al tiempo que unas oleadas de calor se abatían sobre Nick y los demás, chamuscándoles la cara mientras avanzaban a la carrera. Julia se puso a gritar, y Nick la abrazó con fuerza mientras avanzaban por el largo camino pavimentado.

Nick siguió corriendo hasta que alcanzaron la carretera, donde se detuvo para recuperar el resuello, agotado por el peso de su hija. Se volvió para contemplar su propiedad, pero lo único que vio fue unas columnas de fuego y humo. Las sirenas de los coches de bomberos no sonaban más fuerte ni más cerca. Nick dedujo que se habían detenido junto a la cabina de seguridad a la entrada.

Poco podrían salvar los bomberos del incendio.

Nick abrazó a Julia con más fuerza mientras decía a Audrey Rhimes:

—Antes de presentarme para... entregarme... quisiera tomarme unas pequeñas vacaciones con mis hijos. Pasar unos días juntos. ¿Cree que será posible?

La inspectora Rhimes le miró a los ojos. Mostraba un rostro impasible, indescifrable.

Al cabo de un buen rato, Audrey asintió con la cabeza.

—Creo que no habrá problema.

Nick contempló unos momentos el fuego, tras lo cual se volvió y le dio las gracias, pero Audrey había echado a andar por el camino hacia el coche de la policía que encabezaba el convoy de camiones de bomberos. Al volante iba sentada la policía inspectora rubia.

Nick sintió una mano que le aferraba el codo, trémula, insistente, y al volverse comprobó que era Lucas. Juntos contemplaron el pavoroso incendio durante unos minutos, aturdidos, sin decir palabra. Aunque la tarde estaba nublada y plomiza, las intensas llamas iluminaban el cielo, que presentaba un color naranja oscuro, el color del amanecer.

Epílogo

Los primeros días, Nick apenas hizo otra cosa que dormir. Se acostaba temprano, se levantaba tarde y hacía siestas en la playa.

La «villa» que ocupaban, según la denominaban en el complejo turístico, estaba situada en la playa de Ka'anapali. Nada más salir de la casa pisabas la arena. Por las noches se oía el sonido arrullador de las olas lamiendo la playa. Lucas, que no era madrugador, se levantaba temprano para ir a nadar o bucear con Julia. Incluso enseñó a su hermana a hacer surf. Cuando los niños regresaban al bungaló, a última hora de la mañana, Nick acababa de levantarse y estaba tomándose un café sobre el *lanai*. Después de comer juntos, un desayuno tardío o un almuerzo temprano, los chicos iban a bucear a Pu'u Keka'a, un arrecife volcánico que los antiguos hawaianos reverenciaban como un lugar sagrado en el que los espíritus de los muertos saltaban de este mundo al más allá.

Nick y sus hijos conversaban con frecuencia, pero rara vez sobre algo serio. Acababan de perder todos sus bienes terrenales, algo que todavía no habían asimilado. Curiosamente, nunca lo mencionaban.

Nick trató en varias ocasiones de hablar con sus hijos sobre la pesadilla legal a la que se enfrentaría cuando regresara a casa: la probabilidad de ser juzgado y la certeza de ser enviado a la cárcel. Pero no fue capaz, quizá por la misma razón que ninguno de ellos quería hablar sobre el día en que su casa se había incendiado. Nick no quería estropear lo que seguramente serían las últimas vacaciones que pasarían juntos en muchos años.

Parecía como si se dedicaran tan sólo a practicar el surf, deslizándose sobre la ola perfecta, y de momento no importara si el fondo del mar estaba plagado de unos bichos gigantescos provistos de enormes y afilados dientes. Porque los Conover estaban allí, gozando del sol, y los tres sabían sin necesidad de expresarlo con palabras que la clave para permanecer a flote era no pensar en lo que pudiera acecharles bajo el agua.

Los tres se dedicaban a nadar y bucear, a practicar el surf y a comer. Al segundo día, Nick se quedó dormido en la playa durante mucho rato y sufrió unas dolorosas quemaduras en las orejas y la frente.

Nick no se había llevado trabajo —no tenía trabajo— y dejaba el móvil en la mesilla de noche, apagado. Permanecía largo rato tumbado en la playa, leyendo, pensando, dormitando, moviendo los dedos de los pies entre la suave arena de color gris y contemplando el sol que arrancaba destellos del agua.

El tercer día, Nick conectó de nuevo el móvil y comprobó que tenía docenas de mensajes de amigos y colegas de Stratton que se habían enterado de lo que les había ocurrido y querían cerciorarse de que Nick y los niños estaban bien. Nick los escuchó pero no respondió a ninguno.

Uno de los mensajes era de su antigua secretaria, Marge Dykstra, informándole de que el periódico de Fenwick había publicado varios artículos en primera página sobre el hecho de que Fairfield Equity Partners había estado a punto de vender la Stratton Corporation a China, cerrar todas las operaciones en Estados Unidos y despedir a la plantilla, hasta que la negociación había sido bloqueada por el «ex director general Nicholas Conover», que había presentado su dimisión «para dedicar más tiempo a la familia».

Era el primer artículo favorable que Nick, y también Stratton, recibían en mucho tiempo. Marge señalaba que era la primera vez desde hacía casi tres años que el nombre de Nick aparecía en unos titulares sin que se le añadiera la palabra «verdugo».

El cuarto día, mientras Nick yacía en una tumbona sobre el *lanai*, leyendo un libro sobre el día D que había empezado meses atrás y que ahora estaba decidido a terminar, oyó el lejano sonido de su móvil. No se levantó. Al cabo de un minuto, Lucas salió del bungaló con el teléfono.

—Es para ti, papá —dijo, entregándoselo a Nick.

Nick alzó la vista, señaló el punto en el libro con el índice y tomó el móvil de mala gana.

—¿Señor Conover?

Nick reconoció la voz de inmediato y sintió de nuevo una opresión en la boca del estómago.

—Inspectora Rhimes —dijo.

—Lamento interrumpir sus vacaciones familiares.

—No se preocupe.

—Señor Conover, esta llamada es *off the record*, ¿de acuerdo?

—De acuerdo.

—Le aconsejo que su abogado se ponga en contacto con la oficina del fiscal del distrito y negocie un acuerdo.

—¿Cómo dice?

—Si está usted dispuesto a declararse culpable de homicidio culposo, o incluso de haber manipulado las pruebas, el fiscal está dispuesto a recomendar la libertad condicional sin que tenga que ingresar en la cárcel.

—¿Qué? No la he entendido.

—Imagino que no habrá leído el *Fenwick Free Press*.

—El correo aquí deja bastante que desear.

—Señor Conover, los dos sabemos que el fiscal del distrito es un animal muy político. Esta información debe quedar también entre los dos. ¿Comprende?

—Desde luego.

—Todo indica que el clima ha cambiado aquí. La noticia de lo que usted hizo por su compañía... El caso es que el fiscal no confía en que un jurado le condenara a usted. Aparte, está la muerte de uno de nuestros principales sospechosos, el señor Rinaldi. El fiscal se muestra reacio a ir a juicio. —Audrey hizo una pausa—. ¿Oiga? ¿Hola?

—Sigo aquí.

—Y... esta mañana ha aparecido otro artículo en el periódico. Plantea ciertos interrogantes sobre la forma en que la policía enfocó el caso de Andrew Stadler.

—¿A qué interrogantes se refiere?

—Seguro que conoce algunos. Sobre por qué no se hizo nada para impedir que la acosadora entrara en su casa o le siguiera. Es obvio que si la policía no se hubiera mostrado tan negligente, la situación no hubiera llegado a los extremos en que lo hizo. He informado al fiscal de que mi testimonio pondrá inevitablemente de relieve esa negligencia de cara a la opinión pública. Cosa que nadie en este departamento desea.

Durante un buen rato Nick fue incapaz de articular palabra.

—Yo..., ¿qué piensa usted de todo esto? —preguntó finalmente.

—Prefiero reservarme mi opinión. ¿Se refiere a si creo que así se hará justicia?

—Sí.

—Creo que los dos comprendemos que la decisión del fiscal de retirar la mayoría de los cargos está motivada por razones políticas. En cuanto a la justicia... —Audrey Rhimes suspiró—. No sé si se puede hacer justicia en este caso, señor Conover. Ciertamente, no considero justo causar más sufrimiento a sus hijos. Pero es una opinión personal.

—¿Me permite que le dé las gracias?

—No tiene por qué dármelas, señor Conover. Sólo trato de hacer lo correcto. —Audrey guardó silencio unos momentos—. Pero quizá nadie pueda hacer lo correcto en este caso. Quizá no se trate tanto de hacer lo correcto sino de procurar no equivocarse.

Nick dejó el móvil y durante largo rato observó la danza de los rayos del sol sobre las azules aguas. Observó las gaviotas que graznaban y volaban sobre el mar, las olas que se abalanzaban sobre la orilla y retrocedían, la espuma que se disolvía en la arena.

Al cabo de unos minutos, Lucas y Julia salieron juntos del bungaló y declararon que querían hacer un poco de senderismo, explorar el bosque y las cascadas que había en las inmediaciones.

—De acuerdo —dijo Nick—, pero escucha, Luke, quiero que cuides bien de tu hermana.

—Va a cumplir once años, papá —contestó Lucas, cuya voz parecía haberse hecho más grave.

—No soy una niña pequeña, papá —protestó Julia.

—No se os ocurra hacer ningún disparate como saltar de las cascadas —dijo Nick.

—No me des ideas —replicó Lucas.

—Y no os alejéis del sendero. En algunas zonas está embarrado y resbaladizo, de modo que tened cuidado.

—¡Papá! —respondió Lucas, poniendo los ojos en blanco, tras lo cual él y su hermana echaron a andar por el sendero bordeado de palmeras. Al cabo de unos segundos, Lucas se volvió y preguntó—: Oye, ¿puedes darnos veinte pavos?

—¿Para qué?

—Por si nos paramos a comer algo.

—De acuerdo. —Nick sacó un par de billetes de veinte dólares de su cartera y se los entregó a Lucas.

Nick los observó mientras se alejaban. Ambos estaban ya muy morenos. La brisa agitaba el pelo rizado de Julia. Tenía las piernas largas y delgadas, como una potranca; no era una niña ni una mujer. Lucas, más alto y cada vez más desarrollado, llevaba las típicas bermudas de los surfistas y una camiseta de un blanco deslumbrante bajo el sol, arrugada por haberla sacado de la maleta.

Mientras Nick contemplaba a sus hijos, Lucas se volvió de pronto y dijo:

—Oye, papá.

—¿Qué?

Una gaviota graznó al divisar un pez y se zambulló en el agua.

Después de observar a su padre unos momentos, Lucas respondió.

—Ven tú también.

Agradecimientos

No, la Stratton Corporation no es una velada versión de Steelcase o Herman Miller, como sabe cualquiera que trabaje allí. Pero doy las gracias a varias personas que trabajan en esas compañías que comprenden la diferencia entre ficción y la realidad, y se mostraron dispuestas a dejarme husmear por allí, pasearme por sus despachos y naves industriales y formular preguntas aparentemente groseras, provocadoras e irrelevantes. En Steelcase, Inc., en Grand Rapids, Michigan, conté con la impagable ayuda de Debra Bailey, directora de comunicaciones corporativas, y de Jeanine Hill, jefa de relaciones públicas. De un tiempo a esta parte he visitado numerosas empresas, pero nunca he conocido a un personal de relaciones públicas tan abierto, sincero, amable y simpático. Deb Bailey me ofreció asimismo una magnífica visita guiada de Grand Rapids de la mano de una experta, lo cual hizo que casi me entraran ganas de establecerme allí. Me llevé una excelente impresión del presidente y consejero delegado de Steelcase, Jim Hackett, quien se mostró generoso con su tiempo y sus conocimientos sobre los retos (personales y profesionales) que entraña dirigir una gran empresa, modernizarla y conducirla durante las crisis. Frank Merlotti Jr., presidente de Steelcase North America, me explicó lo que significa ser un chico de la localidad que consigue ocupar el cargo de mayor responsabilidad en la empresa más importante de la ciudad. Bruce Buursma, de Herman Miller, en Zeeland, Michigan, me proporcionó una fascinante introducción a la moderna y elegante sede de la compañía. Rob Kirkbride, de *Grand Rapids Press*, me ofreció una interesante perspectiva periodística sobre esas empresas. Lamentablemente, en ninguna de ellas conocí a nadie remotamente parecido a Scott McNally.

La mayoría de consejeros delegados y directores financieros con los que hablé mientras recababa datos para escribir *La compañía* prefieren permanecer en el anonimato. Ellos saben quiénes son, y les doy las gracias por haberme dedicado una parte de su valioso tiempo para mi novela. Mi amigo Bill Teuber, director del departamento financiero de la EMC Corporation, hizo varias aportaciones a esta empresa, como explicarme en qué consiste su trabajo. Scott Schoen, mi antiguo compañero de clase en Yale y actual director gerente de Thomas H. Lee Partners en Boston, sacrificó una parte del tiempo que dedica a llevar a cabo importantes negociaciones para ayudarme a crear la empresa ficticia Fairfield Partners y sus maquinaciones. Por cierto, ahí tampoco conocí a ningún Todd Muldaur.

De nuevo, mi viejo amigo Giles McNamee, director gerente de McNamee Lawrence & Co., fue un cómplice determinante, aunque inocente, a la hora de urdir las perversas y creativas intrigas financieras; agradezco su complicidad y generosidad. Mike Bingle, de Silver Lake Partners, me ayudó a resolver numerosos problemas relacionados con la trama de la novela. (Agradezco a Roger McNamee de Elevation Partners que nos presentara.) Nell Minow, fundadora de la Corporate Library, me explicó cómo funcionan (o no) los consejos de administración.

Deseo expresar mi gratitud a mis expertos en seguridad corporativa, ninguno de los cuales guarda el menor parecido con Eddie Rinaldi, entre ellos George Campbell, ex director de seguridad de Fidelity Investments, y el brillante Jon Chorey, ingeniero jefe, de Fidelity Security Services, Inc. Bob McCarthy de Dedicated Micros arrojó luz sobre las complejidades de las videocámaras digitales de seguridad, al igual que Jason Lefort de Skyway Security, y en particular Tom Brigham de Brigham Scully. Vaya también mi agradecimiento a Rick Boucher de Seaside Alarms en South Yarmouth, Massachusetts. Skip Brandon, ex adjunto del director del FBI y socio fundador de la consultoría de seguridad internacional Smith Brandon —una fuente y un amigo muy estimado desde *The Zero Hour*—, me procuró una interesante información sobre el blanqueo de dinero y corporaciones interpuestas. De nuevo, el abogado Jay Shapiro, de Katten Muchin Zavis Rosenman, fue mi asesor sobre derecho penal. Si algún día yo tuviera los problemas que tiene Nick, no dudaría en contratar a Jay.

Incluso una investigación criminal rutinaria puede complicarse, pero al tratar de hacer que la labor de Audrey Rhimes fuera lo más difícil posible, conseguí exasperar a mis dos expertos en materia de homicidios. Deseo expresar mi más profunda gratitud a Dean Garrison, de la Unidad de Servicios Forenses de la policía de Grand Rapids —escritor, especialista en armas de fuego y atento e ingenioso observador de los avatares del trabajo policial—, y al inspector Kenneth Kooistra, legendario investigador criminal que recientemente se jubiló de la Unidad de Casos Importantes de la policía de Grand Rapids. El agente Ryan Larrison, analista de armas de fuego de la policía estatal de Michigan, me explicó pacientemente los entresijos del Sistema Integrado de Identificación Balística. Deseo asimismo dar las gracias a Gene Gietzen de Forensic Consulting en Springfield, Misuri; a George Schiro, de Acadiana Criminalistic Laboratory en New Iberia, Luisiana; a la oficial Kathy Murphy, del departamento de policía de Cambridge; y a la inspectora Lisa Holmes, del departamento de policía de Boston. El doctor Stanton Kessler fue de nuevo mi principal fuente de información con respecto a autopsias y patología. Mike Hanzlick me explicó los peligros del gas natural.

Ha pasado mucho tiempo desde que yo tenía dieciséis años —apenas recuerdo nada de esa época—, por lo que para crear el personaje de Lucas tuve la fortuna de inspirarme en las agudas observaciones de Eric Beam y Stefan Pappius-Lefebvre, ambos extraordinariamente carismáticos e inteligentes (aunque no tan airados y alienados como yo habría preferido a efectos de mi novela). La vida familiar de Nick, y en particular su relación con Luke, se basa en gran parte en los escritos de Michael Gurian, psicoterapeuta y autor de *best sellers* como *The wonder of boys*.

Mi amigo Allen Smith me instruyó sobre los esotéricos pormenores de la pesca con mosca; en materia de hockey, estoy en deuda con Steve Counihan, tenista profesional y estrella de ese deporte. Deseo dar de nuevo las gracias a mi inteligente colaborador Kevin Biehl, que se encargó del trabajo de documentación para este y otros libros míos, y a Rachel Pomerantz, mi maravillosa ex secretaria. Y también a unos buenos amigos por echarme una mano: Joe Teig y Rick Weissbourd. Mi hermano, el doctor Jonathan Finder, aportó numerosos consejos médicos; mi hermana menor, Lisa Finder, bibliotecaria investigadora en Hunter College, me ayudó a recabar información para este libro; y mi hermana mayor, Susan Finder, abogada en Hong Kong, contrastó los datos referentes a China. Como de costumbre, estoy muy agradecido a mi excelente agente, Molly Friedrich, y a su colaborador, Paul Cirone, de la Aaron Priest Agency, por su constante apoyo y sus útiles aportaciones editoriales.

En cuanto a mi editor, St. Martin's Press, me siento muy afortunado de formar parte de un equipo editorial tan competente y entusiasta, y les doy las gracias a todos, en particular el consejero delegado John Sargent, la editora Sally Richardson, Matthew Shear, John Cunninghm, George White, Matt Baldacci, Christina Harcar, a Nancy Trypuc, Jim DiMiero, Alison Lazarus, Jeff Capshew, Brian Heller, Ken Holland, Andy LeCount, Tom Siino, Rob Renzler, John

Murphy, Gregg Sullivan, Peter Nasaw, Steve Eichinger, y, en Audio Rennaisance, a Mary Beth Roche, Joe McNeely y Laura Wilson.

Y a mi extraordinaria editora, Keith Kahla. ¡Eres la mejor!

Mi hija, Emma, ha sido mi principal fuente sobre la vida de una niña de diez años, desde el béisbol hasta *Los Sims*. Durante los últimos y ajetreados meses de mi trabajo en *La compañía*, mi hija tuvo que sufrir mis prolongadas ausencias; pero bajaba alegremente la cuesta para traerme una limonada a mi estudio en Truro, y nunca dejó de animarme. Ella y mi esposa, Michele Souda, han sido mis principales apoyos durante el tiempo que dediqué a escribir este libro.

De nuevo deseo dar las gracias ante todo a mi hermano, Henry Finder, director editorial del *New Yorker*, infatigable generador de ideas y excelente editor en primera y última instancia. Jamás lo habría conseguido sin ti.

Este libro utiliza el tipo Aldus, que toma su nombre
del vanguardista impresor del Renacimiento
italiano, Aldus Manutius. Hermann Zapf
diseñó el tipo Aldus para la imprenta
Stempel en 1954, como una réplica
más ligera y elegante del
popular tipo
Palatino

* * *

* *

*

La compañía se acabó de imprimir en un
día de invierno de 2006, en los
talleres de Industria Gráfica
Domingo, calle Industria, 1
Sant Joan Despí
(Barcelona)

* * *

* *

*